Zu diesem Buch

Die ist nicht nur einer der erfolgreichsten, sondern auch einer der kühnsten und überraschendsten Romane des großen italienischen Erzählers. «Hat Alberto Moravia Humor? ‹Ich gäbe alles darum›, erklärte er in einem Interview, ‹hätte ich ein Buch wie den ‚Gargantua' geschrieben›, Nun hat er unter dem Titel ‹Io e lui› (Ich und Er) einen Roman veröffentlicht, dem gewisse gargantueske Qualitäten in der Tat nicht abzusprechen sind. Sein Held ist jener männliche Körperteil, dessen Beschaffenheit häufiger noch, als wir selbst in unseren aufgeklärten Zeiten ahnen, Lebensläufe lenkt, Schicksale formt, ja Geschichte macht. Während es in solchen Fällen jedoch meistens darum geht, durch Überkompensation ein Manko wettzumachen, ist es in Moravias Roman umgekehrt. Hier ist es das ganz ungewöhnliche Format, das, wie es an einer Stelle anschaulich heißt, ‹einen Esel beschämen könnte›, welches die Verwicklungen auslöst; und natürlich nicht nur das Format, sondern auch die ständige Bereitschaft, dieses Geschenk der Natur seinen Zwecken entsprechend zu betätigen. Glücklicher Mann, wird mancher sagen und kaum verstehen, woher da der Konfliktstoff kommen soll. Doch Signore Rico, der solcherart Ausgezeichnete, empfindet es anders. Er ist klein, dick, glatzköpfig, kurzbeinig, eine eher lächerliche Erscheinung und keineswegs zum Don Juan geschaffen; zudem ein in die Mühlen der Filmindustrie geratener Intellektueller, dessen Ehrgeiz dahin geht, ein ‹sublimierter› Mensch zu sein. Rico hat Freud gelesen, nennt ihn seinen Schutzheiligen und meint auf Grund dieser Lektüre zu wissen, daß ordinäre Potenz künstlerische Kreativität ausschließe. Diese sei nur auf dem Weg der Sublimierung – das Zauberwort ist für ihn zur Zwangsvorstellung geworden – zu erreichen; und so beginnt der tragikomische Kampf eines allzugut Versehenen gegen den Feind im Souterrain. Es ist die Geschichte einer Persönlichkeitsspaltung, bei der ‹Ich› und ‹Er› nicht nur im übertragenen Sinne miteinander im Streit liegen, sondern buchstäblich ein permanentes, ebenso hitziges wie spitzfindiges Streitgespräch führen» (Günter Blöcker in der «Frankfurter Allgemeinen Zeitung»).

Alberto Moravia wurde am 28. November 1907 in Rom geboren. In seiner Jugend fesselte ihn eine schwere Krankheit jahrelang ans Bett, und so wurde er von einem Privatlehrer erzogen. Nach seiner Genesung begann er 1925 zu schreiben. Sein Roman «Die Gleichgültigen» (rororo Nr. 570) wurde von den Faschisten ebenso verboten wie die Novelle «La mascherata» (1941), eine getarnte satirische Darstellung der Diktatur. In seiner Heimat verfemt, ging er als Zeitungskorrespondent nach Griechenland, England, China, Rußland und Amerika. Sein Knabenroman «Agostino» (1944; rororo Nr. 5630) erhielt den ersten italienischen Literaturpreis, der nach der Befreiung des Landes verliehen wurde, 1952 erhielt er den Premio Strega.

Von Alberto Moravia erschienen als rororo-Taschenbücher: «Gefährliches Spiel» (Nr. 331), «Die Römerin» (Nr. 513), «Cesira» (Nr. 637), «Die Mädchen vom Tiber» (Nr. 673), «Römische Erzählungen» (Nr. 705), «La Noia» (Nr. 876), «Inzest» (Nr. 1077), «Das Paradies» (Nr. 1850), «Ein anderes Leben» (Nr. 4083), «Desideria» (Nr. 4757), «1934 oder Die Melancholie» (Nr. 5485), «Die Lichter von Rom» (Nr. 5628), und «Der Ungehorsam» (Nr. 5631). «Der Konformist» (Nr. 5629).

Alberto Moravia

Ich und Er

Io e lui

Roman

rororo

Rowohlt

Die Originalausgabe erschien bei Casa Editrice Valentino
Bompiani & Co., Mailand, unter dem Titel «Io e lui»
Aus dem Italienischen übertragen von Piero Rismondo
Umschlagentwurf Dieter Ziegenfeuter

47.–51. Tausend August 1985

Veröffentlicht im Rowohlt Taschenbuch Verlag GmbH,
Reinbek bei Hamburg, November 1973

Satz ALdus (Linofilm-Super-Quick)
Gesamtherstellung Clausen & Bosse, Leck
Printed in Germany
980-ISBN 3 499 11666 9

Inhalt

I
Unsublimiert!
7

II
Expropriiert!
32

III
Mystifiziert!
50

IV
Frustriert!
67

V
Analysiert!
80

VI
Demaskiert!
104

VII
Isoliert!
122

VIII
Degradiert!
153

IX
Traumatisiert!
171

X
Hinausprotestiert!
189

XI
Eliminiert!
211

XII
Fasziniert!
217

XIII
Kastriert!
227

XIV
Verspekuliert!
245

XV
Fehlorientiert!
250

XVI
Absorbiert!
263

I

Unsublimiert!

Intrigant! Verräter! Verbrecher! Schuft! So hältst du dein Wort! So hältst du dich an unseren Pakt! Ich schlafe, träume belangloses Zeug, an das ich mich nicht mehr erinnere, schließlich befinde ich mich in einem riesigen, dämmerigen Filmatelier. In einem Winkel steht, mit schwarzem Tuch bedeckt, die Kamera auf dem Wagen. Jetzt, ich weiß es ganz genau, dreht man endlich «meinen» Film. Was ist das für eine Art Film? Wer ist der Produzent? Wer sind die Schauspieler? Das weiß ich nicht, ich weiß nur, es ist «mein» Film. An den ich seit fünfzehn Jahren denke. Von dem mein Leben abhängt. Ich steige auf den Kamerawagen, mache es mir auf dem Sitz bequem, beuge mich vor und schaue mit berufsmäßiger Selbstverständlichkeit durch das Objektiv. Mit dem Blick des Regisseurs versuche ich, eine offensichtliche Liebesszene, die sich in einem anderen Winkel abspielt, ins Bild zu bekommen. Das intensive und scharf umgrenzte Scheinwerferlicht beleuchtet ein ungemachtes Bett, einen Mann und eine Frau. Beide sind nackt. Der Mann, schön und jung, sitzt nachdenklich da, in der Haltung eines müden Boxers, mit eingezogenen Beinen, die Ellbogen auf die Knie, das Kinn in die Hand gestützt. Die Frau liegt hinter ihm auf dem Bauch. Sie hat lange Beine und ein sehr ausgeprägtes Gesäß. Ihr Rükken steigt von der Einkerbung der Hüften schräg zum Nacken an. Ihr üppiger Busen ist von ihrem Körper breitgequetscht. Ich betrachte die Schauspielerin durch das Objektiv, sie gefällt mir. Ich finde sie immer anziehender, mein Blick wird immer weniger berufsmäßig und immer mehr begehrlich. Selbstverständlich unterdrücke ich meine Begierde, die in diesem Augenblick und an diesem Ort nicht nur unangebracht, sondern geradezu schädlich ist. Ich sage mir: «Bist du übergeschnappt? Nach langer Mühe gelingt es dir endlich, ‹deinen› Film zu drehen, und statt an die Arbeit zu denken, kommen dir solche Gelüste. Was fällt dir ein? Diese Schauspielerin hat für dich keine Frau zu sein, sondern ausschließlich eine Darstellerin.» Die kleine Predigt tut ihre Wirkung. Ich kontrolliere mich, besiege meine Begierde, widme mich wieder ganz dem Film.

Die Schauspielerin müßte jetzt vom Bett aufstehen, mit gespielter und berechnender Langsamkeit zum Nachttischchen gehen und die dort brennende Lampe mit ihren Dessous abschirmen. Sodann müßte sie sich plötzlich umdrehen, katzenartig auf den jungen Mann zuspringen, ihn auf das Bett und sich auf ihn werfen, ihn mit ihrem Körper zudecken. Ich schreie in das kleine Sprachrohr aus Pappe: «Achtung! Aufnahme! Kamera!» Magisch surrt die Kamera. Da sehe ich zu meiner Verblüffung, daß die

Schauspielerin, die sich vom Bett erhoben hat, statt zur Lampe hin auf den Kamerawagen zugeht, auf dem ich sitze. Ich möchte ihr zurufen: «Nein, du darfst nicht auf die Kamera zukommen, du mußt zur Lampe und sie abschirmen», aber ich bringe kein Wort hervor. Eine geheimnisvolle Kraft, stärker als mein Wille, hält mein Auge am Objektiv fest. Gebannt fotografiere ich den nackten Körper, der, sich in den Hüften wiegend, auf mich zukommt. Immer näher kommt die Schauspielerin, träge, langsam, geistesabwesend. Plötzlich sehe ich, daß sie sich, im Näherkommen, mehr und mehr verändert, verwandelt, alle Schönheit einbüßt, kurz, die Gestalt Faustas annimmt, meiner Frau. Ja, es ist Fausta, mit ihrem schwammigen Gesicht, ihrem Busen wie Kuheuter, ihrem überquellenden Bauch. Ich möchte schreien: «He, was machst du da? Geh weg, zurück, nach Hause, du hinderst mich an der Arbeit, du ruinierst mich», aber ich muß mit dem bitteren Gefühl der Ohnmacht feststellen, daß ich, obwohl ich meinen Mund zum Schrei forme, keinen Ton hervorbringen kann. Indessen nähert sich Fausta weiter dem Objektiv. Mißmutig, unlustig, träge. Sie schiebt die Schultern zurück und den Bauch heraus. Allmählich, wie sie näher kommt, geraten Kopf und Beine aus dem Blickfeld, am Ende sehe ich nur noch ihren Bauch. Und auch der verschwindet mehr und mehr, es bleibt allein der Schamhügel. Fausta tut einen letzten Schritt auf das Objektiv zu, ich sehe nichts als ihr dichtes langes Schamhaar. Es gleicht einem Bärenfell, so haben sich im Zuge ihrer völligen Veränderung die einstigen reizenden Locken verwandelt. Wieder möchte ich schreien: «Zurück, zurück!» Es ist zu spät. Ich sehe nur mehr den Schamhügel, der sich an das Objektiv preßt, sich an ihm festklebt, als bestünde die ganze Welt aus Weiberhaar. Ich fahre aus dem Schlaf, mit dem schmerzlich schneidenden Gefühl der Frustration.

Ich finde mich nicht gleich zurecht; weiß nicht, wie spät es ist, wo ich bin. Nur langsam wird mir bewußt, daß es die übliche Zeit ist, zu der ich morgens erwache. Ich liege im Bett, auf dem Rücken, nur mit einem Laken zugedeckt. Riesig, steif, vom Blutandrang geschwellt, wie ein einsamer Baum in einer Ebene unter einem tiefen, heißen Himmel erhebt er sich fast senkrecht von meinem Leib und wölbt das Laken. Ein starrsinniges, gemeines, hinterhältiges Individuum!

Wütend fahre ich ihn an: «Das war nicht unsere Abmachung!»

«Was für eine Abmachung?»

«Du hattest mir versprochen ...»

«Ich habe niemals irgend etwas versprochen!»

«Du hast mich hoffen lassen, daß du meinen Plan nicht stören wirst.»

«Na und?»

«Darf man wissen, was du mit deinem Traum bezweckt hast?»

«Mit ‹meinem› Traum? Wieso denn? Wieso ist es nicht ‹dein› Traum?»

«Solche Träume träume ich nicht. Dieser Traum trägt – wie soll ich es nur gleich sagen – deine Fabrikmarke.»

«Aber wo denn! Es war ein Traum des Zweifels, der Frustration, der Angst, des Versagens: alles deine Angelegenheiten.»

«Ach so? Meine Angelegenheiten?»

«Das möchte ich wohl behaupten. Wer von uns beiden hat denn versagt? Du oder ich?»

«Meinst du? Dann will ich dir erklären, warum es ‹dein› Traum ist, von A bis Z. Hör mir gut zu. Vor allem: um deine Zwecke zu erreichen, willst du alle meine Bestrebungen vereiteln, ich soll eine Niete, ein Versager werden, und um mir zu beweisen, daß ich niemals ein Regisseur sein kann, weil ich außerstande bin, dich zu beherrschen, zum Gehorsam zu zwingen, hast du mich diesen Traum träumen lassen, in dem ich ‹meinen› Film drehte. Kompliziert, was? Aber du bist eben kompliziert. Was soll denn das bedeuten, daß die Schauspielerin sich in Fausta verwandelt und mit ihrem Schamhügel das Objektiv verdeckt? Doch nur, daß, deiner Meinung nach, mein Experiment unbedingt scheitern muß. Daß ich zu keiner Sublimierung kommen kann. Daß ich mein Leben lang ein unsublimierter Mensch bleiben werde. Kurz, daß ich, obwohl ich es sein möchte und könnte, niemals ein Künstler sein werde, weil sich zwischen mein Auge und die Wirklichkeit stets und unvermeidlicherweise verdunkelnd ein Schamhügel schieben wird. Der Faustas oder einer anderen. Und nun sag mir, ob das mein oder dein Traum war.»

«Halt. In deinen Ausführungen gibt es einen unklaren Punkt. Deiner Meinung nach hätte ich an einer bestimmten Stelle die Schauspielerin durch Fausta ersetzt. Warum hätte ich das sollen?»

«Sehr einfach. Fausta hat mich gestern angerufen, sie will mich sehen, sie will, daß ich ihr den ‹wahren› Grund unserer Trennung sage. Nach einigem Widerstreben lasse ich mich bewegen und erkläre mich bereit, sie aufzusuchen, das erste Mal nach sechs Monaten. Und schon bildest du dir ein, ich sei bereit, auf mein Experiment zu verzichten, und erhebst doch, in der Tat, dein Haupt. Nicht zufrieden damit, mich mein Versagen als Regisseur träumen zu lassen, führst du auch noch in den Traum die Person ein, deren du dich bedienen wirst, um mich zu Fall zu bringen, Fausta.»

Wie immer, wenn ich ihm mit der Vernunft komme und erkläre, wie es zwischen mir und ihm bestellt ist, schweigt er. Man könnte fast glauben, er fühle sich durch meine Anklage, daß er sich in alles einmische, selbst in meine Träume, in seiner Eitelkeit geschmeichelt. Ich schließe hart: «Jedenfalls bist du gewarnt. Sollte der Traum eine Prophezeiung sein, dann werde ich sie widerlegen. Sollte er Ausdruck einer Begierde sein, weise ich ihn zurück. Auf alle Fälle wirst du gut daran tun, deine Nase nicht in Dinge zu stecken, die dich gar nichts angehen.»

Diesmal meint er: «Alles geht mich an.»

«So? Ich aber fordere von dir, daß dich nichts angehe! Absolut nichts.»

«Da haben wir's wieder: Sublimierung.»
«Genau das.»
«Uff!»
Ich werfe das Laken fort, steige aus dem Bett und gehe ins Badezimmer. Es folgt die übliche Toilette: Dusche, Rasur, Zähne, Fuß- und Fingernägel, Haare unter den Achseln, in Nase und Ohren, und – natürlich – er. In seiner Überempfindlichkeit – er ist, was die Empfindlichkeit betrifft, geradezu ein Komödiant – wächst er, während ich ihn einseife, ins Riesenhafte. «Du bildest dir wohl ein», sage ich zu ihm, «daß ich mich über deine gewissermaßen ständige Bereitschaft freue. Da täuscht du dich aber. Begreifst du denn nicht, daß gerade dieser prompten und unmittelbaren Bereitschaft auf gesellschaftlicher Ebene die Mittelmäßigkeit, das fruchtlose Streben, das Versagen entsprechen? Es ist der schlagende Beweis meiner angeborenen Minderwertigkeit. Warum sollte ich mich also freuen? Es ist, um ein Beispiel anzuführen, als ob der Buckel zum Rücken des Buckligen, von dem er sich erhebt, sagte: ‹Da schau nur, wie groß ich bin. Bist du nicht stolz auf mich?› Mit Recht würde der Bucklige antworten: ‹Auf dich sollte ich stolz sein, du bist doch mein Unglück?›»
Dieser Vergleich wirkt auf ihn wie eine kalte Dusche. Er schweigt, scheint's, beschämt. Allmählich kehrt er mit kaum merklichen Bewegungen zu seinen normalen Proportionen zurück. Ich gehe wieder ins Schlafzimmer, kleide mich an, verlasse das Haus.
Es ist acht Uhr. Warum besuche ich Fausta zu so früher Stunde? Vor allem deshalb, weil ich so rasch wie möglich zurückkommen und am Treatment für «meinen» Film arbeiten möchte. Dann aber auch, weil Fausta um diese Zeit noch schläft. Ich weiß, daß sie am Morgen, gleich nach dem Erwachen, am wenigsten vorteilhaft aussieht (wenn bei einer so verfallenen Frau überhaupt von «vorteilhaft» die Rede sein kann). So wird er mir keinen bösen Streich spielen, was, nach dem Traum zu schließen, möglicherweise seine Absicht ist.
Ich verlasse das Haus wie immer mit der verwirrenden Empfindung, aus meinem früheren Haus zu treten, in dem ich noch vor sechs Monaten mit Fausta wohnte. Tatsächlich sehen die beiden Häuser einander sehr ähnlich, auch wenn sie ganz woanders stehen. Die Wohnung, die ich für meinen Sublimierungsversuch gemietet habe, ist eine aus fünf Zimmern bestehende Terrassenwohnung in einem kleinbürgerlichen Neubau. Die Wohnung, in der ich noch vor sechs Monaten mit Fausta wohnte, ist ebenfalls eine aus fünf Zimmern bestehende Dachterrassenwohnung in einem kleinbürgerlichen Neubau. Wo der Unterschied liegt? Es gibt nur einen: die Wohnung, in der ich mit Fausta hauste, war die Stätte meiner Mittelmäßigkeit, meiner gescheiterten Bestrebungen. Die Wohnung aber, in der ich seit sechs Monaten wohne, muß und wird die Stätte meines Aufstiegs, meines Erfolgs sein. Mein Gefühl, aus dem gleichen Haus zu treten, ist also völlig unangebracht und könnte überdies ein Zeichen dafür sein, daß ich

am Gelingen meines Experiments zweifle. Schlecht!

Schon auf der Straße, beschließe ich, nicht wie üblich ins Café zu gehen, sondern mir den Frühstückskaffee von Fausta machen zu lassen. So wird sie beschäftigt sein, während wir miteinander reden; gefährliche Annäherungen und Berührungen können dadurch vermieden werden. Ich setze mich in meinen Wagen und fahre los. Dort, ein Stück weiter, steht der Zeitungskiosk. Ich halte, steige aus, gehe zum Kiosk. Da entspinnt sich zwischen mir und ihm der folgende Dialog. (Ich halte ihn hier getreulich fest, um eine Vorstellung von der Art zu geben, wie er mich dauernd in blamable Situationen bringt.)

«Bitte, sehen wir uns mal diese Illustrierte an.»

«Welche?»

«Diese hier.»

«Ein Herrenmagazin! Um acht Uhr morgens! Kaum aus dem Hause! Ich, ein fünfunddreißigjähriger Mann, klein, mit kurzen Beinen, kahlem Schädel, von ernstem, geradezu hochmütigem Aussehen, stehe vor diesem Kiosk, mit dem Rücken zur Straße, und blättere – während rings um mich die Menschheit im Autobus, im eigenen Wagen oder zu Fuß zur Arbeit eilt, in die Fabriken, in die Büros, in die Geschäfte –, blättere verstohlen in einer pornographischen Illustrierten! Bist du dir über die Situation im klaren?»

«Nur diese eine Revue, bitte.»

«Nein, kommt nicht in Frage.»

«Bitte!»

«Nein und noch einmal nein.»

«Ist es dir vielleicht lieber, daß ich dann bei Fausta ...»

Eine Erpressung. Ich erwäge das Für und Wider und ergebe mich. Ich strecke die Hand aus, nehme die Illustrierte, beginne darin zu blättern. Ich versuche unbefangen dreinzuschauen, wie einer, der sich bei seinem morgendlichen Spaziergang des schönen Wetters freut und gelegentlich da und dort stehenbleibt, um ein besonders wirksames Plakat zu betrachten oder die Blätter eines Baumes zu bewundern oder einen frei laufenden Hund zu beobachten oder, eben, in einer Illustrierten zu blättern, in der es von nackten Frauen wimmelt. Er aber erlaubt mir nicht einmal, den Schein zu wahren. Unerbittlich befiehlt er mir: «Warum diese Eile? Verweile doch ein bißchen! Laß mich etwas genauer hinsehen! Diese da, zum Beispiel ...»

«Aber das ist doch ein Fotomodell mit übertriebenen, geradezu monströsen Körperformen, man könnte sie in einer Schaubude ausstellen.»

«Schon möglich, aber du weißt doch, daß ich eine Schwäche habe für alles, was konvex ist, rund, vorgewölbt, üppig.»

«Was findest du denn so anziehend an diesen Nacktfotos, die alle in den gleichen falschen, metallischen Farben leuchten wie auf den Werbeseiten die Automobile, Likörflaschen und Zigarettenpackungen?»

«Was willst du? Ich bin eben so, einfach, primitiv. Oh... halt, bitte halt.»

«Was denn?»

«Die große, zusammengefaltete Seite, das Mädchen des Monats, in Totalansicht, von Kopf bis Fuß... Die wirst du doch nicht überschlagen?»

«Das ginge denn doch zu weit! Diese Seite auseinanderfalten, das sähe nicht mehr wie ein Zufall aus, nicht beiläufig, sondern durchaus gezielt. Der Zeitungsverkäufer sieht mich sowieso schon mißtrauisch an.»

«Was kümmert dich der Verkäufer?»

«Ich komme schließlich jeden Morgen her, um die Zeitung zu kaufen, ich will nicht, daß er sich von mir falsche Vorstellungen macht.»

«Falsche?»

«Ja, ich betone ausdrücklich: falsche.»

In diesem Moment fragt mich der Zeitungsverkäufer kurz und ironisch, ob ich die Illustrierte kaufen will.

Mein Gesicht wird vor Scham flammend rot. Würdevoll erkläre ich, daß ich sie kaufe, frage, wieviel sie kostet, bezahle, klemme sie unter den Arm und entferne mich langsamen und stolzen Schrittes.

Wieder im Wagen, bin ich so wütend, daß selbst er es zur Kenntnis nehmen muß. Eine Weile schweigt er. Seine Unverschämtheit ist aber am Ende doch größer als seine Furcht. Als ich, wutentbrannt und den Wagen nur mit der linken Hand lenkend, mit der rechten die Illustrierte packe und sie aus dem Fenster werfen will, protestiert er: «Nicht doch, was machst du da? Heb sie auf. Zu Hause, wenn du mit der Arbeit fertig bist, werden wir sie uns genau ansehen, Seite um Seite.»

«Jetzt aber Schluß mit der Mehrzahl. Wir sind nicht ‹wir›, sondern ‹ich› und ‹du›. Besser, du redest nicht zu mir. Ich hasse dich! Du hast mich vor dem Zeitungsverkäufer blamiert, sei wenigstens jetzt still.»

«So ein Theater wegen einer Illustrierten!»

«Einer pornographischen! Begreifst du denn nicht: in einer solchen Illustrierten zu blättern – das ist, als beobachtete man durch das Schlüsselloch eine Frau, die sich auszieht.»

«Auch das haben wir schon getan, und du warst darüber gar nicht so entrüstet, im Gegenteil.»

«Ich sag dir's noch mal: Schluß mit der Mehrzahl!»

«Warum denn? Wir taten es beide, ich gab dir die Ideen ein, und du führtest sie aus. Herrliche Zeiten! Ich erinnere mich zum Beispiel, wie wir einmal gemeinsam ein teures deutsches Fernglas kauften, damit zur Hausterrasse hinaufstiegen und uns hinter einem Leintuch versteckten, das hier zum Trocknen hing. Eine Wohnung des gegenüberliegenden Hauses war als Fremdenpension eingerichtet. Dort öffnete sich endlich ein bestimmtes Fenster. Auf dieses richteten wir gemeinsam das Fernglas, gemeinsam beobachteten wir in dem Pensionszimmer ein wunderschönes Mädchen, wahrscheinlich eine Ausländerin, bei ihren Beschäftigungen. Sie war groß und schlank, hatte einen kleinen Busen und schmale Hüften, war braungebrannt von der Sommersonne am Meer. Sie war vollkommen nackt, nur ein weißer Wattebausch war mit zwei fast unsichtbaren Bändern an ihren Lenden befestigt. Wir hielten das Fernglas so lange auf das Fenster gerichtet, bis das Mädchen angekleidet war und fortging. Was waren wir beide damals? Zwei Voyeure?»

«Seither sind zehn Jahre vergangen! Der ganz gemeine, lächerliche, widerliche Voyeur warst du, und ich war dir hörig.»

Wie stets bei unseren Auseinandersetzungen ist nun der Augenblick gekommen, da er sich beleidigt fühlt. Er ist darauf bedacht, sozusagen Distanz zu wahren. Nach kurzem Schweigen jedoch beginnt er in gekränktem Ton: «Auch ein Scherz hat seine Grenzen. Spaß beiseite: ich mache dich darauf aufmerksam, daß ich etwas repräsentiere, das weder gemein noch lächerlich, noch widerlich ist. In einer Herrenrevue blättern, durch das Fernglas ein Mädchen mit dem Wattebausch zwischen den Lenden beobachten und andere scheinbar triviale Handlungen dieser Art sind in Wahrheit der Ausdruck von etwas Grandiosem, Erhabenem, kurz, etwas Kosmischem. Deinem Fünfgroschenverstand kommt es nicht zu, sie zu beurteilen.»

Die übliche Prahlsucht! Der übliche Dünkel! Die übliche Anspielung auf «grandiose», «erhabene», auf «kosmische» Hintergründe! – «Mag sein. Nun sieh aber, was ich mit dieser Illustrierten mache, die deiner Ansicht nach Ausdruck der geheimnisvollen Kraft ist, die das Universum regiert. Ich schmeiße sie auf die Straße.»

Mit aller Wucht geschleudert, klatscht die Illustrierte auf das Pflaster. Mit tiefer Befriedigung sehe ich, wie ein Auto über sie fährt. Die Autoreifen drücken ein Zebramuster auf das «Mädchen des Monats». Diesmal schweigt er empört. Doch nur einige Zeit. Er ist ebenso unbeständig wie hartnäckig. Als ich vor Faustas Haus parke, erwacht er wieder und flüstert mir zu: «Fausta schläft noch um diese Zeit.»

«Ja.»

«Weißt du, was du tun solltest?»

«Was denn?»

«Du solltest dich ganz leise in ihr Zimmer schleichen, dich im Finstern, ohne Licht anzumachen, entkleiden und zu ihr unter die Decke schlüpfen.»

«Und dann?»

«Nichts weiter. Ich mache niemals Pläne oder Voraussagen. Ich lebe vom Augenblick, in der Gegenwart.»

Ich betrete den Hausflur, steige in den Aufzug, drücke auf den Knopf. Während mich der Aufzug von Stock zu Stock emporführt, beginnt er wiederum: «Bedenke, daß Fausta schließlich deine Ehefrau ist.»

«Und?»

«Du hast dir nun selbst bewiesen, daß du imstande bist, sechs Monate lang enthaltsam zu leben. Wäre es da nicht an der Zeit, eine Ausnahme zu machen, eine einzige, der Frau zuliebe, die du zu deiner Lebensgefährtin erwählt hast?»

Wie auch schon andere Male fühle ich mich von seiner zugleich pathetischen und pedantischen, jedenfalls aber kleinbürgerlichen Ausdrucksweise betroffen.

Aus reinem Spaß frage ich ihn provozierend: «Worin bestünde diese Ausnahme?»

«Darin, mir zu erlauben, in direkten Kontakt mit Fausta zu kommen. Die Ausnahmefälle ließen sich von heute an regeln. So könnte, im Einvernehmen mit Fausta, der direkte Kontakt etwa einmal im Monat stattfinden. Oder alle vierzehn Tage.»

Der Aufzug hält mit einem Ruck. Ich betrete den kleinen Treppenflur vor der Dachterrassenwohnung, schließe die Aufzugstür und schicke den Aufzug wieder zurück. Die Wohnungstür ist aus hellem Holz. Mein Namensschild ist auf ihr angebracht: alles wie immer. Ich stecke den Schlüssel ins Schloß, öffne leise, schleiche ins Vorzimmer. Völliges Dunkel. Ich taste mich vor, eine warme, verbrauchte Luft dringt mir in die Nase. Ein Gemisch gleichwohl unterscheidbarer Gerüche. Es riecht nach Küche, Zigarettenrauch und Windeln. Er aber läßt nicht locker: «Die Luft ist stickig, gewiß. Üble Gerüche, meinetwegen. Und doch von besonderer Art. In einer besonderen Situation.»

«Was für einer Art? Was für einer Situation?»

«Geruch nach Weiblichkeit. Die Situation eines Ehemannes, der sich nach sechs Monaten Enthaltsamkeit in die eigene Wohnung einschleicht.»

Im Geist zucke ich die Achseln, taste mich weiter, ohne Licht anzumachen, stoße ein paarmal gegen irgendwelche Gegenstände, gehe auf die Küche zu. Ich brauche Kaffee. Ich werde ihn mir selber machen und mich dann mit Fausta befassen. Sowie ich aber die Küchentür öffne, vergeht mir alle Lust auf Kaffee. Die Küche befindet sich in einer Unordnung, die jeder Beschreibung spottet. Auf der roten Tischplatte schmutzige Teller, schmutziges Besteck, Gläser mit Weinresten, Obstschalen, Brotkrusten. In der Salatschüssel ein paar mit Öl verklebte Salatblätter. In der Tischmitte eine halbleere Chiantiflasche. Das Fenster ist leider geschlossen: durch die Scheiben dringt ein glühender Sonnenstrahl, und die Speisereste auf den Tellern glimmen auf. Der saure Geruch verfaulender Lebensmittel beleidigt meine Nase. Wie viele Leute saßen zu Tisch? Ich zähle vier Gedecke und vier Stühle, zwei aus Stahlrohr, sie gehören zur Küche, und zwei in skandinavischem Stil, sie stehen sonst im Salon. Im Spülbecken türmen sich gefährlich die schmutzigen Teller. Aus mir unbekannten Gründen ist die Putzfrau offenbar mindestens drei Tage lang nicht gekommen. Aus einem Winkel unter dem Fenster bewegt sich eine Kolonne von Ameisen über den Fußboden auf die Tischbeine zu, erklimmt sie und wimmelt auf den Tellern. Mein Blick fällt auf den Küchenherd: in der großen Aluminiumpfanne kleben ein paar gelbliche Spaghetti. Der Herd ist über und über mit Tomatensauce bespritzt. Ich schließe die Küchentür wieder und frage ihn sarkastisch: «Erregt dich vielleicht auch diese Unordnung, dieser Schmutz, dieser Gestank?»

«Warum nicht?»

Wieder im Dunkeln. Ich taste mich bis zum Ende des Korridors. Dort ist unser Schlafzimmer. Plötzlich ertönt durch eine Seitentür eine kindliche Stimme. Weder Worte noch Gesang: unartikulierte Laute, die zugleich nach Worten und nach Gesang klingen. Das ist mein Sohn Cesarino. Ich zögere. Dann aber und trotz seiner Proteste («Gehen wir doch zuerst zu Fausta, deinen Sohn kannst du später sehen, Fausta wird gleich aufstehen, und du kannst sie dann nicht mehr im Bett überraschen usw.») öffne ich die Tür.

Das Zimmer ist von Licht durchflutet. In der Zimmermitte steht ein Laufstall mit rosa Stäben, darin befinden sich eine kleine Matratze und Spielzeug aller Art. Cesarino, nackt und aufrecht, klammert sich mit seinen Händchen an das Gestänge, sperrt den Mund auf und stößt jene unartikulierten und lustigen Töne aus, die ich im Korridor gehört habe. Wieso ist Cesarino schon wach, gewaschen und offensichtlich auch schon gefüttert, während die Wohnung sonst in tiefen Schlaf versunken scheint? Wahrscheinlich war Fausta, die den Jungen in ihrem Bett schlafen läßt, aufgestanden, hat ihn gewaschen und genährt, ihn in seinen Laufstall gesteckt und sich dann wieder schlafen gelegt.

Ich nähere mich und betrachte Cesarino. Er sieht hoffnungslos pöbelhaft aus. «Wie ordinär!» möchte man ausrufen. Häßliches, glanzloses, gekraustes blondes Haar. Wäßrigblaue Augen, die frech dreinschauen. Weiße Wangen, mit bäurisch roten Flecken auf den Backen. Die winzige Hakennase ist fleischig, die breiten Nasenflügel sind von roten Äderchen durchzogen. Der unförmige Mund wirkt schief, fast als hätte er eine Hasenscharte. Ich sehe ihn immerfort an, muß, wie schon oft, denken: «Er kann nicht mein Sohn sein.» Sofort aber mischt er sich aus unerfindlichen Gründen ein: «Doch, er ist dein Sohn.»

«Aber er ist doch blond, hat blaue Augen, eine Hakennase, eine weiße Haut. Ich hingegen habe dunkle Haare und eine dunkle Hautfarbe. Auch meine Augen sind dunkel. Und meine Nase ist gerade.»

«Unsinn. Er ist dein Sohn. Ich weiß es bestimmt.»

«Wie kannst du es so bestimmt wissen?»

«Ich ‹fühle› es, ob ein ‹anderer› statt meiner auch nur einmal dagewesen ist.»

«Wie kannst du das fühlen?»

«Ich fühle es durch die Art, wie ich eindringe und empfangen werde. Aus der Lust, die ich empfinde und erwecke. Und die ich wiederempfange.»

«Ich hingegen ‹fühle›, daß Cesarino nicht mein Sohn sein kann.»

«Du fühlst gar nichts. Du folgerst es nur auf Grund einer fixen Idee.»

«Fixe Idee?»

«Ja, du hast die fixe Idee, daß körperliche Zeugung und künstlerische Zeugung gleichsam zwei Wasserhähne seien, die von derselben Wassermenge gespeist werden. Wenn du den einen Hahn öffnest, versiegt der andere, und umgekehrt.»

«Wer hat so etwas gesagt?»

«Du. Erinnerst du dich nicht mehr? Du hast erklärt: ‹Nützt alles nichts, in meinem Geist stehen Cesarino und mein Film in einem unlöslichen Verhältnis zueinander. Entweder ist Cesarino nicht mein Sohn, dann werde ich einen schönen Film machen, oder er ist mein Sohn, dann wird mein Film genauso häßlich ausfallen wie er.›»

«Eine zwanghafte, abergläubische, verkrampfte Art zu denken.»

«Deine Art!»

Während dieses Streitgesprächs mustert mich Cesarino von unten, beharrlich, frech. Plötzlich lächelt er. Ein fürchterliches, vulgäres, wenn auch unschuldiges Lächeln. Und ein enthüllendes. Ja, es gleicht genau dem Lächeln des Installateurs Eugenio. Der kam ungefähr ein Jahr vor Cesarinos Geburt häufig zu uns, ein blonder, untersetzter, stämmiger und muskulöser Mensch. Ich sage: «Ich habe den Beweis, daß mein Sohn nicht mein Sohn ist.»

«Wieso Beweis?»

«Hast du denn die Geschichte mit der Augenbraue vergessen? Gerade zu der Zeit, da Cesarino, sagen wir, empfangen wurde, kam Eugenio mehrere Male, um unseren Badeofen zu reparieren. Ich wollte ihn durch einen neuen Ofen ersetzen, Eugenio aber erklärte steif und fest, der Badeofen sei noch durchaus brauchbar. Eines Morgens betrachte ich mich vor dem Rasieren im Spiegel, da entdecke ich in den Haaren der rechten Augenbraue irgend etwas Graubraunes. Es sieht aus wie eine kleine Kruste gestockten Bluts. Wie ich aber diese scheinbare Blutkruste mit dem Fingernagel wegkratze, zappelt sie plötzlich mit dunklen Beinchen. Bestürzt untersuche ich mich genauer, zuerst meine Augenbrauen, dann die Brusthaare, die Haare in den Achselhöhlen, schließlich die Schamhaare: Alles voll! Ich verbrachte eine Stunde damit, diese scheinbaren kleinen Krusten einzeln zu entfernen und sie in das mit Wasser gefüllte Waschbecken zu werfen. Am Ende war das Wasser ganz mit diesen dunklen Dingerchen bedeckt, die verzweifelt zappelten. Wenn das nicht ein Beweis ist . . .»

«Es ist keiner!»

«Wieso denn?»

Er zögert eine Weile, dann erwidert er in spöttischem Singsang: «Ich kenne jemanden, der zu jener Zeit häufig gewisse aufreizende Mädchen in einer gewissen Vorstadtstraße aufsuchte. Ich kenne jemanden, der im Einvernehmen mit seinem wahrhaft außerordentlichen Organ fast jeden

Abend eines dieser Mädchen in seinen Wagen lud. Ich kenne jemanden, der sich damals mit diesen Mädchen der Reihe nach auf die Wiesen am Tiberufer zurückzog, wo Müll, leere Konservendosen, Altpapier und sonstige Abfälle abgelagert werden. Ich kenne jemanden ...»

«Genug, genug, genug.»

Ich strecke die Hand aus, streichle Cesarinos Kopf. Mein Blick gleitet von seinem Gesicht den Körper hinab und bleibt am Bauch haften. Cesarino hat einen gewölbten, gespannten Bauch, der Nabel gleicht einem kleinen weißen Stöpsel. Zwischen seinen gepolsterten, etwas gebogenen Beinchen ragt, einer sich zuspitzenden Fortsetzung des Bauches gleich, sein Glied hervor, es ist sehr klein und doch vollkommen, weiß wie der übrige Körper, das Hodensäckchen ist noch glatt und faltenlos. Ich weiß nicht warum, aber während mich Cesarino von unten mustert und lacht und mit den Händchen am Laufstallgitter rüttelt, fühle ich mich durch den Anblick seines kleinen Gliedes sonderbar gerührt. (Vielmehr: ich weiß sehr wohl, warum: wie alle unsublimierten Menschen gefallen mir kleine Kinder, sie erwecken meine Zärtlichkeit.) Cesarino, so denke ich, wird vielleicht mehr Glück haben als ich. Er wird heranwachsen, groß werden. Zugleich mit ihm wird auch sein Glied wachsen, groß werden. Aber auch, wenn es ebenso außerordentlich werden sollte wie das meine, was ich für wenig wahrscheinlich halte, wird es doch stumm bleiben, schweigen, wie nicht vorhanden. Cesarino wird nicht, wie ich, die Zeit damit vertun, sich mit ihm herumzuzanken, und er wird in keine blamablen Situationen geraten. Er wird ein Mann aus einem Guß sein, ohne Zwiespalt, ohne Persönlichkeitsspaltung, ohne Dialoge meiner Art.

Kurz: er wird ein sublimierter Mensch sein.

Ich seufze, streichle noch einmal Cesarinos Kopf, dann verlasse ich das Zimmer. Zum drittenmal taste ich mich durch das Dunkel. Ich gehe direkt auf unser Schlafzimmer zu, drücke leise die Türklinke nieder, öffne die Tür so weit, daß ich gerade durchschlüpfen kann. Hier ist es ebenso finster wie im Korridor und doppelt so heiß. Die Luft ist von schweren Gerüchen erfüllt, von «weiblichen». Ich schließe die Tür hinter mir, strecke die Hand nach dem Nachttischchen aus, suche den Taster der Nachttischlampe. Aber ich kann mich nicht entschließen, ihn zu drücken. Was soll ich tun? Fausta wecken, sie in die Küche schicken, damit sie mir Kaffee koche? Oder soll ich mich, wie er es mir eingegeben hat, entkleiden, zu Fausta ins Bett legen, sie ein wenig streicheln und kurz umarmen, ohne es zu mehr kommen zu lassen als zu einer Bekundung ehelicher Zuneigung? Vielleicht hätte ich mich für die zweite Möglichkeit entschieden, wenn er mich nicht in der gewohnten, unangebrachten Weise aufgestachelt hätte: «Los, Mut, worauf wartest du? Zieh dich aus, schmeiß dich ins Bett.»

Seine Ungeduld erweckt wie immer meinen Verdacht: «Was geht es dich an, ob ich mich ins Bett ‹schmeiße› oder nicht?» Da entschlüpft ihm, offenbar infolge der Dringlichkeit seines Begehrens, der Satz: «Nun, eines ergibt sich aus dem andern.»

Ich protestiere sogleich: «Nein, diesmal, verstehst du, darf sich nichts ergeben. Absolut nichts. Wenn ich mich zu Fausta legen sollte, dann nur, um sie meine Liebe fühlen zu lassen. Du aber kannst so etwas natürlich nicht begreifen. Was ist für dich Liebe? Nichts, weniger als nichts.»

«Haha, Liebe!»

«Da gibt es wenig zu lachen.»

«Unsinn. Sei doch ein bißchen aufrichtig! Ein bißchen realistisch! Liebe! Wenn es etwas gibt, das ausschließlich mich betrifft, das mein in jeder Einzelheit gewolltes, geplantes und durchgeführtes Werk ist, dann ist es deine Heirat mit Fausta.»

«Deiner Ansicht nach also liebe ich Fausta nicht?»

«Es interessiert mich überhaupt nicht, ob du sie liebst oder nicht. Ich möchte nur mit aller Eindeutigkeit feststellen, daß deine Ehe mein Werk ist. Genauso wie es deine Beziehungen zu den Huren in den Tiberauen waren. Wirklich. Wer hat dich eines Tages dazu gebracht, eine bestimmte Telefonnummer zu wählen, die dir ein gefälliger Freund vermittelt hatte? Wer ließ dich auf die verschlüsselte Frage, ob du ein Service zu sechzehn, achtzehn oder vierundzwanzig wünschst, hastig antworten: ‹Zu sechzehn, selbstverständlich zu sechzehn!›? Wer bestimmte dich am nächsten Tag, eine Stunde vor der vereinbarten Zeit, ein gewisses Haus in einer gewissen Straße in einem gewissen Viertel aufzusuchen und auf die Klingel zu drükken, über der ein Schild angebracht war: ‹Mariú mode›? Wer jagte dich die Stiegen hinauf und machte dich vor Ungeduld zittern, als du vor der bestimmten Tür standest? Wer sprach aus dir, als die Tür sich öffnete und Mariú (schwarzes Kleid, fahles Gesicht, große, sanfte schwarze Augen, dunkler Flaum auf der Oberlippe, das gewachste gelbe Maßband auf der Schulter, ein paar weiße Fäden auf dem schwarzen Rock) in der Tür erschien und du sagtest: ‹Ich komme wegen dem Service zu sechzehn.›? Wer trieb dich an, im Probierzimmer (roter Diwan, schwarze, kopflose Kleiderpuppe, dreiteiliger Spiegel, ein kleines Tischchen, darauf ein Aschenbecher, angefüllt mit Stecknadeln) wie ein Löwe, oder besser wohl wie ein Affe, im Käfig hin und her zu rennen, ehe sich eine weitere Tür öffnet und Mariú Fausta mit den Worten in das Zimmer schob: ‹Das Service zu sechzehn ist aus, dies ist das Service zu achtzehn. Ich habe noch eines zu vierundzwanzig. Wollen Sie beide oder nur das eine?›? Und wer hieß dich lüstern antworten: ‹Beide.›? Wer, als wir dann im eigentlichen Zimmer waren (großes, niedriges, viereckiges Bett, kaum Platz zwischen Bett und Wand, ihm gegenüber die beiden Mädchen) – wer, sage ich, ließ dich begierig hinstarren, während die junge Kupplerin in sanfter, ruhiger, freundlicher, beflissener und komplicenhafter Weise Fausta entkleidete und dabei deren körperliche Vorzüge rühmte? (‹Wo findest du noch ein Mädchen wie dieses? Schau dir mal ihr Spitzbubengesicht an, rundlich und dunkelhäutig, schau dir diese weißen Zähne an und diese schwarzen

Augen, und dann die kleinen Brüste, die festen, rühr sie mal an, sie schnellen zurück. Und dann dieser rundliche, leicht vorspringende Bauch, mit diesem Nabel, diesem kindlichen, man sieht ihn kaum. Ist er nicht reizend, dieser Bauch? Und der Hintern! Wo findest du noch so einen Hintern? So reizende Grübchen haben andere Frauen sonst in den Wangen. Einen solchen Hintern kann man geradezu in die Auslage stellen! Und dann schau dir die Beine an. Und die Füßchen und die Hände und die Finger. Und nicht zuletzt – schau sie dir hier an! Keine kann hier schöner sein als Fausta, greif mal mit der Hand hin, rühr sie hier an: spürst du, wie sanft das ist, wie weich, spürst du's?›) Wer ließ dich nach einer so liebevoll detaillierten Anpreisung auf das ‹Service zu vierundzwanzig›, das heißt auf Mariú, verzichten (‹Oh, ich wußte es ja, was bin ich denn schon im Vergleich zu Fausta?›) und erklären, du möchtest mit dem ‹Service zu achtzehn› allein bleiben? Wer veranlaßte dich, das Haus von ‹Mariú mode› von nun an alle Tage aufzusuchen, und gab dir schließlich den Gedanken ein, Fausta, mit Mariús Erlaubnis, in deine Wohnung kommen zu lassen? Wer brachte dich so weit, daß du oft eine Stunde lang an der Wohnungstür horchtest, ob der Aufzug, von Stock zu Stock steigend, bis zu deinem Treppenflur heraufkam und Faustas vertrauter Schritt auf den Steinfliesen erklang? Wer legte es dir eines Tages nahe, Fausta zu bitten, nicht mehr den Aufzug zu nehmen, sondern die fünf Stockwerke hinaufzulaufen, weil du sie atemlos, mit bebenden Brüsten und gerötetem Gesicht vor dir stehen sehen wolltest? Und wer hat dich, als dieses Verhältnis bereits ein Jahr dauerte, davon überzeugt, daß du in Fausta verliebt warst, nicht mehr ohne sie leben konntest, kurz, daß du sie heiraten mußtest? Kommen wir jetzt auf die Heirat! Wer gab dir, nach der Zeremonie in der Kirche, dem Hochzeitsessen im Hotel, dem Flug nach Paris und all den sonstigen üblichen Dingen – wer, frage ich, gab dir in dem Pariser Hotelzimmer den Gedanken ein, das in Rom bei ‹Mariú mode› begonnene Verhältnis unverändert fortzusetzen und nach vollzogenem Liebesakt, zum Spaß gleichsam, den gleichen Geldbetrag auf das Nachtkästchen zu legen, den du bisher Fausta in die Hand drücktest, wenn sie von dir ging? Wer wollte dir damit zu verstehen geben, daß trotz Priester, Altar, Ehering und Predigt über die ehelichen Pflichten alles weiterging wie zuvor, unverändert, daß also auch die Heirat seine Angelegenheit war, sein ausschließliches Werk?»

So spricht er drängend, unerbittlich. Ich antworte in aller Seelenruhe: «Mag sein. Jetzt aber habe ich einen Sohn von ihr. Ich habe sie liebgewonnen. Wenn ich sie nicht liebte, wie könnte ich mit einer Frau zusammen leben, an der nichts mehr von der Fausta von dazumal zu finden ist, buchstäblich nichts? Die sich von ihr unterscheidet wie der Tag von der Nacht?»

«Haha!»

«Was soll das?»

«Und doch bleibst du bei ihr, um mir einen Gefallen zu erweisen. Wieso wird es dir nicht klar, daß du ebendeshalb bei der verwandelten Fausta ausharrst, weil ich Freude daran finde, daß sich die Fausta von heute von der Fausta von einst, deinen Worten zufolge, unterscheidet wie der Tag von der Nacht?»

«Was redest du da?»

«Ich? Rede du dir nichts ein! Ich bin es doch, der dich weiterhin bei der Fausta von heute hält, die – immer deinen Worten nach – mit der Fausta aus der Zeit vor zehn Jahren buchstäblich nichts gemeinsam hat. Ich bin es, der dich gerade in der Verwandlung der einst schlanken, agilen Fausta in die heutige schwerfällige, aus der Form geflossene, schwammige Fausta einen Anlaß zum Lustgewinn finden läßt. Und ich bin es, der in dir schon beim Gedanken und mehr noch bei der Beobachtung des Verfallsprozesses, der Auflösung von Faustas ursprünglicher herber, körperlicher Festigkeit die Begierde weckt.»

«Das ist nicht wahr, ich habe sie lieb und ...»

«Machen wir die Probe. Fausta ist hier, im Dunkeln, sie ist schon wach und wartet darauf, daß du dich meldest. Streck deine Hand aus, berühre sie, und ich werde dich in der Fausta von heute die Fausta von gestern finden lassen. Da wirst du erkennen, daß es nicht die Liebe ist, die dich bei ihr festhält.»

So vorgebracht, überzeugt mich sein nicht mehr neuer optimistischer und zäher Wille, es möge sich «eines aus dem andern» ergeben. Sicher, es ist ein rein gedankliches Raffinement, in einem Körper einen anderen zu suchen, der, ach, nicht mehr existiert; aber ich habe, ich gestehe es, eine Schwäche für das gedankliche Raffinement, besonders wenn es von ihm stammt. Ohne lange zu überlegen, strecke ich im Finstern die Hand aus, suche und erreiche endlich mit den Fingern Faustas Gesicht, das, von einem Haargewirr umgeben, im Kissen versunken liegt. Sofort faßt sie mit ihrer Hand nach der meinen, führt sie an die Lippen und küßt sie. Dann höre ich sie sagen: «Endlich bist du gekommen.»

«*Ciao.*»

«Warum legst du dich nicht zu mir ins Bett? Es ist noch früh, schlafen wir beide noch ein Weilchen.»

«Erst möchte ich mit dir ein wenig zärtlich sein, tu das Laken weg, zieh das Hemd aus und laß mich machen.»

Er stimmt zu. «Bravo. Nun kannst du dich überzeugen, ob ich recht habe.»

Ich höre ein langes Rascheln, hastige Bewegungen. Dann flüstert Fausta mit kaum hörbarer Stimme im Dunkeln: «Ich bin fertig.»

Sogleich meldet er sich in unterweisendem Ton: «Führe jetzt deine Finger langsam an den Konturen ihres Gesichts entlang.»

Ich tue es. Er sagt: «Fühlst du nicht in dem in die Breite gegangenen Gesicht das reizende Gesichtchen von einst? Merkst du nicht, daß Fausta zwei Gesichter hat, ein äußeres, das heutige, und ein inneres, das gestrige?»

Es stimmt. Scheint zumindest zu stimmen, so suggestiv wirken seine

Worte. Ich befühle mit den Fingern Faustas breites Gesicht und fühle tatsächlich das Gesichtchen aus der Zeit vor zehn Jahren. Seltsam.

«Und jetzt führe deine Finger den Hals hinab, über die drei, vier dicken Falten hinweg, und wage dich zu den Brüsten vor. Da sind sie, unter deinen Fingerspitzen, zwei riesige, halbleere, gut verstöpselte Wärmflaschen aus Gummi. Aber fühlst du nicht auch in diesen länglichen, elastischen Wärmflaschen die zwei kaum gereiften Orangen aus der Zeit vor zehn Jahren? Und in den stöpselartigen Brustwarzen von heute die knospenhaften Spitzen von einst?»

Ich muß, wenn auch ungern, zugeben, daß er recht hat. Er fährt fort: «Und jetzt von den Brüsten zum Bauch. Entdeckst du nicht in dem formlosen Sack von heute den schönen, flachen und runden Silberteller von damals?»

Seine Aufforderung lautet: «Handle!» Und er fährt fort: «Laß dich jetzt die Sprossenleiter aus Haaren hinab, die fischgrätenartig den Nabel mit den Lenden verbinden, und fahre mit den Fingern in den dichten Pelz, der den Schamhügel bedeckt. Suche in diesem Wald den gekrümmten, feuchten Pfad des Geschlechts. Folge dieser Strecke, immer weiter hinab und unten herum bis zum schweißigen Knoten des Afters. Heute erinnert das Geschlecht an eine durch einen Säbelhieb verursachte Wunde mit zerfransten, fallenden Rändern. Aber findest du nicht doch in diesem leblosen, klaffenden Spalt die kleine, umklammernde Öffnung wieder, die mich vor zehn Jahren mit aller Kraft zusammenpreßte, fast als sollte ich abgeschnitten werden wie in den kleinen, guillotineartigen Vorrichtungen zum Kappen der Zigarrenspitzen?»

Seine Beredsamkeit reißt mich entschieden mit. Er ist sich seines Vorteils bewußt und spornt mich an: «Sag ihr jetzt, sie soll sich umdrehen und auf den Bauch legen.»

«Sie ist doch kein Pfannkuchen.»

«Tu, was ich dir sage.»

Ich gehorche, gebe den Befehl an Fausta weiter, die nun ihrerseits gehorcht, ohne zu mucksen. Jetzt unterweist er mich in wissenschaftlichem Ton wie ein Anatomieprofessor, der sich mit seinen Hörern über eine Leiche auf dem Seziertisch beugt: «Streck wieder deine Hände aus und umfahre mit den Fingern die zwei riesigen Kugeln, in die der Rücken unterhalb der Nieren ausläuft, und schätze ihren imponierenden Umfang ab. Leg die Handfläche auf ihre Wölbung und begutachte die glatte, endlose Fülle. Fahre mit deinen Fingern kammartig in den Spalt, der die beiden Kugeln voneinander trennt, und merke, wie tief er ist. Und dann versuche, dich der kleinen, festen, zuckenden Muskeln vor zehn Jahren zu erinnern, und sag mir, ob du sie nicht immer noch zucken fühlst in den wogenden, breiten Backen von heute.»

Da, förmlich als Bestätigung des immer gleichen, geheimen Zweckes solch redseliger Ausführungen, ertönt im Finstern die Stimme meiner

Frau: «Nun, willst du, daß wir uns jetzt lieben?»

Ich reiße mich zusammen, fast wäre ich der Versuchung erlegen und ihm in die Falle gegangen, die er mir durch seinen Einfall von den zwei Körpern, die wie chinesische Schachteln ineinanderstecken, listigerweise stellen wollte. Immer dasselbe. Wieder einmal bin ich hart daran, nachzugeben. Wieder einmal bin ich schon geneigt, um eines verächtlichen Augenblicks der Wollust willen die kostbare Energie zu vergeuden, durch die ich mich aus der Mittelmäßigkeit erheben und vor dem Scheitern retten könnte. Der Unsublimiertheit Faustas, die mit geöffneten Beinen bereitliegt, entspricht meine eigene Unsublimiertheit: auch ich bin bereit, gemeinsam mit ihm, der inzwischen beträchtliche Ausmaße angenommen hat. Wir sind einander würdig! Stehen auf der gleichen Stufe! Uns verbindet die gleiche Einengung des Lebens auf den geschlechtlichen Vorgang! Die gleiche Preisgegebenheit! Sie ist nicht «unten», und ich bin nicht «oben», wie es sein müßte, sondern wir sind einander «gleich»! In gleicher Weise unsublimiert, in gleicher Weise seine Sklaven! In gleicher Weise unfähig, ihm zu widerstehen! Wir sind einander ebenbürtig! Und sofort werden wir im selben Augenblick in demselben Bett liegen! Grob sage ich zu Fausta: «Nein, nichts da von Liebe! Steh auf, zieh dir den Schlafrock an und geh in die Küche. Mach mir einen Kaffee, dann können wir miteinander reden.»

Natürlich protestiert er. Ihm ist zumute wie einem Fischer, der nach langem Warten sehen muß, daß der Fisch nicht anbeißt, sondern davonschwimmt: «Was heißt das? Grade jetzt? Im schönsten Moment?» Ich kümmere mich nicht um ihn. Ich drücke auf die Lichttaste, öffne mit der anderen Hand die Tür, trete aus dem Zimmer, ohne mich umzuwenden.

Wieder in der Küche. Ich setze mich an den Tisch und denke nach. Klar: als gänzlich unsublimierter Mensch habe ich mich von meinen Liebesgefühlen übermannen lassen. Er hat daraus Profit gezogen, wollte meinen Willen brechen. Nein! Ich muß alles tun, um Fausta gegenüber «oben» zu bleiben, ich muß sie «unten» halten. Es wird ein sadistisches «Oben» sein und bei Fausta unvermeidlich ein masochistisches «Unten» zur Folge haben. Ein irgendwie künstliches «Oben», nicht das selbstverständliche eines sublimierten Menschen, von dem ich, leider, noch weit entfernt bin. Kurz, das «Oben» eines unsublimierten Menschen, der gegenüber einem anderen, noch unsublimierteren Menschen so tut, als wäre er sublimiert. Nun, besser als nichts. Wie aber soll ich rasch meine Überlegenheit erlangen? Ich sehe mich in der Küche um, und das Bild, das sich mir bietet, gibt mir die Antwort.

Da kommt Fausta. Im Eintreten knüpft sie den Gürtel ihres Schlafrocks. Wie geblendet von der grellen Sommersonne, verzieht sie ihr schwammiges Gesicht. Ich lasse ihr keine Zeit, sich zu fassen, und fahre sie an: «Darf man wissen, was du in meiner Abwesenheit treibst?»

Bei diesem Angriff reißt sie erschrocken die Augen auf und stammelt:

«Warum? Was sollte ich treiben?»

«Ich komme nach Hause und ersticke fast vor Gestank. Ich gehe in die Küche und sehe nichts als schmutziges Geschirr, das sich seit mindestens einer Woche angesammelt hat. Du selbst bist nicht wiederzuerkennen: dein Gesicht ist fett und schlaff, deine Augen sind geschwollen, deine ganze Erscheinung wirkt verschlampt.»

Sie fährt sich verlegen über das Gesicht, zieht den Schlafrock über der Brust zusammen. Das fehlte noch! Sie wehrt sich müde: «Ich habe geschlafen. Ich habe dich erst am Nachmittag erwartet. Du hast gesagt, du kommst nach dem Mittagessen.»

Ich bin schon «oben». Sicher, es ist nicht die wirkliche Überlegenheit des sublimierten Mannes, ich verdanke sie ausschließlich meinem Geschimpfe. Aber es ist doch auch richtig, daß Reinlichkeit, Ordnung, Pflege der eigenen Person immer und überall Eigenschaften sublimierter Menschen sind. Ich lasse nicht locker: «Du kannst doch nicht erst darauf warten, daß jemand auf Besuch kommt, um menschenwürdig auszusehen! Du mußt es immer sein, nicht aus Rücksicht auf andere, sondern aus Achtung vor dir selber.»

Sie sagt nichts: sie fährt sich weiterhin mit der Hand über das Gesicht, als fühlte sie tatsächlich darunter das Gesichtchen aus der Zeit vor zehn Jahren und als könnte sie es durch ihre Handbewegungen wieder zum Vorschein bringen. Kurz, sie ist «unten», aber noch nicht genug. Ich schlage mit der Faust auf den Tisch: «Du willst mir nicht antworten? Ich spreche zu dir! Ich will, zum Teufel, verstehst du, daß in meiner Wohnung, auch wenn ich nicht da bin, auch wenn ich sechs Monate, ein Jahr, zehn Jahre fort bin, alles spiegelblank und meine Frau eine Dame ist!»

Es geht ja großartig. Nichtsdestoweniger muß ich feststellen, daß in meinen Worten irgend etwas Falsches ist, Unechtes. Unsublimierte Menschen, die so tun, als wären sie sublimiert, verfallen zwangsläufig in eine klischeehafte Ausdrucksweise: «Ich habe dich aus dem Dreck gezogen! Ich habe keine Sekunde gezögert, aus dir, einer ganz gewöhnlichen Hure, die Gefährtin meines Lebens zu machen! Ich habe dich vor der schiefen Bahn bewahrt, vor der Prostitution, denn du hättest bestimmt in der Gosse geendet! Jetzt fange ich an zu glauben, es wäre besser gewesen, wenn ich dich in dem Dreck gelassen hätte, in den du gehörst.»

Sie schweigt immer noch, geht mit gesenktem Kopf zum Küchenherd, sucht aus dem Haufen schmutzigen Geschirrs im Spülbecken die Kaffeemaschine. Sie schraubt sie auseinander, klopft die Kaffeereste aus, öffnet den Wasserhahn, wäscht die Maschine und schraubt die einzelnen Teile wieder zusammen. Eine Haarsträhne fällt ihr ins Gesicht und baumelt hin und her, aber sie schiebt sie nicht zurecht. Schließlich sagt sie, ohne sich umzuwenden: «Du verlangst viel. Du verlangst, daß ich mich in deiner Abwesenheit wie eine Dame aufführe. Aber als du noch hier warst, wolltest du immerzu, daß ich Theater spiele.»

«Theater? Was soll das wieder heißen? Was meinst du damit?»

«Gewisse Dinge, das kannst du mir glauben, vergißt man nicht. Statt mir zu einem neuen Leben zu verhelfen, hast du mich gezwungen, vor dir, in meinem Haus, in Gegenwart von Cesarino, der in unserem Bett schlief, die Rolle einer Hure zu spielen. Ich mußte mir das gleiche Hemd und die gleiche Hose anziehen, die ich anhatte, als wir uns zum erstenmal bei Mariú sahen. Ich mußte die Stiegen hinauflaufen, mußte an der Tür meiner eigenen Wohnung läuten, als käme ich zum erstenmal. Versteh mich recht. Da ich dich liebhabe und du mein Mann bist, bin ich bereit, auch dieses Theater zu spielen, sooft du es willst. Dann aber erzähl mir nicht, ich soll mich wie eine Dame aufführen! Eine Dame, die eine Dame ist, tut gewisse Sachen nicht, auch wenn ihr Mann es will.»

Da hatte ich's nun! Zusammenbruch! Sturz von der Höhe meiner künstlichen Überlegenheit eines unsublimierten Menschen, der den sublimierten spielt, immer tiefer hinab in die Abgründe allerniedrigster Unsublimiertheit. Daran war natürlich er schuld. Tatsächlich hatte er das «Theater» erfunden, von dem Fausta geredet hat. Er mit seiner fixen Idee, in Fausta, der Mutter und Gattin von heute, die Hure von gestern wiederfinden zu wollen. Da lag ich also glatt auf dem Boden, unsublimierter denn je, sogar unsublimierter als Fausta, denn sie hatte das «Theater» aus Liebe zu mir gespielt, und Liebe ist immerhin eine Form der Sublimierung. Ich hingegen hatte sie zu dem Theater gezwungen, um ihm einen Gefallen zu tun.

Es ist mir klar, daß ich auf der Phrase vom «Dreck», aus dem ich sie durch die Heirat gezogen habe, nicht länger bestehen kann. Ich wechsle das Thema, benehme mich aber weiterhin erzürnt und herrisch: «Darf man wenigstens wissen, warum es da so viele schmutzige Teller gibt? Was macht denn die Aufräumfrau?»

«Sie kommt seit fünf Tagen nicht mehr.»

«Warum?»

«Sie hat meinen Schmuck gestohlen und sich seither nicht mehr blicken lassen.»

«Den Schmuck?»

«Ja.»

«Den ganzen?»

«Den ganzen Schmuck, den du nicht in den Safe gelegt hast.»

«Also auch den Saphierring mit den kleinen Brillanten, den ich dir zur Hochzeit geschenkt habe?»

«Ja, auch den.»

«Hast du sie angezeigt?»

«Nein.»

«Warum nicht?»

«Darum nicht.»

«Das ist unerhört. Man stiehlt dir einen kostbaren Ring, der noch dazu mit dem wichtigsten Ereignis deines Lebens verknüpft ist, man stiehlt dir weiteren Schmuck, der einen beträchtlichen Gefühlswert hat, und du machst dir weiter nichts daraus, regst dich nicht auf, erstattest nicht einmal eine Anzeige! Was hast du eigentlich in deinem Kopf, darf man das wissen?»

«Nichts.»

«Was heißt das: nichts?»

«Das heißt: nichts.»

«Und wer räumt jetzt auf, wer kümmert sich um das Kind?»

«Ich.»

«Hast du noch kein anderes Mädchen gefunden?»

«Nein.»

«Hast du keines gesucht?»

«Nein. Ich habe noch keines gesucht.»

«Weshalb?»

«Ich weiß es nicht.»

«Du hast sonst nichts zu tun, suche eines – so bald wie möglich! Wie kannst du es in dieser Unordnung aushalten, in diesem Schmutz?»

Wieder keine Antwort. Jetzt bin ich eindeutig «oben» und kann es mir erlauben, sanfter zu werden. Ich frage: «Wer war gestern abend hier?»

«Vittorio, Attilio und Giovanna.»

«Ich will nicht, daß du mit diesem Paar verkehrst, ich habe es dir schon öfters gesagt. Sie ist eine höchst gewöhnliche Person, und er ist eine Niete, ohne feste Beschäftigung. Was Vittorio betrifft, so ist er ganz einfach ein Idiot.»

«Sie haben mich angerufen. Niemand ruft mich an. Alle wissen, daß du nicht mehr hier wohnst, und da ich keine Freunde habe, weil meine Freunde deine waren, sehe ich wenigstens, wer an mich denkt.»

«Was habt ihr gemacht?»

«Zuerst haben wir das Abendessen gemacht, dann haben wir gegessen, und dann haben wir Karten gespielt.»

«Was habt ihr gespielt?»

«Poker. Attilio hat gewonnen. Ich schulde ihm 10000 Lire.»

«Er hat sicher gemogelt.»

«Nein, er hat nicht gemogelt, er hat gewonnen.»

«Haben sie über mich gesprochen?»

«Ja.»

«Was haben sie gesagt?»

«Sie haben gesagt, du benimmst dich schlecht zu mir. Du solltest zu deiner Familie zurückkehren.»

«Sonst nichts?»

«Vittorio sagt, du hast eine andere, eine gewisse Agata.»

«Und ich habe dir gesagt, Vittorio ist ein Idiot. Ich habe keine Agata.»

«Ich weiß, daß du keine Agata hast. Ich habe ihm das auch gesagt.»

«Hat mich jemand in den letzten Tagen angerufen?»

«Ja.»
«Hast du die Namen notiert?»
«Nein.»
«Warum nicht?»
«Warum denn?»
Diesmal ist meine Wut echt. Ich springe auf und schlage mit der Faust auf den Tisch, brülle: «Verdammt noch mal, was soll denn das, diese Apathie, dieses Sichgehenlassen? Ich will, verdammt noch mal, verstehst du mich, ich will, ich verlange, daß in meiner Abwesenheit alles genauso weitergeht, als ob ich hier wäre. Alles! Hast du verstanden?»
Keine Antwort. Sie wendet mir ostentativ ihren massigen Rücken zu, durch den hindurch ich gleichwohl ihren schlanken, anmutigen Rücken von einst zu ahnen vermeine. Die Haare hängen ihr die Wangen hinab wie die baumelnden Ohren eines Jagdhunds: als wollten sie ihr Gesicht verdecken. An einer leichten Erschütterung ihrer Schultern merke ich, daß sie weint. Sie entfernt sich vom Küchenherd, wirft sich neben mich auf einen Stuhl, legt ihr Gesicht in die Hände, beugt sich vor und beginnt jetzt hemmungslos zu schluchzen.
Da haben wir die Bescherung. Meine Unsublimiertheit erreicht ihren Tiefpunkt. Erst die Erotik, jetzt das Mitleid. Ich bekämpfe, so gut ich kann, meine scheußliche Rührung, die mich dazu verleiten möchte, Fausta in meine Arme zu schließen und ihre Tränen zu trocknen. Im Bestreben, «oben» zu bleiben, sage ich hart: «Schön werde ich empfangen: Gestank, Unordnung, Schmutz, gestohlener Schmuck, 10000 Lire Spielverlust und jetzt auch noch eine Flut blödsinniger Tränen!»
Diesmal antwortet sie, immerzu schluchzend: «Seitdem du fortgegangen bist, finde ich mich nicht mehr zurecht. Ich fühle mich so allein, so verloren, verlassen. Ich habe zu nichts mehr Lust, ich habe nicht nur keine Lust, sondern auch keine Kraft, irgend etwas zu tun. Nichts macht mir Freude, alles bedrückt mich. Ich habe hier im Magen einen Druck, daß ich kaum atmen kann. Alles fällt mir aus den Händen. Alles ekelt mich an. Ich möchte nichts als schlafen, schlafen, schlafen. Sechs Monate lang habe ich das durchgehalten, aber jetzt kann ich nicht mehr weiter. Wann kommst du zu uns zurück?»
Achtung! Ich muß mich unbedingt vor Rührung hüten. Was die Erotik betrifft, so mag das noch hingehen: Auch wenn es sich um ein unsublimiertes Verhalten handelt, so schließt es doch die Möglichkeit nicht aus, daß sich das jederzeit ins Gegenteil verkehrt. Die Sentimentalität hingegen ist die Unsublimiertheit gleichsam als Institution. Endgültig! Unabänderlich! Ich antworte mitleidlos: «Ich werde im geeigneten Moment zurückkehren.»
«Und wann wird dieser Moment kommen?»
«Sobald ich mit meinem Film fertig bin.»
«Attilio sagt, man wird dich diesen Film nicht machen lassen.»

«Attilio ist ein verkrachter Regisseur. Er weiß gar nichts. Ich werde mit den Dreharbeiten spätestens in einem Monat beginnen.»

«In einem Monat?»

«In dreißig, vierzig Tagen.»

«Nein, ich fühle es, ich fühle es genau: wenn du den Film gemacht hast, wirst du mir erklären, daß du allein leben mußt, um einen zweiten Film zu machen. Und so wirst du nie mehr zurückkommen!»

«Wenn ich etwas sage, dann meine ich es so. Wenn ich erkläre, daß ich zurückkomme, sobald der Film beendet ist, dann heißt das, ich komme zurück.»

«Nein, du wirst nie mehr zurückkommen, nie mehr. Ich gefalle dir nicht mehr. Du wirst eine andere Frau finden.»

«Wer behauptet, daß du mir nicht mehr gefällst? Ich habe doch vorhin, als ich dich streichelte, eine enorme Erektion gehabt.»

«Warum wolltest du mich dann nicht lieben?»

«Du weißt genau, warum. Ich muß mich konzentrieren, mein eigenes Leben leben. Die erste Voraussetzung dazu ist sexuelle Enthaltsamkeit.»

«Das ist nicht wahr. Du bist aus einem anderen Grund fortgezogen.»

«Was sollte das für ein Grund sein?»

«Cesarino. Du hast die fixe Idee, daß Cesarino nicht dein Sohn ist.»

«Ich habe keine fixen Ideen, ich denke logisch. Logischerweise könnte Cesarino gar nicht mein Sohn sein.»

«Er ist es aber. Ich weiß, was du glaubst. Daß er der Sohn des Installateurs ist. Aber es ist nicht wahr. Ich bin dir immer treu gewesen, immer.»

«Es gibt verschiedene Arten, treu zu sein.»

«Nein, es gibt nur eine Art.»

«Man kann jemanden im Herzen treu sein, und im übrigen nicht.»

«Ich bin dir immer treu gewesen, im Herzen und im übrigen. Als Eugenio zum erstenmal kam, um den Badeofen zu reparieren, war ich schon schwanger. Ich weiß es genau; an diesem Tag mußte ich mich mit kaltem Wasser waschen, denn es gab kein warmes, der Badeofen war ja kaputt. Ich dachte: ‹Hoffentlich schadet es dem Kind nicht.›»

«Eine richtige Überlegung.»

«Du hast dir das mit dem Installateur in den Kopf gesetzt, weil ich gesagt habe, er ist ein hübscher Junge. Aber ich bin dir immer treu gewesen, und wenn du mich gezwungen hast, das Theater aufzuführen, die Hure zu spielen, dann hat mich das, ich schwöre es dir, immer bedrückt, denn ich bin nicht mehr diejenige, die ich einmal war. Du zwingst mich dazu, und ich will dir eine Freude damit machen. Aber ich fühle mich nicht danach. Ich tue es nur, weil du mein Mann bist – andernfalls, das kannst du mir glauben, täte ich es nicht für alles Gold der Welt.»

Unsublimiertheit! Unsublimiertheit! Von ihrer Seite: Tränen! Liebesbeteuerungen! Treuebekundungen! Schmerz! Demut! Von meiner Seite: Rührung! Der Wunsch, sie in die Arme zu schließen! Zu trösten! Zu liebkosen! Vor ihr niederzuknien, mein Gesicht in ihrem großen, weichen, nackten Bauch zu bergen, die Augen zu schließen, alles zu vergessen! Halt! Vorsicht, Rico! Noch bist du «oben». Stoß dich nicht selber «hinunter». Ich sage roh: «Daß du nicht mehr dieselbe bist wie vor zehn Jahren, das steht außer Zweifel, leider.»

«Da siehst du – ich gefalle dir nicht mehr; und dabei behauptest du, du wirst zurückkehren, wenn der Film zu Ende ist. Du kommst aber nicht mehr zurück. Ich werde mich umbringen, ich schwöre es beim Kopf Cesarinos, ich bringe mich um.»

«Armer Cesarino!»

«Du glaubst mir nicht, aber eines Tages wirst du mich tot finden.»

Es gibt eine Vorsehung auch für unsublimierte Menschen! Plötzlich ein Prasseln und Zischen, wie wenn Wasser überkocht. Ein intensiver Geruch verbrannten Kaffees erfüllt die Luft. Glücklich über diesen Zwischenfall, der mich vor der glitschigen Rutschbahn des Mitleids bewahrt, beginne ich zu wüten: «Idiotisch! Statt zu heulen und Blödsinn zu reden, hättest du lieber auf den Kaffee achten sollen! Jetzt komme ich auch noch um meinen Kaffee!»

«Ich koche einen frischen.»

«Nein. Komm jetzt lieber mit mir. Ich will dir ein für allemal beweisen, daß ich nicht deshalb fortgezogen bin, weil ich an meiner Vaterschaft zweifle. Ich pfeife auf sie, unter uns gesagt. Es handelt sich glücklicherweise um etwas unvergleichlich Ernsteres. Komm.»

«Wohin willst du denn?»

«Komm nur. In mein Arbeitszimmer.»

«Warum ins Arbeitszimmer?»

«Komm, dann wirst du es erfahren.»

Sie erhebt sich, ich ziehe sie am Arm aus der Küche. Wir stehen vor der Tür zu meinem Arbeitszimmer. Ich will öffnen, die Tür ist verschlossen.

«Warum hast du sie abgesperrt?»

«Damit niemand deine Papiere antastet.»

Sie wühlt in der Tasche ihres Schlafrocks, zieht einen Schlüsselbund hervor und schließt die Tür auf: «Dein Arbeitszimmer ist mir heilig. Überzeuge dich: alles ist genauso wie an dem Tag, an dem du fortgezogen bist. Alles.»

Wie für alle unsublimierten Menschen ist auch für Fausta die Bildung, die Kultur ein Mythos. Besser gesagt: «meine» Kultur. Dabei wird sich das arme Weib gar nicht bewußt, daß gerade meine Art von Kultur mich als unsublimierten Menschen ausweist. Ja, es gibt eine Kultur sublimierter Menschen und eine für unsublimierte. Meine gehört zur zweiten Kategorie.

Fausta hat die Tür geöffnet, wir treten ein. Völliges Dunkel. Sie geht im Dunkeln zum Fenster und zieht mühsam die Jalousien hoch. Das Licht flu-

Du hast Obligationen? . . .

... fragte Maurizio in leicht ironischem Ton. Nun sind Obligationen eigentlich nichts Ehrenrühriges, aber im Besitz eines Revolutionärs wirken sie wohl wie ein rotes Fähnchen auf dem Schreibtisch eines Konzernherrn.

Zugegeben, es ist nicht gerade rebellisch, Obligationen zu besitzen, es ist sogar eher konservativ und vielleicht gelegentlich außer Mode – aber es ist ungemein beruhigend.

tet ins Zimmer. Fausta hat leider die Wahrheit gesprochen: alles ist noch genauso wie an dem Tag, als ich fortging. Es ist, als betrete man das Arbeitszimmer eines lange verstorbenen Schriftstellers, das inzwischen in ein Museum umgewandelt wurde und das die Besucher ehrfurchtsvoll, mit dem Hut in der Hand, besichtigen. Und doch gibt es einen Unterschied: die Schriftsteller, deren Arbeitsräume als Museum eingerichtet wurden, waren mehr oder weniger wirkliche Schriftsteller bzw. sie waren zu ihren Lebzeiten durch und durch sublimierte Menschen. Ich hingegen bin ein Unsublimierter, mein Arbeitszimmer ist eindeutig ein Museum der Mittelmäßigkeit, der Oberflächlichkeit, der gescheiterten Bestrebungen, des Nachempfundenen.

Diese Erkenntnis ist in mir so stark, daß ich mich einen Augenblick umsehe, als hoffte ich, die Bücherregale, welche drei Zimmerwände vom Boden bis zur Decke einnehmen, würden mir widersprechen. Aber, ach! Was ich bereits wußte, wird mir gerade von ihnen zweifelsfrei bewiesen. Die Bücherwände sind der genaue Spiegel meiner Pseudo-Kultur eines unsublimierten Mannes, die Fausta so sehr bewundert, sie, die noch unsublimierter ist als ich. Sie scheinen zu sprechen, diese Bücherwände, ihre Botschaft laut hinauszurufen: «Schau uns doch an! In den untersten Fächern liegen, säuberlich geordnet und gebündelt, die Filmdrehbücher, Zeugen deiner jahrelangen Handlangerdienste für einen industrialisierten Kulturbetrieb. In den Fächern darüber stehen die Bücher, deren du dich direkt oder indirekt bedientest, um diese Drehbücher zu verfassen. Direkt: das sind Bücher unterschiedlichen Wertes, die du je nach ihrer Gängigkeit und den Kalkulationen der Filmproduzenten in Drehbücher verwandeln mußtest. Indirekt: da handelt es sich um Bücher, die du gelesen hast, um, wie man so gern sagt, auf dem laufenden zu bleiben – aber auch das hat dir schließlich nur für deine Drehbucharbeit gedient, denn im Grunde hast du sie nur gelesen, um dich in den Augen des jeweiligen Produzenten aufzuwerten. Da steht zum Beispiel neben dem Erfolgsroman, den du tatsächlich verfilmt hast, das gesamte Œuvre Marcel Prousts: du hast es, genaugenommen, gelesen, um eines Tages deinem Kollegen sagen zu können: ‹Ist dir Proust gegenwärtig? Schön, dann wirst du mich sofort verstehen, wenn ich finde, daß in die Beziehung zwischen Mario und Giovanna etwas von der Beziehung zwischen Swann und Odette hineinkommen müßte.› Da stehen auch die Romane Franz Kafkas, du hast sie mit Begeisterung wieder und wieder gelesen, dann aber hast du sie doch nur dazu benützt, um bei Gelegenheit hinwerfen zu können: ‹Kafkaesk: so sollten diese Polizeireviere wirken.› Ja, du bist ein gebildeter Mensch, vielleicht sogar einer der gebildetsten unter den vielbeschäftigten Drehbuchautoren; aber deine ganze Bildung läuft doch nur darauf hinaus, dem Filmproduzenten Protti, für den du zur Zeit arbeitest, zu Äußerungen zu veranlassen wie: ‹Hier haben wir es mit einem kulturellen Problem zu tun, das nur Rico klären kann; der kennt ja schließlich alle Bücher, die es auf der Welt gibt.› Übrigens ist es nicht ganz deine Schuld. Es ist auch seine Schuld. Jawohl, denn nur seinetwegen konntest du niemals die Kultur eines sublimierten Menschen erlangen, jene Kultur, die keinen anderen Zweck verfolgt, als eben die Kulturwerte zu vermehren und neue zu schaffen, nämlich geistige Potenz. Als unsublimierter Mensch hast du es wie alle Unsublimierten gehalten: du hast das bewahrt, was dir für deine Drehbücher nützlich war, und alles andere, das dir geistige Potenz verschaffen konnte, fortgeworfen. So bist du, trotz der vielen Lektüre, im Grunde ungebildet geblieben, noch dazu in der verwerflichsten Art, die unsublimierten Menschen eignet: mit dem Anschein, der Anmaßung, der Illusion, gebildet zu sein.»

Dies die harte, aber wahre Botschaft meiner Bücher. Meine Beschämung, mein Ekel drücken sich offenbar in meinem Gesicht aus, denn Fausta fragt mich ängstlich: «Was hast du? Ist etwas in deinem Zimmer nicht in Ordnung? Ich habe es stets verschlossen gehalten, ich staube es selber jeden Morgen ab und lüfte es.»

Ich reiße mich zusammen, antworte trocken: «Nein, nein, alles in Ordnung!» Entschlossen gehe ich auf ein Regal zu und hole ein Lexikon der Psychoanalyse hervor. Ich blättere darin, sage zu Fausta: «Willst du wissen, warum ich fortgegangen bin, warum ich allein leben muß?»

Sie sieht mich verwirrt und verständnislos an. Ich schlage das Buch an einer bestimmten Stelle auf und lese langsam: «Sublimierung. Ein von Freud vorausgesetzter Vorgang, um bestimmte menschliche Tätigkeiten zu erklären, die scheinbar keine Beziehung zur Sexualität haben, aber auf den Sexualtrieb zurückzuführen sind. Als sublimierte Leistung gibt Freud vor allem künstlerische und geistige Leistungen an.»

An dieser Stelle halte ich inne und wiederhole skandierend: «Künstlerische und geistige Leistungen.»

Ich mache eine Pause, dann fahre ich fort: «Der Trieb ist in dem Maße als sublimiert zu bezeichnen, als er auf neue, gesellschaftlich wertvolle Ziele abgelenkt wird.»

Ich schließe das Buch, stelle es in das Regal zurück und frage Fausta: «Hast du jetzt verstanden, warum ich allein sein, mich konzentrieren und mein eigenes Leben leben will?»

«Nein.»

So viel Blödigkeit gegenüber verliere ich plötzlich die Geduld. Ich schreie: «Weil ich, wenn ich bei dir bin und mit dir schlafe, immer unsublimiert bleiben werde. Hast du kapiert? Unsublimiert, unterentwickelt, ein unseliger armer Teufel, ein Ausgebeuteter, ein geistig armer, mit einem großen und potenten Glied und einem kleinen und impotenten Gehirn. Darum! Ich bin ein unsublimierter Mensch, genau der Typ, der Protti und Leuten seinesgleichen gerade recht ist, weil er ihnen keine Scherereien bereitet. Ein unsublimierter Mensch, das heißt ein guter Staatsbürger, ein guter Ehegatte, ein guter Vater, wenn auch arm im Geiste, gehörnt und Versorger eines Sohnes, der nicht von ihm ist. Unsublimiert! Ein Rindvieh, dessen Einstellung zur Welt den Weg über den Unterleib nimmt, der entleert auf der Strecke bleibt und zu allem ja sagt. Ein Kaliban, dessen Sexualtrieb einzig und allein auf das hier gerichtet ist.»

Von Wut und Begierde übermannt, strecke ich die Hand aus, knüpfe den Gürtel von Faustas Schlafrock auf, entblöße ihren großen Bauch und fahre mit den Händen in ihren dichtbehaarten Unterleib. «Hast du jetzt begriffen», brülle ich, «oder bedarf es noch weiterer Erklärungen?»

«Au, du tust mir weh. Ich habe nur eines verstanden: dein Freud will nicht, daß wir uns lieben. Aber ich lege gar keinen Wert darauf. Ich will ja nur, daß du mich lieb hast, daß du zu mir und Cesarino zurückkehrst. Au, laß mich, du tust mir weh!»

«Hast du kapiert, ja oder nein?»

«Ja, ich habe kapiert, aber du tust mir weh, laß das doch! Im übrigen bist doch du es, der immer will, daß wir uns lieben! Ich bin bereit, auch darauf zu verzichten. Ich schwöre es, wenn du es willst, ich schwöre es bei Cesarinos Leben.»

«Sprechen wir nicht von Cesarino. Sag mir nur, ob du es kapiert hast oder nicht, und was du kapiert hast.»

«Ich habe kapiert, daß du mich jetzt lieben willst. Soviel habe ich verstanden. Aber reiß doch nicht so an mir herum, das tut mir weh! Komm, gehen wir hinüber.»

Sie begleitet diese Worte mit der üblichen Geste: statt mich an der Hand zu nehmen, packt sie ihn, dreht mir den Rücken zu und geht zur Tür, indem sie mich hinter sich herzieht wie einen Esel am Halfter.

Was tun? Ich nehme mich zusammen, beschwöre im Geiste meinen Schutzheiligen, den heiligen Sigmund Freud, und in dem Augenblick, da wir die Schwelle des Schlafzimmers überschreiten, erkläre ich: «Ja, wir wollen uns lieben. Vorher aber mach die Kuh.»

Das ist einer unserer ehelichen Scherze, die er, trotz meiner entschiedenen Mißbilligung, zu seinem eigenen Gebrauch erfunden hat. Fausta protestiert: «Nein, das nicht. Ein andermal vielleicht. Machen wir's jetzt normal.»

«Entweder du machst die Kuh, oder es wird nichts.»

Schon bläht er sich auf. Ohne zu ahnen, daß ich mich seines Scherzes gegen ihn bediene und nicht zu seinen Gunsten, flüstert er mir zu: «Bravo, laß dich nicht davon abbringen.»

«Aber warum denn?» fragt Fausta.

«Weil ich es will, weil es mir Spaß macht, da gibt es kein Warum.»

«Du hältst mich zum besten, und ich bin so blöd und gebe dir nach.»

Schließlich fügt sie sich, sie hat durch den jahrelangen Liebesdienst bei «Mariú mode» gelernt, gehorsam und verständnisvoll zu sein. Sie steigt ins Bett und stellt sich auf alle viere. Sie streckt die Hände nach hinten und hebt den Schlafrock, der wie ein aufgezogener Theatervorhang das Schauspiel ihres riesigen weißen Hinterns enthüllt, dessen Backen durch die glatte, weite Weiße noch größer und umfangreicher erscheinen, als sie sind. Hinter diesen zwei Halbkugeln, deren Umfang mich schwindlig macht wie einen Menschen, der angesichts einer großen, leeren Fläche von Platzangst erfaßt wird, verschwindet ihr restlicher, nicht eben magerer Körper vollends. Wie armselig und mager erscheinen dagegen die beiden Schenkel, die, wenn sie aufrecht steht, zwei festen Säulen gleichen. Und wie kurz ihre Arme, mit denen sie ihre Brüste stützt.Fausta streckt den Kopf in seltsam tierhafter Weise vor, sieht mich an, dann stößt sie einen langen, brüllenden Laut hervor: «Muuuuh!»

«Noch einmal.»

«Muuuuuuuuuuuuh!»

«Noch einmal.»

Sie sammelt alle ihre Kräfte, und diesmal gibt sie Muhlaute von sich, die wirklich von einer Kuh stammen könnten. Laute, wie man sie auf den Almen zu hören bekommt, untermischt mit dem Geläut der Herdenglokken. Ich benütze den Moment, um einen Sprung zurück zu tun. Während das Muhen ohrenbetäubend anhält, verlasse ich das Zimmer, bin mit einem Satz an der Wohnungstür, öffne sie und stürze hinaus. Auf dem Treppenflur verlangsame ich meinen Schritt. Ich fühle mich angewidert, mir ist bitter zumute. Er schweigt, vermutlich ist er zu bestürzt, um etwas vorbringen zu können. Ich sage zu ihm: «Da siehst du, wozu ich deinetwegen gezwungen bin. Dabei habe ich dies nicht etwa einer hergelaufenen Hure angetan, sondern meiner angetrauten Gattin, der Mutter meines Sohnes, dem Menschen, den ich am meisten auf der Welt liebe, meiner armen Fausta.»

II

Expropriiert!

Das ist Maurizio. Das langerwartete und ersehnte Klingelzeichen an der Wohnungstür ertönt, ich springe vom Stuhl auf und stürze hinaus, um zu öffnen. Maurizio geht im Korridor vor mir her, sicher und unbefangen, als kenne er die Wohnung genau. Dabei ist er zum erstenmal hier; bisher hatten wir nur in den Räumen der Produktionsfirma miteinander gearbeitet. Er ist klein, aber gut gebaut. Weißer Leinenanzug, schwarze Schuhe und schwarze Brille. Der Schnitt seines honigblonden Haares erinnert an einen Pagen der Renaissance. Er geht langsam, lässig, die Hände in den Hosentaschen. Ein leichter Ausdruck von Ironie ist in seinem Gehaben. Von Verachtung. Warum wohl? Gegen wen? Offensichtlich gegen mich. Ich bin bereits «unten», als ich ihm bedrückt sage: «Du hast dich verspätet. Ich habe dich um vier erwartet. Jetzt ist es fünf.»

Er antwortet unbekümmert: «Ich hatte zu tun.» Als wäre meine Wohnung zu vermieten und er ein möglicher Mieter, öffnet er der Reihe nach alle Türen, die in den Korridor führen, und schaut in die Zimmer hinein. «Deine Wohnung ist ja vollkommen leer», bemerkt er. «Nirgendwo Möbel!»

Ich freue mich über diese Bemerkung, denn sie beweist immerhin Neugier und Interesse für etwas, das mich betrifft. Zugleich bin ich mir bewußt, daß meine Freude nur meine Unterlegenheit ihm gegenüber bestätigt: «Ich werde auch keine Möbel hineinstellen.»

«Weshalb nicht?»

«Weil ich keine mag.»

«Und warum magst du keine?»

Ich setze die Miene eines Mannes auf, der seine Launen hat, und entgegne in ungeduldigem und nervösem Ton: «Möbel und all das Drum und Dran . . . das erinnert mich an das Eigentum als Institution, und dagegen habe ich eine angeborene Abneigung. Und überdies, ich weiß nicht, warum, gehen sie mir auf die Nerven. Schon bei mir zu Hause hielt ich sie kaum aus. Manchmal hätte ich sie am liebsten aus dem Fenster geschmissen. Ich ziehe eine leere Wohnung vor.»

«Wieso? Bist du hier nicht zu Hause? Ist das hier nicht deine Wohnung?»

«Ja und nein. Es ist meine Wohnung, weil ich hier wohne. Und auch wieder nicht, weil ich noch eine andere habe, meine eigentliche Wohnung, wo meine Frau und mein Sohn leben.»

«Du lebst getrennt von deiner Frau?»

«Nein, ich wohne nur woanders als sie. Aber wir telefonieren täglich miteinander, und früher oder später – ich hoffe eher früher als später – werde ich wieder zu ihr zurückkehren.»

Wir sind in meinem Arbeitszimmer angelangt. Ich setze mich an den Schreibtisch und fordere Maurizio stumm auf, in dem Sessel Platz zu nehmen, der mit dem Maschinenschreibtisch und dem Stuhl, auf dem ich sitze, die gesamte Wohnungseinrichtung bildet. Maurizio setzt sich quer in den Sessel, mit dem Rücken gegen die eine Armlehne, die Beine über die andere gelegt. «Na schön», meint er, «aber ich verstehe nicht, warum du Frau und Kind verlassen hast, um hier ganz allein zu hausen.»

«In der letzten Zeit war es mir unmöglich, zu Hause zu arbeiten. Das Kind brüllte, meine Frau kam und ging, das Telefon läutete ununterbrochen. So bin ich mit dem Einverständnis meiner Frau hierhergezogen. Ich muß mich konzentrieren können, nachdenken, mein eigenes Leben leben, es neu sehen.»

Entgegen meiner Erwartung sagt Maurizio nichts. Er sieht sich in meinem leeren Arbeitszimmer um, betrachtet aufmerksam die geweißten Wände, als suche er dort nicht vorhandene Flecken. Dann nimmt er die Brille ab und blickt durch die vorhanglosen Fenster, durch deren Scheiben der blaue Sommerhimmel leuchtet. Hierauf holt er geradezu methodisch ein Zigarettenpäckchen aus der Tasche, klopft aus einem kleinen, rechtekkig gerissenen Loch eine Zigarette heraus, faßt sie mit den Lippen, läßt sein Feuerzeug aufspringen, steckt es dann wieder in die Tasche, tut einen tiefen Zug, bläst den Rauch durch die Nasenlöcher, nimmt die Zigarette wieder zwischen die Finger. Es sind milchigweiße Finger, aber nikotingebräunt um die ovalen, gepflegten Fingernägel. Schließlich sagt er: «Wollen wir jetzt beginnen? Ich habe gestern abend dein Treatment gelesen. Können wir darüber diskutieren?»

«Was habe ich nur plötzlich? Etwas wie angstvolle Besessenheit ist offenbar stärker als meine Vernunft – jene angstvolle Besessenheit, die mich meinen Frustrationstraum hatte träumen lassen, in dem Faustas Schamhügel das Objektiv der Kamera verdeckte. Da höre ich mich schon mit vor Erregung erstickter Stimme sagen: «Maurizio, bevor wir mit der Diskussion beginnen, muß ich dich um etwas bitten.»

Unsublimiert! Nichts dagegen zu machen! Vielleicht auch Masochismus! Warum nur begebe ich mich freiwillig diesem jungen Burschen gegenüber, der nicht viel älter als zwanzig ist, in die Situation des Unterlegenen? Was sich nun zwischen ihm und mir begibt, erinnert mich an jenes chinesische Spiel, das mit drei Gegenständen gespielt wird: Papier, Schere und Stein. Die Schere vermag das Papier zu schneiden, zerbricht aber am Stein. Das Papier vermag den Stein zu umwickeln, wird aber von der Schere zerschnitten. Der Stein bricht die Schere, wird aber vom Papier umwickelt. Maurizio gegenüber bin ich wie die Schere gegenüber dem Stein, das Papier gegenüber der Schere, der Stein gegenüber dem Papier. Das heißt, was immer ich tue oder sage, Maurizio ist stets «oben», und ich fühle mich ihm gegenüber stets «unten». Während ich mich nach meiner unbedachten und erregten Bitte auf meinem Stuhl angstvoll hin und her winde, betrachtet mich Maurizio aufmerksam, mit kaum merklicher Verachtung, ungefähr so, als betrachte er ein Insekt, das etwas getan hat, was ihm nicht zusteht, nämlich geredet. Dann sagt er langsam: «Du willst mich um etwas bitten? Um was denn?»

«Maurizio, du mußt mir etwas versprechen.»

«Versprechen?»

«Maurizio, der Film, den wir zusammen schreiben wollen, ist ‹mein› Film. Es ist der Film, von dem ich sozusagen schon immer träume. Maurizio, du mußt mir versprechen, daß du mich bei Protti als Regisseur für diesen Film vorschlägst.»

Da bin ich also ein für allemal und mehr denn je «unten».

Maurizio, der sich offensichtlich bewußt ist, «oben» zu sein, läßt sich Zeit. Zunächst sieht er mich lange mit der verletzenden Neugier eines Entomologen, eines Insektenforschers, an. Schließlich meint er: «Eigentlich tust du gut daran, Rico, gleich zu Beginn die Frage der Regie anzuschneiden.»

«Warum?»

Er zeigt mir sein Profil, die Stellung, die er bevorzugt. Ich glaube, eines jener kleinen Renaissanceporträts vor mir zu haben, die einen ephebenhaften Pagen darstellen, mit honigfarbenen Haaren, großen, stumpfen, goldbraunen Augen und einer milchweißen Haut. «Weil sich», sagt er, «im Moment und genaugenommen für mich die Frage erhebt, ob ich weiterhin mit dir zusammenarbeiten soll.»

Debakel! Niederlage! Fliehe, General! Rette sich, wer kann! Während ich versuche, die Situation zu meistern, indem ich mich zur Ruhe und Selbstkontrolle ermahne, spüre ich, wie mein Gesicht nichts als Bestürzung widerspiegelt. Ich stammle: «Ich verstehe nicht. Was willst du damit sagen? Warum?»

Maurizio scheint zu überlegen. Dann meint er in gleichgültigem Ton: «Weil dein Treatment mir nicht gefällt.»

«Was gefällt dir daran nicht?»

Meine Stimme klingt erregt. Eben noch war ich leichenblaß, jetzt werde ich rot wie ein gekochter Krebs. Maurizio gerät nicht aus der Fassung, o nein. Ich bin ein unsublimierter Mensch, er ist ein sublimierter: das ist die ganze Tragödie. Er fährt fort, als entwickle er einen bereits feststehenden Plan: «Machen wir's so: Erzähl mir jetzt kurz dein Treatment, so als würdest du es Protti erzählen. Gut?»

«Wozu?»

«Wenn du es mir erzählt hast, wird es mir leichter fallen, den Unterschied aufzuzeigen, der zwischen deinem Treatment und dem von Flavia und mir verfaßten Exposé besteht. Vorerst aber möchte ich dir den Absatz aus dem ‹Kapital› vorlesen, der Flavia und mich inspiriert hat.»

Er zieht einen Zettel hervor und liest langsam, fast buchstabierend: «‹Dort handelte es sich um die Expropriation der Volksmassen durch wenige Usurpatoren; hier handelt es sich um die Expropriation weniger Usurpatoren durch die Volksmassen.› Dies ist der Absatz. Der Titel des Films ‹Die Expropriation› ist ihm entnommen. Bist du der Auffassung, daß dein Treatment dem Geist dieses Absatzes bei Marx entspricht?»

«Ich denke wohl.»

«Schön. Dann erzähl mir also dein Treatment.»

Er wirft den Zigarettenstummel zu Boden, beugt sich vor und zerdrückt ihn mit seinem kleinen, in den Fesseln gleichwohl etwas plumpen Fuß. Ich weiß nicht, warum, aber vielleicht macht mir dieser Fuß gerade seiner plumpen Fesseln wegen einen femininen Eindruck. Er zündet sich eine neue Zigarette an, wobei er seine ebenfalls kleinen, bewundernswert weißen und glatten Hände vor dem Mund vereint. Er zieht den Rauch ein und läßt ihn durch die Nasenlöcher ausströmen, die genauso zart sind wie seine wohlgeformte kurze Nase. Gleich danach bläst er den Rauch aus seinem rosigen, schöngezeichneten Mund. Ich frage bedrückt: «Warum soll ich etwas wiederholen, das du schon kennst?»

«Ich kenne es. Du aber scheinst es nicht zu kennen, zumindest nach deiner Überzeugung zu urteilen, du seist der Marxschen These treu geblieben. Wenn du mir das Treatment erzählst, wird es dir vielleicht vorkommen, als lerntest du es zum erstenmal kennen, als sähest du es gewissermaßen in einem Spiegel.»

Nichts zu machen. Maurizio befiehlt, und ich gehorche. In duldend-geduldigem Ton beginne ich: «Eine Gruppe von Burschen und Mädchen, alles Studenten, die politisch engagiert sind, beschließt, ein Waffenlager anzulegen, um für eine möglicherweise unmittelbar bevorstehende revolutionäre Bewegung gerüstet zu sein. Aber um Waffen anzuschaffen, braucht man Geld, und die Gruppe hat keines. Für sie gibt es zwei Möglichkeiten, zu Geld zu kommen: es entweder zu verdienen oder zu stehlen. Es zu verdienen ist unmöglich, bleibt also nur Diebstahl. Ein Diebstahl um eines höheren politischen Zieles willen ist kein Verbrechen. Es handelt sich dann vielmehr, der Marxschen These zufolge, um eine im Namen des Volkes durchgeführte Expropriation eines der vielen Expropriateure des Volkes. Wer soll nun expropriiert werden? Isabella, ein Mädchen aus der Gruppe, schlägt vor: ihr Vater. Der ist ein schwerreicher Mann und Sammler von Bildern. Es genügt, ein paar der wertvollsten Gemälde zu nehmen und sie im Ausland zu verkaufen. Gesagt, getan. Der Coup gelingt; nun handelt es sich darum, die Gemälde an den Mann zu bringen. Hier scheitert die Gruppe an ihrer Unerfahrenheit. Der Kunsthändler, an den die jungen Leute sich wenden, ist in Wirklichkeit ein Abenteurer. Er verduftet, sobald er die Bilder hat. Da beschließt die Gruppe in einer Versammlung, den Kunsthändler aufzuspüren und ihn umzulegen. Das Los bestimmt Isabella und den Gruppenführer Rodolfo dazu, diese Aufgabe durchzuführen. Die beiden verfolgen den Bilderdieb durch ganz Frankreich, Belgien und Holland bis nach England. Sie entdecken ihn schließlich in einem Landhaus in Wales. Im entscheidenden Augenblick aber bringen sie es nicht fertig, ihn umzubringen. Mitleid, Scheu vor Blutvergießen, ein Gefühl der Vergeblichkeit, Angst, vielleicht auch Unreife, schwer zu sagen. Nach diesem mißglückten Unternehmen löst sich die Gruppe auf. Die jungen Leute kehren zu ihren Studien zurück. Isabella heiratet Rodolfo, sie lebt nun mit ihm und den zwei Kindern, die der Ehe entsprungen sind, in einer Provinzstadt, wo Rodolfo an der Universität Philosophie lehrt. Diese Geschichte wird in dem Film von Isabella erzählt, besser gesagt: ihre erzählende Stimme begleitet das Bild. Nun, da sie verheiratet und Mutter zweier Kinder ist, sich mit ihrem jungen und als Universitätsdozent geschätzten Mann etabliert hat, berichtet sie über den gescheiterten Expropriationsversuch mit leichter Wehmut, wie über eine längst vergangene Episode, voller Irrtümer und Unbedachtheiten, die aber doch eine Zeit engagierten und großzügigen Mutes war. Isabella erzählt uns also sozusagen ein Märchen: das Märchen der spontan empfindenden unerfahrenen Jugend, die bereit ist, für eine Idee, für eine Sache das Leben hinzugeben. Ohne es zu wissen, haben die jungen Leute der Gruppe mit ihrer gescheiterten revolutionären Aktion die heroische Stunde der Jugend erlebt. Diese Stunde kommt nur einmal im Leben, in ihr entfalten sich, wie in der Zeit der ersten Liebe, leuchtend alle jugendlichen Illusionen.»

Gegen Schluß hatte ich mich künstlich erhitzt, wie man es immer tut, wenn man einem Produzenten ein Filmsujet erzählt, das man ihm verkaufen will. Aber trotz dieser Konzession an einen gewissermaßen berufsmäßigen Lyrismus glaubte ich doch nicht, mich allzusehr von meiner inneren Überzeugung entfernt zu haben. Ja, ich glaube tatsächlich, daß der Protest einmal als die heroische Stunde einer bestimmten Generation angesehen werden wird, der Generation, welcher Maurizio angehört. Ich bin überzeugt, daß die Jugend die heroische Zeit des Menschen ist, wobei es eine untergeordnete Rolle spielt, ob sich dieser sozusagen biologische Heroismus der Politik zuwendet, oder der Kunst und Kultur, wie es bei mir in meiner nun schon fernen Jugend der Fall war.

Ich sehe Maurizio an, während ich dies denke, er sieht seinerseits mich an, ohne den Mund zu öffnen. Von dem Schweigen verwirrt, füge ich hastig hinzu: «Du hast mir empfohlen, für die jungen Leute in dem Film deine Freunde aus der Gruppe zum Vorbild zu nehmen. Ich habe mich daran gehalten und deine Informationen genützt. Isabella ist Flavia, Rodolfo bist du. Isabellas Vater ist Flavias Vater. Was den diebischen Kunsthändler und Abenteurer betrifft, so habe ich mich selbst zum Modell genommen. Und so weiter.»

Endlich öffnet Maurizio den Mund. Sein ernstes und undurchdringliches Pagengesicht bleibt dabei unbewegt: «Sag mir die Wahrheit, diese letzte Phrase deiner Erzählung von der heroischen Stunde der Jugend, das hast du wohl auch Protti weisgemacht, als du ihm den Stoff erzählt hast?»

Stimmt. Ich antworte verlegen: «Ich gebe zu, es ist ein berechneter Effekt. Aber du weißt doch selber, daß man mit Produzenten so reden muß.»

Maurizio zündet sich eine weitere Zigarette an, zieht den Rauch ein und fragt wie nebenbei: «Soweit ich mich erinnere, hat abgesehen von der Stelle bei Marx auch eine Episode aus dem Leben Stalins Flavia und mich inspiriert. Möchtest du mir sagen, welche?»

Geduldig sage ich auf: «Als Stalin noch ein der Welt unbekannter georgischer Revolutionär war, beteiligte er sich mit seinen Genossen an der Expropriation einer Bank in Tiflis.»

«Und wie ging dieses Unternehmen aus?»

«Es ging gut aus. Stalin und seine Genossen erbeuteten einen großen Geldbetrag. Genau 250000 Rubel.»

«Und was taten sie dann, Stalin und seine Freunde?»

«Das ist ja bekannt. Sie machten Revolution.»

«Interessant. Deinem Treatment zufolge müße man annehmen, daß sich Stalin nach der Expropriation der Bank von Tiflis ins Privatleben zurückgezogen und, sagen wir, dem Handel mit kaukasischen Teppichen zugewandt habe. Und daß die Erinnerung an die Expropriation ihn mit wehmütiger Sehnsucht erfüllt habe, als eine Erinnerung an die heroische Stunde seiner Jugend. Ein Märchen, das man an Winterabenden seinen Enkeln vor dem Kaminfeuer erzählt.»

Da haben wir ihn – den kalten, ironischen Ton des eindeutig sublimierten Menschen, der dem unsublimierten zunächst die Zügel lockert, um ihn dann um so deutlicher daran zu erinnern, wer hier der Herr und wer der Sklave ist. Obwohl ich mich schlagartig «unten» fühle, versuche ich dennoch mich zu verteidigen: «Stalins Expropriationsunternehmen ist ja gelungen. Das Unternehmen der revolutionären Gruppe in unserem Film aber – du und Flavia wolltet es so haben – ist gescheitert.»

«Glaubst du wirklich, daß Stalin, wenn der Coup mißlungen wäre, sich vom revolutionären Kampf zurückgezogen hätte?»

«Wohl kaum.»

«Warum Stalin kaum, wohl aber die Gruppe im Film?»

Ich schaue ihn erstaunt an. Maurizio, dieses Nichts von einem jungen Mann, dieser Sohn reicher Eltern mit dem Gesicht eines Engels, vergleicht sich mit dem georgischen Diktator! Sofort aber merke ich, daß ich mich zu Unrecht wundere. In Wahrheit handelt es sich nicht um einen Vergleich, sondern um den Anspruch, einer bestimmten Menschengruppe anzugehören: der Gruppe der Sublimierten. Zweifellos war Stalin sublimiert; aber auch Maurizio ist es, wenngleich noch ein junger Bursch, wenngleich Sohn reicher Eltern, wenngleich bürgerlicher Herkunft. Vorsichtig sage ich: «Ich mußte doch auf den Unterschied des Milieus Rücksicht nehmen, auf die andersartigen historischen und psychologischen Umstände. Schließlich ist das Italien von 1970 nicht das zaristische Rußland des 19. Jahrhunderts, und Rom ist nicht Tiflis.»

Maurizio sagt nichts. Ich werde nervös. Ich stehe auf, gehe ans Fenster und blicke durch die Scheiben. Hinter meinem Rücken höre ich Maurizios Stimme: «Ich glaube wirklich, ich muß auf deine Mitarbeit verzichten.»

Ich drehe mich jäh um: «Warum?»

«Weil du nicht geeignet bist, an einem solchen Film mitzuwirken.»

«Aus welchem Grund?»

«Du bist nicht wie wir.»

«Wir?»

«Ja, wir anderen von der Gruppe.»

«Und wie seid ihr?»

«Wir sind Revolutionäre.»

Ein neuer Beweis, falls es eines solchen bedurft hätte, meiner Unterlegenheit dem vollkommen sublimierten Maurizio gegenüber. Normalerweise würde ich mich nicht als einen Revolutionär bezeichnen. Als einen Rebellen, das wohl: die Nuance ist wichtig. Aber ich wäre nicht der unsublimierte Mensch, der ich bin, wenn ich mich, unvermutet angegangen, nicht sogleich der Wertskala des sublimierten Mannes vom Dienst unterwürfe. So sage ich erstaunt und gekränkt: «Aber Maurizio, ich bin doch ein Revolutionär.»

Ich erwarte, ich weiß nicht warum, daß Maurizio in schallendes Gelächter ausbricht. Maurizio aber lacht nicht. Er sagt nur langsam: «Nein, Rico, ich möchte eher sagen, du bist das Gegenteil eines Revolutionärs.»

«Das wäre?»

«Was ist das Gegenteil eines Revolutionärs? Der Bürger, nicht wahr?»

Da bin ich nun wiederum «unten». Einfach durch das Wörtchen «Bürger», das als erster auszusprechen ich nicht die Geistesgegenwart hatte.

Was tun? Leugnen, ein Bürger zu sein, wäre unsublimiert. Aber es wäre auch unsublimiert, wenn ich mich jetzt rühmte, einer zu sein (abgesehen davon, daß es mit meiner früheren Behauptung, ich sei ein Revolutionär, im Widerspruch stünde). Ich müßte vielmehr dieses Wörtchen mit der Pinzette des Intellekts anfassen und es in der Säure einer strengen und sachlichen Kritik auflösen. Leider überwiegt mein blödsinniger Eifer. Wie ein Stier laufe ich gesenkten Hauptes auf das rote Tuch zu, das Maurizio vor meiner Nase schwenkt: «Nein, ich bin kein Bürger.»

Nun entwickelt sich folgende lächerliche Debatte: «Doch, Rico, du bist ein Bürger.»

«Ich bin kein Bürger. Nichts weiß ich so sicher wie das.»

«Und doch bist du einer.»

«Nein, Maurizio, ich schwöre dir, ich bin keiner.»

«Darf man wissen, Rico, warum es dich so stört, als Bürger bezeichnet zu werden?»

«Es stört mich wie jede Behauptung, die nicht der Wahrheit entspricht.»

«Die bloße Tatsache, daß es dich stört, beweist, daß du einer bist.»

«Warum?»

«Weil es kein Bürger erträgt, als Bürger bezeichnet zu werden.»

«Mag sein. Ich aber fühle mich nicht als Bürger. Warum sollte ich das Gegenteil von dem sagen, was ich fühle?»

«Schön. Dann sag mir doch, was du bist.»

«Ich bin ein Intellektueller.»

Wieder erwarte ich – warum eigentlich? –, daß Maurizio in schallendes Gelächter ausbricht. Doch nein. Auch diesmal lacht Maurizio nicht. Er gehört einer gleichmütigen Generation an, die kein Gewicht auf Ideen legt, wohl aber auf die Fähigkeit der Ideen, denjenigen, der sich zu ihnen bekennt, automatisch nach «oben» zu bringen, und denjenigen, der sich ihnen entgegenstellt, nach «unten». Seelenruhig erklärt er: «Ein Intellektueller? Richtig. Mithin ein Bürger.»

«Ein Intellektueller ist kein Bürger.»

«Ein Intellektueller ist ein Bürger.»

«Nein, das ist er nicht.»

«Doch, Rico, er ist es.»

«Wenn es stimmt, daß ein Intellektueller ein Bürger ist, dann bist du ein zweifacher Bürger: als Mensch bürgerlicher Herkunft und als Intellektueller.»

Ich bin über meinen Einfall so glücklich, daß ich mich aufblähe wie ein Truthahn, einen Moment lang stockt mir fast der Atem über meinen eigenen Mut. Aber es führt zu nichts, denn Maurizio antwortet ungerührt und mit einer Sicherheit, die nicht ganz durchsichtig ist und nicht als solche erscheinen möchte: «Ja, gewiß, ich bin bürgerlicher Herkunft und könnte mich, strenggenommen, auch als Intellektuellen bezeichnen. Ich bin aber weder ein Bürger noch ein Intellektueller, denn ich bin ein Revolutionär.»

«Wieso, bitte, ein Revolutionär? Weil du mit deinen Kameraden von der Universität eine sogenannte Gruppe bildest und mit ihnen zusammenkommst, um über Politik zu reden?»

Meine Stimme ist schrill geworden, schrill und laut. Ich stecke im Sumpf und versuche, mich beim eigenen Schopf herauszuziehen. Maurizio entgegnet: «Nein. Ein Revolutionär ist ganz einfach ein Mensch, der es verstanden hat, sich umzufunktionieren.»

«Umzufunktionieren? In was?»

«In einen Revolutionär.»

«Du und die Leute deiner Gruppe haben es also verstanden, sich umzufunktionieren?»

«Ja.»

Was könnte ich alles dagegen vorbringen! Zum Beispiel, daß ein sublimierter Mensch sich nicht umfunktioniert, es nicht nötig hat: er gleitet von einer Sublimierung in die andere. Außerdem ist das Wort «umfunktionieren» genauso ein Wort wie «bürgerlich»: eine Waffe, die jedermann zur Verfügung steht, der sie als erster ergreift. Wie vieles könnte ich noch einwenden! Aber es wären leider Einwendungen eines unsublimierten Menschen, so intelligent sie auch sein mögen. Im übrigen gehen Intelligenz und Unsublimiertheit ja bekanntlich oft miteinander Hand in Hand. Also sage ich schließlich das einzige, was ich nicht sagen dürfte: «Und wer behauptet, daß ich es nicht verstanden habe, mich umzufunktionieren?»

«Für mich geht das aus dem Treatment hervor.»

«Warum? Wie ist denn mein Treatment?»

«Konterrevolutionär.»

«Was soll denn an meinem Treatment konterrevolutionär sein?»

«Alles.»

«So? Alles? Es genügt nicht, etwas zu behaupten, man muß es auch beweisen.»

«Da ist zum Beispiel die Tatsache, daß Rodolfo und Isabella darauf verzichten, den Abenteurer umzulegen.»

«Aber auch in deinem und Flavias Entwurf verzichten doch Rodolfo und Isabella darauf, ihn umzulegen!»

«Gewiß, aber doch nicht aus Mitleid, Scheu vor Blutvergießen und so, wie es in deinem Treatment der Fall ist.»

«Warum tun sie's dann nicht?»

«Aus taktischen, das heißt politischen Gründen.»

«Wieso? Rodolfo und Isabella könnten nicht Mitleid empfinden?»

«Nein, könnten sie nicht.»

«Warum nicht?»

«Weil es nicht die Art von Revolutionären ist, Mitleid mit einem Verräter zu haben, und schon gar nicht, aus Mitleid etwas zu tun oder etwas zu unterlassen. Weißt du, was dieses Mitleid beweist, auf das du so großes Gewicht legst?»

«Was?»

«Daß du die Gruppe im Film und damit logischerweise auch unsere Gruppe, die du zum Modell genommen hast, in Wahrheit für einen Klub von Söhnen und Töchtern reicher Eltern hältst, die Revolutionäre spielen, im Grunde aber völlig ungefährlich sind.»

«Das ist nicht wahr.»

«Doch, es ist wahr.»

«Nein, Maurizio, ich wollte nur ungefähr die Situation darstellen, in der sich eure Gruppe befindet.»

«Und was wäre das für eine Situation, deiner Meinung nach?»

«Nun, die Situation von Leuten, die es mit ihren Absichten ernst meinen, jedoch die Expropriation ... noch nicht durchgeführt haben.»

Wieder schwillt mir der Kamm. Bravo, bravissimo! Aber auch diesmal hält sich Maurizio unerschütterlich «oben». «Stimmt», entgegnet er ruhig, «wir haben die Expropriation noch nicht durchgeführt. Doch das ist ohne Belang. Du hättest trotzdem das wahre Wesen unserer Gruppe erfassen müssen.»

«Und worin besteht, deiner Ansicht nach, dieses wahre Wesen?»

«Ihrem Wesen nach gleicht unsere Gruppe eher einem Team von Fachleuten als einem Klub von Söhnen und Töchtern reicher Eltern. Was tun Fachleute? Sie setzen sich zusammen, um ein bestimmtes Projekt zu planen und durchzuführen. Das Projekt mißlingt, so wie es in unserem Film der Fall ist. Nun, das nächste Mal wird es gelingen. Jedenfalls löst die Gruppe sich nicht auf, sie leistet nicht Verzicht, zieht sich nicht ins Privatleben zurück. Sie ist vielmehr bemüht, die Fehler zu entdecken, die das Projekt zu Fall gebracht haben. Gewiß, auch in meinem und Flavias Entwurf wird die Geschichte von einer Stimme erzählt, die das Bild begleitet. Die Stimme Isabellas aber, die in einer Gruppenversammlung ihren Bericht über das Scheitern der Expropriation verliest, klingt alles andere als wehmütig. In unserem Exposé soll dieser Bericht wie ein kühler, distanzierter, eher wissenschaftlicher Kommentar zum Film wirken. Nichts da von Sehnsucht nach der heroischen Stunde der Jugend!»

Seltsam. Ohne Zweifel entspricht meine Darstellung von Maurizios Gruppe der Wahrheit. Maurizio behauptet, ob nun guten Glaubens oder gegen besseres Wissen, Dinge, die der Wahrheit widersprechen. Aber wie immer ist er auch diesmal «oben», und ich bin, obwohl ich die Wahrheit auf meiner Seite habe, rettungslos «unten». Bin so sehr «unten», daß ich mich für besiegt gebe und abrupt erkläre: «Also gut. Ich werde das Treatment wegschmeißen und ein neues schreiben.»

Wie aber irrt doch der, der «unten» ist! Er irrt immer, trifft nie das Richtige. Aus Gründen, die sich meiner Kenntnis entziehen, wird Maurizio auf einmal versöhnlich: «Nein, du mußt dein Treatment nicht wegschmeißen. Du brauchst es nur zu korrigieren. Die erzählende Stimme, die das Bild begleitet, soll weiterhin Isabellas Stimme sein. Nur: Sie trauert nicht der heroischen Stunde der Jugend nach, sie verliest vielmehr mit fester und harter Stimme einen Bericht über das Scheitern des Expropriationsversuchs. Was den Schluß betrifft, so sollte er nicht in der Provinzstadt spielen, in der Isabella glücklich verheiratet mit Rodolfo und ihren Kindern lebt, sondern in unserem Versammlungslokal in Rom, mit den Bildern von Marx, Lenin, Stalin, Mao, Ho Tschi Minh an der Wand. Die gesamte Gruppe hat sich eingefunden, um den Bericht zu hören, und beschließt nach seiner Verlesung einmütig, so bald als möglich eine weitere Expropriation durchzuführen, unter Vermeidung der Fehler, die bei der ersten begangen wurden.»

Unsublimiert! In der erbärmlichsten Weise unsublimiert! Ich kann mich nicht zurückhalten, strahlend auszurufen: «Du denkst also trotzdem noch an eine Mitarbeit mit mir?»

Er zieht den Rauch ein, betrachtet stumm die Zigarettenglut, als denke er nach. Dann erst antwortet er: «Ich glaube schon. Aber es gibt noch eine Schwierigkeit.»

«Was denn?»

«Ich habe die Gruppe über dein Treatment informiert und über den konterrevolutionären Charakter, den du der Geschichte gegeben hast. Sie sind, ich kann dir die Wahrheit nicht verhehlen, gegen dich ziemlich aufgebracht. Sie sind unbedingt dafür, daß ich dich durch jemanden anderen ersetze.»

«Was soll also geschehen?»

«Ich denke, wir machen es am besten so: ich stelle dich der Gruppe vor, du übst Selbstkritik, berichtest über dein jetziges Treatment und erklärst ihnen, wie du es ändern willst. Es wird eine Diskussion folgen, dann ist der Weg für uns frei, und wir können die Arbeit wiederaufnehmen.»

Ich glaube, billig davonzukommen. Alles, dies ist mein Eindruck, wendet sich plötzlich zum Guten. Ich blase mich wieder auf: «Selbstkritik soviel du willst. Vor allem werde ich mich freuen, endlich mit deiner

Gruppe zusammenzukommen. Du hast mir so viel von ihr erzählt. Ich bin wirklich gespannt.»

Maurizio aber ist noch nicht am Ende. Er fügt hinzu: «Vor der Diskussion müßtest du noch etwas tun, um sie zu besänftigen. Sie sind, wie gesagt, aufgebracht. Darf ich dir einen Rat geben?»

«Aber gewiß.»

«Du müßtest so rasch als möglich irgendeine Geste machen.»

«Wie denn?»

«Eine Spende. Wir brauchen Geld für unser neues Lokal. Du solltest, als Beitrag für die Sache, irgendeine Summe spenden.»

Achtung, Rico! Dieser sublimierte Mensch stellt dir eine Falle. Du aber bist schon im Schwung, und als ausgesprochen einfältiger, unsublimierter Mensch gehst du geradewegs hinein: «Gewiß, versteht sich, eine Schenkung. Gut. Wieviel?»

«Ich würde sagen, mindestens fünf Millionen Lire.»

Ich glaube nicht richtig gehört zu haben. Doch das ist nur eine Redensart; ich habe ganz genau gehört. Es wird mir sonnenklar, daß die Falle, obwohl ich sie geahnt habe, weit abgründiger ist, als ich dachte. Es wird mir so klar, daß ich das Gefühl habe, in einen Abgrund zu stürzen, der sich unversehens unter meinen Füßen öffnet. Ein ausgesprochen physisches Gefühl. Ich denke nichts, kann keinen Gedanken fassen. Es wird mir eiskalt, gleich darauf unerträglich heiß. Schweißperlen stehen auf meiner Stirn. Mein Mund wird trocken wie der eines Verdurstenden. Es wird mir dunkel vor den Augen wie bei einer Sonnenfinsternis. Es handelt sich nicht um Geiz, sondern um etwas ganz anderes, um mehr: mir ist, als hätte mir Maurizio vorgeschlagen, einen Arm amputieren zu lassen. Da aber löst sich plötzlich die Lähmung meines Geistes. Mein Verstand sagt mir kalt, daß meine übertriebene physische Reaktion typisch ist für den unsublimierten Menschen, überall und zu allen Zeiten. Ja, jemand versucht, in meine steinzeitliche Höhle einzudringen, in meinen Pfahlbau; und ich prähistorischer Tölpel weiche schreckerfüllt zurück, taste nach meiner Steinaxt, nach meiner Holzkeule, um den Feind abzuwehren und in die Flucht zu jagen.

Im Grunde ist alles klar: ich habe geblufft, Maurizio will die Karten sehen, und nun muß ich zahlen. Wer aber blufft denn hier? Doch nur ein blöder, unsublimierter Mensch, versehen mit einem Organ, so groß, daß es einen Esel beschämen könnte, und einem Gehirn, so klein, daß ein Huhn ihn bemitleiden möchte. Jawohl, der ferne Ursprung meiner finanziellen Katastrophe ist, wie immer, meine konstitutive Minderwertigkeit Maurizio und seinesgleichen gegenüber. Wer «oben» ist, braucht nichts zu tun, um zu beweisen, daß er ein echter Revolutionär ist. Wer aber «unten» ist, muß fünf Millionen Lire zahlen.

Während ich dies denke, gehe ich wütend auf und ab. Ich meine, zu delirieren, und ich handle in der Tat wie im Delirium, ohne mir Rechenschaft über mein Tun zu geben.

Ich fahre mit der Hand über meinen kahlen Schädel, seufze, schneide Grimassen, versetze dem Papierkorb einen Fußtritt. Schließlich rufe ich aus: «Fünf Millionen! Das ist ein enormer Betrag!»

«Ein solcher Betrag wird, wie wir wissen, üblicherweise einem Drehbuchautor von einigem Rang für ein Treatment wie ‹Die Expropriation› bezahlt.»

«Ja, es gibt Drehbuchautoren, die fünf Millionen und auch mehr bekommen. Nicht aber ich! Und vor allem – nicht für ‹Die Expropriation›!»

«Andererseits haben wir wieder gedacht, es würde dir widerstreben, Geld für einen Protestfilm zu nehmen.»

«Sicher. Aber fünf Millionen sind . . . fünf Millionen.»

«Was soll ich ihnen also sagen? Daß du das Geld nicht hergeben willst?»

«Einen Augenblick. Verdammt, laß mich doch nachdenken.»

«Denk ruhig nach.»

Es folgt eine komische Szene. Ich gehe, wie außer mir, auf und ab; Maurizio raucht schweigend Zug um Zug und betrachtet immer wieder die Zigarettenglut. Die Komik besteht darin, daß ich, obwohl ich alles Für und Wider bedenke und erwäge, doch genau weiß, ich werde nicht imstande sein, nein zu sagen. Ich bin nicht reich. Außer Fausta und meinem Kind muß ich auch noch meine Mutter erhalten, die als Witwe eines Staatsbeamten mit ihrer kleinen Pension nicht auskommt. Ich denke auch, daß ich durch eine Ablehnung beweisen würde, irgendwie doch ein sublimierter Mann zu sein, das heißt imstande, ohne mit der Wimper zu zucken, auch einen schlechten Eindruck zu machen. Finde ich mich bereit, dann bestätige ich wieder einmal meinen passiven und feigen Charakter, typisch für einen unsublimierten Menschen. Kurz, ich denke, ich kann durch eine Ablehnung in jeder Hinsicht nur gewinnen. Und doch, und doch . . . Ich höre Ricos Stimme, der «unten» ist und dem nicht einmal ein Ausbruch des puren Selbsterhaltungstriebs zu helfen vermag – besser gesagt: gerade die Macht des unsublimierten Selbsterhaltungstriebs läßt ihn unsublimiert handeln, denn es gibt tatsächlich nichts Unsublimierteres als die Angst, unsublimiert zu erscheinen –, ich höre also die widerwärtige Stimme des widerwärtigen Rico, wie sie sanft sagt: «Na schön. Ich will hoffen, daß man mich für mein Drehbuch gut bezahlen wird, so gut, wie man andere bezahlt, nicht mich, und ich werde das Geld der Gruppe stiften.»

Ich erwarte Dank, Händedruck, Freude. Schon will ich meine Lippen zu einem bescheiden abweisenden Lächeln verziehen.

Doch nein. Maurizio sagt einfach: «Und wann, glaubst du, kannst du den Betrag erlegen?»

Das ist die zweite Falle, die in der ersten steckt. Eine Falle höheren Grades! «So rasch wie möglich», sage ich verwirrt. «Bedenke, es handelt sich um einen sehr hohen Betrag, ich habe so viel Geld weder daheim noch auf der Bank. Ich werde Obligationen verkaufen müssen.»

Das ist die dritte Falle, die in der zweiten steckt, welche ihrerseits wieder in der ersten steckt.

Maurizio fragt mich in leicht ironischem Ton: «Du hast Obligationen?»

Ich fühle, wie ich rot werde. Wieder einmal habe ich mich selbst nach «unten» begeben. Ich stammle: «Ich habe Obligationen gekauft, weil sie . . .»

«Zinsen tragen, natürlich.»

«Nein, ich wollte sagen: Da ich Familie habe, wäre es dumm, das Geld auf die Bank zu legen und . . .»

«Vom Kapital zu leben. Klar. Sind es Staatsobligationen?»

«Ja, einige. Andere nicht.»

«Wieviel Zinsen tragen sie?»

«Du weißt es doch besser als ich. Warum also . . .»

«Ich wette, du hast auch Industriepapiere.»

«Ja, einige.»

«Und Gold. Gemünzt oder ungemünzt?»

«Nein, Gold nicht.»

«Und Dollars oder Schweizer Franken.»

«Ich habe ein paar Dollars. Alle haben mir gesagt, die Lira wird abgewertet, und da habe ich eben ein paar Dollars gekauft. Übrigens, da fällt mir ein, statt Obligationen zu verkaufen, gebe ich dir den Betrag in Dollars. Das ist einfacher.»

Die vierte Falle! Sie steckt in der dritten Falle, die in der zweiten steckt, welche wieder in der ersten steckt!

«Du hast also genug Dollars, um deinen Beitrag in dieser Währung zahlen zu können. Mein Kompliment!»

Du bist zermalmt, Rico! Vernichtet! Liegst am Boden wie ein zertretener Mistkäfer! Wie eine Küchenschabe! Aber nicht deshalb, weil du deine im Schweiße deines Angesichts erworbenen Ersparnisse in durchaus legaler Weise angelegt hast, sondern weil du Maurizio gegenüber versagt hast. Weil du dich selbst, wie gewöhnlich, nach «unten» begeben hast. Maurizio erhebt sich, sagt: «Machen wir's so. Du verkaufst deine Obligationen oder deine Dollars und übergibst mir den Betrag in Lire. Sagen wir, innerhalb einer Woche. Inzwischen verständige ich die Gruppe, und wir bestimmen das Datum für die Selbstkritik und die Diskussion.»

«Was soll ich während dieser Woche tun? Am Treatment weiterarbeiten?»

«Selbstverständlich. Aber, das ist klar, auf der Linie, die wir heute festgelegt haben.»

«Und die Regie?»

Wir sind im Korridor. Maurizio geht vor mir her, ohne sich um mich zu kümmern. ich laufe ihm nach und um ihn herum wie ein erschrockenes

Hündchen. «Was die Regie betrifft», antwortet er, «so kann ich dir nichts dazu sagen. Das hängt nicht von mir ab.»

«Erzähl mir doch nichts! Flavias Vater ist an der Finanzierung des Films beteiligt. Du bist doch mit Flavia verlobt.»

«Und?»

«Du hast jedenfalls das Recht, mich als Regisseur vorzuschlagen.»

Er sagt weder ja noch nein. Klar: er ist «oben» und will mich «unten» halten. Er öffnet die Wohnungstür mit der einen Hand und . . . es ist unglaublich, er, ein Bürschchen von 23 Jahren, versetzt mir, dem Fünfunddreißigjährigen, mit der anderen Hand einen kleinen Klaps auf die Wange. Großzügig, gönnerhaft sagt er: «Denk jetzt an deine Arbeit. Und vergiß nicht die Dollars. Alles Gute. *Ciao.*»

Die Wohnungstür schließt sich. Ich stürze zur Badezimmertür, reiße sie auf, laufe schnurstracks zur Klomuschel, knöpfe die Hose hastig auf, ziehe ihn heraus und uriniere mit gespreizten Beinen. Ich hatte mich bis jetzt zurückgehalten, aus der üblichen Scheu, die mich förmlich lähmt, wenn ich mit Maurizio beisammen bin. Ein klarer, fast weißer Strahl, dick wie ein Strick, trifft die Porzellanmuschel und breitet sich aus zu einer Flut, die fast kochend, einen blonden Schaum bildend, abfließt. Warmer, leicht stechender Uringeruch steigt mir in die Nase. Während ich uriniere, stütze ich «ihn» und die Hoden mit der Handfläche. Ich schätze mit der Hand sein Gewicht und mit den Augen seinen Umfang ab. Ja, wer in seiner Hand ein Genital von solchem Ausmaß wiegen kann, der kann doch nicht irgendein minderwertiger oder auch nur durchschnittlicher Mann sein. Schon gar nicht ein gescheiterter, ein Versager in seinen Bestrebungen, moralisch und geistig impotent. Wenn man in der Handfläche zwei so schwere Hoden und ein so mächtiges Glied halten kann, so müßte das doch ein Trost sein, müßte Mut und Selbstvertrauen einflößen. Von meiner Bewunderung gleichsam angeregt, beginnt er sich schon geschmeichelt zu dehnen, sich mit Blut zu füllen, und deutet, obwohl er noch schräg in meiner Hand liegt, den Beginn einer Erektion an. Unter der Haut zeichnet sich die Eichel mit ihrer Aufwölbung ab, mit der folgenden Einbuchtung und dem weiteren konischen Verlauf. An der Spitze bricht die Haut auf, die kleine Öffnung wird sichtbar, die eine merkwürdige Ähnlichkeit mit dem kleinen, rosigen Auge eines neugeborenen Ferkels hat. Kein Zweifel, ich bin gut versehen, unübertrefflich gut ausgerüstet, die Natur hat mich verschwenderisch bedacht. Ich kann mich ohne falsche Bescheidenheit rühmen, über ein Organ zu verfügen, das in seinen Ausmaßen, seiner Sensibilität, Bereitschaft und Widerstandskraft absolut ungewöhnlich ist. Ja, das alles ist wahr. Und doch, und doch . . .

Ich betrachte ihn. Meine Wut bricht durch, übermannt mich: «Und doch ist mir Maurizio, dieses Nichts von einem jungen Mann, einfach überlegen, und ich bin ‹unten›. Wie geht das zu? Sag, du Verbrecher, wie geht das zu?»

So grob zur Rede gestellt, erwidert er ganz sanft, mit falschem Erstaunen: «Wie das zugeht? Ich weiß es wirklich nicht. Zwischen mir und deinem Minderwertigkeitsgefühl Maurizio gegenüber besteht, finde ich, kein Zusammenhang.»

Ich drücke ihn fest, um ihm klarzumachen, daß ich nicht scherze. «Das stimmt nicht», rufe ich aus. «Ich bin ‹unten›, eben weil du so blödsinnig groß bist, so idiotisch einsatzbereit, so ordinär potent.»

«Warum ärgerst du dich? Bist du verrückt geworden?»

«Nein, ich bin nicht verrückt. Ich ärgere mich, weil Maurizio sublimiert ist und ich unrettbar unsublimiert bin! Und weil an meiner Unsublimiertheit einzig du die Schuld trägst, du ganz allein. Vermutlich ist Maurizios Glied nicht so mächtig wie du, aber er hat Macht über mich. Du bist ein Ausstellungsstück, ein Koloß, ein Monument, ich könnte dich in einer Jahrmarktsbude zur Schau stellen und damit viel Geld verdienen. Umgekehrt bezahle ich deine Ungewöhnlichkeit mit einem dauernden demütigenden, widerwärtigen Minderwertigkeitsgefühl. Alle sind mir überlegen, allen bin ich unterlegen: ich lasse mich von meinen Gefühlen hinreißen, von meinem falschen Ehrgeiz, ich bin sentimental, unbeherrscht, passiv. Und wer trägt die Schuld daran? Wer?»

Diesmal schweigt er. Es ist dies eine feige, duckmäuserische Art zu reagieren, wenn die gegen ihn erhobenen Anklagen zutreffen. Ich rüttle ihn, sage: «Sprich, Kanaille, warum sagst du nichts? Sprich, Verbrecher, verteidige dich. Was hast du zu deiner Entlastung vorzubringen?»

Er verharrt in Schweigen. Ich rüttle ihn wütend und mit aller Kraft, so wie man jemanden, der etwas Böses begangen hat, bei den Schultern packt und hin und her schüttelt, damit er seine Tat zumindest gesteht. Statt jeder Antwort beschleunigt er die Erektion. Auf diese niederträchtige, geradezu unlautere Weise gedenkt er, so scheint mir, meinen Anklagen zu begegnen.

Obwohl schon ziemlich geschwellt, lag er bisher doch noch auf der Handfläche, gleich einem gestrandeten Wal auf einem einsamen Strand; jetzt aber sehe ich, wie er immer größer wird, sich wie ein Zeppelin, wenn die Taue gelöst wurden, in die Luft erhebt, dann halb wieder sinkt und sich schließlich neuerlich erhebt. Ich ziehe die Hand, die ihn bisher stützte, fort, aber er fällt nicht um. Ich sehe ihn vor mir, schwebend, kräftig und massig wie eine Eiche. Plastisch umranken ihn die Venen gleich Schlinggewächsen. Die Eichel ist halb entblößt, violett schimmernd, stumpfsinnig und lüstern mit der Spitze nach oben, die fast meinen Nabel erreicht.

Ich berühre ihn nicht, er schwankt hin und her, als wollte er mit jeder Schwankung seine Kräfte steigern. Ich wende mich um und betrachte mich lange in dem schmalen Spiegel am anderen Ende des Badezimmers. Im Halbschatten erblicke ich meine groteske Gestalt, sie gleicht der eines Silens auf einer nachgeahmten pompejanischen Vase: kahler Schädel, stolzes Gesicht, die Brust hervorgewölbt, und zwischen den kurzen Beinen unterhalb des Bauches er. Es ist, als gehörte er gar nicht zu dem Körper. Er ist sogar von anderer Farbe, man könnte meinen, er sei auf Flügeln dahergeflogen und von einem spottlustigen Gott zwischen meinen Lenden befestigt worden. Das besänftigt nicht meinen Zorn. «Schuft», rufe ich, «Verbrecher, willst du endlich antworten?»

Nein, er will nicht antworten. Vom Blutandrang geschwellt, verharrt er weiter in Schweigen. Er schwankt leicht, als konzentriere er all seine Kräfte darauf, sich weiter aufzublähen. Wie rasend versetze ich ihm einen Schlag mit der Handkante. Ein Karateschlag. «Antworte, Kanaille!»

Der Schlag biegt ihn erst nieder, dann schnellt er wieder hoch. Schweigend, so scheint es, pumpt er immer mehr Blut in die Eichel, die nun langsam und unaufhaltsam zur Gänze aus der umhüllenden Haut hervorbricht wie eine frische, schöne Kastanie aus ihrer Schale. Ich gebe nicht nach: «Weißt du, wieviel du mich kostest? Fünf Millionen! Jawohl, deinetwegen, wegen des unüberwindlichen Minderwertigkeitskomplexes, den deine beherrschende Gegenwart in mir hervorruft, bin ich gezwungen, fünf Millionen zu zahlen!»

Immer noch schweigt er. Ich versetze ihm einen weiteren Schlag und noch einen, stets mit der Handkante: «Los, sprich! Begreifst du denn nicht; wenn Maurizio ‹gefühlt› hätte, daß ich nicht einer der üblichen unsublimierten Menschen bin, daß es mir ernst ist, dann hätte er von mir nicht fünf Millionen als Beweis für meinen revolutionären Einsatz verlangt! Aber selbst angenommen, er hätte trotzdem die fünf Millionen gefordert, ist es doch deine Schuld, daß ich ihm nicht mit einem glatten Nein geantwortet habe. Deine Schuld, verstehst du? Ein unsublimierter Mensch ist eben nicht imstande, zu einem sublimierten nein zu sagen. Das ist, als wollte ein gewöhnlicher Tontopf zu einem Eisentopf nein sagen. Ja, deinetwegen bin ich ein zerbrechlicher, minderwertiger, ganz gewöhnlicher Tontopf.» Da er immer noch frech schweigt, beginne ich ihn in höchster Raserei zu ohrfeigen. Ja, ich ohrfeige ihn, wie man einen unverschämten Lumpen ohrfeigt, der auf gerechte Anklagen höhnisch die Antwort verweigert. Systematisch ohrfeige ich ihn, einmal auf der rechten, dann auf der linken Seite, wieder auf der rechten, wieder auf der linken, wieder auf der rechten und wieder auf der linken. Ich brülle: «Sprich, du Kanaille, sprich endlich einmal!» Von meinen Ohrfeigen getroffen, heftig hin und her schwankend, wird er plötzlich dunkelrot, als sammle sich in ihm alles Blut.

Während ich ihn mit unverminderter Heftigkeit ohrfeige, dämmert es mir verwirrend auf, daß er masochistischerweise aus meinen Beleidigungen und Schlägen auch noch Lust gewinnen könnte. Immer unsicherer wird meine Hand, während ich ihn ohrfeige, immer zögernder, stockender meine Stimme, während ich ihn beschimpfe: «Kanaille, Kanaille, Kanaille!» Ich spüre jetzt, daß er mir antworten will. Es ist eine verschlagene, tückische Antwort, ich hätte sie erwarten müssen, kurz, plötzlich bemerke ich, daß er sozusagen als Antwort im Begriff ist, zu ejakulieren, gegen meinen Willen, allen unseren Abmachungen zum Trotz. In höchster Verzweiflung packe ich ihn, drücke ihn, biege und beuge ihn nieder, als könnte ich hoffen, den kostbaren Samen zurückzutreiben. Ja, ich möchte, daß der Samen zu seinem natürlichen Ursprungssitz zurückkehre. Niemals vor diesem Augenblick, da er tückisch und stur meine Gewaltanwendung nützt, um sich über mich lustig zu machen und sich auszutoben, nie vorher habe ich so stark die Erhabenheit des Samens empfunden, es geradezu als ein Sakrileg angesehen, den Samen um eines kurzen Augenblicks verächtlicher Wollust willen zu vergießen. Nie ist mir dies so deutlich geworden wie eben jetzt, da er daran ist, diesen heiligen Saft herauszuschleudern, als wäre er nichts als Spucke oder irgendeine Absonderung irgendeiner unbedeutenden Drüse, und ihn auf den Fliesenboden des Badezimmers zu vergießen. Ich drücke ihn weiterhin, beuge und biege ihn, winde mich selber in dem vergeblichen Versuch, die Ejakulation zu verhindern, indem ich alle Bauchmuskeln zusammenziehe und mich nach vorne neige. Ich vollführe eine Art Pirouette, stoße dabei gegen das Waschbecken, und grade in dem Augenblick, in dem ich vermeine, mein Vorhaben sei gelungen – gerade in diesem Augenblick explodiert er zwischen meinen Fingern, es ist wie das Überschäumen einer eben entkorkten Champagnerflasche. Ein kurzes Zucken, nur eine ganz kleine Samenmenge tritt heraus, nur ein paar Tropfen sind es. Dann aber, als ich schon hoffe, es sei mir gelungen, mit dieser geringen Menge davonzukommen, überflutet plötzlich die ganze Flüssigkeit meine Hand, tropft zwischen den Fingern herab, mit denen ich immer noch versuche, den tückischen Gegner zuzuhalten und zu ersticken. Außer mir vor Verzweiflung, lasse ich mich zu Boden gleiten und rolle mich, während ich ihn in unversöhnlichem Haß umklammere, über den Boden bis zum Abfluß unterhalb der Dusche, wobei ich wie ein Epileptiker mit den Füßen um mich schlage. Unterhalb der Dusche kauere ich mich hin, hebe den Arm und drehe mit der klebrigen Hand den Hahn auf. Dann falle ich erschöpft mit dem Gesicht auf die Fliesen. Die ersten spärlichen warmen Tropfen fallen. Mit geschlossenen Augen warte ich auf den kalten, reinigenden Wasserstrahl. Vergebens. Die Dusche ist offenbar kaputt oder, was wahrscheinlicher ist, es fehlt das Wasser in den Versenkkästen. Trotzdem bleibe ich hier mit geschlossenen Augen liegen. Hat sein Verrat mich mit Haß erfüllt, so erfüllt mich jetzt sein Sieg, den ich vergeblich zu verhindern versuchte, mit einem Gefühl der Ohnmacht. Dieser Same, so denke ich, der eben noch von meinen Fingern tropfte, enthielt vielleicht die schöpferische, geniale Idee, die meinen Film, wenn ich mich zur Arbeit gesetzt hätte, dank der Zielsicherheit der Sublimierung in den Himmel des Erfolges gehoben hätte.

Wer weiß, vielleicht vertrocknet und verscheidet in diesem Augenblick die geniale, schöpferische Idee. Gleichzeitig denke ich, es sei doch lächerlich, in solche Verzweiflung zu geraten, weil ich onaniert hatte (denn dies hatte ich, wenn auch unabsichtlich). Endlich erhebe ich mich, schleppe mich in die Küche und öffne alle Hähne, aber es fließt kein Wasser. So wasche ich mich, so gut es eben geht, mit Mineralwasser. Natürlich schweigt er jetzt, der Saukerl. Ich werfe mich aufs Bett und schlafe bis in die Abendstunden.

III

Mystifiziert!

Ich gehe zur Bank, um die fünf Millionen abzuheben, die mir Maurizio abknöpfen konnte, indem er mich politisch erpreßte. Es war *seine* Schuld.

Es ist Nachmittag, die Stunde, zu der die Bank ihre Schalter wieder öffnet. Ein herrlicher Sommertag. Hellstrahlender blauer Himmel. Vom Meer herüber weht der Wind durch die Straßen und läßt die Markisen der noch geschlossenen Geschäfte flattern. Trotz der Geschichte mit den fünf Millionen fühle ich mich leicht und heiter.

Ich sage zu ihm: «Sieh nur, was für ein schöner Tag. Die Natur pfeift auf sämtliche Klassenkämpfe und Revolutionen. Der Tag ist schön, sowohl für Revolutionäre als auch für Konterrevolutionäre. Wie gut wäre es, sich um nichts kümmern zu müssen, weder um Maurizio noch um die fünf Millionen, noch um den Film, noch um die Sublimierung, noch um die Unsublimiertheit, und einfach spazierenzugehen, ohne sich viel Gedanken zu machen, einfach das Gefühl zu genießen, daß man auf der Welt ist.»

Möglicherweise ermutigt ihn mein vertraulicher Ton. Er verrät sich sogleich: «Ja, gehen wir spazieren. Denken wir weder an Politik noch ans Filmgeschäft, sprechen wir lieber eine der vielen Ausländerinnen auf der Straße an, diese dort zum Beispiel, die ganz allein in Richtung Piazza del Popolo geht. Im Vorjahr – erinnerst du dich? – sprachen wir eine Deutsche an, sie war wohl nicht mehr ganz jung, aber sie hatte den Teufel im Leib. Wie hieß sie nur? Trude. Sie schwärmte von den Orgien der alten Römer und vom Dolce vita der heutigen. Wir stellten sie zufrieden. Wir gingen aus der Stadt hinaus ins Freie, zu einer Schlucht bei Ronciglione. Auf einer kleinen Wiese, geschützt vor indiskreten Blicken, organisierten wir – wie nanntest du es doch gleich? – ein Happening auf heidnische Art. Du warst nackt, wie Gott dich geschaffen hat, sahst komisch aus, über und über behaart, mit deinem majestätischen Gesicht, das dem Antlitz eines Imperators zur römischen Verfallszeit glich, mit deinem kahlen, mit Blumen bekränzten Schädel. Aber auch ich war in großartiger Form und trug einen Blumenkranz sozusagen um den Hals. Die Deutsche hatte nur den Büstenhalter an und einen Slip aus weißer Baumwolle. Ihre Haut war wie bei den meisten blonden nordischen Typen von der Sonne gerötet. Sie knipste ununterbrochen, dich und mich. Du begannst mit nackten Füßen auf der Wiese zu tanzen, ich tanzte auf meine Weise mit, und die Deutsche lachte und lachte und nannte dich – wie nannte sie dich nur?»

«Gott Pan.»

«Ja, Gott Pan nannte sie dich. Dann liefen wir ihr nach, du und ich, während sie so tat, als liefe sie vor uns davon, durch das Gestrüpp, in Wirklichkeit aber suchte sie nur einen geeigneten Lagerplatz. Sie entdeckte ihn unter einem Baum. Ringsum dichtes Gras, das allerdings niedergedrückt war, denn hier waren vor uns schon andere Pärchen gewesen, wovon sogar ein weggeworfenes Präservativ zeugte. Das Ganze wirkte wie ein vorbereitetes Bett. Die Deutsche warf sich mit einem schrillen Schrei auf die Erde, blieb reglos auf dem Rücken liegen, mit geöffneten Beinen, den einen Arm über die Augen gelegt, und erwartete mich. Ach, was war das für ein schöner Tag! Was hatten wir doch für Spaß! Auf dem Rückweg fühlte ich mich sehr hergenommen, ich war fast gefühllos, aber sehr glücklich!»

Ich bemerke kalt: «So bist du. Ich sage, es ist ein schöner Tag, und du nützt das gleich aus, um mir ein primitives Abenteuer mit irgendeiner miesen, überreifen Ausländerin vorzuschlagen. Begreif doch endlich, daß sich in mir vieles, ja alles geändert hat, und somit auch meine Beziehung zu dir. Nichts da von Ausländerinnen! Jetzt wollen wir das Geld abheben und dann nach Hause zurückkehren und uns gleich an die Arbeit setzen.»

Er meint sauer: «Du willst sagen: ich hebe das Geld ab, ich kehre nach Hause zurück, ich mache mich an die Arbeit.»

«Ach so, wenn es dir paßt, verwendest du die Mehrzahl, und wenn es dir gerade nicht paßt, die Einzahl.»

«Verzeih, aber was habe ich mit deinen politischen Absichten und deinen künstlerischen Ambitionen zu tun?»

«Sehr richtig. Was hast du damit zu tun? Darin eben besteht unser Drama. Du hast leider gar nichts damit zu tun. Leider! Wenn du deine Pflicht tätest, dann käme es auch auf dich an.»

«Was für eine Pflicht? Ich habe keine Pflichten.»

«Deine Pflicht wäre es, meine libidinösen Energien, über die wir unglückseligerweise gemeinsam verfügen, nicht ausschließlich für dich zu beanspruchen.»

«Und wer sollte sie sonst beanspruchen?»

«Ich.»

«Da haben wir's wieder: die Sublimierung.»

«Genau. Du weigerst dich, dem Sublimierungsprozeß zu dienen, und erweist dich dadurch als antisozial.»

«Antisozial? Was soll denn das sein?»

«Das Gegenteil von sozial.»

«Sozial, antisozial – für mich sind das leere Worte.»

«Und doch sind Menschen bereit, für diese leeren Worte zu sterben.»

«Das ist es ja, was mich so wundert. Daß man etwas, was nicht existiert, einer Sache vorzieht, die existiert.»

«Und das, was existiert, bist, deiner Ansicht nach, du?»

«Das möchte ich meinen.»

Während dieses kuriosen Zwiegesprächs bin ich ins Stadtzentrum gelangt, parke meinen Wagen auf einem kleinen Platz und gehe zu Fuß zur Bank. Da steht sie schon: ein riesiger Kasten, prunkend, voller Stukkatur, nichts als Nischen, Schnörkel und Statuen. Ich betrete die Bank zwischen zwei korinthischen Säulen, schreite weiter zwischen zwei Marmorwänden, gelange durch vier Glastüren in den Vorraum und gehe über eine breitgeschwungene Treppe ins Souterrain. Hier unten sind die Safes untergebracht. Ich gehe langsam hinab, stütze mich dabei mit der Hand auf das kalte, glatte Marmorgeländer. Nicht nur wegen der unterirdischen Anlage habe ich das Gefühl, die Krypta einer Kirche zu betreten. Tatsächlich ist die Bank ein Gotteshaus, in dem ein Gott verehrt wird, der nicht der meine ist. Es ist der Gott derjenigen, die ich – als Revolutionär – bekämpfen müßte, statt dessen bin ich bekümmert zur Stelle, auch wenn ich noch so stolz dreinblicke, um ein wenig Weihrauch auf dem Altar des feindlichen Gottes zu verbrennen.

Ich empfinde ein starkes Schuldgefühl. Ausnahmsweise liegt die Schuld nicht bei ihm, sondern ausschließlich bei mir. Ich fühle mich wie ein Hanswurst, einerseits erhebe ich Maurizio gegenüber Anspruch, ein Rebell, ein Revolutionär zu sein, andererseits kaufe ich Wertpapiere, Obligationen, Dollars, lege das Geld beiseite, verschließe es in einem Sicherheitsfach (was ich als erniedrigend empfinde). Ja, wäre ich konsequent, dürfte ich Sicherheit nur in der Ideologie suchen. Er aber empfindet es ganz anders. Plötzlich ruft er aus: «Es lebe das Geld! Was täte ich ohne Geld?»

«Beruhige dich, du würdest dich auch dann zurechtfinden. Es wäre sogar alles viel klarer, schöner, sauberer.»

«Einen Schmarren, du Moralist! Ohne Geld wärst du wie ein Mann ohne Hand, ohne Arm. Das Geld ist mein wirksamstes, unfehlbarstes Mittel und zugleich das von mir bevorzugte Symbol. Statt der faden Porträts angeblich großer Männer müßte man mich auf die Banknoten drucken, und zwar so, wie ich im Augenblick meiner höchsten Steigerung bin.»

«Glänzende Idee: statt Michelangelo oder Verdi wärest du zu sehen. Glänzende Idee, aber schwer durchführbar.»

«Das Geld bin ich, und ich bin das Geld. Stecke in eine kleine Frauenhand eine zusammengerollte Geldnote, und es ist, als würdest du mich hineinstecken, es ist ganz ähnlich.»

«Ich stecke gar nichts hinein.»

«Mensch, was hast du für ein schlechtes Gedächtnis! Vor einem Jahr war's. In deiner Wohnung. Die kleine schwarzhaarige Köchin – sie war mollig auf eine geradezu unanständige Weise – stand vor dem Küchenherd und rührte mit einem Holzlöffel die Polenta um. Sie trug eine für sie viel zu lange Schürze, und du stecktest ihr ein Röllchen Banknoten in die Schürzentasche, 5000 Lire, um genau zu sein, damit sie dich lasse oder, besser gesagt, mich.»

Hilft nichts. Er hat ein untrügliches Gedächtnis. Er erinnert sich an alles, vor allem an die Dinge, an die er sich nicht erinnern sollte. Ich bin die Treppe hinabgestiegen, gehe zum Schalter, erledige die üblichen Formalitäten und folge dem Angestellten, der, mir voran, auf das aus dicken gekreuzten Stahlbalken gebildete Gitter zugeht: dahinter führen weitere Treppen hinab, und dort erst befindet sich der Raum, in dem die Safes untergebracht sind. Der Angestellte hat etwas von einem Sakristan, sein Rücken ist gebeugt, sein gelblicher Nacken ist eingefallen, seine Haare sind da und dort durch kahle Stellen gelichtet. Er öffnet das Gitter, geht mir weiter voran die Treppen hinab, nimmt meinen Schlüssel entgegen und entfernt sich dann, um die Kassette aus dem Safe zu holen.

Ich warte in der Mitte des Raumes und blicke mich um. Metallkästen bedecken die Wände; eine Galerie in halber Höhe ermöglicht den Zugang zu weiteren Kästen unterhalb der Decke. Einige von ihnen sind offen; man sieht darin reihenweise Stahlkassetten, jede mit einem Schloß und einer Nummer versehen. Wieder drängt sich mir der Gedanke an eine unterirdische Kapelle auf, vielleicht auch deshalb, weil mich der in der Luft hängende Banknotengeruch irgendwie an den Gestank von herabgebrannten Wachskerzen und an Weihrauch in den Kirchen erinnert.

Ja, sage ich mir, ich befinde mich wirklich an einem heiligen Ort, an einer Kultstätte. Der Angestellte hat nicht nur etwas von einem Sakristan, er ist es. Diese Kassetten dort gleichen nicht nur den Grabnischen in den Katakomben, in denen die Reliquien von Heiligen und Märtyrern aufbewahrt werden, sie sind es. Fehlt nur noch der Priester oder die Priesterin.

Da meldet er sich in aller Munterkeit: «Es gibt sie.»

«Wen?»

«Die Priesterin.»

Ich blicke in die Richtung, die er mir weist. In dem Saal befinden sich vier Tische, auf jedem von ihnen trennen grüne, matt geschliffene Glasscheiben wiederum vier Abteile. Lampen mit tulpenartigen Schirmen aus Milchglas beleuchten die Tische. In dem sonst leeren Saal sitzt die «Priesterin» allein an einem der Tische. Sie kehrt mir den Rücken zu. Ich kann nur den eher maskulinen Kopf sehen. Das goldgelbe Haar ist nach Männerart geschnitten bzw. kurzgeschoren. Das leuchtende Weiß der Schultern unterhalb des Halses kommt durch das schwarze Kleid besonders zur Geltung. Ich frage ihn: «Wieso Priesterin? Was ist denn so priesterlich an ihr?»

«Schau doch, bitte, mal unter den Tisch.»

«Na und?»

«Die Beine! Merkst du denn nicht, daß diese Frauenbeine etwas ganz Besonderes sind?»

«Ich merke nichts. Das heißt, ich sehe einen besonders kurzen schwarzen Minirock und in ihrer ganzen Länge, von den Fußsohlen fast bis zum Unterleib, zwei Beine in einer fleischfarbenen Strumpfhose.»

«Sonst nichts?»

«Ich sehe, daß es gerade, gutgeformte Beine sind, nicht zu mager, eher kräftig. Beine einer ausgewachsenen Frau, auch wenn sie möglicherweise noch jung ist.»

«Das ist nicht das Entscheidende.»

«Was willst du damit sagen?»

«Komm und setz dich ihr gegenüber.»

«Wozu?»

«Ich sage dir: setz dich ihr gegenüber.»

Ich gehorche und setze mich der «Priesterin» gegenüber. Ich kann durch das grüne, matte Glas immerhin sehen, was sie tut. Sie schneidet, mit einer Schere bewaffnet, die Kupons von Obligationen. Inzwischen hat der Angestellte meine Kassette gebracht und steckt den Schlüssel mit ritueller Geste in das Schloß, ohne ihn jedoch umzudrehen. Dann geht er.

Ich öffne die Kassette. Sie ist vollgestopft mit zusammengerollten Papieren: den bebilderten und bunten Blättern der Obligationen. Ganz unten liegen die Dollars. Meine Ersparnisse. Die Ersparnisse des Revolutionärs, des Rebellen, des Empörers, klug angelegt in Industriepapieren. Sie reihen diesen Revolutionär automatisch unter die Kapitalisten ein, die Eigentümer der Produktionsmittel. Gewiß, ich bin ein Rebell, ich bin es mein ganzes Leben gewesen – diese Papiere aber bezeugen, daß ich gleichzeitig ein – wenn auch unbedeutender – Mitverschworener des Systems bin.

Seufzend nehme ich die Obligationen aus der Kassette. Ich bin mir noch im unklaren darüber, was besser sei: die fünf Millionen Lire in Dollars zu zahlen oder die Obligationen zu verkaufen. Es stimmt, daß die Dollars keine Zinsen abwerfen, wohl aber die Obligationen. Man hat jedoch schon oft von einer Abwertung der Lira gesprochen, die Obligationen könnten also über Nacht um zehn, vielleicht sogar zwanzig Prozent an Wert verlieren, während man zumindest bis jetzt noch nichts von einer Abwertung des Dollars gehört hat. So bleibe ich beim ersten Entschluß: ich will Obligationen für fünf Millionen verkaufen.

Aber welche? Staatsbahnen – sechseinhalb Prozent? Pibigas – fünf Prozent? Isveimer – sechs Prozent? Römische Elektrizitätswerke? Ilva? Alitalia? Fiat? Obwohl ich wiederum recht theatralisch aufseufze, ist mein Schuldbewußtsein echt. Schließlich entscheide ich mich für Irisider – fünfeinhalb Prozent. Ich entnehme der Rolle zehn orangefarbene Blätter zu je einer halben Million Lire, lege sie zur Seite und mache mich daran, die übrigen Obligationen wieder in die Kassette zu tun. Die Auswahl der Wertpapiere hat mich abgelenkt. Mein Schuldbewußtsein hat mich die «Priesterin» vergessen lassen. Er aber läßt nicht locker. Plötzlich flüstert er mir eindringlich zu: «Laß eines dieser Blätter zu Boden fallen, beuge dich nieder, um es aufzuheben, und betrachte die Beine.»

«Schon wieder die Beine!»

«Tu, was ich dir sage, du wirst es nicht bereuen.»

«Warum?»

«Dein Schuldbewußtsein wird sofort kleiner werden, ja völlig verschwinden, wenn du den wahren Sinn deines Bankbesuchs entdeckst.»

«Der wahre Sinn meines Bankbesuchs besteht darin, die fünf Millionen für Maurizio zu beschaffen.»

«Nein, der wahre Sinn ist die Begegnung mit dieser Frau. Worauf wartest du noch? Beuge dich nieder.»

Ich tue es, wenn auch widerwillig. Ich schiebe mit dem Ellbogen eine der Obligationen über den Tischrand hinaus, das Blatt fällt zu Boden, ich beuge mich nieder, um es aufzuheben, und betrachte einen Augenblick lang die Beine der «Priesterin». Tatsächlich kann ich, durch seine Hartnäkkigkeit aufmerksam geworden, nicht umhin, gewisse Besonderheiten an diesen Beinen festzustellen. Zunächst merke ich, daß ich mich geirrt hatte: sie stecken in keiner Strumpfhose, sie sind nackt. Sie sind von einem auffallend leuchtenden, reinen, glatten Weiß. Gewisse Blondinen haben solch weiße Beine. Und doch: gerade von diesem unbefleckten, leuchtenden Weiß, so muß ich plötzlich denken, geht irgend etwas geheimnisvoll Unlauteres aus. Er fragt mich: «Nun, hatte ich nicht recht?»

Ich tue, als verstünde ich nicht: «Ja, du hast recht, sie sind schön.»

«Ich habe etwas anderes gemeint.»

«Und zwar?»

«Merkst du nicht, daß diese Beine etwas ... Obszönes haben?»

«Obszönes?»

«Weil sie auf diese Weise geschlossen sind.»

Stimmt. Das, was ich als «unlauter» und er als «obszön» bezeichnet hat, besteht darin, daß die Beine – die Füße ruhen auf der Querstange des Tischs – in der Tat «geschlossen» sind: und zwar so hermetisch, so fest wie die Zähne eines Fangeisens. Er klärt mich weiter auf: «Sie wirken obszön, weil sie, obwohl geschlossen, dazu einladen, sie zu öffnen. Man könnte sie mit Austernschalen vergleichen; auch bei denen ahnt man, daß sie etwas verbergen und sich mit aller Kraft widersetzen werden, will man sie öffnen. Eben darum erwecken sie den Wunsch, sie auseinanderzureißen, um zu sehen, was sie so eifersüchtig hüten.»

Er flüstert mir diese Überlegungen hastig zu und wird dabei, wie gewöhnlich, zu meiner größten Verlegenheit immer mächtiger. Ich erwidere: «Das mit der Auster ist ein hübscher Vergleich. Jetzt ist es aber höchste Zeit, daß wir gehen.» Ich hebe das Blatt auf, rücke mich wieder auf meinem Stuhl zurecht und stopfe die zusammengerollten Obligationen in die Kassette. Da höre ich, wie er mir befiehlt:

«Zieh dir den rechten Schuh aus.»

«Was sagst du da?»

«Oder den linken, spielt keine Rolle.»

«Wozu?»

«Wozu, wozu ... das ist doch klar: um mit deinem unbeschuhten Fuß zwischen ihre Beine zu fahren und ihn dann immer höher zu schieben, so weit es geht.»

«Bist du übergeschnappt? So etwas kann einen Skandal provozieren.»

«Gewiß. Wenn es aber keinen Skandal provoziert ...»

«Was dann?»

«Dann heißt dies, daß die Sache zu machen ist.»

Ich gehorche ihm wieder einmal, wenn auch voller Angst. Ich beuge mich aufs neue nieder, strecke meine Hand nach dem rechten Fuß aus, streife den Schuh ab und stelle ihn leise auf den Boden. Dann schiebe ich meinen Fuß zwischen die beiden Füße, die auf der Querstange nebeneinander ruhen. O Wunder: die Füße ziehen sich nicht zurück und widerstreben nicht. Sie gleiten unter meinem sanften Druck auseinander. Jetzt fahre ich mit meinem Fuß zwischen ihre Fußknöchel, ihre Waden – es gibt keine Schwierigkeiten. Die Beine öffnen sich immer mehr, je höher mein Fuß gleitet, sie leisten nur so weit Widerstand, als genügt, um den Eindruck zu vermitteln, daß sie sich nicht aus freien Stücken öffnen, sondern weil mein Fuß sie auseinanderschiebt. Ich setze mein Unternehmen fort. Jetzt spüre ich über dem Schienbein die Härte der Knie. Auch die geben bald nach, gleiten langsam auseinander, so wie sich in der Erzählung von Sindbad dem Seefahrer die Torflügel zur Schatzhöhle majestätisch und geheimnisvoll öffnen. Die «Priesterin» sitzt jedoch zu weit entfernt von mir, als daß ich mit meinem Fuß über ihre Knie hinausgelangen könnte. Da gibt er mir einen guten Rat: «Lehne dich so weit zurück, daß du mit den Hüften auf dem Stuhlrand liegst.»

«Wenn aber jemand hereinkommt und mich so liegen sieht, mit dem Fuß zwischen den Beinen einer Bankkundin – was wird er von mir denken?»

«Er wird denken, daß du ein kühner, vorurteilsloser und unternehmungslustiger Mann bist.»

So ein Schmeichler. Ich aber sage mir, daß ich schon aus Neugier mein Unternehmen bis zum Ende durchführen sollte. Ich blicke um mich und stelle fest, daß niemand sonst im Saal ist. Dann blicke ich durch die Glasscheibe und sehe, daß die beiden Hände der «Priesterin» unbeirrt fortfahren, Kupons zu schneiden. Ich schiebe mich im Stuhl vor, lege mich fast auf ihn, und so gelingt es mir im Nu, mit dem Fuß weit vorzudringen, fast bis zum Schamhügel. Diesen aber erreiche ich nicht, wie sehr ich auch in meinem Strumpf die Zehen bewege, um abzutasten, wo ich mich befinde, ich kann das weiche Haargewirr nicht spüren. Hingegen schließen sich plötzlich zu meiner Überraschung die Schenkel wie die Schalen einer Muschel oder, besser, die Zähne des Fangeisens. Sie umschließen meinen Knöchel so fest, daß ich weder vor noch zurück kann. Die Schenkel fühlen sich verschwitzt an – oder bin ich in Schweiß geraten? Jedenfalls entströmt diesem umklammernden nackten Fleisch eine intensive, feuchte Wärme, die gleichwohl und seltsamerweise ein Gefühl der Kälte vermittelt. Er aber verliert in seinem Optimismus nicht den Mut, sondern beruhigt mich: «Sei unbesorgt, die Beine werden sich öffnen, und ob!»

«Möglich. Ich kann aber doch nicht ewig so auf dem Stuhl liegen bleiben, während mein Knöchel von diesen starken Muskeln umklammert ist. Ich komme mir ja vor wie ein Hühnerdieb, der mit seinem Fuß in eine Falle geraten ist.»

«Die Schenkel werden sich gleich wieder öffnen, du wirst schon sehen.»

Sie öffnen sich tatsächlich. Aber um mich zu vertreiben. Die Umklammerung hat sich plötzlich gelockert, und mein Fuß fällt herunter. Die Frau dreht sich jetzt zur Seite und überkreuzt die Beine. Wütend sage ich zu ihm: «Wieder hast du mich in eine blamable Situation manövriert. Und ich habe gar nichts erreicht.»

Verärgert beuge ich mich nieder, nehme meinen Schuh und ziehe ihn an. Dann erhebe ich mich, falte die Obligationen zusammen und stecke sie in die Tasche. Durch das grüne Glas sehe ich, wie die Hände der «Priesterin» die Kassette schließen. Ich tue das gleiche. Der Angestellte kommt, nimmt der Frau die Kassette aus der Hand, schiebt sie in die «Grabnische», kommt wieder und übergibt den Schlüssel. Die «Priesterin» könnte nun fortgehen, sie hat hier nichts mehr zu tun. Doch nein, sie bleibt sitzen und legt ihr Kinn in die verschränkten Finger. Es ist fast, als beobachte sie mich durch das Glas. Er ruft triumphierend: «Sie wartet auf uns, sie will mit uns zusammen fortgehen.»

So ist es. Der Angestellte kommt wieder, überreicht mir den Schlüssel, ich stehe auf, und da erhebt auch sie sich. Ich gehe als erster und höre, wie sie hinter mir die kleine Treppe hinaufsteigt. Oben angelangt, trete ich zur Seite, sie geht an mir vorüber und dankt mit einem Kopfnicken. Am Bankschalter wiederholt sich das gleiche Spiel wie vorher im Saal: sie nimmt zuerst ihren Ausweis entgegen und wartet, bis ich den meinen habe. Wir gehen gemeinsam auf die große Treppe zu. Da verlangsame ich meinen Schritt, so daß ich etwas zurückbleibe und sie besser betrachten kann.

In diesem Augenblick dreht sie sich halb um, als wollte sie sich vergewissern, daß ich ihr folge. Ich erblicke ihr Gesicht. Es ist energisch, maskulin, der Mund ist groß, die Nase klar gezeichnet. Sie sieht mich aus nächtig blauen, wie abwesenden Augen an, ihre Pupillen weiten sich zu einem starren Ausdruck. Das Gesicht ist mager, nicht aber der Körper. Der ist eher üppig und wirkt gleichzeitig merkwürdig kindhaft. Oder ist dies darauf zurückzuführen, daß sie ein so kurzes Jungmädchenkleid trägt? Es zeigt ihre muskulösen Beine, die Beine einer voll erwachsenen Frau. Ihre Erscheinung wirkt, als wollte sie Infantilität parodieren, als hätte sich eine brave junge Mutter (ich bin fast sicher, daß sie mindestens ein Kind hat) zum Spaß als kleines Mädchen verkleidet.

Wir stehen auf der Straße. Die Unbekannte geht voran. Plötzlich sage ich mir, die Geschichte habe lange genug gedauert. Ich will sie ihrer Wege gehen lassen und ein Café aufsuchen. Er aber protestiert sogleich: «Was heißt denn das? Geh ihr nach, du mußt ihr nachgehen! Hast du denn nicht bemerkt, daß sie in der Bank, als du dir deinen Ausweis holtest, den Blick gesenkt und mich mit sichtlich schmeichelhaftem Interesse betrachtet hat?»

Heiliger Himmel! Ich senke meinerseits den Blick und sehe, daß meine Hose wie von einem dicken Dorn vorgewölbt und gespannt ist. Rasch fahre ich mit der Hand in die Hosentasche und drehe ihn nach oben, so wie man einen Uhrzeiger dreht, wenn die Uhr zu einer falschen Stunde stehengeblieben ist. Er protestiert aufs neue: «Laß mich doch so, wie ich bin, ich will, daß sie mich sieht, alles andere ist egal. Laß mich doch, sie soll mich nur bemerken.» Ich höre nicht auf ihn. Ich gehe rasch weiter, habe die Frau fast erreicht. Dabei sehe ich mich im Geist vor mir: ich trage einen am Hals geöffneten rostbraunen Kasack, dazu eine grüne Hose aus Segeltuch und Sandalen. Kahler Schädel, kleine Gestalt, Bauch heraus, Beine kurz. Die Hand in der Hosentasche. Ich sage mir, es sei lächerlich und anmaßend von mir gewesen, mich in der Bank einer so schönen Frau nähern zu wollen, und es sei nicht minder lächerlich und anmaßend, ihr jetzt auf der Straße zu folgen. Er jedoch ermutigt mich: «Nur keine Angst, nur keine Bedenken. Schöne Frauen lieben Männer wie dich, Männer mit männlicher Konstitution. Vorwärts, Mut!»

An Mut fehlt es mir gewiß nicht. Als sie auf dem gleichen kleinen Platz ankommt, auf dem ich kurz zuvor geparkt habe, geht sie auf einen ausländischen Wagen zu, dessen Nummernschild die Buchstaben CD trägt. Im Augenblick, da sie den Wagenschlag öffnen will, laufe ich rasch um den Kühler herum, öffne meinerseits den Schlag, setze mich neben sie und sage: «Guten Tag.»

Sie sieht mich an, zögert, ich bin schon darauf gefaßt, wieder eine Abfuhr zu erhalten. Doch nein. Nach einer kurzen Pause, die mir sehr lang vorkommt, erwidert sie: «Guten Tag.»

Ihre Stimme klingt klar, entschieden, vielleicht ein wenig ironisch, aber nicht wirklich feindselig. Sie läßt den Motor anspringen, dreht sich auf ihrem Sitz um und fährt im Rückwärtsgang aus der Parkreihe heraus. Bei diesem Manöver quellen ihre Brüste aus dem Kleidausschnitt. Feste, runde Brüste, offenbar von ungewöhnlicher Härte, als verberge sich unter der glänzendweißen Haut nicht ein zartes Drüsennetz, sondern ein Geflecht maskuliner Muskeln. Wir fahren über den Corso, da packt mich plötzlich der Schrecken. Was mache ich in diesem Wagen neben einer Unbekannten? Die «Priesterin» hat ihn, wie er behauptet, in der Bank mit «sichtlich schmeichelhaftem Interesse» betrachtet. Jetzt aber entführt sie mich in ihre Wohnung, wo ich, im günstigsten Falle, nach einer Ausrede suchen muß, um mich zurückzuziehen. Wieder einmal werde ich eine blamable Rolle spielen. Er aber mischt sich autoritativ ein: «Laß mich nur machen.»

«Grade das möchte ich vermeiden», entgegne ich.

«Laß mich nur machen. Ich verspreche dir, daß kein kostbarer Saft vergossen werden wird, falls du das befürchtest.»

«Ich befürchte gar nichts, aber ...»

«Laß mich machen.»

«Wie soll ich das verstehen? Möchtest du etwa selber das Gespräch führen?»

«Genau.»

Na schön, überlassen wir es einmal ihm. Ich ziehe mich im Geiste zurück und beobachte aus meinem Winkel unbeteiligt und distanziert die Szene, die sich nun zwischen den beiden abspielt. Folgendermaßen: Er geht sogleich zum Angriff über, und zwar auf beklagenswert konventionelle Weise: «Ich heiße Federico. Und du?»

«Irene.»

«Irene – was für ein schöner Name. Weißt du, daß er im Griechischen ‹Friede› bedeutet?»

Wieso weiß er das? Offenbar hat er sein Wissen von mir gestohlen.

Irene erwidert: «Friede? Ich wußte es nicht. Wie, hast du gesagt, heißt du?»

«Federico. Ich bitte dich aber, mich Rico zu nennen.»

«Gut. Rico. Wie geht es dir, Rico?»

«In diesem Moment geht es mir gut, weil ich neben dir sitze.»

Lächerlich! Ekelhaft! Das sind ja Sätze, die jeder Rekrut, wenn er Ausgang hat, jedem beliebigen Dienstmädchen sagen könnte. Irene aber antwortet: «Danke, du bist sehr liebenswürdig.» In ihrer ruhigen Stimme klingt gleichwohl Ironie mit.

Es folgt eine kurze Pause. Dann fragt er: «Wohin fahren wir?»

«Zu mir.»

«Wo wohnst du?»

«In der EUR.»

«Ein schönes Viertel. Gute Luft, Ruhe, viel Grün.»

«Ja, viele Bäume.»

«Die Straßen sind breit, das Parken ist kein Problem.»

«Ja, ein angenehmes Viertel, wenn auch weit außerhalb der Stadt.»

Ich muß in mich hineingrinsen. Der so von sich eingenommene Herr «Laß-mich-nur-Machen» ist nicht imstande, mehr als eine kleinbürgerliche Konversation zustande zu bringen. Doch ich habe mich getäuscht, war voreilig in meinem Urteil. Unvermutet ändert er den Ton. «Ich heiße zwar

Federico, aber ich habe noch einen anderen Namen.»

«Einen Spitznamen?»

«Nicht eigentlich. Einen, sagen wir, geheimen Namen.»

«Einen geheimen?»

«Ja, denn das Ding, auf das er sich bezieht, ist gleichfalls geheim.»

«Ach?»

«Irene, kann ich dir etwas anvertrauen?»

«Gewiß kannst du das, Rico.»

«Ich bin, ich darf es ruhig behaupten, denn es ist die reine Wahrheit – kurz, ich bin von der Natur in ungewöhnlicher Weise ausgestattet worden. Du verstehst mich doch?»

«Ich glaube dich zu verstehen. Aber ich möchte das genauer wissen. Erkläre dich deutlicher.»

«Um also ganz deutlich zu sein, will ich dir verraten, daß ich ein absolut ungewöhnliches Sexualorgan besitze.»

«Was du nicht sagst! Ein absolut ungewöhnliches?»

«Ja, ein absolut ungewöhnliches.»

«Wieso weißt du das so genau?»

«Ich habe es mit dem Durchschnitt verglichen. Und da wurde es klar, wie ungewöhnlich es ist.»

«Woher kennst du das Durchschnittsmaß?»

«Ich habe mich bei einem befreundeten Arzt erkundigt, der Rekruten untersucht, die sich zum Militärdienst melden müssen.»

«Ah, ich verstehe. Hätte es mir denken können. Und wie sind die Maße?»

«Fünfundzwanzig Zentimeter Länge, achtzehn Zentimeter Umfang und zweieinhalb Kilo Gewicht.»

«Du hast ihn auch gewogen?»

«Sicher.»

«Wie hast du das gemacht?»

«Ich habe mich auf die Fußspitzen gestellt und ihn auf die Messingschale einer Küchenwaage gelegt.»

«Und deine Maße überschreiten also den Durchschnitt?»

«Bei weitem.»

Wirklich, nach kleinbürgerlichem Eröffnungsgespräch hat er aufgeholt und legt nun zu meiner nicht geringen Verwirrung und Beschämung mit Volldampf los. Irene fragt mit unverändert ruhiger, ironischer Stimme, ohne sich umzuwenden oder die Hände vom Lenkrad zu nehmen: «Du hast mir vorhin gesagt, daß du einen geheimen Namen hast, der sich auf diese ungewöhnlichen Maße bezieht. Wie lautet dieser Name?»

Der Teufel soll ihn holen! Er kennt keine Scham! Keine Diskretion! Plaudert alles aus! Da antwortet er tatsächlich ohne zu zögern: «Ich habe gesagt, daß ich Federico heiße. In Wahrheit aber koexistieren in mir zwei Personen: ich und er. Ich bin ... ich, und er ist ... er. Um keine Verwechslung aufkommen zu lassen, nenne ich mich Federico, oder besser Rico, und ihn nenne ich Federicus Rex.»

«Federicus Rex? Erstaunlich. Warum?»

«Federicus Rex, oder Friedrich von Preußen, war ein so berühmter und siegreicher König, daß man ihn Friedrich den Großen genannt hat. Ist dir nun der Zusammenhang klar?»

«Ich glaube schon.»

«An sich wäre es logischer, daß er Friedrich der Große hieße. Ich bin ja klein von Gestalt, während er groß ist, sogar riesengroß. Ich aber ziehe Federicus Rex vor. Schon deshalb, weil es poetischer klingt. Friedrich der Große ist zu deutlich. Groß: damit ist schon alles gesagt, es gibt keine Überraschungen mehr. Die Bezeichnung Federicus Rex hingegen sagt alles und verschweigt zugleich, rückt die Größe in den Schatten und die Majestät ins Licht. Die Frauen waren es, die mir den Gedanken eingaben, ihn Federicus Rex zu nennen. Sie sagten zu ihm: ‹König› oder sogar ‹König der Könige›, wie im Altertum die Kaiser von Persien hießen. Ganz natürlich, daß ich ihn am Ende, um ihn von mir zu unterscheiden, Federicus Rex nannte. Ist das klar?»

«Vollkommen.»

«Die Frauen bewundern ihn, auch wenn es einige nicht zugeben wollen. Weißt du, wie sie ihn manchmal noch nannten, außer König?»

«Nein.»

«Leicht zu erraten: Königliche Hoheit, Königliche Länge, Königliche Dicke, Königliche Größe. Und so fort in dieser Tonart. Kleine Scherze törichter Frauen.»

«Aber doch freundliche Scherze?»

«Freundlich, gewiß. Denn sie beweisen, daß seine Außergewöhnlichkeit nicht eine Frucht meiner Phantasie ist. Es handelt sich um eine nachweisbare, erkennbare, sichtbare Tatsache. Manchmal ist sie so erkennbar und sichtbar, daß ich in Verlegenheit gerate.»

«So wie vorhin in der Bank, nicht wahr? Ich sah dich herumgreifen an ihm.»

«Er war ja auch zu sichtbar geworden, ich versuchte, ihn zu mäßigen, zu kontrollieren. Er ist, weißt du, sehr ungeduldig, geradezu frech, geradezu selbstherrlich, möchte ich sagen.»

«Wie alle Könige, meinst du nicht?»

«Haha! Du hast recht, Könige sind ungeduldig. Selbstherrlich. Zum Beispiel jetzt . . . weißt du, was er von dir will, nachgerade fordert?»

«Nun, was denn?»

«Daß du den Wagen nur mit einer Hand lenkst und ihn drückst, fest, so fest du kannst.»

Da sind wir also soweit! Unbestreitbar, er legt sich ins Zeug. Frech! Ungeniert! Unverschämt! Ich wäre nie imstande, es ihm gleichzutun. Niemals. Ich möchte es auch gar nicht. Jeder nach seiner Art. Da aber, plötzlich, bekommt er eine kalte Dusche. Gnadenlos. Irene schweigt einen Moment, dann meint sie eisig: «Ich habe nicht die Gewohnheit, nur mit einer Hand zu lenken.»

«Tu mir den Gefallen!»

«Ich habe auch nicht die Gewohnheit, gewissen Majestäten meine Reverenz zu erweisen.»

Krach! Zusammenbruch! Senkrechter Sturz, kopfüber aus schwindelnder Höhe!

Klar: Irene hat seiner grenzenlosen Eitelkeit geschmeichelt, und er ist darauf hereingefallen. Da hat ihn Irene eiskalt zurückgewiesen. Ich sage ihm sarkastisch: «Der Herr ‹Laß-mich-nur-Machen› ist bedient. Da haben wir's nun: die übliche Demütigung, die übliche Blamage. Bist du einverstanden, daß ich nun meinerseits versuche, die Situation zu retten, die du in deiner Blödheit herbeigeführt hast?»

Er gibt keine Antwort. Vielleicht fühlt er sich zu beschämt, um reden zu können. Ich deute sein Schweigen als Zustimmung und sage leichthin und höflich zu Irene: «Aber warum immer von mir reden? Erzähl mir doch lieber etwas von dir.»

«Ich habe nichts zu erzählen.»

«Bist du verheiratet?»

«Ja. Aber ich lebe von ihm getrennt.»

«Lebst du jetzt mit einem Diplomaten zusammen?»

«Warum mit einem Diplomaten?»

«Ich habe das CD auf deinem Auto gesehen.»

«Ach so. Der Wagen gehört der Botschaft, bei der ich arbeite. Mein Wagen ist in Reparatur, da hat mir der Botschaftssekretär liebenswürdigerweise den seinen geliehen.»

«Was ist das für eine Botschaft?»

«Die Botschaft eines arabischen Landes.»

«Und wo lebt dein Mann?»

«Mein Mann? In Mailand.»

«Was macht er dort?»

«Er ist in der Werbung tätig.»

«Du lebst also ... allein?»

«Ich lebe zusammen mit meiner kleinen Tochter, sie heißt Virginia und ist neun Jahre alt. Sonst noch was?»

«Entschuldige. Aber ich gehöre nicht zu jenen sexbesessenen Männern, für die ... nun, für die nur das eine existiert.»

«Schau, schau! Und Federicus Rex?»

«Alles nur ein Scherz. Denk nicht mehr daran. Für mich ist eine Frau vor allem ein Mensch. Ich will wissen, wer sie ist, was sie tut und denkt, woher sie kommt und wohin sie geht. Sex kommt für mich als letztes in Betracht.»

Wir sind in der EUR angelangt. Straßen mit Kolonnaden, Plätze mit

Kolonnaden, überall Kolonnaden. In der Mitte des Hauptplatzes ein Obelisk, der in der Abendsonne zu glühen scheint. Da meldet er sich wieder, offenbar in keiner Weise entmutigt. «All diese Säulen, all diese Obelisken. Sag ihr doch scherzhaft, wenn sie früher versichert habe, sie sei nicht gewohnt, gewissen Majestäten ihre Reverenz zu erweisen, so möchtest du es jetzt doch fast bezweifeln angesichts der vielen Säulen und Obelisken, die bekanntlich ein Symbol für das sind, was ich bin oder jederzeit sein kann.»

Ich will ihm schon sagen, daß ich diesen Scherz für plump und geschmacklos halte, komme aber nicht mehr dazu. Der Wagen umfährt die Kirche und biegt in die Via Eufrate ein, verlangsamt das Tempo und hält neben dem Gehsteig.

Irene zieht die Handbremse, öffnet den Wagenschlag, steigt aus, auch ich steige aus. Auf der einen Seite der Via Eufrate reihen sich villenartige Bauten, auf der anderen fällt sie steil ins Tibertal ab. Unten sieht man die niedrigen und langgestreckten Hallen der Industrieanlagen. Der Fluß macht hier eine große Schleife, sein Wasser ist gelb und kaum bewegt. Der tafelförmige Hügel am anderen Ufer schimmert in blassem Grün. Irene überquert die Straße, ohne sich darum zu kümmern, ob ich ihr folge. Beim Sitzen im Wagen hat sich ihr Kleid zwischen die Hinterbacken geklemmt. Im Gehen fährt sie mit der Hand nach hinten und streift es glatt.

Irene öffnet das Gartentor und schreitet rasch über einen schmalen, betonierten Weg zwischen englischem Rasen. Die Rasenflächen sind von kleinen Bäumen umsäumt, die kugelförmig, konisch oder in Pyramidenform beschnitten sind. Ich folge Irene über die blankgeputzte Stiege, die unter den Schritten leicht erdröhnt. Da ist die Wohnungstür aus hellem Holz, Schild und Klinke leuchten im Messingglanz. Irene läßt mich in einen großen Wohnraum eintreten, die beiden Fenstertüren sind weit geöffnet. Ein angenehmes helles Licht erfüllt den Raum, man meint das nicht allzu ferne Meer zu ahnen. Der Wind hebt die grünen Vorhänge, sie blähen sich langsam und fallen dann zurück. Irene sagt, und es klingt schmeichelhaft: «Um mit dir beisammensein zu können, gehe ich heute nicht in die Botschaft. Warte, ich rufe rasch an.» Sie geht hinaus.

Ein unbestimmtes Glücksgefühl erfüllt mich. Ich sehe mich um. Die Einrichtung ist modern, aber – wie soll ich sagen – von einer gestrigen Modernität: das heißt, diese Möbel, die vor kurzem modern wurden, werden nun serienweise hergestellt. Sie sind niedrig, geometrisch in der Form. Rote, grüne, blaue Diwans, Hocker, Tischchen und Lampenschirme aus Plastik. Alles neu, wie in einem Warenhaus zur Schau gestellt. Und doch scheint alles von Erwartung erfüllt. Was ist das nur? Dieses Gefühl der Erwartung wird seltsamerweise wohl durch die Abwesenheit Irenes hervorgerufen.

Da ist sie wieder. Sie sagt «Setz dich doch» und zeigt auf einen Diwan. Sie selbst setzt sich auf den Diwan gegenüber. Zwischen uns steht ein niedriges Stahltischchen mit einer Glasplatte. Wir sehen einander an. Sie hält im Sitzen die Beine geschlossen. So fest, daß nicht nur er, sondern selbst ein Messer nicht dazwischenfahren könnte. Irene betrachtet mich neugierig, als sehe sie mich zum erstenmal, und sagt dann: «Du gehst also in die Bank, in den Raum, wo die Safes untergebracht sind, ziehst dir einen Schuh aus und schiebst deinen Fuß zwischen die Beine einer Frau, die du nicht einmal vom Sehen kennst?»

Ich fühle, wie ich rot werde. Im Geist hadere ich mit ihm. «Das muß ich mir jetzt deinetwegen sagen lassen!» Irenes Ton ist aber nicht feindselig. Eher nachsichtig, belustigt. Ich meine verlegen: «Das kommt bei mir sonst nicht vor. Ein außergewöhnlicher Fall.»

«Was ist dabei so außergewöhnlich?»

«Ich weiß es nicht. Vielleicht sind's deine Beine.»

«Bei mir sind die Beine außergewöhnlich, bei einer anderen der Busen, bei einer dritten der Hintern – stimmt's?»

«Ja, könnte sein, aber . . .»

«Kurz, du bist einer von denen, die sich im Autobus an die Frauen anlehnen, um sie abgreifen zu können.»

«Nun, das ist schon vorgekommen, aber . . .»

«Du gehörst zu denen, die durch das Schlüsselloch das Dienstmädchen beim Auskleiden beobachten.»

«Das habe ich getan, als ich noch bei meinen Eltern wohnte und fünfzehn war . . .»

«Jetzt gehst du die Stubenmädchen an, ohne viel Umstände zu machen – habe ich recht?»

«Kann vorkommen, aber . . .»

«Ich wette, du gehst in die Vorstadtkinos, setzt dich neben ein junges Mädchen, faßt es bei einer Hand und läßt es schließlich das tun, was du von mir vorhin im Wagen verlangt hast.»

«Also hör mal . . .»

«Kurz, du bist dauernd auf Abenteuer aus, gleichgültig mit wem, wenn es nur eine Frau ist?»

Bisher habe ich nur matt widersprochen, nicht zuletzt deshalb, weil er mir dauernd zuflüstert: «Laß sie nur reden. Laß sie nur. Merkst du nicht an ihrer Stimme, daß alles nur Mache ist?» Jetzt aber protestiere ich: «Nein, so ist es nicht! Sag mir mal: Hast du mich in deine Wohnung mitgenommen, um mir Dinge zu sagen, die nicht gerade angenehm sind?»

«Aber wahr!»

«Doch nur zum Teil!»

«Jedenfalls mußt du zugeben, daß du zu einem ganz bestimmten Typ Mann gehörst, der . . .»

«Was heißt das: ein ganz bestimmter Typ Mann?»

«Ein Erotomane. Versessen auf Abenteuer, aber nicht immer erfolgreich. Oder irre ich?»

«Nicht unbedingt erfolglos. Es geht.»

«Es geht? Sagen wir: zu zwanzig Prozent.»

«Sagen wir: zu fünfzig Prozent.»

«Ist das nicht übertrieben? Bildest du dir das nicht bloß ein?»

Sie unterhält sich auf meine Kosten, das ist klar, aber sie tut es nicht bösartig, eher mit Sympathie. Dennoch spüre ich, daß ich ihrem wenn auch gutartigen Spott ein Ende setzen muß. Ich sage entschlossen: «Jetzt aber genug. Alles hat seine Grenzen. Ich bin nicht so, wie du glaubst.»

«Ich glaube gar nichts. Ich halte mich an die Tatsachen.»

«Zum Teufel, man kann einen Menschen doch nicht auf eine Chiffre reduzieren, auf einen seiner Fehler. Man kann doch nicht einfach sagen: der ist ehrgeizig, der andere faul, und Rico ist ein Erotomane ...»

«Ärgere dich doch nicht so!»

«Jeder an meiner Stelle würde sich ärgern.»

«Sag mir also, was du wirklich bist. Bis jetzt habe ich fast ausschließlich mit einem gewissen Federicus Rex zu tun gehabt. Du hast mir gesagt, daß du Rico heißt. Erzähl mir etwas von Rico.»

«Ich bin Filmregisseur.»

«Ein Regisseur? Hast du schon viele Filme gemacht?»

«Bisher noch keinen.»

«Dann bist du auch kein Regisseur.»

«Ich werde es in vierzehn Tagen sein, wenn mein erster Film ins Atelier geht.»

«Bist du verheiratet?»

«Ja, ich habe eine Frau und einen Sohn.»

«Liebst du deine Frau?»

«Gewiß. Sehr.»

«Man möchte es nicht glauben.»

«Spielst du noch immer auf das an, was in der Bank geschehen ist? Es war ein Augenblick der Schwäche, so was kann jedem passieren.»

Sie schweigt. Sie mustert mich mit ihren geheimnisvollen, geradezu unmenschlichen Augen. Ihre geweiteten Pupillen scheinen blicklos zu sein. Sie denkt offenbar nach. Dann sagt sie, und verrät dabei eine erschreckende Hellsicht: «So wollen wir alle Schuld auf Federicus Rex schieben. Einverstanden?»

«Einverstanden.»

«Vergessen wir auch, was in der Bank geschehen ist. Trachten wir, Federicus Rex auszuschalten. Er soll sich nie mehr einmengen! Nie mehr. Stimmst du mir in diesem für mich äußerst wichtigen Punkt zu? Dann bin ich bereit, deine Freundin zu werden. Ja oder nein?»

Was geht plötzlich in mir vor? Ihre Intuition, mit der sie auf Anhieb mein innerstes Geheimnis erraten hat, berührt mich tief, in bisher ungewohnter Weise. Etwas zerreißt in mir, als würde bei einer Freilichtaufführung der Hintergrundprospekt von einem unerwarteten Sturm zerfetzt. Als ergriffe dieser Sturm auch mich und risse mich mit sich fort. Ich liege vor Irene auf den Knien, umklammere ihre Beine mit den Armen, presse meine Stirn auf ihre Knie und schließe die Augen. Das Ganze ist wie ein Koller. Aber das hindert mich doch nicht, der wahren Natur meiner so ungewohnten Hingerissenheit nachzugehen. Sollte es sich wieder einmal um eine minderwertige Sentimentalität handeln, die auf meine unheilbare Unsublimiertheit zurückgeht? Oder handelt es sich bei dieser blitzartigen Gefühlsanwandlung um etwas ganz Neues? Das alles war so unwiderstehlich gekommen, ich mußte einfach vom Diwan aufspringen, um das Tischchen herumgehen, ihre Beine umklammern. Es war wie eine Zaubermacht gewesen, über die ich mir gar nicht erst Rechenschaft ablegen konnte. Sollte dieses Neue nicht vielleicht der erste Beginn einer Form von Sublimierung sein? Jene Sublimierung, die ich seit sechs Monaten suche wie einen Schatz, um «meinen» Film schreiben zu können, und die sich nun gegen meinen Willen auf Irene bezieht? Während ich dies denke, umklammern meine Arme Irenes Beine immer fester, immer verzweifelter, es ist, als umklammerte ein Schiffbrüchiger den losgerissenen Mast eines untergehenden Schiffes. Daß es sich um Sublimierung handelt, könnte aus der Art meines Gefühls hervorgehen, das ich als «arielhaft» bezeichnen möchte. Dies läßt mich vermuten, daß dieser hinterhältige Kaliban sich endlich ergeben hat und nun pflichtgemäß verschwinden müßte.

Dies alles denke ich mit geschlossenen Augen. Ich fühle, wie Irene ihre Hand auf meinen Kopf legt und ihn streichelt. Schon meine ich triumphierend: «So ist es: ich liebe Irene und Irene liebt mich. Er ist besiegt, endgültig und für immer.» Irenes Hand streichelt jetzt in durchaus unschuldiger Weise meine Wange. Nun muß man wissen, daß meine Ohren besonders empfindlich sind und anscheinend direkt mit ihm in Verbindung stehen. Irenes Finger berühren nur leicht mein linkes Ohr, da läuft mir ein Schauer über den Rücken, und schon höre ich zu meiner Bestürzung die listige Stimme des elenden Individuums. Er gratuliert mir und sagt: «Bravo, recht so. Es war sehr klug von dir, mich ganz und gar auf die Ebene der Liebe zu heben. Sehr richtig: Wenn alles gesagt ist und nichts anderes mehr wirkt, dann ist es immer noch die Liebe, egal ob echt oder vorgetäuscht, die uns sicher und rasch ans Ziel führt. Jetzt aber, da der erste Graben genommen ist, müssen wir offen und ohne weitere Vortäuschungen zum Angriff auf die Festung übergehen. Schiebe also deine Stirn mit aller Kraft zwischen Irenes Knie, treibe sie mit dem Druck deines Gesichts auseinander, so daß du dich wie unversehens mit ihr gleichsam Mund an Mund befindest. Nur keine Angst; wenn du einmal so weit bist, wird alles gutgehen. Laß mich nur machen.»

Ich fühle, daß er unrecht hat. Daß er alles zerstört. Daß seinem «Laß-mich-nur-Machen» die übliche Blamage folgen wird. Kurz, ich fühle, daß er nichts mit dem ehrlichen, unmittelbaren, echten Gefühl der Liebe zu tun hat, das mich zu Irenes Füßen fallen ließ. Aber trotz dieser Vorahnung siegt mein böser Geist. Während ich Irenes Beine noch umklammert halte, beginne ich heimtückisch meine Stirn sanft gegen ihre Knie zu drücken, so als wollte ich Irene bestimmen, mir freiwillig nachzugeben. Die Knie aber bleiben zusammengepreßt, fester denn je. Da packe ich sie einfach mit beiden Händen und versuche mit aller Körperkraft, sie auseinanderzubringen. Was ich vorausgeahnt hatte, tritt ein. Irene gibt nicht nach, läßt «ihn nicht machen». Eines ihrer Knie trifft mich hart ins Gesicht. Ich falle nach hinten, mit dem Gesäß auf den Boden, mit dem Rücken gegen den Tisch. Irene begnügt sich nicht damit, mir einen Stoß mit dem Knie versetzt zu haben, sie gibt mir auch noch, ohne Zorn, aber voll Verachtung, einen Fußtritt in die Schulter.

Dann sagt sie ernst, trocken und unfreundlich: «Setz dich hin und sei brav. Oder ich muß dich hinauswerfen.»

IV

Frustriert!

Ich bin auf ihn bitterböse, weil er mich zum millionstenmal in eine blamable Situation gebracht hat. Ich bin aber auch auf mich böse, weil ich ihn hatte «machen lassen». Ich stehe mit einem Ruck auf und sage: «Ich werde brav sein. So brav, daß ich meiner Wege gehe.»

«So darfst du das aber doch nicht aufnehmen.»

«Wie sonst?»

«Mit mehr Humor. Du solltest dich selber sehen, wie komisch du bist!»

«Was ist an mir so komisch?»

«Du bist ganz rot im Gesicht vor Wut, und dazu dieses Riesending ... ich will sagen Federicus Rex, entschuldige ... aber er ist ja fast größer als du.»

«Schön, ich bin komisch und gehe.»

«Nein, bleib, du bist nicht komisch, das heißt, du bist zwar komisch, aber sympathisch.»

«Wozu sollte ich bleiben?»

«Wenn du bleibst, will ich es dir erklären.»

«Was ist da viel zu erklären?»

«Warum es zwischen uns nie zu mehr als Freundschaft kommen kann.»

«Ich gehe, ich brauche weder Erklärungen noch Freundschaft.»

«Dann muß ich denken, daß du so bist wie alle anderen: Wenn sie das nicht haben können, interessiert eine Frau sie nicht.»

Er mengt sich ein: «So ist es. Uns interessiert nur das eine. Gehen wir, worauf warten wir noch?»

Meine Antwort an ihn: «Du rätst mir zu gehen, also bleibe ich. Vielleicht werde ich zum erstenmal in meinem Leben das Richtige tun.»

Zu Irene sage ich: «Was willst du mir da lang erklären? Es gibt nichts zu erklären. Ich gefalle dir nicht. Punktum.»

«Ich würde an deiner Stelle zumindest ein paar Fragen stellen.»

«Was für Fragen?»

«Bist du so wenig neugierig? Du gehst in eine Bank, ziehst dir den Schuh aus und schiebst deinen Fuß zwischen die Beine einer Unbekannten. Sie läßt dich gewähren, protestiert nicht. Dann aber, wenn du dich deiner Sache schon sicher glaubst, stößt sie dich zurück und will nichts von dir wissen. Findest du nicht, daß dieses Benehmen merkwürdig ist? Ich würde also an deiner Stelle doch neugieriger sein.»

«Gut. Sag mir, warum du nichts von mir wissen willst.»

Sie zeigt ein zufriedenes Lächeln, aber es beschränkt sich auf ihre Lippen. Ihre Augen sind weit aufgerissen, als wollten sie durch mich hindurchsehen. Dann sagt sie langsam und hart: «Ich habe dich abgewiesen, weil ich dich nicht nötig habe.»

«Niemand hat den anderen nötig. Aber...»

«Du hast mich nicht verstanden. Ich genüge mir selbst. Ich brauche den anderen nicht.»

«Den anderen?»

«Ja, den Kameraden, den Gefährten, den Ehegatten, den Geliebten, den Mann – nenn es, wie du willst.»

Ich verstehe immer noch nicht. Er ist es, der mir mit gewohnter Brutalität die Augen öffnet: «Bist du blöd? Bemerkst du nicht, daß wir es mit einem ganz gewöhnlichen Fall von Selbstbefriedigung zu tun haben? Gehen wir. Warum gehen wir denn nicht?»

Ich kümmere mich nicht um ihn. Irenes Ernst hat mich neugierig gemacht. Ich wage die Frage: «Das heißt, du bist also...»

«Sprich es nur aus, fürchte dich nicht vor dem Wort.»

«Du befriedigst dich selbst?»

«Mein Gott, wie bist du wohlerzogen! Laß die Umschreibungen, nenne die Dinge beim Namen.»

«Nenne du sie beim Namen, es liegt an dir, mir zu erklären, warum du mich nicht willst.»

«Sagen wir also offen, ich masturbiere.»

«Du masturbierst?»

«Ja, ich masturbiere.»

«Hast du schon immer masturbiert?»

«Ja, schon immer.»

«Und das genügt dir?»

«Das genügt mir, weil ich dadurch mir selbst genüge.»

«Ist das ein Wortspiel?»

«Nein, es ist die Wahrheit.»

«Sollte die Wahrheit nicht zufälligerweise darin bestehen, daß du unfähig bist, zu lieben?»

«Die Masturbation ist, zumindest für mich, eine Art, zu lieben und geliebt zu werden – eine Art wie jede andere!»

«Wen zu lieben und von wem geliebt zu werden?»

«Mich selbst zu lieben und von mir selbst geliebt zu werden.»

«Ist es denn nicht schöner, sich selbst durch die Liebe zu einem anderen zu lieben?»

«Wozu diese Komplikationen! Masturbation ermöglicht es, sich unmittelbar zu lieben, ohne Vermittlung.»

«Jemanden lieben heißt, die Welt um sich verändern.»

«In welcher Weise?»

«Man macht sie schöner, freier, tiefer.»

«Dann ist die Masturbation dieser Art der Liebe überlegen.»

«Warum?»

«Deiner Meinung nach macht die Liebe die Welt schöner, freier und tiefer. Die Masturbation leistet mehr: sie ersetzt die wirkliche Welt durch eine andere, die vielleicht weniger wirklich ist, dafür aber ganz und gar nach unserem Geschmack.»

«Das ist nicht Liebe. Lieben heißt, aus sich heraustreten, sich mit dem anderen identifizieren.»

«Wozu aus sich heraustreten? Wer masturbiert, liebt sich selbst, das stimmt. Aber man könnte auch sagen: Wer masturbiert, tritt aus sich heraus und bleibt doch im eigenen Ich.»

Sie spricht klar, ruhig, überzeugt, in leicht polemischem Ton. Es ist eine durchdachte, gemessene Polemik. Sie spricht wie ein Mensch, der über das, was er sagt, viel nachgedacht hat und jedem Einwand von seiten des Gesprächspartners gewachsen ist. Es ist, als spräche eine andere von irgendwoher und als beschränke Irene sich darauf, ihre Lippen nur zu öffnen, um dem Wort der anderen die Möglichkeit zu geben, laut zu werden. Plötzlich werde ich von einer Art gedanklicher Unrast erfaßt, die sich meinem ganzen Körper mitteilt. Ich erhebe mich, gehe im Zimmer auf und ab und fühle mich dabei, wie gewöhnlich, höchst lächerlich: ein kleiner Mann mit einem großen, kahlen Schädel und kurzen Beinen, der seine beiden Hände hinten zwischen Hose und Hemd geschoben hat und sie auf seine Hinterbacken stützt. Eine üble Angewohnheit, der ich verfalle, wenn ich besonders intensiv nachdenke. Schließlich sage ich: «Hör mal, Irene. Steigen wir jetzt, bitte, vom Firmament der Abstraktion herab und kehren wir gefälligst zur Erde zurück.»

«Ich bin nicht abstrakt.»

«Hören wir endlich auf, deine erotische Selbstbefriedigung zu rationalisieren.»

«Rationalisieren? Was meinst du damit?»

«Ich meine damit, zumindest in deinem Fall, den Versuch, durch die

Ratio, die Vernunft, etwas zu erklären, das nichts mit Vernunft zu tun hat.»

«Wer tut das?»

«Du!»

«Und was sollte ich statt dessen tun?»

«Etwas sehr Einfaches: mich informieren.»

«Worüber?»

«Über deine Angewohnheit.»

«Ich habe dich schon einmal aufgefordert, Fragen zu stellen. Stelle sie also. Ich werde dir alle gewünschten Informationen geben.»

Dann fügt sie hinzu: «Setz dich doch endlich, geh nicht ununterbrochen wie ein Irrer herum. Ich will dir inzwischen etwas zu trinken bringen.»

Ich setze mich wieder auf den Diwan, dem ihren gegenüber. Irene hat sich erhoben und geht mit abgezirkelten Bewegungen, ganz Botschaftssekretärin, zum Barwagen, nimmt ein Glas, gießt Whisky ein und fügt zwei Eiswürfel hinzu. Genauso bereitet sie ein Glas Whisky auch für sich. Sie reicht mir das eine Glas, behält das andere und setzt sich dann wieder. Sie sagt: «Du hast vielleicht recht. Ich war vielleicht wirklich etwas zu abstrakt. Ich will dich informieren. Du bist doch Regisseur?»

«Ja.»

«Dann wirst du mich eher verstehen, wenn ich dir sage, es ist wie im Kino.»

«Nein, ich verstehe nicht.»

«Es ist ungefähr so wie ein Film. Aber ein sozusagen zweifacher Film, das heißt, ich bin eine zweifache Zuschauerin.»

«Sei mir nicht böse, aber ich verstehe immer noch nicht.»

«Ich will damit sagen, daß die Masturbation, jedenfalls wie ich sie ausübe, aus zwei unterschiedlichen, aber gleichzeitig ablaufenden Filmen besteht. Den einen sehe ich bei geschlossenen Augen in meiner Phantasie, dem anderen wohne ich, wenn ich die Augen öffne, in der Wirklichkeit bei. In dem ersten, der sich, wie gesagt, in meiner Vorstellung vollzieht, bin ich die Hauptdarstellerin. In dem zweiten biete ich mir selber ein Schauspiel, indem ich mich in der Wirklichkeit sehe, wie ich dem ersten zuschaue.»

«Entschuldige noch einmal, ich bin schwer von Begriff, diese Sache mit den zwei Filmen wird mir nicht klar.»

«Dann will ich dir genau schildern, wie ich es mache. In meinem Schlafzimmer steht ein großer, dreiteiliger Spiegel. Vor dem Spiegel ein Hocker. Früh am Morgen, wenn alles noch schläft, stehe ich vom Bett auf und setze mich auf den Hocker, dem Spiegel gegenüber. Meist bin ich nackt, manchmal aber auch angekleidet. Ich setze mich also auf den Hocker und masturbiere, wobei ich abwechselnd einmal das betrachte, was ich den inneren Film nennen möchte, und dann wieder mich selber, vom dreiteiligen Spiegel widergespiegelt, wie ich masturbiere. So gibt es zwei Schauspiele: ein imaginäres und ein wirkliches, eines in der Phantasie und eines im Spiegel.

Ich errege mich in gleicher Weise, ob ich mir nun in meiner Phantasie gewisse Dinge vorstelle oder ob ich die Wirkung beobachte, die die vorgestellten Dinge auf mich ausüben. Das geht so bis zum Orgasmus. Mit dem Orgasmus sind beide Filme zu Ende. Ich erhebe mich vom Hocker, beschäftige mich mit meiner kleinen Tochter und gehe dann in die Botschaft.»

Sie schweigt, tut einen Schluck, beugt sich mit dem Gesicht über das Glas und sieht mich von unten her an, als wolle sie die Wirkung ihrer Erzählung beobachten. Sogleich mengt er sich wieder ein: «Frage sie jetzt nach dem, was sie ihren inneren Film nennt.»

Ich antworte ihm gereizt: «Ich kann es mir ohne weiteres vorstellen. Die üblichen schmutzigen Dinge, an die Menschen denken, wenn sie masturbieren.»

«Dies ist aber ein Sonderfall. Frag sie doch, es interessiert mich.»

Ungern entschließe ich mich: «Du hast von einem inneren Film gesprochen. Entschuldige meine Neugier, aber schon als Mann von der Branche möchte ich gerne wissen, worin dieser innere Film besteht.»

«Ich war einmal in einem Filmatelier und habe dort einen Film in einem sogenannten Monitor gesehen. Die Bildfläche ist klein, aber die Bilder sind sehr scharf. Außerdem kann man den Film stoppen, zurück- oder auch vordrehen. Mein innerer Film ist ungefähr so wie ein Film im Monitor. Ich erfinde eine Story, eine kurze Geschichte. Dann masturbiere ich und lasse sie sozusagen auf dem Bildschirm der Phantasie bei geschlossenen Augen abrollen. Wie im Monitor stoppe ich gewisse Bilder, die mir besonders gefallen, oder ich drehe zurück, um andere, von denen ich glaube, daß ich sie nicht genau genug gesehen habe, noch einmal zu betrachten. Manchmal kommt es nach der ersten Vorführung noch nicht zum Orgasmus. Dann wiederhole ich den Film.»

«Seit wann betätigst du dich – als Regisseurin?»

«Da gibt es nichts zu lachen. Ich bin wirklich eine Regisseurin, wenn auch nur für meinen eigenen Gebrauch. Seit wann ich das mache? Immer schon.»

«Immer schon?»

«Ich erinnere mich an keinen Beginn. Meine erste Erinnerung reicht zurück in mein achtes Lebensjahr, aber es war sicher nicht das erste Mal.»

«War da nicht zu Beginn irgendein Trauma oder ein frühes Erlebnis mit einem Erwachsenen?»

«Nein, gar nichts. In dem ersten Film, an den ich mich erinnere, erfand ich etwas, das du als Trauma bezeichnen würdest. Ich stellte mir vor, mir widerfahre etwas, das in Wirklichkeit keineswegs geschehen war.»

«Erzähl mir deinen ersten Film.»

Sie schweigt einen Augenblick und betrachtet mich, offenbar ohne mich zu sehen, als sähe sie vielmehr wirklich ihren Film mit den Augen der Phantasie. Dann beginnt sie: «Es ist ein Film, auf den ich auch jetzt noch manchmal zurückkomme. Ich bin in der Wohnung unseres Nachbarn in San Remo, wo meine Familie alljährlich den Sommer verbrachte. Der Mann ist Croupier im Spielcasino. Ein noch junger und auch anziehender Mensch, aber vorzeitig gealtert. Seine Stirn ist weiß, seine spärlichen, dünnen blonden Haare sehen verblichen aus, seine blauen Augen wirken fahl; seine Nase hat etwas Aristokratisches. Er heißt Rolando, ist verheiratet und hat eine Tochter in meinem Alter, Marietta.»

«Hat es diesen Rolando wirklich gegeben, oder hast du ihn ebenfalls erfunden?»

«Es hat ihn wirklich gegeben, Marietta war meine beste Freundin.»

«Und was geschah in dem Film?»

«Wenig. Marietta und ich betreten das Schlafzimmer Rolandos. Marietta hält mich an der Hand, ich lasse mich nur widerwillig von ihr ins Zimmer ziehen, denn sie will mich ihrem Vater verkaufen. Rolando, das wissen wir beide, ist ein abartiger Mensch, der es auf kleine Mädchen abgesehen hat. Marietta verschafft sie ihm, indem sie nach und nach ihre kleinen Freundinnen zu ihm schleppt. Er sitzt auf dem Bett, Marietta stößt mich zu ihm hin, ich mache eine kleine Verbeugung. Rolando mustert mich, rührt mich aber nicht an. Die Musterung fällt positiv aus. Da nimmt Rolando vom Nachtkästchen ein Paket nagelneuer Spielkarten, sie sind kleiner als die üblichen und haben einen Goldrand. Er übergibt sie Marietta, es ist der Preis für mich. Marietta nimmt die Spielkarten und geht. Ende des Films.»

«Ist das alles?»

«Ja, alles.»

«Hat es dieser Rolando tatsächlich mit kleinen Mädchen getrieben?»

«Keine Spur. Er war ein ordentlicher Mensch, ein vorbildlicher Ehemann und Familienvater.»

«Du warst, ohne es zu wissen, in Mariettas Vater verliebt. So erklärt sich alles.»

«Nein, ich war in diese Szene verliebt, vielmehr in die Rolle, die ich in dieser Szene spielte.»

«Und zwar?»

«In der Szene geht es darum, daß Marietta mich ihrem Vater für ein Paket Spielkarten verkauft. Und nicht darum, daß Mariettas Vater mir gefallen hätte.»

«Nun, und?»

«Klar, mir gefiel der Gedanke, von Marietta verkauft und von Rolando gekauft zu werden.»

«Wie bist du auf diesen Einfall gekommen?»

«Vielleicht durch etwas, das sich einige Jahre vorher, als ich fünf Jahre alt war, zugetragen hatte. Ich war ein wunderschönes Kind. Ein ausländisches kinderloses Ehepaar, das sich ebenfalls in San Remo aufhielt, hätte mich gern adoptiert. Meine Mutter lehnte natürlich ab. Später drohte sie mir jedesmal, wenn ich etwas angestellt hatte, im Scherz: ‹Wenn du das noch einmal tust, hole ich die Dame und verkaufe dich. Mit dem Geld kaufe ich mir dann ein neues Kind, das braver ist.› Ich fragte: ‹Für wieviel willst du mich denn verkaufen?› Meine Mutter antwortete: ‹Für eine Million.› Ich erinnere mich, daß die Worte ‹ich verkaufe dich› auf mich damals einen merkwürdigen Eindruck machten. Jedenfalls ist der Film mit Rolando der erste, der mir im Gedächtnis geblieben ist. Ich glaube, damals erfand ich auch das Ritual, an das ich mich noch immer halte.»

«Ritual?»

«Es besteht darin, daß ich eine Weile mit geschlossenen Augen masturbiere und mir dann wieder im Spiegel zuschaue. Ich wußte damals nicht, wohin ich mich zurückziehen sollte, denn ich schlief mit meiner Mutter im selben Zimmer. So gewöhnte ich mich daran, mich im Klo einzuschließen. An sich war das wohl nichts Besonderes, ich nehme an, daß dies viele Kinder tun. Ich war vielleicht nur insofern originell, als ich von Anfang an das bereits erwähnte doppelte Schauspiel einführte. Die Anlage des Ortes brachte mich darauf: Ich saß auf dem Klodeckel und hatte vor mir einen langen Spiegel an der Wand gegenüber. Aus diesem Spiegel ist dann später der dreiteilige Toilettenspiegel geworden und aus dem Klodeckel der Hocker.»

«Hast du, als du solche Sachen triebst, nie ein Schuldgefühl gehabt?»

«Gar nicht. Ich war ein gesundes, kräftiges, völlig unverdorbenes Kind. Vielleicht hatte ich ein frühzeitiges sexuelles Verlangen, aber auch da bin ich mir nicht ganz sicher.»

«Wie oft hast du es gemacht?»

«Sooft ich Lust hatte. Zuletzt blieb es bei zweimal täglich.»

«Und hast du dir dabei jedesmal vorgestellt, verkauft und gekauft zu werden?»

«Ja.»

Ich erhebe mich wieder, gehe wieder im Zimmer auf und ab. Er ist es, der mich zu dieser Körperbewegung zwingt. Er knurrt mir in einem fort zu: «Was suchen wir hier? Gehen wir doch!» Gleichzeitig aber und im Widerspruch dazu ist er so rapid angewachsen, so deutlich geworden, daß ich in Verlegenheit gerate. Irene fragt mich mit möglicherweise gespielter Überraschung: «Was ist denn? Warum stehst du auf?»

Ich stecke meine Hand in die Hosentasche, drehe ihn nach oben, presse ihn gegen den Bauch, damit man ihn nicht sehen kann, und antworte: «Nichts. Ich bin nur etwas nervös. Ich muß mir die Füße vertreten. Kümmere dich nicht darum, erzähle weiter. Hat es nach diesem ersten Film noch andere gegeben?»

«Gewiß.»

«Erzähl mir noch einen.»

«Im selben Jahr fand ich, als wir wieder in Mailand waren, zufällig in der Bibliothek meines Vaters – er war Universitätsprofessor – ein Buch über Kannibalismus.»

«Kannibalismus?»

«Ja. In einem Kapitel wurde folgendes berichtet: Auf Borneo hielt ein Häuptling in einer Hütte neben der Küche mehrere junge Mädchen eingesperrt, die in Feldzügen gegen feindliche Stämme gefangen worden waren. Diese Mädchen wurden dort als Vorrat für große Gelegenheiten aufbewahrt und sorgfältig gemästet. Der große Anlaß kam, und der Häuptling gab seinem Koch den Auftrag, eines der Mädchen zu schlachten, zu kochen und seinen Gästen aufzutischen. In meinem zweiten Film stellte ich mir vor, ich sei eines der Mädchen, die man mästete, um sie dann zu verspeisen. Kurz, mich erregte der Gedanke, nichts als eine Art Haustier zu sein, Mastvieh, das man schlachtet, zerteilt, in den Fleischerläden zur Schau stellt.»

«Was geschah in diesem Film?»

«Auch da nicht viel. Zuerst sah ich mich in der Hütte mit meinen Schicksalsgenossinnen im Finstern hocken. Dann trat der Koch ein, tastete mich umständlich ab, um festzustellen, ob ich schon fett genug sei, hierauf packte er mich bei den Haaren und stach mich ab, wobei er meinen Hals über einen Eimer hielt, in den das Blut abrann. Er hängte mich an den Füßen auf, den Kopf nach unten, und zerteilte mich mit einer Fleischerhakke. Er begann zwischen den Lenden und dann immer weiter fort, die Wirbelsäule entlang bis zum Hals. Auf dem Land hatte ich einmal gesehen, daß man es so mit Schweinen macht. In meinem Film kam ich von der Küche sogleich auf den Tisch. Ich sah in der Mitte des Tischs eine große Schüssel, und in der war ich, da lagen Hände, Kopf, Beine usw. durcheinander, wie es eben ist, wenn man gekochtes Fleisch aufträgt. Hier endete der Film.»

«Erzähl weiter.»

«Ein anderes Buch hat mich zu einem anderen Film angeregt. Ein Buch über die Sklaverei in Afrika im 19. Jahrhundert. Es war mit Kupferstichen illustriert. Auf einer der Illustrationen sah man im Schatten eines großen Tropenbaumes ein nacktes Negermädchen auf einer Tribüne stehen. Im Hintergrund zeichnete sich eine Moschee mit ihrer Kuppel und ihren Minaretten ab. Rings um die Tribüne standen viele Araber, wunderschöne Männer. Sie waren alle weiß gekleidet. Die meisten waren schon älter und hatten weiße Bärte. Der Bildtext lautete: ‹Junge Sklavin auf dem Markt von Sansibar zum Verkauf angeboten.› Im Film beschränkte ich mich darauf, die Illustration einfach in Bewegung zu setzen, und sah mich dabei selber an Stelle der jungen Negerin. Ich wurde zur Schau gestellt, allen gezeigt, ich mußte mich herumdrehen, und zuweilen erhielt ich einen Peitschenhieb, damit ich den Anordnungen Folge leistete. Einige Käufer stiegen auf die Tribüne und musterten mich aus der Nähe. Dann kam es zur Versteigerung. Einer der Araber überbot alle anderen, ich wurde ihm zugesprochen, er kam zu mir herauf, warf mir einen Mantel um und führte mich fort. Ende des Films. Nebenbei bemerkt: ich glaube, daß dieses Buch und diese Illustration mich später, als ich an die Universität kam, bewogen hat, Arabisch zu lernen.»

«Du kannst Arabisch?»

«Ja. Darum wurde ich auch bei einer arabischen Botschaft als Sekretärin angestellt.»

«Warst du je in einem arabischen Land?»

«Ich war in Libyen und Tunesien mit meinem Mann auf Hochzeitsreise.»

«Ich wette, diese Reise war dein Wunsch.»

«Ja, ich war neugierig auf die Länder, in denen sich einer meiner gelungensten Filme abspielte. Aber es war eine Enttäuschung. Diese Länder sind genau wie alle anderen.»

«Weitere Filme?»

«Weitere? Zum Beispiel dieser: Ich erfand ihn, als ich fünfzehn Jahre war und noch zur Schule ging. Ich sitze im Wagen und fahre in Gesellschaft eines kleinen Mannes mit gelbem Gesicht und kohlschwarzen Augen durch einen Park. Der Mann hält den Wagen an und fordert mich auf, auszusteigen. Ich weigere mich. Er versucht, mich hinauszustoßen, und um mich gefügig zu machen, versetzt er mir ein paar Ohrfeigen. Ich weigere mich immer noch. Da gibt er mir einen heftigen Stoß, und ich falle auf den Gehsteig. Ich überspringe nun die verschiedenen Liebesabenteuer auf der Straße und komme zum Schluß. Der kleine Mann mit dem gelben Gesicht kehrt mit dem Wagen zurück, hebt mich auf und verlangt von mir alles Geld, das ich verdient habe. Ich lehne ab. Da bekomme ich wieder ein paar Ohrfeigen. Schließlich entreißt der Mann mir mein Handtäschchen, nimmt das Geld heraus und wirft mir das leere Täschchen ins Gesicht. Ende des Films.»

«Eine Comic strip-Story, und nicht einmal eine originelle.»

«Meine Filme haben alle etwas von Comic strips. Ich habe mich schon oft gefragt, warum wohl. Aber sie erfüllen ihren Zweck, und allein darauf kommt es an.»

Kurzes Schweigen. Ich setze mich wieder hin, nehme mein Glas in die Hand und töte die Zigarette im Aschenbecher. Irene fährt fort: «Soll ich dir den Film erzählen, der zum Bruch zwischen mir und meinem Mann geführt hat? Vorher bringe ich dir noch was zu trinken, dein Glas ist leer.»

Unerwarteterweise flüstert er mir zu: «Sag ihr, wenn du dich betrinkst, bist du für deine Handlungen nicht mehr verantwortlich.»

«Was soll das?»

«Sag es ihr nur.»

«Du wirst doch nicht wollen, daß ich, unter dem Vorwand, betrunken zu sein, handgreiflich werde?»

«Sag es ihr und frag nicht so viel.»

Ich gebe ihm nach, ich weiß selbst nicht, warum. Ich sage zu Irene: «Ich mache dich darauf aufmerksam – wenn ich betrunken bin, kann ich für nichts garantieren.»

Irene erhebt sich, lächelt sanft, ruhig. Während sie mir den Whisky bereitet, meint sie: «Ich glaube nicht, daß du gewalttätig bist, aber danke für die Warnung. Ich werde mich gegebenenfalls zu verteidigen wissen.» Sie reicht mir das Glas, setzt sich wieder und fährt fort: «Zuerst will ich dir meinen Mann schildern: groß, athletisch, dunkelhaarig, schönes Gesicht, schöner Körper – kurz, ein schöner Mann. Etwas gewöhnlich, mag sein, aber wirklich schön. Nicht sehr intelligent, das heißt, er ist kein Intellektueller, aber auch nicht dumm. Vor allem aber ist er viel zu sensibel, um in der Werbung erfolgreich zu sein.»

«Entschuldige, zunächst möchte ich eines wissen: Warum hast du geheiratet?»

«Meinen Eltern zu Gefallen. Als ich heiratete, hatte ich nicht die mindeste Absicht, mit dem Masturbieren aufzuhören. Das gehört zu meiner Existenz. Außerdem liebte ich meinen Mann nicht. Wir heirateten also, und ich versuchte, das Problem der ehelichen Beziehungen auf die für mich einzig mögliche Weise zu lösen.»

«Und zwar?»

«Indem ich meinen Mann in meine Filme als Schauspieler einführte.»

«Oh! Wie das?»

«Sehr einfach. Ich machte ihn zu der Person, die mich verkauft.»

«Oder kauft?»

«Nein, der mich verkauft. Hierzulande zumindest kann ein Mann seine Ehefrau wohl verkaufen, aber nicht kaufen.»

«Aber du hast doch mit deinem Mann geschlafen?»

«Selbstverständlich. Aber während des Liebesaktes sah ich mit geschlossenen Augen meinen inneren Film, in dem mein Mann mich verkaufte. So wurde er zu einer Art Ersatz.»

«Ersatz wofür?»

«Das ist doch klar: für meine Hand.»

«Warum seid ihr auseinandergegangen, da du für dein Problem doch eine so sinnreiche Lösung gefunden hattest?»

«Das war so. Mein Mann hatte einen Kompagnon, der hieß Erminio. Er war älter als mein Mann und unsäglich häßlich. Groß und dick, tabakfarbenes Gesicht, dunkelbraune Nase, violetter Mund. Ach, ich vergaß: er war kahlköpfig, und sein Schädel war in der Mitte sattelartig eingebuchtet, was sehr merkwürdig aussah. Überdies: in seinem violetten Mund hatte er viele falsche Zähne, aber keine Goldzähne, sie waren vielmehr aus weißem Metall, vielleicht Platin. Er war überaus geschäftstüchtig, mein Mann hingegen gar nicht. Als der in Schwierigkeiten geriet, löste Erminio die Partnerschaft auf und arbeitete auf eigene Rechnung. In der Folgezeit brachte sich mein Mann mehr schlecht als recht durch. Er sprach immerzu von Erminio, wie tüchtig der sei und wie gerne er wieder mit ihm zusammenarbeiten würde. So war es für mich nur natürlich, einen Film zu ersinnen, in dem mein Mann mich gegen eine finanzielle Hilfe an Erminio verkaufte. Der Film spielte in Erminios Büro. Es war ein mit den üblichen Stahlmöbeln modern eingerichteter Raum. Erminio sitzt hinter dem Schreibtisch, mein Mann und ich sitzen ihm gegenüber. Erminio hält das Scheckbuch in der Hand und sagt zu meinem Mann: ‹Gut, ich werde dir helfen. Als Gegenleistung will ich Irene haben.› Ich blicke meinen Mann an und sehe ihn mit dem Kopf nicken. Erminio unterschreibt rasch den Scheck, überreicht ihn meinem Mann, der nimmt ihn, sieht mich einen Augenblick an und geht dann. Das ist alles. Diesen Film ließ ich schon seit geraumer Zeit abrollen, wenn mein Mann und ich miteinander schliefen. Eines Nachts, als ich im Bett in den Armen meines Mannes lag, war mein Film gerade an dem Punkt angelangt, da Erminio sagt: ‹Einverstanden, ich werde dir helfen, dafür aber will ich Irene haben.› Ich richtete es so ein, daß der Film beim Gesichtsausdruck meines Mannes verweilte. Das heißt, ich stellte mir vor, daß mein Mann zögerte. Um ihm über die Situation hinwegzuhelfen, flüsterte ich, nicht im Film, sondern wirklich, rasch und leise: ‹Ja, verkaufe mich, verkaufe mich nur, verkaufe mich doch . . .› Du wirst lachen: Nachdem ich mich jahrelang sozusagen mit Stummfilmen begnügt hatte, erfand ich damals unwillkürlich den Tonfilm für mich. Meine Stimme war aber, wie sich bald zeigte, nicht leise genug gewesen. Oder ich befand mich zufällig mit meinem Mund in der Nähe seines Ohres, als ich ihm fieberhaft zuflüsterte: ‹Verkauf mich, verkauf mich doch.› Jedenfalls hat er meine Worte gehört, und da er, wie gesagt, sehr sensibel ist, deutete er sie richtig. Er unterbrach, während ich gerade unmittelbar vor dem Orgasmus war, den Liebesakt, ohrfeigte mich und bearbeitete mich mit seinen Fäusten. Dann riß er mich an den Haaren, warf mich aus dem Bett, schleifte mich am Boden durch zwei oder drei Zimmer und traktierte mich dabei mit den Füßen. Schließlich warf er mich auf einen Diwan und preßte mir die Kehle zu, als wollte er mich erwürgen. Da hatte ich genug, stieß ihn mit einem Knie zurück, so wie ich es vorhin mit dir getan habe, und schrie ihm die Wahrheit ins Gesicht: Ja, während ich so getan hatte, als gäbe ich mich ihm hin, masturbierte ich in Wirklichkeit. Ja, jawohl, ich stellte mir vor, daß er mich an Erminio verkaufte. Ja, jawohl, ich liebte ihn nicht, ich befriedigte mich selbst, ich brauchte ihn nicht. Mein Mann ist, wie gesagt, ein ganz gewöhnlicher Mensch mit allen Vorurteilen gewöhnlicher Menschen. Er hat gar nichts verstanden, außer dem einen: daß ich ihn nicht liebte – und daß ich eine sogenannte verderbte Person sei. Da sind wir auseinandergegangen, ich zog nach Rom, er blieb in Mailand.»

Ich sage gar nichts. Ich kann ein Mißbehagen nicht loswerden. Ich mußte nämlich bemerken, daß er, gleich nachdem Irene von ihrer Beziehung zu ihrem Mann zu erzählen begonnen hatte, immer regsamer geworden war und jetzt nahe daran ist, den Kopf zu verlieren. Fieberhaft flüstert er mir zu: «Schau sie dir doch an! Siehst du nicht, wie erregt sie wurde, als sie die Geschichte ihrer Ehe erzählte? Begreifst du denn nicht, daß sie sie in einer ganz bestimmten Absicht erzählt hat?»

Ich sehe sie an und stelle bestürzt fest: Ja, ich und er, sind wirklich zwei voneinander ganz verschiedene Individuen. Wie sehr ich mich auch bemühe, seiner Aufforderung zu folgen und Irene zu betrachten – ich sehe gar nichts: Sie sitzt dort wie immer, völlig ruhig, das Glas in der Hand. Ich entgegne ihm ehrlich: «Ich finde, erregt bist du, und nicht Irene.» Er aber antwortet: «Ich versichere dir, sie ist erregt, im höchsten Grade. Wenn du mir nicht glauben willst, dann laß mich doch machen. Laß doch mich dieses leidenschaftliche und aufregende Gespräch fortführen und zu Ende bringen.»

Ich bin schon recht betrunken, ich habe zwei Doppelwhiskies in mich hineingeschüttet, ich kann ihm nicht mehr widerstehen, überlasse ihm den Platz. Flink und unternehmungslustig, geht er sofort zum Angriff über: «Sehr interessant, ganz ohne Zweifel, die Geschichte deiner Beziehungen zu deinem Mann. Weißt du, was sie zeigt?»

«Was denn?»

«Wie selbstgenügsam und selbstbezogen deine Art zu lieben auch sein mag, sie schließt doch nicht ganz die Mitwirkung desjenigen aus, den ich zu Beginn unserer Bekanntschaft als den ‹anderen› bezeichnet habe. Ich meine damit die Mitwirkung deines Mannes in dem Film, den du mir eben erzählt hast, aber auch die Mitwirkung irgendeines anderen Mannes in irgendeinem anderen Film, den du dir ausgedacht hast oder noch ausdenken wirst.»

«Aber es handelt sich um eine rein imaginäre Mitwirkung, oder um eine rein zufällige, das habe ich doch gerade dargelegt. Ich habe meinen Mann nur deshalb in meinen Film eingeführt, weil mir nichts anderes übrigblieb, weil ich das Problem lösen mußte, wie ich gleichzeitig mich selber lieben und ihm gegenüber Liebe vortäuschen sollte. Ich glaube nicht, daß sich ein solcher Fall wiederholen könnte.»

«Wer sagt das? Du könntest zum Beispiel eines Tages den Wunsch haben, die Situation, die du dir in deiner Einbildung geschaffen hast, wirklich zu erleben.»

«Warum sollte ich so etwas wünschen? Zwischen mir und mir ist kein Platz für eine andere Person. Mein Mann war nur ein Ersatz. Das wäre so, als wolltest du behaupten, zwischen zwei Menschen, die sich lieben, könnte sich ein dritter Liebender einschalten. Ich gefalle mir selbst so sehr, daß mir ein anderer unmöglich gefallen könnte. Aber halt! Was hast du denn? Was ist plötzlich los mit dir?»

Diese jähe Wendung des Gesprächs habe ich verursacht, oder vielmehr er. Meine Betrunkenheit ausnützend, bestimmt er mich jetzt, einen der vielen Sklavenfilme Irenes in die Wirklichkeit umzusetzen. Er lenkt meine Hand, zwingt mich, ihn aus seinem Schlupfwinkel und ein Bündel Banknoten aus meiner Brieftasche hervorzuziehen. Zwingt mich, vom Diwan aufzustehen und um ihn herumzugehen. Wie ein hemmungslos Besessener rücke ich Irene zu Leibe, versuche, indem ich ein Knie auf die Armlehne des Sessels stütze, ihn dem Gesicht meiner Gastgeberin nahe zu bringen und ihr zugleich das Geld in die Hand zu drücken. Sein Plan geht von der Voraussetzung aus, daß Irene sich durch diese dumme, ihre «Filme» nachahmende Pantomime bestimmen lassen werde, das doppelte Angebot zu akzeptieren. Daß sie mit den Banknoten in der Hand ekstatisch und geschlossenen Auges ganz wie in dem Film mit ihrem Mann ausrufen werde: «Kaufe mich, kaufe mich doch, kaufe mich!» Und daß sie es ihm auf diese Weise gestatten werde, irgendwie mit ihr in «direkten Kontakt» zu kommen. Ein törichter, hirnrissiger, unausführbarer Plan. Denn Irene hat ja kurz zuvor ganz klar zu verstehen gegeben, daß sie ihre erotischen Neigungen nicht real erleben, sondern träumen will.

So ist es. Irene greift nicht nach den Banknoten, läßt ihn nicht nahe kommen. Sie beschränkt sich darauf, ihn einen Augenblick lang mit ausgesprochen ironischem Erstaunen zu betrachten. Aus ihrer Hand, die sich nicht schließt, gleiten die Banknoten zu Boden. Dann hebt sie die Hand und schiebt ihn gelangweilt und nachsichtig zur Seite, so wie man während eines Waldspaziergangs einen Ast zur Seite schiebt, der zu weit über den Weg ragt. Schließlich sagt sie unmißverständlich: «Geh, du Idiot.»

Ich stehe vor ihr und fühle mich wieder lächerlich, mit meinem kahlen Schädel, meinem flammendroten Gesicht und mit ihm, der in seinen ganzen Ausmaßen zu sehen ist. Plötzlich aber begreife ich. Ja, ich liebe Irene, es liegt mir nichts daran, mit ihr zu schlafen, und ihre Aufforderung, zu gehen, zerreißt mir das Herz. Ohne mich erst wieder in Ordnung zu bringen, so wie ich bin, während er steil und nutzlos hervorragt und hin und her schwankt, werfe ich mich vor Irene auf die Knie und rufe mit schmerzerfüllter Stimme aus: «Verzeih mir, ich werde es nie wieder tun, nie wieder, glaub es mir. Aber jage mich nicht fort. Ich bin ein lächerlicher, wertloser Mensch, verächtlich, gemein. Aber ich liebe dich, ich weiß ganz genau, daß ich dich liebe. Ich brauche dich, ich kann ohne dich nicht mehr leben. Verzeih mir und sei weiterhin meine Freundin.»

Ich sage das mit geschlossenen Augen, die sich mit Tränen füllen. Als ich sie wieder öffne, sehe ich nur den roten Diwanstoff vor mir. Irene hat sich inzwischen erhoben und ist ans andere Ende des Zimmers gegangen. Sie sagt: «Gut, jetzt aber nimm dein Geld auf und geh.» Ich beuge mich nieder, sammle mechanisch die auf dem Boden verstreuten Banknoten ein und schiebe ihn, während ich noch auf allen vieren krieche, zurück. Dann stehe ich keuchend auf, mit offenem Reißverschluß, die Hände voll zerknüllter Banknoten. Irene steht immer noch von mir entfernt und ruft mir zu: «Bitte, komm mir nicht nahe, sonst schreie ich.»

«Ich wollte doch nur . . .»

«Ich habe gesehen, was du wolltest: du bist ein Idiot. Und jetzt geh! Ich habe es satt mit dir. Ich muß jetzt allein sein.»

Wütend sage ich: «Um zu masturbieren.»

Ruhig und unerbittlich antwortet sie: «Ja, um zu masturbieren. Jetzt aber geh.»

«Gib mir wenigstens deine Telefonnummer.»

«Ich stehe im Telefonbuch. Mein Name steht an der Wohnungstür. Jetzt aber geh.»

«Wann darf ich dich anrufen?»

«Wann du willst. Gehst du endlich – ja oder nein?»

«Werden wir Freunde sein?»

«Vielleicht. Vor allem aber geh jetzt, so rasch als möglich.»

Ich gehe.

V

Analysiert!

Am nächsten Morgen. Ich bin eben erwacht, mein Hirn ist noch benommen und impotent, er aber legt sich keinerlei Zwang auf. Als wolle er mir beweisen, daß die wahre Kontinuität des Lebens, der Ariadnefaden in diesem absurden Labyrinth nicht in meinem ehrgeizigen Streben nach Sublimierung bestehe, sondern in seiner besessenen, unverbesserlich unsublimierten Aktivität. Er kommt auf die Ereignisse des gestrigen Tages zurück, ruft sie mir wieder ins Gedächtnis, auf seine Weise, versteht sich. Ich lasse, noch verschlafen und halb betäubt, diese morgendlichen Rückerinnerungen so gut wie widerstandslos über mich ergehen; ich will mir im Halbschlaf gleichsam Ferien gönnen und einer unangewandten Erotik ungehemmte freie Bahn gewähren. Klar, daß er diese Rückerinnerungen mit seinen üblichen Zustandsveränderungen begleitet, als wollte er seine völlige, hartnäckige Autonomie betonen, die es ihm gestattet, höchst aktiv zu sein, nicht nur, wenn ich wach bin, sondern auch, wenn ich schlafe.

So geschieht es auch an diesem Morgen nach meiner ersten Begegnung mit Irene. Ich öffne die Augen und merke, daß ich auf der Seite liege, wobei er auf dem Bettlaken ruht, schwer und riesig; man könnte meinen, ich sei eine vom Turm gefallene, am Boden zerschellte Glocke, und nur der dicke Klöppel sei inmitten der Trümmer ganz geblieben. Ein unvorsichtiger Vergleich, denn er flüstert mir sofort munter zu: «Sei ganz unbesorgt, die Glocke ist nicht zerbrochen, bald wirst du sie läuten hören.» Ich halte hier das Gespräch wörtlich fest, wie es sich zwischen uns abgewickelt hat.

Ich: «Zum Teufel, was sagst du da? Was für ein Läuten? Darf man wissen, warum du schon um acht Uhr früh so aufgeregt bist? Könntest du dich nicht ruhig verhalten, dich ausruhen, so wie ich es tue und wie alle vernünftigen Menschen es tun?»

Er: «Die Beine von Irene!»

Ich: «Erinnere mich nicht an den gestrigen Abend. Du hast alles verdorben. Es ist deine Schuld, wenn ich Irene vielleicht nie mehr wiedersehen werde. Die einzige Frau auf der Welt, die ich lieben könnte. Die einzige. Aber was weißt du schon von Liebe?»

Er: «Die Beine von Irene!»

Ich: «Sie war so aufgeschlossen, sie vertraute mir Dinge an, die sie vorher vielleicht keinem anderen Menschen erzählt hat . . . du aber, dumm und brutal wie ein Büffel, hast alles zerstört!»

Er: «Die Beine von Irene!»

Ich: «Ich werde sie anrufen, ganz gewiß. Bevor ich mich aber wieder bei ihr melde, will ich sicher sein, daß du nicht aufs neue durch dein niederträchtiges Betragen alles verdirbst.»

Er: «Die Beine von Irene!»

Ich: «Ich werde Irene lieben, ich fühle es, ich weiß es. Sie lieben bedeutet für mich dasselbe wie Regisseur werden: das heißt, aus dem Stadium eines unsublimierten Menschen in das eines sublimierten aufsteigen. Damit das geschehen kann, mußt du jedoch ein für allemal die Sublimierung als Wahrheit anerkennen.»

Er: «Die Beine von Irene!»

Ich: «Schließen wir einen Pakt: Freiheit für dich, in allen anderen Situationen meines Lebens einzugreifen, sei es auch noch so sinn- und aussichtslos. In Irenes Gegenwart jedoch absolute Passivität – oder besser noch: Inexistenz.»

Er: «Die Beine von Irene!»

Ich: «Sag mir, ob du auf diesen Pakt eingehst?»

Er: «Die Beine von Irene!»

Ich: «Ich spreche zu dir, Kanaille. Gehst du auf den Pakt ein, ja oder nein?»

Er: «Die Beine von Irene!»

Ich: «Das also ist deine Antwort, dieser ewige Refrain? Ich verstehe. Ich muß also zu drastischeren Mitteln greifen.»

Er: «Die Beine von Irene!»

Ich: «Ich habe es schon vor längerer Zeit beschlossen. Ich habe den Plan bisher nur deshalb verschoben, weil ich hoffte, du würdest von selbst Vernunft annehmen. Das ist nicht geschehen. So sehe ich mich zu meinem Bedauern gezwungen, zu handeln.»

Er: «Die Beine von Irene!»

Ich: «Heute noch gehen wir zu Vladimiro. Kein Heiliger im Himmel kann dir da helfen: Ich werde alles auspacken. Draufzahlen wirst nur du. Deine Macht besteht darin, daß du im dunkeln wirkst, in der Heimlichkeit. Sie besteht in der Ungeklärtheit unserer Beziehungen. Wenn man sie in das Licht der Vernunft rückt, ist deine Macht zerstört. Um so schlimmer für dich. Aber du hast es gewollt.»

Um meine Drohrede zu verstehen, muß man wissen, daß Vladimiro einer meiner Freunde aus der Universitätszeit ist und jetzt den Beruf eines Psychoanalytikers ausübt bzw. (da er nur sehr wenige Patienten hat) ausüben möchte. Gerade weil er keine oder nur ganz wenige Heilungsbedürftige zu behandeln hat, ist er ein sehr ernster Arzt. Seine Ernsthaftigkeit ist andererseits gewissermaßen auch dadurch gegeben, daß er selber den beispielhaften Fall einer schweren Neurose darstellt, die offenkundig einer längeren psychoanalytischen Kur bedürfte. Schon deshalb gehe ich zu ihm. Da er gleichzeitig ein Neurotiker und ein Facharzt in der Behandlung von Neurosen ist, bin ich überzeugt, daß er der einzige Mensch ist, der meinen ganz besonderen Fall, welcher, genau besehen, nicht eigentlich einer Kur bedarf (was ist denn Pathologisches daran, wenn jemand «zwei» ist statt «einer»), sondern nur einer freundschaftlichen und vorurteilslosen Beratung.

So gehe ich denn schon am selben Nachmittag zu meinem ehemaligen Universitätskameraden, nach vorheriger telefonischer Anmeldung. (Vladimiro behauptete zwar zunächst am Telefon, er wisse nicht, wie er mich einschieben könne, am Ende aber bestellte er mich doch zu der von mir gewünschten Stunde.) Er wohnt weit draußen, in einem modernen Viertel am Stadtrand. So sieht dieses Viertel aus: Straßen oder besser riesige Schützengräben aus Beton zwischen zahllosen Zeilen moderner Mietsbauten, die mit überflüssigen Balkonen bestückt sind; große Auslagenscheiben, hinter denen minderwertige Waren ausgestellt sind; längs der Gehsteige abgestellte Kleinautos, die eine Art Fischgrätenmuster bilden; nicht ein einziger Luxuswagen: hehe, du hast es nicht sehr weit gebracht, Vladimiro! Ich gehe zum erstenmal zu ihm. Seinerzeit lebte er bei seinen Eltern, dann heiratete er, zog aus und richtete sich hier seine Praxis ein. Warum befriedigt es mich so, daß er offenbar keinen besonderen Erfolg in seinem Beruf hat? Weil ich, wenigstens ihm gegenüber, nicht «unten» sein will. Ich bin gescheitert, er ist gescheitert; ich bin neurotisch, er ist neurotisch; ich habe unerreichte Wünsche, er hat unerreichte Wünsche: Warum sollte er mir «über» sein? Trotzdem werde ich, während ich meinen Wagen durch die verstopften Straßen steuere, immer nervöser bei dem Gedanken an mein Zusammentreffen mit Vladimiro. Wie soll ich mich verhalten, damit es ihm von Anbeginn klarwird, daß er sich mir gegenüber alle Überlegenheitsallüren, und seien sie noch so wissenschaftlich, ersparen kann? Ich denke lange darüber nach und beschließe: ich will mich genauso wissenschaftlich geben wie er, ja mehr noch als er. Statt Arzt und Patient werden wir zwei Ärzte und ein Patient sein. Vladimiro wird der eine Arzt sein, der andere ich. Und wer der Patient? Natürlich er.

Beruhigt durch diese Lösung, parke ich meinen Kleinwagen zwischen zahllosen anderen Kleinwagen in einer staubigen, holprigen Straße, die (ich stelle es mit Befriedigung fest) die Stadtverwaltung von Rom schon jahrelang zu asphaltieren vergessen hat. Die Wohnung befindet sich im dritten Stock einer dieser Wohnmaschinen. Ich nehme den Aufzug. Oben führen drei Wohnungstüren auf den Treppenflur: Vladimiros Wohnung kann also nicht sehr groß sein. Ich läute. Keine Krankenschwester in weißem Kittel, auch keine bebrillte Sekretärin öffnet mir, sondern er, Vladimiro, selber. Er trägt ein kurzärmeliges Hemd mit offenem Kragen, ohne Krawatte. Er kann sich also nicht einmal eine Schwester oder Sekretärin leisten! Während wir uns die Hände schütteln, werfe ich rasch einen Blick um mich: winziger Vorraum, eine Flurgarderobe, ein Kinderwagen in einer Ecke. In der Luft schwebt ein appetitanregender, aber nicht gerade vornehmer Küchengeruch.

Vladimiro sagt: «Ich freue mich, dich zu sehen», schlägt mir mit der Hand auf die Schulter, gar nicht gönnerhaft, vermutlich wirklich freundschaftlich, aber es ist eine eigene Art Freundschaftlichkeit, eine pathetische und neurasthenische. Wir betreten den Ordinationsraum. Ein kleines, rechteckiges Zimmer, kaum Platz für den Tisch, die Bücher und das Sofa. Grüne, billige, schmale Gardinen, zwischen ihnen hindurch sieht man die brutale Fassade der gegenüberliegenden Wohnkaserne mit den zahllosen Balkonen. In dem Zimmer ist alles sauber, ordentlich, aber hoffnungslos bescheiden. Ich kann nicht umhin, zu denken, daß sich auf dieses Sofa wohl kein Patient je gelegt hat. Armer Vladimiro! Auch er ist einer wie ich, auch er hat sicher eine unersättliche Gattin, die ihm in verschwörerischem Verein mit ihm all die Energie entzieht, die er benötigen würde, um auch nur die mindeste Sublimierung einzuleiten. Nur: er hat nicht wie ich den Mut gehabt, seiner Wege zu gehen. Dabei ist er ein Psychoanalytiker und kann sich nicht mit Unwissenheit entschuldigen.

Vladimiro setzt sich hinter den Tisch und fordert mich stumm auf, ihm gegenüber Platz zu nehmen. Er ist groß, mager, ausgedörrt. Die Halbärmel seines Hemdes lassen zwei abgezehrte, muskellose Arme sehen. Seine kurzen, borstigen braunen Haare haben einen Stich ins Gelbe, gemahnen an altes Stroh. Sein Gesicht ist das eines vorzeitig gealterten Jünglings. Zwei tiefe, traurige Falten durchziehen es und lassen es schief erscheinen. Seine Augen haben eine häßliche Farbe zwischen Grün und Gelb, sie erinnern an Hundeaugen. Seine Nase läuft spitz zu, die Nasenflügel aber sind breit angesetzt. Ein bitterer Zug ist um den großen, verknitterten Mund. Obwohl es sieben Uhr abends und draußen noch hell ist, schaltet er eine starke Lampe ein, richtet den Strahl gegen mein Gesicht, der mich blendet. Ich sage ihm gleich: «Laß die Lampe. Auf mich macht so was keinen Eindruck, ich bin kein Klient, dem man 100000 oder 200000 Lire im Monat abknöpfen kann. Ich bin nur als alter Freund zu dir gekommen, um dir meinen Fall vorzutragen, der im übrigen gar nicht klinisch ist.»

Er lächelt. Ein gutmütiges, wenn auch neurotisches Lächeln. Er senkt den Lampenschirm und sagt: «Entschuldige, aber die Lampe ist manchmal nützlich.»

Ich lasse mir Zeit. Ich ziehe aus der Tasche ein Päckchen Zigaretten hervor, biete Vladimiro an, der ablehnt, zünde mir eine an, stecke das Feuerzeug und das Päckchen wieder in die Tasche, ziehe den Rauch ein und lasse ihn durch den Mund und die Nasenlöcher wieder ausströmen. Währenddessen beuge ich mich vor, lege die überkreuzten Arme auf den Tisch und senke die Augen. Endlich sage ich: «Und wie geht es dir? Du hast dich gut eingerichtet: ein schönes Ordinationszimmer, intim, ruhig. Geschmackvoll möbliert. Ich wette, daß deine Frau die Möbel ausgewählt hat.»

«Nein, ich habe sie, ehrlich gestanden, selber ausgewählt.»

«Deine Frau arbeitet doch? Hilft sie dir in deinem Beruf?»

«Meine Frau arbeitet nicht.»

«Was macht sie denn?»

«Sie ist meine Frau. Das heißt: früher hat sie gearbeitet, als Fürsorgerin, dann aber bekamen wir zwei Kinder, und da wir keine Kinderfrau haben, muß sie sich selber um sie kümmern.»

Er spricht langsam, als suche er die Worte. Er ist sichtlich verlegen, fühlt sich unbehaglich, sein Gesicht hat etwas Leidendes. Ich bemerke auf dem Tisch eine Fotografie im Silberrahmen: «Deine Frau?»

«Ja.»

«Du gestattest?»

Ich nehme die Fotografie und betrachte sie: schwarzes Haar, schwarze, sanfte, sehnsüchtige Augen, das Gesicht ist schmal, zart, wächsern. Das sind die gefährlichen Frauen. Weit gefährlicher als zum Beispiel Fausta, der man die Sinnlichkeit von weitem ansieht. Die großen, sentimentalen Augen von Vladimiros Frau sind aber das untrügliche Anzeichen für eine unersättliche Geschlechtlichkeit und erklären vieles: die Neurose Vladimiros, seinen Mißerfolg, die Bescheidenheit seiner Wohnung, den Küchengeruch im Vorzimmer. Ach ja, wenn man eine solche Frau hat, ist die Unsublimiertheit garantiert, schicksalhaft, unvermeidlich, unabänderlich. Ich stelle die Fotografie auf den Tisch zurück und sage: «Sehr hübsch, deine Frau.»

Er geht auf das Kompliment nicht ein. Er windet sich auf seinem Stuhl und sagt schließlich: «Rico, du hast mir am Telefon gesagt, daß es sich um etwas Dringendes handelt. Nun also, um was handelt es sich?»

Jetzt sind wir also soweit! Ich antworte nicht gleich. Ich rauche, denke nach, blicke zu Boden. Ich will wissenschaftlich sein, und um das zu können, muß ich sogleich den richtigen Ton treffen. Ich sage also mit klarer Stimme: «Vladimiro, ich muß etwas vorausschicken.»

«Sprich nur.»

«Du mußt nämlich wissen, daß mich die Natur, ob zu meinem Unglück oder zu meinem Glück, in ungewöhnlicher Weise ausgestattet hat.»

Es gibt gleichmütige Personen, deren Gleichmut sich in einem völligen Mangel an Ausdruck äußert. Dann wieder gibt es Personen, die deshalb gleichmütig erscheinen, weil sie, obwohl überaus ausdrucksvoll, doch immer nur diesen einen einzigen Ausdruck haben, was immer geschehen mag. Vladimiro gehört zur zweiten Kategorie. Er hat dauernd und unveränderlich einen bestürzten, bekümmerten, verlegenen Ausdruck im Gesicht, ob ihm nun jemand «Guten Tag» sagt oder mitteilt: «Herr Doktor, ich möchte meinen Vater umbringen.» So wirkt sein Gesicht gleichwohl ausdruckslos und gleichmütig. Auch jetzt. Er sieht mich bekümmert an, sagt nichts. Ich muß denken, daß er diesen Ausdruck immer hat, und fühle mich bemüßigt, mich deutlicher zu erklären, denn möglicherweise hat er mir gar nicht zugehört: «Kurz und schlicht gesagt, Vladimiro, ich habe ein Sexualorgan von wahrhaft ungewöhnlichen Ausmaßen.»

Ich mache eine Pause, ziehe den Rauch ein, lasse ihn durch die Nase wieder ausströmen und starre auf die Tischplatte. Ich fahre fort: «Du wirst mir vielleicht sagen, es kommt nicht auf die Ausmaße an, sondern sozusagen auf die Erziehung. Du hast recht. Es gibt sehr große Sexualorgane, die es verstehen, an ihrem Platz zu bleiben und kaum sichtbar werden. Es gibt hingegen sehr kleine Sexualorgane, die sich rücksichtslos regen und bemerkbar machen. Schlimm aber ist, wenn man ein sehr großes Sexualorgan hat, das sich ununterbrochen regt und bemerkbar macht. Dies, Vladimiro, ist leider bei mir der Fall.»

Wieder mache ich eine Pause, wie um meine letzten Worte besonders zu unterstreichen. Wieder ziehe ich den Rauch ein und lasse ihn mit nachdenklicher, gespannter Miene durch die Nase ausströmen. Vladimiro stützt sein Gesicht in die linke Hand, den Zeigefinger gegen die linke Augenbraue gestemmt, die dadurch weit hochgeschoben wird. Aber er macht den Mund nicht auf, er wartet.

Ich wische mit der Hand einige Aschestäubchen vom Tisch und nehme meine Erklärung wieder auf: «Wie du bereits begriffen haben dürftest, handelt es sich um ein Organ, das als zudringlich zu bezeichnen euphemistisch wäre. Um es ganz genau zu sagen, es läßt mich buchstäblich nicht leben. Ja, so ist es, es läßt mich nicht leben. Ich wünsche mir nichts sehnlicher, als ruhig meinen Angelegenheiten nachgehen zu können, aber immer mischt er sich ein. Ununterbrochen. Er steckt praktisch seine Nase in alles, was ich tue. Er wird in den unpassendsten Momenten bemerkbar. Er macht mich noch ganz schwach. Kurz, er fordert von mir einen Gehorsam, den zu verweigern ich absolut entschlossen bin.»

Pause. Schweigen. Vladimiro sieht mich aufmerksam an, unterläßt aber jeden Kommentar. Ich nehme meine Rede wieder auf: «Was kann ich seiner Zudringlichkeit, seinem, sagen wir es ruhig, präpotenten Verhalten entgegensetzen? Klar: entweder ein ebenso präpotentes, ja noch präpotenteres Verhalten oder die Vernunft. Ich habe mich für die zweite Möglichkeit entschieden. Versteht sich, Vladimiro. Ich bin ein gebildeter Mensch, ein Intellektueller. Jede Gewaltanwendung widerstrebt mir. So habe ich von Anfang an alles getan, damit er . . .»

«Wer ist er?»

«Das Sexualorgan. Ich wollte sagen: So habe ich von Anfang an alles getan, damit er Vernunft annehme. Ich diskutiere, argumentiere mit ihm, versuche, ihn zu überzeugen. Zwischen mir und ihm ist ein ständiger Dialog im Gang. Vielmehr, um genau zu sein, ein ständiges Streitgespräch.»

«Du sprichst mit ‹ihm› und ‹er› spricht mit dir? Willst du behaupten, daß du wirklich mit ‹ihm› sprichst und ‹er› mit dir?»

«Ja, wirklich. Was ist daran so merkwürdig?»

«Hm. Nichts. Und was für eine Stimme hat er?»

«Kommt darauf an. Jedenfalls entspricht die Stimme seinem Charakter. Meist klingt sie einschmeichelnd, einflüsternd, verschlagen, glattzüngig. Unter Umständen aber, wenn es ihn überkommt, wird sie aggressiv, heftig, unduldsam.»

«Wenn es ‹ihn› überkommt? Soso.»

«Ja. Wenn es ihn überkommt. Manchmal, das ist aber seltener der Fall, kann sie geradezu düster klingen, grausam. Wenn wir jedoch allein sind, ich und er, dann wird sein Ton großsprecherisch, prahlerisch.»

«Wieso . . . ist ‹er› so eitel?»

«Eitel ist kein Ausdruck. Er hält sich für den absolut schönsten, stärksten, potentesten seiner, sagen wir, Kategorie. Seiner Meinung nach kommt ihm keiner auf der ganzen Welt gleich. Er ist geradezu ein Ausbund an Eitelkeit!»

«Sag mir . . . spricht ‹er› über alles, oder nur, wenn es sich um Sex handelt?»

«Du weißt doch sehr gut, Vladimiro, daß es nichts gibt, das sich nicht im sexuellen Sinn deuten ließe. Literatur, Kunst, Wissenschaft, Politik, Wirtschaft, Geschichte – alles kann von diesem Standpunkt betrachtet werden. Ich bestreite nicht, daß das äußerst vereinfachend ist, ich will damit nur sagen, daß es getan wird. Und er tut es. Und ob er es tut!»

«Nun – zum Beispiel . . .?»

«Zum Beispiel: gibt es etwas weniger Sexuelles als eine Landschaft? Berge, Ebenen, Flüsse, Täler . . . Wo ist da der Sex? Und doch . . . Vor ein paar Tagen mache ich einen Ausflug aufs Land. An einer Stelle führt die Straße zwischen zwei langgestreckte, rundliche Hügel, die sich allmählich senken und schließlich nur mehr zwei unbedeutende Erhebungen bilden. Was glaubst du nun? Prompt flüstert er mir zu: ‹Das sind nicht zwei Hügel, sondern zwei Frauenbeine, und noch dazu sehr schöne. Zwei gespreizte Frauenbeine. Die Straße führt geradewegs in den Einschnitt, wo sie zusammenlaufen, vielmehr zusammenzulaufen scheinen. Und wir werden jetzt mit unserem Wagen im Hundertfünfzigkilometertempo in diesen Einschnitt mit aller Macht eindringen.› Begreifst du den Doppelsinn?»

«Natürlich begreife ich ihn. Und . . . in welcher Weise mengt er sich sonst in dein Leben?»

«Durch die Träume natürlich.»

«Erotische Träume, wie?»

«Über die Träume will ich mich nicht lang auslassen. Das ist, Vladimiro, sozusagen sein Reich. Was er da aufführt, betrifft mich nicht und interessiert mich nicht. Vielleicht möchte ich nur den einen Wunsch äußern: daß er auf die realistischen Träume verzichte und sich ausschließlich mit den symbolischen begnüge.»

«Realistische Träume?»

«Ich träume, zum Beispiel, nicht gerne, daß ich mit einer Frau ins Bett gehe, deren Gesicht ich nicht sehen kann, weil sie mir den Rücken zukehrt. Dann aber wendet sie sich um, und ich entdecke, daß es meine Mutter ist. Ich ziehe es entschieden vor zu träumen, daß ich eine Treppe emporsteige. An ihrem Ende steht ein Haus, dessen Tür offen ist. Ich nehme Stufe um Stufe und gehe auf diese offene Tür zu. Es stört mich auch nicht, daß das Haus, von Zypressen umgeben, düster wirkt mit seinen geschlossenen Fenstern und daß mir gerade in dem Augenblick, da ich die Türschwelle überschreiten will, jemand einen Dolch in den Rücken stößt, so daß ich zu Boden stürze und erwache. Klar: das Haus mit der offenen Tür ist meine Mutter. Das düstere Aussehen des Hauses kommt von meinem Schuldgefühl. Den Dolch stoße ich mir selber in den Rücken, um mich am Inzest zu hindern und so weiter. Es handelt sich, Vladimiro, ja doch um Symbolik, das heißt um etwas Indirektes, Mittelbares, um ein Rätsel, sozusagen ein Bilderrätsel. Ich kann selbstverständlich den Traum dechiffrieren, das Rätsel lösen; aber es steht mir auch frei, vollkommen frei, die symbolische Darstellung so zu nehmen, wie sie ist, ohne nach ihrem Sinn zu forschen. Und da eben, Vladimiro, ziehe ich das Symbol der Wirklichkeit vor. Von einem Haus mit offenstehender Tür zu träumen, läßt mich gleichgültig. Ich sage mir einfach: ‹Schau, schau, was für ein merkwürdiger Traum, was kann er nur bedeuten.› Und dann denke ich nicht mehr daran. Aber davon träumen, daß man mit der eigenen Mutter, der leibhaftigen eigenen Mutter, die so ausschaut, wie sie wirklich ist, im Bett liegt – das, mußt du zugeben, ist eher peinlich. Man wacht auf, denkt darüber nach und geht womöglich den ganzen Tag mit einem unangenehmen Gefühl herum. Nun hat er seit einiger Zeit den Symbolismus fast gänzlich aufgegeben und durch Realismus ersetzt. Er läßt mich, zum Beispiel, nicht mehr, wie in früheren Zeiten, von einer Uhr träumen, die bekanntlich ein Symbol für das weibliche Geschlechtsorgan ist, sondern er zeigt es mir im Traum ganz brutal so, wie es ist, in allen seinen Einzelheiten, seiner Form, seiner Farbe, ja sogar seinen Bewegungen, ganz so, wie es in der wachen Wirklichkeit aussieht. Die Uhr habe ich, kaum erwacht, vergessen, das Geschlechtsorgan aber kann ich nicht vergessen. Ich weiß auch, Vladimiro, warum er es tut. Er tut es mit Absicht. Denn aus Gründen, die darzulegen zu weit führen würde, sind die Beziehungen zwischen mir und ihm seit einiger Zeit denkbar schlecht. Da rächt er sich eben auf diese Weise, indem er den Symbolismus, den er, notabene, meisterhaft beherrscht, durch einen Realismus, ja geradezu durch einen Naturalismus ersetzt, der beispiellos roh und plump ist.»

Ich schüttle den Kopf nachdenklich, besorgt und mißbilligend, senke den Blick, blase den Rauch durch die Nase. Vladimiro macht eine Handbewegung, als wolle er etwas zur Seite schieben: «Über die Träume werden wir später reden. Bleiben wir jetzt lieber beim Dialog. Ihr zwei unterhaltet euch also die ganze Zeit miteinander. In welcher Weise? Ich meine: sprichst du laut mit ‹ihm› oder wie?»

«Nur wenn ich allein bin und sicher, daß niemand uns zuhört. Es handelt sich ja manchmal um – wie soll ich sagen? – heikle Dinge. Da ist es besser, vorsichtig zu sein.»

«Also wenn ihr allein seid, sprichst du mit ‹ihm› laut. Und was tut ‹er›?»

«Er antwortet mir.»

«Ebenfalls laut?»

«Versteht sich.»

«Willst du damit sagen, daß du ‹ihn› genauso hörst, wie du jetzt mich hörst?»

«Gewiß.»

«Du hörst ‹ihn› mit deinen eigenen Ohren?»

«Erlaube mal, Vladimiro, wie sollte ich ihn denn sonst hören? Mit der Nase vielleicht?»

«Das jedoch nur, wenn du allein bist? Und wenn du in Gesellschaft bist? Sprecht ihr auch in Gegenwart Dritter laut miteinander?»

«Nein, in Gesellschaft Dritter sprechen wir nicht laut miteinander, sondern in Gedanken.»

«In Gedanken?»

«Ja. Ich denke an eine Sache und er an etwas anderes. So geht der Dialog, vielmehr der Streit, trotzdem weiter. Aber, um ganz ehrlich zu sein, in Gegenwart Dritter läßt er sich gar nicht erst darauf ein, mit mir zu diskutieren oder zu streiten, sondern er versucht, mir zu befehlen.»

«Befehlen?»

«Ja. Natürlich habe ich mehr oder weniger die Freiheit, ihm zu gehorchen oder nicht. Den Versuch aber, mir zu gebieten, unternimmt er immer.»

«Was befiehlt er?»

«Klar: nach seinen Wünschen zu handeln.»

«Zum Beispiel?»

«Nehmen wir an, jetzt, in diesen Sommertagen, wird in einer Villa eine Gesellschaft gegeben. Ein hübsches Mädchen findet sich bereit, mit mir im Garten spazierenzugehen. Und schon befiehlt er mir, auf eine bestimmte Bank zuzusteuern. Sobald wir uns gesetzt haben, befiehlt er mir weiter, das Gespräch auf gewisse Themen zu lenken. Dann befiehlt er mir, möglichst nahe an das Mädchen heranzurücken. Schließlich, nach einigen Annäherungsversuchen, befiehlt er mir, handgreiflich zu werden.»

«Handgreiflich?»

«Nun ja, dem Mädchen an den Busen zu fassen, ihr mit der Hand unter den Rock zu fahren, sie ins Gras zu werfen – und ähnliches.»

«‹Er› befiehlt es. Und was machst du?»

«Gewöhnlich versuche ich vor allem, ihn davon zu überzeugen, daß der Anlaß falsch gewählt ist. Das Mädchen ist zum Beispiel verlobt, und ich würde in die größten Ungelegenheiten kommen. Nützt nichts, er hört nicht auf mich. In einem schwachen Moment gebe ich ihm nach. Ich werde handgreiflich und werde natürlich zurückgewiesen, womöglich noch geohrfeigt.»

«Endet es immer so? Mit Ohrfeigen?»

«Oft. Aber, verstehen wir uns recht, Vladimiro, nicht etwa deshalb, weil ich den Frauen nicht gefalle, sondern weil er überhaupt kein Psychologe ist, gar keine Intuition hat, kurz, weil er, sprechen wir es offen aus, ganz unintelligent ist. So habe ich mich seinetwegen immer wieder blamiert. Ich kam mir vor wie ein ertappter Dieb! Am liebsten wäre ich im Boden versunken!»

Wieder schüttle ich besorgt, voll Bitterkeit den Kopf. Doch ich verhalte mich immer noch wissenschaftlich, das heißt distanziert und objektiv. Meine Hände liegen auf dem Tisch: die Finger der einen Hand halten krampfhaft die Zigarette, am Mittelfinger der anderen Hand trage ich einen Ring mit einer gelben Kamee, der meinem Vater gehörte. Ich führe die Hand mit der Zigarette zum Mund, ziehe den Rauch ein, huste, fahre mit trockener und strenger Stimme fort: «Solche Blamagen wiegen in meinem Fall um so schwerer, als ich ja kein gewöhnlicher Familienvater bin, für den die Welt bei Weib und Kind endet. Ich habe mir in meinem Beruf einen Namen gemacht, werde geschätzt und ernst genommen, und zwar in einer ganz besonderen Branche, der des Films. Ich sage: besondere Branche, weil sie der skrupellosen Unternehmungslust von Individuen, wie er eines ist, eher günstig ist. Hunderte – was sage ich? – Tausende von Frauen träumen davon, zum Film zu kommen. Sie scheuen dabei keine Mittel. Sie versuchen, die künstlerischen Kriterien, das sachliche Urteil dadurch zu umgehen, daß sie sich in der frechsten Weise unmittelbar an ihn wenden.»

Einen Augenblick schweige ich und verziehe den Mund verächtlich, wobei mich Vladimiro aufmerksam betrachtet. Unvermittelt fahre ich fort: «Und dann diese Wahllosigkeit.»

«Wahllosigkeit?»

«Ja. Bisher habe ich von jungen Frauen gesprochen, die mir mehr oder weniger gut gefallen. Seine Wahllosigkeit aber kennt keine Grenzen.»

«Keine Grenzen?»

«So ist es. Ihm gefallen alle: die häßlichen wie die schönen, die jungen wie die alten – und leider auch die ganz jungen. Verstehen wir uns recht,

Vladimiro, das alles ist rein theoretisch gemeint – denn schließlich hat er, um handeln zu können, mich nötig. Ohne mich kann er nichts unternehmen. Trotzdem überschreitet dieses Verhalten doch die Grenzen des Normalen und führt geradewegs ins Psychopathologische, ja vielleicht sogar ins Gebiet des Gerichtsmedizinischen. Etwas Erregendes am verfallenen Körper eines alten Weibes zu finden oder am noch nicht geschlechtsreifen eines kleinen Mädchens – das ist doch reinste Perversität, zumindest meiner Meinung nach. Habe ich recht?»

Vladimiro gibt keine Antwort. Dieses «Habe ich recht?» bleibt in der Luft schweben, hängt im Schweigen. Ich lasse nicht locker: «Du wirst vielleicht finden, ich sei zu streng, zu unerbittlich. Von gewissen Dingen aber gehe ich nicht ab. Absolut nicht. Und dann, das muß ich dir sagen, Vladimiro, was zuviel ist, ist zuviel. Das Maß ist voll.»

Vladimiro schweigt noch immer. Er sieht mich starr wie aus der Ferne an, als betrachte er mich durch ein verkehrtes Fernglas, in dem mein Bild klein, aber scharf erscheint. Ich fahre fort: «Natürlich verteidigt er sich. Rechtfertigt sich. Vielleicht nicht so sehr vom moralischen Standpunkt, denn er ist, wie du bereits begriffen haben wirst, vollkommen amoralisch, sondern – wie soll ich sagen – vom kulturhistorischen Standpunkt. Ich habe gesagt, daß er dumm ist, aber nicht ungebildet. Selbstverständlich handelt es sich um eine zusammengestoppelte Bildung, eine zurechtgestutzte, autodidaktische. Woher sollte er denn auch die Zeit nehmen, sich Studien zu widmen, die jedenfalls eine Konzentration erfordern, deren er absolut unfähig ist? Vor allem ist seine Bildung einseitig. Sie gilt den Dingen, die ihn betreffen, und da ist er immerhin recht gut informiert. Von den übrigen Dingen weiß er gar nichts. Also . . . Warum bin ich eigentlich auf seine Bildung zu reden gekommen?»

«Anläßlich ‹seiner› Wahllosigkeit.»

«Ach ja. Ich wollte sagen, daß er seine Wahllosigkeit mit kulturellen Argumenten rechtfertigt. Es handelt sich, wie schon erwähnt, hauptsächlich um historische Kenntnisse, die er sich völlig unmethodisch von überallher verschafft hat, zu dem einzigen, rein praktischen Zweck, sich in unseren Streitgesprächen behaupten zu können. Es ist eine Bildung eigener Art. Nichts Tiefes, nichts Organisches, nichts Systematisches. Geschöpft aus der flüchtigen Lektüre einiger populärwissenschaftlicher Bücher über die primitiven Religionen. Ein paar Abstecher in die Anthropologie, in die orientalische Esoterik. Aber, Vladimiro, von allem nur ein Körnchen, nicht mehr als ein Körnchen. Das jedoch hindert ihn nicht, mir mit der ihm eigenen Frechheit die Namen von Gottheiten haufenweise an den Kopf zu werfen: von Shiva bis Priap, von Mutunnus Tutunnus bis Konsei Myojin, von Hermes bis Subigus, von Baal-Peor bis Min, von Osiris bis Kunado, von Frey bis Pertunda, die alle, wie er behauptet, seine früheren Inkarnationen waren. Seine jetzige Wahllosigkeit entspräche der Universalität in vergangenen Zeiten. Er sei ein Gott mit einer eigenen

Wertskala. Seine Reduzierung auf einen gewöhnlichen und noch dazu unanständigen, schamhaft zu verbergenden menschlichen Körperteil sei nichts anderes als die Rache seines größten Widersachers, des christlichen Gottes. Das ist seine Deutung. Erkennst du nun seinen Größenwahn, seine Egozentrik? Und zugleich seinen Verfolgungswahn, der ja meist mit Größenwahn einhergeht? Ein Gott! Und selbst das genügt ihm nicht: er will ein Gott sein, der von einem anderen neidischen und bösartigen Gott verfolgt wird! Kurz und gut, hätte es nicht Christus gegeben (es sind seine Worte), dann stünde er, zumindest hier in Italien, immer noch auf den Altären, wäre immer noch Gegenstand eines richtigen, echten Kultes, wie er damals dem Gott Fascinus gewidmet war.»

«Gott Fascinus?»

«Jawohl, Gott Fascinus! Das ist der Name, den er bevorzugt. Er enthüllt zugleich seinen wirklichen Charakter, der im Grunde kleinbürgerlich ist. Ich sage kleinbürgerlich, weil es nur einem kleinen Mittelschulprofessor in den Sinn kommen kann, seine speziellen Absichten mit klassizistischen Bezügen zu rechtfertigen. Fascinus. Das kommt vom lateinischen *fascinum*, Verzauberung. Siehst du nun, wo er hinauswill? Als wollte er sagen: faszinierend, bezaubernd, etwas, das einen Zauber ausübt, dem man sich unmöglich entziehen kann. Etwas, von dem Magie ausgeht, eine Art Verhexung. Fascinus! In diesem Namen drückt sich seine ganze Eitelkeit aus, seine Anmaßung, aber auch seine kulturelle Oberflächlichkeit!»

Und wiederum schüttle ich den Kopf, bedauernd, verächtlich. Nach kurzem Schweigen nehme ich meine Rede wieder auf: «Weißt du, was ich ihm antworte, wenn er mir mit dem Gott Fascinus kommt? Ich antworte: ‹Andere Zeiten. Damals konntest du verzaubern, heute aber widerst du an, heute reizt du bestenfalls zum Lachen. Heute ist es vorbei mit Fascinus, gewisse Dinge tut man einfach nicht, darf man nicht tun. Kein Gott Fascinus des antiken Rom ist imstande, die Gebrauchserotik des heutigen Rom zu rechtfertigen oder zu entschuldigen.› Aber auch da hat er die Antwort bereit, das muß man ihm lassen. Weißt du, was er mir antwortet? ‹Andere Zeiten! Was soll denn das heißen? Ich bin außerhalb der Zeit! Für mich existiert keine Zeit.› Eine Kanaille, ja, das ist er, aber doch einfallsreich und logisch bis zum Sophismus.»

«Sind eure Diskussionen immer so gelehrt?»

«Das wäre schön! Meistens beschimpfen wir uns wie die Marktweiber. Vor allem beschuldigen wir uns gegenseitig der Dummheit. Er sagt, ich sei dumm, und ich sage, er sei es. Seiner Meinung nach ist Vernunft gleichbedeutend mit Dummheit; meiner Ansicht nach . . . nun, meiner Ansicht nach ist sie das Gegenteil. Die Wahrheit, Vladimiro, ist, daß wir zwei verschiedene Sprachen sprechen. Für mich haben die Worte einen anderen Sinn als für ihn, und also verstehen wir uns nicht. Hinter der Verschiedenheit der Wortbedeutungen verbirgt sich eine Verschiedenheit der Wertungen. Wie können wir uns da verstehen?»

«Sind eure gegenseitigen Beziehungen schon immer so schlecht gewesen?»

Ich verneine. Zerknirscht muß ich ehrlicherweise eine unangenehme Wahrheit eingestehen: «Nein, ich kann nicht leugnen, daß sie eine Zeitlang sogar ausgezeichnet waren. Aber, Vladimiro, um welchen Preis! Um den Preis meiner völligen Versklavung. Er befahl, und ich gehorchte. Ich war ihm hörig, war sein Handlanger. Es ist nur natürlich, daß ich mich eines Tages aufgelehnt habe.»

«Bis wann waren eure Beziehungen gut?»

«Ich muß da bis in die Zeit meiner frühen Jugend zurückgehen. Ich schätze, ich war damals vierzehn Jahre alt. Ich identifizierte mich völlig mit ihm, bis ich plötzlich das Bedürfnis empfand, mich von ihm wenigstens sprachlich zu unterscheiden, indem ich ihm einen Namen gab.»

«Einen Namen?»

«Ja, schon um Verwirrungen zu vermeiden, wenn er und ich miteinander sprachen, besser gesagt, wenn er befahl und ich gehorchte. Kannst du dir ein Gespräch vorstellen, das folgendermaßen verläuft: ‹Frederico, du mußt das und das tun.›—‹Ja, Frederico, ich tue es gleich.› Siehst du's nun? Frederico ich und Frederico er . . . So beschloß ich, seinen Namen zu latinisieren.»

«Fascinus?»

«Nein, damit hätte ich ja zugegeben, daß er mich faszinierte, verzauberte. Ich war ihm hörig, das stimmt, aber ein wenig begann ich mich doch schon aufzulehnen. Da ich Federico heiße, beschloß ich, ihn Federicus Rex zu nennen.»

«Federicus Rex?»

«Eigentlich dachte ich zunächst daran, ihn Friedrich den Großen zu nennen!»

«Warum Friedrich den Großen?»

«Das ist eine eigene Geschichte. Es war so: Wir waren drei oder vier Burschen, alle im gleichen Alter. Einmal im Sommer lagen wir in Ostia, nachdem wir unsere Butterbrote verzehrt hatten, im Sand, im Schatten hinter den Badekabinen, wo die Leute die Abfälle ablagern. Natürlich sprachen wir über Frauen. Einige hatten schon ihre Erfahrungen gemacht, andere noch nicht. Plötzlich, ich weiß nicht mehr, wieso und warum, hatte einer den Einfall: ‹Schauen wir einmal, wer den größeren hat.› Gesagt, getan. Es war das erste Mal, daß wir solche Vergleiche anstellten, und da bemerkte ich zu meinem Erstaunen, daß ich sie alle um Längen schlug. Wir waren Freunde, Schulkameraden. Und da kam einer ganz natürlich darauf, mich im Scherz ‹Friedrich den Großen› zu nennen. Eine Kinderei.»

«Wieso hast du dann die Bezeichnung ‹Friedrich der Große› in Federicus Rex umgewandelt?»

«Auch das ist eine eigene Geschichte. Ich wohnte damals, wie du weißt, mit meiner Mutter in der Gegend der Piazza Mazzini. Eines Nachts ging ich durch eine der einsamen Straßen. Meine Mutter hatte mir Geld fürs

Kino gegeben. Ich ging im Laufschritt, denn ich sollte mich mit einem Freund treffen. Die Bäume eines angrenzenden Gartens warfen tiefe Schatten, da hörte ich auf einmal an der dunkelsten Stelle eine weibliche Stimme: ‹Hallo, mein Junge.› Ich blieb erst stehen, dann trat ich näher heran. Es war eine schon ältere Prostituierte, sie sah aber immer noch recht gut aus, zumindest schien es mir so. Man darf nicht vergessen, daß ich vierzehn Jahre alt war und erst seit kurzem lange Hosen trug. Ich erinnere mich nicht mehr genau, was wir miteinander sprachen. Ich erinnere mich nur, daß ich am ganzen Körper zitterte, denn es war das erste Mal. Sie bemerkte es und sagte: ‹Warum zitterst du so? Hab doch keine Angst. Sag mir lieber, ob du Kies hast.› Ich verstand sie nicht gleich, da erklärte sie mir, daß Kies Geld bedeute. Ich sagte nichts, öffnete nur die Hand, um ihr den Tausend-Lire-Schein zu zeigen, den meine Mutter mir fürs Kino gegeben hatte. Er war zerknittert und feucht von Schweiß. Sie meinte: ‹Etwas wenig!› Ich antwortete: ‹Ich brauch das Geld fürs Kino.› Da begann sie zu lachen und sagte: ‹Na, gib schon her. Ich kann dir auch ein schönes Kinostück zeigen. Ich wette, es ist das erste Mal, nicht wahr? Nur nicht zittern, du wirst schon sehen, was das für ein schönes Kino ist.› Sie nahm das Geld, und wir trieben es stehend, im dichten Schatten der Bäume. Sie preßte sich fest an mich, und als sie ihn sah – weißt du, was sie da gesagt hat? ‹Das ist ja der König!› Ich zitterte in einem fort, sie aber zwang mich: ‹Wovor hast du denn Angst? Du hast den König, und Könige haben vor niemandem Angst!› Zunächst beachtete ich diesen Ausspruch nicht, erst später erinnerte ich mich seiner. Meine Mutter bewahrte in einer Schachtel mehrere alte Münzen auf, darunter auch eine aus der Zeit Friedrichs des Großen mit lateinischer Aufschrift: Und da gab ich ihm diesen Namen.»

Vladimiro sieht mich an, scheint nachzudenken. Endlich sagt er: «Gut, du hast ‹ihm› einen Namen gegeben. Wann aber hast du begonnen, mit ‹ihm› zu streiten? Wenn ich dich richtig verstehe, warst du, als du ‹ihm› den Namen Federicus Rex gabst, mit ‹ihm› noch in bestem Einvernehmen.»

«Du willst wissen, wann ich mich gegen ihn ernstlich aufgelehnt habe?»

«Wann und warum!»

Ich blicke ihn an und nicke gewichtig und zustimmend mit dem Kopf: «Ich will es dir sagen, ich habe diese Frage erwartet. Ich bin auf sie vorbereitet, so daß ich dir darauf eine erschöpfende und wissenschaftliche Antwort geben kann. Ich bin, im Grunde, heute vor allem deshalb zu dir gekommen, um diese Frage von dir zu hören und sie zu beantworten. Du verstehst mich doch, Vladimiro?»

Ich schweige einen Augenblick, wie um die Bedeutung dessen zu unterstreichen, was ich sagen will. Ich sage also: «Ich erinnere mich nicht nur an das Jahr, in dem ich und er miteinander zu streiten begannen, sondern auch an den Monat. Den Tag allerdings weiß ich nicht mehr so genau. Es war im März 1950. Jetzt haben wir 1970. Ich bin 35 Jahre alt. Es ist also genau 20 Jahre her, daß ich mich gegen ihn aufgelehnt habe.»

«Und was war der Grund . . . deiner Auflehnung?»

«Ich komme sofort darauf. Es war, sagen wir, eine Meinungsverschiedenheit.»

«Worüber denn?»

«Über etwas, das sich in einer Märznacht des Jahres 1950 zugetragen hat.»

«Ach, es hat sich etwas zugetragen?»

«Aber nur seiner Meinung nach. Meiner Meinung nach nicht.»

Während Vladimiro mich ansieht, ist er sich offenbar bewußt, daß wir am entscheidenden Punkt unseres Gesprächs angelangt sind. Er macht, ohne ein Wort zu sagen, ein fast erschrockenes Gesicht. Ich tue einen langen, tiefen Zug aus der Zigarette und blase den Rauch gegen die glänzende Tischplatte. Ich fahre fort: «Damals. Vladimiro, das muß ich vorausschikken, wußte ich noch nicht, daß ich ihm hörig war. Zwar war ich sexuell schon sehr früh entwickelt, wußte aber nicht, daß ich diese Frühreife ihm verdankte. Ich mußte nur ununterbrochen an ihn denken. Ich hatte noch keine körperliche Beziehung zu einer Frau gehabt, ich meine eine wirkliche, nicht eine so hastige, unvollkommene, flüchtige, wie die, von der ich dir erzählt habe. Aber gerade deshalb war ich vom Gedanken an ihn besessen. Jawohl, Vladimiro, es war eine ausgesprochene Besessenheit. Natürlich hätte ich mich selbst befriedigen können, wie alle Jungen es tun, seit die Welt besteht. Aber ich wollte nicht, ich weiß selbst nicht, warum, vielleicht aus Stolz. Und das führte für mich zu einem dauernden unerträglichen Leiden.»

«Du hast gelitten?»

«Ja, ich litt an einem unsäglichen Verlangen. Siehst du, Vladimiro, nichts verursacht so viel Leiden wie das Verlangen. Im üblichen gibt es zwei Möglichkeiten, sich einem solchen Verlangen gegenüber zu verhalten: entweder wir versuchen, nicht daran zu denken, oder wir befriedigen es. Ein Verlangen aber, das über eine gewisse Zeit hinaus unverändert anhält und keine Befriedigung findet, können wir nicht ertragen. Ich möchte das so ausdrücken, Vladimiro: Wie man gewisse Temperaturen nicht länger als ein paar Minuten ertragen kann, so kann man auch solches Verlangen nicht lange aushalten. Stell dir nun vor, daß dieses Verlangen aber nicht bloß ein paar Stunden oder ein paar Tage oder ein paar Monate andauert, sondern jahrelang, und immer mit derselben Intensität. Wenn du dir das vorstellst, dann kannst du dir einen Begriff von meinem Leiden machen.»

Wieder schweige ich kopfschüttelnd. Auch Vladimiro schweigt. Dann fragt er vorsichtig: «Und die Meinungsverschiedenheit?»

«Gleich. Als ich eines Morgens im März 1950 erwachte, dachte ich vernünftigerweise, daß ein gewisses Ereignis sich nicht wirklich, sondern nur in meinem Traum zugetragen habe. Was macht man mit Träumen? Man denkt ein Weilchen über sie nach, versucht, sie zu rekonstruieren, sich ihrer zu erinnern, dann zuckt man die Achseln und schiebt sie zur Seite, um sich mit anderen, wichtigeren Dingen zu beschäftigen. So wollte ich es auch an diesem Morgen tun. Da aber zeigte es sich, und zwar, nebenbei gesagt, zum erstenmal, daß er ein von mir vollkommen abgesondertes und verschiedenartiges Individuum ist. Er reckte sich plötzlich auf und erklärte mir laut und entschieden, ich hätte das erwähnte Ereignis keinesfalls bloß geträumt. Es hätte sich vielmehr tatsächlich zugetragen, und er könne es bezeugen. Es war dies, Vladimiro, an diesem schicksalsschweren Morgen unsere erste Meinungsverschiedenheit. Seither haben ich und er nicht mehr aufgehört, miteinander zu streiten. Zwanzig Jahre Streit. Er behauptet, daß sich die Sache wirklich zugetragen hat, und ich erwidere ihm hartnäckig, es habe sich um einen Traum gehandelt.»

«Was war denn das für ein Ereignis, das du deiner Ansicht nach geträumt hast und das sich ‹seiner› Auffassung nach wirklich zugetragen hat?»

Ich suche nach einem möglichst wissenschaftlichen Ton. Ich weiß genau, daß Vladimiro jetzt sämtliche Geschütze seiner Wissenschaft auf mich gerichtet hält, so wie er mir zu Beginn meines Besuchs das scharfe Licht seiner Lampe ins Gesicht fallen ließ. «Du mußt wissen, Vladimiro, daß meine Mutter noch im Jahre 1950 die Gewohnheit hatte, jeden Abend, ehe sie sich zu Bett legte, in mein Zimmer zu kommen und mir den Gutenachtkuß zu geben. Sie tat es schon zu der Zeit, als ich noch ein kleines Kind war. Übrigens haben viele Mütter diese Angewohnheit. Aber halt, was machst du da?»

«Ich mache mir ein paar Notizen.»

«Kommt nicht in Frage. Keine Notizen. Weg mit dem Notizblock und dem Kugelschreiber. Ich will das nicht. Vor allem ist das, was ich dir erzählen will, gar nicht wert, schriftlich festgehalten zu werden. Eine einfache Meinungsverschiedenheit über eine Sache, die, genau besehen, gar nicht so wichtig ist. Was gibt es da zu notieren? Außerdem, Vladimiro, sitze ich hier nicht als dein Patient, sondern als dein Freund. Was würdest du sagen, wenn du zu mir kämst, um dich mir anzuvertrauen und meinen Rat zu hören, und ich würde, während du noch sprichst, plötzlich zu kritzeln beginnen? Also fort mit dem Notizblock und dem Kugelschreiber. Reden wir einfach miteinander.»

«Gut, Rico, reden wir miteinander.»

«Also, wo waren wir stehengeblieben . . . Ach ja, beim Gutenachtkuß, den meine Mutter mir allabendlich auch noch im Jahre 1950 gab. Sie kam meist gegen Mitternacht in mein Zimmer, manchmal auch etwas später, schob meine Bettdecke unter die Matratze, beugte sich nieder, küßte mich auf die Stirn, sagte: ‹Schlaf gut› und ging dann hinaus. Mein Bett stand in einer Zimmerecke, die eine Längsseite war an die Wand geschoben, und so mußte sich meine Mutter, wenn sie die Bettdecke auch auf der Wandseite einschlagen wollte, ganz über mich beugen. Zumeist tat sie es bei vollem Lampenlicht, denn ich las noch liegend (ich hatte die Gewohnheit, im Bett zu lesen) und löschte das Licht beim Hinausgehen aus. Manchmal hingegen hatte ich selbst das Licht schon ausgeschaltet, lag aber noch wach im Bett. Mit oder ohne Licht – nichts Merkwürdiges, nichts Ungewöhnliches, nichts Interessantes, wie du zugeben mußt, Vladimiro. Eine Mutter, die ihrem Sohn gute Nacht wünscht: Schluß, basta.»

Vladimiro sagt kein Wort. Sein Notizblock und sein Kugelschreiber liegen vor ihm, daneben liegt seine rechte Hand, sie ist so mager und langgestreckt wie er selber. Sie rührt sich nicht. Da ich immer noch schweige, verzieht Vladimiro sein Gesicht schmerzlich. Fast gequält fragt er: «Ja, aber . . . wo bleibt die Meinungsverschiedenheit?»

«Das will ich dir jetzt sagen. Es gibt zwei Versionen über den mütterlichen Gutenachtkuß, die meine und die seine. Zuerst die meine und dann die seine.»

«Du willst mir also den Vorgang zuerst als Traum und dann als tatsächliches Ereignis erzählen.»

«Genau. Also Version Nummer eins, meine Version: der Vorgang als Traum. Meine Mutter kommt, um mir den Gutenachtkuß zu geben. Ich habe das Licht schon abgedreht, bin aber noch wach. Meine Mutter nähert sich, ohne das Licht einzuschalten, meinem Bett, beugt sich über mich, schlägt die Bettdecke zuerst auf der einen, dann auf der anderen Seite ein. Um dies tun zu können, muß sie sich natürlich über meinen ganzen Körper beugen. Dabei berührt sie mich unwillkürlich mit dem Ellbogen in der Bauchgegend. Aus einem Grund, den ich nicht weiß, gelingt es ihr nicht recht, die Decke auf der Wandseite unter die Matratze zu schieben, die Berührung mit dem Ellbogen wird zu einem Druck, und fast möchte man meinen, er werde gewollt, bewußt, absichtlich ausgeübt. Ich will meiner Mutter sagen: ‹Mama, achte auf das, was du tust. Es könnte etwas geschehen, das nicht mehr gutzumachen ist. Richte dich doch auf, ich bitte dich, richte dich wieder auf und geh.› Wie es so oft in Träumen vorkommt, gelingt es mir aber nicht, ein Wort hervorzubringen. Meine Mutter ist weiterhin über mich gebeugt, bemüht, die Decke einzuschlagen, der Druck ihres Ellbogens hält an. Schließlich geschieht das, was ich befürchtete. In diesem Augenblick wache ich auf und bemerke, daß ich eine nächtliche Pollution hatte. Dies ist meine Version.»

Ich unterbreche kurz meine Erzählung, um die Zigarette im Aschenbecher auszudrücken und mir eine neue anzuzünden.

Meine Bewegungen sind ruhig, knapp, präzis. Meine Haltung ist wissenschaftlich kalt.

Ich setze fort: «Version Nummer zwei, die seine, der zufolge sich der Vorfall tatsächlich zugetragen hätte. Meine Mutter tritt im Dunkeln ein, ich liege wach und leide, wie gewöhnlich, unter meinem Verlangen. Sie kommt an mein Bett, beugt sich über mich, schlägt die Decke erst auf der einen Seite ein, dann auf der anderen. Dabei ist sie natürlich genötigt, sich ganz über mich zu beugen. Genau wie im Traum berührt sie mich unwillkürlich mit dem Ellbogen in der Bauchgegend. Von da an gehen unsere Deutungen auseinander. Seiner Version nach bemerkt meine Mutter mein, sagen wir, Leiden, richtet sich wieder auf, ohne die Decke eingeschlagen zu haben, fährt mit der Hand über meine Stirn, fühlt, daß sie brennend heiß ist, und fragt mich leise, wie es mir geht. Ich antworte, es gehe mir gut, stoße aber zugleich, so behauptet er, einen Seufzer aus. Meine Mutter flüstert mir zu: ‹Versuch zu schlafen, es ist schon spät.› Dann beugt sie sich wieder über mein Bett, als wollte sie die Decke an der Wandseite doch noch unter die Matratze schieben. Dabei drückt sie ihren Ellbogen mit aller Kraft gegen mich und bewegt ihn gleichzeitig rasch, hastig, fast atemlos hin und her. In wenigen Sekunden tritt der Effekt ein, den du dir denken kannst. Da hält sie mit dem Ellbogen inne, aber er bleibt weiterhin gegen mich gepreßt, als sollte mir Zeit gelassen werden, zu mir zu kommen. Hierauf richtet sich meine Mutter schweigend, wenn auch leicht keuchend wieder auf, gibt mir den üblichen Kuß auf die Stirn und geht hinaus. Schluß der zweiten Version.»

Lange Pause. Ich sitze mit gesenktem Kopf da, rauche schweigend, wie um Vladimiro Zeit zu geben, seine Gedanken zu sammeln. Schließlich erkläre ich: «Natürlich ist die zweite Version völlig falsch, frei erfunden, reine Phantasie. Das hindert ihn aber nicht, sie hartnäckig zu verteidigen, unerbittlich, und das zwanzig Jahre hindurch. Du wirst begreifen, warum ich gesagt habe, daß mein Leben seit zwanzig Jahren durch die Meinungsverschiedenheit zwischen mir und ihm geradezu vergiftet ist.»

Schweigen. Ich bemerke bitter: «Ich lese es an deinen Augen ab, daß du eher geneigt bist, ihm Glauben zu schenken als mir.»

Vladimiro zuckt heftig zusammen, als erwache er aus einem Traum, und antwortet rasch: «Gar nicht, ich glaube dir. Nur dir. Wem sonst sollte ich glauben als dir? Vor mir sitzt ja niemand anderer als du.»

«Sehr richtig. Um aber auf unsere Meinungsverschiedenheit zurückzukommen, du kannst dir, Vladimiro, leicht vorstellen, welche Verwirrung die unqualifizierbare Unterstellung dieses niederträchtigen und bösartigen Individuums in mir hervorgerufen hat. Es ist nur natürlich, daß sich in mir, obwohl ich mich unschuldig weiß, ein starkes Schuldgefühl entwikkelt hat. Schließlich habe ich mich gezwungen gesehen, mein Schuldgefühl durch eine sozusagen rationale und in gewissem Sinne wissenschaftliche Erklärung abzuschwächen. Und zwar: ‹Ja, ich bin überzeugt, daß es ein Traum war. Ein Traum, der selbstverständlich durch ihn inspiriert wurde. Aber selbst wenn man absurderweise annehmen wollte, daß es kein Traum, sondern ein realer Vorgang gewesen ist, selbst in diesem unwahrscheinlichen Fall habe ich mit der Sache nichts zu tun. Es war, kurz gesagt, eine Angelegenheit zwischen ihm und meiner Mutter, etwas, das ich weder gewollt noch gebilligt habe. Ich habe der Sache lediglich beigewohnt. Sie betrifft mich nicht, und ich will von ihr nichts wissen.› Was sagst du, Vladimiro, zu dieser Erklärung? Ist damit nicht sozusagen der gordische Knoten durchschnitten?»

Vladimiro sagt weder ja noch nein. Er windet sich auf seinem Stuhl, verzieht sein Gesicht zu einer Grimasse des Mißbehagens. Schließlich bringt er heraus: «Welche Beweise führt ‹er› denn an, um seine Version zu stützen?»

Ich antworte unbefangen: «Zwei Beweise. Einen Tatsachenbeweis und einen psychologischen. Der Tatsachenbeweis: Meine Mutter hat es seit jenem Abend unterlassen, mir ihren Gutenachtbesuch zu machen. Der psychologische Beweis: Mein Schuldgefühl, das seiner Meinung nach so stark ist, daß es mich einen Traum erfinden ließ, den ich nie geträumt habe, nur um nicht zugeben zu müssen, daß sich der angeblich geträumte Vorgang in der wachen Wirklichkeit abgespielt hat.»

Vladimiro scheint völlig unbeteiligt zu sein, das heißt, er sieht nicht neugieriger, verblüffter, bekümmerter aus als während der ganzen Zeit meines Besuchs. Dann sagt er leichthin: «Der Tatsachenbeweis, sozusagen, hat ein gewisses Gewicht.»

«Wieso denn? Es stimmt zwar, daß meine Mutter seit jenem Abend nicht mehr zu mir gekommen ist, um mich auf die Stirn zu küssen, aber nicht deshalb, weil sich diese Sache wirklich zugetragen hat, sondern sie hat, als sie mich unwillkürlich mit ihrem Ellbogen in der Bauchgegend berührte, meine Verwirrung bemerkt und befürchtet, es könnte früher oder später tatsächlich soweit kommen. Siehst du jetzt den Unterschied?»

Vladimiro spricht sich immer noch nicht aus. Er fragt: «Und dann?»

«Was dann?»

«Was ist dann geschehen?»

«Nichts. Ich habe es doch schon gesagt. Zwanzig Jahre Streit, und in all dieser Zeit hat er seine Version aufrechterhalten und ich die meine.»

«Wie ist nach dieser Nacht dein Leben verlaufen?»

«Mein Leben? Es ist weiter so verlaufen wie bis dahin. Es hat sich nicht geändert.»

«Ich meine dein Innenleben.»

«Ach so, mein Innenleben? Nun, nicht sehr glücklich. Versetze dich an meine Stelle, Vladimiro! Ich hatte meine Mutter gern. Dieses Gefühl wurde jetzt von einem Individuum vergiftet, das mir völlig fremd war und aus Gründen handelte, die mich in keiner Weise betrafen. Kurz: zwanzig Jahre Inferno. Dabei ist meine Mutter sechs Jahre später, 1956, gestorben.»

«Deine Mutter ist gestorben?»

«Ja, sie ist leider tot.»

Es fällt mir auf, daß Vladimiro sich meine Mitteilung vom Tod meiner Mutter noch einmal wiederholen läßt. Es stimmt wohl, daß Vladimiro und ich uns gerade um das Jahr 1956 getrennt haben und jeder seinen eigenen Weg ging. Nichtsdestoweniger müßte Vladimiro wissen, daß meine Mutter gestorben ist. Ich sehe ihn an, er sieht mich wieder an, mit dem ihm eigenen leeren Ausdruck schmerzlicher Bestürzung, dann erklärt er sanft, aber entschieden: «Es versteht sich, Rico, daß deine Mutter *nicht* gestorben ist.»

Ich fühle, wie ich rot werde. Ich möchte am liebsten versinken. Wohin? In den dunklen Schacht unergründlicher Unsublimierung. Es ist wahr: Meine Mutter ist nicht gestorben. Sie lebt, ist sogar höchst lebendig, und ich frage mich, was mir in den Sinn gekommen ist, als ich behauptete, sie sei gestorben. Wieder langes Schweigen. Vladimiro blickt mich starr an, ich blicke Vladimiro an. Plötzlich und absurderweise bedecke ich mein Gesicht mit den Händen und breche in Schluchzen aus. Was ist denn los mit mir? Sehr einfach: einer der üblichen Streiche, die mir meine Unsublimiertheit spielt. Es wird mir klar bewußt, daß mit diesem unvermuteten Tränenausbruch mein wissenschaftlicher Ton, mit dem ich der Wissenschaft Vladimiros standhalten wollte, endgültig dahin ist. Nichts zu machen. Schamlos, rückhaltlos, hemmungslos überlasse ich mich einem ebenso dunklen wie blödsinnigen Schmerz. Ich schluchze, das Gesicht zwischen den Händen, während Vladimiro ungerührt vor mir sitzt. Noch unter Tränen kann ich mir denken, wie sehr er über meinen emotionellen Purzelbaum frohlockt. Gleich einem kurzen Wolkenbruch im Frühling läßt mein Tränenstrom allmählich nach. Ich ziehe das Taschentuch hervor, wische mir die Augen, schneuze mich laut, sage trocken: «Entschuldige.»

Vladimiro erwidert nichts. Nach einer kleinen Pause sage ich: «Ich weiß, was du jetzt denkst.»

«Was?»

«Daß ich ... mit meiner Gesundheit ... nicht ganz in Ordnung bin.»

Mit einer etwas verdächtigen Liebenswürdigkeit beeilt sich Vladimiro, mir zu versichern: «Nein, absolut nicht. Alles normal. Das einzige, das mir ein wenig zu denken gibt, ist dein Dialog mit ‹ihm›, mit Federicus Rex. Vielleicht solltest du trachten, daß dieser Dialog endlich aufhört.»

Ich erwidere sofort entzückt: «Das ist es ja, was ich die ganze Zeit versuche: ihn zum Schweigen zu bringen, ihn endgültig verstummen zu lassen. Es gibt nur eine Möglichkeit, ihn auszuschalten: den Sexualtrieb zu sublimieren, den er willkürlich für seinen eigenen Gebrauch beschlagnahmt. Solange es mir nicht gelingt, den Sublimierungsprozeß allen Ernstes einzuleiten, solange ich ein unsublimierter Mensch bin, wird, fürchte ich, das, was du den Dialog zwischen mir und ihm nennst, unvermeidlich fortdauern.»

Diese Fachausdrücke seiner Wissenschaft machen merkwürdigerweise auf Vladimiro gar keinen Eindruck. Es sieht sogar eher aus, als empfinde er sie wie eine Belästigung, als bereiteten sie ihm Kummer. Er windet sich auf seinem Stuhl und bemerkt: «Wäre es nicht besser, die Sache etwas einfacher zu nehmen?»

«Wie denn?»

«Indem du euren – sagen wir – imaginären Dialog durch Gespräche mit wirklichen Personen ersetzt. Ich meine, mit Personen, die in deinem Leben wirklich existieren.»

«Aber er ist doch eine wirkliche Person! Wenn du das nicht verstehst, dann, entschuldige, verstehst du gar nichts.»

«Vor allem müßtest du dich deiner Arbeit widmen, deiner Karriere.»

«Da bin ich ganz deiner Meinung. Voll und ganz. Genau das ist es übrigens, was ich die ganze Zeit sagen will. Jawohl, es ist nötig, daß er an meinem systematischen Sublimierungsplan mitarbeitet. Wenn ich seine Mitarbeit gewinne, ist alles in Ordnung.»

Ich reibe meine Handflächen gegeneinander, um damit auszudrücken, daß es keine Probleme mehr geben wird, wenn diese Mitarbeit zustande kommt. Vladimiro aber schüttelt wenig überzeugt den Kopf: «Nicht, solange du fortfährst, mit ‹ihm› zu reden. Du müßtest so tun, als existiere ‹er› gar nicht.»

«Er existiert aber. Leider existiert er.»

«Schön, ‹er› existiert. Es wäre aber schon viel erreicht, wenn du die Dinge beim Namen nennen würdest.»

«Nenne ich vielleicht die Dinge nicht beim Namen?»

«Nein, Rico. Ich will sagen: bei ihrem richtigen Namen. Rede nicht immer von Sublimierung und Unsublimiertheit, vergiß, daß du ein Intellektueller bist, der Freud gelesen hat, stelle dir etwa vor, du bist ein Bäckerjunge.»

Ich murmele enttäuscht: «Ihr seid mir feine Leute! Ihr erfindet Worte, und dann wollt ihr nicht, daß man sie verwendet.»

«Es handelt sich um wissenschaftliche Ausdrücke, die jedenfalls mit Maß zu verwenden sind.»

«Was heißt Maß? Wie kann man maßvoll sein in Fällen wie dem meinen, wo es um Leben oder Tod geht?»

«Wo ist in deinem Fall das Leben und wo der Tod?»

Plötzlich packt mich die Wut, ich schlage mit der Faust auf den Tisch und schreie: «Leben ist für mich Sublimierung, Tod Unsublimiertheit. Wenn mir die Sublimierung gelingt, dann werde ich leben, das heißt ein Mensch sein, der dieses Namens würdig ist. Andernfalls werde ich kein Mensch sein, sondern ein Unsublimierter, das heißt ein Unglückseliger, ein Minderwertiger, ein Unfähiger, einer, der nichts als Geschlecht ist und keine schöpferische Tat vollbringen kann. Ich werde rettungslos einem minderwertigen, unterlegenen Menschenschlag angehören, wie er auf der ganzen Welt existiert, in den reichen wie in den armen Ländern, und der weder durch die Hautfarbe noch durch körperliche Eigenschaften gekennzeichnet ist, sondern durch die angeborene Unfähigkeit zur Sublimierung.»

Ich lehne mich zurück, keuchend, rot im Gesicht, greife nach dem Päckchen Zigaretten, werfe es dann wieder weg, weil ich bemerke, daß ich während meines Wutausbruchs eine eben angezündete Zigarette auf den Rand des Aschenbechers gelegt hatte. Vladimiro scheint von der Szene, die ich eben aufgeführt habe, in keiner Weise aus der Fassung gebracht. Er sieht mich nur mit seinem gleichmütig schmerzlichen Ausdruck an. Als ich mich beruhigt habe, fragt er: «Was hast du bisher getan, um . . . ein Mensch zu werden?»

Ich möchte den distanzierten, wissenschaftlichen Ton wie zu Beginn meines Besuchs wiederaufnehmen. Ich fühle, daß mir dies nur zum Teil gelingt. Ich bin mit Schweiß bedeckt, keuche, während ich an den Fingern aufzähle: «Erstens: Ich habe mich von meiner Frau getrennt. Ich lebe allein in einer Wohnung, die ich für ein Jahr gemietet habe. Zweitens: In diese Wohnung kommen keine Frauen und werden auch keine kommen. Diese zwei Maßnahmen, die Trennung von meiner Frau und die Enthaltsamkeit, sind sozusagen negative Maßnahmen. Ich kann aber auch in positiver Hinsicht zwei Erfolge anführen. Erstens: Ich bin im Begriff, die Regie eines sehr bedeutenden Films zu übernehmen. Zweitens: Ich liebe eine Frau von ungewöhnlicher Schönheit und Intelligenz und werde von ihr wiedergeliebt. Es ist mir, Vladimiro, unmöglich, keine Beziehung, keinen Zusammenhang zwischen der Trennung von meiner Gattin und der Enthaltsamkeit einerseits und der Regie und der Liebe andererseits zu erblikken. Vielleicht ist das noch nicht die eigentliche Sublimierung, aber es fehlt nicht mehr viel. Ich werde den Film drehen, ich werde lieben, und dann werde ich sehen, ob es sich tatsächlich um Sublimierung handelt oder nicht.»

Ich glaube nicht nur mein inneres Gleichgewicht wiedererlangt zu haben, aus dem ich durch meinen Wutausbruch geraten war, sondern auch Vladimiro überzeugt zu haben, daß ich im wesentlichen gesund bin. Gewiß, es gibt den Dialog, es gibt ihn, es gibt den Zwist zwischen mir und ihm. Aber ich habe die Situation wieder im Griff. Mein Besuch bei Vladimiro bekommt wieder seinen ursprünglichen Sinn: er soll für ihn eine Mahnung, eine Drohung, eine Herausforderung sein. Ich schweige, während ich dies denke, betrachte die Tischplatte, rauche, überlege. Da höre ich, wie Vladimiro sich auf seinem Stuhl hin und her bewegt, als könnte er nicht die richtige Lage finden. Ich warte geduldig, bis er sie findet. Schließlich höre ich ihn sagen: «Jetzt müssen wir nur noch den Tag und die Stunde für den Beginn der Behandlung festsetzen.»

Ich bin fassungslos. Ich bin überzeugt, durch mein Verhalten und durch meine Worte bewiesen zu haben, daß ich vollkommen gesund bin. So frage ich: «Was für eine Behandlung?»

«Die Behandlung, die du nötig hast. Die Kur, um dich von deiner . . . von deinem Dialog zu heilen.»

«Und wie lange soll diese Kur dauern?»

«Das kann man nicht ohne weiteres sagen. Mindestens sechs Monate, höchstens sechs Jahre.»

«Wie oft in der Woche?»

«Zweimal, dreimal.»

«Wieviel würde jede Sitzung kosten?»

«Die Preise sind von der Ärztekammer festgesetzt.»

«Du würdest mir aber, hoffentlich, einen Sonderpreis gewähren?»

«Selbstverständlich.»

Ich schweige, tue so, als denke ich nach. Dann sage ich in aller Ruhe: «Kommt nicht in Frage. Von einer Kur kann keine Rede sein.»

Meine Antwort scheint Vladimiro nachgerade zu erschrecken. Er verzieht schmerzlich sein Gesicht, windet sich wieder auf seinem Stuhl: «Aber Rico, ich versichere dir, du brauchst eine Kur ... eine lange.»

Ich schüttle den Kopf. Unbeirrt. «Vor allem muß man erst sehen, ob das stimmt; und dann – entschuldige, Vladimiro, aber ich will aufrichtig zu dir sein – würde ich mich auf keinen Fall von dir behandeln lassen. Und weißt du auch, warum?»

Vladimiro schüttelt nervös den Kopf, sagt aber nichts.

«Weil du, meiner Meinung nach, ehe du andere behandelst, erst einmal dich behandeln müßtest. Von uns beiden bist du, Vladimiro, der wahre Neurotiker. Das sage ich nicht von ungefähr, ich sage es auf Grund einer Reihe von Beobachtungen, die ich während unseres Gesprächs machen konnte. Ich habe dich genau beobachtet, Vladimiro, und kann dir mit absoluter Sicherheit sagen, was du bist: ein unsublimierter Mensch, der jedoch nicht weiß, daß er es ist, der vielmehr glaubt, ein sublimierter Mensch zu sein und sich als solcher benimmt.»

Vladimiro ist durch meine präzise und wissenschaftliche Diagnose sichtlich verwirrt. Ohne ihm Zeit zu lassen, sich zu fassen, füge ich hinzu: «Weißt du, Vladimiro, was deine Unsublimiertheit beweist? Dein Mißerfolg. Wärst du sublimiert, dann würdest du nicht hier hausen, in dieser kleinen Wohnung, in der zugleich dein mehr als bescheidenes Ordinationszimmer untergebracht ist, während im Vorzimmer ein Kinderwagen steht und sich überall der Küchengeruch verbreitet. Sublimierung heißt Erfolg, und Erfolg heißt Sublimierung. Auch ich bin ein unsublimierter Mensch und möglicherweise ein Versager. Aber dies eine habe ich dir voraus, Vladimiro: Ich weiß, daß ich es bin. Du weißt es nicht und tust auch nichts dazu, um es zu wissen.»

Vladimiro schüttelt wieder den Kopf, aber er scheint nichts zu finden, was er mir entgegnen könnte. Da er nichts sagt, frage ich ihn nach einer Pause: «Du sagst nichts? Dann beantworte mir eine Frage: Wie ist dein Verhältnis zu ihm? Du weißt, worauf ich anspiele, ich muß wohl keine näheren Erklärungen abgeben, nicht wahr? Ist es gut? Schlecht? Oder soso? Spricht er viel, wenig? Gar nichts?»

Vladimiro scheint immer verwirrter zu werden, ein Beweis, daß ich ins Schwarze getroffen habe. Er stammelt: «Rico, ich habe zu ... ‹ihm› kein besonderes Verhältnis, sozusagen. Ich habe zu ‹ihm› ein normales Verhältnis wie alle anderen.»

«Ein normales? Wie?»

«Ja, ein normales!»

«Was verstehst du unter Normalität?»

«Die Normalität, Rico ... ist die Normalität.»

«Reden wir offen: Dein Er veranlaßt dich, oft mit deiner Frau zu schlafen? Jeden Tag? Einmal die Woche? Einmal im Monat?»

Er windet sich, als säße er auf glühenden Kohlen. Dann stottert er: «Rico, über meine Frau und mich ... werden wir uns das nächste Mal unterhalten, wenn wir uns wiedersehen.»

Wir blicken einander an. Erleichtert stelle ich plötzlich fest, daß ich erreicht habe, was ich wollte. Ich bin «oben», und Vladimiro ist «unten». Wir sind beide unsublimiert, versteht sich, er aber ist es mehr noch als ich. Ich sage ruhig: «Gut, lassen wir das. Aber nichts mehr von Kur. Du möchtest nun wissen, warum ich dann überhaupt gekommen bin. Ich sage es dir gern: Ich bin gekommen, um ihn zu warnen, um ihm klarzumachen, daß ich nötigenfalls bereit bin, mit aller Strenge gegen ihn vorzugehen.»

«Ich verstehe.»

«Und dann, Vladimiro, brauche ich die Kur schon deshalb nicht, weil, siehst du, die Gesundheit, oder zumindest die Art Gesundheit, die du mir in Aussicht stellst, hauptsächlich dazu führen würde, daß er nicht mehr zu mir spricht. Ich aber, Vladimiro, habe mich an seine Gesellschaft bereits gewöhnt, und ich bin, ehrlich gestanden, auf ihn nicht so sehr deshalb böse, weil er spricht, sondern weil er zuviel spricht. Ich muß zugeben, daß ich mich ohne ihn – wie soll ich es nur sagen? – verloren fühlen würde. Nimm an, du hast einen Freund, mit dem du viele Stunden am Tag verbringst. Immer wieder streitet ihr miteinander, dann aber versöhnt ihr euch wieder, seid wieder die besten Freunde. Was würdest du tun, wenn dieser Freund plötzlich ausbliebe? Ich weiß nicht, ob ich mich verständlich gemacht habe.»

«Doch, die Freundschaft ist eine schöne Sache, aber, Rico, siehst du ...»

Plötzlich entschließe ich mich, zu gehen. Ich stehe auf, töte die letzte Zigarette und sage abschließend: «Bleiben wir also vorläufig dabei. Und ... was schulde ich dir?»

«Nichts, Rico, nichts. Du bist ein alter Freund von mir und ...»

Wir sind im Vorzimmer. Der Küchengeruch ist intensiver denn je. Dieser Geruch und der Kinderwagen im Winkel schreien es geradezu heraus: «Dies ist das Haus eines Erfolglosen, eines vergeblich Strebenden, eines unsublimierten Menschen.»

«*Ciao, Vladimiro.*»

VI
Demaskiert!

Exhibitionist! Ich wußte, daß er ein Voyeur ist, ein Sadist, ein Masochist, ein Homosexueller (ich habe darüber noch nicht gesprochen, werde es aber bald tun), ein Fetischist (er hat es besonders auf zerrissene Strumpfhosen abgesehen, durch deren Löcher da und dort die weiße Haut schimmert wie durch die Strümpfe der mittelalterlichen Bettler auf den Gemälden von Bosch und Breughel) – aber daß er auch ein Exhibitionist ist, das wußte ich nicht. Jetzt weiß ich es sicher. Doch der Reihe nach.

Heute wird Maurizio zu mir kommen, um meine Spende für die «Gruppe» abzuholen. Ich habe die Obligationen schon vor einigen Tagen verkauft und das Geld auf die Bank gelegt. Ich gehe also zur Bank, gegen vier Uhr nachmittags, um die fünf Millionen Lire abzuheben. Ich bin, ehrlich gestanden, noch unschlüssig, wie ich die Zahlung durchführen soll. Sicherlich wäre es am einfachsten, Maurizio einen Scheck zu übergeben. Ein Scheck aber ist leicht auszuforschen. Fünf Millionen sind mehr als eine schlichte Spende: sie kommen schon fast einer Finanzierung gleich. Nehmen wir an, morgen passiert etwas: ein Attentat, eine «Expropriation», oder es kommt einfach zu einer Verschärfung der Repression, und da wäre ich übel dran. Man stellt Recherchen an, man will die Geldgeber herausfinden, man entdeckt meinen Namen, man überprüft die Bank, man durchsucht meine Wohnung, vielmehr meine beiden Wohnungen, ich mache Schlagzeilen in den Zeitungen. Folge: die Produzenten kehren mir den Rücken, die Drehbuchaufträge bekommen meine Konkurrenten, ich werde arbeitslos.

Andererseits ist es nicht leicht, fünf Millionen bar hinzulegen. Es ist ein großer Betrag, ein großer Stoß Banknoten.

Ich bin mir bewußt, daß dies die Gedanken eines Feiglings sind. Woher aber kommt meine Feigheit? Klar: von meiner Unsublimiertheit. Genauso wie die Feigheit, die mich der Erpressung Maurizios nachgeben ließ. Ich sage ihm: «Da siehst du die Folgen deiner hartnäckigen Weigerung, mitzuarbeiten. Erst kostest du mich fünf Millionen, und nicht genug damit, flößt du mir jetzt nicht einmal genug Mut ein, um mich über das, was daraus entstehen könnte, hinwegzusetzen.»

Er antwortet in der für ihn typischen Weise: «Das sind Dinge, die mich nichts angehen. Es behagt dir nicht, feige zu sein? Dann versuche doch, es nicht zu sein.»

«Ich könnte vielleicht vortäuschen, mutig zu sein. Aber es ist unmöglich, daß ich es ohne deine Mithilfe werde.»

«Dann täusche es eben vor! In deiner Welt sind Täuschung und Wirklichkeit, genau betrachtet, einander gleichwertig. Nur in meiner Welt ist Täuschung unmöglich. In der Tat: wenn ich kein wirkliches Verlangen verspüre, kann ich nicht vortäuschen, es zu haben.»

Wie vorauszusehen war, überwiegt unter den gegebenen Umständen meine Feigheit. In der Bank lasse ich mir den Betrag in Scheinen zu 100 000 Lire ausfolgen. 50 Geldscheine, die ich in den Rock- und Hosentaschen unterbringe. Ich verlasse die Bank, die Jacke über den Arm gelegt, und schlendere durch die Straßen. Ich habe Zeit. Maurizio kommt nicht vor sechs Uhr abends. Ein frischer Wind weht und schafft einen angenehmen Kontrast zur sommerlichen Sonnenglut. Ein leuchtender, glühender, trockener römischer Sommer, durchlüftet von einer geradezu berauschenden Meeresbrise. Er ist für meteorologische Schwankungen sehr empfindlich und flüstert mir erregt zu: «Was für ein herrliches Wetter! Was für ein herrlicher Sommer! So ein Wetter erweckt in mir die Lust nach Abenteuern. Nach einem intensiven, blitzartigen, unvorhergesehenen Erlebnis!»

Ich antworte ihm gar nicht. Ich bin böse auf ihn wegen der fünf Millionen und weil er mich meiner Feigheit ausgeliefert hat. Aber ich habe zwei freie Stunden vor mir und keine Lust, schon nach Hause zu gehen. So kann ich ihm im Grunde nicht unrecht geben. Nichts läßt die Zeit rascher verstreichen als das, was er ein Abenteuer nennt. Zumindest diese gute Eigenschaft muß man ihm zubilligen: Wenn man sich ihm anvertraut, entflieht man im Nu dem Zwang der Dauer und bewegt sich wie durch Magie in einer zeitlosen Wirklichkeit.

Eine Kirche schließt mit ihrer großen, barocken Fassade einen kleinen Platz ab. Ohne lange zu überlegen, steige ich die Stufen hinan, stoße die Tür auf und trete ein.

In der Kirche begreife ich, warum ich eingetreten bin. Es ist der einzige Ort, wo das von ihm so gewissenlos herbeigesehnte Abenteuer unmöglich stattfinden kann. Ich bin also eingetreten, um mich vor seiner Unternehmungslust zu schützen. Aber da gibt es noch etwas. Wenn ich mich recht erinnere, ist diese Kirche zu zwei Dritteln in barockem und zu einem Drittel in byzantinischem Stil erbaut. In der Apsis, hinter dem Hochaltar, befinden sich zudem berühmte Mosaiken. Meine Absicht ist es, ihn mit Hilfe dieses vor zehn Jahrhunderten durch Sublimierung geschaffenen Meisterwerks eine Lektion zu erteilen. Nicht in dem drohenden Sinn, den dieser Ausdruck üblicherweise hat: Ich will ihm vielmehr richtig Unterricht erteilen, wie in der Schule. Im Grunde gebe ich die Hoffnung nicht auf, ihn zu erziehen und durch Überzeugung das zu erlangen, was mir durch Gewalt nicht gelingt.

Unter solchen Überlegungen durchschreite ich die Kirche. Sie hat drei Schiffe, ein mittleres und zwei Seitenschiffe. Das Mittelschiff erhält sein gedämpftes gelbes Licht durch ein großes, achteckiges Fenster oberhalb des Kirchentors. Die Seitenschiffe liegen im Halbdunkel. In der Kirche ist es angenehm kühl und still. Während ich langsam dahinschreite, betrachte ich lässig die leeren Beichtstühle und die leeren Bankreihen. Ich habe die

Apsis erreicht. Zwei Prozessionen von Heiligen und Märtyrern in leuchtendweißen Gewändern vor einer leuchtendgrünen Wiese als Hintergrund bewegen sich von beiden Seiten auf den Christus zu, der die Mittelfigur bildet. Ich sage zu ihm in belehrendem Ton: «Da, sieh nur die Schönheit der Sublimierung! Diese Figuren sind nicht wirklich und doch wirklicher als die Wirklichkeit. Christus hat ein Menschenangesicht, und es drückt doch mehr aus als nur Menschliches. Wer, glaubst du, hat soviel Schönheit hervorgebracht?»

Er antwortet nicht. Nach einer kurzen Pause fahre ich fort: «Du, niemand anderer als du. Ohne dich, vielmehr ohne deine loyale, ununterbrochene, beständige Mitarbeit wäre soviel Schönheit zu unserer Freude und unserem Trost niemals geschaffen worden. Ohne diese Schönheit und all die anderen Dinge, die den Schaffensprozeß begleitet haben, würden wir Menschen noch in Höhlen hausen, wären noch mit Fellen bedeckt, über und über behaart, brächten keinen artikulierten Laut hervor. Nein, auch dies stimmt nicht ganz. Auch in den Höhlen sublimierte der Mensch. Die wunderbaren prähistorischen Wandbilder, die so viele Höhlen in Europa und in Afrika zieren, geben Zeugnis von dieser Sublimierung. Und ausgerechnet heute empörst du dich gegen das heilige Gesetz, das dich gehorsam will und deine Mitarbeit fordert? Dabei verlangt man gar nicht viel von dir. Ich, zum Beispiel, verlange nicht, daß du mich die neolithischen Fresken der Grotten von Altamira oder die Mosaiken dieser Kirche schaffen läßt. Ich verlange lediglich deine Mitarbeit an der Regie eines Films, damit er nicht gar zu miserabel ausfällt. Das ist alles. Und du, Bösewicht, verweigerst mir selbst dies wenige. Und da soll ich dich nicht als einen Feind ansehen, als den Feind par excellence!»

Zunächst glaube ich, er werde mir nicht antworten. Das ist seine Methode, wenn ich ihm Vorwürfe mache: das Schweigen. Diesmal aber kommt es zu meiner Überraschung anders. Achtlos erklärt er: «Ich könnte dir vieles antworten. Indessen wird es genügen, daß du dir diese Frau dort ansiehst. Sie wird dir die Antwort geben.»

Um die Mosaiken besser betrachten zu können, habe ich mich gegen das rechte Seitenschiff zu bewegt und mich zwischen einer kleinen, barocken Kapelle und der marmornen Wendeltreppe, die zur Kanzel hinaufführt, aufgestellt. Neben der Kanzel erblicke ich die Frau, auf die er mich aufmerksam gemacht hat. Sie ist nicht jung. Ausländerin, vielleicht Amerikanerin. Ihr Kopf hat etwas von einer Professorin, einer Lehrerin: Brille aus dunklem Schildpatt auf einer großen, strengen Nase; der breite Mund wäre sinnlich, hätte er nicht einen verächtlichen Ausdruck; kurzgeschnittenes, dunkles Haar, ein nerviger, kräftiger Hals. Ich stelle mir, ich weiß nicht warum, diesen Kopf mit dem viereckigen schwarzen Barett bedeckt vor, wie es die Lehrpersonen an den angelsächsischen Universitäten während der akademischen Feiern tragen. Jetzt trägt sie eine weiße Bluse und einen grauen Rock. Sie ist mager, platt, maskulin. Aber wo ihr Rücken endet, wölbt sich, wie er mich boshafterweise bemerken läßt, das Gesäß unvermittelt vor. Es ist ein festes, rundes, muskulöses, üppiges, freches, kindhaft lustiges Gesäß. Es straft das strenge Gesicht Lügen: dieses sagt nein, das Gesäß aber begeistert ja zum Leben. Die Frau wechselt den Platz, um die Mosaiken der Apsis besser sehen zu können. Dabei gerät das Gesäß in heftige Bewegung, die jedoch nichts Provokantes hat, sondern eher etwas Naives, Unschuldiges. Wie alt mag die Frau sein? Vielleicht vierzig, vielleicht mehr? Sie streckt die Nase, auf der die Brille sitzt, in die Luft und betrachtet die Mosaiken mit einer Intensität, die den Verdacht erweckt, sie sei mit ihren Gedanken anderswo und tue nur so, als sähe sie hin: Nur wer etwas vortäuscht, tut so intensiv. Ich huste, da dreht sich die Frau sofort um und wirft mir durch die Brille aus sanftblauen Augen einen raschen Blick zu. Und jetzt geschieht das Unglaubliche. Er flüstert mir zu: «Huste noch einmal, und wenn sie sich umdreht, dann zeig mich her.»

«Was redest du da!»

«Ich sage dir, zeig mich dieser Frau.»

«Bist du wahnsinnig?»

«Nein, ich bin nicht wahnsinnig. Tu, was ich sage.»

«Ich will aber nicht!»

Er gerät in eine unvorstellbare Wut. «Kurz vorher hast du von der Schönheit erzählt, die angeblich durch Sublimierung entsteht. Ich aber bin viel mehr. Ich bin die Schönheit der Welt. Diese Schönheit muß bekannt werden, gezeigt, bewundert. Du, Idiot, darfst dich ihrer nicht schämen, sondern solltest sie bei Tageslicht zur Schau stellen. Und noch etwas. Die Schönheit der Welt, meine Schönheit muß allen gezeigt werden, vor allem aber jenen, die nach ihr hungrig sind. Diese Frau ist nicht nach der faden Schönheit dieses sogenannten Meisterwerks hungrig, sondern nach mir. Es genügt, ihren rasierten, glühendroten Nacken anzusehen, um es sofort zu begreifen, sofort zu fühlen. Mach mich also nicht wütend, sondern befreie mich von den lästigen Umhüllungen, die mich verbergen, und zeige mich her, stell mich zur Schau. Das ist keine Bitte, das ist ein Befehl.»

Der Angstschweiß steht mir auf der Stirn. Ich stammle: «Bist du dir auch bewußt, daß wir uns in einer Kirche befinden?»

«Na und?»

«Was heißt das: Na und? Wir befinden uns an einem heiligen Ort, der Gott geweiht ist!»

Er bekommt einen neuen Wutanfall: «Aber ich bin doch ein Gott! Der einzige Gott, der wirklich existiert, in dieser und in jener Welt! Ich bin der ursprüngliche Gott, der Vater aller vergangenen, gegenwärtigen und zukünftigen Götter. Diese Kirche ist in Wahrheit mir gewidmet, denn ich bin das Leben, und die Kirchen sind dem Leben gewidmet.»

Er schreit mir das in wilder Raserei zu. So unerbittlich, so gebieterisch, daß ich keine Kraft mehr habe, mich zu widersetzen. Außerdem füge ich mich ihm nicht nur, sondern ich identifiziere mich schon mit ihm, wie mir dies in solchen Fällen absoluter Schwäche immer geschieht. Ich erlebe einen Traum, seinen Traum. In diesem Traum bin ich er, und er ist ich.

Ich lege also meine Jacke vom rechten auf den linken Arm, führe die Rechte, verdeckt von der Jacke, zur Bauchgegend und befreie ihn in wilder Hast aus seinem Gefängnis aus Stoff und Knöpfen. Ich höre, wie er ein erleichtertes und sieghaftes «Ah» ausstößt, wage aber nicht, zu ihm hinunterzuschauen. Einen Moment zögere ich, dann huste ich stark und entschlossen. Es ist, möchte ich sagen, ein sehr ausdrucksvolles Husten. Die Frau dreht sich jäh um. Da hebe ich rasch den linken Arm, von dem meine Jacke wie ein Vorhang herabhängt, und stelle ihn zur Schau.

Wie er vorausgesehen hat, wendet die Frau die Augen nicht von ihm. Sie scheint wirklich «hungrig» zu sein. Sie sieht und sieht und sieht ihn an, mit einer ungläubigen Gespanntheit, in Bann geschlagen; eine dunkelbrennende Röte steigt streifenweise von ihrer Brust den kräftigen Hals entlang, bis in die blassen, herben Wangen, bis unter die Brille. Diese Betrachtung währt, so scheint mir zumindest, eine Ewigkeit. Es ist seine Ewigkeit. Mit einemmal endet die Aufhebung der Zeit. Die Frau macht eine Wendung und geht mir entgegen. Einen Augenblick fürchte ich, sie werde mich anfallen, ohrfeigen, werde laut nach der Polizei rufen. Doch nein, ich täusche mich wie üblich. Die Frau schreitet gesenkten Hauptes an mir vorbei dem Ausgang zu. Dabei preßt sie das Kinn gegen die Brust, in einer Art andachtsvoller Zerknirschung, die mich unwillkürlich an die Haltung der Gläubigen nach dem Empfang der Kommunion gemahnt. Ja, die Frau hat ihn empfangen und entfernt sich nun langsam, innerlich bewegt und ergriffen, mit gesenktem Kopf: Sie wird die Erinnerung an das, was sie gesehen, im tiefsten und geheimsten Winkel ihres Gedächtnisses bewahren. Ich sehe sie verschwinden, aber ich rühre mich nicht. Ich weiß, ich darf mich nicht rühren, denn das von ihm erstrebte Abenteuer ist erreicht und beendet, es bestand in seiner Exhibition. Tatsächlich stimmt er mir zu: «Rühre dich nicht vom Fleck. Sie hat mich gesehen. Das ist alles, was ich wollte. Es genügt mir.»

Ich sage nichts. Ich bin geradezu gelähmt vor ungeheurem Staunen. Ich hätte es nie für möglich gehalten, daß ich mich jemals seiner Anmaßung so weit beugen könnte. Ich befinde mich in einem Zustand schamvoller Betäubung, wie im Traum. Diesmal aber ist es nicht sein Traum, sondern meiner. Ein Traum voll Verwunderung, voll Nicht-begreifen-Können. Ich handle wie unbewußt. Auf geheimnisvolle, unerklärliche Weise befinde ich mich plötzlich in meiner Wohnung, sitze in meinem Arbeitszimmer an dem Tischchen vor der Schreibmaschine. Ich weiß nicht, wie ich nach Hause gekommen bin. Die fünf Millionen in Scheinen zu 100000 Lire liegen zu einem Paket vereint auf dem Stoß Kohlepapier. In die Schreibmaschine ist ein weißes Blatt eingespannt. Ein paar Zeilen sind schon geschrieben. Wie lange ist es her, daß ich in der Kirche war und daß die Frau mit dem strengen Lehrerinnengesicht und dem schelmisch-lustigen Gesäß ihn betrachtet hat? Jahrhunderte, scheint mir, sind seither verstrichen. Wie aber konnte es zu einem so unglaublichen Vorfall kommen? Mein Gehirn kann es nicht fassen, ich schwanke zwischen mißbilligendem Staunen und ungläubiger Nachsicht. Ich zünde mir eine Zigarette an, lese die Worte, die ich geschrieben habe, und beginne weiterzutippen. Plötzlich formt sich, aus der Tiefe meiner starren Verwunderung aufsteigend, folgender, entscheidender Gedanke: «Auf keinen Fall habe ich etwas mit der Sache zu tun. Alles hat sich zwischen ihm und der Frau abgespielt. Ich habe nur zugeschaut.»

«Also: ein Voyeur!»

Wer hat da gesprochen? Ich, er oder ein anderer? Zum Glück läutet es an der Tür. Ich packe die fünf Millionen, verstaue sie mühsam in meinen Taschen und gehe, um zu öffnen. Maurizio steht in der Tür, weißgekleidet wie immer und mit dunkler Brille. Er tritt ohne zu grüßen ein, geht mir im Korridor voraus, die Hände in den Hosentaschen. Ich folge ihm. Wir sind in meinem Arbeitszimmer. Maurizio wirft sich, ohne ein Wort zu sagen, in den Sessel, in seiner ungezwungenen Art: die Beine über die eine Sessellehne gelegt, den Rücken gegen die andere gelehnt. Er sagt: «Nun, und die fünf Millionen?»

Nichts zu machen! Seine rätselhafte und anmutige Unbekümmertheit bewirkt, daß ich schon «unten» bin. Ich hatte mir vorgenommen, ihm den Stoß Banknoten wortlos, kalt und unbeteiligt zu übergeben, um so meine verächtliche Gleichgültigkeit auszudrücken. Statt dessen aber – der Teufel soll mich holen! – stammle ich fast keuchend: «Ich habe das Geld gerade von der Bank geholt. Hier ist es, zähle es nur nach, Maurizio – es sind fünf Millionen in Scheinen zu hunderttausend.»

Wie viele Worte! Ich versuche, die Scheine aus den Taschen zu ziehen, aber es gelingt mir nicht. Ich werde rot vor Anstrengung, winde mich wie ein Wurm unter den ausdruckslosen Blicken Maurizios. Endlich gelingt es mir, die Scheine einzeln hervorzuziehen. Ich vereine sie wieder zu einem Stoß, überreiche sie Maurizio, der sie, ohne hinzusehen, in die Tasche seines Tropenanzugs steckt. Dann meint er: «Wozu in Banknoten? Wäre ein Scheck nicht bequemer gewesen?»

«Möglich, ja. Ich habe nicht daran gedacht.»

Einen Augenblick schweigt er, dann sagt er: «Es war dir zu riskant. Sag die Wahrheit.»

Ich protestiere mit dummem Gesicht: «Riskant? Solche Befürchtungen habe ich wirklich nicht.»

Vor allem bin ich enttäuscht, daß Maurizio nicht einmal danke sagt. Ich kann mich nicht zurückhalten, es auszusprechen: «Ich gebe dir fünf Millionen, und du bedankst dich nicht einmal.»

«Du hast nur deine Pflicht getan.»

«Inwiefern?»

«Mit dem Geld des Kapitalismus zum Sturz des Kapitalismus beizutragen.»

«Aber ich bin kein Kapitalist. In gewissem Sinne bin ich ein Proletarier: ein Schreibmaschinen-Proletarier.»

«Das Geld aber hast du verdient, indem du im Dienst des Kapitalismus gearbeitet hast.»

Ich fühle mich wiederum enttäuscht. Er scherzt nicht, er meint es ganz ernst. Und ich bin «unten», mehr denn je. Ich glaubte, mit der Bezahlung der fünf Millionen eine geradezu heroische Tat zu vollbringen. Er aber spuckt mehr oder weniger auf meinen Heroismus. Trotzdem frage ich in meiner Naivität: «Was werdet ihr jetzt mit meinen fünf Millionen machen?»

«Ich weiß nicht. Ich glaube, wir werden zunächst die Miete für unser Lokal bezahlen. Dann werden wir die Möbel kaufen und andere Dinge, die wir brauchen.»

«Wo ist das Lokal?»

«In der Via Appia Nuova.»

«Ist es groß?»

«Ja.»

«Woraus besteht es? Ist es eine Wohnung?»

«Nein, es liegt im Souterrain. Eine Garage.»

«Und dort werdet ihr euch versammeln?»

«Ja, sobald es fertig ist.»

«Es ist noch nicht fertig?»

«Es fehlen noch die letzten Anschaffungen.»

«Was denn?»

«Fahnen, Bilder, Fotografien.»

«Was für Bilder?»

«Von Marx, Lenin, Stalin, Ho Tschi Minh.»

Und wieder werde ich enttäuscht. Ich versuche, das Gespräch auf meine fünf Millionen zu bringen, Maurizio aber geht darauf nicht ein. Schließlich sage ich mit der typischen Unbedachtheit des unsublimierten Menschen: «Gib zu, daß euch meine fünf Millionen sehr gelegen kommen.»

«Selbstverständlich. Wir haben kein Geld und niemanden, der uns finanziert.»

«Ich wette, es hat euch noch niemand einen so großen Betrag gespendet.»

Er sagt nichts. Ich stoße bellend hervor: «Diese fünf Millionen sind für mich ein ungeheures Opfer. Ich bin nicht reich, ich muß mir meinen Lebensunterhalt verdienen, du weißt es genau.»

Er schweigt immer noch. Ich lasse nicht locker: «Ein Opfer müßte den Mitteln, die einer hat, angemessen sein. Mein Opfer ist übermäßig.»

Diesmal entschließt er sich zu reden. Er sagt, als wehre er eine Belästigung ab: «Wo ist da das Opfer? Es ist dir doch klar, daß wir dich ausbooten, wenn du nicht zahlst.»

«Wer sind ‹wir›?»

«Wir von der Gruppe.»

«So also ist das: keine Millionen – kein Drehbuch?»

«Ich fürchte, Rico, es ist wirklich so.»

Plötzlich packt mich allen Ernstes die Wut. Ich stehe auf, gehe kurz auf und ab. Unvermittelt bleibe ich vor Maurizio stehen: «Gut. Wenn das so ist, dann will ich mit dir mal ein offenes Wort reden. Ich teile eure Ideen, versteht sich, ich fühle mich als Revolutionär, bin ein Revolutionär. Das alles stimmt, ist unbestritten. Wir beide aber wissen, daß ich euch die fünf Millionen nicht deshalb gebe.»

Maurizio sieht mich an, runzelt die Stirn, sagt: «Ich weiß gar nichts. Du sagst, du weißt, warum du sie gibst. Schön. Dann sag es doch.»

«Hör mir mal gut zu: Ich gebe euch die fünf Millionen in Wahrheit deshalb, weil ich mich einer Erpressung beuge. Du und deine Freunde von der Gruppe – ihr seid Erpresser.»

Er sieht mich an, schweigt, als warte er auf weitere Erklärungen. Ich fahre fort: «Erstens ist es eine politische Erpressung. Du stellst dich, ohne daß du durch irgend etwas oder durch irgendwen dazu ermächtigt wärst, auf den leuchtenden Marmorsockel der Revolution und siehst auf mich herab, auf mich elenden Wurm, im Sumpf der Konterrevolution. Also muß ich beweisen, daß ich kein Konterrevolutionär bin. Also muß ich etwas zur Sache beitragen. Also muß ich, damit der Beitrag glaubwürdig wirkt, die unerhörte Summe von fünf Millionen zahlen. Zweitens ist es eine Erpressung auf Generationsebene. Ich bin 35 Jahre alt, ihr von der Gruppe seid ungefähr zwanzig Jahre alt. Der Fünfunddreißigjährige kann gar nicht anders als der saturierten, privilegierten Klasse angehören. Um zu beweisen, daß er ihr nicht ganz angehört, daß er aus ihr austreten möchte, soll er bezahlen. Der Geldbetrag hat nicht seinen Mitteln angemessen zu sein, sondern seinem Alter: Fünf Millionen! Es ist da noch eine dritte Erpressung: Die der sogenannten Tatmenschen, zu denen du und deine Freunde der Gruppe sich zählen, am Intellektuellen, am Schreibtischmenschen, am kultivierten Menschen – und der wäre ich. Auch in diesem Fall muß der Intellektuelle, und zwar mit klingender Münze, beweisen, daß er nicht ist, was er ist. Daß er gegebenenfalls auch fähig ist, zu handeln. Seine Tat hat darin zu bestehen, seine Unterschrift unter einen Scheck zu setzen – immerhin eine Tat. Am entscheidendsten aber ist die vierte Erpressung ...»

Maurizio hat sich meinen Wutausbruch wortlos angehört, ohne seine Körperstellung zu verändern. Da ich stocke, verstumme, fragt er gleichmütig: «Was wäre die vierte Erpressung?»

Von einem plötzlichen Gefühl der Ohnmacht übermannt, bringe ich kein Wort hervor. Die vierte Erpressung ist meiner Meinung nach die eindeutigste, die am wenigsten bestreitbare. Es ist die unbewußte, aber deswegen nicht minder grausame Erpressung des sublimierten Menschen am unsublimierten. Es ist die Urerpressung, die alle anderen Erpressungen erklärt, bestimmt und rechtfertigt. Wie gewöhnlich habe ich nicht den Mut, davon zu sprechen. Warum nur? Wohl deshalb, weil ich damit meine Unterlegenheit Maurizio gegenüber zugeben würde. Oder weil ich mir im klaren bin, daß mein besessenes Streben nach Sublimierung keinen gefestigten, kulturellen Voraussetzungen entspricht, sondern einem verdächtigen, verfänglichen Gefühl entspringt. Am wahrscheinlichsten aber deshalb, weil die Idee der Sublimierung mein innerstes, eifersüchtig gehütetes Geheimnis ist. Ich stammle: «Ich habe mich von meinen Worten hinreißen lassen. Die vierte Erpressung . . . gibt es nicht.»

«So hätten wir also im ganzen drei Erpressungen, mit denen ich dir dein Geld weggenommen habe: Die des Revolutionärs am Konterrevolutionär, des Zwanzigjährigen am Fünfunddreißigjährigen, des Tatmenschen am Intellektuellen. Stimmt das?»

«Ja, das sind die drei Erpressungen.»

Maurizio zieht einfach und mit größter Leichtigkeit das Banknotenbündel aus der Tasche, legt es auf den Tisch, erhebt sich: «Wenn es so ist, dann gebe ich dir dein Geld zurück. *Ciao.*»

Er sagt das, ohne im geringsten zu zaudern. Dann wendet er mir den Rücken zu und geht aus dem Zimmer. Nach einem Augenblick der Überlegung erfasse ich mit einem Blick meine berufliche und meine psychologische Situation nach diesem Verhalten Maurizios. Ich erstarre. Was die berufliche Seite betrifft, so ist es klar, daß ich nicht nur die Regie nicht bekommen werde, sondern mit Gewißheit auch nicht den Drehbuchauftrag. Maurizio hat es gesagt, und ich habe keinen Anlaß, an seinen Worten zu zweifeln. Was die psychologische Situation betrifft, so ist sie die eines Menschen, der sich plötzlich in einen Mistkäfer verwandelt sieht und mit einem kräftigen und verächtlichen Fußtritt zerquetscht werden kann. Merkwürdig: während mich die berufliche Katastrophe nur mäßig berührt, fühle ich mich durch die Verachtung tief getroffen. Bei dem Gedanken, daß Maurizio fortgeht, nachdem er mir die fünf Millionen ins Gesicht geschmissen hat, werde ich von einem Schmerz erfaßt, dessen Natur mir leider nicht entgeht: Es ist der Schmerz eines Menschen, sei er nun Mann oder Frau, der sich von der geliebten Person verlassen sieht. Ja, in diesem Augenblick leide ich wie einer, der liebt, und nicht wie einer, der sich aus politischen, beruflichen oder sonstigen nicht gefühlsbetonten Gründen verachtet sieht. Da schwant mir plötzlich, daß er mir, ohne daß ich es bemerkt hätte, einen seiner üblichen Streiche spielt, indem er eine Arbeitsgemeinschaft in ein emotionelles, wenn nicht gar physiologisches Verhältnis verwandelt. Ja, in meinem Schmerz ist etwas trüb Verworrenes, etwas sehnsuchtsvoll Verlangendes, das wie ein Blitz in finsterer Nacht für mich neue und ganz unerwartete Perspektiven der Unsublimiertheit enthüllt.

Diese Erkenntnis ist in der Tat blitzartig, sie dauert nur einen Augenblick. Dann packe ich das Banknotenbündel und stürze aus dem Zimmer.

Maurizio ist weder im Korridor noch im Vorraum, doch die Wohnungstür ist offen. Er steht im Treppenflur vor der Aufzugstür. Auch ich trete auf den Treppenflur, fasse Maurizio beim Arm und sage angsterfüllt: «Was machst du da? Warte doch einen Moment, komm herein, wir wollen darüber reden.»

Er läßt sich ziemlich leicht in die Wohnung zurückziehen, die Tür bleibt offen. Verzweifelt sage ich: «Herrgott noch mal! Ich gebe zu, ich war etwas zu temperamentvoll, aber du kannst nicht leugnen, daß ich nicht ganz unrecht habe.»

«Wozu weiterdiskutieren? Ich habe wirklich keine Zeit. *Ciao.*»

«Warte doch einen Augenblick, zum Teufel, nur einen Augenblick.»

«*Ciao.*»

Was tue ich da? Was ist mit mir los? Bin ich wahnsinnig geworden? Plötzlich werfe ich mich zu Boden, knie vor Maurizio, jawohl, ich, der Intellektuelle, der gebildete Mann, der künftige Regisseur, ich knie vor diesem Bürschlein mit der milchigen Haut und dem goldblonden Haar. Mit Tränen in den Augen rufe ich aus: «Maurizio, du kannst nicht so von mir gehen. Verzeih mir, ich will nichts mehr sagen, nimm mein Geld und verzeih mir.»

Mit diesen Worten und immer noch kniend, versuche ich, ihm die Geldscheine in die Hand zu schieben. Er aber schließt die Hand nicht. Die Geldscheine fallen ihm aus der Hand, verstreuen sich am Boden. Auf allen vieren um Maurizios Beine kriechend, sammle ich die Scheine ein. Dabei berührt meine Stirn seine Schuhe, es fehlt wenig, daß ich auch noch meine Lippen auf sie drücke. Dann geschieht das Unglaubliche. Ich beuge mich, um einen Geldschein aufzuheben, der neben seinem rechten Fuß liegt, und da streifen meine Lippen, ich weiß nicht mehr, ob absichtlich oder zufällig, tatsächlich einen Augenblick lang die Spitze seines Schuhs. Ich bin «unten», mehr denn je «unten», und diesmal nicht nur im übertragenen Sinn. Endlich habe ich alle Geldscheine eingesammelt. Ich erhebe mich schweißbedeckt und gehe zu Maurizio ins Arbeitszimmer. Er hat sich wieder in den Sessel hingelagert. Ich überreiche ihm die Geldscheine, er steckt sie in die Tasche, auch diesmal ohne hinzusehen. Ich bin von dem neuen, mir bisher völlig unbekannten Aspekt meiner Unsublimiertheit völlig verwirrt. Ich versuche, zumindest das alte Verhältnis des Unterlegenen zum Überlegenen wiederherzustellen, das zwar erniedrigend ist, aber wenigstens frei von physiologischen Komplikationen. Mit gespielter Unbefangenheit rufe ich aus: «Die Angelegenheit mit den fünf Millionen ist nun erledigt. Vielleicht können wir jetzt über das Drehbuch reden.»

Meine Absicht ist unverändert: eine Möglichkeit zu finden, mich «über» Maurizio zu stellen. Jetzt, da ich einen Blick in die Abgründe getan habe, in die mich meine Unsublimiertheit stürzen könnte, ist diese Möglichkeit geradezu eine Forderung für mich. Ich handle nach einem langbedachten Plan, als ich hinzufüge: «Ich muß dir gestehen, daß ich mit der

Arbeit nicht recht weitergekommen bin. Sie ist ins Stocken geraten.»

«Warum?»

«Weil ich, um weiterarbeiten zu können, ein paar ergänzende Informationen brauche.»

«Worüber?»

«Zum Beispiel über dich. Du sollst das Vorbild für die Gestalt des Rodolfo abgeben, ich weiß aber fast nichts über dich.»

«Möglicherweise gibt es da nichts zu wissen.»

«Mag sein. Ich möchte dir aber trotzdem ein paar Fragen stellen!»

Nach kurzem Schweigen erklärt er: «Los.»

«Beginnen wir bei deinem Vater. Was ist er?»

«Bauunternehmer.»

«Hat er eine große Bauunternehmung?»

«Ich würde sagen: ja.»

«Wie alt ist er?»

«Zwischen vierzig und fünfzig.»

«Und wie sieht er aus?»

«Ein schöner Mann, dunkelhaarig, groß, sportlich, sehr aktiv, sehr unternehmungslustig in geschäftlichen Dingen.»

«Und sonst?»

«Sonst? Nicht, daß ich wüßte. Er ist ein Fußballfan.»

«Und wie ist deine Mutter?»

«Eine schöne Frau, groß, blond, blauäugig.»

«Wie alt?»

«Ungefähr so alt wie mein Vater.»

«Lieben sie sich, dein Vater und deine Mutter?»

«Ich glaube schon.»

«Meinst du, daß sie einander betrogen haben?»

Er schweigt so lange, daß ich den Verdacht habe, er wolle mir nicht antworten. Tatsächlich sagt er dann: «Eine etwas heikle Frage, findest du nicht?»

«Es steht dir frei, nicht zu antworten.»

Nach abermaligem Schweigen erklärt er: «Meines Wissens dürften sie einander treu sein. Ich muß zugeben, ich habe noch nie darüber nachgedacht.»

«Deiner Meinung nach also eine glückliche Ehe?»

«Vermutlich.»

«Sind sie kirchlich getraut?»

«Ja.»

«Sind sie religiös?»

«So wie alle anderen.»

«Nämlich?»

«Na ja – soso.»

«Haben sie dich gern?»

«Versteht sich.»
«Sehr gern?»
«Ja.»
«Haben sie es dir nie an etwas fehlen lassen?»
«Nein.»
«Du hast also eine glückliche Kindheit gehabt?»
«Durchaus.»
«Vertraust du dich deinem Vater und deiner Mutter an?»
«Nein.»
«Warum nicht?»
«Das ist eben so. Da gibt es kein Warum.»
«Sprecht ihr miteinander?»
«Nur bei Tisch.»
«Worüber sprecht ihr?»
«Über nichtssagende Dinge.»
«Zum Beispiel?»
«Wüßte ich nicht zu sagen. Wir machen bürgerliche Konversation.»
«Was verstehst du unter bürgerlicher Konversation?»
«Na, wir sprechen zum Beispiel über Dinge, die wir gekauft haben oder kaufen wollen. Oder über das Wetter. Oder über Freunde, Verwandte, Bekannte. Manchmal sprechen wir auch über Theater.»
«Das also heißt für dich bürgerliche Konversation?»
«Ja.»
«Worin unterscheidet sie sich von einer revolutionären Konversation?»
«Bei der revolutionären Konversation spricht man von Revolution.»
«Immer?»
«Immer – direkt oder indirekt.»
«Verstehe. Bist du das einzige Kind?»
«Nein, ich habe zwei Schwestern.»
«Wie heißen sie?»
«Patrizia und Fiametta.»
«Wie alt sind sie?»
«Achtzehn und zweiundzwanzig.»
«Gehören sie auch zur Gruppe?»
«Nein, sie sind bürgerlich wie meine Eltern.»
«Noch etwas. Was hast du deinem Vater, deiner Mutter oder deinen Schwestern vorzuwerfen?»
«Ich? Nichts.»
«Du betrachtest sie also in gewisser Hinsicht als vollkommen?»
«Vollkommen? Nein! Warum? Niemand ist vollkommen.»
«Aber du hast ihnen nichts vorzuwerfen. Vollkommenheit besteht doch gerade darin, daß eine Person oder eine Sache fehlerlos erscheint, mit anderen Worten, daß man daran nichts auszusetzen hat.»

«In diesem Sinne betrachte ich sie vielleicht als vollkommen. Aber nur in diesem Sinne.»

«Bravo! Du betrachtest sie als vollkommen, und doch möchtest du, daß sie alles verlieren, was sie besitzen, daß sie verarmen, ihre gesellschaftliche Stellung verlieren ... Kurz, du möchtest sie vernichten.»

Er erwidert in aller Ruhe: «Ich betrachte sie als vollkommen nach bürgerlichen Vollkommenheitsbegriffen. Im großen Rahmen der Revolution aber ist es natürlich unvermeidlich, daß sie, wie du es nennst, ‹vernichtet› werden.»

«Deine Eltern und deine Schwestern sind also vollkommen nach den bürgerlichen Vollkommenheitsbegriffen, sie sind vom bürgerlichen Standpunkt aus ohne Fehler. Darf man wissen, was unter ‹bürgerlich› zu verstehen ist?»

«Bürger sind diejenigen, in deren Händen sich das Eigentum an den Produktionsmitteln befindet.»

«Ich nehme an, daß diese Antwort nach den revolutionären Begriffen vollkommen ist, oder nicht?»

«Es ist die marxistische Definition.»

«Und indem du sie anwendest, bist auch du vollkommen, oder nicht?»

Er rümpft leicht die Nase, vielleicht merkt er die Falle. Dann aber kommt er offenbar zu dem inneren Entschluß, daß nichts zählt, was ich sage oder tue, weil ich doch «unten» bin und er «oben» ist. Er antwortet: «Wenn vollkommen heißt, einer gerechten und richtigen politischen Linie zu folgen, dann gewiß. Ich behaupte nicht, daß ich vollkommen bin, ich sage nur, daß ich versuche, es zu sein, und die Möglichkeit habe, es zu werden.»

«Darf ich etwas bemerken?»

«Was?»

«Du hast mir eine drastisch vereinfachte und somit ganz allgemeine Beschreibung von dir und deiner Familie gegeben. Und weißt du auch, warum?»

«Ja?»

«Weil du keine Individuen in Betracht ziehst, die eben mit individuellen Eigenschaften und Fehlern behaftet sind, du siehst nur das Bürgertum und die Revolution. Für dich ist der Bürger, jeder Bürger als solcher, vollkommen, weil du es so wünschst. Das heißt, du reduzierst ihn auf einen reinen Klassenbegriff. Anders gesagt: für dich ist der Bürger als solcher im absoluten Sinn vollkommen, weil es dir nur auf diese Weise möglich ist, zu erklären, daß er absolut unvollkommen ist. Aber lassen wir das. Was immer auch die Motive sein mögen, wir haben somit auf der einen Seite deine Eltern und deine Schwestern, die nach den bürgerlichen Begriffen vollkommen sind, auf der anderen Seite dich und deine Gruppe, und ihr seid vollkommene Revolutionäre nach revolutionären Begriffen, oder versucht es zu sein. Ist es so?»

«Nehmen wir an, es ist so. Was weiter?»

Da haben wir es! Ich möchte hinausschreien: Nicht eure Ideen, nicht eure politische Linie, nicht die Interessen sind es, was zählt. sondern eure Vollkommenheit als Bürger und eure Vollkommenheit als Revolutionäre. Diese zwei Arten von Vollkommenheit aber haben einen gemeinsamen Ursprung. Ja, ich, der Unvollkommene, der Unsublimierte par excellence, befinde mich zwei Vollkommenheiten gegenüber, die zwar einander entgegengesetzt sind, die bürgerliche und die revolutionäre, die aber doch derselben Wurzel entspringen: dem vollkommen sublimierten Sexualtrieb, der vollkommenen, gelungenen Sublimierung. Dies erklärt auch, warum ich mich sowohl dir, dem vollkommenen Revolutionär gegenüber «unten» fühle wie auch Protti gegenüber, dem vollkommenen Kapitalisten. Ein unsublimierter Mensch kann sich, was immer er auch tut, dem sublimierten gegenüber nur unterlegen fühlen. So ist es: ganz unabhängig von der politischen Idee oder klassenmäßigen Zugehörigkeit des einen oder anderen.

Dies und noch vieles andere möchte ich sagen, mir endlich einmal Luft machen. Wie immer aber schäme ich mich einer solchen wissenschaftlichen Definition, denn in diesem Augenblick bin ich nicht imstande, sie ohne emotionelle Beteiligung vorzubringen, und die würde Maurizio übertrieben finden. Anders gesagt: Selbst in der Art, wie ich der Sublimierungstheorie anhänge, wittere ich noch die neiderfüllte und grenzenlose Unterlegenheit meiner Unsublimiertheit. Ich bin verwirrt. Ich grinse nur: «Nichts weiter. Ich wollte nur etwas feststellen, das ist alles. Ich habe festgestellt, daß ihr in eurer Familie, wenn auch aus gegensätzlichen Gründen, alle vollkommen seid.»

«Noch etwas?»

«Und daß ich hingegen sehr, aber schon sehr unvollkommen bin.»

Er sagt nichts. Er schweigt vielleicht deshalb, weil er sich von meinem emotionellen Ton belästigt fühlt. Die sublimierten Menschen verabscheuen ja alles Persönliche, Private, Intime. Von den sublimierten Bürgern kann man es schon als Kind über die strengen Gouvernanten zu hören bekommen. Die sublimierten Revolutionäre machen daraus geradezu ein Prinzip marxistischen Verhaltens.

Während ich dies denke, sehe ich Maurizio an, als erwarte ich von ihm eine Antwort. Meine Unvollkommenheit aber scheint ihn nicht im geringsten zu interessieren. Er schweigt und raucht. Da mengt *er* sich in ganz unerwarteter Weise ein: «Begreifst du denn nicht, du Unglücksmensch, daß du dich nicht unterlegen fühlen würdest, könntest du dich endlich entschließen, deine wahre, deine authentische, deine unbestreitbare Überlegenheit einzusehen?»

«Worin besteht diese Überlegenheit?»

«Nur keine Bescheidenheit: In der Ungewöhnlichkeit desjenigen, der eben zu dir spricht.»

«Diese Rede habe ich schon oft genug gehört.»

«Es ist eine Tatsache. Und über diese Tatsache mußt du mit Maurizio sprechen.»

Er attackiert mich wie üblich in einem Augenblick der Schwäche. Er hat die Zweideutigkeit meiner Beziehung zu Maurizio gemerkt und nützt sie schamlos aus. Ich wundere mich selber über das, was ich jetzt sage. Mit Verlegenheit in der Stimme beginne ich: «Willst du wissen, warum ich mich so unvollkommen fühle?»

«Nun?»

«Wie soll ich sagen . . . Weil die Natur mich zu meinem Unglück oder Glück ungewöhnlich freigebig bedacht hat.»

«In welcher Hinsicht?»

«In sexueller Hinsicht.»

Diesmal nimmt Maurizio die schwarze Brille ab, betrachtet mich lange, sagt aber nichts. Ich habe das Gefühl, als würde ich mich in einer Badeanstalt hoch vom Sprungturm in die Tiefe werfen. Aber ich begreife: ich habe es nun einmal ausgesprochen und muß jetzt um jeden Preis fortfahren. Ohne Maurizio anzusehen, sage ich: «Vielleicht leuchtet dir der Zusammenhang zwischen meiner seelischen Unvollkommenheit und der Größe meines Sexualorgans nicht gleich ein. Aber es gibt diesen Zusammenhang. Hätte das Sexualorgan normale Ausmaße und normale Potenz, dann wäre es nur ein Körperteil wie jeder andere; da es aber ungewöhnlich ist, nützt es diese Tatsache aus, um mich zu tyrannisieren. Um einen politischen Vergleich anzustellen: Meine Situation gemahnt ein wenig an einen Staat, in dem Anarchie herrscht und in dem man nicht weiß, wer befiehlt und wer gehorcht.»

Ich habe gesprochen, habe alles gesagt – oder fast alles. Die zwei magischen Worte aber, von denen ich besessen bin, «sublimiert» und «unsublimiert», habe ich doch nicht auszusprechen vermocht. Und zwar deshalb, weil ich, wie gesagt, zu unsublimiert bin, um zugeben zu können, daß ich von der Idee der Sublimierung besessen bin. Im übrigen merke ich gleich, daß es nicht meine innere Anarchie ist, die Eindruck auf Maurizio macht. Er fragt, als wollte er sich neugierig informieren: «Was sind denn das für ungewöhnliche Ausmaße, die dein erwähnter Körperteil hat?»

Ich betrachte Maurizio, ehe ich antworte. Auch abgesehen von den beiden Goldwellen seines pagenartig geschnittenen Haars, wie es auf jenen Renaissancegemälden zu sehen ist, ist sein Gesicht von einer zumindest androgynen Schönheit. Seine Nasenflügel und Lippen schimmern rosig, unter den großen, traurigen, goldbraunen Augen zeichnen sich leicht violette, durchsichtige Ringe ab, Wangen und Hals sind milchigweiß. Eindringlich, unablässig, hinterhältig und verführerisch flüstert *er* mir zu: «Bemerkst du denn nicht, daß Maurizio eine Signorina ist, ein junges Mädchen aus guter Familie? Was heißt Revolution! Ist dir denn nicht klar, daß du gegenüber diesem Cherub, diesem rosigen, lilien- und veilchengleichen, die unbestreitbare Überlegenheit des Mannes hast, des wirklich männlichen Mannes? Worauf wartest du noch, um die logischen Folgen aus dieser Feststellung zu ziehen?»

Ich höre ihn an; ich meine zu delirieren. Ja, er treibt mich gegen meinen Willen in einen alles andere verdunkelnden zweideutigen Taumel. Ich traue meinen Ohren nicht, als ich mich selber antworten höre: «Was das für Ausmaße sind? Das will ich dir sagen.»

«Ja, und?»

Ich zögere. Da fährt *er* mich ungeduldig, geradezu brutal an: «Du willst nicht sprechen? Dann werde ich es für dich tun.»

Er schiebt mich glatt beiseite und beginnt geschwätzig, detailliert, schamlos über seine erstaunlichen Ausmaße zu berichten, ganz so, wie er es am Tag meiner Begegnung mit Irene im Wagen getan hat. Während er durch meinen Mund spricht, entfaltet er sich physisch derart, daß ich nicht den Mut habe, hinunterzublicken. Aber auch ohne ihn zu sehen, fühle ich, daß er den höchsten Grad der Erregung erreicht hat. Ich rette mich in die übliche Überlegung: «Ich habe damit nichts zu schaffen, es ist alles eine Angelegenheit zwischen ihm und Maurizio.» Seltsamerweise aber bietet mir die Feststellung meiner Ohnmacht und Unbeteiligtheit diesmal keinerlei Trost. Maurizio hört sich die minuziöse Beschreibung mit gleichmütiger Aufmerksamkeit an. Überraschenderweise ruft er kindlich aus: «Ui!»

«Es ist die reine Wahrheit.»

«Kannst du es auch beweisen?»

«Wie soll ich das tun?»

«Es gibt nur eine einzige Beweismöglichkeit: Laß mich mit meinen Augen sehen, daß die Natur dich, wie du behauptest, tatsächlich in so unbewöhnlicher Weise bedacht hat.»

Hingerissen von diesem Vorschlag, bestürmt *er* mich, zur *Aktion* überzugehen. Zum Glück hält mich ein Ahnungsschimmer von dem, was geschehen würde, wenn ich ihm Folge leistete, von einer solchen Aktion zurück. Gleichwohl vollzieht sich, wie ich befürchtete, jetzt meine übliche Identifizierung mit ihm, so daß ich in diesem Augenblick er bin und er ich ist. Es ist mir, als würde ich vom Boden hochgehoben und flöge auf Maurizio zu. In Wahrheit aber bin nicht ich es, sondern ist er es, der, sich an meinem Leibe schwellend, erhebt und lüstern dem Gegenstand seiner Begierde zustrebt. Ich sage zu Maurizio, vielmehr er sagt durch meinen Mund: «Ich habe gar keine Schwierigkeit, zu beweisen, daß die Natur mich überaus freigebig bedacht hat. Du aber mußt das gleiche tun.»

«Warum?»

«Weil man gewisse Dinge nur zu zweit macht.»

Katastrophe! Gleich einer Artillerieabteilung, die den Feind fast bis an die Kanonenmündung herankommen läßt, um ihn um so besser und sicherer zu vernichten, feuert Maurizio jetzt die Geschütze des sublimierten Menschen ab und trifft ins Ziel. Er fragt in aller Ruhe: «Sag mal, Rico, bist du vielleicht ein wenig schwul?»

Unaufhaltsamer Sturz! Indem ich ihn sprechen ließ, habe ich mein Gleichgewicht verloren. Ich schiebe ihn zur Seite, versuche, wieder die Kontrolle über mich zu gewinnen, aber vergebens. Ich rutsche unrettbar auf einer ganz gewöhnlichen Bananenschale aus, pralle auf dem harten Boden auf, ohne im Sturz auch nur den mindesten Halt zu finden. Ich schüttle meinen kahlen Kopf und lache sauer: «Ich und schwul? Wo denkst du hin!»

«Aber . . .»

«Aber was?»

«Aber der Vorschlag, den du mir gemacht hast, ist zumindest merkwürdig. Findest du nicht?»

«Du bist es doch gewesen, der sozusagen meinen Ehrenpunkt berührt hat.»

«Ja, aber du bist es gewesen, der das Gespräch auf deine Anatomie gebracht hat.»

Ich versuche, die Situation ins Scherzhafte zu wenden: «Aber geh doch! Ich und schwul! Wäre ich's nur! So müßte ich nicht mehr an die Frauen denken! Solche Herausforderungen kommen doch unter Männern vor: ‹Meiner ist größer als der deine. Nein? Gut, vergleichen wir.› Als ich noch ein Junge war, haben ich und meine gleichaltrigen Freunde solche Vergleiche angestellt.»

Umsonst. Es nützt nichts. Maurizio läßt sich nicht ablenken. Unbewegt sieht er mir gerade ins Gesicht: «Jeder hat die Freunde, die er bevorzugt. Ich sage nicht, daß derlei Dinge nicht vorkommen. Ich sage nur, daß sie bei mir weder vorgekommen sind noch vorkommen.»

Nun bin ich endgültig «unten». Aus ist es mit der Rolle des Mannes einer Signorina, einem jungen Mädchen aus guter Familie gegenüber! Unsublimiert, wie ich bin, habe ich mich blindlings auf die homosexuelle Ebene begeben und bin dabei wiederum bis zum Hals im Sumpf der Erniedrigung und der Schande versunken. Wütend flüstere ich ihm zu: «Diese neue Blamage verdanke ich dir, du Schwein, Verbrecher, du Kanaille. Demnächst rechnen wir miteinander ab!»

Maurizio hat sich inzwischen erhoben und geht zur Tür. Während er auf den Korridor hinaustritt und sich die Brille wieder auf die Nase setzt, sagt er: «Danke für die Spende. Ich werde der Gruppe Bericht erstatten. In einer Woche haben wir eine Sitzung. Ich werde dich hinbringen und vorstellen, und dann werden wir über dein Treatment diskutieren.»

Er ist aus dem Zimmer, ich gehe ihm nach, schweißbedeckt, erreiche ihn im Korridor. In banger Verwirrung frage ich ihn: «Und die Regie? Ein empfehlendes Wort von dir bei Protti könnte entscheidend sein. Flavias Vater ist Mitproduzent des Films. Flavia ist deine Verlobte . . .»

Maurizio öffnet die Wohnungstür, dann sagt er ruhig und ernst: «Ich werde mit Protti über die Regie reden, aber unter einer Bedingung.»

«Welcher?»

«Daß du mir deinen zeigst, ohne von mir zu verlangen, daß ich dir auch meinen zeige.»

Während er diese scherzhafte Bemerkung macht, klingt merkwürdigerweise der Akzent der Gegend durch, aus der er stammt, einer Gegend Italiens, die für ihre Studentenstreiche berühmt ist. Meine Wangen brennen vor Scham. Ich schreibe diese neue Erniedrigung zu Lasten seines ohnehin schon arg belasteten Kontos. Gradezu verzweifelt meine ich: «Maurizio, machen wir doch keine Witze, es geht um mein Leben.»

Im Ton meiner Stimme muß etwas so ehrlich und intensiv Angsterfülltes gewesen sein, daß Maurizio plötzlich ernst wird: «Gut, lassen wir die Scherze. Dann aber muß ich dir sagen, daß ich mit Protti über die Regie erst sprechen kann, wenn die Gruppe dein Treatment gutgeheißen hat. Protti hat nichts damit zu tun. Du kannst von mir nicht verlangen, daß ich die Gruppe übergehe.»

«Und wann wird sie es gutheißen?»

«Ich habe es schon gesagt. Wir versammeln uns in der kommenden Woche.»

«Und wirst du, wenn das Treatment gebilligt ist, mit Protti über die Regie reden?»

«Das werden wir noch sehen. Gute Arbeit. *Ciao*.»

Die Wohnungstür schließt sich. Ich stürze ins Badezimmer, reiße mir die Hose und das Hemd vom Leib, stelle mich nackt vor den Spiegel. Unglaublich! Er ist noch immer in erregtem Zustand. Vom Blutandrang geschwellt, violett glänzend, nervig und steil. Eine Erregung noch dazu, die aus Verlangen nach meinem Arbeitskollegen gegen meinen entschiedenen und ausdrücklichen Willen entstanden ist. Da sage ich zu ihm, ohne ihn zu berühren: «Diesmal werde ich dich nicht schlagen, nicht ohrfeigen. Die Erfahrung hat mich gelehrt, daß du selbst Schläge in Lust verwandelst. Aber ich will dir sagen, was ich denke: Also: du begnügst dich nicht damit, mir meine besten schöpferischen Kräfte zu entziehen, um sie an geschmacklose erotische Unternehmen zu verschwenden. Es genügt dir auch nicht mehr, mich dauernd in dem erniedrigenden Zustand der Mittelmäßigkeit, der Erfolglosigkeit, des Versagens zu halten. Jetzt willst du mich auch noch in den bodenlosen Abgrund der Homosexualität stürzen, und dies in der lächerlichsten, groteskesten und schändlichsten Weise. Kurz, du willst meine endgültige Vernichtung. Das aber soll dir nicht gelingen. Bevor du mich vernichtest, will ich dich vernichten.» In wilder Empörung, in unbeherrschter Wut, gehe ich zum Waschbecken und nehme eine Rasierklinge. Ich greife so heftig nach ihr, daß ich mich dabei in den Finger schneide. Ich fühle die Kälte des Stahls in meinen Finger eindringen. Aber ich gebe nicht auf. Ich presse die Klinge zwischen zwei Finger und führe sie, während das Blut aus meiner Wunde strömt und meine Hand färbt, zur Lendengegend. Ich sage: «Jetzt schneide ich dich weg mit einem einzigen Schnitt! Ich werde kastriert sein wie Abälard, wie Origines, wie so viele Heilige und Mystiker der Vergangenheit. Du wirst nicht mehr existieren, deine Anmaßung wird dich im Mülleimer enden lassen, dich elenden Wurm, dich ekelhaftes, gemeines, widerliches Gekröse.»

Ich drohe, tobe, führe die Klinge an ihn heran, aber ich tue natürlich nichts. Die Klinge fällt zu Boden. Ich behandle so gut es geht die Fingerwunde, desinfiziere sie mit Alkohol. Dann gehe ich ins Arbeitszimmer zurück. Setze mich an das Tischchen. Versuche, auf der Maschine zu schreiben. Es gelingt mir nicht. Die Fingerverletzung hindert mich daran. Es bleibt mir nichts übrig, als auszugehen, durch die Straßen zu laufen und zu versuchen, meine Wut verrauchen zu lassen.

VII

Isoliert!

Nacht. Ich habe den blauen Anzug an, dazu weißes Hemd und dunkle, gestreifte Krawatte. Ich sitze in Faustas Wohnung. Es ist zwischen uns abgemacht, daß sie mich jedesmal, wenn die gesellschaftliche Pflicht es erfordert, begleiten muß, ohne daraus gefühlsmäßige oder gar erotische Ansprüche abzuleiten. Heute abend ist ein solcher Anlaß. Protti, der Filmproduzent, hat uns zum Abendessen eingeladen. Fausta wird mich also begleiten, wie es einer Ehegattin geziemt. Nach dem Abendessen jedoch werde ich sie zu ihrem Haus zurückführen, mich von ihr auf der Straße verabschieden und allein in meine Wohnung schlafen gehen.

Ich strecke die Beine von mir, um die Hose nicht zu zerdrücken, die Fausta eben gebügelt hat. Ich rauche und bin miserabler Laune. Fausta steht mit dem Rücken zu mir vor dem Schrankspiegel und macht die letzten Retuschen. Das Kleid, das sie trägt, mochte ich einmal besonders gern: kurzes Jäckchen und eine tiefangesetzte Hose, so daß zwischen dem Rand des Jäckchens und dem Hosenbund ihr Bauch fast zur Gänze nackt bleibt. Das Kleid ist jenem nachgebildet, das sie trug, als ich sie zum erstenmal bei «Mariú mode» sah. Auch damals trug sie eine Hose und ein Jäckchen. Vielmehr, es war kein richtiges Jäckchen, sondern eine Bluse, die sie unter den Brüsten befestigt hatte. Wieder muß ich gelangweilt und doch mit aller Grausamkeit feststellen, daß sich die Fausta von heute zur Fausta von einst verhält wie ein Mensch zu seiner Karikatur. Ihr großer nackter Bauch quillt über den Hosenbund. Dicke Falten legen sich auf dem Rücken übereinander wie bei einer Ziehharmonika. Warum aber bin ich so schlecht gelaunt? Weil ich beschlossen habe, an diesem Abend Protti gegenüber die Frage der Regie anzuschneiden und es mir keineswegs klar ist, wie er das aufnehmen wird. Was Maurizios Versprechungen betrifft, so fühle ich instinktiv, daß es besser ist, mit ihnen nicht zu rechnen.

Fausta beugt sich vor, um sich die Lidschatten aufzutragen. Dabei macht er mich mit der ihm eigenen, irritierenden Gleichgültigkeit gegen meinen Seelenzustand und mit einer ordinären Witzigkeit auf die zwei riesigen Kugeln aufmerksam, die sich, durch einen Einschnitt voneinander getrennt, unterhalb des Steißbeins meiner Gattin wölben. Ich zucke im Geist die Achseln, als wollte ich sagen: «Merkst du denn nicht, daß ich jetzt keinen Sinn dafür habe?» Nichtsdestoweniger schnappt jetzt mein üblicher psychischer Mechanismus ein. Dieses monumentale Gesäß, auf das er mich mit der an ihm gewohnten wahllosen Begehrlichkeit aufmerksam macht, erweckt in mir den Drang, zu Fausta grausam zu sein. Ich will mich ihr überlegen fühlen, will ihr gegenüber «oben» sein. Plötzlich frage ich sie brutal: «Sag mal, glaubst du noch immer dieselbe zu sein wie vor zehn Jahren?»

«Warum?»

«Vor zehn Jahren warst du eine Gerte. Jetzt bist du ein Ungetüm. Bist du noch nicht darauf gekommen, daß dir gewisse Kleider nicht mehr stehen?»

«Die Mode ist nun mal so.»

«Eine Frau, die einen Hintern hat wie du, müßte doch so viel Verstand besitzen, sich nicht an die Mode zu halten! Aber du hältst dich gar nicht an die Mode, sondern an etwas anderes: an die Vorstellung, die du dir von unseren Beziehungen machst.»

«Was soll denn das wieder heißen!»

«Gib es zu: du hoffst, mich zu erobern, wenn du dich so anziehst wie bei unserer ersten Begegnung. Aber mach dir keine Illusionen, damit eroberst du mich nicht. So ein Kleid kann vielleicht den Kunden von ‹Mariú mode› gefallen, nicht mir.»

«Ich habe Mariú nicht mehr gesehen, seit wir verheiratet sind, du weißt das doch.»

«Egal, dieses Kleid ist indezent. Wir sind bei meinem Filmproduzenten zum Abendessen geladen, und zwar in einem kritischen Augenblick meiner Karriere. Ich will nicht, daß man sagt, meine Frau kleide sich wie eine Hure.»

«Was ist denn so Übles an dem Kleid?»

«Das Üble ist, daß es deinen riesigen Bajaderenbauch allen Blicken preisgibt. Am Ende wirst du nach dem Abendessen noch einen Bauchtanz aufführen.»

Fausta dreht sich jäh um und stellt sich vor mir auf. Oh, sie hat geweint, und ich habe es gar nicht bemerkt. Ihre Augenränder sind naß von Tränen, sie rinnen die Wangen hinab und hinterlassen Streifen im Puder. Sie stottert, während sie mir ihr Gesicht mit Doppelkinn zuwendet: «Rico, warum bist du so böse zu mir? Was habe ich dir denn getan? Wenn du willst, ziehe ich das Kleid aus, obwohl es mein bestes ist, und nehme ein anderes. Aber könntest du es nicht etwas höflicher sagen?»

O weh, o weh, o weh! Obwohl Fausta, was die sexuelle Bereitschaft betrifft (sie ist praktisch jederzeit zur Liebe bereit), zweifellos unsublimierter ist als ich, so ist sie doch, was die für unsublimierte Menschen so typischen Gefühlsäußerungen angeht, weniger unsublimiert als ich. Sie weint zwar leicht, aber nicht ohne Schläue, sie weiß sehr wohl, daß ich als typisch unsublimierter Mensch rasch zu rühren bin. Ich kann sie nicht weinen sehen. Ich werde sofort weich. Auch jetzt fühle ich den sehnlichen Wunsch, mich ihr zu Füßen zu werfen, ihre Beine zu umklammern, sie um Verzeihung zu bitten, mein Gesicht in ihrem nackten Riesenbauch zu verbergen wie in einem weichen Kissen aus warmem Fleisch und alles zu vergessen.

Ich beherrsche mich und fahre fort: «Da nützt kein Kleiderwechsel. Du müßtest dich selber auswechseln. Dich zurückentwickeln vom Ungetüm zur Gerte. Ich könnte, verstehst du, die Annullierung meiner Ehe mit der Begründung verlangen, daß die Frau, die ich vor zehn Jahren geheiratet habe, nicht mehr existiert und daß eine ganz andere ihren Platz eingenommen hat.»

«Was willst du eigentlich, soll ich mich umziehen oder nicht?»

«Nein.»

«Soll ich also das Kleid anbehalten?»

«Auch nicht!»

«Was willst du also? Soll ich nackt gehen?»

«Ich will gar nichts.»

«Kann ich nun endlich wissen, was du eigentlich willst?»

«Ich habe es dir schon gesagt: nichts!»

Ich sage dieses «nichts» mit solcher Wut, daß Fausta erschrocken und wortlos zum Spiegel zurückkehrt und hastig ihr Make-up wieder in Ordnung bringt. Im Nu ist sie fertig. Wir gehen auf Zehenspitzen in den Korridor, um Cesarino nicht zu wecken, der im Nebenzimmer schläft, zusammen mit dem neuen Dienstmädchen. Im Aufzug betrachte ich Fausta und sehe, daß sie sich getröstet hat. Ihr Gesicht mit dem Doppelkinn hat ganz den Ausdruck einer bürgerlichen Dame, die sich mit ihrem Gatten zu einer Party begibt. Wieder wandelt mich die Lust an, grausam zu ihr zu sein. Diesmal aber nicht nur, um sie an ihren Platz zu verweisen (das heißt nach «unten»), sondern auch, weil es unerläßlich ist, daß sie gewisse Dinge zur Kenntnis nimmt.

Der Aufzug hält, wir steigen aus. Im Hausflur geht Fausta voran: ihre mächtigen Hüften schwingen majestätisch in der flatternden, glockenförmig auslaufenden Hose: sie gleicht einem Segelschiff auf bewegter See. Wir sind auf der Straße. Steigen in den Wagen. Ich schalte den Motor ein. Während ich den Wagen lenke, sage ich:

«Ich muß dich auf etwas aufmerksam machen.»

«Auf was?»

«Wir fahren jetzt zu Protti, dort werden wir seinen üblichen Hofstaat antreffen, Ehrabschneider, Speichellecker, Schmeichler und sonstige Bagage. Und natürlich auch Mafalda.»

«Wer ist Mafalda?»

«Wer Mafalda ist? Prottis Frau.»

«Du meinst Leda Lidi?»

«Das war ihr Künstlername in den dreißiger Jahren. Jetzt ist sie Prottis Frau und heißt Mafalda.»

«Ich wußte nicht, daß sie Mafalda heißt. Ich kannte sie nur unter dem Namen Leda Lidi.»

«Du kennst sie unter diesem Namen, weil du nie mit ihr verkehrt hast. Für ihren Mann aber und die eingeweihten Freunde heißt sie Mafalda.»

«Mafalda. Was für ein häßlicher Name!»

Fausta macht Konversation, eben wie eine bürgerliche Dame, die sich mit ihrem Gatten zu einer Party begibt: ich weiß selbst nicht, warum mich dies so irritiert und zu neuer Grausamkeit reizt. Ich sage ungeduldig: «Aber es geht doch nicht um den Namen von Prottis Frau, sondern um etwas viel Wichtigeres. Hör mir jetzt gut zu und unterbrich mich bitte nicht. Ich habe gesagt, daß wir außer der üblichen Bagage auch Mafalda treffen werden. Ich müßte dir gar nichts sagen und könnte heimlich vorgehen. Aber das liegt mir nicht. Ich mache dich also darauf aufmerksam, daß ich, um aus meiner ungünstigen Situation herauszukommen, vielleicht gezwungen sein werde, gewisse Initiativen zu ergreifen.»

«Ich verstehe nicht. Du drückst dich so schwierig aus.»

«Du verstehst nie etwas. Sprechen wir also klar. Erstens: ich möchte die Regie des Films bekommen, dessen Drehbuch ich jetzt schreibe. Zweitens: Protti und sein Hofstaat sind mir nicht sehr günstig gesinnt. Drittens: Mafalda könnte Protti zu meinen Gunsten beeinflussen. Viertens: Cutica zum Beispiel verdankt seine Karriere so einer Beeinflussung Prottis durch Mafalda. Fünftens: es ist sehr wahrscheinlich, daß ich heute abend gezwungen sein werde, dasselbe zu tun, was Cutica getan hat. Verstehst du jetzt?»

«Nein. Was hat Cutica getan?»

«Alle Welt weiß, was Cutica getan hat.»

«Ich weiß aber nicht einmal, wer Cutica ist.»

«Du weißt es deshalb nicht, weil du mir nie zuhörst, wenn ich zu dir rede. Ich habe dir schon hundertmal von Cutica erzählt. Ihn meine ich, wenn ich sage: ‹Der Wurm.›»

«Ach, der Wurm. Das also ist Cutica?»

«Genau.»

«Das ist mir nicht aufgegangen. Du redest so viele Dinge, und ich habe so viel zu tun, daß ich dich manchmal gar nicht richtig höre.»

«Das ist es ja, was ich gesagt habe: Du hörst mir nie zu. Jetzt aber weißt du es. Cutica ist der Wurm. Und zugleich Prottis Sekretär. Du wirst mir nicht erzählen, daß du auch nicht mehr weißt, wie er aussieht. Ich habe dich schon mit ihm sprechen sehen.»

«Möglich, daß ich mit ihm gesprochen habe, aber da man mir die Leute nie vorstellt, kann ich mich an ihn nicht mehr erinnern.»

«Er sieht wirklich aus wie ein Wurm, klein, beinahe kahl, blasses Gesicht. Es scheint nur aus Augen zu bestehen, vielmehr aus Brille. Sein Mund wirkt zunächst ganz normal, aber wenn er ihn beim Lachen aufreißt, glaubt man, in einen Backofen zu blicken. Leider lacht er sehr oft. Erinnerst du dich jetzt an ihn?»

«Ach, das ist Cutica! Denk dir, ich habe immer gemeint, er heißt Mercuri.»

«Nein, Mercuri ist ein ganz anderer. Kommen wir aber wieder zur Sache. Du hast mich gefragt: ‹Was hat Cutica getan?›, und ich antworte dir: ‹Er hat mit Prottis Frau geschlafen.›»

«Mit Leda Lidi?»

«Ja, mit Mafalda. So ist er vom Laufburschen zu Prottis Sekretär avanciert. Hast du jetzt kapiert?»

«Ja. Aber was hast du mit der ganzen Sache zu tun?»

«Ich habe mit ihr insofern zu tun, als ich die Regie des Films bekommen möchte, an dem ich momentan arbeite. Und nur Mafalda kann Protti so weit beeinflussen, daß er mir die Regie anvertraut.»

Diesmal sagt Fausta nichts. Endlich hat sie begriffen.

Nach einem langen Schweigen, das sie offenbar dazu benützt hat, nachzudenken, meint sie in verstehendem und gutmütigem Ton: «Das alles heißt, es genügt dir nicht mehr, außer Haus zu leben, sondern du willst mich jetzt auch noch mit Prottis Frau betrügen.»

«So also bist du! Mit dir kann man nicht reden! Vor allem ist die Sache noch gar nicht sicher, alles hängt davon ab, was mir Protti sagt. Wenn ich sehe, daß er, was die Regie betrifft, Schwierigkeiten macht, dann muß ich die Operation Mafalda einleiten. Auf keinen Fall aber würde ich dich betrügen. So etwas gehört einfach zur Arbeit, von ihr hängt unsere Zukunft ab. Ich würde es nicht nur für mich tun, sondern auch für dich und Cesarino.»

«Danke für das Opfer!»

«Nimm es doch nicht so auf. Auch bei dieser Gelegenheit mußt du beweisen, daß du eine verständnisvolle und intelligente Gattin bist.»

«Verständnisvoll, ja, aber nicht so weit, daß ich dir auch noch helfe, mich zu betrügen.»

«Betrügen! Mit Mafalda! Mit Mafalda kann man niemanden betrügen. Höchstens sich selbst. Weißt du denn, wie alt sie ist?»

«Ja, ja, du findest immer einleuchtende Worte, diesmal aber kriegst du mich nicht herum. Ich sehe nur eines: Ich habe einen schamlosen Mann, der von seiner Frau verlangt, sie soll die Augen schließen, wenn er ein Verhältnis mit einer alten Schachtel anfängt, einem abgetakelten Stummfilmstar.»

«Wieso Stummfilm. Der Stummfilm war 1933 zu Ende, Mafalda hat ihren ersten Film 1940 gedreht.»

«Stummfilm oder nicht, sie ist eine alte Schachtel, und du willst mich mit ihr betrügen. Weißt du, was du bist? Völlig pervers. Jetzt treibst du es schon mit alten Schachteln. Das hat gerade noch gefehlt.»

Ich beschließe, auf die harte Tour umzuschalten. Die Banalität von Faustas Antworten zeigt, daß wir trotz der Streiterei in eine ganz gewöhnliche bürgerlich-eheliche Konversation verfallen. Brutal sage ich: «Ich verlange von dir gar nicht, daß du die Augen schließt, ich verlange ganz im Gegenteil, daß du sie offenhältst. Schau nur zu, wenn es dir Spaß macht. Aber stell dich mir nicht in den Weg! Du bist meine angetraute Frau und schuldest mir nach dem Gesetz Gehorsam in guten und schlechten Zeiten. Du hast nicht zu protestieren, sondern du mußt mir, wenn nötig, helfen.»

Meist genügt es, wenn ich zu ihr grob werde: Fausta schluckt ihre Tränen hinunter und schweigt. Diesmal ist aber anscheinend das, was ich verlange, selbst für sie zuviel: «Verständnis? Hast du denn welches für mich?»

«Ich habe Anspruch auf dein Verständnis. Du aber hast keinen Anspruch auf das meine. Ob ich Verständnis habe oder nicht, hängt ganz von mir ab. Du hingegen mußt gehorchen, ohne zu mucksen. Einverstanden?»

«Gar nicht einverstanden. Sobald ich sehe, daß du dich an Prottis Frau heranmachst, mache ich einen Skandal.»

«Sag das noch einmal.»

«Ich mache einen Skandal!»

Wir sind auf der Via Flaminia, noch in bewohntem Gebiet. Ich verlangsame die Fahrt und halte am Straßenrand. Ich ziehe die Handbremse an, stelle den Motor ab, beuge mich über Faustas Beine, öffne den Wagenschlag und sage im Befehlston: «Steig aus.»

Sie rührt sich nicht. Schrecken steht in ihrem schwammigen Gesicht, ein qualvoller Zug, als litte sie an Zahnschmerz. Ich sehe, daß sie leidet, und es ist mir gar nicht unangenehm. Wir stecken wohl beide im Sumpf der Unsublimiertheit, sie aber ist «unten», während ich mich, wenngleich mit einiger Mühe, «oben» halte. Ich wiederhole: «Willst du aussteigen, ja oder nein?»

Sie sieht mich an, rührt sich aber nicht. Ich: «Steig aus. Zwing mich nicht, Gewalt anzuwenden.»

Endlich spricht sie, fragt in herzzerreißendem Ton: «Aber Rico, warum bist du so böse zu mir?»

Achtung. Ich darf mich nicht erweichen lassen. Unsublimiert hin, unsublimiert her, es ist immer noch besser, autoritär und sadistisch zu sein als sentimental und masochistisch. Ich sage hart: «Ich bin nicht böse. Ich kann mich nur nicht solchen Risiken aussetzen.»

Zwei Tränen rinnen ihr die Wangen hinab. Zwei weitere haften an ihren langen, falschen Wimpern. Sie sagt: «Ich will alles tun, was du willst. Zwing mich nur nicht, mitten auf der Straße auszusteigen. Ich bitte dich.»

«Willst du also brav sein?»

Das zweite Paar Tränen löst sich von den Wimpern und folgt den Spuren des ersten: «Ja.»

«Weine jetzt nicht. Du versprichst mir, keinen Skandal zu machen?»

Sie nickt wieder mit dem Kopf, wobei ein drittes Paar Tränen sichtbar wird: «Ja.»

«Wir sind uns also einig?»

Das dritte Paar Tränen quillt aus ihren Augen und gesellt sich zu den vorangegangenen: «Ja.»

Ich schließe den Wagenschlag, stelle den Motor wieder an, löse die Handbremse und fahre los. Ich bin gar nicht mit mir zufrieden. Gewöhnlich schiebe ich ihm die Schuld an allem zu, was ich vor meinem Gewissen nicht rechtfertigen kann, diesmal aber gelingt es mir nicht. Er hat wirklich nichts mit der Sache zu tun. Die Idee, Mafalda bei ihrem Gatten zu meinen Gunsten intervenieren zu lassen, stammt von mir. Ich muß ehrlicherweise zugeben, daß er von meinem zynischen Plan angewidert ist, sich gegen ihn sträubt. Bin ich also wirklich so schamlos, wie Fausta findet? So ganz «durchtrieben», wie mich zweifellos Prottis «Hofstaat» nach Bekanntwerden meines Verhältnisses mit Mafalda nennen wird? In gewissem Sinne und nach allgemeiner Auffassung sicher. Nicht aber nach dem ungeschriebenen Gesetz der Sublimierung. Gewisse Skrupel zu haben, gehört zu den Eigenschaften unsublimierter Menschen. Sie schwanken unentschieden zwischen Gut und Böse. Sind unfähig, sich in den Zustand der Sublimierung zu erheben, die das einzig wahre Gut ist, das einzige Ziel, das jedes Mittel rechtfertigt und über allen schwankenden und sklavischen Begriffen steht.

Diese Überlegungen bestärken mich in meinem Entschluß. Während ich den Wagen lenke, höre ich ein lautes Aufziehen mit der Nase, ein lautes Geschneuze, das von der Seite kommt, wo Fausta sitzt. Ich senke meinen Blick. Ihr immer noch jugendlicher, wenn auch schon formloser und übermäßiger nackter Bauch quillt zwischen dem zu kurzen Jäckchen und der zu tief angesetzten Hose hervor. Ich folge einmal *seinem* Rat («Streichle sie doch, du machst damit ihr und mir eine Freude»), strecke die Hand aus, berühre mit den Fingern die tiefen, rundlichen Falten, unter denen sich der Bauch in seinem ursprünglichen Umfang verbirgt. Ich bohre meinen Zeigefinger in ihren Nabel, kratze darin ein wenig mit dem Nagel. Fausta fährt auf: «Du kitzelst mich, hör auf.»

«Hast du mich lieb?»

«Ja, sehr, du weißt es doch.»

Ich nehme Faustas Hand, führe sie zu meinen Lenden, presse sie auf ihn:

«Auch ich hab dich lieb. Hier der Beweis.»

Ich lenke wieder mit beiden Händen. Fausta weiß, was sie jetzt zu tun hat. Ich fühle auch schon ihre kleine, kurze und dickliche Hand meine Hosenknöpfe der Reihe nach öffnen. Sie fährt zart hinein (mit der gleichen Zärtlichkeit sah ich sie, als sie noch Cesarino stillte, ihre Brust aus dem Kleid herausnehmen), dringt zu ihm vor, der schon in schöner Bereitschaft ist, drückt ihn erst, wie um seinen Umfang und seine Festigkeit abzuschätzen, und zieht ihn dann seitwärts heraus, mit etlicher Mühe, als gelte es, einen langen Balken oder eine hohe Leiter durch eine schmale Tür zu bringen. Bei einer Kurve leuchten plötzlich die Scheinwerfer eines entgegenkommenden Autos auf, sie schreckt zusammen und will ihn wieder zurückschieben. Ich beruhige sie: «Keine Angst, niemand kann es sehen. Schon deshalb nicht, weil die Lenker der entgegenkommenden Wagen von meinen Scheinwerfern geblendet werden. Halte ihn nur fest wie einen schönen Blumenstrauß.»

«Es tut mir nur so leid, daß du diesen Blumenstrauß Prottis Frau schenken willst.»

«Beruhige dich, es ist höchstens eine Leihgabe, kein Geschenk. Höre dir lieber diese Geschichte an. Auf dem Balkan war einmal ein König, der eine wunderschöne Frau hatte. Während der Paraden, wenn der Wagen langsam die Kompanien abfuhr, die vor dem König präsentierten, und er salutierend dankte, preßte *ihn* die Königin unter der Decke, die beider Beine umhüllte, genauso, wie du es jetzt mit mir tust. So präsentierten die Truppen genaugenommen nicht vor dem König, sondern vor ...»

«Dem wahren König.»

«Dem König der Könige. Nennst du ihn nicht so?»

«Ja, den König der Könige.»

«Hör dir noch eine andere Geschichte an. Zur Zeit der Papstherrschaft versprach der Richter einem zum Tode Verurteilten, ihn zu begnadigen, falls es ihm gelingen sollte, mit einem gefüllten Wassereimer, aufgehängt an seinem Glied, die Treppe des Aracoeli zu ersteigen. Der Verurteilte erklärte sich bereit, wenn seine junge und schöne Frau, rückwärts schreitend und mit hochgehobenem Rock, so daß ihr Geschlecht entblößt würde, vor ihm herginge. Die Ersteigung der Treppe begann. Der vollgefüllte Wassereimer hing an seinem Glied, sie hob den Rock hoch und spornte ihn an: ‹Mut, mein Schönster, Mut!› Während der ersten zwei Drittel der Treppe ging alles gut, dann aber drohte der Mann zu versagen. Weißt du, was seine Frau da tat? Sie drehte sich um und lüpfte den Rock über ihrem Hintern. Der Mann bewältigte wie im Flug den Rest der Treppe und wurde daraufhin begnadigt.»

Wir sind endlich vor dem Gartentor von Prottis Villa angelangt. Die Torflügel stehen offen, flankiert von drei oder vier sehr hohen Pinien. Ich biege in die Zufahrt ein. Zwei Reihen weiß- und rotblühenden Oleanders gleiten uns, während wir einfahren, im Dunkel der Nacht entgegen. Ich sage zu Fausta: «Jetzt aber genug!»

Flink und leicht und doch mit zarter, eher übertriebener Vorsicht, als handle es sich um einen gebrechlichen und ungemein kostbaren Gegenstand, schiebt ihn Fausta in sein Gefängnis zurück und schließt ihn wieder ein.

Ich schärfe ihr noch einmal ein: «Blamiere mich nicht durch dein blödes Benehmen. Sprich nicht, wenn du nicht genau weißt, was du sagst. Lach nicht zuviel. Sei nicht zu laut. Trink nur sehr wenig. Vergiß nicht, daß du ungebildet bist, eine halbe Analphabetin. Schweig also lieber, wenn sich eine etwas schwierigere Diskussion anbahnt. Du hast nur eine flüchtige Erziehung genossen, dein Vater war ein Maurer, und du warst zwei Jahre lang ein Callgirl. Du mußt also dein Benehmen genau überwachen, du mußt nicht nur auf das achten, was du sagst, sondern auch darauf, wie du es sagst, und überhaupt, wie du dich benimmst. Und jetzt schließe noch einen Knopf an deinem Jäckchen, man sieht ja deinen ganzen Busen.»

Ich gebe ihr diese Empfehlungen, weil ich aus Erfahrung weiß, daß sie nötig sind. Ich kann aber nicht leugnen, daß ich es auch aus einem gewissen Vergeltungsgeist tue: Da ich mich fast allen anderen gegenüber dauernd «unten» fühle, halte ich mich an Fausta schadlos, dem einzigen Menschen, demgegenüber ich mich «oben» fühle.

Fausta protestiert: «Du sagst doch immer, man muß den Busen sehen, und du sagst, daß ich einen schönen Busen habe und ihn nicht verstecken soll.»

«Du hast keinen *schönen* Busen, sondern einen *riesigen*, wie eine Kuh. Es gibt gewiß Männer, die einen solchen Busen zu schätzen wissen, zum Beispiel ich . . . An sich aber bist du indezent. Vergiß nicht, daß du meine Frau bist und dich daher würdig aufführen mußt wie eine richtige Dame.»

Im Innenspiegel sehe ich, wie sie sich mit eingeschüchtertem Gesicht das Jäckchen zuknöpft. Ich schließe meine Ermahnungen: «Und steh nicht auf, wenn dich wer grüßt oder wenn dir wer vorgestellt wird. Eine Dame muß immer sitzen bleiben, nur in den allerseltensten Fällen steht sie auf. Ich habe dich beobachtet, als wir das letzte Mal bei Protti waren. Du bist aufgestanden, als dir dieser Rowdy, Prottis amerikanischer Kompagnon, vorgestellt wurde. Dieser Amerikaner ist gewiß sehr mächtig und hat sehr viel Geld, du aber bist eine Dame und mußt sitzen bleiben. Vergiß nicht: du bist keine Hure für 10000 Lire mehr. Du bist meine Frau. Verstanden? Und wenn dir jemand nach altmodischer Sitte die Hand küßt, dann schlag sie ihm nicht um die Nase, du mußt es ihm überlassen, sie an seinen Mund zu führen. Verstanden?»

Wir haben den Platz vor der Villa erreicht. Ich stelle den Wagen in einem Seitenweg ab, wir steigen aus und gehen auf die Villa zu. Der Platz vor ihr ist kreisrund. Hohe Zypressen säumen ihn ein, ihre Wipfel wiegen sich vor dem dunklen Nachthimmel. Lampen mit blauen Scheiben verbreiten ein mattes, trauriges Licht, man muß an einen Friedhof denken. In der Mitte steht ein langer, schmaler Tisch. Die Gäste haben an beiden Seiten bereits Platz genommen. Ein seltsames, erstauntes Schweigen empfängt uns. Und auch das erweckt den Eindruck, man habe es mit einer Geistergesellschaft zu tun. Die Villa selbst imitiert den Stil der Bauernhäuser im Latium: rostbrauner Verputz, schräge Mauern, Ziegeldach. Zu beiden Seiten der Eingangstür brennen Lampen. Diener in weißen Jacken laufen mit den Tabletts über die Eingangstreppe auf und ab.

Ich raune Fausta zu: «Wir haben uns verspätet – deine Schuld.»

«Nein, du bist zu spät zu mir gekommen.»

«Nein, ich bin nicht zu spät gekommen. Ich war pünktlich.»

Wir nähern uns langsam der Tafel. Während wir über den Platz schreiten, sehe ich wie gewöhnlich mich und Fausta im Geist vor mir, so wie wir in diesem Augenblick aussehen. Die unsublimierten Menschen haben ja alle einen Minderwertigkeitskomplex und können nicht umhin, sich selber zu sehen. Die sublimierten Menschen hingegen sehen sich nicht, denn ihr Superioritätskomplex macht sie sozusagen vor sich selber unsichtbar. Da haben wir also die völlig außer Form geratene Fausta, die sich dahinwälzt, mit ihrem Doppelkinn, ihrem nackten, über dem Hosenbund hervorspringenden Riesenbauch, mit ihrem ebenfalls nackten, förmlich explodierenden, vom Jäckchen kaum bedeckten Busen, ihren ausladenden, schwingenden, monumentalen Hüften. Und neben ihr gehe ich einher, klein, krummbeinig, Bauch heraus, kahler Kopf, herrisches, stolzes Gesicht.

Diese leider sehr objektive, zutreffende Vision läßt mich innerlich sarkastisch ausrufen: «Ein schönes Paar, das muß man sagen!»

Vergeblich versuche ich, mehr Würde und Überlegenheit zu erlangen, indem ich meinen Bauch einziehe, meine Brust herauswölbe und mein Kinn hebe. Meine rettungslose Unsicherheit verrät sich aber dadurch, daß ich, ohne es selbst zu merken, die Hand in die Hosentasche stecke und nach ihm greife, als wollte ich mich des einzigen Teils meiner Person versichern, auf den ich wirklich stolz sein kann. Wir sind beim Tisch angelangt. Da entdecke ich – und mein ganzer künstlicher Stolz bricht angesichts der wirklichen Situation zusammen –: das Abendessen, zu dem geladen zu sein ich fest überzeugt war, geht seinem Ende zu. Der Tisch macht einen verwüsteten Eindruck, die Gäste haben bereits gut gegessen und viel getrunken. Sie sitzen regellos durcheinander, einige sogar abseits. Schmutzige Bestecke, halbvolle Gläser, halbleere Flaschen, Teller mit den Schalen riesiger und bis zum weißen Fleisch abgenagter Wassermelonen stehen herum. Klar: ich habe mich geirrt. Möglicherweise hat sich auch Prottis Sekretärin geirrt, als sie mir die Einladung zusandte. Es ist die symbolische Bestätigung meines Loses eines unsublimierten Menschen: eines Menschen, der einen Augenblick lang der Illusion verfallen war, von den sublimierten Menschen als gleichwertig behandelt worden zu sein und nun plötzlich bemerken muß, daß es nicht stimmt.

Ich flüstere Fausta zu: «Sie sind mit dem Essen schon zu Ende, die Einladung galt für nach dem Essen.»

«Mir ist es egal, ich habe sowieso keinen Hunger.»

«Was hat das mit Hunger zu tun, du Idiotin!»

«Was hast du denn?»

«Halt deinen Schnabel und reich mir deinen Arm. Nicht so: lege die Hand auf meinen Arm. Ja, so.»

Wir stehen vor dem Tisch. Ich schwenke die Hand in der Luft, deute einen allgemeinen Gruß an und sage laut: «Seid alle gegrüßt!» Dabei – klick! – fotografiere ich sie gleichsam alle mit einem Blick, jeden einzelnen von ihnen, so wie sie da sitzen. Protti sitzt an dem einen Ende der Tafel, seine Frau am anderen. Dazwischen in zwei Reihen alle oder fast alle Leute, die Prottis Hofstaat bilden, wie ich bekanntlich seit einiger Zeit diese ganze Gesellschaft mit abgründiger Verachtung zu bezeichnen pflege. Etwa ein Dutzend Leute, eine ausgesuchte Bande von Arschkriechern, Gaunern und Schmarotzern. Während ich sie mir so ansehe, tröste ich mich bei dem Gedanken, daß es unter ihnen keinen einzigen gibt, der nicht noch unsublimierter wäre als ich. Ich aber, wenn auch unsublimiert, weiß wenigstens, daß ich es bin. Sie jedoch wissen es nicht. Sie und die ihrer würdigen Gattinnen sind unsublimiert, ohne es zu wissen. Unsublimiert gewissermaßen zum Quadrat erhoben, eben weil sie es sind und es nicht wissen. Egal, ob sie nun Maskenbildner, Drehbuchautoren, Journalisten, Assistenten und so weiter sind; egal, ob sie mehr Erfolg, mehr Geld und Ansehen haben als ich. Was zählt, ist, daß in ihnen kein Schimmer von Sublimierung zu finden ist; ja, sie ahnen nicht einmal, daß es so etwas wie Sublimierung gibt. Ich sehe sie nackt, als sendeten meine Augen Röntgenstrahlen aus. Ich sehe sie und ihre Frauen zu beiden Seiten der Tafel sitzen, ihre Beine sind gespreizt, ihr Geschlecht hängt träg herab oder öffnet sich halb unterm Haar ihres gemeinen Unterleibes. Das bißchen Energie, mit dem die Natur sie bei der Geburt ausgestattet hat, ist schon seit langem verdunstet wie das Wasser eines Sees ohne Zuflüsse, den die Sonne austrocknet. In ihren leeren und sterilen Köpfen ist als Schlamm zurückgeblieben, was man im allgemeinen den gesunden Menschenverstand nennt.

Nichts von diesen Gedanken ist von meinem Gesicht abzulesen, während ich Fausta an meinem Arm hinter mir herziehe. Ich begrüße zuerst Prottis Frau, dann Protti. In dem Augenblick, in dem ich, wie bereits gesagt, meine Hand zum allgemeinen Gruß schwenke, muß ich feststellen, daß auch mein Erzfeind Cutica zugegen ist. Es ist, als hätte ich, den Tisch mit einem Blick übersehend, um den Kopf dieses verhaßten Individuums einen Kreis gezogen, so wie man auf Zeitungsbildern eine bestimmte Person aus einer sonst anonymen Menge heraushebt. Da sitzt er also, dieser Cutica, genauso wie ich ihn Fausta geschildert habe: Sein Kopf ist nicht gänzlich kahl, über die kahle Stelle sind vielmehr schüttere schwarze Haare gelegt; riesige Brille, in Schildpatt gefaßt; ganz kleine Nase; unter der Nase ein knallroter Mund, der nicht groß ist, der sich aber wie durch ein widerliches Naturwunder beim Lachen von einem Ohr zum anderen auszudehnen scheint. Cutica ist gewandt, intrigant, schnüffelt überall herum. So hat er es verstanden, in kurzer Zeit das zu werden, was ich, wäre ich mir meiner Unsublimiertheit weniger bewußt, hätte werden können oder müssen. Für den praktischen Erfolg ist es weit vorteilhafter, unbewußt unsublimiert zu sein als bewußt. Jedenfalls aber ist er ein Wurm, dieser Cutica. Er gleicht einem jener Tropenwürmer, die sich auf verschlungenen Wegen durch den menschlichen Körper bohren und schließlich, wenn man es am wenigsten ahnt, in einem lebenswichtigen Organ festsetzen.

Wiederum flüstere ich Fausta zu: «Cutica wurde zum Essen geladen, wir nicht.»

«Was kümmert's dich?»

Nach einem Augenblick der Verwunderung begrüßen uns die Gespenster mit ziemlicher Höflichkeit, wenn auch mit falscher. Ich höre meinen Namen in dem typischen, halb freudigen, halb müden Ton aussprechen: *«Ciao, Rico, addio, Rico, salve, Rico.»* Protti erhebt sich und küßt nach alter Kavalierssitte Fausta die Hand, die ihm, sich Gott sei Dank an meine Empfehlungen haltend, mit der Hand nicht gegen die Nase fährt. Sie setzt sich neben Protti, ich setze mich, in Verfolgung meines Planes, neben Prottis Frau.

Protti scheint guter Laune zu sein. Er sagt: «Kaffee? Oder Wassermelone? Jawohl, Wassermelone.» Dann wendet er sich den Dienern zu, ohne unsere Antwort abzuwarten: «Schnell, bringt noch eine Wassermelone, los, schnell! Und für mich noch einen Kaffee.»

Bald darauf wird eine mächtige Schnitte Wassermelone vor mich hingestellt. Ich nehme ein ausgiebiges Stück in die Hand, und während ich es langsam verzehre, betrachte ich Protti und seine Frau, als sähe ich sie zum erstenmal. Ich sehe sie auch tatsächlich zum erstenmal: Bisher hatte ich sie als Mensch zu Mensch betrachtet; an diesem Abend aber betrachte ich sie aus ganz anderer Sicht, aus der des Subjekts im Verhältnis zum Objekt. Ich bin das Subjekt, sie sind die Objekte. Ich muß sie, ob sie es merken oder nicht, dazu bringen, zu tun, was ich will.

Kann denn ein unsublimierter Mensch seinen Willen zwei sublimierten Menschen aufzwingen, wie es Protti und seine Frau unzweifelhaft sind? Er kann es, allerdings unter der Voraussetzung, daß er seine eigene Unsublimiertheit in ihr sublimiertes Spiel einschaltet. Mit anderen Worten: Ich muß Protti umgehen, muß seine Frau verführen.

Ich studiere die beiden, während ich dies überlege. Protti ist ein schöner Mann, eine dekorative Erscheinung, ein Industriekapitän alten Stils, der seine Krallen unter Samtpfoten verbirgt, unter einer geschmeidigen, väterlichen, mitunter ironischen Liebenswürdigkeit. Er ist groß, breit, eher massig. Er trägt stets einen blauen Anzug mit weißen Streifen, dazu ein weißes Hemd und eine Seidenkrawatte. Er hat das banale, wenn auch ansprechende Gesicht eines amerikanischen Managers, es ist rosig und blühend unter seinem dichten, sorgsam gekämmten Silberhaar. Große schwarze, leuchtende, klare, offene Augen. Gebogene, herrische Nase. Eleganter roter Mund, stets zu einem verführenden Lächeln bereit. Was ist Protti für mich? Ein Filmproduzent, versteht sich, oder besser gesagt, «mein» Filmproduzent, für den ich seit zehn Jahren exklusiv arbeite. In erster Linie aber ein Mann, demgegenüber ich mich ebenso «unten» zu fühlen verdammt bin wie – wenn auch in ganz anderer Weise – Maurizio gegenüber. Und nun Mafalda, Prottis Frau. Sie sitzt neben mir, ich berühre sie mit den Knien unter dem Tisch. Vielleicht kennt jemand das Werbeplakat für ein gewisses Mineralöl, jenes Plakat, auf dem man ohne ersichtlichen Zusammenhang neben der Blechdose des Produktes einen Dinosaurier abgebildet sieht. Die charakteristische Eigenschaft dieses pflanzenfressenden Riesentieres bestand darin, daß sein Körper von dem übermäßig großen Hinterteil nach vorne zu immer schmäler wurde und in einem winzigen Kopf endete, der auf einem ungemein langen, schlangenartigen Hals saß. Ganz so ist Mafalda. Mein Blick ruht zuerst auf ihrem kleinen Kopf, der von einem weißen Turban eingeschlossen ist: sie hat das Gesicht einer alten Katze oder eines bejahrten Pekineserhundes: kugelrunde Triefaugen, großer, verwelkter, verdrossener Mund. Mein Blick gleitet den langen, gelenkigen Hals hinab bis zu den massigen Schultern, die aber weniger breit sind als die Hüften, welche ihrerseits an Umfang von den monumentalen Schenkeln noch übertroffen werden. Kurz gesagt, Mafalda ist pyramidenförmig. Während ich sie mir so ansehe, muß ich unwillkürlich an meine erste Begegnung mit ihr denken. Sie tauchte damals im Park ihrer Villa hinter einer Hecke auf, nur ihr Kopf, ihr Hals und ihre Schultern ragten hervor. Da meinte man wirklich, einen Dinosaurier vor sich zu haben, der seinen massigen und zugleich gewundenen Riesenkörper hinter der Hecke verbarg.

Bei genauer Betrachtung Prottis und seiner Frau sehe ich mich in meiner Auffassung bestätigt, daß sie beide sublimiert sind, auch wenn sie vielleicht unterschiedliche Machtziele verfolgen. Die Sublimierung jedoch wurde in gleicher Weise erreicht, bewahrt und konsolidiert. Ich versuche eine Art Schlachtplan zu entwerfen. Zunächst wäre es ratsam, vor der Festung Mafalda einen Brückenkopf zu errichten. Nach dem Ausbau einer günstigen Stellung in dem ungewissen und sumpfigen mafaldischen Gebiet müßte man zum Frontalangriff gegen die gut getarnte Schanze Prottis übergehen. Scheitert dieser Angriff, dann müßte man gegen Mafalda vorstoßen und dabei *ihn* als Sturmbock oder Katapult einsetzen, um die wankenden Festungstore zu durchbrechen und in die Festung einzudringen, bis auf ihr die weiße Fahne gehißt wird. In schlichten, unmilitärischen Worten gesagt: Man müßte ihr Geliebter werden.

Ehe ich meinen Plan auszuführen beginne, frage ich vorsichtshalber ihn. Der ist ein merkwürdiger Kerl: Ich hätte geschworen, daß ihn die Operation Mafalda nicht sehr begeistert, ich halte ihn nicht für einen Liebhaber von alten Damen. Aber als ich ihn frage: «Was sagst du zu meinem Plan? Bist du einverstanden?» erwidert er prompt und heiter: «Vollkommen einverstanden. Ich möchte dir dazu sogar einen Rat geben.»

«Ein Rat von dir? Das wird ja was Schönes sein!»

«Mach ihr auf altmodische Weise den Hof. Sie ist ja kein junges Mädchen von heute, sondern eine Filmdiva aus den dreißiger Jahren. Damals kannte man noch gewisse Rücksichten. Also nicht gleich handgreiflich werden! Sei zunächst sentimental oder meinetwegen geistvoll. Blick ihr zum Beispiel tief in die Augen. Das Äußerste wäre, unter dem Tisch den Fuß auf ihren Schuh zu setzen.»

Ich höre ihn mir an und gebe ihm einmal recht. Ja, Mafalda muß rücksichtsvoll behandelt werden. Um so jäher wird ihr unvermeidlicher Sturz in die brutale Wirklichkeit sein. Aber in dem Augenblick, in dem ich, von seiner Theorie überzeugt, diese in die Tat umsetzen will, werde ich durch eine Diskussion gestört, die am Tisch entbrannt ist. Wie ein alter, schäbiger, von müden und unlustigen Spielern weitergegebener Fußball wandert das übliche, tausendmal gehörte Thema von einem Gast zum anderen: Der jüngste erfolgreiche Film, der Grund, warum er Erfolg hat, und wie es kommt, daß er so viel oder so wenig gekostet hat, was mit dem Produzenten ist, mit den Schauspielern, dem Regisseur, dem Drehbuchautor – und so weiter. Ich habe gesagt, ich sei gestört worden, aber das ist ein gelinder Ausdruck. Ich bin wütend, angewidert. Sooft ich derartige Gespräche über ein Kunstwerk höre, packt mich der wilde Zorn. Kunst ist das höchste Ergebnis der Sublimierung. Um es zu erreichen, unternehme ich mein Experiment, das mein ganzes Leben umgewälzt hat. Und diese Bande von Schwätzern, Parasiten und Intriganten spricht von Kunst als einem «Produkt»! Damit sind wir mitten in der Unsublimierung, einer unbewußten, automatischen, ahnungslosen. Bei Gott, solange es solche Menschen gibt, besteht für den Film keine Hoffnung . . . Ich höre hin. Nach der Frage des Profits werden unweigerlich technische Fragen aufgeworfen. Ist auch ganz logisch: Beim Film ergibt sich der Profit aus der Technik; nach der Meinung dieser Leute wäre überhaupt die Kunst eine Technik wie jede andere. Die Technik! Reden wir doch einmal von ihr! Sie ist die große Rechtfertigung des unsublimierten Menschen. Sein großes Alibi! Seine große Vergeltung! Sein großer Trost!

Sie haben noch den Ring in der Nase und bilden sich ein, sie könnten sich in die Technik retten! Sie sind unsublimiert und faul bis in die Knochen, aber da gibt es zum Glück die Technik mit ihren Erfindungen, die aller Sublimierung überlegen ist! Sie sind sittenlos, aber technische Fachleute! Sie leben in der Promiskuität – sind aber technische Fachleute! Sind völlig ausgepumpt – aber technische Fachleute! Ich hätte Lust, mich über den Tisch zu beugen und ihnen zuzurufen: «Herunter mit der Maske! Eure Filme sind nichts als Zeitvertreib in der Konserve, die reinste Unsublimiertheit. Warum wollt ihr nicht endlich zugeben, daß ihr Nichtskönner seid? Unsublimierte Menschen im letzten Stadium der Sterilität und Impotenz?» Aber wie gewöhnlich habe ich nicht den Mut, zu sagen, was ich denke. Tatsächlich wäre ja auch nur ein supersublimierter Mensch imstande, so beherzt aufzutreten, ohne sich um die Folgen zu kümmern. Ich aber bin unsublimiert wie sie, und wie sie denke ich an die Schäden und Nachteile der Aufrichtigkeit. Allerdings mit einem Unterschied. Mir flößt die Unsublimiertheit Grausen ein, sie aber sielen sich in ihr.

Trotzdem werde ich mit hineingezogen. Ich höre folgende haarsträubende Diskussion: «Dieser Titel hätte einen solchen Erfolg nicht erwarten lassen. Die Frau ohne Eigenschaften . . . also ich hätte für einen solchen Titel keine Lira gegeben!»

«Die Besetzung hat eben gezogen.»

«Wieso wundert ihr euch? Denkt doch an die Szene, in der sie sich hinter dem durchsichtigen Vorhang auszieht . . .»

«Die Frau ohne Eigenschaften. Das klingt wie die Dame ohne Kamelien.»

«Die Frau ohne Eigenschaften ist ein unsensationeller Titel, aber gewisse unsensationelle Titel haben es manchmal in sich. Das Publikum hat gespürt, daß . . .»

«Ganz der gleichen Meinung. Das Publikum irrt sich nie. Es spürt unfehlbar, wenn . . .»

«Ich kann da nicht zustimmen. Die Frau ohne Eigenschaften ist ein flauer Titel, der niemanden anlockt. Was besagt er schon? Nichts, weniger als nichts. Alle Frauen sind Frauen ohne Eigenschaften, bis so ein Narr daherkommt, der Eigenschaften an ihnen findet . . .»

Hier kann ich mich nicht zurückhalten, mitzureden. Ich handle unter doppeltem Antrieb: dem der Eitelkeit eines unsublimierten Autodidakten und dem der Empörung eines Aspiranten auf die Sublimierung: «Ich nehme an, ich sage nichts Neues, wenn ich darauf hinweise, daß der Titel ‹Die Frau ohne Eigenschaften› an einen sehr berühmten Titel erinnert, an den von Musils Roman.»

Man stelle sich vor! Sicherlich hat keiner von ihnen den «Mann ohne Eigenschaften» gelesen, alle aber haben von ihm reden hören. Und so werde ich mit sarkastischen Bemerkungen niedergemacht wie einer, der mit seiner Bildung großtun will. Dabei habe ich keine Möglichkeit, zu beweisen, daß ich der einzige an diesem Tisch bin, der Musils Roman kennt. Von allen Seiten ruft man mir zu: «Danke für die Belehrung», oder: «Auf dich haben wir gewartet», und so weiter. Mein Erzfeind Cutica zeichnet sich besonders aus. Er schneidet eine seiner üblichen Grimassen, wobei er den Mund weit aufreißt und ausruft: «Ach nein, das ist ja nicht möglich! Da sitzen wir also auf der Schulbank. In unserem Alter. Müssen uns also sagen lassen, daß es einen Roman gibt, welcher ‹Der Mann ohne Eigenschaften› heißt, und daß sein Autor ein gewisser Musil ist. Wozu hat man ein oder zwei Doktorate erworben, wozu die Jugend über Büchern verbracht, wozu sich mit einiger Mühe einige Bildung erworben? Damit man dann bei der erstbesten Gelegenheit als Analphabet hingestellt wird!»

Dabei reißt er zwischendurch den Mund immer wieder zum Gelächter auf, wie ein Bagger, der mit seinen gezähnten Kinnbacken ein riesiges Stück Erde aufnimmt und es anderswo wieder auslädt. Ich weiß, was ich tun müßte: nicht reagieren: Es dürfte mir nichts ausmachen. Aber ich ahne schon, daß ich als unsublimierter Mensch, der von einem anderen ebenso unsublimierten, wenn nicht noch unsublimierteren, angegriffen wird, nicht gleichgültig bleiben werde, meinen verzweifelten Bemühungen zum Trotz. Der Haß erstickt mich, ich kann nichts dagegen tun. Dabei ist es mir völlig klar, daß Cutica mich in so pöbelhafter Weise angegriffen hat, um mich in einen grotesken Streit mit ihm zu verwickeln. Besonders Protti scheint so etwas zu erwarten, er hetzt uns gegeneinander, sagt: «Das ist aber ein Tiefschlag, Cutica, los, Rico, wehre dich.» Aber gerade, als ich schon gegen Cutica losziehen will, mengt *er* sich glücklicherweise ein: «Was soll denn das heißen? Ich bin in voller Bereitschaft, und du willst mich jetzt stocken lassen, um von Musil zu reden?»

Er hat recht. Unsublimiertheit hin, Unsublimiertheit her, die seine ist immer noch einem lächerlichen kulturellen Duell mit Cutica vorzuziehen. So beschränke ich mich darauf, mit gespielt erschrockenem Gesicht die Hände hochzuheben und auszurufen: «Friede, Friede! Ich ergebe mich! Bloß keine literarische Diskussion! Die Wassermelone ist mir lieber.» Ich sehe, wie sich die Tischgesellschaft enttäuscht von mir und Cutica abwendet. Zunächst widme ich mich tatsächlich der Wassermelone, nach ein paar Minuten aber endlich Mafalda.

Sie hat den einen Ellbogen auf den Tisch gestemmt und stützt das Kinn in die Hand. Ihre andere Hand sieht man nicht, sie hält sie im Schoß. Sie starrt vor sich hin, aber es ist deutlich zu merken, daß sie nirgends hinblickt und nichts sieht: sie scheint versonnen zu sein, vielleicht auch gelangweilt. Ich frage ihn: «Was soll ich jetzt tun?»

Er antwortet sofort: «Sage ihr, was du eben gedacht hast.»

«Ich habe eben gedacht, daß sie sich wohl langweilt.»

«Gut, dann sag ihr das und fasse sie dann gleich bei der Hand. Nicht brüsk. Nichts Brutales. Geh altmodisch vor, ganz altmodisch.»

Er hat wieder recht, er hat im Grunde immer recht. Ich wende mich scharf herum, so daß ich Mafalda gegenüber habe. Ich sehe ihr eindringlich in die zerstreut und versonnen blickenden Augen. Sie ist von meinem Manöver sichtlich überrascht, schon deshalb, weil ihr das Gewollte daran kaum entgangen sein kann. Ich lasse ihr keine Zeit, darüber nachzudenken, und frage: «Sie langweilen sich?»

«Sehr.»

Damit ist schon fast alles getan. Dieses «Sehr», das über ihre verwelkten und verdrossenen Lippen wie ein Hauch gekommen ist, entspricht einer

Aufforderung, zu handeln. Ich strecke meine Hand unter dem Tisch vor, lenke sie blindlings Richtung Mafalda, senke sie dann, lasse sie auf Mafaldas Knien landen, schiebe sie weiter gegen ihren Schoß und spüre plötzlich unter meiner Handfläche den Rücken ihrer Hand. Ich fasse nach ihr, presse sie zusammen.

Da erlebe ich eine Überraschung. Gegen meine und seine Voraussicht akzeptiert Mafalda diesen Annäherungsversuch nicht. Mit unvermuteter Kraft trachtet sie, ihre sich windende Hand der meinen zu entreißen und zurückzuziehen. Sie krümmt sie, stemmt ihre Finger gegen meine Handfläche und bohrt ihre scharfen Nägel hinein. Ich habe die merkwürdige Empfindung, einen großen, lebendigen, sich wehrenden Krebs mit meiner Hand zu umfassen. Aber es ist eindeutig, daß sie offenen Widerstand, daß sie einen Skandal vermeiden will. Während sie versucht, ihre Hand loszubekommen, bewahrt sie weiterhin die ruhige und aufmerksame Haltung der Hausfrau, die mit ihren Gästen an einem Tische sitzt. Der Kampf ihrer Hand gegen die meine zieht sich eine Weile hin. Plötzlich, als ich es am wenigsten erwarte, gibt Mafalda nach. Sie wendet ihr Gesicht, dieses Gesicht eines alten Pekineserhundes oder einer alten Tigerkatze, mir zu und sieht mich mit ihren schrägen, in Runzeln gebetteten Augen von unten her an. Dann fragt sie mich mit merkwürdiger, ungemein melodischer Stimme: «Und Sie? Unterhalten Sie sich?»

«Nein.»

Ich spüre, wie ihre Hand jetzt still und weich in der meinen liegt. Triumphierend ruft er aus: «Wir haben's erreicht! Laß jetzt mich machen.» Mit diesen Worten stößt er mich rücksichtslos zur Seite. Er ist seiner sicher, anmaßend, hemmungslos. Widerstrebend überlasse ich ihm das Feld und wohne ohnmächtig und passiv dem Liebesduett zwischen ihm und Mafalda bei.

Er ist mir eine schöne Type: da hat er mir kurz vorher geraten, ich möge Mafalda auf altmodische Art den Hof machen. Das also ist seine altmodische Art! Alles spielt sich nun ab, als säßen wir nicht an einem Tisch im Garten von Prottis Villa, in Gesellschaft von zwanzig Personen, sondern als lägen wir allein auf der Erde, zwischen den Abfällen einer Vorstadtwiese. Als wäre Mafalda nicht Leda Lidi, die Filmdiva der dreißiger Jahre, sondern irgendeine abgetakelte Hure. Mafaldas Hand ruht weiterhin weich und reglos in der meinen. Er übersiedelt jetzt unsere beiden auf Mafaldas Knie ruhenden Hände auf das meine. Mafalda wehrt sich kurz, er überwindet diesen Widerstand und führt ihre Hand direkt auf sich zu. Mafaldas Hand bleibt weich und offen. Er aber preßt sie zusammen und schließt ihre Finger. Da endlich entschließt sich Mafalda, ihn zu drücken. Jetzt ist er seiner sicher, wächst, schwillt, wird in beängstigender Weise steil, ohne Rücksicht auf mich und auf meine heikle Situation. Wie gesagt: auf altmodische Art!

Da geht plötzlich in Mafaldas Gesicht und in ihrem ganzen Verhalten eine Wandlung vor sich. Sie sieht bald mich an, bald die geladenen Gäste, ihre Pupillen kreisen rasch wie in höchstem Schrecken. Ihr Atem geht scharf und unregelmäßig, während sich ihre Brust rhythmisch und wie gequält hebt und senkt. Von Zeit zu Zeit seufzt sie tief auf, als wäre sie einer Ohnmacht nahe.

Ich rühre mich nicht. Diesmal lasse ich ihn wirklich machen. Schon deshalb, weil mich eine neue, ganz andersartige Sorge erfüllt. Ich beobachte mit einiger Verlegenheit Fausta am anderen Ende des Tischs. Sie starrt mich an. Ich ahne, daß Mafaldas Verwirrung ihr nicht entgangen ist. Ich habe die größte Angst, sie könnte ihr Versprechen, das ich ihr abgerungen habe, nicht halten und tatsächlich einen Skandal machen, wie sie es angedroht hatte. Bei unsublimierten Menschen, besonders bei Frauen, kann man bekanntlich solche Überraschungen erleben. Ich schaue Fausta fest an, runzle vielsagend die Stirn und führe den Zeigefinger an den Mund, ihr Schweigen gebietend. Erleichtert kann ich feststellen, daß sie ihren Blick von Mafalda und mir abwendet und sich mit sichtlicher Anstrengung ihrem Tischnachbarn zukehrt.

So geht alles mehr oder weniger glatt und ohne Zwischenfälle vor sich. Mafalda keucht, seufzt und preßt ihn so fest, als wollte sie ihn abbrechen. Ich rauche mit nachdenklicher und gleichgültiger Miene. Der Hofstaat der Unsublimierten ergeht sich in Schmeicheleien, Geistreicheleien und Witzen aller Art. Protti scheint dies zu genießen. Mein Erzfeind Cutica wirft mir von Zeit zu Zeit einen giftigen Blick zu, ich aber tue, als bemerke ich es nicht. Die arme Fausta beobachtet wieder Mafalda und mich aus angstvollen Augen. Es ist, ehrlich gestanden, das geringste, was sie tun kann.

Mit einemmal löst sich die Situation. Protti erhebt sich und sagt zu mir: «Rico, du bist doch gekommen, um mit mir zu sprechen. Gehen wir hinein.» Ohne sich darum zu kümmern, ob ich ihm auch wirklich folge, überquert er den Platz und geht auf die Villa zu.

Auch ich erhebe mich, entziehe ihn der verblüfften und widerstrebenden Mafalda, laufe Protti nach, erreiche ihn und schreite jetzt an seiner Seite. Wir zwei müssen einen sehr bedeutsamen und doch auch etwas lächerlichen Anblick bieten. Der große, kräftige, elegante Protti, und ich neben ihm, viel kleiner als er, grotesk, unnatürlich. Protti unbefangen und gleichmütig, ich auf seine Schritte achtend, respektvoll, ängstlich. Plötzlich tut Protti etwas, das mich völlig vernichtet. Er legt einen Arm um meine Schultern und sagt in gönnerhaftem Ton (es handelt sich um jene unverlangte Gönnerschaft, die alle sublimierten Menschen den unsublimierten, mit denen sie jeweils zu tun haben, aufdrängen) und mit gespielter Liebenswürdigkeit: «Wie geht's, wie steht's?» So umschlungen, ersteigen wir die Treppe, überschreiten die Schwelle, betreten die Halle.

Hier bleibe ich stehen, stemme meine Beine förmlich in den Boden, wage aber doch nicht, mich von seiner erniedrigenden Umarmung loszumachen. Ich sage: «Danke, gut. Aber ich muß dich wirklich sprechen, Protti, und zwar allen Ernstes.»

Protti wirkt zerstreut. Er nimmt seinen Arm von meinen Schultern, blickt um sich und wiederholt lässig: «So, Rico? Allen Ernstes?»

«Ja, nicht nur in meinem, sondern vor allem auch in deinem Interesse.»

Tja, ich bin «unten», nichts zu machen, ich bin ausgesprochen «unten». Nachdem Protti mir schon vorher, als sein Arm noch um meine Schultern lag, einen kleinen Stups versetzt hatte, gibt er mir jetzt geradezu einen Klaps auf die Wange und sagt: «In meinem Interesse? So? Gut, dann warte hier auf mich. Ich habe noch ein kurzes Telefongespräch zu führen, danach können wir miteinander reden.»

Ich stehe allein inmitten der Halle. Protti hat die Tür zu meiner Rechten offengelassen, wenn ich mich vorbeuge, kann ich ihn in der Tiefe seines Arbeitszimmers an einem kleinen Schreibtisch sitzen sehen. Er neigt im gemütlichen Schein einer Lampe mit grünem Schirm sein rosigblühendes Gesicht, führt den Hörer ans Ohr, wählt eine Nummer und beginnt zu sprechen. Irgendwie merkwürdig. Er spricht nicht nur gedämpft, sondern scheint auch streng darauf bedacht, jeden Gefühlsausdruck zu vermeiden, als wollte er nicht nur nicht gestört werden, sondern als fürchte er auch, sich mit jeder Miene zu verraten. Er wollte offenbar gar nicht mit mir sprechen, sondern hat sich meiner lediglich als eines Vorwandes bedient, um vom Tisch weggehen zu können.

Das sind eben Scherze, die sich sublimierte Menschen unsublimierten gegenüber erlauben.

Was tun? Protti spricht ununterbrochen ins Telefon, ohne den Blick zu heben. Und selbst wenn er ihn hebt und in meine Richtung schaut, ist es klar, daß ich für ihn nicht vorhanden bin. Wie kommt das nur? Ganz offenkundig daher, daß Protti mir gegenüber dermaßen «oben» ist, daß ich für ihn geradezu durchsichtig werde.

Da naht, wie von der Vorsehung geschickt, Mafalda. Ich sage «wie von der Vorsehung», denn ich kann es nicht leugnen: zu meinem bisher kühl, gleichsam unpersönlich kalkulierten Plan gesellt sich nun der persönliche Wunsch, mich an Protti zu rächen. Wieso ist Mafalda plötzlich da? Sie hat sich anscheinend gleich nach uns unter irgendeinem fadenscheinigen Vorwand ebenfalls erhoben und ist uns nachgegangen. Sie kommt durch die Halle auf mich zu: ja, ein wahrhaftiger Dinosaurier. Den pyramidenförmigen Oberkörper leicht vorgeneigt, schleppt sie ihre mächtigen Hüften und ihre in ein bodenlanges Kleid gehüllten monumentalen Beine in der gleichen schlenkernden Weise nach wie einst das prähistorische Riesentier sein Hinterteil und seinen massigen Schweif. Der kleine Kopf dreht sich auf dem biegsamen Hals hin und her. Mafalda blickt um sich, offenbar sucht sie Protti. Endlich erblickt sie ihn, wie er am anderen Ende seines Arbeitszimmers telefoniert. Da zeichnet sich auf ihrem großen, verwelkten und verdrossenen Mund eine verächtliche Grimasse ab. Sie tritt an mich heran und flüstert mir zu: «Lassen wir ihn telefonieren, das wird noch lange dauern. Gehen wir da hinein.»

Ich folge ihr etwas ängstlich. Er ist hochzufrieden, aber für mich könnte das zu einer Katastrophe werden: Protti könnte uns sehen, das Telefon hinwerfen, uns nachgehen und überraschen. Mafalda läuft weg, ich sitze in der Falle. Aber da ist nichts zu machen. Mafalda hat meine Hand gepackt und umklammert sie mit der gleichen Raubvogelgier, mit der sie kurz vorher *ihn* zusammengepreßt hatte. Sie öffnet eine Tür, zieht mich hinein, dreht das Licht an. Viele grüne Tischchen stehen in dem Raum: es ist das Spielzimmer. Die üblichen Balken an der Decke, der übliche Backsteinboden, ein großer Steinkamin. Mafalda schließt die Tür, schiebt mich gegen die Türflügel, preßt sich an mich, legt eine Hand auf meinen Nacken und zwingt mich, sie zu küssen.

Was ist das nur für ein Kuß?

Es ist, möchte ich sagen, der teilweise gelungene Versuch, mich vom Kopf abwärts völlig zu verschlingen, wie es, heißt es, die Riesenschlangen in Brasilien tun, die es fertigbringen, oft eine Beute zu verschlingen, die größer ist als sie selbst. Je länger sie mich küßt, desto breiter und breiter wird ihr Mund, dehnt sich über mein ganzes Gesicht aus, umschlingt meine Nase, meine Wangen, mein Kinn. Ich muß an die Sauglippen eines riesigen Blutegels denken, aber es ist ein schon betagter Blutegel, er ist altersgeschwächt und verbraucht, wenn auch noch gierig. Ihre spitze Zunge bricht aus der Tiefe ihres Schlundes hervor, dringt in meinen Mund und schießt in ihm mit schlangenartiger Geschwindigkeit hin und her.

Endlich lösen wir uns. Mafalda vollführt jetzt eine wahrhaft altmodische Geste, eine aus den dreißiger Jahren. Sie faßt nach meiner Hand, führt sie an ihren Busen, drückt sie an ihr Herz und murmelt: «Spürst du, wie es schlägt?» Es schlägt tatsächlich wild, dieses alte, begehrliche Herz einer einstigen Diva. Sie atmet geräuschvoll durch die Nase. Ihrer Brust entringt sich dann und wann ein tiefer und schmerzlicher Seufzer. Während sie meine Hand weiterhin gegen ihre Rippen preßt, öffnet sie ganz leise die Tür, sieht einen Moment hinaus und lehnt sie dann wieder an. Ich frage: «Und wenn Protti ...»

«Ach, Protti. Er telefoniert, das kann noch lange dauern.»

«Aber er könnte doch bemerken, daß ...»

«Wenn er mit seiner Familie telefoniert, bemerkt er nichts. Und selbst wenn er was bemerkt, tut er so, als hätte er nichts gesehen.»

Ich bin von dem sarkastischen, grollenden Ton betroffen, in dem sie dies sagt. Ich frage erstaunt:

«Was denn für eine Familie?»

«Seine Familie.»

«Seine Eltern?»

«Ach wo, Eltern! Seine Kinder, die Mutter seiner Kinder.»

«Aber du ...»

Sie zuckt die Achseln, ihr Ausdruck ist ironisch und bitter: «Ich spiele da keine Rolle. Ich bin nur die Gattin, die ihm keine Kinder geschenkt hat. Mein Protti fühlt sich zum Vater berufen. Er hat eine Geliebte und nicht weniger als sieben Kinder. Sage und schreibe sieben, nicht weniger. Sieben Kinder, für die er bereit ist, sein Leben zu opfern. Vier Söhne und drei Töchter. Willst du wissen, wie sie heißen?»

«Nein, ist egal, ich begreife nur nicht...»

«Er ist ein guter Vater, mein Protti, oh, und was für ein guter Vater! Er trägt in seiner Brieftasche nicht etwa meine Fotografie oder die seiner Geliebten mit sich herum, sondern die sieben Fotografien seiner Kinder. Er liebt das Familienleben, und wie! Er verbringt abwechselnd einen Abend mit mir, und langweilt sich dabei vor dem Fernsehapparat, und einen mit ihnen, um das Familienleben zu genießen. Er ruft sie mindestens viermal am Tag an: ‹Wie geht's? Was macht ihr? Was gibt es Neues? Ist etwas passiert? Seid ihr alle zu Hause, oder ist einer von euch ausgegangen, und wohin?› Ein guter Vater, mein Protti, ein vorbildlicher, einer, wie man sie kaum mehr findet.»

Sie keucht jetzt nicht bloß, sie bebt am ganzen Körper. Ein Anfall sarkastischer Wut schüttelt sie von Kopf bis Fuß. Während sie mich weiterhin gegen den Türflügel preßt, zischt sie mir ins Ohr: «An der Mutter seiner Kinder liegt ihm gar nichts. Absolut nichts. Sie ist für ihn weiterhin die unbedeutende Sekretärin geblieben, der er die Verträge diktierte. Es ist schon viel, wenn er an sie das Wort richtet. Denn er ist ja nicht ausschweifend, mein Protti, o nein, nicht ein bißchen. Eher das Gegenteil. Weißt du, wie er seine sieben Kinder gezeugt hat?»

Die Frage erscheint mir merkwürdig, ich weiß nicht, was ich sagen soll. Ich sehe Mafalda verständnislos an. Sie erwidert meinen Blick mit einem boshaften und bitteren Lächeln. Dann sagt sie: «Mit der Spritze.»

«Mit der Spritze?»

«Ja! Künstliche Befruchtung. Denn der seine ist ganz, ganz klein, zu kurz, um eindringen zu können. Kleiner als der eines Kindes. Somit: die Spritze. Alle sieben. Eine schöne Injektion und Schluß. Sehr modern, mein Protti, das muß man ihm lassen.»

Trotz meiner Verblüffung wird mir nun alles klar. Protti ist sublimiert bis ins letzte. Daß der seine, Mafaldas Worten zufolge, «ganz, ganz klein» ist, bedeutet: seine Sublimierung materialisiert sich symbolisch in einem auf das Minimum reduzierten Sexualorgan. Da fällt mir etwas ein, das ich einmal in meiner Eigenschaft als Drehbuchautor gelesen habe. Man wollte einen Film über Napoleon drehen, der Film kam allerdings aus den üblichen, produktionsbedingten Gründen nicht zustande. Den Aufzeichnungen des Arztes Antommarchi zufolge hatte auch der sogenannte «große Korse» einen «ganz, ganz kleinen». *«Sicut puer»*, vermerkt der Arzt in seinen Memoiren. Was zu beweisen war. Napoleon, dieser Ausbund an Sublimierung, war ersichtlich supersublimiert bis zur Atrophie, zur Schrumpfung, zur Unterentwicklung. Um ganz sicher zu sein, frage ich Mafalda leise: «Was verstehst du unter ‹ganz, ganz klein›?»

Sie sieht mich aus ihren runden Pekineseraugen an, zeigt ihren kleinen Finger und verdeckt ihn zur Hälfte: «So.»

«Nicht möglich.»

«Doch, es ist wahr. So schön, so dekorativ, so imponierend ist mein Protti, ob er geht oder sitzt. Im Bett aber wird er zum Däumling, er verschwindet zwischen den Leintuchfalten. Also muß die Spritze her.»

Rasch, hastig flüstert es mir Mafalda vor der halbgeöffneten Tür zu und sieht von Zeit zu Zeit verstohlen in die Halle hinaus. Dann sagt sie: «Da kommt Protti. Kennst du den Springbrunnen neben dem Gartentor? Ich erwarte dich dort. Wie lange wird es dauern?»

«Eine Viertelstunde.»

«Also auf bald.»

Sie schiebt mich in die Halle, entfernt sich, verschwindet majestätisch schlängelnd in demselben Augenblick, in dem Protti in der Tür seines Arbeitszimmers auftaucht. Hat er uns gesehen? Zweifellos; aber es liegt ihm sichtlich nichts daran. Er ruft zu mir herüber: «Rico, du wolltest mich sprechen? Gehen wir zu mir hinein.»

Er geht mir ins Arbeitszimmer voran, ich folge ihm. Er setzt sich wieder an den Schreibtisch, ich setze mich ihm gegenüber. Er dreht die Lampe mit dem grünen Schirm zu mir hin, so daß mein Gesicht beleuchtet ist, während er im Schatten bleibt. Trotz seiner guten Manieren eines Kavaliers alter Schule hat Protti zuweilen solch autoritäre Anwandlungen eines Untersuchungsrichters, als handle es sich um ein Verhör dritten Grades. Seine Sublimiertheit hat, wie schon gesagt, die Macht zum Ziel, und wer die Macht hat, genießt es, sie jene fühlen zu lassen, die sie nicht haben. Halb geblendet, bin ich mir doch voll bewußt, daß ich, ein Unsublimierter par excellence, ganz Glied ohne jegliche Sublimierung, mich einem Sublimierten par excellence gegenüber befinde, einem, der ganz Sublimierung ist ohne Glied. Verlegen winde ich mich auf meinem Stuhl. Aus mir, dem Unsublimierten, bricht es hervor: «Protti, ich muß dich sprechen. Es geht um meine Karriere, um meine Zukunft, um mein Leben.»

Ich möchte mir am liebsten den Kopf abreißen, weil ich das gesagt habe. So sprechen – oder richtiger: bellen – unsublimierte Menschen, die sich einbilden, daß ihre Gefühle nicht nur mitteilbar, sondern auch überzeugend seien. Die sublimierten Menschen hingegen haben gar kein Bedürfnis, ihre Gefühle mitzuteilen, aus dem einfachen Grund, weil sie keine haben. Auf den geheimnisvollen Wegen der Sublimierung steigt bei ihnen das Gefühl ins Hirn, gefriert hier wie in einem blitzartig wirkenden Eisschrank und verändert während des Gefrierungsprozesses seine Natur, wird zum Gedanken, zur Reflexion, zum Kalkül. Protti nimmt denn auch den heftig bewegten Ausdruck meines Gefühlszustandes mit der gleichen Ungerührtheit auf, mit der ein Damm den sturmbewegten Meereswogen standhält, die ihn vielleicht einen Augenblick lang überfluten können, aus denen er aber dann doch, bei der Rückflut, unversehrt, fester und härter denn je wieder auftaucht. Mit einem Erstaunen, das zu betont ist, um nicht ironisch zu wirken, sagt er: «Was ist mit dir los, Rico? Ich verstehe dich nicht, erkläre dich näher.»

Ich rücke auf meinem Stuhl nervös hin und her, dann überlasse ich mich wieder meinem Gefühl, denn es ist ja sowieso schon zu spät, einen anderen Ton anzuschlagen. Ich antworte: «Du weißt, Protti, daß ich ein mit Kultur befaßter Mensch bin, ein Intellektueller, der sich nur in zweiter Linie mit dem Film beschäftigt. Besser gesagt: Ich bin ein Intellektueller, der dem Film begegnet ist. Oder noch besser: einer, dem es bestimmt war, dem Film zu begegnen.»

Protti sagt kein Wort. Sein Gesicht drückt mit einer Unaufrichtigkeit, die fast schon schmeichelhaft wirkt, die übliche falsche Liebenswürdigkeit des Mannes von Welt aus. Ich fahre fort: «Du hast mir von Anfang an dein Vertrauen geschenkt, und ich bin dir dankbar dafür. Weißt du auch, wie viele Drehbücher ich bisher für dich verfaßt habe?»

Lächelnd meint er: «Ich müßte meine Sekretärin hier haben, nachsehen lassen ...»

«Nenn eine Ziffer.»

«Ich könnte es wirklich nicht sagen.»

«Zweiundvierzig – in zehn Jahren. Natürlich die Umarbeitungen eingerechnet und sonstige Drehbuchmitarbeit. Und jetzt möchte ich dich etwas fragen. Darf ich?»

«Selbstverständlich.»

«Ist es dir noch nie eingefallen, daß du mich verpulverst? Vielmehr: daß du meine Fähigkeiten, ich will nicht sagen besser ausnützen, aber doch besser einsetzen könntest?»

«Ich habe stets den Eindruck gehabt, Rico, daß dir deine Arbeit paßt und daß sie dir Freude macht.»

«Sagen wir so: Findest du nicht, daß für mich der Augenblick gekommen ist, von der Drehbucharbeit zur Regie überzugehen?»

Endlich ist es heraus. Protti sieht mich einen Moment mit seinen großen schwarzen, leuchtenden Augen an und runzelt leicht die Stirn. Dann schenkt er mir ein reizendes Lächeln, das seine tadellosen, falschen Zähne enthüllt: «Das ist, Rico, eine persönliche Angelegenheit, die andere nicht beurteilen können. Wenn du das Gefühl hast, es sei für dich die Zeit gekommen, von der Drehbucharbeit zur Regie überzugehen – nun gut.»

«Aber Protti, man kann doch nicht einfach so von selber, nur weil man es möchte, von der Drehbucharbeit zur Regie übergehen. Das hängt doch von der Produktion ab. Vom Produzenten.»

«Sehr richtig.»

«In meinem Fall bist du, Protti, der Produzent. Du und kein anderer. Du kennst mich, weißt, wieviel ich wert bin. Ich habe dir zehn Jahre meines Lebens gewidmet, habe nie für einen anderen Produzenten gearbeitet. Es hängt also alles von dir ab.»

Er redet sich nicht heraus, er weicht mir nicht aus, verzieht keine Miene, o nein! Er wäre nicht der supersublimierte Mensch, der er ist, mit einem nicht nur gehorsamen und sublimierten, sondern auch «ganz, ganz kleinen» Organ, verhielte er sich anders. Er sagt in aller Ruhe: «Nehmen wir einen Augenblick an, daß du recht hast und alles, wie du sagst, von mir abhängt. Aber die Tatsache, daß es von mir abhängt, ob du Regisseur wirst oder nicht, bedeutet doch noch nicht notwendigerweise, daß ich dir eine Regie anvertraue.»

«Warum denn?»

«Du hast es vorhin selbst gesagt.»

«Und zwar?»

«Deine Kultiviertheit, Rico, der Umstand, daß du ein Intellektueller bist. Regisseure, siehst du, Rico, sind keine Intellektuellen. Sie sind ungebildete Kerle, die, ohne viel nachzudenken, darauf aus sind, eine Geschichte von Anfang bis zu Ende zu erzählen. Ein Regisseur kann praktisch jeden wie immer gearteten Film machen. Du, als Intellektueller aber, als Mann von großer Bildung, kannst nur eine bestimmte Art Filme machen.»

«Zum Beispiel?»

«Filme eben, in denen du deine Bildung zur Geltung bringen kannst.»

Er macht sich über mich lustig, ganz klar, als der bis zur Atrophie sublimierte Mensch, der sich einem bis zur Hypertrophie unsublimierten gegenüber befindet. Auf sublimierte Weise macht er sich über mich lustig, weltmännisch, als großer Herr. Ich protestiere mit Tränen in den Augen: «Nein, Protti, das stimmt nicht, du betrachtest mich gar nicht als einen Mann von Kultur.»

«Wieso denn nicht? Das ist doch gerade der Grund, weshalb ich beim allerbesten Willen nicht weiß, was ich dich jetzt machen lassen könnte.»

«Nein, Protti, ich wiederhole es: Du bist nicht wirklich überzeugt, daß ich ein Intellektueller, ein Mann von Kultur bin, denn sonst hättest du mir den für mich geeigneten Film längst anvertraut, du hast ihn ja zur Hand, bist im Begriff, ihn zu machen.»

Auch das ist heraus. Er aber tut, als fiele er aus allen Wolken. Ach, es ist für einen unsublimierten Menschen sehr, sehr schwer, einen sublimierten in die Enge zu treiben! Er versichert laut: «Ehrenwort, ich verstehe dich nicht. Was für ein Film?»

«Der Film, an dem ich gegenwärtig zusammen mit Maurizio arbeite.»

«Du meinst den Protestfilm?»

«Genau. ‹Die Expropriation›.»

«Was hat denn dieser Film mit Kultur zu tun?»

Das ist für mich ein Anlaß, nach Cuticas übertriebener Art laut und zugleich schmeichlerisch aufzulachen: «Ein guter Witz! Ich kann dir nicht beipflichten, aber ich muß sagen: ein glänzender Witz. Man müßte das diesen jungen Leuten sagen: Was hat euer Protest mit Kultur zu tun?»

«Stimmt es denn nicht?»

Ich werde wieder ernst: «Ein guter Witz, aber, entschuldige, nur ein Bonmot, ein allerdings höchst geistvolles. Um aber ernst zu reden: Wir können doch nicht leugnen, daß der Protest vor allem auch eine kulturelle Erscheinung ist.»

Überraschenderweise gibt er mir sofort recht: «Nun also, ich sehe sehr gut, daß und wie du den Film machen könntest. Ich sehe aber nicht ein, warum du ihn machen sollst.»

«Deshalb, weil ich, ehrlich gestanden – ich sage das nicht aus Einbildung, sondern es ist wahr –, weil ich, ich betone es, der einzige bin, der diesen Film machen kann.»

Er sagt nichts. Er sieht mich an, als warte er auf weitere Erklärungen. Von seinem Schweigen ermutigt, fahre ich fort: «Ich bin – gestatte mir die bildliche Ausdrucksweise – in deinem, sagen wir: Stall das einzige Pferd, das dieses Rennen machen kann. Ich will sagen, ich bin unter allen momentan vorhandenen Drehbuchautoren der einzige, der die ganz bestimmten kulturellen Voraussetzungen hat, die für die Regie eines Films wie ‹Die Expropriation› erforderlich sind. Es gibt nicht nur eine Art Bildung, Protti, es gibt viele Arten, es gibt die akademische Bildung, die humanistische, eine rein äußerliche, eine konservative. All diese Arten von Bildung wären für so einen Film nicht nur überflüssig, sondern geradezu nachteilig. Es gibt auch eine Kultur der traditionellen Linken, die seinerzeit zweifellos nützlich war, heute aber überholt ist und nur zu veralteten Lösungen führen würde. Was aber meine Art von Kultur betrifft, so vereint sie so ziemlich alle wesentlichen Strömungen des modernen Gedankens vom Marxismus bis zur Psychoanalyse, vom Existentialismus bis zur Phänomenologie. Diese moderne Kultur ist die unerläßliche Basis, die Voraussetzung und der Ausgangspunkt für einen Film wie ‹Die Expropriation›. Du mußt, Protti, zur Überzeugung kommen, daß es sich hier nicht um irgendeinen Film handelt, der von irgendeinem Regisseur gemacht werden kann: Es ist *mein* Film.»

Ich habe mit Heftigkeit gesprochen. In dem gleichen Augenblick, da ich schweige, bereue ich es schon ebenso heftig. Denn auch was die Bildung betrifft, gibt es ein sublimiertes und ein unsublimiertes Verhalten. Der sublimierte Mensch verbirgt seine Bildung, der unsublimierte stellt sie zur Schau, schwenkt sie wie eine Fahne. Ich habe, finde ich, den Eindruck hervorgerufen, ein Parvenu der Bildung zu sein. Unwillkürlich erröte ich. Doch nein, doch nein. Protti sagt, als wahrhaft supersublimierter Mensch, genau das Gegenteil von dem, was ich in meiner Unsublimiertheit vermutet hatte: «Gestatte, Rico, daß ich es dir sage, dir fehlt vor allem eines.»

«Was denn?»

«Der Stolz. Das ist kein Film für dich. Er hat mit Bildung nichts zu tun. Es ist ein billiger Film, den wir gemeinsam mit dem Vater von Maurizios

Verlobter machen, um den Kindern eine Freude zu bereiten. Nein, das ist kein Film, der deiner würdig ist.»

Nun kann mich niemand mehr zurückhalten. Ich bin bereits in voller Fahrt. Zitternd und bebend rufe ich aus: «Aber Protti, ich weiß alles über die Protestbewegung, ich habe darüber Hefte voller Notizen. Ich habe während des ganzen Jahres 1968 ein Tagebuch geführt, ich bin sogar, wenn auch nur als Beobachter, nach Paris geeilt, als es dort zu den Mai-Ereignissen kam. In meiner Bibliothek stehen Dutzende Bücher über dieses Thema. Ich habe mich damit gründlichst befaßt. Für mich bergen die Werke von Marcuse, Horkheimer, Adorno, Marx, Lenin, Mao keine Geheimnisse. Ich kann dir nachweisen, daß die Protestbewegung in mehreren Ländern gleichzeitig entstanden ist, in Deutschland stammt sie nicht zuletzt aus der Richtung Nietzsche, in Frankreich aus der empörerischen und antisozialen Tradition der Villon und Rimbaud, in den Vereinigten Staaten aus der Hippie- und Beatbewegung, wobei gleichzeitig asiatische Philosophien wie die des Zen und des Tao hineinspielen. Nicht zu vergessen so unterschiedliche Persönlichkeiten wie Che Guevara, Castro, Dutschke, Cohn-Bendit, Godard, Ho Tschi Minh, Giap . . .»

Ich unterbreche mich. Protti macht eine ironische Geste, als wollte er sich vor einem Wolkenbruch schützen. «Genug, genug, genug, um Gottes willen! Ich weiß, daß du allerhand weißt, ich habe nie daran gezweifelt. Aber da wäre, Rico, noch ein anderer Aspekt in Betracht zu ziehen.»

«Was für einer?»

«Dein Alter. Du bist vierzig Jahre . . .»

«Fünfunddreißig.»

«Fünfunddreißig? Du siehst aus wie vierzig, wenn nicht älter. Nun denn, du bist jetzt fast vierzig und willst dich zu dieser Gruppe nichtssagender Kinder schlagen? Laß doch sie ihren Protestfilm machen – sie, die die wahren Protestler sind oder sich für solche halten. Für dich wäre etwas anderes das Richtige.»

«Was?»

«Im Moment weiß ich es nicht. Laß mich darüber nachdenken. Sei ganz beruhigt. Kümmere dich nicht weiter darum. Laß mich die Sache bedenken. Wenn du es am wenigsten erwartest, werde ich dich den Film machen lassen, der für dich taugt.»

Er deutet unmißverständlich an, daß er sich zu erheben wünscht. Ein Kälteschauer erfaßt mich, ich werde mir bewußt, daß ich endgültig die Regie nicht bekomme. Die Regie aber bedeutet für mich die Kunst, und die Kunst bedeutet Sublimierung, und die Sublimierung . . . ja doch, die Sublimierung bedeutet für mich das Leben. Im nächsten Augenblick schon werde ich nichts weiter sein als ein kultivierter Narr, ein intellektueller Hampelmann, der mit seiner zusammengestoppelten Bildung eines unsublimierten Autodidakten die Gäste seines höchst sublimierten Chefs erheitert. Im nächsten Augenblick schon werde ich endgültig ein Mann sein, der nichts als Organ ist und der keinerlei Macht besitzt gegenüber einem Mann, der ganz Macht ist und kein Organ besitzt. Es ist mir sonnenklar, daß ich jetzt im Begriff bin, eine Gemeinheit zu begehen, aber ich sage mir, indem ich mir meines Machiavellismus voll bewußt bin, daß das Ziel der Sublimierung, das heißt die künstlerische Schöpfung, jedes wie immer geartete Mittel rechtfertigt. Ich schreie förmlich: «Nur noch einen Augenblick, Protti! Es ist in deinem ausgesprochenen Interesse, daß ich den Film mache. Wenn ich Interesse sage, so meine ich dies im höchsten Sinne, nicht nur im materiellen, sondern auch im gesellschaftlichen, politischen und kulturellen.»

«Was wäre denn das für ein Interesse, das, wie es scheint, bedroht ist?»

Ich stecke bereits bis zu den Knien im Schlamm, da ist es schon egal, ob ich darin auch bis zum Hals versinke: «Es handelt sich um dein Interesse nicht nur als Produzent und Industrieller, sondern auch als Großbürger, als Mann der Ordnung, mit einem Wort als Kapitalist. Ich nehme an, du leugnest nicht, ein Kapitalist zu sein.»

«Keineswegs.»

Keineswegs? Wie? Hol's der Teufel! Ich fahre fort: «Maurizio und seine Freunde von der Gruppe ...»

«Was denn für eine Gruppe?»

«Seiner revolutionären Gruppe.»

«Ach so, diese Kinder, die sich in Flavias Wohnung in Fregene treffen.»

«Ja, diese sogenannten Kinder wollen einen Film machen, den du bezahlst und der gegen dich gerichtet ist. Das ist die Wahrheit. Zum Beweis kann ich dir zwei Treatments zeigen. Das erste ist so, wie ich es geschrieben habe, wobei ich versuchte, dir nicht zu schaden; das zweite ist so, wie Maurizio und seine Gruppe es von mir erzwungen haben. Aus dem Unterschied kannst du ersehen, warum ich der einzige bin, der diesen Film machen kann.»

Er rührt sich nicht, sagt wieder nichts, sieht mich nur an. Der supersublimierte Mensch, sich auf dem marmornen Sockel der Macht turmhoch erhebend, betrachtet den unsublimierten, der langsam im Schlamm des Denunzianten- und Verrätertums versinkt. Verzweifelt und drängend fahre ich fort: «Wenn du eine Minute Zeit hast, kann ich es dir kurz erzählen. Morgen schicke ich dir die beiden Treatments, und du kannst dich selber überzeugen.»

«Leg los, eine Minute habe ich Zeit.»

Atemlos, mich schon ganz mit meiner Verräterrolle identifizierend, erzähle ich prompt die zwei Versionen der ‹Expropriation› und unterstreiche dabei vor allem den ideologischen Charakter meines Meinungsstreites mit Maurizio. Ich spreche lange und mit dem übertriebenen Eifer des Verräters. Schweißbedeckt schließe ich: «Und damit dir alles klarwerde: weißt du, wer nach Maurizios Ansicht das Modell für den expropriierten Kapitalisten abgeben soll? Du, ausgerechnet du. In Maurizios Film bist du der zynische, ausbeuterische, korrumpierte Bürger, gegen den sich sogar die eigene Tochter auflehnt.»

Es ist nicht wahr. Ich war es, der im blinden Bestreben, Maurizio zu gefallen, Protti als Modell für die Gestalt des Kapitalisten vorschlug. Maurizio wandte vernünftigerweise ein, wir sollten uns Protti nicht zum Feind machen, sonst adieu Film. Ich bin aber schon einmal auf dem Weg des Verrats. Eine Gemeinheit mehr oder weniger, was tut's? Protti gerät keineswegs aus der Fassung, er wiegt nur den Kopf: «Wenn das wirklich stimmt, dann, Rico, es tut mir leid, ziehe ich Maurizios Version der deinen vor.»

Katastrophe! Selbst die dreißig Silberlinge werden Judas verweigert! Gerade Protti, den ich durch meinen Verrat auf meine Seite ziehen wollte, lehnt mich ab! Ich werde blaß, stammle verwirrt: «Aber es ist doch eine unverhohlen antibürgerliche, antikapitalistische Version, von umstürzlerischem Geist erfüllt.»

Er nickt zustimmend mit dem Kopf: «Das ist es ja, was wir wollen. Ich meine: wir Produzenten. Etwas Gewalttätiges, Umstürzlerisches, wie du sagst. Sei mir nicht böse, Rico. Deine Version ist möglicherweise die glaubwürdigere, ich will darüber nicht diskutieren, aber sie ist sentimental, wehmütig, resigniert. Nein, nein, sie würde keine Lira einbringen!»

Da entschlüpft es mir: «Du gibst dich also dazu her, die Protestler zu finanzieren, den Umsturz zu unterstützen. Der Bürger finanziert seinen eigenen Mörder. Der Kapitalist ermutigt denjenigen, der sich gegen den Kapitalismus verschwört. Sehr logisch, muß ich schon sagen. Denn es gibt eine Logik des Klassenselbstmords, Protti, vergiß es nicht.»

Protti schüttelt mit väterlicher Nachsicht den Kopf: «Vermeiden wir doch vor allem so große Worte wie Umsturz, Klassenselbstmord und so weiter. Es sind Kinder, die sich auf ihre Art unterhalten. Wir aus meiner Generation hatten nichts als die Frauen im Kopf. Sie haben die Politik an die Stelle der Frauen gerückt. Und wenn du mir schon von den Interessen des Kapitalismus sprichst, dann erkläre ich dir als Kapitalist: Es liegt genau im Interesse des Kapitalismus, daß die Protestler, statt die Expropriation wirklich durchzuführen, sich darauf beschränken, sie als Film zu erzählen. Und dies auf höchst drastische Weise. So ermöglicht man es diesen braven Kindern, sich auszutoben, ohne daß jemandem ein Haar gekrümmt wird. Andererseits macht man damit ein gutes Geschäft, denn die brutalen und umstürzlerischen Filme füllen, zumindest momentan, die Kassen. Und was mich als Modell für den ausbeuterischen und zynischen Kapitalisten betrifft: nun ja, es ist beinahe die Wahrheit. Ich bin vielleicht nicht so zynisch, wie ich sein sollte, aber ein Kapitalist und Bürger, das bin ich gewiß.»

Protti entzieht sich mir, er gleitet mir aus den Fingern, er flitzt davon wie ein Fisch, der sich den Köder ansieht und dann nach einer scharfen Wendung davonschwimmt, ohne anzubeißen. Gequält beuge ich mich vor: «Aber Protti, es handelt sich doch schließlich darum, ob man einen guten oder einen schlechten Film macht! Der Film, wie Maurizio ihn sieht, ist schlecht. Er ist schlecht, weil er falsch ist. Den Protest, wie Maurizio und seine Freunde ihn sehen, gibt es gar nicht. Er ist eine Fälschung der Wirklichkeit. Und aus Falschem kommt nichts Gutes.»

Protti lächelt: «Auch die italienischen Western sind solche Fälschungen, und doch ...» Mit diesen Worten steht er auf.

Auch ich erhebe mich, stelle mich ihm in den Weg, sage verzweifelt: «Protti, ich flehe dich an, glaub mir doch, um Gottes willen. Ich bin das, was man einen geborenen Regisseur nennt. Ich würde nicht so viele Geschichten machen, wenn ich nicht genau wüßte, daß ich zum Regisseur geboren bin und daß man mir jahrelang schweres Unrecht tut.»

«Was denn für Unrecht? Du bist wirtschaftlich gesichert, es fehlt dir nicht an Arbeit ...»

«Das Unrecht besteht darin, Protti, daß – jawohl, ich sage es laut und deutlich –, daß ein großer Regisseur dazu verurteilt ist, sein Leben lang nur Drehbücher zu schreiben.»

«Und wer soll dieser große Regisseur sein?»

«Der jetzt zu dir spricht.»

«Aber geh, beklage dich doch nicht, deine Drehbücher werden, wenn ich nicht irre, sehr gut bezahlt.»

«Protti, für dich mache ich die Regie gratis. Statt für vierhundert Millionen Lire, die der Film mit jedem anderen Regisseur kosten würde, mache ich ihn für hundert Millionen.»

Er legt mir die Hand auf die Schulter. Es ist die Hand, die sublimierte Menschen üblicherweise auf die Schulter unsublimierter legen. Ich möchte die erniedrigende Hand packen, mit aller Kraft wegschleudern und ihm ins Gesicht schreien: «Die ‹Expropriation› ist *mein* Film, jawohl, aber nicht deshalb, weil ich ein Mensch von Kultur bin, ein Intellektueller, sondern weil ich ein Rebell bin! Ich mußte nicht erst das Jahr 1968 abwarten, um zum Protestierer zu werden. Ich bin es seit meiner Geburt. Meine Rebellion richtet sich vor allem gegen deinen dreckigen, ausbeuterischen Kapitalismus, gegen deine hochmütige und dumme Bürgerlichkeit und gegen dich selber, der du beides so gut repräsentierst, du alter Hurentreiber, du Saukerl, du käuflicher!» Wie gewöhnlich aber behalte ich alles für mich, ich entferne Prottis Hand nicht, öffne den Mund nicht, beschränke mich nur darauf, eine unwillige Bewegung mit der Schulter zu machen. Protti schließt: «So, und jetzt geh und mach brav dein Drehbuch nach den Anregungen Maurizios, der ein intelligenter und begabter Junge ist. Was die Regie betrifft, verbleiben wir zunächst einmal so: Ich nehme deine Kandidatur zur Kenntnis.»

«Was heißt das?»

«Das heißt, wenn wir soweit sind, den Regisseur für ‹Die Expropriation› zu bestimmen, werde ich auch dich in Betracht ziehen.»

«Wann wird es soweit sein?»

«Bald.»

«Nach welchen Gesichtspunkten gedenkst du, den Regisseur zu bestimmen?»

«Nach Gesichtspunkten, die im Interesse der Produktion liegen.»

Wir sind beim Ausgang der Villa angelangt. Von hier aus, von der obersten Stufe der Treppe, kann ich den weiten, runden, in schwachem, düsterem Schein liegenden Platz überblicken. Friedhofsartig heben sich die Wipfel der Zypressen vom Nachthimmel ab. In dem seltsamen Schein der blauen Lampen nimmt sich Prottis Hofstaat an der langen, schmalen Tafel in der Mitte des Platzes mehr denn je wie eine Gespensterrunde aus. Ja, es sind Gespenster, geschwätzige, zynische, arschkriecherische, miese, unsublimierte Gespenster! Ich drehe mich unvermittelt Protti zu und sage entschieden und freimütig: «Danke, Protti, daß du so liebenswürdig warst, mich anzuhören. Ich sehe, daß du zum Tisch zurück willst. Ich komme nicht mit, tut mir leid. Ich gehe, und weißt du auch, warum?»

«Warum?»

«Weil du deinen eigenen Hofstaat hast. Nichts dagegen zu sagen, verstehen wir uns recht. Geschmackssache. Es ist nur so, daß dein Hofstaat aus Leuten besteht, die ich nicht mag.»

«Was haben dir diese Leute getan?»

«Mir persönlich nichts. Ich ertrage sie nur nicht, das ist alles. So wie übrigens auch sie mich nicht ertragen. Nennen wir es Unvereinbarkeit der Charaktere. Und sprechen wir nicht weiter darüber.»

Protti lächelt mild und seigneural, ein supersublimierter Mensch, dem die Gefühlsreaktionen der Unsublimierten völlig fernliegen, als betrachte er durch ein Mikroskop die rasenden Windungen eines Kommabazillus: «Warum? Es sind doch alles brave Jungen. Bleib doch noch ein bißchen bei uns. Ich bin überzeugt, Cutica kann es gar nicht erwarten, sich mit dir in einer Diskussion über ein hochliterarisches Thema zu messen.»

Er hält mich zum Narren! Einfach zum Narren! Ich richte mich gerade auf, wölbe die Brust heraus, hebe mein Kinn: «*Ciao*, Protti, ich muß wirklich gehen. Ein anderes Mal. Entschuldige mich bitte bei Signora Mafalda und bei den braven Jungen. *Ciao*.»

Ich schwenke die Hand in der Luft, kehre ihm den Rücken, gehe rasch auf den Gespenstertisch zu und sage laut: «Gehen wir, Fausta.»

Ich sehe, wie sie hastig und verängstigt aufsteht. Arme Fausta! Es ist ihr sicher nicht entgangen, daß Mafalda mir in die Villa nachlief. Weiß der Kuckuck, was sie sich gedacht hat. Während wir auf unseren Wagen zugehen, fragt sie mich in einem seltsam komplicenhaften Ton, der zugleich schmerzlich ist und aus dem man die Eifersucht heraushören kann: «Was hast du mit Leda Lidi gemacht?»

Ich war jetzt die ganze Zeit hindurch «unten» gewesen, da will ich wieder das angenehme Gefühl erleben, «oben» zu sein. Sei es auch einem so unsublimierten Trampel gegenüber wie Fausta. Ich antworte rücksichtslos: «Alles wie vorausgesehen. Sie ist mir nachgelaufen, wir haben uns in ein Zimmer eingeschlossen, ich habe sie geküßt. Alles wie am Schnürchen. Ein schöner, langer Zungenkuß. Sie hat mir ein Rendezvous gegeben.»

«Wo?»

«Beim Springbrunnen neben dem Gartentor.»

«Wann soll das sein?»

«Jetzt.»

«Wirst du hingehen?»

Ich bin schon daran zu antworten: «Selbstverständlich», da aber macht sich merkwürdigerweise er bemerkbar: «Es ist überflüssig, hinzugehen. Laß sie nur schmachten.»

«Sie gefällt dir nicht mehr so gut, wie? Ist es schon aus mit der Liebe zu den alten Damen?»

«Das will ich nicht sagen. Ich sage nur: Laß sie schmachten.»

Ich finde, daß er im Grunde recht hat. Der Angriff auf die Festung Mafalda wird vorläufig aufgeschoben, die Gräben sind ja schon überwunden und erobert, es ist praktisch so, als hätte ich sie bereits eingenommen. Zu Fausta aber sage ich: «Ich weiß noch nicht. Ich will mich erst entscheiden, wenn wir dort sind. Sollte ich zu dem Rendezvous gehen, dann warte auf mich im Wagen draußen auf der Straße.»

«Was willst du mit ihr machen?»

«Alles.»

Sie sagt nichts. Sie neigt ihr schwammiges Gesicht, als wollte sie ihren nackten Riesenbauch betrachten, der über der Hose hervorquillt. Wir sind beim Wagen angelangt. Perfid sage ich: «Lenke du. Dann müssen wir, wenn wir am Ort des Rendezvous ankommen und ich mich entschließe auszusteigen, nicht erst den Platz wechseln.»

Fausta gibt keine Antwort. Es ist ein düsteres Schweigen. Sie setzt sich an den Volant, auch ich steige ein. Sie läßt den Motor an, löst die Handbremse, der Wagen fährt los.

Schießt heulend los. Sowie er aus dem Seitenweg heraus ist, rast er über den Platz, direkt auf den Tisch zu. Noch ein Augenblick, und er wird Protti mit seinem gesamten Hofstaat überfahren. Ich gestehe aufrichtig, daß mir dabei der Gedanke kommt: «Soll er nur, soll er! Er soll sie nur alle zerquetschen wie Ungeziefer.» Während der Wagen auf sie zuschießt, weichen die Gäste in ungläubigem Schrecken zurück, als fragten sie sich, ob dies ein Scherz sei, ein Versagen oder noch Schlimmeres. Zu meiner tiefsten Befriedigung kann ich noch sehen, daß mein Erzfeind Cutica mitsamt seinem Sessel umfällt und die Beine in die Luft streckt. Gleich aber komme ich zu mir und erfasse mit beiden Händen das Steuerrad. Mit einer jähen Wendung fährt der Wagen hart am Tisch vorbei und geradewegs in die Allee hinein. Während die Oleandersträuche an uns vorbeiflitzen, sage ich zu Fausta:

«Bist du wahnsinnig?»

«Das Lenkrad ist mir aus der Hand geglitten.»

«Es fehlte nur wenig, und du hättest sie alle totgefahren.»

«Hätte ich's doch.»

Die Allee macht eine Wendung, in der Ferne sieht man das offene Gartentor. Links, zwischen den Pinien, erblicke ich eine kleine, dunkle Fläche, in deren Mitte ich das Becken des Springbrunnens zu erkennen meine. Im indirekten Licht der blauen Lampen glitzert ein Wasserstrahl. Eine helle, eindeutig pyramidenförmige, an einen Dinosaurier gemahnende Gestalt sitzt auf einer Bank vor dem Brunnenbecken. Fausta verlangsamt die Fahrt: «Da ist sie. Steigst du aus?»

Ich antworte ohne zu zögern: «Fahren wir weiter.»

VIII

Degradiert!

Bewirkt die Liebe, die wahre, die gleich weit entfernt ist vom sogenannten Sex wie von der reinen Zuneigung, kurz die Liebe, von der die Menschen im allgemeinen reden und die das höchste Ergebnis vollkommener Sublimierung ist, womöglich noch höher als die Kunst – bewirkt diese absolute Liebe, daß derjenige, der liebt, sich in Gegenwart der geliebten Person weder «oben» noch «unten» fühlt, sondern in einzigartiger, irrationaler Weise mit ihr auf gleicher Ebene oder besser gesagt in einem Zustand vollständiger Identifizierung mit ihr? Ich denke, ja. In der Tat: Während ich mich, um nur zwei gegensätzliche Beispiele anzuführen, bei Fausta oder Mafalda entweder «oben» oder «unten» fühle, strebe ich in Irenes Gegenwart – wunderbarerweise – weder danach, «oben» zu sein, noch leide ich unter dem Gefühl, «unten» zu sein. Ich fühle mich auf unsagbare und zauberhafte Weise mit ihr auf gleichem Fuß. Mit anderen Worten: Ich *fühle* sie; nicht mich, sondern ausschließlich sie. Ich *bin* geradezu sie. Sollte ich also in das gelobte Land der Sublimierung gelangt sein? Es ist noch zu früh, um es sagen zu können. Die Identifizierung scheint es gleichwohl zu beweisen. Solche Gedanken gehen mir durch den Kopf, während ich am Tisch in Irenes Küche sitze. Sie trägt eine kleine, gestreifte Schürze, die sie um Taille und Schultern gebunden hat, und macht sich am Herd zu schaffen, um mir das Abendessen zu bereiten. Ich hatte schon die ganze Woche hindurch die Absicht, sie zu besuchen. Aber ich schämte mich, mich bei ihr zu melden, nach der blamablen Rolle, die ich seinetwegen bei unserer ersten Begegnung gespielt hatte. Schließlich faßte ich doch Mut, rief sie an, und da sprach sie mit einer entzückenden Einfachheit mit mir wie mit einem alten Freund und lud mich zum Abendessen ein.

Die bloße Tatsache, daß ich sie sehe, höre, ihr nahe bin, erfüllt mich mit tiefer Freude und innerer Ruhe. Die Kücheneinrichtung besteht aus einer Holzimitation in Kunststoff. Sie ist im sogenannten Farmerstil gehalten, wie er in den Katalogen der auf Kücheneinrichtungen spezialisierten Firmen unter der erbaulichen Bezeichnung «Old America» angepriesen wird. Irene ist dabei, den Tisch zu decken. Sie legt auf die Kunststoffplatte mehrere Sets aus grüner Wachsleinwand und auf die Sets Bestecke, dann stellt sie Gläser in angeblich skandinavischem Stil hin. Auf der Bank neben dem Herd sind mehrere Beutel aus Cellophan aufgereiht, durch das hindurch man das Grün des Gemüses, das Rosa des Fleisches, das Weiß des Käses und das Gelb des Obstes sehen kann. Das alles werden wir bald essen. Irene kauft in einem Supermarkt ein. Und wenn sie dazu keine Zeit findet, nimmt sie einfach Dosen. In den Fächern des riesigen geöffneten Kühlschrankes liegen und stehen Dosen und Flaschen in großer Zahl. Irene sucht etwas heraus. Sie trägt den üblichen übertriebenen Minirock. Mikroskopisch klein und kokett schwebt er über ihren herrlichen, sehr fraulichen Beinen und wirkt wie eine etwas obszöne Karikatur eines Kinderkleidchens. Ich möchte hier betonen, daß es selbstverständlich *er* ist, der mich auf das Obszöne von Irenes Beinen aufmerksam macht. Ich hingegen sehe weder etwas Obszönes noch Beine, noch Minirock: Ich sehe nur Irenes Gesamterscheinung im verklärenden Licht der Freude, die ich bei ihrem Anblick empfinde, der Freude, mit ihr beisammen sein zu können. Irene nimmt aus dem Kühlschrank eine Dose und zeigt sie mir: «Schildkrötensuppe, magst du sie?»

Ich bejahe und frage dann: «Kochst du jeden Abend?»

«Ich muß leider. Ich bin allein. Die Zugehfrau kommt vormittags und geht um vier Uhr wieder weg.»

«Wer kümmert sich während des Tages um das Kind?»

«Sie ist in Halbpension im amerikanischen College Saint Patrick. Ich bringe sie hin, bevor ich ins Büro gehe. Am Abend, nach Büroschluß, hole ich sie ab.»

«Du ißt mittags nicht zu Hause?»

«Nein, ich gehe in eine Snackbar neben der Botschaft, esse dort ein Sandwich oder ein Hamburger. Wir arbeiten durchgehend.»

«Und wer kümmert sich um das Kind, wenn du abends ausgehst?»

«Ich habe jemanden zum Babysitten.»

«Snackbar, Sandwich, Hamburger, Supermarket, Old America, Farmerstil, amerikanisches College. Babysitter . . . möchtest du gerne in Amerika leben?»

«Ich bin nie drüben gewesen. Warum fragst du?»

«Ich finde dich so amerikanisiert.»

«Wirklich?»

«Ja, wirklich.»

«Wenn du mit amerikanisiert meinst, daß mir gewisse Dinge gefallen, die aus den Vereinigten Staaten kommen, dann bin ich es gewiß.»

«Was gefällt dir so besonders an den Vereinigten Staaten?»

«Ich bin, wie gesagt, nie drüben gewesen und kann es daher nicht so genau sagen. Wenn ich aber hinüberkäme, dann würde mir, glaube ich, dort gerade das gefallen, was so viele an den Vereinigten Staaten hassen.»

«Und zwar?»

«Der Kapitalismus.»

«Der Kapitalismus –?»

«Ja. Warum wunderst du dich? Der Kapitalismus.»

«Dir gefällt der Kapitalismus?»

«Ja, sehr.»

«Warum?»

«Kein Warum. Er gefällt mir.»

«Du bist doch nicht reich, oder?»

«Nein, das bin ich nicht. Ich arbeite.»

«Was geht dich also der Kapitalismus an?»

«Er geht mich insofern etwas an, als er mir gefällt.»

«Aber es ist doch ungerecht, daß wenige viel haben und viele wenig.»

«Ich kann mit der Gerechtigkeit nichts anfangen.»

«Was liebst du eigentlich?»

«Ich habe es schon gesagt: den Kapitalismus. Die Ungerechtigkeit.»

Was sie sagt, klingt – im Tonfall – klug und ruhig. Während sie spricht, unterbricht sie nicht ihre Vorbereitungen für das Abendessen, sie geht zwischen dem Kühlschrank und dem Herd hin und her, dann wieder zum Abwaschbecken. Ihre Bewegungen sind präzis und gemessen wie die eines Roboters. In dieser Küche wirkt alles, wirken selbst die Papierabfälle, die Schalen und Strünke funktionell und sauber. Ich kann nicht umhin, Fausta, die eine miserable Hausfrau ist, mit Irene zu vergleichen, und diese blitzsaubere Küche mit der unseren, in der alles schmutzig und unordentlich ist. Ich sage mir, daß ich mir wünschte, eine Frau wie Irene zu haben, trotz deren abwegiger Sympathie für den Kapitalismus. *Er* aber wendet sich sogleich empört gegen diesen Gedanken: «Ich nicht.»

«Warum nicht?»

«Weil Fausta, was man ihr auch vorwerfen kann, doch immer noch begehrenswert ist. Irene nicht.»

«Aber du selbst hast mich doch auf ihre Beine aufmerksam gemacht.»

«Irene ist an sich nicht begehrenswert. Sie gehört zu den Frauen, die man begehrt, weil sie einen herausfordern.»

«Was sollte an ihr so herausfordernd wirken?»

«Eben die Tatsache, daß sie nicht begehrenswert ist.»

«Ich verstehe dich nicht.»

«Vielleicht habe ich mich unklar ausgedrückt. Die Herausforderung geht von Irene aus, ihrer Frigidität, ihrer völlig ablehnenden Haltung. Ich habe dich auf ihre Beine aufmerksam gemacht, weil sie, wie ich schon früher einmal sagte, in ihrer hermetischen Geschlossenheit – ja, eben eine Herausforderung bedeuten und den Wunsch erwecken, sie zu öffnen. Mit dieser ständigen Herausforderung erweckt Irene allerdings weniger das übliche Verlangen als den Wunsch nach Gewalttätigkeit.»

«Gewalttätigkeit?»

«Ja, den Wunsch, sie zu vergewaltigen, sie womöglich gar umzubringen. Sie gehört zu jenen Frauen, die der Milchmann oder der Bettler, wenn sie die Wohnungstür offen finden, überfallen, vergeblich zu vergewaltigen versuchen und dann erwürgt auf dem Boden des Badezimmers liegen lassen.»

«Willst du damit etwa sagen, daß du sie umbringen möchtest?»

«Vielleicht schon. Vielleicht wäre es für mich die einzige Möglichkeit, mit ihr in einen direkten Kontakt zu kommen.»

«Was heißt ‹direkter Kontakt›! Und die Liebe? Ach, ich vergaß, daß Liebe für dich nicht existiert.»

Einen Augenblick schweigt er, dann erklärt er brutal: «Du liebst Irene nicht. Du liebst nur den Umstand, daß Irene mit ihrer absoluten Ablehnung dein Sublimierungsexperiment nicht gefährdet.»

Wieder schweigt er, dann fügt er hinzu: «Weißt du, was mich vielleicht bewegen könnte, Fausta durch Irene zu ersetzen?»

«Was?»

«Mach deine Augen auf und schau.»

Ich schaue. An der Tür steht Irenes Tochter Virginia. Ich schaue, so wie er es mir mit seltsamer Beharrlichkeit angeraten hat. Virginia ist mager, aufgeschossen, ihre weißen, schlaksigen, noch gar nicht fertig geformten Beine ragen gleichmäßig in ihr hochgeschürztes Kleid hinein. In ihrer Gesamterscheinung wirkt sie nicht viel älter, als sie ist, neun Jahre. Ihr Gesicht aber ist merkwürdigerweise schon das einer Frau. Es ist nicht eigentlich von frühreifer Weiblichkeit, aber in diesen Zügen ist etwas Erwachsenes, etwas irgendwie Verderbtes. Ihr von zwei glatten, blonden Haarsträhnen eingefaßtes Gesicht ist länglich und blaß, die Schläfen sind schmal, die Augen sehr hellblau, die Nase ist tropfenförmig, der Mund feucht und brennend rot. Die Nasenlöcher liegen gleichsam bloß, die gerümpften Nasenflügel zittern wie die eines Kaninchens, die Unterlippe ist geschwollen wie nach einem Wespenstich. Zwei violette Streifen, Zeichen der Müdigkeit, ziehen sich unter den Augen hin. Zynisch flüstert er mir zu: «Jetzt ist es noch zu früh. In spätestens fünf Jahren wird sie sicher geeignet sein, dich für die Frigidität ihrer Mutter zu entschädigen.»

«Widerlicher Bursche!»

«Warum widerlich? Sieh nur ihre Augen an und die Schatten unter den

Augen. Sie sieht aus wie eine Frau, vielleicht ist sie schon eine.»

«Hör auf, mir graust vor dir. Wenn unser Dialog weitergehen soll, mußt du unbedingt einen anderen Ton anschlagen. Das ist keine Bitte, das ist ein Befehl.»

Ich bin, um die Wahrheit zu sagen, weniger entsetzt als ich vorgebe, denn es ist mir ganz klar, daß seine Auslassungen über Mutter und Tochter nichts als eine Reaktion auf meinen Willen sind, Irene zu lieben und von ihr geliebt zu werden. Er ist eben ein Feind der Liebe. Der bloße Begriff der Sublimierung verärgert ihn, am meisten aber unter allen Auswirkungen der Sublimierung verärgert ihn die Liebe. Während mir diese Dinge durch den Kopf gehen, stellt mir Irene als gute und zärtliche Mutter ihre Tochter vor: «Virginia, das ist Rico, ein Freund von mir. Begrüß ihn schön.» Virginia nähert sich, reicht mir die Hand und macht einen kleinen Knicks. Sie schiebt dabei ihr festes, knochiges Knie vor. Dann setzt sie sich ebenfalls an den Tisch und beginnt sofort ein Romanheft aufzuschlagen. Ich frage sie freundlich: «Was liest du denn da?»

Sie antwortet nicht, hebt nicht den Kopf, sie schlägt nur den Deckel des Heftes etwas zurück, damit ich den Titel lesen kann. Irene dreht das Gas ab, nimmt den Topf vom Herd, geht um den Tisch herum und gießt die Schildkrötensuppe in die Tassen. Dann setzt sie sich zu uns. Eine Weile essen wir die Suppe und sehen uns, Irene und ich, über die Tassen hinweg schweigend an. Schließlich fragt Irene: «Wie geht's mit deiner Arbeit?»

«Wie gewöhnlich.»

«Nämlich?»

«Gut. In spätestens einem Monat beginne ich mit der Dreharbeit.»

«Neulich hast du gesagt, in vierzehn Tagen.»

«Es hat Verzögerungen gegeben. Jetzt aber ist es sicher, daß die Dreharbeiten in einem Monat beginnen.»

«Wieso übernimmst du erst jetzt eine Regie?»

«Ich wollte vorher nicht. Ich habe viele Angebote abgelehnt. Ich fühlte mich noch nicht sicher, nicht reif genug dazu.»

«Wie wird der Film heißen?»

«Die Expropriation.»

«Ein merkwürdiger Titel. Wovon handelt er? Erzähl mir doch die Handlung deines Films.»

Ich erzähle sie, während Irene die Tassen abträgt, dann zum Herd geht und mit einer Gabel die Koteletts auf dem Rost umwendet. Während ich erzähle, sieht das Kind mich unentwegt an, aber sichtlich ohne jedes Interesse, als betrachte es irgendeinen Gegenstand. Es verzieht dabei nervös das Gesicht, den Mund, rümpft die Nase, schließt bald das eine, bald das andere Auge, drückt die Zähne auf die Unterlippe und läßt sie dann wieder zurückschnellen. Irene ist ganz damit beschäftigt, die Koteletts umzuwenden und sagt kein Wort. Als ich mit der Geschichte fertig bin, sind auch die Koteletts fertig. Irene legt sie auf einen Teller und serviert sie. Sie stellt auch eine hölzerne Schüssel mit bereits zurechtgemachtem Salat auf den Tisch. Während sie sich setzt, sagt sie bloß: «Diese Filmgeschichte gefällt mir nicht besonders.»

«Warum nicht?»

«Die Protestbewegung ist mir unsympathisch, die Studenten sind mir unsympathisch, alles, was mit diesen Studenten und der Protestbewegung zu tun hat, ist mir unsympathisch.»

«Was hat dir die Protestbewegung getan?»

«Nichts. Aber ich kann sie nicht leiden.»

«Sag mir vor allem einmal, warum dir die Studenten unsympathisch sind?»

«Ich weiß es nicht. Sie sind mir eben unsympathisch, das ist alles.»

«Vielleicht, weil sie den Kapitalismus abschaffen wollen, der dir so gut gefällt?»

«Sie sind mir, ehrlich gestanden, ohne besonderen Grund unsympathisch. So was kommt doch vor, oder nicht? Man tritt, zum Beispiel, in ein Zimmer, sieht einen Menschen zum erstenmal und denkt sich gleich: ‹Gott, was für ein unsympathisches Gesicht.› Man weiß nichts über diesen Menschen, man begegnet ihm zum erstenmal, und doch ist er einem unsympathisch. So geht es mir mit den Studenten.»

«Gut, schön. Was aber, wenn man dich fragt, würdest du ihnen vorwerfen?»

Sie denkt einen Augenblick nach und sagt dann: «Ihre Undankbarkeit.»

«Undankbarkeit?»

«Ja, es sind undankbare Burschen. Der Kapitalismus, den sie vernichten möchten, hat allen, auch ihnen, Autos beschert, das Fernsehen, das Kino, das Flugzeug und eine Menge anderer Bequemlichkeiten. Sie akzeptieren das alles und wollen gleichzeitig den, von dem sie es haben, vernichten. Ist das keine Undankbarkeit?»

«Manchmal wird Undankbarkeit zur Pflicht. Ich zum Beispiel arbeite für den Kapitalismus und empfinde für ihn gar keine Dankbarkeit. Das fehlte ja gerade, daß man dem Kapitalismus auch noch dankbar sein sollte! Im Grunde erwartet er das auch gar nicht.»

Irene sagt nichts, sie scheint nachzudenken. Dann meint sie: «Die Studenten sind ebenfalls Kapitalisten. Nur, wer die Vorteile des Kapitalismus genießt, kann auf die Idee kommen, sie abzulehnen. Die Arbeiter lehnen sie nicht ab. Erstens, weil sie sie nicht genießen, und zweitens, weil sie in ihren Genuß kommen möchten. Die Protestler sind wie gewisse reiche Damen, die wenig essen, um nicht zuzunehmen. Die armen Leute hingegen haben Hunger und daher auch keine Angst, zuzunehmen. Sie wollen essen, und wenn sie dazu Gelegenheit haben, dann essen sie, so viel sie können.»

«Wie also sollte, deiner Ansicht nach, die Handlung des Films aussehen?»

«Ich verstehe nicht, was du sagen willst.»

«Ich will sagen: Wie würdest du die Protestler darstellen?»

«So, wie sie sind.»

«Undankbar?»

«Ja, undankbar und auch ängstlich.»

«Ängstlich –? Wieso denn das?»

«Sie haben Angst vor dem Wohlstand, weil sie durch Generationen hindurch Bettler waren. Ein Auto, ein Kühlschrank, ein Grammophon flößen ihnen Angst ein. Für sie ist es Teufelswerk. Sie haben Angst vor ihm wie die Frömmler vor den Frauen.»

Irene hat mit Überzeugung gesprochen, aber ohne sich zu ereifern. Sie ist von dem, was sie sagt, so überzeugt, daß sie es eigentlich für unnötig hält, es noch aussprechen zu müssen. Was mich betrifft, so liegt mir auch nicht viel an dem, was Irene sagt. Ich bin einfach gern in ihrer Gesellschaft, es macht mir Freude, mit ihr zu diskutieren, ihr zuzuhören, sie anzusehen. Er ist freilich nicht dieser Meinung. Ich höre ihn murmeln, es sei zweckmäßig, mit dem Geschwätz Schluß zu machen und «zur Sache» zu kommen. Das heißt, einen von ihm stammenden hirnrissigen Verführungsplan, der von den sexuellen Gewohnheiten Irenes ausgeht, in die Praxis umzusetzen. Worin besteht dieser Plan? Er hat ihn auf Grund der Geschichte von Irenes Beziehung zu ihrem Mann ersonnen. Es handelt sich, soweit ich ihn verstehe, darum, Irene ein Thema für einen inneren Film einzugeben, und zwar so, daß ich in diesem Film gewissermaßen als Schauspieler eine Rolle spielen kann. Irene soll mich in einen erfundenen Vorgang einführen, wie sie es seinerzeit mit ihrem Mann getan hat. Ich weiß nicht, wieso und warum, aber er meint, daß es auf diese Weise möglich wäre, schrittweise zu einer vollständigen Beziehung zu gelangen. Es ist, wie gesagt, ein hirnrissiger Plan, denn es ist nicht einzusehen, wie ich mich aus einem imaginären Darsteller in einem imaginären Vorgang allmählich in eine wirkliche Person des wirklichen Lebens verwandeln könnte. Trotzdem übt dieser Plan, gerade seiner Hirnrissigkeit wegen, eine gewisse Anziehungskraft auf mich aus. Ich fühle, daß ich es verhängnisvollerweise damit versuchen werde.

Das Abendessen ist beendet. Irene erhebt sich, schiebt die Teller nacheinander mit der einen Hand in das Abwaschbecken, während sie mit der anderen eine Zigarette zum Mund führt. Das Kind fragt: «Mama, darf ich vom Tisch aufstehen?»

«Ja.»

«Kann ich in mein Zimmer gehen?»

«Ja.»

«Aber du mußt mit mir kommen.»

«Gut, mein Schatz.»

Virginia erhebt sich, geht zu ihrer Mutter und faßt sie bei der Hand. Dann stemmt sie ihren Kopf gegen Irenes Schoß und sagt mit weinerlicher

Stimme: «Schick ihn fort.»
«Wen, mein Liebling?»
«Ihn! Warum schickst du ihn nicht fort?»
«Er ist ein Gast, und Gäste schickt man nicht fort.»
«Schick ihn fort, schick ihn fort, schick ihn fort.»
Ich muß, fühle ich, irgend etwas Versöhnliches tun. Ich strecke meinen Arm aus, fasse Virginias Hand, ziehe sie an mich, und frage: «Warum willst du, daß deine Mama mich fortschickt? Magst du mich nicht? Aber ich mag dich sehr.»
Meine Worte haben keinerlei Doppelsinn, sie sind aufrichtig, drücken genau das aus, was ich fühle und denke. Es ist unfaßbar, doch er kommentiert sie auf die gemeinste und sarkastischste Weise: «Ich glaube es gerne, daß du sie sehr magst. Zu sehr.»
Ich befehle ihm mit Entschiedenheit: «Ich verbiete dir solche Verdächtigungen.»
Zu spät. Die Kleine merkt zweifellos mit sicherem weiblichem Instinkt seine Gegenwart. Sie stößt jedenfalls plötzlich einen schrillen Schrei aus, macht sich aus meinen Händen los und flüchtet zwischen die Beine ihrer Mutter. Sie stampft mit den Füßen auf: «Schick ihn fort, schick ihn fort, schick ihn fort.»
Ich sehe, wie sich Irene niederbeugt, ihren Mund an das Ohr des Kindes legt und etwas flüstert. Dann richtet sie sich wieder auf: «Virginia, grüß also Rico schön und geh dann zu Bett.»
Überraschenderweise streckt mir die Kleine ihre Hand entgegen und macht ihren zeremoniellen Knicks: «Gute Nacht, Rico.» Dann geht sie mit Irene hinaus.
Allein im Zimmer, mache ich ihm heftige Vorwürfe: «Du ekelst mich an. Meine Gefühle für Virginia können nur väterlich sein, und nie etwas anderes. Erdreiste dich nicht, es in Zweifel zu ziehen.»
Diesmal verhöhnt er mich merkwürdigerweise nicht. Er antwortet fast melancholisch: «Du bist wirklich sehr ahnungslos. Wann wirst du endlich begreifen, daß ich das Verlangen bin – und daß das Verlangen nach allem verlangt.»
«Auch nach kleinen Mädchen?»
«Ich habe gesagt: nach allem.»
Ich zucke die Achseln, gehe aus der Küche in das Wohnzimmer. Gehe unruhig auf und ab. Nichts zu machen. So ist das immer: Er legt den Keim, nichts als den Keim, und der entwickelt sich dann, gegen meinen Willen, zu einem mächtigen Baum. Er hat den Keim zu der Idee gelegt, Irene das Thema zu einem inneren Film einzugeben, in dem ich eine Rolle spielen soll. Und dieser Keim ist nun, wie gewöhnlich, zu einem Baum herangewachsen. Aber da kommt Irene.
Sie geht zur Hausbar, bereitet zwei Whiskies. Ich frage: «Was hast du Virginia ins Ohr geflüstert?»

«Wenn sie zu dir freundlich ist, wirst du sie eine Rolle in deinem Film spielen lassen.»

«Komisch. Wie bist du darauf gekommen?»

«Sie denkt immer an so etwas. Hast du gesehen, was sie liest? Das sind nicht etwa Bildhefte für Kinder. Es sind *illustrierte Geschichten* für Erwachsene, in denen man unter anderem lesen kann, daß arme und unbekannte Mädchen plötzlich Stars werden. Virginia liest das und hofft, daß sie ebenfalls ein Filmstar werden wird, wenn sie groß ist.»

Irene setzt sich auf ihren gewohnten Platz, schlägt die Beine übereinander und sagt plötzlich: «Erzähl mir etwas von deinem Produzenten.»

«Wieso interessiert dich der?»

«Ich interessiere mich, wie ich dir schon gesagt habe, für Kapitalisten. Ist dein Produzent etwa kein Kapitalist?»

«Und ob, das will ich meinen!»

«Wer ist es denn?»

«Du meinst, wie er heißt?»

«Ja.»

Ich will schon antworten: «Protti.» Da aber mischt er sich unvermittelt ein: «Sag, daß er Protos heißt.»

«Was, zum Teufel, redest du da? Wer soll Protos sein?»

«Protos ist die imaginäre Person, die es dir ermöglichen wird, dich als Darsteller in einen Film Irenes einzuschalten.»

«Warum Protos und nicht Protti?»

«Kümmere dich nicht weiter darum. Sag Protos, der Name wird seine Wirkung tun.»

«In welcher Weise?»

«Aus diesem Namen wird sich eine ganze Geschichte ergeben.»

Einfach aus Neugierde sage ich zu Irene: «Er heißt Protos.»

«Merkwürdiger Name!»

Wieder einmal hat er recht: der Name beginnt zu wirken. Wie Kinder eine auswendig gelernte Geschichte aufsagen, erzähle ich jetzt rasch und unbefangen: «Ich finde ihn gar nicht so merkwürdig, ich würde sagen, der Name paßt vollkommen zu diesem Mann. Protos bedeutet im Griechischen der Erste, die Hauptperson, der Prinzipal. Noch treffender wäre vielleicht der Name Proteus.»

«Warum Proteus?»

«Proteus war eine Meeresgottheit in der griechischen Mythologie. Er konnte sich fallweise in tausend Gestalten verwandeln. Man findet noch heute jemanden, der viele Dinge zugleich tut und überall auftaucht, proteushaft.»

«Und was hat das mit deinem Produzenten zu tun?»

«Das hat insofern mit ihm zu tun, als er sich nicht nur mit dem Film, sondern auch noch mit vielen anderen Dingen beschäftigt. Ja, ein Proteus. Ein Industrieller, ein Finanzmann, ein Wirtschaftskapitän ersten Ranges.

Der Film ist nur eine seiner vielen Unternehmungen. Protos ist überall, er streckt seine Fühler nach allen Richtungen aus. Es ist praktisch unmöglich, alles aufzuzählen, was er produziert. Zement, Papier, Zeitschriften, Textilien, Küchengeräte ... Der Film ist für ihn eine Art Hobby.»

Ich bin selber über die anregende Wirkung des Namens Protos überrascht. Es ist fast so, als spräche gar nicht ich, als spräche Protos selbst, diese nichtexistente Gestalt, durch meinen Mund über sich selber. Ich fühle aber seltsamerweise, daß dieser völlig imaginäre Protos Irene gefällt, daß er sie neugierig macht, während sie der wirkliche Protti möglicherweise gar nicht interessieren würde. Wie das?

Er erklärt es mir flink und munter: «Irenes innere Filme sind in Wirklichkeit Träume, und Träume sind mein Element. Protos ist keine wirkliche Figur, er ist ein Traum.»

Ich wende ein: «Mir kommen Irenes Filme eher wie Comic strips vor.»

Er antwortet lebhaft: «Was sind denn die Comics anderes als gezeichnete und gedruckte Träume? Erzähl nur weiter von Protos, du wirst sehen, daß Irene ihn in ihre Filme einführt.»

Ich entgegne kleinlaut: «Möglich. Aber ich habe aus den Namen Protos schon alles herausgeholt, was mir möglich war. Irene wird vielleicht noch mehr über ihn erfahren wollen, und ich weiß wirklich nicht, was ich ihr noch sagen soll.»

Er tadelt mich in wahrhaft überraschender Weise: «Ich wundere mich. Du bist ein Mann von Kultur, gibst zumindest vor, es zu sein, und bist noch nicht daraufgekommen, daß Träume wie Comic strips aus überholtem und überwundenem kulturellem Material bestehen.»

«Was soll das heißen?»

Aber ich habe keine Zeit mehr, mir das noch erklären zu lassen. Wie blitzschnell meine Unterhaltung mit ihm auch vor sich gegangen ist, sie wird von Irenes Stimme brüsk unterbrochen, die mich auffordert: «Beschreibe ihn.»

«Wen?»

«Protos!»

Meine Situation ist die eines Schiffsjungen, den eine rohe Schiffsmannschaft, um ihm das Schwimmen beizubringen, einfach ins Meer wirft. Ich muß Protos beschreiben oder ersaufen. Da bekommt sein Ausspruch, Träume und Comics seien überholtes und überwundenes kulturelles Material, auf einmal seinen geheimen Sinn: ich beschreibe nun Protos so, wie George Grosz, einer meiner Lieblingsmaler, den typischen Kapitalisten im fernen Jahr 1920 dargestellt hat. Der Kapitalist, der in diesen Karikaturen für die damalige Zeit aktuell war, wahrheitsgetreu, authentisch, ist nach dem heutigen Stand der Soziologie «überholtes und überwundenes kulturelles Material», hervorragend geeignet also für Träume und Comic strips. Warum habe ich nicht schon früher daran gedacht? Wie ein Spruchband, das ich an einem Ende festhalte, ziehe ich nun aus meinem Mund die Beschreibung des imaginären Protos und halte mich dabei an die Karikaturen von George Grosz. Es ist wieder so, als sagte ich auswendig auf: «Also: Protos ist klein, hat lange Arme und kurze Beine, sein Bauch wölbt sich vor, seine Schultern sind breit: ein richtiger Affe. Sein Kopf ist birnenförmig, er hat kurze, fast weiße Haare. Protos ist nämlich ein Albino. Sein Gesicht hat eine ganz besondere Eigenschaft: es ist transparent.»

«Transparent –?»

«Ja, seine glänzende und gespannte Haut ist transparent wie Cellophan, durch die hindurch sieht man eine zweite, die eigentliche, rosige Haut. Sie ist von einem unwahrscheinlichen Rosa, dem zarten Rosa der Neugeborenen. In diesem gleichförmigen Rosa aber entdeckt man da und dort rote Flecken, wie von gestocktem Blut, besonders am Jochbein und um die Nasenlöcher.»

«Wie sind seine Augen?»

«Hellgrün. Vielmehr, sie spielen zwischen Grün, Blau und Braun. Auch die Augen scheinen in einer Hülle zu stecken. Das wahre Auge befindet sich innerhalb dieser Hülle, so daß die Pupillen gläsern erscheinen, glänzend, seltsam intensiv, wie im Delirium. Protos hat eine winzige Nase, eine hakenförmige. Ein Häkchen aus Fleisch. Das Rosa ist hier etwas dunkler als das des übrigen Gesichts. Die Nasenlöcher klaffen und sind, wie gesagt, von Flecken umgeben. Sein großer Mund ist fast lippenlos und wirkt, ich weiß nicht, warum, wie halb geöffnet. Eine unbeschreiblich drohende Grimasse, sie läßt die kleinen gipsweißen, geschlossenen Zähne sehen.»

Einen Augenblick lang schweige ich, selber erstaunt über meinen Einfallsreichtum.

Unvermittelt fahre ich fort: «Weißt du, wie seine Mitarbeiter ihn nennen?»

«Nein.»

«Den Kalbskopf.»

«Warum?»

«Hast du schon mal die gesottenen Kalbsköpfe gesehen, die auf den Fleischbänken ausgestellt sind? Auch bei ihnen läßt der halboffene Mund die weißen Zähne sehen. Ihr Auge ist gläsern, leicht irisierend, in durchsichtigen grünen, blauen und braunen Tönungen. Wie bei Protos.»

«Weiter.»

«Was weiter?»

«Beschreibe ihn weiter.»

Der Name Protos wirkt sich immer noch aus. Von George Grosz gehe ich zu mir selber über, beschließe, der imaginären Gestalt meine hauptsächliche physische Eigenschaft zuzuschreiben: das ungewöhnlich entwickelte Sexualorgan.

Ich sage: «Protos ist, was das Sexualorgan betrifft, in außergewöhnlicher Weise ausgestattet. Das ist kein bloßes Gerede. Es ist eine Tatsache. Wenn er in bestimmter Weise sitzt, ist man unwillkürlich betroffen von der Dicke und Länge des Vorsprungs, der sich dann unter dem Hosenstoff abzeichnet und fast bis zum halben Schenkel reicht.»

Irene lächelt perfid: «Ganz wie bei dir? Vielleicht hat auch er dem seinen einen lateinischen Namen gegeben?»

«Wenn, dann einen griechischen: Protos.»

«Wie ist seine Stimme?»

Ich denke an Prottis Stimme: die ist höflich, sanft, kultiviert, ironisch, liebenswürdig.

Ich erfinde: «Seine Stimme? Sie klingt trocken, schneidend wie eine Guillotine. Sie hackt die Worte, kaum daß sie ausgesprochen wurden, hart ab: sie enthauptet sie gewissermaßen.»

«Und sein Charakter?»

Das ist der kritische Punkt. Da hilft mir George Grosz nicht mehr. Der ist ein Maler und Zeichner, kein Romanautor. Er hat den Kapitalisten der zwanziger Jahre in Karikaturen festgehalten, nicht seine Geschichte erzählt. Glücklicherweise regt mich der Name Protos weiter an. Nach den Karikaturen des deutschen Malers taucht nun in meinem Gedächtnis eine Anekdote auf, von der ich nicht weiß, ob sie wahr oder erfunden ist. Es handelt sich um eine jener Anekdoten, wie sie in Filmkreisen kursieren und die ich leicht der Figur meines imaginären Kapitalisten aufpfropfen kann, so etwa wie ein Chirurg ein fehlendes Körperorgan einsetzt, das er von einem anderen Körper nimmt. Ich sehe Irene fest an und beginne: «Er ist ein sentimentaler Mensch. Also ein Sadist.»

«Das verstehe ich nicht. Ich sehe da keinen Zusammenhang.»

«Sentimentalität ist die beliebteste Maske des Sadismus. Warum? Weil sie Vertrauen einflößt. Sie ist ein Ersatz für das wahre Gefühl, sie erweckt das Vertrauen des Opfers, das wehrlos dem Sadisten ausgeliefert ist. Der wirft im entscheidenden Augenblick die Maske ab und enthüllt seine wahre Natur.»

«Erzähl mir ein Beispiel für Protos' Sentimentalität und seinen Sadismus.»

Hier empfiehlt er mir wie ein Professor, der die Schularbeit seines Schülers überwacht: «Gib gut acht jetzt! Es muß eine Geschichte sein, die mehr oder weniger so, wie sie ist, von Irene als Bildgeschichte übernommen werden kann, wenn sie masturbiert. Mithin: nichts Wahres, nichts Psychologisches, nichts Ironisches, nichts Wirklichkeitsgetreues. Alles konventionell, falsch, unwahr. Tatsächlich drücke ich mich auch in den Träumen auf falsche, konventionelle, unwahre Weise aus. Ich weiß nicht, was ich mit der Wahrheit, der Wirklichkeit anfangen soll.»

Seine Empfehlungen sind so spitzfindig, so sophistisch, daß sie mich einen Moment ablenken. Irene bemerkt es und fragt mich: «Was hast du? Woran denkst du?»

«An eine Geschichte, die für Protos' Charakter kennzeichnend ist.»
«Eine Geschichte, die sich wirklich zugetragen hat?»
«Versteht sich.»
«Erzähle sie.»
«Ich mache dich aber darauf aufmerksam, daß sie ziemlich hart ist.»
Sie lacht ihr etwas grausames Lachen, das ihre weißen, hundeartig spitz wirkenden Zähne enthüllt: «Wieso bist du auf einmal so rücksichtsvoll? Was ist los mit dir?»
Ich fühle mich plötzlich innerlich bewegt. Trotz seiner Proteste, seinem wütenden Zuruf: «Du bist ein Hanswurst, ein Narr, ein Komödiant!» stammle ich: «Mir ist etwas sehr Einfaches passiert.»
«Was?»
«Ich bin daran, mich in dich zu verlieben, und die Liebe ist, wie du weißt, immer rücksichtsvoll.»
Sie zuckt mit den Achseln: «Du glaubst nur deshalb, mich zu lieben, weil ich dich zurückgewiesen habe. Macht nichts. Erzähle jetzt deine Geschichte.»
Ich beginne: «Nun also, die Geschichte. Ich bin, wie du wissen mußt, für Protos eine Art Faktotum. Ich schreibe für ihn nicht nur Drehbücher, sondern bin auch sein Assistent, sein Vertrauter, sein Zwischenhändler. Alles geht durch meine Hände, nichts geschieht ohne mich. Ich habe mein Zimmer neben Protos' Arbeitszimmer. Er ruft mich mittels der Gegensprechanlage, ich öffne die Tür zu seinem Zimmer und bin schon bei ihm.»
Ich schweige einen Augenblick. In Wahrheit habe ich Cuticas Situation und seinen Aufgabenkreis beschrieben. Warum? Ich merke es. Weil es mir Spaß macht, zu denken, daß Cutica imstande wäre, das zu tun, was zu erzählen ich im Begriff bin. Kurz, ich räche mich an Cutica, auch wenn ich dabei gezwungen bin, mich selber zu verleumden. Ich fahre fort: «Eines Tages sitze ich wie gewöhnlich an meinem Schreibtisch, da öffnet sich die Tür und herein schlüpft ein zwanzigjähriges Mädchen. Sie ist nicht eben schön, etwas mollig, aber sehr anmutig. Sie öffnet mit einer verblüffenden Frechheit langsam die Tür und gebietet mir Schweigen, indem sie den Zeigefinger an die Lippen legt. Dann schließt sie die Tür, nähert sich meinem Tisch und sagt: ‹Der Mann wollte Lilla nicht hereinlassen. Lilla aber ist teuflisch gescheit. Was hat Lilla also getan? Sie hat so getan, als müßte sie aufs Klo, und jetzt ist sie hier. Nein, nein, es ist nicht so leicht, Lilla etwas zu verbieten!› Ich frage: ‹Wer ist denn diese Lilla?› Und sie: ‹Wer diese Lilla ist? Es gibt nur eine Lilla: mich. Ich bin die einzige, die wahre, die richtige Lilla.›
Sie ist so verrückt, daß ich für sie, trotz ihrer Frechheit, eine gewisse Sympathie empfinde. Ich frage sie: ‹Was kann man für Lilla tun?› Sie spricht weiter von sich in der dritten Person: ‹Für die Lilla kann man nur eines tun.› – ‹Was?› – ‹Sie Protos vorstellen.› – ‹Was will die Lilla von Protos?› – ‹Was kann die Lilla von Protos schon wollen? Eine Rolle in einem

Film, klar!› – ‹Ach so? Klar – wenn auch nicht sehr originell.› Sie merkt die Ironie nicht, stolziert im Zimmer auf und ab und sagt: ‹Die Lilla weiß, daß sie zur Schauspielerin geboren ist. In ein, höchstens zwei Jahren wird die Lilla die berühmteste und bestbezahlte Schauspielerin des italienischen Films sein. Die Lilla verlangt nur eines: mit Protos sprechen zu können. Alles übrige besorgt sie selbst.› – ‹Wie will sie das machen?› – ‹Mit einem unfehlbaren Argument.› – ‹Und was wäre dieses unfehlbare Argument?› Du wirst es nicht für möglich halten, aber sie stellt sich in die Mitte des Zimmers, faßt ihren Rocksaum mit beiden Händen und zieht den Rock hoch: ‹Das ist das unfehlbare Argument der Lilla.› In diesem Augenblick öffnet sich die Tür und Protos erscheint. Er sieht mich an, sieht die Lilla an, die mit hochgezogenem Rock inmitten des Zimmers steht, und fragt dann grob: ‹Was geht hier vor?› Ich antworte: ‹Die Kleine da will dich sprechen.› Protos sieht sie wieder an. Sie hat inzwischen den Rock heruntergezogen und lächelt. ‹Wer sind Sie überhaupt?› knurrt Protos. Und das Mädchen leiert herunter: ‹Wer ich bin? Wer kann ich schon sein? Die Lilla. Die wahre, die einzige, die einzigartige Lilla.› Ihre Frechheit scheint Protos neugierig zu machen. Er sagt: ‹Sie wollen mich sprechen?› – ‹Ja, Herr Doktor Protos, die Lilla wünscht mit Ihnen zu konferieren. Die Lilla, Herr Doktor Protos, wird die glücklichste Frau der Welt sein, wenn Sie ihr in Ihrem Zimmer eine kurze geschäftliche Unterredung gewähren.› Protos lächelt in seiner makabren Art, ohne den Mund zu öffnen, nur seine Zähne entblößend. Dann meint er: ‹Gut. Kommen Sie zu einer geschäftlichen Besprechung herein.› Er tritt zur Seite und läßt sie in sein Zimmer. Während sie hineingeht, wirft sie mir über die Schulter einen triumphierenden Blick zu. Protos folgt ihr und schließt die Tür.»

«Und dann?»

«Ich habe lange gewartet, fast eine Stunde. Da meldet sich Protos durch die Sprechanlage: ‹Rico, komm herein.› Ich erhebe mich und öffne die Tür. Protos sitzt hinter seinem Schreibtisch, das Gesicht in die Hand gestützt, die Lilla sitzt ihm gegenüber. Sie redet auf ihn ein, und Protos – es ist unglaublich! – weint. Ja, seine fürchterlichen, gläsernen, irren Augen sind naßglänzend von Tränen. Das Taschentuch in seiner Hand ist ein nasser Knäuel. Auch die Lilla scheint innerlich bewegt zu sein, aber doch nicht so sehr, um nicht die Wirkung der Geschichte wahrzunehmen, die sie erzählt. Es ist natürlich ihre persönliche Geschichte, sie ist ebenso schmerzlich wie hoffnungslos banal, so daß ich, obwohl ich sonst ein weiches Herz habe, über die Kitschausdrücke, deren sich das Mädchen bedient, lächeln muß. Nicht so Protos. Er scheint wirklich gerührt, er weint, und weinend sagt er immer wieder: ‹Du armes Kind, du armes Kind, du armes Kind.› Er sagt es leise und überzeugt, als spräche er zu sich selbst. Ich warte bei der Tür, bis die Geschichte zu Ende ist. Die Lilla schließt: ‹Das, Herr Doktor Protos, ist die Geschichte der Lilla. Traurig, nicht wahr? Aber die Lilla ist mutig, ist ausdauernd, die Lilla hat selbst in den schlimmsten Situationen nie an sich gezweifelt. Die Lilla weiß, daß sie sich durchsetzen wird. Und nun, Herr Doktor Protos, ist die Lilla da, vor Ihnen, und sagt: Machen Sie mit mir, was Sie wollen, Herr Doktor Protos, bestimmen Sie. Was immer Sie auch bestimmen, es kann für die Lilla nur gut sein.› Ich sehe mir das Mädchen genauer an und merke, daß ihr Mund ganz mit Lippenstift verschmiert ist. Ich betrachte Protos und sehe, daß etwas von dem Lippenstift auch an seinen blaßrosa Lippen haftet und dort wie eine Entzündung wirkt. Er sagt: ‹Ihre Geschichte hat mich wirklich ergriffen. Ich habe geweint, wie Sie sehen. Sie können zufrieden sein. Ich weine sonst nie, auch nicht im Kino.› Das Mädchen plustert sich auf und fragt: ‹Darf die Lilla also hoffen, Herr Doktor Protos?› – ‹Gewiß. Sie dürfen ruhig hoffen.› – ‹Wirklich?› – ‹Wirklich.› Ob du es glaubst oder nicht: die Lilla faßt Protos' Hand und küßt sie. Protos läßt es gnädig geschehen. Dann sagt er: ‹Gehen Sie jetzt in Ricos Zimmer. Ich muß mich kurz mit Rico besprechen.›

Die Lilla geht hinaus. Protos sieht mich lange schweigend an, dann bricht er los: ‹Darf man wissen, warum du diesen Quälgeist zu mir hereingelassen hast?› Ich protestiere: ‹Aber Protos, du bist es doch selbst gewesen . . .› Er fährt fort: ‹Gleich, wie sie hereingekommen ist, hat sie mir gesagt: Die Lilla ist tüchtig, sehr tüchtig, und wenn es dem Herrn Doktor Protos genehm ist, kann die Lilla auf der Stelle beweisen, wie tüchtig sie ist. – Ehe ich mich versehe, sitzt sie schon auf meinen Knien und liefert mir den Beweis ihrer Tüchtigkeit. Schließlich aber habe ich ihr gesagt: Setz dich jetzt hin und erzähl mir deine Geschichte. – Dir, Rico, aber sage ich: Tu mir den großen Gefallen und schaff sie mir aus den Augen, sofort, ich will sie nicht mehr sehen. Nie wieder! Verstanden?› – Ich frage Protos: ‹Aber was soll ich ihr sagen, was soll ich mit ihr anfangen?› Darauf er, jedes Wort skandierend: ‹Fang mit ihr an, was du willst. Ich schenke sie dir. Verstanden? Ich schenke sie dir!›»

Die Geschichte der Lilla ist beendet. Er ruft mir zu: «Eine großartige Geschichte. Besonders glücklich der Einfall mit dem Geschenk. Bravo! Eine Person zu verschenken ist ja besser, als sie zu verkaufen. Bravissimo!» Ich nehme dieses Lob meiner Erfindungsgabe froh entgegen und beobachte Irene, um zu sehen, ob die Geschichte auf sie ihre Wirkung getan hat. Sie hat es. Zu Beginn meiner Erzählung saß Irene noch mit geschlossenen Beinen und leicht vorgeneigtem Oberkörper da. Jetzt liegt sie fast auf den Kissen ausgestreckt, ihre Beine, die eben noch fest aneinandergeschmiegt waren, ragen unter dem Rock hervor und sind sichtlich geöffnet. Sie stützt sich mit den Ellbogen auf den Diwan und sieht mich leicht verwirrt und hilflos an. Dann fragt sie: «Was hast du mit der Lilla gemacht, nachdem Protos sie dir geschenkt hat?»

Ich stelle mir vor, was Cutica in einem solchen Fall gemacht hätte, und antworte: «Du kannst es dir denken.»

«Sag, was.»

Ich schweige einen Moment, dann erkläre ich entschieden und wie gekränkt in meinem Stolz: «Natürlich wollte sie nicht! Ich machte ihr klar, wenn sie zu einer Filmrolle kommen wolle, müsse sie ihre Tüchtigkeit auch mir beweisen. Und da hat sie mir, wenn auch unter wilden Verwünschungen, ihre Tüchtigkeit bewiesen.»

«Schuft!»

Bei dieser Beschimpfung, die ich nicht verdiene und die mich nicht beleidigt, weil sie einem anderen und nicht mir gilt – Irene hat sie übrigens mit einer eher zärtlich-ersterbenden Stimme ausgesprochen –, merke ich plötzlich, daß sich das Gespräch nicht mehr zwischen Irene und mir, sondern zwischen ihr und ihm abspielt, daß sich zwischen ihnen eine Beziehung hergestellt hat: da liegt Irene halb ausgestreckt auf dem Diwan, mit halb geöffneten Beinen, und auf der anderen Seite ist er, der bereits den höchsten Grad der Verzückung erreicht hat. Ich selber fühle mich, wie immer in solchen Fällen, ausgeschaltet, ausgeschieden. Aber während ich sonst mit diesem Ausgeschaltetsein durchaus einverstanden bin und, frei von jeder Verantwortung, aus meinem Beobachterwinkel gar nicht ungern zusehe, wie er sich betätigt, flößt mir diesmal seltsamerweise sein Erfolg ein ungewohntes Gefühl ein, das an Eifersucht gemahnt. Ja, ich bin in Irene verliebt und, so unglaublich es klingen mag, auf ihn eifersüchtig. Der Gedanke, daß Irene von uns beiden ihn vorzieht, beleidigt mich. Anders gesagt: es beleidigt mich, daß der Sex über die Liebe siegt. Ich sage grob: «Setz dich auf!»

Irene ist vom veränderten Ton meiner Stimme überrascht. Langsam und unwillig richtet sie sich auf und setzt sich zurecht, wobei sie mich ununterbrochen anstarrt.

Ich sage: «Und jetzt sollst du es wissen: ich habe alles erfunden.»

«Alles? Was heißt alles?»

«Alles. Die Geschichte mit Protos und Protos selbst. Protos heißt gar nicht Protos, sondern Protti, er ist auch kein Ungeheuer, wie ich es geschildert habe. Er ist ein gutaussehender, liebenswürdiger, höflicher, zivilisierter Mensch. Vor allem ein ausgezeichneter Familienvater. Auch die Geschichte der Lilla ist frei erfunden. Es hat nie eine Lilla gegeben, ich habe sie keinem Protos zugeführt, und Protos hat sie mir nicht geschenkt. Ich arbeite für Protti, er bezahlt mich, das ist alles. Geschenke gibt es da nicht.»

Irene sieht mich nur an, scheint aber gar nicht erzürnt zu sein. Im Gegenteil. Sie lächelt und fragt dann: «Warum?»

«Warum was?»

«Warum diese ganze Geschichte von Protos, der Lilla und dem Verschenken?»

«Ich wollte ein Experiment machen.»

«Was für ein Experiment?»

«Ich wollte dir eine Geschichte für einen deiner Filme liefern, wenn du masturbierst. Du kannst mich so in deinen Film einführen, und wenn du es dann mit dir treibst, dann treibst du es gewissermaßen auch mit mir.»

«Und – warum hast du geglaubt, ich würde deine Geschichte benützen?»

«In dieser Geschichte steckt ein Einfall, der mich, meiner Meinung nach, hoffen läßt, ich könnte ein Darsteller in einem deiner Filme werden. Der Einfall besteht darin, daß eine Frau weder verkauft noch gekauft wird, sondern verschenkt.»

«Stimmt. Das ist ein sehr wirkungsvoller Einfall. Du kannst zufrieden sein: dein Experiment ist geglückt.»

«Wie meinst du das?»

«Ich meine, daß ich den Filmstoff, den du mir freundlicherweise geliefert hast, in Betracht ziehen werde.»

Jetzt hält sie mich zum besten. Kein Zweifel! Ich fahre wütend auf: «Nein! Ich wollte ein Experiment machen, es ist geglückt, und das genügt mir. Ich will aber nicht – verstehst du? –, ich will absolut nicht als Darsteller in deinem Film auftreten. Nichts da von Film! Entweder im wirklichen Leben oder gar nicht. Denn ich liebe dich, und wenn ich es, was ich für unwahrscheinlich halte, eines Tages erreichen sollte, auch von dir geliebt zu werden, dann muß es in der lebendigen Wirklichkeit geschehen und nicht in der Unwirklichkeit einer Bildgeschichte zu Masturbationszwekken. Hast du mich verstanden? Aus diesem Grund verbiete ich dir, meine Geschichte zu verwenden.»

«Und was wirst du tun, wenn ich sie doch verwende?»

Was geschieht mir da? Oder besser: was geschieht ihm da? Rücksichtslos wie nie zuvor, gibt er mir einen Stoß, schleudert mich zur Seite und spricht durch meinen Mund, aber mit einer neuen, noch nie gehörten, von Blutrausch bis zur Unkenntlichkeit entstellten Stimme: «Was ich tun werde? Sehr einfach: ich drehe dir den Hals um.»

Irene beginnt zu lachen. Es ist ihr grausames Lachen, wenn sie mir ihre ganze Verachtung zeigen will. Es ist, ich kann es nicht anders bezeichnen, ein seitliches Lachen: der Mund bleibt in der Mitte geschlossen, nur die Mundwinkel sind hochgezogen und lassen die hundeartigen Zähne sehen. Dann sagt sie langsam: «Du drehst keinem Menschen den Hals um. Ich werde deine Geschichte verwenden, und zwar nicht erst morgen früh, nicht erst heute nacht, nicht erst nach deinem Fortgehen, sondern sofort, jetzt, vor deinen Augen. Du wirst mir nicht den Hals umdrehen, sondern mir zusehen. Das wirst du.»

Hat Irene vielleicht recht? Daß er ein Voyeur ist, weiß ich nun. Irene setzt ihre Worte schon in die Tat um. Sie schiebt ihr Becken vor, zieht ihren Rock hoch und über den Bauch, breitet ihre Beine aus, so daß der schwarze Slip zwischen ihren weißen, glänzenden Schenkeln sichtbar wird. Einen Augenblick bin ich überzeugt, daß er sich, all seinen Drohungen zum Trotz, schließlich damit abfinden wird, die passive Rolle des Betrachters zu übernehmen. Doch nein, ich irre mich. Er will diesmal den «direkten

Kontakt», ohne inneren Film, ohne Comic strips. Und da Irene ihn nicht nur zurückweist, sondern sich mit ihrer beredten Mimik auch noch über ihn lustig macht, will er mit grausamer Entschlossenheit jetzt, sofort, den Tod Irenes. Es ist nur ein Augenblick. Dann raunt er mir drängend, geradezu fieberhaft zu: «Stürze dich auf sie, drücke ihr den Hals zusammen, machen wir endlich Schluß. Drücke zu, drücke zu, drücke zu.» Da stürze ich mich auch schon auf Irene, werfe sie flach auf den Rücken und umklammere mit beiden Händen ihren wunderschönen, runden und kräftigen Hals. Und da geschieht das Unvorhergesehene: Irene gibt plötzlich ihren Widerstand auf. Ihr Körper wehrt sich nicht mehr, gibt unter mir nach, auffordernd, auch wenn es keineswegs eine Aufforderung zur Liebe ist. Unter mir auf dem Diwan liegend, sieht Irene mich sanft versöhnlich, ja bittend an und sagt: «Ich habe keine Angst vor dem Sterben. Du willst mich umbringen? Bring mich nur um.»

Diese Worte genügen, mich von ihm ebenso rasch und leicht wieder zu befreien, wie er sich kurz zuvor von mir befreit hatte. Ich frage: «Du willst sterben?»

«Ja.»

«Warum? Hast du mir nicht immer gesagt, daß du mit deinem Töchterchen, mit deiner Arbeit, mit deinen inneren Filmen glücklich bist?»

«Ja, ich habe es gesagt, und ich bin es auch. Aber gleichzeitig wünsche ich zu sterben.»

«Du wünschst es wirklich?»

«Ja.»

Während wir miteinander sprechen, liegen meine Hände noch um ihren Hals, drücken aber nicht mehr zu. Ich bin es wieder, der spricht, er ist endgültig zur Seite geschoben, zum Schweigen gebracht. Irene sagt leise: «Laß mich doch sterben.»

«Eben war ich wirklich daran, dich umzubringen.»

«Ich habe es bemerkt.»

«Jetzt aber könnte ich es nicht mehr. Gewisse Dinge kann man nicht mit bewußter Absicht tun.»

«Warum nicht? Drück noch einmal zu, so fest du kannst. Ich verspreche dir, daß ich dich nicht hindern, daß ich mich nicht wehren werde.»

«Nein. Es ist aus. Glücklicherweise.»

«Ich bitte dich darum.»

«Nein!»

«Wenn du mich nicht umbringen willst, dann laß mich los. Du bist mir zu schwer. Ich liege unbequem.»

Ich lasse sie los. Irene setzt sich ruhig wieder auf, greift nach ihrem Glas. Sie ist wieder die Botschaftssekretärin, die einen Freund zu Besuch hat. Ich setze mich auf den Diwan ihr gegenüber. Dann sage ich: «Gut, verwende nur meinen Einfall vom Verschenktwerden. Mache mich zu deinem Instrument, sooft du willst.»

Sie beugt sich mit übertriebener Höflichkeit vor und sagt wieder in ihrem grausam-ironischen Ton: «Wirklich? Allen Ernstes? Du ermächtigst mich dazu?»

«Ja, mach mit meinem Einfall, was du willst. Verzeih, daß ich handgreiflich wurde. Aber bei dem Gedanken, zu einem Instrument degradiert zu werden, habe ich einen Moment lang den Verstand verloren.»

«Du bist nicht handgreiflich geworden, du wolltest mich umbringen – das ist nicht dasselbe. Wärst du nur handgreiflich geworden, dann hätte ich dich zurückgewiesen.»

«Den Mann, der in dich verliebt ist und dich lieben möchte, den magst du nicht. Aber du hast nichts gegen den Mörder, der dich erwürgen will. Ist es so?»

Während sie mit kleinen Schlucken aus ihrem Glas trinkt, hebt sie den Blick gegen mich und nickt bejahend mit dem Kopf.

IX

Traumatisiert!

Ich fahre aus dem Schlaf und habe das Gefühl, nicht allein zu sein. Ich richte mich auf, blicke vor mich hin, und da sehe ich tatsächlich ihn im Sessel an meinem Bettende sitzen. Er ist in merklich erregtem Zustand, zumindest nach seinem Umfang zu schließen. Und doch ist nichts Übertriebenes, nichts Aufgewühltes in seiner Haltung. Er sitzt geradezu wohlerzogen in seinem Sessel, sein Kopf ruht an der Sessellehne. Eine Art fröhliche Zufriedenheit spricht aus ihm, er sieht aus wie einer, der gut gegessen und getrunken hat. Eine dunkle dicke Vene windet sich unterhalb seines Kopfes gleich einer Krawatte, und das erweckt den Eindruck, als wäre er sogar bekleidet. Im übrigen ist es mir in dem Halbdunkel, das im Zimmer herrscht, nicht möglich, weitere Einzelheiten zu unterscheiden. Ich erkenne hauptsächlich seine Umrisse, sie erinnern mich seltsamerweise an einen Polypen, der, auf seinen Fangarmen kauernd, eine konisch zulaufende Kapuze trägt.

Er beginnt sofort zu reden, als wollte er mich kurz und beiläufig informieren: «Ich bin gekommen, um mich von dir zu verabschieden. Du hast es erreicht. Ich verlasse dich. Von nun an wirst du dich über mich nicht mehr zu beklagen haben. Aus dem einfachen Grund, weil ich nicht mehr dasein werde.»

Ein Gefühl unsagbarer Bitterkeit befällt mich bei diesen Worten, fast so etwas wie ein Angstgefühl. Ich will es aber nicht zeigen. Ich sage mir, in solchen Fällen komme es vor allem darauf an, die Ruhe zu bewahren. Fast scherzhaft sage ich: «Wenn ich mich über dich beklagt habe, ist es einzig deine Schuld. Du hast dich ja immer so schlecht aufgeführt. Auch jetzt, zum Beispiel. Es sollte ein Höflichkeitsakt sein, den du mir bezeigst, ein Anstandsbesuch. Findest du es anständig, so zu erscheinen?»

Fast traurig antwortet er: «Ich kann gar nicht anders erscheinen. Wenn ich nicht so erscheine, bin ich nichts. Das Verlangen – wenn du mir das vorwirfst – ist für mich die einzige Art, zu existieren. Ohne Verlangen gibt es für mich keine Existenz.»

«Leider.»

«Du möchtest, daß sich das Verlangen in den Formen der Sättigung präsentiere: ein Widerspruch in sich. Ich kenne keine Sättigung. Gesättigt sein ist für mich gleichbedeutend mit nicht sein. Wo ich bin, gibt es keine Sättigung: wo es Sättigung gibt, bin ich nicht.»

Nach einem Augenblick des Schweigens fährt er weit weniger zutraulich fort: «Ich bin also gekommen, um von dir Abschied zu nehmen. Hast du mir noch etwas Besonderes mitzuteilen?»

Mein Gefühl der Bitterkeit hält an, auch der Anflug von Angst. Wieder aber versuche ich, es zu verbergen, und sage verächtlich: «Wo willst du denn hin? Was könntest du schon ohne mich tun? Niemand würde dich wollen, niemand dich aufnehmen.»

«Im Gegenteil. Ohne dich werde ich nach einem unglückseligen Zwischenspiel wieder das sein, was ich wirklich bin, nicht mehr begrenzt und eingeschränkt durch deine individuelle Besonderheit. Wenn ich nur daran denke, daß ich, solange ich dir angehörte, gezwungen war, verstohlen nach Herrenmagazinen zu schielen! Genug! Ich verlasse dich! Die ganze Welt erwartet mich.»

«Die ganze Welt! Dein üblicher Dünkel. Warum nicht die bescheidene Wahrheit zugeben? Daß du mich verläßt, um Gastfreundschaft bei irgendeinem anderen zu suchen, der bereitwilliger ist als ich, deine Schikanen zu erdulden. Irgendso ein schäbiges und niederträchtiges Individuum, wie zum Beispiel Cutica . . .»

«Cutica! Willst du denn nicht endlich begreifen, daß es für mich nicht darum geht, zwischen dir und Cutica oder irgendeiner anderen Person zu wählen, sondern zwischen dir und . . . dem Kosmos?»

«Schon wieder! Solche Reden habe ich schon mehrfach gehört.»

«Weil sie die Wahrheit sind.»

«Was wäre denn das für eine Wahrheit?»

«Daß nicht ich dich brauche, wie du zu glauben scheinst, sondern daß du mich brauchst. Daß du mir gar kein Zugeständnis machst, wenn du mich beherbergst, sondern daß ich dir eines mache, wenn ich mit dir zusammen lebe. Daß deine sozusagen Individualität vor allem ein Käfig ist, für mich jedenfalls, ein Prokrustesbett, ein Quell der Scherereien und Erniedrigungen. Wenn wenigstens mein Opfer anerkannt und geschätzt würde, könnte ich noch die Beschränkungen ertragen, die mir das Zusammenleben mit dir aufzwingt. Aber nein. Du erkennst mein Opfer nicht nur nicht an, sondern beschuldigst mich der Anmaßung. Damit nicht genug, du gibst meiner angeblichen Anmaßung auch noch die seltsamsten Namen, gibst mir Bezeichnungen, die für mich schimpflich sind, wie: Egoist, Fetischist, Exhibitionist, Sadist, Masochist, Onanist, Homosexueller, Liebhaber alter Damen und was weiß ich alles noch ... Und da eben sage ich: Genug – ich gehe und kehre in den Kosmos zurück. Ja: in den Kosmos. Ich schäme mich nicht, es zu sagen, denn der Kosmos ist mein wahrer und eigentlicher Sitz.»

«Du kehrst nicht in den Kosmos zurück, sondern gehst zu Cutica.»

«Ich sehe, du bist unverbesserlich. Ich sage: Kosmos – und du antwortest: Cutica. Wie könnte ich da noch länger bei dir bleiben? Adieu.»

Nach diesen Worten macht er eine Bewegung, als wolle er sich erheben. Vielmehr: als würde er, mit Rücksicht auf seine Form, jetzt auf den Boden hinabgleiten und mit seinem riesigen Rumpf ohne Fortbewegungswerkzeuge dahinrollen wie ein verkrüppelter Bettler in seinem Wägelchen, das er mit der Hand fortbewegt. Da ich ihn so entschlossen sehe, kann ich mein Gefühl der Bitterkeit und meine Angst plötzlich nicht mehr unterdrücken. Ich schreie auf: «Nein, verlaß mich nicht, geh nicht fort. Bleibe bei mir. Ich verspreche dir, von nun an alles zu tun, was du willst. Nur bleibe. Ohne dich könnte ich nicht leben. Bleib, um Gottes willen, verlaß mich nicht.»

Er antwortet nicht gleich auf meine flehentlichen Worte. Er betrachtet mich, scheint es, mit der verächtlichen und ironischen Befriedigung des Siegers. Schließlich sagt er: «Du willst also in Zukunft wirklich gefügig sein, gehorsam, bereitwillig?»

«Ja, ich schwöre es.»

«Weißt du denn auch, was ich will?»

«Ich weiß es, vielmehr ich weiß es nicht. Sag es du.»

«Leiste feierlich und endgültig Verzicht auf ...»

«Die Sublimierung.»

«Ich weiß nicht, was Sublimierung ist. Nein. Ich will, daß du darauf verzichtest, ein Individuum zu sein, das eine eigene, bestimmte Identität hat.»

«Ja, ja, ich werde nicht mehr danach trachten, jemand oder etwas zu sein. Ich werde jeden Versuch dieser Art aufgeben.»

«Deine Versuche, als Individuum zu existieren, eine Identität zu besitzen, diese ja doch immer wieder gescheiterten Versuche sind es, die automatisch jedes meiner Lebenszeichen förmlich in ein Verbrechen verwandeln. Du mußt ein für allemal darauf verzichten, dieses lächerliche und absurde Ding zu sein, das man Individuum nennt.»

«Ja, ich werde alles tun, was du willst. Nieder mit dem Individuum, nieder mit der Identität, nieder mit mir selber. Bist du nun zufrieden?»

Diesmal schweigt er. Er scheint nichts mehr zu sagen zu haben. Oder besser: das, was er zu sagen hat, läßt sich, scheint es, nicht in Worten ausdrücken. Er schweigt, und ich habe den Eindruck, daß er sich sichtlich mehr und mehr aufbläht, mit Blut füllt, anschwillt.

In dem Halbdunkel wird sein an der Sessellehne ruhender Kopf immer größer, immer röter, es ist ein dunkles, schon fast schwarzes Rot. Auf der seidenartigen, geschwellten Oberfläche spielen Lichtreflexe, die seine ganze Gespanntheit sichtbar machen. Er schweigt, starrt mich schweigend an. Dieses Schweigen und seine Unbeweglichkeit werden für mich bald unerträglich. Ich frage beunruhigt: «Sprich doch endlich, ich bin ja zu allem bereit, was willst du noch von mir?»

Nein, er spricht nicht. Wird auch so bald nicht sprechen. Er verharrt in seinem Zustand, wie erstarrt in einem tiefen Mißbehagen. Plötzlich erschüttert ihn ein Zucken von oben bis unten. Gleich darauf bricht an seiner Spitze ein großer, undurchsichtiger Tropfen von dichtem Weiß hervor, zögert kurz und rinnt dann von seinem Gewicht gezogen hinab. Ein neuerliches Zucken, ein neuer Tropfen. Ein drittes, noch heftigeres Zucken, und dann ergießt es sich reichlich, in mehreren Ansätzen, rinnt herab, zerteilt sich in viele kleine Bäche. Ich muß an die Eruption eines Vulkans denken, an eine besonders erschreckende, denn sie erfolgt geräuschlos. Weiter und weiter ergießt sich der weiße Strom über den Sessel, verbreitet sich über den Fußboden, überschwemmt das Zimmer. Ein dichtes Weiß, in dem seltsame bunte Blüten ihre Augen aufzuschlagen beginnen. Sie waren erst klein und knospenhaft, jetzt öffnen sie sich, werden immer größer und strahlender, umkränzt von grünen, leuchtenden Blättern. Immer höher ragen sie aus der weißen Flut heraus, wachsen zu Pflanzen heran, zu Bäumen. Zwischen ihnen werden da und dort kleine, bunte, glitzernde Gebäude sichtbar. Häuser, Paläste, Türme reihen sich Straßen entlang und gruppieren sich um weite Plätze. Bald taucht vor meinen staunenden und bewundernden Blicken eine ganze Stadt auf. Sie ist wunderschön, obwohl ich in dem blendenden Licht, das von ihr ausgeht, die Einzelheiten nicht wahrnehmen kann. Ich weiß nur genau, daß sie wunderschön ist. Und genau weiß ich auch, daß dies alles, die Blüten, die Blätter, die Bäume, die Stadt, von ihm herrührt, der jetzt nicht mehr sichtbar ist, sondern sich hinter dem herrlichen Panorama verbirgt. Ich rufe aus: «Was hat dies alles zu bedeuten? Ist dies deine Antwort? Und was ist ihr Sinn? Ihre Botschaft?» Während ich schreie, erwache ich.

Diesmal bin ich wirklich wach und nicht nur scheinbar wie in meinem Traum. Die Lampe am Kopfende meines Bettes brennt, das Buch, das ich vor dem Einschlafen gelesen hatte, ist zu Boden gefallen. Nach diesem von Bäumen, Pflanzen, Blättern, Blüten reich erfüllten Traum bin ich von der öden Nacktheit, von der dummen und strengen Kargheit meines Zimmers betroffen, wo die Fenster keine Gardinen haben, keine Möbel an den Wänden stehen, die Decke schmucklos ist und der Boden ohne Teppich. Wie schön war es doch im Traum, als eine Tropenwelt hier eindrang und die wunderbare Stadt zwischen den Bäumen hervorschimmerte! Natürlich habe ich eine Pollution gehabt, die Bettücher sind naß, mein Bauch ist verklebt. Ich bin verwirrt und verärgert, vor allem weil mir die Botschaft dunkel ist, die er mir durch diesen seltsamen Traum verkündet hat. Es wäre umsonst, ihn jetzt zu befragen. Ich weiß, daß er mir nicht antworten würde, denn für ihn ist, wie er mir im Traum mitgeteilt hat, Existenz gleichbedeutend mit Verlangen, so daß für ihn, wenn das Verlangen befriedigt wurde, bis zum Erwachen neuen Verlangens jede Art von Existenz vorbei ist. Benommen, verblüfft denke ich an all diese verwirrenden Dinge, während ich mich im Bett aufrichte und vor mich hin starre. Unwillkürlich werfe ich einen Blick auf die Uhr und stelle fest, daß es erst zwei Uhr ist. Nur eine Stunde ist vergangen, seit ich mich zu Bett gelegt habe. Ich schalte das Licht aus, lege mich auf die Seite und schlafe bald darauf ein.

Seltsam. Am nächsten Morgen zeigt er sich durch die nächtliche Episode keineswegs zufriedengestellt, im Gegenteil, er scheint von einer wilden Raserei erfüllt zu sein. Vom Augenblick des Erwachens an bestürmt er mich mit den absurdesten Forderungen, die seine fast manische Aggressivität erweisen. Es beginnt damit, daß er mir vorschlägt, Irene in der arabischen Botschaft aufzusuchen. Ich antworte ihm vernünftigerweise, daß Irene, wie er ja selber wisse, die Botschaft nicht vor Abend verläßt und bestimmt nicht bereit wäre, für mich eine Ausnahme zu machen. Da flüstert er mir ein, ich möge doch Fausta zum Essen einladen. Ich mache ihn darauf aufmerksam, daß auch dies nicht möglich ist, da ich mich heute zum Mittagessen bei meiner Mutter einfinden muß. Da nennt er mir wie ein verzweifelter Spieler, der seine letzten Karten auf den Tisch wirft, der Reihe nach die Namen der verschiedensten Filmstatistinnen, Filmdoubles, Flugzeughostessen, Sekretärinnen, beschäftigungslosen Mädchen, mit denen ich seiner Meinung nach am Nachmittag zusammenkommen könnte. Da ich seine Vorschläge mit allerlei Vorwänden und Argumenten zurückweise, schreit er außer sich: «Eine Frau, eine Frau, um Gottes willen eine Frau! Ich muß eine Frau sehen, den Geruch einer Frau einatmen, die Stimme einer Frau hören, den Körper einer Frau berühren. Entweder du verschaffst mir eine Frau, oder ich komme vor Verzweiflung um. Den ganzen Kosmos für eine Frau!»

Er ist so rasend, daß ich meine Arbeit unterbrechen muß. Ich ziehe mich an und gehe aus. Sobald ich auf der Straße bin, begreife ich den Grund seiner Raserei: Es herrscht eine erstickende, afrikanische Hitze. Der Himmel ist bedeckt, aber nicht eigentlich bewölkt, als hätte sich sein Blau in bleiernes Grau verwandelt. In diesem diffusen Grau ist die Sonne nur eine helle, glanzlose Scheibe. Die sonst stolzen, schöngewachsenen Blätter der Platanen in der langen Allee hängen schlaff und verrunzelt herab, als verwelkten sie vorzeitig. Ein paar Regentropfen sind gefallen. Die Autos, die in dem dichten Verkehr nur langsam vorwärtskommen, sind wie mit einem rötlichen Wüstensand beschlagen, der wer weiß woher gekommen ist. So hat er, der für klimatische Schwankungen überaus empfindlich ist, vollkommen den Kopf verloren. Um ihn zu beruhigen, sage ich: «Wir machen jetzt einen kurzen Spaziergang, trinken einen Apéritif, rauchen eine Zigarette. Dann gehen wir vor der vereinbarten Zeit zu meiner Mutter, dort treffen wir die kleine blonde Köchin an, die dir so gut gefällt. Wir suchen sie unter irgendeinem Vorwand in der Küche auf und kümmern uns ein wenig um sie. Einverstanden?»

Mit der Logik eines Wahnsinnigen antwortet er: «Gehen wir sofort zu deiner Mutter.»

«Es ist noch zu früh. Noch mehr als eine ganze Stunde bis dahin. Wenn ich zu früh komme, wird meine Mutter ihre typischen Bemerkungen machen. Und du weißt, wie lästig mir diese Bemerkungen meiner Mutter sind.»

«Deine Mutter wird gar keine Bemerkungen machen. Und was die Köchin betrifft, so spiel doch nicht ausgerechnet mir gegenüber den Ahnungslosen. Du hast dich mit ihr vor drei Tagen verabredet. Hast du das schon vergessen?»

Stimmt. Ich hoffte, er hätte es vergessen. So erkläre ich mich, um ihn zufriedenzustellen, damit einverstanden, eine Stunde vor der Zeit zu meiner Mutter zu gehen. Mein Wagen ist in Reparatur, also nehme ich den Autobus. Er ist überfüllt, ich muß stehen, strecke die Hand hoch, um den Haltegriff zu fassen. Der Autobus fährt steil abwärts durch eine Straße des Monte Mario. Es gibt dauernd Verkehrsstauungen, er bremst immer wieder ruckartig. Bei einer dieser Stoßbewegungen falle ich auf eine Frau. Der Zusammenprall veranlaßt mich, sie näher anzusehen. Sie ist jung, ihr großer Kopf wird von einer Fülle überaus feinen Haares umrahmt, es bildet um ihr Gesicht eine helle Wolke, unter der zwei riesige blaue Augen mit schwarzen Wimpern hervorblicken. Ein ausgesprochen dunkler Flaum beschattet ihren breiten knallroten Mund. Sie ist klein, wirkt irgendwie entstellt, Busen und Gesäß springen scharf hervor. Sie interessiert mich überhaupt nicht. Bei einem erneuten Bremsmanöver des Autobusses aber und dem darauffolgenden Zusammenstoß unserer Körper merke ich, daß er schon neugierig zu werden beginnt. So entsteht gegen meinen Willen und zu meinem Mißvergnügen wieder einmal eine unzulässige Beziehung zwischen ihm und der Frau, die gerade zur Hand ist. Angewidert, verärgert, beschämt, ohnmächtig wohne ich nun dem heimlichen Spiel bei, das mich in die größte Verlegenheit bringt. Ich wünschte, der Autobus käme so rasch wie möglich an mein Ziel oder an das des Mädchens. Er scheint aber niemals anzukommen, fast als tue er es mit Absicht. Eine neuerliche Bremsung schleudert die Frau auf mich. Ein weiterer Stoß schleudert mich gegen sie. Wie vorauszusehen wendet sie sich mir erbost zu und apostrophiert mich folgendermaßen: «Entweder Sie halten jetzt still, oder ich rufe den Schaffner.»

Sogleich flüstert er mir zu: «Das betrifft mich. Laß mich machen.» Im Grunde bin ich froh, weiterhin unbeteiligter Zeuge zu sein, und ich ziehe mich zurück. Mit einer geradezu exemplarischen Frechheit antwortet er durch meinen Mund: «Mein Kind, du bist wohl meschugge.»

«Vor allem duzen Sie mich nicht. Wir sind nicht miteinander verwandt. Was glauben Sie eigentlich? Glauben Sie, ich habe es nicht bemerkt?»

«Was denn? Hast du dich schon einmal im Spiegel angeschaut? Wenn ja, warum wartest du dann, dich endlich mal richtig zu rasieren, Strich und Gegenstrich? Bildest du dir vielleicht ein, ich fliege auf Frauen mit Schnurrbart?»

Diese höchst ordinäre Rede bringt natürlich den ganzen Autobus auf seine Seite; viele beginnen zu lachen, einige äußern sich sogar laut abfällig über das Mädchen. An ihrem schwachen Punkt getroffen, wagt die Ärmste nicht zu antworten, sondern schleicht zum Ausgang. Bei der nächsten Haltestelle steige auch ich aus.

Ich bin wütend, empört, angeekelt. Diesmal attackiere ich ihn rücksichtslos: «Schon dieses indezente, blödsinnige, ordinäre Spiel mit dem Gestoße hättest du dir nicht erlauben dürfen. Aber es mag noch hingehen, du warst schon oft genug schuld, daß ich eine schlechte Figur gemacht habe. Was ich aber absolut nicht billigen kann, ist das, was du diesem armen Mädchen gesagt hast. Du hast sie beleidigt, gedemütigt, erniedrigt. Du bist ein Verbrecher, ein Wurm, ein ekelhaftes, niederträchtiges Geschöpf.»

«Hahaha.»

«Da gibt es nichts zu lachen. Du hast dich wie ein Lump benommen.»

«Hahaha.»

«Was lachst du? Darf man das wissen?»

«Ich sehe einen kleinen Mann mit einem großen, kahlen Schädel durch die breiten, stillen Straßen des Prati-Viertels gehen. Er gestikuliert mit den Händen, spricht mit sich selber, so daß alle Passanten sich verwundert nach ihm umdrehen. Sicherlich glauben sie, daß er nicht alle Tassen im Schrank hat.»

Da sind wir glücklicherweise schon bei dem eiergelben, in barockem Amtsstil errichteten Gebäude angelangt, in dem meine Mutter wohnt. Ich betrete den riesigen Hof mit seinen verstaubten Blumenbeeten und zerrupften Palmen. Über einen schmalen zementierten Weg gehe ich auf die Stiege zu, die mit dem Buchstaben E gekennzeichnet ist. Er aber fährt fort, hämisch zu lachen: «Sie war schwer beleidigt, dieses Mädchen mit dem Schnurrbart, aber der ganze Autobus war auf unserer Seite.»

«Du willst wohl sagen, auf deiner.»

Nach der schlechten Laune, nach der Raserei von heute morgen ist er jetzt völlig gelöst und gut aufgelegt. Ich weiß auch, warum. Er freut sich darauf, bald die kleine Köchin aus der römischen Campagna wiederzusehen. Sie trägt einen großen blonden Zopf, der um ihren Kopf gelegt ist. Der dröhnende, rüttelnde alte Aufzug hält. Ich betrete den in seiner überflüssigen Weitläufigkeit melancholischen Treppenflur, läute an der bescheidenen, hellen Tür, deren Holz mit Spiritus reingewaschen wurde und an der die Messingbeschläge blitzen und blinken, daß es einem den Atem verschlägt. Als aber die Tür sich öffnet – ach, du lieber Himmel! Eine priesterlich strenge, schwarzgekleidete, ausgedörrte Gestalt erscheint. Die Hände stecken in weißen Zwirnhandschuhen, das Gesicht zeigt frömmelnden Ernst und gleicht einem zerknitterten Papiersack, das spärliche graue Haar ist auf dem Kopf zu einem Knoten vereint. Sie stellt sich mit der drohenden Miene eines Gendarmen vor mir auf, fragt, wer ich bin und was ich will. Ich antworte würdevoll, ich sei der Sohn der Hausfrau. Da gleitet der Schatten eines Lächelns über die dicken violetten Lippen des «Gendarmen» und läßt die gelben Pferdezähne sehen. Sie sagt: «Sie sind Signor Rico?»

«Genau.»

«Ich hätte es mir denken können. Die Signora ist nicht zu Hause, sie ist ausgegangen. Bitte, treten Sie ein.»

Sie ist fraglos eine Hausgehilfin, die ihren Beruf ungemein ernst nimmt. Ich trete ein, sie geht mir, groß und schwarz, langsamen Schrittes durch den breiten, halbleeren Korridor mit der Haltung eines erstklassigen Butlers voran. Ich sehe, daß sie mich in den Salon führen will. Der ist ein trauriger Ort, man fühlt sich dort äußerst unbehaglich. Er ist vollgestellt mit Möbeln in Schonbezügen, die meine Mutter nur abzieht, wenn Respektspersonen zu Besuch kommen. «Nein, nicht in den Salon», sage ich, «ich gehe gleich in das Speisezimmer. Das macht weniger Umstände.»

Der «Gendarm» entschuldigt sich und lächelt wieder, es ist unleugbar ein gutes und ergebenes Lächeln. Sie sei noch neu, bemerkt sie, sie kenne noch nicht die Hausgebräuche. Hierauf ändert sie ihren zeremoniellen Marsch und geht auf das Speisezimmer zu. Sie läßt mich eintreten. Sodann – auch das ist eine Neuigkeit – öffnet sie die Anrichte, holt mit der Hand in dem weißen Zwirnhandschuh eine schwarze Flasche heraus und fragt mich, ob ich einen Apéritif möchte. Ich lehne ab. Sie sagt dann noch, sie müsse in die Küche zurück, um das Mittagessen zuzubereiten. Ich bleibe allein.

Er fragt sofort: «Was ist mit Sabina geschehen?»

«Meine Mutter hat sie weggeschickt, nehme ich an.»

«Warum?»

«Aus dem üblichen Grund, stelle ich mir vor, aus dem sie, als ich noch bei ihr wohnte, regelmäßig alle jungen und hübschen Dienstmädchen fortschickte.»

«Und warum das?»

«Ah, geh. Du weißt es ganz genau.»

Er schweigt. Ich setze mich an den noch nicht gedeckten Tisch und zünde mir eine Zigarette an. Ich bin nervös, fühle mich frustriert, bin schlechtester Laune. So kommt es immer: Er verleitet mich zu unbedachten Handlungen, und wenn ich dann hereingefallen bin, tritt er einen geordneten Rückzug an und läßt mich in meiner Erniedrigung allein. Die

Sache mit der schönen jungen Sabina, die durch ein häßliches altes Weib ersetzt wurde, bereitet mir richtiges Unbehagen. Von all den Menschen, die mir gegenüber «oben» sind, ist meine Mutter zweifellos diejenige, die in der für mich beschämendsten und unerträglichsten Weise «oben» ist.

Nie ein wirklicher Konflikt, nie ein frontaler Angriff, sondern stets eine indirekte, kleinliche, moralische Lektion – gemäß den bürgerlichen Normen und Gesetzen, wonach man «gewisse Dinge nicht tut» . . . Normen und Gesetze, die durch nichts begründet sind und die doch, wer weiß, warum, unfehlbar scheußliche Schuldgefühle erzeugen, zumindest in mir. Meine Mutter hat intuitiv erfaßt, daß Sabina mir gefiel, vielmehr, daß sie ihm gefiel. Aber nicht ihr intuitives Vermögen bringt mich so auf, sondern die Art, wie sie mir die erwähnte Lektion erteilt.

Seit mindestens zwei Monaten hat er mich gezwungen, mit Sabina zu flirten. Meine Mutter hat nie eine Bemerkung, nie eine Anspielung gemacht. Sie hat systematisch ihre Lektion vorbereitet, die darin bestehen sollte, Sabina durch eine Hausangestellte zu ersetzen, welche schon durch ihren bloßen Anblick für mich ein «lebender Vorwurf» sein würde. Als sie den unglückseligen «Gendarmen» gefunden hatte, entließ sie prompt Sabina, so daß ich mich nun also dem «lebenden Vorwurf» gegenübersah. Es war, als wollte sie mir sagen: «Du bist ein Erotomane. Du belegst alle meine Dienstmädchen mit Beschlag. Du hast mich also gezwungen, die junge und schöne Sabina durch ein altes und häßliches Weib zu ersetzen.» Typisch für meine Mutter! Das heißt: charakteristisch für die Mentalität einer kleinbürgerlichen, moralistischen, sexophoben, repressiven, sublimierten Person, kurz einer faschistischen!

Ja, faschistisch! Da ich nichts zu tun habe, betrachte ich mit inniger Abneigung das Zimmer, in dem ich mich befinde. Die ganze Einrichtung bestätigt eindeutig diesen faschistischen Charakter der Sublimierung meiner Mutter. Ich bin 1935 geboren, meine Mutter heiratete wenige Jahre vorher. Das Speisezimmer ist in dem disziplinierten und unseligen Stil jener Jahre gehalten: glatte, dunkle, furnierte Möbel in kubischen oder zylindrischen Formen, statt Beschlägen kleine Kugeln aus Weißmetall, Gardinen, Teppiche, Überzugsstoffe mit quadratischen oder rautenförmigen Mustern, die ineinander übergleiten, in Zickzackform an den Wänden angebrachte massige Etageren aus dunkel furniertem Holz, auf ihnen schauerliche Majolikafiguren oder scheußliche Vasen. Sogenannter sachlicher Stil. Das Speisezimmer enthüllt jetzt, nach all den Jahren, das Falsche dieses scheinbar so kraftvollen, im Grunde aber schwächlichen Stils. Es ist die Falschheit der kleinbürgerlichen und faschistischen Sublimierung. In der Tat: An den Möbeln, die bereits ihre ursprüngliche Politur verloren haben, lockert sich da und dort schon die Furnierung, an einzelnen Stellen ist sie sogar schon abgefallen, man sieht das rohe, gelbliche Sperrholz, die braunen Streifen des eingetrockneten Kleisters. Die Sublimierung meiner Mutter ist wie dieses Speisezimmer: furniert mit einer schlecht aufgeklebten Moral auf dem zerbröckelnden Sperrholz konservativen Kleinbürgertums.

Und doch: Trotz der Verachtung, die mir diese falsche Welt einflößt, fühle ich mich unweigerlich meiner Mutter gegenüber unsublimiert und infolgedessen «unten», rettungslos «unten». Und sie ist trotz ihrer miserablen Sublimierung faschistischen Typs mir gegenüber «oben», eindeutig «oben».

Ich rauche und sage mir wütend, daß ich mich, obwohl meine Mutter gar nicht im Hause ist, schon «unten» fühle, während sie «oben» ist, denn diese Möbel sind meine Mutter, beziehungsweise repräsentieren in beklemmender Weise ihre Weltanschauung. Jene Weltanschauung, die es ihr gestattet, mich zu beurteilen und zu verurteilen, mich zu erniedrigen. Natürlich ist alles seine Schuld, denn er macht aus mir einen Mann, der nichts als Geschlecht ist und gewissermaßen keinen Kopf hat. Das alles weiß und fühlt meine Mutter, und sie nützt es skrupellos aus.

Es ist eine lange Wartezeit in der stillen Wohnung, inmitten dieser Möbel im sogenannten sachlichen Stil. Meine Wut wächst. Ja, diese aus zahllosen übereinandergebauten, von zwei Zylindern flankierten Kuben, welche die Anrichte bilden, diese halbrunden, gepolsterten Sessel, dieser massige Tisch, der von einem einzigen, mächtigen, aber kurzen und runden Fuß getragen wird und an einen Steinpilz erinnert, diese Lampe aus einem schwarzen Holzreifen mit vielen weißen Glaskugeln, die von der Decke herabhängt – das alles repräsentiert meine Mutter. Symbolisiert den repressiven und blödsinnigen Moralismus der dreißiger Jahre, des faschistischen Bürgertums, des nationalistischen! Militaristischen! Kolonialistischen! Paläokapitalistischen! Es ist der Moralismus der staatlichen Funktionäre, die wie mein Vater in schwarzem Rock mit dem vergoldeten Adler auf der Mütze ins Ministerium gingen und sich untereinander, auch im überfüllten Autobus, mit dem «römischen Gruß» begrüßten.

Ich rauche und bin mir klar darüber, daß meine Rebellion auch diesmal scheitern wird, denn meine Mutter ist eben sublimiert, und ich bin es nicht. Sie wäre es übrigens in jedem Fall gewesen, auch zu anderen Zeiten, mit oder ohne Faschismus. Denn es gibt, wie ich schon bemerkt habe, zwei Arten von Menschen auf der Welt, die sublimierten, die dies in jeder wie immer gearteten historischen Situation, in jedem wie immer gearteten Milieu sind, selbst im faschistischen; und die unsublimierten, die es selbst unter den günstigsten Verhältnissen zu nichts bringen. Ich gehöre unwiderruflich zur zweiten. So wird es in kürzester Zeit, wenn meine Mutter kommt, für mich die üblichen schmerzlichsten Erniedrigungen geben, außer . . . außer . . .

Da lehnt er sich auf: «Nein, das kannst du nicht tun.»

«Warum nicht? Es ist die einzige Möglichkeit, ihr gegenüber ‹oben› zu sein.»

«Nein, das darfst du nicht.»

«So sag mir doch, warum.»

«Weil schließlich und endlich die Mutter die Mutter ist.»

«Schau, schau, von welcher Kanzel kommt mir da die Mahnung, die Mutter zu ehren!»

«Die Mutter ist die Mutter.»

«Wollen wir nicht lieber sagen, daß eine offene Aussprache zwischen meiner Mutter und mir sie nicht nur endgültig nach ‹unten› bringen würde, sondern auch das Licht der Vernunft in das Dunkel trüge, in dem du dich zu verstecken beliebst? Und du weißt es ganz genau.»

«Die Mutter ist die Mutter.»

«Hör endlich auf, wie ein Papagei einen immer gleichen Kehrreim aufzusagen. Erkläre dich!»

Auf diese Aufforderung ändert er plötzlich den Ton und sagt in einem merkwürdigen, wilden Zorn: «Idiot! Auch wenn deine Mutter jede Nacht zu dir käme und dir in der gleichen Weise wie in jenem März vor zwanzig Jahren gute Nacht wünschte – sie würde doch Tag für Tag die Art und Weise finden, dich an deinen Platz zu verweisen, würde dich daran gemahnen, daß die Kinder, was immer auch geschehe, ihren Eltern höchsten Respekt schulden. Weißt du denn das nicht, du Idiot?»

Ich werde durch eine Stimme von meinem Streitgespräch mit ihm abgelenkt. Es ist die Stimme des «Gendarmen»: «Signor Rico, möchten Sie vielleicht diese Illustrierten oder diese Zeitungen lesen? Sie sind gerade gekommen.»

Ich hebe den Blick und sehe, wie sie mir zwei Illustrierte und zwei Tageszeitungen überreicht. Ich frage: «Hat meine Mutter Sie beauftragt, mir einen Apéritif anzubieten und diese Zeitungen zu geben?»

«Ja, sie hat gesagt: ‹Signor Rico wird sicher eine Stunde zu früh kommen. Bieten Sie ihm einen Wermut an und bringen Sie ihm die Zeitungen.›»

Der «Gendarm» geht hinaus, ich beiße mir die Lippen blutig. Meine Mutter hat also gewußt, daß ich eine Stunde zu früh kommen werde, und zwar mit der bestimmten Absicht, mich mit Sabina abzugeben. Wie konnte sie das nur wissen? Ich springe auf, werfe wütend die Zigarette zu Boden, zertrete sie mit dem Fuß, gehe durch das Zimmer, versetze fast unwillkürlich einem dieser gepolsterten halbrunden Sessel einen Fußtritt. In eben diesem Augenblick tritt meine Mutter ein.

Auch sie hat, wie ich, einen großen Kopf, nur besitzt sie eine Fülle gelockten Haares, das einst schwarz war und jetzt weiß durchzogen ist. Auch sie ist schwarz gekleidet. Ihr Körper, mit den gebrechlichen Schultern und den dürren Beinen, wirkt ausgetrocknet, fast skelettiert. Lediglich der Busen hat noch eine merkwürdige Fülle bewahrt, man muß an eine dicke alte Frucht denken, die schlaff geworden ist und wie durch ein Wunder noch an der abgestorbenen Pflanze haftet. Sie drückt, wie üblich, mit einer umständlichen Geste ein Taschentuch an ihre Nase, die so groß ist wie die meine. Als erstes beugt sie sich nieder und hebt den Zigarettenstummel auf, den ich gerade zu Boden geworfen habe. Als sie sich wieder aufgerichtet hat, sagt sie, den Zigarettenstummel in der Handfläche: «Es tut mir leid, daß du auf mich warten mußtest, aber das ist noch kein Grund, meine Möbel mit Fußtritten zu traktieren. Du hättest ja nicht eine Stunde zu früh kommen müssen.»

Da haben wir's! Mit dieser boshaften, aber streng die bürgerlichen Regeln der guten Erziehung wahrenden Bemerkung trachtet meine Mutter, mich von Anfang an «unten» zu halten.

Ich antworte erbost: «Ich bitte dich, mir zur Zerstreuung während der Wartezeit nicht vom Dienstmädchen diese Illustrierten und Zeitungen geben zu lassen. Mich interessieren nicht die Vorfälle in königlichen und exköniglichen Familien. Mich interessieren auch nicht die politischen Auffassungen der Großindustriellen und Bauspekulanten.»

Meine Mutter tut, als hätte sie nicht gehört, wie immer, wenn ich gewisse Themen berühre. Sie sagt nur zum «Gendarmen», der inzwischen wieder eingetreten ist: «Rasch, Elisa, deck den Tisch.» Dann geht sie hinaus, ohne sich weiter um mich zu kümmern.

Elisa deckt den Tisch. Ich beobachte sie, versunken in einem der halbrunden gepolsterten Sessel. Zuerst bedeckt sie die Tischplatte mit einem Flanelltuch. Darüber breitet sie dann das Tischtuch. Dabei beugt sie sich vor, hebt ein Bein und läßt eine unerwartet fleischige und runde Wade sehen. Ich höre seinen geradezu unglaublichen Kommentar: «Zugegeben, sie ist häßlich. Aber zum bloßen Spaß und auch um deine Mutter zu ärgern, möchte ich doch sehen, was geschieht, wenn du ihr zum Beispiel den Arm um die Taille legtest.»

«Still, Idiot!»

Elisa öffnet die Anrichte, entnimmt ihr mit ihren in den weißen Zwirnhandschuhen steckenden Händen Teller, Gläser, Bestecke und so weiter, deckt den Tisch für zwei Personen. Da ist auch, zur Hälfte mit Wein gefüllt, die alte Karaffe aus «Halbkristall» mit dem dicken Bauch und dem langen Hals und da die Flasche mit Mineralwasser, auch sie nur halb voll und mit einem Plastikstöpsel verschlossen. Und nun die Gabeln mit den Silbergriffen und dem verschnörkelten Familienmonogramm, ein Geschenk der Großeltern, die es ihrerseits als Hochzeitsgeschenk erhalten hatten. Es folgen die Salz- und Pfefferstreuer aus gelber Majolika in Kükenform, das Ölfläschchen im gleichen Stil wie die Wasserkaraffe. Elisa richtet damit, ohne sich dessen bewußt zu sein, das Instrumentarium und die Stätte eines Rituals her. Meine Mutter ist nur aus Gewohnheit religiös bzw. «praktizierend» und nur soweit es zu den gesellschaftlichen Pflichten gehört. In die Kirche geht sie nur jeden Sonntagvormittag. Die Riten der Familientafel aber, der gesellschaftlich notwendigen Besuche, des Theaters, des Kinos, der Sommerfrische, kurz all der Dinge, die sich «gehören», bilden für sie insgesamt eine Art kleinbürgerlicher Religion, die zwar jeglicher Transzendenz entbehrt, deren Vorschriften aber peinlich genau beobachtet werden. Eine Religion, nebenbei, die hervorragend geeignet ist, jenen besonderen Typ von Sublimierung zu begünstigen, der es meiner Mutter gestattet, mich dauernd und unabänderlich in einem Zustand der Unterlegenheit zu halten.

Meine Mutter tritt wieder ein. Sie setzt sich still zu Tisch, breitet die Serviette aus, rückt die Gläser zurecht. Dann sieht sie mich an. In diesem Moment erst gehe auch ich zum Tisch. Unbedachterweise habe ich noch die Zigarette zwischen den Fingern. Der beredte Blick meiner Mutter heftet sich auf die Zigarette. Ehe ich mich setze, sehe ich mich nach einem Aschenbecher um und kann keinen finden. Meine Mutter sagt: «Elisa, bring einen Aschenbecher für Signor Rico.» Elisa gehorcht. Ich zerdrücke die Zigarette im Aschenbecher, setze mich und sage natürlich genau das, was ich nicht sagen dürfte: «Wo ist denn Sabina?»

«Ich habe sie entlassen.»

«Warum, hat sie nichts getaugt?»

Elisa kommt zurück, trägt eine kleine Suppenterrine mit beiden Händen. Meine Mutter bedient sich, hierauf bediene auch ich mich. Auf dem Boden der Terrine befindet sich eine Handvoll gelblicher, in Butterglanz schimmernder Spaghetti. Meine Mutter hat einen empfindlichen Magen, in ihrem Hause bekommt man nur «Gesottenes». Ich lege mit der Gabel ein paar dieser anämischen Spaghetti auf meinen Teller, fasse aus dem altertümlichen gläsernen Behälter den gleichfalls gelblichen geriebenen Käse und streue ihn darüber. Meine Mutter wartet, ehe sie zu essen beginnt, daß Elisa wieder hinausgeht, dann erst antwortet sie: «Sabina war sehr tüchtig. Aber du hast sie nicht in Ruhe gelassen. Ich hätte nichts weiter gesagt, wenn du sie nur mit Blicken belästigt hättest. Doch du hast sie auch noch angerufen, um dir mit ihr ein Rendezvous auszumachen! Nicht etwa außer Haus, sondern hier, in meinem Haus, für heute vormittag!»

«Keine Spur. Wenn dir Sabina so etwas erzählt hat, dann hat sie gelogen.»

«Sabina hat weder gelogen noch hat sie es mir erzählt.»

«Wieso weißt du es dann mit solcher Sicherheit?»

«Ich war dabei, als du mit ihr telefoniertest. Sabina hat mir den Hörer gegeben. Ich habe gehört, wie du sagtest, du würdest heute eine Stunde vor der vereinbarten Zeit kommen, um mit ihr beisammen sein zu können. Du glaubtest, mit Sabina zu sprechen, aber du hast mit mir gesprochen. Da sagte ich ihr, es tue mir leid, aber sie müsse gehen; und dann habe ich Elisa eingestellt.»

Bums! Auch diesmal bin ich «unten», ausgesprochen «unten», da ist nichts zu machen. Und wieder fühle ich mich versucht, mich in radikaler und endgültiger Weise «über» sie zu stellen, indem ich unmißverständlich auf die Episode vor zwanzig Jahren anspiele und etwa sage: «Wie war das wirklich zwischen dir und mir, damals vor zwanzig Jahren? Heraus damit!» Aber wieder habe ich nicht den Mut dazu. Sein tautologischer Kehrreim: «Die Mutter ist die Mutter» klingt mir noch in den Ohren, bildet ein unüberwindliches Hindernis. Ich weiß nicht wieso, aber das Tabu, das sich in diesem Kehrreim konzentriert, weckt in mir eine ferne Erinnerung. Ich war damals achtzehn Jahre alt, saß an meinem Tisch und lernte, als meine Mutter mich erbarmungslos mit ihrer kleinbürgerlich-moralischen Sexualphobie marterte, weil ich in der Nacht immer erst spät heimkehrte. Bis aufs Blut gereizt, sprang ich auf, faßte meine Mutter am Hals und am Rücken und setzte sie vor die Tür. Eine seltsame Empfindung war das, als ich ihr Fleisch unter meinen Fingern spürte. Eine ähnliche Empfindung, so dachte ich, muß man haben, wenn man Menschenfleisch verspeist. Die eigene Mutter schlagen (oder träumen, daß man ihr beischläft) gemahnt an Kannibalismus. Lauter Tabus. Theoretisch ist das Fleisch der Mutter nicht anders als das einer anderen Frau. Psychologisch aber ist es «heiliges» Fleisch. Das alles geht mir durch den Kopf, während ich vor meinen Spaghetti sitze. Ich seufze tief auf, schüttle den Kopf und beginne schweigend zu essen.

Meine Mutter aber läßt nicht locker, fängt gleich wieder an: «Um beim Thema zu bleiben: Rate, wer mich nach vielen Jahren – nachdem ich ihn schon ganz aus den Augen verloren hatte – angerufen hat? Dein Freund Vladimiro.»

Ich fahre unwillkürlich auf: Vladimiro! Das hat gerade noch gefehlt. Ein geheimes Einvernehmen zwischen dem neurotischen und unsublimierten Arzt und meiner neurotischen und sublimierten Mutter! Ich frage aufgebracht: «Was wollte er denn? Und was heißt denn das: um beim Thema zu bleiben?»

«Beim Thema Sabina – und bei dem, was zwischen dir und ihr vorgefallen ist. Vladimiro hat mir gesagt, daß du bei ihm warst. Wir haben uns lange am Telefon unterhalten. Seiner Meinung nach bist du nicht recht bei Trost und bräuchtest eine lange Kur.»

«Vladimiro ist ein Neurotiker und bräuchte selber eine Kur. Er ist in meinem Alter und in seiner Karriere noch keinen Schritt vorwärtsgekommen. Er wohnt in einer kleinen Drei-Zimmer-Wohnung mit Küche, öffnet selber die Tür, hat weder eine Sprechstundenhilfe noch eine Sekretärin. Nein, nicht ich bin neurotisch, sondern er ist es durch und durch.»

«Entschuldige, aber ich sehe keinen Zusammenhang zwischen der Tatsache, daß er keine Karriere gemacht hat, und der Neurose.»

Ich bin einigermaßen verlegen. Wie soll ich meiner Mutter meine Idee bzw. meine fixe Idee erklären, daß man nur soweit Karriere macht, als man sublimiert ist? Ich beschränke mich darauf, erbost zu bemerken: «Ich wollte sagen, er ist durch seinen beruflichen Mißerfolg neurotisch geworden. Er ist ein Arzt ohne Patienten, sein Urteil ist daher nicht maßgebend. Er behauptet, ich brauche eine Kur, weil ich für ihn ein möglicher Patient bin. Eine mögliche Melkkuh.»

«Ich hingegen fand, daß er viele vernünftige und richtige Dinge gesagt hat. Ich fürchte, er hat wirklich recht.»

«Er hat Dinge gesagt, die für dich vernünftig und richtig sind: Vladimiro ist eben ein Wachhund des Bürgertums. Er hat herausgefunden, daß ich mich dem Bürgertum nicht angepaßt habe, ihm nicht integriert bin, und das nennt er dann Krankheit. Durch seine Kur würde er mich zweifellos heilen, das heißt in einen dienstbaren Roboter verwandeln. Auch du willst das, ich weiß. Tut mir leid, aber ich wünsche nicht, kuriert zu werden, ich ziehe in diesem Fall die Krankheit vor.»

«Ich weiß nichts von Robotern, Vladimiro hat nichts von Robotern gesagt. Er hat nur mit anderen, wissenschaftlichen Formulierungen genau das erklärt, was ich nicht müde werde, dir zu sagen.»

«Und zwar?»

«Daß die Frauen dein Ruin waren, sind und sein werden.»

Elisa ist wieder ins Zimmer getreten. Meine Mutter unterbricht ihre Rede und hält sich damit an die rituellen Regeln des bürgerlichen Anstands, wonach man gewisse Dinge vor dem «Personal» nicht sagt. Da packt mich erst recht der Zorn, und ich beschließe, mich nicht an diese Regel zu halten. Elisa reicht mir eine ovale Schüssel, in der sich, halb in einem weißlichen Wasser liegend, ein schon zerlegter, langer, gesottener Fisch befindet; sein Mund steht offen. Ich bediene mich und sage ironisch: «Warum schweigst du plötzlich? Vladimiro hat also, wie du sagst, behauptet, daß die Frauen mein Ruin sind. Und ich erkläre dir, daß Vladimiro sich unmöglich so ausgedrückt haben kann. Antworte mir. Warum sagst du nichts? Vielleicht weil Elisa im Zimmer ist und man gewisse Dinge vor einem Dienstmädchen nicht sagen soll? Aber Elisa ist eine Frau wie du, ein Mensch wie du und ich. Ich habe vor Elisa keine Geheimnisse. Los! Sag ruhig in ihrer Gegenwart, daß Vladimiro dir mitgeteilt hat, ich sei ein Erotomane. Sag es nur, damit auch Elisa es weiß; es wird mich sogar freuen, wenn sie es weiß.»

Meine provozierende Rede scheint auf meine Mutter keinen Eindruck zu machen. Sie ißt mit gesenktem Blick weiter, als hätte sie mich nicht gehört. Von ihrer Haltung angesteckt, tut auch Elisa so, als habe sie nichts gehört. Sie reicht mir den Brotkorb, gießt mir mit ihrer behandschuhten Hand Wein in das Glas und geht dann hinaus. Meine Mutter hat unerschütterlich gewartet, bis Elisa die Tür geschlossen hat. Dann sagt sie: «Ja, genau das hat Vladimiro mir zu verstehen gegeben.»

«Was?»

«Daß die Frauen für dich zu einer ausgesprochenen Manie geworden sind.»

«Vor allem hat Vladimiro etwas Unzulässiges getan, als er das ärztliche Geheimnis brach und dich anrief.»

«Er hat, im Gegenteil, sehr richtig gehandelt. Ich bin der einzige

Mensch, mit dem er darüber reden kann. Wäre es dir lieber, er hätte deine Frau angerufen?»

«Bitte, laß Fausta aus dem Spiel.»

«Ich wollte, ich könnte es. Leider aber spielt sie in deinem Leben eine Rolle.»

«Und sie wird sie auch weiterhin spielen.»

«Egal. Vladimiro hat die Wahrheit gesagt. Du bist intelligent, gebildet, ungewöhnlich begabt für alles, was mit Kunst und Kultur zu tun hat. Trotzdem bist du hinter all deinen Universitätskollegen zurückgeblieben, und zwar nur wegen deiner Weiber. Alle deine Kameraden haben es weiter gebracht als du.»

«Nicht Vladimiro.»

«Laß jetzt Vladimiro! Er ist mehr ein Gelehrter als ein Arzt, und überhaupt kümmere dich doch nicht um die anderen, sondern um dich. Hast du dich schon einmal im Spiegel angesehen? Du bist noch ein junger Mensch und schon kahl, dein Gesicht ist verfallen, du hast Tränensäcke unter den Augen wie ein alter Mann. Hast einen Bauch.»

«Das ist nicht der Bauch, es ist der Magen.»

«Bauch oder Magen, einerlei. Ich kann nur immer wieder sagen: Die Frauen waren dein Ruin und werden es sein. Vladimiro hat recht: Es ist bei dir geradezu eine Manie. Ich sehe den Tag kommen, da dich niemand mehr besuchen oder einladen wird. Es müssen ja alle für ihre Frauen, Schwestern, Stubenmädchen und Köchinnen fürchten.»

Meine Mutter ist «oben», und wie! Sie tanzt mir sozusagen auf dem Kopf, rücksichtslos, skrupellos. Und wieder fühle ich die Versuchung, sie durch eine unmißverständliche Anspielung auf die Episode vor zwanzig Jahren schlagartig niederzustrecken. Und wieder verzichte ich. Meine Wut aber hält an. Wie ein Fluß, dessen Bett verlegt wurde, entlädt sie sich jetzt in eine andere Richtung. Ich knurre: «Merk dir's ein für allemal: Das sind meine Angelegenheiten. Misch dich da, bitte, nicht ein! Sonst werde ich dir was von deinen politischen Verirrungen erzählen.»

«Verirrungen? Was für Verirrungen?»

«Ich werde dir was von Mussolini erzählen, der für dich ein Gott war. Deswegen hattest du mich gezwungen, schon mit fünf Jahren – so alt war ich damals – das schwarze Hemd anzuziehen und in das Abendgebet seinen Namen aufzunehmen, neben dem Namen von Jesus Christus und der Mutter Gottes.»

«Mussolini war ein großer Mann. Das italienische Volk war es, das ihn nicht verdiente. Wir bräuchten auch heute einen Mussolini.»

Was fällt mir da nur ein? In meiner Wut gebe ich mein bisher streng gehütetes Geheimnis preis, meine Leidenschaft für die Psychoanalyse, die ich noch niemandem verraten habe, auch Vladimiro nicht: «Mussolini war kein großer Mann, er war ein typisch unsublimierter Mensch, der würdige Diktator eines Volkes, das zum Großteil ebenfalls unsublimiert ist. Sein

Kult hat zur Folge gehabt, daß das bißchen Sublimierung, deren das italienische Volk fähig war, in den Dienst seiner Unsublimiertheit gestellt wurde. Mussolini war das lebende Symbol einer abwegigen Verkehrung der Werteskala: die Sublimierung als Sklavin der Unsublimierung. Und du bist mit deiner Sublimiertheit vor seiner schamlosen Unsublimiertheit gekrochen. Und hast mit einem Glauben, der nur Gott gebührt, einen Dreckhaufen verehrt.»

«Ich weiß nicht, was du mit deiner Ausdrucksweise sagen willst. Vladimiro, nehme ich an, würde dich verstehen und dir selbstverständlich unrecht geben. Ich weiß nur eines: Zu Mussolinis Zeiten war Italien stark und respektiert. Und auf jeden Fall ist es besser, vor einem großen Mann zu kriechen als vor einer Prostituierten.»

«Wer ist, bitte, die Prostituierte?»

«Ich verleumde niemanden, ich spreche die Wahrheit. Du hast sie kennengelernt, als sie noch diesem Beruf nachging. Oder stimmt es etwa nicht, daß Fausta ein Callgirl war?»

Da sind wir nun soweit. Ich bin jetzt tatsächlich fast bereit, herauszuschreien: «Kurz und gut, war das, was vor zwanzig Jahren geschehen ist, Traum oder Wirklichkeit?» Ein letztes Mal beherrsche ich mich. Die Anstrengung aber, mit der ich mich zurückhalte, schlägt in Gewalttätigkeit um. Ich packe den Teller mit beiden Händen und schlage ihn gegen den Tisch, so daß er in zwei gleiche Teile zerbricht. Ich brülle: «Fausta ist meine Frau, mein Lebenskamerad, die Mutter meines Sohnes! Ich verbiete dir, von ihr zu reden!»

Mein Gebrüll macht auf meine Mutter nicht den mindesten Eindruck, schon deshalb nicht, weil sie daran gewöhnt ist. Und dann, weil sie schon vor langer Zeit beschlossen hat, es dürfe auf sie keinen Eindruck machen. Im übrigen weiß sie ebenso gut wie ich, wie die Szene enden wird. Es handelt sich um ein weiteres Familienritual, das seit Jahren besteht. Meine Mutter äußert sich respektlos über Fausta, ich brülle, zerbreche einen Teller oder ein Glas und verlasse dann das Speisezimmer. Aber ich gehe nicht fort. Ich gehe durch den Korridor in das Schlafzimmer meiner Mutter. Fast automatisch setze ich mich vor ihren Toilettentisch, betrachte ebenfalls automatisch im Spiegel mein Gesicht, suche und finde einen Pickel und drücke ihn aus. Diese eher unbewußte Beschäftigung besänftigt mich. Und wenn meine Mutter dann hereinkommt, bin ich schon wieder ruhig oder nahezu ruhig. Auch meine Mutter scheint sich beruhigt zu haben. Wir nehmen unseren Streit nicht wieder auf. Wir unterhalten uns miteinander, wie sich eben Mutter und Sohn üblicherweise unterhalten. Zum Abschluß küsse ich meine Mutter auf die Stirn und gehe nach Hause.

So auch heute. Nachdem ich den Teller zerbrochen habe, stehe ich vom Tisch auf, verlasse das Speisezimmer und schlage die Tür hinter mir zu. Als ich im Korridor bin, gehe ich aber nicht zur Wohnungstür, sondern direkt ins Schlafzimmer meiner Mutter. Auch dieses ist in dem sogenannten sachlichen Stil eingerichtet. Ich gehe um das Bett herum, setze mich an den Toilettentisch, nähere mein Gesicht dem Spiegel, prüfe es angestrengt und doch auch zerstreut. Ich sehe meinen kahlen Schädel, die Glatze ist von zerrauften Haarschnecken umrahmt, ich sehe die Tränensäcke unter meinen Augen, meine herrische Nase, meinen großen, stolzen Mund. Auf der linken Wange, nahe dem Ohr, entdecke ich den Pickel. Ich drücke ihn energisch aus, etwas Blut quillt hervor. Ich trockne es mit dem Taschentuch. Jetzt kommt auch schon meine Mutter zu mir herein.

Das Gespräch wickelt sich in der üblichen Weise ab: «Wie geht es dem Kind?»

«Gut. Es ist nur etwas widerspenstig, weil es in diesem Jahr nicht in der Sommerfrische war.»

«Kinder müssen ans Meer. Warum fährt ihn Fausta nicht mit dem Wagen nach Ostia oder nach Fregene?»

«Leider brauche ich den Wagen. Und wir haben nur einen.»

«Es gibt ausgezeichnete Autobusverbindungen. Ein Autobus hält doch sogar unweit von eurem Haus. Warum seid ihr überhaupt in der Stadt geblieben?»

«Ich übernehme demnächst eine Filmregie.»

«Das ist doch kein Grund, Fausta und das Kind nicht ans Meer zu schikken! Du kannst es immer noch tun, wir haben noch den August und den September vor uns.»

«Fausta will ohne mich nicht ans Meer gehen. Sie sagt, sie langweilt sich, weil sie niemanden kennt.»

«Bekanntschaften macht man rasch. Fausta würde sicher Gesellschaft finden. Am Strand gibt es viele junge Mütter, deren Kinder noch nicht in die Schule gehen.» Und so weiter und so fort. Das Ritual nimmt seinen Verlauf; dies ist einer der vielen Riten, mit denen meine Mutter ihre kleinbürgerliche Welt aufrechterhält: der Ritus von Mutter und Sohn, Schwiegermutter und Schwiegertochter, Großmutter und Enkelkind. Eine Weile geht das so weiter, dann seufze ich auf, blicke auf die Uhr, erkläre, daß ich gehen muß.

Es folgt die letzte Phase des Rituals: der Abschied. Vielleicht, weil unser Streit heute heftiger war als sonst und der Versuch, aus meiner Unterlegenheit durch die Erwähnung der Episode vor zwanzig Jahren herauszukommen, intensiver als frühere Male, begnüge ich mich jetzt nicht mit dem üblichen Kuß auf die Stirn meiner Mutter. Ich werfe mich ihr zu Füßen, presse meine Stirn gegen ihre dürren Beine. So lag ich vor Irene; nur hat die Geste diesmal einen ganz anderen Sinn, verfolgt eine ganz andere Absicht. Ich neige meinen Kopf gegen den mütterlichen Schoß, denn ich möchte in ihn zurückkehren, in ihm verschwinden, möchte aufhören zu leiden, zu existieren – möchte dorthin zurückkehren, woher ich gekommen bin: ins Nichts.

Vielleicht versteht meine Mutter meine Sehnsucht nach dem Nichts, denn das widerspricht nicht ihrem sozusagen leichenhaften Typus von Sublimiertheit. Ich spüre, wie sie mit ihrer kalten und verrunzelten Handfläche meinen kahlen Schädel streichelt.

Ich stoße zwei oder drei ziemlich aufrichtige Seufzer aus. Dann erhebe ich mich und küsse sie auf die Stirn: «*Ciao, Mama.*»

«Auf Wiedersehen, Rico.»

Ich verlasse das Zimmer und denke: «Gott sei Dank, erst in einer Woche wieder. Uff!»

X

Hinausprotestiert!

Nichts zu machen: nicht jeder, der will, ist auch schon integriert! Nach dem gescheiterten Versuch, von Protti mit der Regie betraut zu werden, habe ich in der Erwartung, daß nun eine engere Beziehung zu Mafalda fällig werde, die Arbeit am Treatment der «Expropriation» nach den von Maurizio festgelegten Richtlinien wiederaufgenommen. Wenn ich die Regie erhalten will, dann – zu dieser Überzeugung bin ich gekommen – empfiehlt es sich, meine bisherige Version über Bord zu werfen, die da lautet: «Kinder reicher Eltern spielen Revolution», und statt ihrer die von Maurizio verfochtene Version zu akzeptieren: «Techniker der Revolution haben einen Fehler gemacht und bemühen sich nun, die richtige Aktionslinie zu finden.» Sehr bald aber gerate ich in eine Schwierigkeit, die sozusagen dichterischer Natur ist. Selbstverständlich könnte ich mit der Routine zu Werke gehen, an der es mir nicht mangelt, das heißt die Story weniger zu «ersinnen» als zu «konstruieren». Da aber ist es gerade die dichterische Überlegung, die mir ein Halt gebietet. Dichtung ist ja jene Art von Wahrheit, die wahrer ist als das Wahre. Diesmal handelt es sich nicht um irgendeinen Film, der von irgendeinem Regisseur gedreht werden soll. Es handelt sich, bis zum Gegenbeweis, um «meinen» Film, dessen Regie ich führen will. Und da eben fühle ich, daß Kenntnis des Metiers allein nicht genügen kann. Ich weiß das aus Erfahrung: Wenn man das Sujet verfehlt, ist unweigerlich auch der ganze Film verfehlt. Wenn man an das Sujet nicht schöpferisch herangeht, sondern es sozusagen «produziert», dann ist auch der Film keine Schöpfung, sondern eben ein «Produkt». So befinde ich mich in einem qualvollen Zwiespalt: genaugenommen hängt es zum Großteil von Maurizio ab, ob mir die Regie anvertraut wird; wenn ich aber Maurizios Version akzeptiere, dann bin ich fast sicher, daß es ein schlechter Film wird. Akzeptiere ich sie nicht, wird die Regie zweifellos jemand anderem anvertraut werden. Diese zwiespältigen Überlegungen führen dazu, daß ich Maurizio bei seinem heutigen Besuch eine ebenso unvorsichtige wie überflüssige und dumme Frage stelle: «Hast du die fünf Millionen übergeben?»

«Versteht sich.»

«Wem?»

«Dem Genossen von der Administration.»

«Hast du ihm auch gesagt, daß sie von mir stammen?»

«Selbstverständlich.»

«Und was hat er gesagt?»

«Wer?»

«Der . . . Genosse von der Administration.»

«Er hat gesagt: Rico ist zweifellos ein Revolutionär, den man neben Mao, Ho Tschi Minh, Lenin und Marx stellen kann.»

Ich werde rot. Da bin ich also wieder einmal von allem Anfang an unten. Ich fühle mich gedemütigt und versuche, mit Maurizio vernünftig zu reden: «Wozu der Spott? Du mußt doch begreifen, Maurizio, daß für mich fünf Millionen eine Riesensumme sind. Es ist nur verständlich, daß ich wissen möchte, ob mein Beitrag auch entsprechend gewürdigt wird.»

Maurizio schweigt, rührt sich nicht, zeigt mir wie immer sein Profil, das schon deshalb einem gemalten Porträt ähnelt, weil es unverändert bleibt, von welchem Standpunkt immer man es betrachtet. Endlich sagt er: «Ich verstehe wirklich nicht, wozu du uns diesen Betrag gegeben hast, der dir so riesig vorkommt. An deiner Stelle hätte ich nichts gegeben.»

«Warum?»

«Weil du kein Revolutionär bist und nicht an die Revolution glaubst. Im Grunde bist du sogar ein Konterrevolutionär.»

«Der immerhin einen Beitrag von fünf Millionen leistet.»

Damit glaube ich ihn in der Klemme zu haben. Wenigstens dazu hätten die fünf Millionen gedient: ihm den Mund zu stopfen, so oft er versucht, mich mit politischen Argumenten unterzukriegen. Wieder einmal irre ich mich. Ich bin eben ein richtig unsublimierter Mensch, der nichts von sublimierten Menschen versteht. Langsam, apathisch antwortet er: «Die fünf Millionen beweisen überhaupt nicht, daß du ein Revolutionär bist. Ich bin kürzlich sogar auf Dinge gekommen, die eher das Gegenteil beweisen.»

«Was für Dinge?»

«Du bist zu Protti gegangen und hast versucht, die Genossen der Gruppe und mich in ein schlechtes Licht zu rücken. Du hast Protti gesagt, daß wir einen Film gegen den Kapitalismus und gegen ihn machen wollen.»

Katastrophe! Verwirrt stammle ich: «Wer hat das gesagt?»

«Protti selbst hat es mir gesagt.»

«Protti hat gar nichts verstanden. Ich habe ihm die beiden Versionen erzählt, die meine und die deine, damit er sich eine Vorstellung von der Schwierigkeit unserer Arbeit machen kann. Das ist alles.»

Ich hoffe, Maurizio werde sich jetzt in eine Diskussion einlassen. Eine Auseinandersetzung auf gleich und gleich mit ihm, der mir meinen Verrat vorwirft, während ich mich verteidige, vielleicht sogar zum Angriff übergehe, würde mein Minderwertigkeitsgefühl lindern. Maurizio aber ist oben und entschlossen, es zu bleiben. Endlich sagt er: «Hat übrigens keine Bedeutung. Ich wollte es dir nur sagen, damit dir klarwird, daß es nicht genügt, fünf oder auch fünfhundert Millionen zu zahlen, um ein Revolutionär zu werden. Jetzt aber etwas anderes.»

Ich bin enttäuscht. Maurizio vermeidet eine Auseinandersetzung und hält mich damit erst recht unten. Ich antworte gereizt: «Was gibt's denn noch?»

«Ich bin gekommen, dich abzuholen. Die Gruppe versammelt sich heute in Fregene, in Flavias Wohnung. Ich werde dich, wie verabredet, vorstellen und deine Schenkung bekanntgeben; anschließend folgt die Diskussion über das Treatment.»

Ich verhehle nicht meine Befriedigung. Die mehrere Male angekündigte und immer wieder verschobene Einführung in die Gruppe war bisher eines der Mittel, mit denen Maurizio mich unten gehalten hat. Ich frage zufrieden: «Gehen wir jetzt gleich hin?»

«Ja, gleich.»

«Ausgezeichnet. Wie soll denn die Diskussion vor sich gehen?»

«Ich werde dich erst vorstellen, dann werden wir über das Treatment diskutieren.»

Ich bin wirklich hochbefriedigt. Zuerst also die Vorstellung: «Ich stelle euch den Genossen Rico vor, meinen geschätzten Mitarbeiter an unserem Film.» Dann die Bekanntgabe meiner ansehnlichen Spende: «Der Genosse Rico hat einen Beitrag von nicht weniger als fünf Millionen geleistet! Applaus für den Genossen Rico.» Und schließlich die Diskussion: «Ich eröffne die Diskussion über das Treatment der ‹Expropriation›, das Rico und ich gemeinsam ausgearbeitet haben.» Kurz, etwas Erhebendes, Ernstes, Verpflichtendes, Progressives, niveauvoll Kulturelles. Etwas Freundschaftliches, Ermutigendes, Herzliches. Die Begegnung zweier Generationen, der ihren und der meinen. Ausgangspunkt einer gefestigten, langen und fruchtbringenden Beziehung zwischen ihnen und mir. Ich rufe beglückt aus: «Das freut mich. Das freut mich sehr. Wir gehören zwei verschiedenen Generationen an, ihr und ich, warum aber sollten wir nicht zusammenarbeiten? Eigentlich sollte man Drehbücher immer so schreiben: nicht allein, auch nicht zu zweit, sondern kollektiv. Das könnte der Beginn eines neuen und wahrhaft revolutionären Experiments werden.»

Maurizio ist mir schon in den Korridor vorausgegangen. Wir verlassen zusammen die Wohnung. Im Aufzug, der uns zum Erdgeschoß hinabführt, frage ich:

«Warum ausgerechnet in Fregene?»

«Die Villa von Flavias Eltern steht dort jetzt leer. Sie ist ziemlich groß und eignet sich ausgezeichnet für Zusammenkünfte.»

«Und was ist mit dem Lokal in Rom, für das ich die fünf Millionen

gespendet habe?»
«Das ist noch nicht fertig.»
«Was fehlt denn noch?»
«Es fehlen noch die Bilder. Wir haben sie in Mailand bestellt, sie sind aber noch nicht angekommen.»
«Welche Bilder?»
«Von Marx, Lenin, Mao, Stalin.»
«Auch von Stalin?»
«Versteht sich.»
Ich sage nichts. Ich schaue ihn an. Während er lenkt, betrachte ich das Profil seines feminin-anmutigen Kopfes eines Pagen der Renaissance. So weiß ist sein milchiges Gesicht, daß es sich sogar von seinem weißen Anzugstoff abhebt. Das Rosa seiner Nasenflügel, seiner Lippen und Ohren, das Veilchenblau seiner Ringe unter den Augen erinnern mich plötzlich an die klassischen Madrigale, in denen vom Teint der besungenen Frauen gesagt wird, er bestehe aus «Rosen und Veilchen». Ich frage unvermittelt: «Flavia, nicht wahr, denkt genauso wie du?»
«Worüber?»
«Ich wollte sagen: sie teilt doch deine politischen Ideen?»
«Ja.»
Nach kurzem Schweigen fahre ich fort: «Ich nehme an, daß Flavias Eltern ebenso vollkommen sind wie die deinen, oder nicht?»
«Ich verstehe nicht.»
«Erinnerst du dich nicht mehr? Vor einiger Zeit haben wir festgestellt, daß deine Eltern für dich insofern vollkommen sind, als du ihnen nichts vorwerfen kannst – außer daß sie Bürger sind.»
«Ach ja, ich erinnere mich.»
«Ich frage dich also nochmals: sind Flavias Eltern so wie die deinen? Nämlich vollkommen? Das heißt, daß Flavia ihnen nichts vorwerfen kann, außer daß sie Bürger sind ...»
«Ich nehme an.»
«Das würde also heißen, daß sie als Eltern wie im gesellschaftlichen Sinne einwandfrei sind: ein guter Vater, eine gute Mutter; sie eine brave Frau, er ein angesehener Akademiker.»
«Er ist kein Akademiker, sondern ein Bauunternehmer.»
«Noch besser. Bauen ist etwas Positives. Kommen wir nun auf Flavia. Wie nehmen es ihre Eltern auf, daß sie zur Gruppe gehört?»
«Schlecht.»
«So wie deine Eltern?»
«Ungefähr.»
«Was werfen eure Eltern euch sonst noch vor, außer daß ihr Protestler seid? Etwa, daß ihr schlechte Kinder seid, daß ihr euch schlecht aufführt, daß Flavia eine Nymphomanin ist und du ein Hurenbock bist, daß ihr beide Drogen nehmt oder sonst noch allerhand treibt?»

Er antwortet obenhin, ohne sich umzudrehen: «Flavia eine Nymphomanin, ich ein Hurenbock, wir beide nehmen Drogen – was fällt dir denn ein?»

«Es waren doch nur Beispiele. Eure Eltern haben euch also, außer daß ihr Protestler seid, nichts vorzuwerfen?»

«Sagen wir's mal so.»

«Eure Eltern sind also für euch vollkommen, und ihr seid es für eure Eltern – abgesehen davon, daß ihr ihnen vorwerft, Bürger zu sein, und sie euch vorwerfen, Protestler zu sein. Stimmt das?»

«Meinetwegen. Auf was willst du hinaus?»

Ich möchte sagen: «Auf folgendes: wenn auch mit verschiedenen Vorzeichen, teilt ihr euch doch, du und Flavia auf der einen und eure Eltern auf der anderen Seite, in die gleiche verdammte Vollkommenheit, die den sublimierten Menschen eigen ist. Es spielt dabei keine Rolle, ob ihr zum Vorteil der Revolution oder zum Vorteil des Konservatismus sublimiert seid. Entscheidend ist, daß ihr alle aus dem gleichen Stoff seid, daß eure Verschiedenheit oder meinetwegen Gegensätzlichkeit nur scheinbar ist. Ihr seid alle Machtmenschen, und euer wirkliches Gegenteil, euer wirklicher Widersacher bin ich, der Unsublimierte, mit seinen vergeblichen Aspirationen, der arme Teufel, der von der Natur so freigebig ausgestattet wurde, aber außerstande ist, seine natürlichen Gaben auf ein soziales Niveau zu heben.» Aber ich beiße mir auf die Lippen, wie gewöhnlich: es ist für mich unmöglich, mit jemand anderem, am wenigsten mit Maurizio, über die Idee zu sprechen, die mich beherrscht. Ich antworte ausweichend: «Ich will auf nichts hinaus. Wir gehören, wie schon gesagt, zwei verschiedenen Generationen an. Ich versuche, euch zu begreifen, das ist alles. Und jetzt möchte ich dir, wenn du gestattest, noch eine Frage stellen, eine – ich gebe zu eher heikle.»

«Frag nur.»

«Du und Flavia – ihr geht doch miteinander?»

«Du möchtest wissen, ob wir miteinander ins Bett gehen? Gewiß.»

«Seit wann?»

«Seitdem wir uns kennen. Seit zwei Jahren.»

«Tut ihr es oft?»

Ich sehe, wie er seine goldblonden Augenbrauen oberhalb seiner schwarzen Brille hochzieht: «Was ist das für eine blöde Frage!»

«Entschuldige, aber ich möchte es wirklich gerne wissen.»

«Weshalb?»

«Um euch besser zu verstehen. Ihr tut es also oft?»

Er schweigt einen Moment, dann antwortet er: «Nein, eher selten.»

«Was soll das heißen, eher selten?»

«Nicht gar so oft. Manchmal tun wir es einen ganzen Monat lang nicht.»

«Warum? Ihr seid jung, habt euch gern ...»

«Das hat nicht viel zu besagen. Wir sind sehr beschäftigt. Außerdem sind wir selten allein. Meistens sind wir mit der Gruppe beisammen. Und überdies lebt Flavia bei ihren Leuten und ich bei den meinen.»

«Wenn man es miteinander tun will, ist es leicht, eine Gelegenheit und einen Ort dafür zu finden.»

Diesmal schweigt er etwas länger. Dann erklärt er: «Eigentlich interessiert die Liebe weder mich noch Flavia besonders.»

«So, sie interessiert euch nicht? Warum?»

«Es ist eben so.»

«In welcher Weise äußert sich denn dieses mangelnde Interesse?»

«Ich weiß nicht. Wir denken gar nicht daran. Wenn wir es miteinander tun, macht es uns auch gar keinen besonderen Spaß.»

«Wie das? Du liebst Flavia, und es macht dir keinen Spaß, mit ihr zu schlafen?»

«Man kann sehr gut jemand lieben und doch keinen Spaß daran finden, mit ihm zu schlafen.»

«Wäre dir vielleicht für die physische Liebe eine andere Frau lieber?»

«Nein, Flavia ist für mich in jeder Hinsicht die Richtige. Aber wir finden eben keinen besonderen Spaß daran, es miteinander zu tun. Vor allem ist es anstrengend, man schwitzt, man besudelt sich. Wenn man es miteinander getan hat, hat man zu nichts anderem mehr Lust. Ich weiß nicht, wieso, aber es kommt mir immer vor, als wäre es eine – wie soll ich sagen – eher lächerliche Betätigung.»

«Denkt Flavia so wie du?»

«Ich glaube schon. Aber wir haben darüber nicht gesprochen.»

«Wieso weißt du dann, daß sie denkt wie du?»

«Weil ich merke, daß auch sie nicht daran interessiert ist.»

«Aber ihr wollt doch heiraten? Oder nicht?»

«Gewiß.»

«Vielleicht werdet ihr auch Kinder haben?»

«Ich nehme an.»

«Wenn ich mich nicht täusche, bist du nicht sonderlich daran interessiert, eine Familie zu gründen?»

«Darum handelt es sich nicht. Es fragt sich, wieweit uns dazu Zeit bleibt. Unsere Arbeit in der Gruppe nimmt uns so in Anspruch, daß wir schon deshalb gar nicht recht das Bedürfnis haben, eine Familie zu gründen.»

«Ich aber habe eine Frau, einen Sohn, eine Familie. Und es macht mir Freude, mit meiner Frau zu schlafen.»

Er sagt nichts. Es ist klar, daß ich ihn nicht interessiere. Trotzdem fahre ich fort: «Was willst du eigentlich damit sagen, daß dich etwas nicht interessiert?»

«Was ich damit sagen will? Genau das, was ich sage.»

«Das heißt, etwas kann auch sehr wichtig sein, aber wenn es dich nicht interessiert, dann existiert es einfach nicht?»

«Möglich.»

Also: für ihn existiere ich nicht! So wie die Liebe für ihn nicht existiert! Wie alles, was nicht die Revolution angeht! Ich bin aber zufrieden, daß ich vor mir selber die Richtigkeit meiner These bestätigt sehe. Doch selbst mein so bescheidener Triumph behagt *ihm* nicht. Er bemerkt boshaft: «Was glaubst du mit deinem Verhör bewiesen zu haben? Die Vorzüge der Sublimierung?»

«Nennen wir es so.»

«Keineswegs. Du hast nur bewiesen, daß Maurizio, Flavia und deren Eltern einfach kein Temperament haben. Fischblut in den Adern haben. Fühllose Algen sind sexuell unterentwickelt. Das ist alles.»

«Was ereiferst du dich so? Was hast du immerfort gegen die Sublimierung?»

«Weil es sie nicht gibt und nicht geben kann. Vor allem aber ärgert es mich, daß du dir gar nicht klar darüber werden willst, wie sehr du all diesen Leuten überlegen bist.»

«Eine Überlegenheit, die in deinem ungewöhnlichen Umfang und deiner Länge besteht, wie? Das meinst du doch wohl?»

«Ja, das meine ich.»

Ich zucke die Achseln. Nichts Neues. Seine übliche Art des Dünkels. Doch da sind wir schon in Fregene. In der Sommernacht, im kargen Licht der wenigen Straßenlampen sehen die Pinien mit ihren sich nach allen Seiten krümmenden Stämmen zerzaust aus wie nach einem Gewitter. Wir biegen in einen geraden Weg ein, der zwischen Gärten führt. Durch die Gittertore sieht man die Fronten der Villen. Einige sind beleuchtet. Unter Säulengängen liegen die Menschen in Klappstühlen und unterhalten sich miteinander, während Diener in weißen Jacken erfrischende Getränke auf Tabletts anbieten. Auf den Kieswegen liegen rot- und gelbgestreifte Spielbälle, die die zu dieser Zeit schon schlafenden Kinder zurückgelassen haben. Am Ende der Straße parken Autos in zwei Reihen. Maurizio verlangsamt die Fahrt, hält. «Ist es hier?» frage ich, während ich aussteige.

«Ja, hier.»

Maurizio geht mir durch das Gartentor voran, schlendert, die Hände in den Hosentaschen, langsam auf die Villa zu, die den Weg abschließt. Sie ist ebenerdig, aus roten Ziegeln errichtet. Wir schreiten über den blanken Kies, das Grün der Beete zu beiden Seiten erglänzt im grellen Licht der Lampen, die hinter den Taxushecken verborgen sind. Ich sehe jemanden im Säulengang sitzen. Die Gestalt erhebt sich und kommt uns entgegen. Es ist Flavia, Maurizios Verlobte. Während sie näher kommt, kann ich sie genau betrachten. Ihr weißes, längliches Pferdegesicht ist von einem roten Haarbusch umgeben. Mir fallen ihre großen, stumpfblauen Augen inmitten des gespenstischen Weiß ihres Gesichts auf. Ihr Gang ist schlaksig, von einer vielleicht gewollt mondänen Ungelenkigkeit, mit der sie ihre langen Beine bewegt, ihr Kleid, aus dem ihr Hals gerade emporragt, ist verschoben, bauscht sich knapp oberhalb der Taille. In ähnlicher Weise bauscht es sich auch unterhalb des Rückens. Jetzt sehe ich sie sozusagen in Nahaufnahme: Ihre Augen und ihre Blässe haben wirklich etwas Gespenstisches. Wangen, Hals, Brust, Arme, Beine sind mit roten Sommersprossen übersät. Ihre Stimme klingt ebenso affektiert, wie es ihre Bewegungen sind, als sie, die Worte dehnend, sagt: «Ihr seid mir aber langsam! Die Gruppe ist schon seit einer Woche vollzählig beisammen. Sie trampeln mit den Füßen und protestieren. Darf man wissen, wo ihr so lange geblieben seid?»

«Der Verkehr», sagt Maurizio. «Das ist Rico.»

«Wie geht's?»

Sehr merkwürdig die Art, wie Flavia mir die Hand drückt: die Berührung fühlt sich weich und sinnlich an; aber gerade als der Händedruck etwas Liebkosendes zu bekommen beginnt, spreizt sie die Finger, und meine Hand fällt ins Leere. Ich sage zu ihr: «Ich bin sehr froh, mit eurer Gruppe zusammenzukommen. Ich bin überzeugt, die Diskussion wird interessant werden. Zwei Generationen begegnen einander. Solche Begegnungen sind sehr nützlich, sie sollten öfters stattfinden. Schade nur, daß ich nicht früher verständigt wurde. Ich hätte mir ein paar Notizen gemacht.» Wohlerzogen verbirgt Flavia ein kurzes Auflachen hinter ihrer weißen, mit Sommersprossen übersäten Hand. Sie meint doppeldeutig: «Ich bin sicher, die Diskussion wird auch ohne Notizen gut verlaufen.»

Sie geht neben mir mit ihrem schlaksigen Schritt, sie ist liebenswürdig und zugleich doch auch ein wenig hochmütig, wie aus einem gewohnheitsmäßigen und verdrängten Snobismus. Auf *ihn* aber scheinen die Reize Flavias Eindruck gemacht zu haben, er flüstert mir das absurde Ansinnen zu: «Tu so, als würdest du auf dem Kies stolpern, stoße sie in die Seite, und zwar so, daß sie meine Existenz bemerkt, meine Bewunderung für sie, mein Verlangen nach ihr.»

Unerträglich! Gerade jetzt kommt er mir mit einem solchen Ansinnen, da ich endlich der Gruppe vorgestellt werden soll! Setzt mich der Gefahr aus, daß Flavia sich falsche Vorstellungen von mir macht, droht alles zu verderben! Natürlich hüte ich mich, auf seine Einflüsterungen zu hören. Ich sage vielmehr munter zu Maurizio: «Ich bin dir wirklich dankbar, daß du mich mit der Gruppe zusammenbringst. Es tut mir gar nicht leid um die fünf Millionen. Es gibt Erfahrungen, für die kein Geld zuviel ist.»

Maurizio antwortet: «Recht hast du.»

Flavia geht uns ins Haus voran. Wir durchschreiten den Säulengang, betreten durch eine Glastür den Wohnraum und befinden uns unmittelbar hinter einem Tisch, dem gegenüber ungefähr dreißig Burschen und Mädchen auf Stühlen in drei Reihen sitzen: die Gruppe. Der Raum ist lang, schmal und niedrig. Die Möbel wurden fortgeräumt, um für die Stühle Platz zu schaffen. Von der Einrichtung ist nur der Wandschmuck zurückgeblieben. Es ist der in solchen Badeorten übliche Seemannsstil: Harpunen,

Rettungsringe, Steuerräder, Fischernetze, Fischreusen, Galionsfiguren, Schildkrötenpanzer da und dort. Der Tisch ist mit einem roten Tuch bedeckt, auf ihm stehen ein Mikrofon, eine Flasche mit Wasser und zwei Gläser. Links vom Tisch sehe ich überrascht etwas in der Luft hängen: eine wahrhaftige Verkehrsampel mit grünem, rotem und gelbem Licht, ganz wie an den Straßenkreuzungen, nur etwas kleiner. Ich folge mit den Blikken dem Draht, an dem sie hängt. Er läuft die linke Wand entlang und führt dann am entgegengesetzten Ende des Raumes zu einem kleinen Tisch, auf dem eine schwarze Schachtel mit vielen Drucktasten steht. An dem Tischchen vor der Schachtel sitzt ein junger Mann.

Leise frage ich Flavia: «Wozu die Verkehrsampel?»

«Um die Diskussion zu regeln.»

Ich blicke mich um. Es sind lauter Burschen und Mädchen aus sogenannten guten Familien, auch wenn diese Familien nicht alle so reich sein dürften wie die von Maurizio und Flavia. Pullis, Schals, Jeanjacken, Ponchos, Hosen aus Leinen, Samt, Wolle in grellen Farben. Sandalen und Schuhe in absonderlichen Formen. Ein paar Bärte, viel lange Haare. Im Gegensatz aber zu der Lebhaftigkeit der Kleidung und der Haartracht ist das Gehaben dieser jungen Leute von einer unerwartet sonderbaren, fast mürrischen Zurückhaltung. Ich fühle, wie man mich betrachtet, wertet, wägt und beurteilt. Während ich mich noch frage, was dieser Empfang zu bedeuten habe, höre ich plötzlich das Klicken der Verkehrsampel über meinem Kopf. Ich schaue hinauf: gelbes Licht. Gleichzeitig erheben sich die jungen Leute und applaudieren. Der Beifall klingt allerdings nicht sehr spontan, er wirkt zu einheitlich und rhythmisch geregelt, um nicht zu sagen: einstudiert. Wie lange dauert dieser Applaus? Eine Minute vielleicht. Jedenfalls habe ich den Eindruck, daß er ziemlich lang dauert, zu lang, um aufrichtig zu sein, Ausdruck echter Empfindung. Da ich annehme, daß man mir applaudiert, fühle ich mich einigermaßen verlegen und versuche diese Verlegenheit dadurch zu verbergen, daß ich meinerseits auch in die Hände klatsche. Seltsam: wie um mir zu bedeuten, daß ich nicht applaudieren dürfe, bricht der Applaus auf ein neuerliches Klicken der Verkehrsampel schlagartig ab. Ich hebe den Blick. Die Verkehrsampel zeigt Grün. Maurizio tritt an den Tisch, hebt einen Arm, wie um anzukündigen, daß er zu sprechen wünsche. Dann sagt er in die Stille: «Ich stelle euch Rico vor, den der Produzent Protti, wie ihr wißt, beauftragt hat, mit mir gemeinsam das Drehbuch der ‹Expropriation› auszuarbeiten.»

Klick. Ich sehe nach der Verkehrsampel, sie zeigt rot. Ich überlege rasch: gelb bedeutet allgemeiner Applaus; grün allgemeine Diskussion. Und rotes Licht? Ich soll es gleich erfahren. Die jungen Leute scharren im Sitzen mit den Füßen auf dem Boden und wiederholen im Chor: «Che – ja, Protti – nein.»

Rotes Licht also bedeutet das Gegenteil von gelbem Licht, mithin das Gegenteil von Applaus: Ablehnung, Opposition. Ich bin nicht bereit, in den Chor gegen Protti mit einzufallen. Vor allem könnte sich Protti, wenn er davon erführe, an mir rächen und mir alle Arbeit entziehen. Ich bin mir wohl klar, daß es sich nicht eben um eine revolutionäre Überlegung handelt, aber wie sollte man gewisse Gedanken nicht denken? Ich deute nur ein verständnisvolles Lächeln an und warte, bis der Chor endet. Unvermuteterweise flüstert *er* mir jetzt zu: «Sieh dir, bitte, Flavia an.» Ich sehe sie an. Sie steht neben mir, und um sie besser betrachten zu können, trete ich einen Schritt zurück. Er fährt voller Eifer fort: «Sieh sie dir nur an, wie hochgeschossen sie ist, mager, schlaksig und ausgezehrt! Und doch füllig an der Brust und unterhalb des Rückens! Und mit welch bestrickender Nachlässigkeit hat sie ihren Kleiderfetzen übergeworfen, der dünne Stoff klebt an ihren konvexen Körperteilen. Sie ist zwar eine Stange, aber an ihr hängen so viele schöne und appetitliche Dinge wie an einem Maibaum!»

«Ich sollte dir wohl das Vergnügen machen, auf diese Stange zu klettern?»

«Genau.»

Klick. Ich schaue hinauf: grünes Licht. Im Nu verstummt der Sprechchor: «Che – ja, Protti – nein.» Maurizio tritt an den Tisch, richtet das Mikrofon zurecht und sagt: «In unserer letzten Versammlung habe ich über die Änderungen berichtet, die Rico an der Filmhandlung vorgenommen hat. Ich habe euch auch gesagt, daß ich mich diesen Änderungen widersetzt und ihn gezwungen habe, unsere Version zu akzeptieren, die die einzig richtige und korrekte ist. Er hat sich verpflichtet, sie zu respektieren. Ich muß euch ferner bekanntgeben, daß Rico zum Beweis seines Bedauerns und seines guten Willens auf jegliche Entlohnung verzichtet und überdies einen Betrag von fünf Millionen Lire der Administration unserer Gruppe gespendet hat.»

Klick. Ich bin so sicher, es sei nun gelbes Licht eingeschaltet, daß ich gar nicht erst hinsehe, um mich zu vergewissern. Ich nehme vielmehr die Haltung diskret-reumütiger Bescheidenheit an und warte auf den Applaus, der wohl nicht ausbleiben kann. Es ergeht mir aber wie einem, der sich unter eine Dusche stellt und versehentlich statt des warmen das kalte Wasser aufdreht. Der Applaus kommt nicht. Statt dessen bricht ein höchst feindseliger Chor aus, begleitet von dem üblichen Gescharre mit den Füßen: «Che – ja, Rico – nein.» Da erst hebe ich meinen Blick zur Verkehrsampel: rotes Licht. Wirklich und wahrhaftig. Ich fühle, wie sich der Ausdruck, ja sogar die Form meines Gesichts ändert, wie es sich vor Bestürzung gegen meinen Willen in die Länge zieht und aller Ausdruck falscher und aufgeblasener Bescheidenheit aus ihm weicht. Ich kann es nicht glauben, ich hoffe, falsch gehört zu haben. Aber nein, ich habe richtig gehört. Die jungen Leute brüllen tatsächlich im Chor: «Che – ja, Rico – nein.» Und die fünf Millionen?

Klick. Grünes Licht. Der Chor bricht schlagartig ab. Als hätte er meine

Gedanken erraten und gebe mir nun die Antwort, fährt Maurizio fort: «Ihr habt auf die Mitteilung der Fünf-Millionen-Spende nicht Beifall geklatscht. Recht so. Diese fünf Millionen sind kein wie immer gearteter Beweis, daß Rico ein Revolutionär ist. Inzwischen hat sich tatsächlich etwas ereignet, das zeigt, wie begründet unser Mißtrauen war.»

Maurizio schweigt einen Augenblick, sieht erst in den Raum und dann mich an. In sehr rätselvoller Weise. Ich sage: rätselvoll, denn ich begreife den Grund seines ausdruckslosen, geradezu reglosen, apathischen Blicks nicht. Es ist der gemalte Blick einer Person, deren Porträt in einem Museum hängt. Ich bin erbost, bestürzt, verwirrt, Maurizio aber scheint es gar nicht wahrzunehmen, eben weil er nicht «lebendig», sondern «gemalt» ist. Nach kurzem Schweigen fährt er fort: «Folgendes hat sich zugetragen. Rico ist vor einigen Tagen zu Protti gegangen und hat ihm gesagt, wir wollten einen Film machen, der gegen ihn und das System gerichtet ist. Der Zweck dieser, wie man wohl sagen darf, konterrevolutionären Denunziation ist klar: er wollte Protti warnen, wollte seine eigene Version gegen die unsere durchsetzen, den Film sabotieren. Zum Glück aber hatte Protti seine Gründe, darauf nicht einzugehen. Er selbst hat mich über Ricos Manöver informiert.»

Klick. Ich bin überzeugt, daß die Ampel rot zeigt, und täusche mich diesmal nicht. Ohne von ihren Sitzen aufzustehen, nehmen die jungen Leute, mit den Füßen scharrend, wieder ihren Sprechchor auf: «Che – ja, Rico – nein.» Ich bin zerschmettert. Ich komme zu der peinigenden Erkenntnis, daß ich infolge meiner unsublimierten und unbegrenzten Gutgläubigkeit in eine Falle geraten bin, die mir ein Geschlecht heranwachsender Supersublimierter mit Bedacht gestellt hat. Sie sind ja doch wohl alle mehr oder weniger Maurizio gleich: sublimiert durch die Geburt, die Familientradition, das gesellschaftliche Milieu. Sie stammen alle aus guter Familie: gute Familie bedeutet in diesem Falle, daß ihre Mitglieder seit mindestens fünf Generationen sublimiert sind. Da spielt es keine Rolle, daß sie in der Vergangenheit Staatsbeamte, Bankiers, Generale, Richter, Ärzte oder Advokaten waren und jetzt Revolutionäre sind oder sich für solche halten! Es handelt sich immer um die gleiche Sublimierung, ob sie nun englische Zweireiher trugen oder jetzt Pullis tragen. Und ich, unsublimierter Mensch par excellence, habe mich, geködert von meiner eigenen Eitelkeit, in die Falle locken, zu einer sogenannten Diskussion verleiten lassen, die sich immer mehr als eine Art Lynchjustiz entpuppt.

Diese Gedanken erleichtern mich ein wenig, denn sie zeigen zumindest, daß ich die verzweifelte Situation, in die ich geraten bin, klar durchschaue. Hier nun gestehe ich ohne weiteres, daß mir in meiner Angst und Bestürzung *seine* Stimme sehr willkommen ist. Unerwartet flüstert er mir zu: «Maurizio hat dich in einen Hinterhalt gelockt.»

«So ist es.»

«Räche dich also!»

«Wie könnte ich das?»
«Schnapp ihm die Braut weg.»
«Du bist ja wahnsinnig!»
«Ich bin nicht wahnsinnig. Hast du nicht bemerkt, wie sie mich angesehen hat, als wir sie im Garten trafen? Glaube mir doch endlich einmal: sie wird darauf eingehen. Räche dich also.»
«Jetzt ist nicht der richtige Augenblick. Ich stehe vor einer Art Revolutionstribunal, man klagt mich konterrevolutionärer Machenschaften an, ich muß mich verteidigen. Und da kommst du und erklärst, Flavia habe dich angesehen. Du bist wohl nicht bei Trost.»
«Alles dummes Zeug. Die Gruppe, der Film, die Regie, die Verkehrsampel, die Revolution, die Konterrevolution, das Bürgertum, das Proletariat: alles dummes Zeug. Für dich darf nur eines zählen.»
«Und das bist du, ich weiß.»
«Jetzt mußt du dich jedenfalls rächen und dich dabei meiner bedienen.»
Klick. Grünes Licht. Der feindselige Chor bricht ab. Maurizio rückt wieder das Mikrofon zurecht: «Wir sind aber nicht hier, um Rico zu verurteilen, sondern um ihm die Möglichkeit zu geben, seine Irrtümer zu erkennen, entsprechende Selbstkritik zu üben und zu bereuen, was er getan hat. Wenn ihr einverstanden seid, erteile ich jetzt Rico das Wort.»
Klick. Gelbes Licht. Die jungen Leute klatschen Maurizio Beifall, und zwar in einem ganz bestimmten Rhythmus: kurz, lang, kurz, lang. Sie klatschen ihm Beifall, weil er mich «entlarvt» hat. Und ich fühle mich tatsächlich «entlarvt», preisgegeben und mit «nacktem Gesicht», als hätte ich es bisher hinter einer schützenden Maske verborgen. Erneutes Klicken. Rotes Licht. Die Kinder rufen zum drittenmal im Chor: «Che – ja, Rico – nein.» Es fällt mir auf, daß sie ihr Sprüchlein zwar diszipliniert, aber doch mit einer Art gleichgültigen Gewissenhaftigkeit aufsagen und dementsprechend mit den Füßen scharren. Sie blicken lässig bald dahin, bald dorthin, ihre Gesichter sind völlig ausdruckslos. Es handelt sich um einen in allen Einzelheiten einstudierten und vorbestimmten Vorgang. Sie führen das alles ohne echte Feindseligkeit gegen mich persönlich aus, als wäre ich ein anonymer, austauschbarer Feind ohne Gesicht. Sie lynchen mich mit aller Präzision, wenn aber an meiner Stelle ein anderer wäre, würde die Lynchjustiz in derselben Weise erfolgen.

Während der feindselige Sprechchor kein Ende zu nehmen scheint, mache ich mir klar, daß ich in Kürze das Wort ergreifen muß. Wie, so frage ich mich angstvoll, kann ich Maurizios Anklagen beantworten? Ich habe drei Möglichkeiten. Erstens: den Anklagen entschieden, gemessen und intelligent entgegenzutreten, alles zu leugnen, alle Schuld von mir abzuweisen, meine Unschuld zu beteuern. Zweitens: sie meinerseits anzugreifen, der Hinterhältigkeit anzuklagen, sie zu beschimpfen und dann meiner Wege zu gehen und die Tür hinter mir zuzuschlagen. Drittens: das zu tun, was man von mir verlangt, das heißt meine Schuld anzuerkennen, Selbstkritik zu üben, meine Reue zu bekunden. Von den drei Möglichkeiten würde ich vom intellektuellen Standpunkt die erste vorziehen. Zur zweiten Möglichkeit fühle ich mich durch meine Empörung hingetrieben. Seltsamerweise aber ist es die dritte Möglichkeit, die mich am meisten anzieht, wenn auch in einer dunklen, unklaren und geheimnisvollen Weise. Sie entspricht, ich ahne es, dem masochistischen Verhalten eines unsublimierten Menschen den sublimierten gegenüber, eines Menschen, der unten ist, während der andere oben steht. Sie bietet mir freilich auch Gelegenheit, mich selbst zu begreifen, mich mir selber zu erklären. Warum habe ich wirklich die Gruppe bei Protti angeschwärzt? Nur um die Regie zu erhalten? Oder aus einem anderen, tieferen Grund?

Klick. Grünes Licht. Es ist jetzt an mir, zu sprechen. In plötzlichem Entschluß entscheide ich mich für die dritte Möglichkeit. Ich tue einen Schritt zum Tisch hin, und diese kleine Bewegung schon löst ein Schuldgefühl in mir aus. Ich merke zu meiner eigenen Überraschung, daß ich Tränen in den Augen habe, daß mir irgendeine unbekannte innere Regung die Brust zu sprengen droht. Ich sage: «Vor allem gestehe ich, daß Maurizio die Wahrheit gesprochen hat.»

Klick. Rotes Licht. Die Kinder nehmen in lässiger Haltung ihre disziplinierte und gewissenhafte und doch gleichgültige Litanei wieder auf: «Che – ja, Rico – nein.» Klick. Gelbes Licht. Maurizio tritt vor und wird wiederum mit Applaus empfangen, der diesmal einen ungleichmäßigen Rhythmus hat wie Morsezeichen. Erneutes Klicken. Grünes Licht. Maurizio nähert seinen Mund dem Mikrofon: «Du gibst also zu, Rico, daß du dich des Denunziantentums schuldig gemacht hast, des Verrats, der Sabotage und anderer konterrevolutionärer Handlungen?»

«Ja.»

«Erkläre uns, warum du es getan hast.»

«Aus einem Aufwallen bürgerlichen Geistes, das ich nicht bezwingen konnte.»

«Wieso –?»

«Das war so: Ich bin seit zehn Jahren als Drehbuchautor bei einer Produktionsfirma, die kommerzielle Filme herstellt, beschäftigt, euer Film aber ist eine Herausforderung alles dessen, was ich bisher getan habe. Eine ideologische, politische, moralische, soziale Herausforderung. Ich jedoch bin dem System integriert und habe sofort gespürt, daß euer Film das System bedroht und daher auch mich, meine Verdienstmöglichkeiten, meine Ambitionen, meine Ideen innerhalb der Gesellschaft, der ich angehöre. Das erweckte meine blinde Wut, mein ohnmächtiges, trübes Ressentiment. Ich spürte, ihr wart ‹positiv› und ich war ‹negativ›. Ich fühlte, daß ich aus meiner negativen Stellung alles unternehmen mußte, jawohl, mußte, um eure, möchte ich sagen, Positivität zu zerstören. Während ich auf der einen Seite so tat, als akzeptierte ich eure Ideen, und in meiner Täuschung sogar so weit ging, fünf Millionen zu spenden, habe ich auf der anderen Seite alles nur mögliche unternommen, um euch zu schaden, euch zu treffen, euch Böses anzutun. Zunächst habe ich versucht, den Film zu sabotieren, indem ich eine pessimistische, sentimentale, stimmungsvolle Fassung herstellte, kurz eine bürgerliche. Da aber Maurizio mein Manöver durchschaute und vereitelte, indem er mich zwang, seine Version zu akzeptieren, die die einzig richtige ist, beschloß ich, meinen Angriff gegen euch auf dem Umweg über die Produktionsfirma zu führen. Ich ging zu Protti, sprach mit ihm unter vier Augen und erklärte ihm, daß der Film, so wie ihr ihn angelegt habt, antibürgerlich und antikapitalistisch sei. Um ihn noch mehr gegen euch aufzuhetzen, habe ich ihm glatt vorgelogen, ihr hättet ihn zum Modell für die Gestalt des expropriierten Kapitalisten genommen.»

Nun ist's heraus. Zum Glück ist es mir gelungen, meine Tränen zurückzuhalten. Meine Rede war ruhig, geordnet, klar. Habe ich die Wahrheit gesagt? Was mein Verhältnis zur Gruppe betrifft, vielleicht schon. An sich aber gewiß nicht. In meiner Rede gab es eine Stelle, in der Lüge und Wahrheit sich miteinander vermengten, austauschbar wurden, und zwar jene Stelle, an der ich erklärte, ich hätte mit ohnmächtiger Wut gefühlt, sie seien positiv und ich sei negativ. Im selben Augenblick, in dem ich dies sagte, wurde mir klar bewußt, daß diese Antithese auch umgekehrt werden konnte, daß die Rechtfertigung, die ich für meinen Verrat, für mein Denunziantentum bei Protti vor mir selber angeführt hatte, nämlich mein verzweifelter Wille, die Regie zu bekommen, ebensogut die unbewußte Maske jener Positivität und Negativität sein mochte, deren Repräsentant und Ausdruck ich jeweils war. Welcher Negativität und welcher Positivität? Sicherlich nicht einer politischen und sozialen, bürgerlichen und proletarischen, rechten oder linken. Nein, es handelte sich um etwas viel Tieferes, Dunkleres, Urhafteres: jene Negativität und Positivität, die ich üblicherweise der Unsublimiertheit bzw. Sublimiertheit zuschrieb. Diesmal freilich verwirrte sich das alles in ambivalenter und unerklärlicher Weise.

Während ich solchen Überlegungen nachhänge, bemerke ich, daß mich Maurizio von der einen und Flavia von der anderen Seite ansehen, als erwarteten sie von mir eine ergänzende und abschließende Erklärung. Ich raffe mich zusammen und sage: «Ja, ich gebe zu, als Konterrevolutionär gehandelt zu haben, als Denunziant, als Verräter.»

Merkwürdig. Jetzt, da ich mich selber angeklagt und beschimpft habe, fühle ich mich, zumindest körperlich, viel besser. Ich habe gelogen, gewiß, aber es gibt, wie man sieht, auch heilsame Lügen. Ich füge hinzu: «Mit einem Wort, ich gestehe, daß ich ein Wurm bin.»

Klick. Rotes Licht. Die Kinder nehmen mein letztes Wort auf und wiederholen im Chor: «Ein Wurm, ein Wurm, ein Wurm», und scharren dabei mit den Füßen. Und auch diesmal ändert sich nicht ihre zugleich disziplinierte und lässige Haltung; es ist deutlich zu sehen: daß ich ein Wurm bin, ist für sie eine ausgemachte Sache. Ich kreuze die Arme und warte mit hinreichender Ruhe, daß sie ihren Chor beenden. Flavia sieht mich von der Seite an, ein seltsames, etwas perfides Lächeln spielt um ihre Mundwinkel. Maurizio zeigt mir wie immer sein Profil: er ist wieder der Page auf einem kleinen Renaissancegemälde in einem Museum. Da die jungen Leute nicht aufhören, mich als Wurm zu bezeichnen, macht Flavia eine plötzliche, fast impulsive Bewegung zum Mikrofon hin, und ehe ich noch zurücktreten kann, zwängt sie sich zwischen mich und den Tisch. Der Raum ist eng. So ist es unvermeidlich, daß Flavia im Vorübergehen mit ihrem Gesäß meinen Bauch streift.

Darauf hat er anscheinend gewartet. Schon verändert er seinen Umfang (es ist seine Art, sich auszudrücken, nichts dagegen zu machen) und flüstert mir fieberhaft zu: «Na, was habe ich dir gesagt? Und was sagst du jetzt? Wer hatte recht? Was meinst du? Sie hat es absichtlich getan. Im Garten hat sie mich angesehen, jetzt wollte sie mich spüren.»

«Das ist nicht wahr!»

«Was ist nicht wahr?»

«Daß sie dich spüren wollte.»

«Ich sage dir . . .»

«Sage mir gar nichts. Sie hat dich im Garten nicht ansehen und jetzt auch nicht spüren wollen. Du bist ein unverbesserlicher Märchenerzähler.»

«Wie, wenn ich dir den Beweis liefere . . .»

«Einen wirklichen Beweis kannst du nicht liefern. Es handelt sich wieder einmal um eine deiner Illusionen, deiner Täuschungen. Sie sind deine Spezialität.»

«Verschaffe mir die Gelegenheit, und ich . . .»

«Um Gottes willen! Und wenn die Beweisführung scheitert? Wenn Flavia vor dieser Art Tribunal meine ganze Schande enthüllt? Ich höre sie schon förmlich: ‹Nicht genug damit, daß er uns verraten hat, der Wurm hat soeben eine neue Schandtat begangen, und ohne jeden Respekt vor mir, und so weiter und so fort.› Um Gottes willen!»

Flavia beugt sich jetzt zum Mikrofon: «Rico hat Selbstkritik geübt. Ihr müßt jetzt sagen, ob ihr sie akzeptiert und damit einverstanden seid, daß er weiterhin mit Maurizio zusammenarbeitet. Oder ob ihr es für richtiger findet, daß Maurizio einen anderen Mitarbeiter sucht.»

Klick. Gelbes Licht. Die Kinder klatschen Flavia in dem gleichen, an Morsezeichen gemahnenden Rhythmus Beifall wie vorhin Maurizio. Der Beifall dauert diesmal besonders lange, vielleicht soll es eine Huldigung für die Hausfrau sein. So habe ich Gelegenheit, ihm meine Aufmerksamkeit zuzuwenden. Meiner Warnung zum Trotz ist er offenkundig bestrebt, mir den Beweis zu liefern, daß Flavia sich mit ihm verschworen hat. Sie steht weiterhin in vorgebeugter Stellung, stützt sich mit den Händen auf den Tisch. In dieser Wartestellung ist ihr Körper fast rechtwinklig abgebogen, ihr Gesäß springt vor. Und was tut er? Obwohl er doch wissen muß, daß Flavia diese Stellung nicht absichtlich einnimmt, stößt er mich plötzlich nach vorne und auf sie zu. Sicher würde es ihm jetzt gelingen, im Sinne seines berüchtigten Ausspruchs, «direkten Kontakt» mit ihr herzustellen, wenn ich, nach einem Augenblick der Überrumpelung, seinen kühnen und ganz und gar unpassenden Vorstoß nicht durch einen Rückstoß bremste. In verzweifelter Wut protestiert er: «Warum nur? Sie verlangt es ja von mir! Siehst du denn nicht, daß sie sich eigens meinetwegen so hingestellt hat? Warum bist du immer so schüchtern und feige?»

«Ich bin weder schüchtern noch feige. Ich will von dir nur keine Beweise geliefert haben. Zumindest hier nicht.»

«Warum nicht hier?»

«Man soll bekanntlich das Heilige nicht mit dem Profanen vermengen. Alles zu seiner Zeit und an seinem Ort. Sie hassen mich, haben mich in einen Hinterhalt gelockt. Schön. Aber diese Versammlung hier gilt, ob es dir paßt oder nicht, einem bestimmten und immerhin ehrenwerten Zweck, und du willst ihn gewissermaßen profanieren, etwas Ehrenrühriges begehen.»

«Keine Spur!»

«Ich kenne dich zu gut. Dein Verlangen ist jetzt nicht aufrichtig, spontan, unmittelbar wie bei anderen Gelegenheiten. Es entspringt vielmehr einem trüben und komplizierten Vergeltungstrieb: ‹Ach, ihr wollt mich unterdrücken! Ich aber räche mich und stürze mich vor euren Augen auf Flavias Arschbacken.› Sei ehrlich und gestehe, daß es sich so verhält.»

«Ich gestehe gar nichts. Und was das Heilige und das Profane betrifft: willst du nicht endlich begreifen, daß das Heilige auf meiner Seite ist und das Profane auf der ihren?»

Während dieses Wortgefechts, das sich wie gewöhnlich blitzartig abspielt, wechselt das Licht von Gelb auf Grün. Der Beifall bricht ab. Flavia richtet sich auf und ruft: «Livio.»

Livio erhebt sich in der zweiten Reihe, tritt an den Tisch, nimmt das Mikrofon. Er ist klein, mager, schmächtig, eng in den Schultern und in den Hüften. Sein winziger, schlangenartiger Kopf ist plattgedrückt, sein Teint dunkel. Er trägt einen gelben Pulli und eine grüne Hose. Ohne mich anzusehen, sagt er rasch: «Ich bin der Ansicht, daß Maurizio einen anderen Mitarbeiter suchen soll. Rico hat selbst bekannt, daß er ein Wurm ist. Da kann ich nur sagen: was für einen Sinn hat es, mit einem Wurm zusammenzuarbeiten?»

Sublimiert! Höchst sublimiert! Ich spüre es in der Ausstrahlung seiner Person, die etwas Schneidendes hat, etwas Kantiges, Trockenes, Schematisches. Klicken in der Ampel, gelbes Licht, langer, rhythmischer Applaus. Livio wirft mir einen merkwürdigen, herausfordernden Blick zu, deutet ein Achselzucken an und tritt dann ab. Wieder wechselt das Licht. Flavia ruft:

«Ernesto.»

Das ist Ernesto. Blond, rotes Gesicht, himmelblaue Augen. Er ist nicht sehr groß, aber breit in den Schultern, trägt ein weißes, ärmelloses Trikot und eine grobe, gestreifte Hose wie die Pflanzer auf den Antillen. Seine festen, muskulösen Arme sind von der Sommersonne gerötet. Etwas Hemmungsloses, Albernes spricht aus seinen Augen, spielt um seinen Mund. Selbstverständlich ist auch er sublimiert wie Livio, aber es ist eine andere Art Sublimierung, eine weniger zerebrale, mehr muskuläre. Mit röhrender, männlicher, ziegenbockartiger Stimme verkündet er: «Es gibt Söldner, die sich für das Kapital im Kongo schlagen. Es gibt Söldner, die sich für eben dieses Kapital in ruhigeren Gebieten schlagen, zum Beispiel auf dem Gebiet des italienischen Films. Die Orte wechseln, aber es ist alles ein und dasselbe. Ich schließe mich der Ansicht Livios an: schicken wir diesen Söldner nach Hause zurück.»

Klick. Gelbes Licht. Vom gleichen rhythmischen Applaus begleitet, wie er vorhin Livio galt, der aber diesmal empfundener klingt, geht Ernesto an seinen Platz zurück. Die Metapher des Söldners hat offenbar Anklang gefunden. Grünes Licht. Flavia ruft: «Bruno.»

Ein richtiger Bär rückt heran. Groß, gelangweilt, träge, massig. Das dünne schwarze Trikot klebt an seiner Brust und an seinem Bauch. Auch die Hose aus Segeltuch ist schwarz. Sandalen nach Franziskanerart. Ein Streifen nackter weißer Haut trennt das Trikot von der Hose. Auch seine Beine sind ganz weiß. Wie ein Turm ragt sein dicker, geschwellter Hals auf und trägt ein Bärengesicht mit plattgedrückter Nase und niedriger Stirn. Bürstenfrisur. Bruno betrachtet mich einen Augenblick schweigend, und so habe ich Zeit, eine Formel auch für seine Sublimierung zu suchen. Sie ist vielleicht von Prottis Art und äußert sich möglicherweise auch in anatomischer Insuffizienz, wenn nicht gar Atrophie. Brunos Trägheit ist überaus beredt, als wolle er sagen, es lohne nicht die Mühe, für einen Wurm wie mich auch nur den Atem zu verschwenden. Er streckt seinen dicken weißen Arm aus, die Faust ist geschlossen, der Daumen nach unten gekehrt. Zweifellos hat er das in irgendeinem historischen Film aus dem alten Rom gesehen, vielleicht auch auf einer Abbildung in einem Geschichtsbuch zu Schulzwecken. Einen Augenblick steht er so, mit nach unten gekehrtem Daumen, alle können ihn gut sehen und seine Geste deuten. Dann senkt er den Arm und schüttelt den Kopf, ganz wie ein Bär, der eben einen Fisch verschluckt hat. Schwer wendet er sich um und geht zurück. Er scheint, sieht man ihn von hinten, kein Gesäß zu haben, und seine monumentalen Beine würde man üblicherweise als O-Beine bezeichnen. Es folgt der pflichtgemäße Applaus, und dem gelben folgt grünes Licht. Flavia ruft: «Patrizia.»

Patrizia, die in der ersten Reihe sitzt, ist mit einem Schritt beim Tisch. Sublimiert? Ganz gewiß. Allerdings im Rahmen jener engstirnigen und sturen Art, zu der gewisse Eltern traditionellerweise ihre Töchter erziehen, damit sie einmal eine gute Partie machen. Sie ist dunkelhaarig, ihr Gesicht ist anmutig, von einem glatten Rosa, wie das einer Porzellanpuppe oder einer Wachsmadonna. Große schwarze, sanfte Augen, kleine Stumpfnase, herzförmiger Mund. Leicht gespannt schmiegt sich der blau-grün gestreifte Pulli ihrem zarten Busen an. Ihre wie gedrechselten Beine sind in eine weiße, enganliegende Hose gezwängt. Sie ist sichtlich aufgeregt, keucht fast, fixiert mich mit kindlichem Haß. Vielleicht ärgert sie sich auch nur, daß sie die eine Hand trotz aller Anstrengung nicht aus der Hosentasche ziehen kann. Plötzlich aber, während sie mich immerfort anstarrt, reißt Patrizia die Hand mit aller Gewalt heraus. Ihre Faust ist geschlossen, als hätte sie irgend etwas aus dem Grund der Tasche hervorgeholt. Die Silben verschluckend, sagt sie hastig: «Das ist meine Antwort!» Mit diesen Worten hebt sie den Arm und wirft mir eine Handvoll kleiner Zehn-Lire-Stücke ins Gesicht.

Was geht da in mir vor? Mit einemmal lockert sich etwas in mir, schmilzt, löst sich los. Und steigt dann aufwärts, immer weiter hinauf, bis ins Gehirn. Als kröche blitzgeschwind eine Schlange, eine lebendige Schlange schöpferischer Energie vom Rückenende die Wirbelsäule empor bis in den Nacken, bis dorthin, wo sich die Gedanken formen. Sollte das die Sublimierung sein? Jedenfalls fühle ich mich in eine neue Dimension entrückt, in eine leichtere, freiere, weitere. Mit bisher nie erlebter Spontaneität beuge ich mich vor und spucke der liebenswürdigen Münzenwerferin ins Gesicht.

Die Spucke trifft ihre Wange unterhalb des rechten Auges. Ich sehe, wie sie ihre Hand wieder zur Tasche führt, ein Taschentuch hervorholt und ihr Gesicht langsam säubert. Dann tritt das reizende Geschöpf so nahe an mich heran, daß ihre Nase die meine fast berührt, und zischt mir zu: «Bürger!»

Ich bin viel zu zufrieden, zu stolz auf meinen unvorhergesehenen, triumphalen Einzug in den Klub der Sublimierten, um mich durch Patrizias Beschimpfung beleidigt zu fühlen. Im Gegenteil. Während sie, ihre rundlichen Hüften heftig schwingend, an ihren Platz zurückgeht, blicke ich ihr dankbar nach. Ich schulde ihr nicht wenig, geradezu den Sprung von der Qualität der Unsublimiertheit, der letztrangigsten Unsublimiertheit, zur, wie ich hoffe, endgültigen Sublimierung. Wie im Traum höre ich das Klikken der Verkehrsampel, das den Lichtwechsel ankündigt. Der übliche Applaus bricht aus. Einmal lang, dreimal kurz, dann wieder lang. Die jungen Leute sind alle aufgestanden. Sie klatschen in die Hände und rufen in einem fort: «Fla-via, Fla-via, Fla-via.»

Flavia tritt wieder nach vorn, dabei kommt sie unmittelbar vor mir zu stehen, da ich einen Schritt zurück getan habe. Die Kinder skandieren immer noch ihren Namen. Mehrmals hebt sie ihren mageren Arm, ihre langgestreckte weiße, mit Sommersprossen übersäte Hand, als bitte sie um Ruhe. Die Kinder aber klatschen weiter. Da beugt sich Flavia, wie kurz zuvor, über den Tisch, stützt ihre Hände auf die Tischplatte, ihr Körper ist rechtwinklig abgebogen, ihr Gesäß springt vor. Meine Freude über den plötzlich und mühelos vollzogenen Übergang von der Unsublimiertheit zur so lang ersehnten Sublimiertheit hat mich abgelenkt. Leider aber nicht ihn. Der Anblick der über den Tisch geneigten Flavia versetzt ihn in jähes Entzücken. Gleichzeitig verspüre ich zu meinem wirklichen und wahrhaftigen Schrecken, zu meiner unsagbaren und hilflosen Bestürzung, wie die Schlange der schöpferischen Energie, die mir kurz zuvor, als ich Patrizia ins Gesicht spuckte, ins Gehirn gestiegen war, sich hier eingerollt hatte und, wie es schien, auch hier verbleiben sollte – plötzlich, sage ich, verspüre ich, wie diese Schlange sich wieder aufrollt, meinen Kopf verläßt und, mit dem Maul nach unten, die Wirbelsäule entlang denselben Weg, den sie vorher emporgekrochen war, wieder hinabkriecht. Ich möchte sie aufhalten, möchte ihr zuschreien, daß sie den Weg wieder aufwärts nehme, möchte sie sozusagen beim Schwanz packen: umsonst. Sie kriecht immer rascher und entschlossener mit nach unten gekehrtem Maul abwärts. Und in dem gleichen Maße, in dem sie hinabkriecht, erhebt er sich, wiederbelebt und ermuntert, durch das Schauspiel, das Flavias Arschbacken bieten. Er wird hart, riesig.

Inzwischen haben die Kinder ihre Litanei beendet. Ohne ihre vorgebeugte Stellung zu ändern, nähert Flavia ihren Mund dem Mikrofon. Der Ton ihrer Stimme klingt mondän, snobistisch, leicht hochmütig und doch auch geschmeichelt und bewegt: «Dank, herzlichen Dank für das Vertrauen, das ihr mir beweist. Ich habe nicht viel zu sagen. Ich fühle aber, daß ich, wenn ihr erlaubt, eine persönliche Angelegenheit zur Sprache bringen muß. Als wir, Maurizio und ich, begannen, das Filmsujet zu entwerfen, haben wir, wie ihr vielleicht wißt, für die Gestalt der Isabella meine Wenigkeit zum Vorbild genommen. Wer bin ich? Oder besser: wer glaube und hoffe ich zu sein? Ich möchte sagen: alles, was ihr wollt, nur nicht eine der üblichen bürgerlichen Puppen. Das, gestattet mir diese Anmaßung, bin ich wirklich nicht, nein, das nicht. Tatsächlich sollte die Gestalt der Isabella in unserem Film ja auch keine solche Puppe sein, ganz im Gegenteil. Was sollte Isabella sein? Eine Genossin, die nach dem gescheiterten Expropriationsversuch von der Gruppe beauftragt wurde, einen kritischen Bericht über die Ursachen dieses Scheiterns zu verfassen und ihn zur Diskussion zu stellen. Die Verlesung dieses Berichts durch Isabellas Stimme außerhalb des Bildes sollte ein durchlaufender Kommentar des Films sein. Der Film selbst sollte auf diese Weise in selbstkritischer Rückblende die Ereignisse vorführen. Nach Beendigung von Isabellas Bericht sollte auch die Story zu Ende sein. Die Gruppe sollte das Scheitern des Expropriationsversuchs zur Kenntnis nehmen, Isabella für ihren Bericht danken und einstimmig beschließen, eine Studienkommission einzusetzen, um ein neues Expropriationsunternehmen auszuarbeiten und vorzubereiten. Die Isabella unseres Films entsprach – erlaubt mir, Genossen, daß ich dies ohne falsche Bescheidenheit sage – sehr wohl dem, was ich bin, als was ich mich wirklich fühle. Was aber hat Rico aus ihr gemacht? Isabella verliest gar keinen Bericht, und es gibt auch keine revolutionäre Gruppe, die sie anhört. Isabella ist vielmehr eine junge und reiche bürgerliche Dame, Mutter zweier Kinder, verheiratet mit Rodolfo, der, nunmehr weise geworden und dem System integriert, als Professor an der Universität einer Provinzstadt wirkt. Trotz des schönen Hauses, der reichhaltigen Bibliothek, dem vorbildlichen Komfort, trotz des vielen Geldes, der Kinder und des Gatten langweilt sich Isabella. Da erinnert sie sich an eine längst vergangene Episode ihrer Jugendzeit und erzählt sie mit wehmütiger Stimme außerhalb des Bildes. Ja, es war eine wunderschöne Zeit in Isabellas Leben. Es war, um Ricos Worte zu verwenden, die heroische Stunde ihres Lebens, in der auch Menschen, die, wie Isabella, für ein vegetatives Dasein bestimmt sind, an allerlei dummes und sinnloses Zeug glauben, zum Beispiel daran, daß die Welt zum Besseren verändert werden könnte. Sie tun dann alle möglichen lächerlichen und unbedachten Dinge, bilden zum Beispiel eine revolutionäre Gruppe. Nachdem Isabella also die heroische Stunde ihres Lebens wieder beschworen hat, kehrt ihr Mann müde, aber glücklich von der Universität heim, wo er einen wunderschönen Vortrag über irgendeinen Klassiker der italienischen Literatur gehalten hat. Isabella und Rodolfo umarmen einander, und alles endet mit einem Kuß zwischen Eheleuten wie in den Filmen der dreißiger Jahre. Ich habe, wie gesagt, eine persönliche Angelegenheit zur Sprache gebracht. Denn ich frage euch alle: könnt ihr wirklich glauben, daß ich in ein paar Jahren mit einem Maurizio verheiratet sein werde, der, weise geworden, dem System integriert ist, daß ich in der Provinz leben, eine Schar Kinder um mich haben und die Jahre, die wir jetzt miteinander erleben, einst als die eine vergangene heroische Stunde meines Lebens betrachten werde? Und so weiter? Sagt mir, ob ich eine solche Auffassung nicht als eine Beleidigung meiner bescheidenen Person ansehen muß, die, ich leugne das nicht, voller Fehler sein mag, aber gewiß nicht so ist, wie Rico sie in seinem Treatment dargestellt hat? Ich danke euch für die Geduld, mit der ihr meinen persönlichen Fall angehört habt. Ich danke euch allen von ganzem Herzen.»

Klick. Flavia schweigt, verharrt aber weiterhin in ihrer vorgebeugten Stellung, während die Ampel von Grünlicht auf Gelblicht umgeschaltet wird und der disziplinierte, einmütige, rhythmische Applaus prompt einsetzt.

Immer noch verharrt sie, über den Tisch gebeugt. Plötzlich, wie um ihre steifgewordenen Knie zu lockern, ändert sie die Stellung. Bisher war ihr vorgeschobenes rechtes Bein abgewinkelt, ihr linkes nach hinten gestreckt. Jetzt schiebt sie das linke vor und streckt das rechte nach hinten.

Und da findet gegen meinen Willen der verhaßte «direkte Kontakt» statt, an den zu denken er offenkundig trotz meines Verbots all die Zeit hindurch nicht aufgehört hatte.

Während Flavia ihre Stellung ändert, macht sie mit dem Becken zwei heftige Bewegungen, einmal nach rechts und einmal nach links; im selben Augenblick stößt er mich jäh nach vorn. Ich bin überrumpelt. Flavias in Bewegung geratene Hinterbacken treffen ihn zuerst von der rechten und dann von der linken Seite, es ist, als würde ein von der Decke einer Turnhalle herabbaumelnder Punchingball von den Boxhandschuhen eines trainierenden Boxers hin und her geschlagen.

Dieses Spiel dauert höchstens eine Sekunde, denn Flavia hat die unangebrachte und unanständige Berührung offensichtlich gespürt. Sie richtet sich hastig auf, als hätte sie sich versengt.

Höchst erzürnt über seinen Ungehorsam, rufe ich ihm zu: «Recht geschieht dir! Du wolltest dich unbedingt aufdrängen, das ist jetzt deine Strafe. Leider werde ich es, wie gewöhnlich, büßen müssen. Wie kann ich Flavia gegenüber dein unqualifizierbares Benehmen rechtfertigen?»

Er gibt keine Antwort. Naiverweise halte ich sein Schweigen einen Moment lang für den Ausdruck verständlichen Beschämtseins.

Aber wie habe ich mich getäuscht! Zu meiner unsagbaren Verwirrung entlädt er sich plötzlich und tückischerweise. Es geschieht mit der Selbsttätigkeit und fühllosen Leichtigkeit, mit der das Harz aus einem Baumstamm fließt. Genau gesagt: es fließt zwischen meinen Beinen hinab. So leicht geschieht das, so schmerz-, ja empfindungslos, daß ich es gar nicht bemerken würde, verspürte ich nicht auf der Haut der Innenseite meiner Schenkel den warmen und dichten Erguß der Ejakulation.

Ich kann nur schwer meine Gefühle beschreiben angesichts des unqualifizierbaren Verrats, den dieses niederträchtige Individuum an mir begangen hat. Leider befinde ich mich mit Flavia und Maurizio hinter einem Tisch, von dem aus die Diskussion mit einer vollversammelten revolutionären Gruppe geführt wird. Wäre ich allein, dann, so glaube ich, würde ich vor Wut heulen, mir die Haare raufen, den Kopf gegen die Wand schlagen, mich auf der Erde wälzen. Vielleicht wäre ich sogar imstande, meine alte Drohung wahrzumachen, ein Rasiermesser zu nehmen und ihn mit einem einzigen Schnitt einfach abzutrennen.

Während ich mir dies alles vorstelle, packt mich eine reumütige Verzweiflung, wie sie wohl einst die Eremiten in ihrer Einöde befiel, wenn es ihnen in ihrer weltabgeschiedenen Höhle nicht gelang, die raffiniert und immer wieder neu ersonnenen Versuchungen besonders phantasiebegabter Teufel abzuweisen. Ich stehe da, naß und verklebt in der Leistengegend, völlig erstarrt, in heilloser Verwirrung, und nehme gar nicht mehr wahr, was rings um mich geschieht.

Glücklicherweise findet diese Situation eine abrupte Lösung. Dank einem scheinbar banalen, in Wahrheit aber aufschlußreichen Zwischenfall geht die Versammlung ihrem Ende zu.

Der Applaus für Flavia dauert an, da die Ampel immer noch das gelbe

Licht zeigt, das ihn ausgelöst hat. So geht es eine Weile weiter. Die Kinder klatschen unentwegt. Flavia, die jetzt aufrecht steht und ihre Hände wie in Habachtstellung an die Hüften preßt, nimmt willfährig den Applaus entgegen, Maurizios Gesicht ist regloser und ausdrucksloser denn je, und ich, der ich mich hinter ihnen befinde, kämpfe mit meinem Mißgeschick und mit der Wut, die mich verzehrt.

Der Applaus dauert seltsamerweise länger als vorgesehen. Immer noch leuchtet das gelbe Licht, der Applaus scheint müder zu werden, unregelmäßiger, jedenfalls ist sein Rhythmus bei weitem nicht mehr so präzise wie bisher.

Schließlich löst er sich ganz auf, obwohl die Ampel weiterhin gelbes Licht zeigt. Einige der jungen Leute klatschen wohl noch im bekannten Rhythmus, andere jedoch tun es ganz willkürlich, und wieder andere klatschen überhaupt nicht mehr. In dieser Verwirrung wird plötzlich eine einzelne Stimme laut, die in scherzhaft protestierendem Ton ausruft: «He, wann hört ihr endlich damit auf? Uns tun schon die Hände weh.» Sogleich bricht der Applaus völlig ab. Flavia reißt sich zusammen und fragt in die Stille: «Was ist denn los, Paolo?»

Ich sehe, wie am anderen Ende des Raums der junge Bursche verzweifelt auf die Tasten der Schachtel drückt, von der aus die Ampel bedient wird. Er antwortet ärgerlich: «Sie funktioniert nicht mehr, das ist los!»

«Versuche es noch einmal.»

«Da gibt es nichts zu versuchen. Die Taste für Applaus ist steckengeblieben.»

«Du meinst, die für das gelbe Licht?»

«Genau.»

Flavia verliert nicht die Fassung. Ruhig wendet sie sich Maurizio zu: «Die Ampel funktioniert nicht mehr. Ich glaube, wir könnten heute die Sitzung schließen.»

Maurizio nickt zustimmend, tritt dann ans Mikrofon und sagt: «Infolge eines technischen Versagens sind wir gezwungen, die Versammlung zu schließen. Ich schlage daher vor, Ricos Selbstkritik einstweilen zu akzeptieren und die Diskussion das nächste Mal zu Ende zu führen. Inzwischen werden Rico und ich weiter am Drehbuch schreiben und uns an die ursprüngliche, seinerzeit von Flavia und mir erarbeitete Fassung halten, die die einzig richtige ist und von der Gruppe einstimmig gebilligt wurde.»

Er tritt zurück, Flavia tritt vor und verkündet: «Und jetzt einen langen, echten, herzlichen Beifall für unseren geliebten Vorsitzenden.»

Die jungen Leute springen alle auf und klatschen in die Hände. Da die Ampel nicht funktioniert, handelt es sich um üblichen, spontanen, ungeregelten Applaus. Obwohl ich immer noch völlig durcheinander bin, kann ich mich nicht enthalten, Flavia leise zu fragen: «Wer ist der Vorsitzende?»

«Maurizio.»

Der Applaus dauert eineinhalb Minuten, ich kann es heimlich auf meiner Armbanduhr feststellen. Nach dem Applaus erheben sich all die jungen Leute und verlassen, nach geräuschvollem Stühlerücken, den Raum durch eine Tür im Hintergrund. Ich schaue ihnen wie betäubt nach. Und da ... nein, ich täusche mich nicht, es ist seine Stimme, die mir zuflüstert: «Gestehe es nur: war es nicht wundervoll?»

In meiner Bestürzung weiß ich nicht, was ich antworten soll. Er aber beharrt: «Warum bist du so wütend? Ist es dir denn nicht aufgefallen, daß dich Flavia in demselben Augenblick, in dem die jungen Leute der Gruppe dir ‹Wurm› entgegenschrien, zu ihrem König wünschte? Und daß es in dem Augenblick, in dem alle gegen dich loszogen und diese geplante Lynchjustiz an dir übten, ganz so klang, als hätte Flavia ausgerufen: ‹Ja, er ist mein König, und ich bin seine Königin›?»

Ich will ihm gar nicht erst antworten. Sonst müßte ich ihm sagen: «Ich bin weiterhin überzeugt, daß Flavia nicht in Betracht kommt. Aber selbst angenommen, du hättest recht, betrifft mich die Sache nicht. Ich bitte dich daher, mich aus dem Spiel zu lassen. Ich weiß von nichts. Es war allenfalls nur eine Angelegenheit zwischen Flavia und dir.» Ihm antworten aber würde im Grunde bedeuten, ihn ernst nehmen. Und ihn ernst nehmen würde bedeuten, ihm verzeihen. In diesem Augenblick jedoch bin ich auf ihn bitterböse, ich verachte, ich hasse ihn. So beiße ich die Zähne zusammen, runzle die Stirn, folge Maurizio und Flavia schweigend aus dem Raum. Etwas belästigt mich zwischen Kragen und Unterhemd. Ich greife mit der Hand hin, ziehe einen Gegenstand hervor und betrachte ihn. Es ist eines der Zehn-Lire-Stücke, die die reizende Protestlerin Patrizia mir kurz zuvor zum Zeichen ihrer Verachtung ins Gesicht geworfen hatte.

XI

Eliminiert!

Heute erhalte ich doppelten Besuch: zuerst Flavia, dann Maurizio. Beginnen wir mit Flavia.

Es klingelt an der Wohnungstür zu ungewohnter Zeit: es ist drei Uhr nachmittags, Sonntag, Ende August. Ich denke an das Nächstliegende: ein Telegramm oder ein Irrtum. Ich steige vom Bett, auf das ich mich geworfen hatte, schlüpfe rasch in den Schlafrock, öffne und stoße förmlich mit der Nase gegen den vorspringenden Busen Flavias. Sie trägt wieder ihren schiefsitzenden Kleiderfetzen. Ich bin so verblüfft, daß sie in lautes Lachen ausbricht. In ein gezwungenes, mondänes Lachen, mit dem sie, scheint mir, eine gewisse Verlegenheit überspielt. «Schämst du dich nicht», ruft sie aus. «Wenigstens, wenn du die Wohnungstür öffnest, könntest du den Schlafrock schließen.»

Es stimmt. In der Hast habe ich es unterlassen, den Schlafrock über meinen nackten, behaarten Beinen und auch noch etwas darüber zu schließen. Verlegen hole ich es jetzt nach. Flavia geht mir voran und mit überraschender Entschlossenheit – sie ist ja zum erstenmal hier – auf mein Schlafzimmer zu. Ich eile ihr nach: «Nein, nicht da hinein. Gehen wir in mein Arbeitszimmer.»

«Warum, wohin führt diese Tür?»

«Ins Schlafzimmer.»

«Nun, dann gehen wir eben ins Schlafzimmer.»

«Es ist in Unordnung, ich hatte mich gerade ein wenig hingelegt.»

«Was kümmert mich die Unordnung!»

Der unbefangen herausfordernde Ton ihrer Stimme entgeht ihm natürlich nicht. Mit der ihm eigenen unerträglichen Eitelkeit raunt er mir zu: «Sie ist meinetwegen gekommen.»

Flavia öffnet die Tür. Das Fenster ist geschlossen, das Licht eingeschaltet. Da Sonntag ist, wurde das Zimmer seit Samstagmorgen nicht mehr aufgeräumt. Das Bett ist ungemacht, die Luft verbraucht, es riecht nach Schlaf, Eingesperrtsein und Zigarettenrauch. Flavia sieht sich um und bricht erneut in Gelächter aus: «Was für ein kahles Zimmer: nur ein Bett und ein Stuhl! Ich setze mich aufs Bett, setz du dich auf den Stuhl. Oder meinetwegen auch umgekehrt.»

Ich sage nichts. Gehe zum Fenster, ziehe erst die Gardinenschnur, dann ziehe ich die Jalousien hoch. In das nach Norden gelegene Zimmer flutet helles, indirektes Licht. Ich sage erklärend: «Ich mag keine Möbel. Außerdem ist diese Wohnung nur provisorisch.»

«Wieso provisorisch?»

«Ich werde hier ein Jahr lang wohnen. Dann kehre ich zu meiner Frau zurück.»

«Du hast eine Frau?»

«Eine Frau und einen Sohn.»

«Warum lebst du nicht bei ihnen?»

«Meine Frau und ich sind gütlich übereingekommen, eine Zeitlang getrennt zu leben. Ich hatte das Bedürfnis, allein zu sein, mich zu konzentrieren, mein Leben in die eigenen Hände zu nehmen!»

«Dich zu konzentrieren oder dich wie ein Schwein aufzuführen?»

Der Ton, in dem sie das sagt, klingt fast treuherzig, fast wie eine schmeichelhafte Herausforderung. Der Satz zerplatzt in der Luft wie eine harmlose Seifenblase. Flavia stellt sich in die Fensterecke, nimmt wie zum Spaß die Gardinenschnur und läßt das Bleigewicht in der Luft kreisen. Auch ich gehe zum Fenster, stelle mich in die andere Ecke und antworte ruhig: «Um mich zu konzentrieren.»

Ruhig bin natürlich nur ich. Er hingegen ist bereits erregt. Fast mechanisch stecke ich meine Hand in die Schlafrocktasche, fasse nach ihm durch den Seidenstoff, drehe ihn halb herum und presse ihn gegen meinen Bauch, damit er möglichst wenig sichtbar sei. Doch diese Bewegung entgeht Flavia nicht. Sie schleudert das Bleigewicht gegen meine Tasche und sagt: «Dich konzentrieren, so? Ein Schwein bist du! Zieh die Hand heraus.»

Ihre Stimme ist jetzt schrill, aggressiv, klar, silbern. Ich protestiere: «Aber ich ...»

«Die Hand heraus, du Schwein! Da siehst du nun, was du für ein Schwein bist.»

Resigniert ziehe ich die Hand heraus, während er – es ist wirklich unerträglich – flüstert: «Bravo, Flavia! Recht so! Warum mich verstecken? Warum die Schönheit der Welt verstecken?» Der Schlafrock ist längst nicht mehr in Ordnung, was kann ich aber schließlich tun, wenn zwischen ihm und Flavia plötzlich Einverständnis herrscht, das mich umgeht, entmachtet, ausschließt? Flavia lehnt sich mit den Schultern an die Wand und streckt ihren Bauch heraus. Ihre kantigen Beckenknochen zeichnen sich unter ihrem Kleid scharf ab, zugleich mit der ovalen Schwellung ihres Schamhügels. Sie sieht mich lächelnd, mit schmalen Lippen an, ihr langes weißes, mit Sommersprossen übersätes, von der roten Haarfülle umrahmtes Gesicht wird immer pferdeähnlicher, immer gespenstischer. Indessen läßt sie weiterhin das Bleigewicht in der Luft kreisen. Sie fragt: «Bist du mit Maurizio gut befreundet?»

«Wir sind Freunde, gewiß.»

«Bist du ganz sicher?»

Plumps! Das Bleigewicht, von der langen, mageren weißen Hand geschleudert, trifft ihn mit bemerkenswerter Präzision am «Rücken». Es ist ein harter Schlag, der ihn mit Stolz erfüllt. Ich antworte: «Ja, ich bin sicher.»

«Ich glaube es nicht.»

Plumps! Ein weiterer Schlag mit dem Bleigewicht. Jubilierend zählt er mit: «Zwei.» Ich frage: «Warum glaubst du es nicht?»

«Weil du ein Schwein bist.»

«Das ist keine Antwort.»

«So? Das ist keine Antwort? Ein Schwein kann nicht anders, als seine Freunde verraten, das heißt, es kann nichts anderes sein als ein Schwein.»

«Wer sagt das?»

«Daß du ein Schwein bist? Ich sage es.»

«Ich habe noch nie wen verraten.»

Plumps! «Drei», ruft er in höchster Freude aus. Flavia lächelt gutmütig und perfid zugleich: «Wirklich? Und was hast du vorgestern während der Diskussion getan? Dich wie üblich als Schwein aufgeführt!»

«Wieso denn?»

«Wieso? Das Schwein leugnet noch, daß es sich wie ein Schwein aufgeführt hat!»

Plumps! Er zählt weiter mit: «Vier.» Ich rufe verzweifelt aus: «Hör endlich auf, mich Schwein zu nennen! Und laß vor allem die Gardinenschnur in Ruhe.»

Flavia lächelt jetzt seltsam, ein zugleich einsichtsvolles und nachsichtiges Lächeln, als hielte sie meine Aufforderung für berechtigt: «Hör zuerst du auf! Merkst du nicht, wie unanständig du bist? Ich bin eine Frau, und du schuldest mir Respekt. Wo bleibt der Respekt, du Schwein?»

Plumps! In seiner Freude verzählt er sich sogar: «Sieben.» Wütend korrigiere ich ihn: «Nicht sieben, auch nicht sechs, sondern nur fünf.» Dann frage ich Flavia:

«Darf man endlich wissen, was du von mir willst?»

«Du sollst zugeben, daß du ein Schwein bist.»

Plumps und wieder plumps! Es sind jetzt gleich zwei Schläge auf einmal. Er bestürmt mich:

«Laß mich frei, laß mich heraus. Ich will, daß sie mich sieht, mich bewundert, ich will, daß sie die Schönheit der Welt erkenne.» Ich frage Flavia weiter:

«Wie soll ich das, deiner Ansicht nach, tun?»

Diesmal sagt sie merkwürdigerweise gar nichts. Sie läßt auch das Bleigewicht in Ruhe. Statt dessen macht sie eine bezeichnende Handbewegung, eine zugleich ungeduldige und gebieterische gegen meinen Schlafrock. Ich muß unwillkürlich an die Handbewegung denken, mit der man bei der offiziellen Enthüllung eines Denkmals das Zeichen für das Fallenlassen des Tuches gibt. Ich rühre mich nicht, obwohl er mir jetzt wie wahnsinnig geworden zuschreit: «Befreie mich, zeige mich, stell mich zur Schau!» Da tut Flavia einen Schritt auf mich zu, streckt ihre Hand aus und zieht am Gürtelknoten, der sich sofort auflöst. Sie faßt den Saum des Schlafrocks und öffnet ihn. Ein nackter Streifen meines Körpers wird sichtbar. Flavia aber ist noch nicht zufrieden. Sie streckt wiederum ihren Arm aus und erweitert die Öffnung. Dann tritt sie einen Schritt zurück und zischt zwischen den Zähnen hervor: «Hier der Beweis, daß du das größte Schwein bist, das es auf der Welt gibt.»

Was für Freude bereitet es ihr doch, mich ein Schwein zu nennen! Und mit welcher Gier, fast wie hypnotisiert, richtet sie ihre fahlen Pupillen auf ihn, der sich in seinem Entzücken steil erhoben hat und einen spitzen Winkel mit meinem Bauch bildet! Ich rühre mich nicht, ich habe das verwirrende Gefühl, daß Flavia nicht mich entblößt hat, sondern nur ihn. Ausschließlich ihn. Ich bin unbeteiligt, zähle nicht. Wie gewöhnlich besteht das Verhältnis lediglich zwischen ihnen beiden. Flavia läßt das Bleigewicht wieder in der Luft kreisen und schleudert es dann unerwarteterweise, vielleicht auch ohne zu wollen, geradewegs auf ihn, trifft ihn genau an der Spitze. Ich kann einen Schmerzensschrei nicht unterdrücken. Sogleich ruft Flavia bedauernd aus: «Verzeih, ich habe es nicht absichtlich getan, verzeih mir.» Dann tritt sie einen Schritt vor, streckt ihre Hand aus, berührt ihn rasch mit den Spitzen ihrer langen und schmalen Finger und fragt besorgt, beflissen und zärtlich: «Tut's weh?»

Ich schüttle den Kopf. Flavia läßt jetzt ihre Hand längs der Hüfte herabfallen, ihr Blick aber ist weiterhin auf ihn gerichtet. Sie sagt, als spräche sie zu sich selbst: «Was bist du doch für ein Schwein! Jetzt kannst du nicht mehr leugnen, daß du ein Schwein bist. Ein Schwein, wie es wenige gibt, wie es kein zweites gibt. Das größte Schwein, dem ich in meinem Leben begegnet bin.»

Sie scheint zu sich selbst zu sprechen; in Wahrheit aber spricht sie zu ihm. An ihn wendet sie sich, nicht an mich. Wieder habe ich das im Grunde beruhigende Gefühl, daß die Beziehung zwischen ihm und Flavia mich ausschließt, mich von aller Verantwortung entlastet. Es ist eine geheimnisvolle Beziehung. Er, der sonst so redselig ist, schweigt jetzt. Flavia ihrerseits wiederholt mechanisch das Schimpfwort «Schwein», als wäre es die rituelle Formel eines magischen Spruchs. Plötzlich muß ich wieder an den Gott Fascinus denken, den er in unseren grotesk-gelehrten Diskussionen als seinen Vorfahr in Anspruch nimmt. Ja, es ist wirklich so, es stimmt: er ist Fascinus, der Gott, der fasziniert. Und Flavia ist eine von ihm faszinierte Person. Jetzt begreife ich, warum sowohl er wie sie nicht sprechen. Mit um so größerer Berechtigung darf ich mich ausgeschlossen fühlen. Leider jedoch äußert sich mein Gefühl des Ausgeschlossenseins in dem folgenden unvorsichtigen Satz: «Ich habe dir schon gesagt, du sollst mich nicht immerfort ein Schwein nennen. Das Schwein bin nicht ich, das ist er. Hör endlich auf, ihn zu provozieren!»

Während ich dies sage, vergesse ich ganz, daß die Spaltung meiner Persönlichkeit in ich und er mein höchst privates und eifersüchtig gehütetes Geheimnis ist, das ich bisher noch nicht verraten habe.

Erstaunlicherweise erfaßt Flavia sofort den richtigen Sinn meiner Worte. Sie tritt einen Schritt zurück, begibt sich wieder in den Fensterwinkel und läßt ein boshaftes Lachen hören: «Wer ist denn dieser er?»

Ich schweige verlegen. In diesem Moment, ich weiß selbst nicht wieso, gleitet der Schlafrock von meinen Schultern. Da stehe ich nun völlig nackt, gleiche mit meinem untersetzten, kräftigen Körper und mit ihm, der riesig hervorragt, einem dicken, gekrümmten Baumstamm, von dem nur ein einziger, starker, blattloser Ast absteht. Flavia bricht erneut in ihr helles, silbernes Lachen eines hysterischen Schulmädchens aus: «Er ... er wäre das? Und du sprichst zu ihm wie zu einer von dir getrennten Person? Ausgezeichnet. Ich wette, diese Person hat auch einen eigenen Namen. Stimmt's?»

Durch ihren Scharfsinn aus der Fassung gebracht, stammle ich: «Federicus Rex.»

«Federicus Rex? Richtig, du heißt Federico. Und er Federicus – nun gut.

Aber warum Rex? Auch das hat, vermute ich, seinen Grund. Vielleicht, weil er . . . so königlich ist? Deiner Meinung nach bist also nicht du das Schwein, sondern er ist es. Auch das ist richtig. Wenngleich sehr bequem. Ich, zum Beispiel, mache gar keinen Unterschied zwischen mir und ‹ihr›. Wenn ich eine Sau bin, dann ist es auch sie, und umgekehrt. Versteht sich, daß ich ‹sie› mit keinem Namen benenne. Übrigens wäre es derselbe Name, auf italienisch wie auf lateinisch: Flavia.»

«Regina.»

«Wieso Regina?»

«Flavia Regina.»

«Hahaha, stimmt, ich habe gar nicht daran gedacht: Federicus Rex und Flavia Regina. Zwei Herrscherpersönlichkeiten, zwei gekrönte Häupter, zwei Potentaten, König und Königin. Der letzte König und die letzte Königin. Federicus Rex und Flavia Regina. Es war einmal ein König, es war einmal eine Königin . . . haha, welch schönes Märchen!»

Sie lacht Tränen, windet sich vor Lachen, hält sich den Bauch. Was geschieht mit mir? Es tritt plötzlich das ein, was ich schon die ganze Zeit befürchtet hatte. Mein Gefühl des Ausgeschlossenseins, der Neutralität gegenüber dem Verhältnis zwischen ihm und Flavia verwandelt sich im Nu in eine Identifizierung, in eine unheilvolle Zustimmung. Ich lasse ihn machen, lasse ihm die Zügel schießen, lasse ihn die Initiative ergreifen. Und er ergreift sie! Und ob! So nackt wie ich bin, stürze ich mich plötzlich auf Flavia, während er wie der aus der Oberleitung geratene Bügel eines Straßenbahnwagens steil vor mir hin und her schwankt. Ich packe Flavia nicht etwa an den Armen oder Händen, sondern direkt dort, wo sich unter ihrem Kleid das verbirgt, dem ich soeben den Namen Flavia Regina verliehen habe.

Einen Augenblick lang halte ich durch den dünnen Kleiderstoff hindurch seine wahre Gesprächspartnerin in meiner Faust. Nur einen Augenblick lang. Gleich darauf bekomme ich eine Ohrfeige, daß mir der Kopf schwirrt. Ich versuche die Hand zu fassen, die mich geschlagen hat. Zweite Ohrfeige. Flavia flüchtet durch das Zimmer, eine weiße, mit Sommersprossen übersäte, langgestreckte Nymphe, verfolgt von einem falschen Satyr mit einem unnatürlich großen Glied. Ich möchte sie packen, Flavia aber ist ungemein geschickt, sie entschlüpft mir jedesmal, wenn ich sie schon zu haben meine. In keineswegs erregtem, eher unangenehm vernünftigem Ton befiehlt sie mir: «Laß mich los, du bist wahnsinnig, laß mich sofort los!»

Ja, ich bin wahnsinnig. Mein Wahnsinn besteht darin, daß ich mich hemmungslos meiner eingefleischten Unsublimiertheit ergeben habe. Jetzt stehen wir einander keuchend gegenüber, Flavia und ich, das Bett ist zwischen uns. Eine Situation wie in den Filmpossen der dreißiger Jahre; er allerdings, im Stadium höchster Erregung, ist dabei ein unübliches Detail. Flavia kontrolliert mich mit ihren Blicken, beobachtet meine Gesten. Dann beugt sie sich vor und schreit mir zu: «Weißt du, warum ich heute zu dir gekommen bin?»

«Warum?»

«Um dir zu sagen, daß wir nicht daran denken, dir die Regie unseres Films anzuvertrauen. Und weißt du auch, weshalb? Weil mein Vater und Protti beschlossen haben, die Regie Maurizio zu übergeben.» Ich bin so konsterniert, daß ich sofort wieder zur Vernunft komme. Ich stottere: «Warum habt ihr mir das nicht vor der Diskussion gesagt?»

«Was hat die Diskussion damit zu tun? Die Diskussion hat sich nicht mit der Regie, sondern mit dem Drehbuch befaßt. Du wirst nicht Regie führen, sondern lediglich die Drehbucharbeit machen.»

«Ihr hättet es mir trotzdem sagen müssen.»

«Wir wußten es noch nicht. Es wurde erst gestern beschlossen.»

«Und du bist heute gekommen, um mir das mitzuteilen?»

«Genau. Da ich die Regieassistenz übernehme, fühlte sich Maurizio einigermaßen verlegen. Da habe ich mich angeboten, es dir zu sagen. Jetzt aber laß mich fort. Wenn du mich berührst, schreie ich.»

Ich habe nicht die geringste Absicht, sie zu berühren. Ich habe jetzt wieder die Oberhand über ihn gewonnen. Übrigens hat er sich sofort der neuen Situation angepaßt, fällt zusammen, wird schlaff, welkt dahin. Ich sehe mich, wie ich wirklich bin: nackt, lächerlich in meiner Verzweiflung. Ich höre noch, wie Flavia sagt: «*Ciao.*» Ich hebe den Kopf nicht. Bald danach wird die Wohnungstür fast geräuschlos geschlossen. Flavia ist wohlerzogen. Ach! Ich senke den Blick und schaue ihn mir an. Er ist klein, eingeschrumpft, faltig, hinfällig. Da sage ich ihm seufzend: «Ich habe nur noch eine Karte auszuspielen: Mafalda. Alles hängt nun von dir ab, ausschließlich von dir.» In diesem Moment klingelt es erneut an der Wohnungstür.

XII

Fasziniert!

Ich öffne, fahre vor Überraschung zurück: Maurizio. Mit seiner schwarzen Brille und schwarzen Schuhen, seinem weißen Hemd und weißen Anzug. Er benimmt sich wie immer: geht mir wortlos ins Arbeitszimmer voran, die Hände in den Hosentaschen. Bestürzt folge ich ihm. Vielleicht hat er unten auf der Straße auf Flavia gewartet; vielleicht weiß er, daß ich – vielmehr er – Flavia gegenüber zudringlich geworden war. Ein quälendes Schuldgefühl befällt mich. Ich zittere, daß Maurizio mir etwas sagt, einen ätzenden Satz, wie ihn nur sublimierte Menschen sagen können, einen einzigen, der mich beschämt und vernichtet. Da täusche ich mich aber. Maurizio beschränkt sich darauf, obenhin zu fragen: «Ist Flavia schon lange fort?»

Er lügt ganz offenkundig. Er tut, als hätte er nicht unten auf Flavia gewartet, als wüßte er nicht, daß *er* mich veranlaßt hat, Flavia zu belästigen. Warum lügt er? Vielleicht, um mich wieder einmal in eine Falle zu lokken. Ich beschließe, das Terrain zu sondieren, indem ich einfach leugne, daß Flavia bei mir gewesen ist. Ich spiele den Überraschten und frage: «Flavia sollte zu mir kommen? Ich habe sie nicht gesehen.»

Er sagt nichts, keinerlei Gefühlsregung ist ihm anzumerken. Wirft sich in den Sessel, zündet sich eine Zigarette an. Indessen sondiere ich, wie gesagt, das Terrain: Meine Lüge erweist sich als nützlich und fruchtbar. Indem ich nämlich leugne, daß Flavia zu mir gekommen war, leugne ich auch zu wissen, daß ich nicht mehr mit der Regie rechnen kann. Ich kann also die Situation zwischen Maurizio und mir umkehren. Es ist zwar ein magerer Trost, aber immerhin ein Trost, sich an das Beispiel des Fuchses halten zu können, dem die Trauben zu sauer sind – das heißt, ich kann dramatisch auf etwas verzichten, das mir bereits verweigert wurde. Ich will mich empört über die Behandlung zeigen, der ich in Fregene ausgesetzt war. Ich werde ihn anschreien, ihm sagen, ich hätte genug von ihm, von Flavia und all den anderen. Ich hätte nicht die mindeste Lust mehr, mit ihm am Drehbuch weiterzuarbeiten. Glänzende Idee!

Das alles wird sich natürlich wie in einer Komödie abspielen. Meine Fiktion wird Maurizio zwingen, ebenfalls Theater zu spielen. Er weiß ja, daß Flavia bei mir war, er selber hat sie heraufgeschickt; er weiß, daß Flavia mir gesagt hat, ich könne nicht mehr mit der Regie rechnen, denn er selber hat sie dazu beauftragt. Egal. Wenigstens einige Minuten lang muß er mitspielen, muß meine Weigerung akzeptieren, etwas zu tun, das er selber mir bereits unmöglich gemacht hat. Ich setze mich an das Tischchen, wende mich nur halb Maurizio zu: «Du hättest mich anrufen können, bevor du kommst.»

«Warum?»

«Ich hätte schließlich auch nicht zu Hause sein können. Oder jemanden bei mir haben.»

«Dann hättest du einfach nicht zu öffnen brauchen.»

«Entschuldige, aber es hätte auch sein können, daß ich dich nicht mehr zu sehen wünsche, nach alldem, was in Fregene geschehen ist.»

«Soll ich wieder gehen?»

«Nein. Da du schon da bist, ist es mir lieber, du bleibst. So kann ich mit dir in aller Offenheit reden.»

Er sagt nichts. Ich erhebe mich und gehe im Zimmer auf und ab. Im Gehen lasse ich die folgende Philippika von Stapel: «Legen wir die Karten auf den Tisch, nehmen wir die Masken ab, sprechen wir von Mann zu Mann. Ich muß dir sagen, daß ich dein Benehmen unlängst, vor versammelter Gruppe, für unqualifizierbar halte. Unglaublich! Ich bitte dich ohne

Hintergedanken und aus rein ideologischer Begeisterung, mich der Gruppe vorzustellen, und zum Beweis der Aufrichtigkeit meiner revolutionären Gefühle blättere ich fünf Millionen auf den Tisch, einen Betrag, der an und für sich schon nicht zu verachten, geradezu enorm aber für meine finanziellen Verhältnisse ist. Und als Dank dafür stellst du mir eine Falle, lockst mich in einen Hinterhalt. Um mich in Sicherheit zu wiegen, beteuerst du in honigsüßem Ton, es würde zu einer Diskussion auf hohem kulturellem Niveau kommen, alle erwarteten mich mit Sympathie und Neugier, meine Schenkung von fünf Millionen sei gebührend gewürdigt worden. Vertrauensselig, beruhigt, überzeugt, an einem offenen, fruchtbaren und nützlichen Ideenaustausch teilzunehmen, an einer loyalen und aufgeschlossenen Begegnung zwischen zwei Generationen, begebe ich mich mit dir nach Fregene, in Flavias Villa. Aber sieh da, kaum habe ich den Versammlungsraum betreten, werde ich einem lächerlichen Prozeß, ja einem geradezu grotesken Versuch moralischer Lynchjustiz unterzogen. Die Gruppe wird zum Tribunal, du spielst den öffentlichen Ankläger, Flavia die Schriftführerin. Ein absurdes Prozeßritual rollt ab, programmiert und festgelegt bis in die kleinsten Einzelheiten, geregelt von einer Verkehrsampel mit grünen, roten und gelben Signalen, begleitet von vorfabriziertem Applaus. Als ließe sich eine ideologische Debatte nach den gleichen Gesichtspunkten regeln wie der Straßenverkehr. Ich sehe mich wehrlos, unvorbereitet, hilf- und ahnungslos dreißig Personen gegenüber – was heißt Personen: dreißig Wölfen, dreißig Hyänen, die kalt entschlossen sind, mich zu zerfleischen. Nicht zufrieden damit, mich auf die perfideste Weise betrogen und hereingelegt zu haben, machst du dich auch noch zum Anführer dieses, ach, großartigen und mutigen Unternehmens! Wirfst die Maske des wohlmeinenden Freundes ab und zeigst dein wahres Gesicht, das des Feindes. Du klagst mich öffentlich als Verräter an, als Denunzianten, als konterrevolutionäres Element und was weiß ich noch alles. Damit nicht genug, verhöhnst du noch meine Spende von fünf Millionen. Nach deiner Anklagerede beginnt der Prozeß. Prozeß? Ich möchte eher sagen, die standrechtliche Hinrichtung. Meine Ausführungen werden mit feindseligen Sprechchören aufgenommen, die deinen, die von Flavia und der Gruppe mit bedingungslosem Beifall. Und all das, wie gesagt, streng geregelt durch die grotesken Signale der lächerlichen, an Polizeivorschriften gemahnende Verkehrsampel. Kinder, die gestern noch kurze Hosen trugen, beschimpfen mich, attackieren mich, verurteilen mich. Püppchen, die sich besser an einer Schönheitskonkurrenz in einem Strandbad beteiligen sollten, werfen mir Münzen ins Gesicht, um auszudrücken, daß ich ein Judas sei, ein Gekaufter. Ja, ein Gekaufter: es wäre zum Lachen, wäre es nicht zum Weinen. Ein Gekaufter, der bare fünf Millionen zahlt, die er seiner Familie entzieht. Fünf Millionen, die ich nicht einmal im Traum für einen Film wie die ‹Expropriation› bekommen könnte. Doch lassen wir das. Die Lynchjustiz erreicht ihren Höhepunkt durch meine Selbstbezichtigungen, zu denen ich mich erniedrige und die mir nach der altbewährten Methode systematischer Einschüchterung erpreßt werden. Und da schließt du mir nichts, dir nichts die Versammlung unter dem Vorwand, die Ampel habe versagt. Damit ist erwiesen, daß die Gruppe sozusagen ohne ‹Verkehrsdisziplin› die angebliche Diskussion gar nicht führen könnte. Schöne Diskussion, das muß ich schon sagen. Ich werde in die Rolle eines unvorsichtigen, unachtsamen, ideologischen Fußgängers gezwungen, dem es bestimmt ist, an der Kreuzung eures politischen Konformismus von der Gruppe, die sich in einen Haufen dogmatischer Autos verwandelt, überrollt zu werden. Auch damit nicht genug! Am Schluß der Sitzung hast du noch den Mut, zu behaupten, alles sei sowohl für euch von der Gruppe wie für mich gutgegangen. Von nun an gebe es keine Probleme mehr. Du und ich würden die Arbeit wiederaufnehmen und gute Freunde sein wie zuvor. Nein, o nein, das nicht! Das ist denn doch zuviel der Ungeniertheit! Genug! Man kann nicht einen Menschen lynchen und ihm dann sagen, alles sei gutgegangen und es gebe keine Probleme mehr! Im übrigen stimmt das auch wieder: wer gelyncht wurde, hat keine Probleme mehr, er ist liquidiert, vernichtet, und so gibt es für ihn logischerweise auch keine Probleme mehr. Ich muß schon sagen!»

Ich schüttele mich wütend und bleibe vor Maurizio stehen. Er rührt sich nicht, fühlt sich in keiner Weise betroffen. Er hebt nicht einmal den Blick: ein Renaissancepage, der eine Filterzigarette raucht. Endlich fragt er: «Was willst du also tun?»

«Schluß machen mit allem!»

«Und zwar?»

«Schluß mit der Drehbucharbeit. Weder dich wiedersehen noch Flavia, noch die Gruppe. Nie wieder etwas vom Film ‹Die Expropriation› hören.»

«Und die fünf Millionen? Willst du auch die fünf Millionen zurückhaben?»

Ich wittere die Falle. Bisher habe ich mich irgendwie «oben» gehalten. Maurizio versucht jetzt listigerweise, mich nach unten zu stoßen. Achselzuckend antworte ich: «Behaltet die fünf Millionen. Ich wüßte nicht, was ich mit ihnen anfangen soll.»

«Meinst du das im Ernst? Du hast doch immer behauptet, die fünf Millionen seien für dich ein so übergroßes Opfer?»

Er hat recht, wie immer. Ich müßte die fünf Millionen zurückverlangen, zumindest das! Aber meine verfluchte Unsublimiertheit hindert mich daran, zuzugeben, daß ich darauf brenne, mein Geld zurückzubekommen. Ein unsublimierter Mensch wird alles zugeben, nur eines nicht, daß er einer ist. Ich zucke wiederum mit den Achseln: «Sie waren ein Opfer für mich. Jetzt aber denke ich nicht mehr daran. Ich wiederhole: ich wüßte nicht, was mit ihnen anfangen. Kauft für den Wert von fünf Millionen lauter rote Mao-Büchlein!»

«Und die Regie? Bist du dir auch klar darüber, daß du damit endgültig auf die Regie verzichtest?»

Da sind wir wieder einmal soweit! Da bin ich wieder in die Enge getrieben! An die Wand gedrückt! In der Falle! Gefangen! Maurizio hat Flavia zu mir geschickt und mir durch sie sagen lassen, daß ich mit der Regie nicht rechnen kann. Gleichzeitig aber geht er, wie vorauszusehen, auf mein Komödienspiel ein und fragt mich, ob ich bereit sei, auf die Regie zu verzichten, auf eben die Regie, die man mir, wie er mir durch Flavia sagen ließ, auf keinen Fall anvertrauen werde. Antworte ich nun, daß ich alles weiß und auf nichts verzichte, weil ich bereits zum Verzicht genötigt wurde, zerstöre ich selbst die von mir geschaffene Fiktion und gebe zu, gelogen zu haben. Spiele ich aber, was die Regie betrifft, den hochmütig Verzichtenden, wie im Falle der fünf Millionen, dann riskiere ich, mich auch um die vielleicht noch vorhandene minimale Möglichkeit zu bringen, die Regie zu erhalten. Ich kann ja nicht wissen, ob Maurizios Frage nichts weiter ist als eine seiner Fallen oder ob sich hinter ihr nicht etwa doch eine nachträgliche Umbesinnung verbirgt. Dies könnte die Erklärung für sein plötzliches Auftauchen unmittelbar nach Flavias Fortgang sein. Wenn meine Vermutung stimmt, dann wäre Maurizio gekommen, um mir die Hoffnung wiederzugeben, die Flavia mir genommen hat.

Ich entschließe mich, nichts zu riskieren. Zögernd, mißmutig, verärgert sage ich: «Ich wäre eventuell bereit, die Arbeit wiederaufzunehmen, wenn ich dir, Flavia und der Gruppe trauen könnte.»

«Warum traust du uns nicht?»

«Wer könnte das nach der Lynchjustiz, der ihr mich unterzogen habt.»

«Wir haben dich keineswegs einer Lynchjustiz unterzogen.»

«Ach nein? Dann habt ihr mich, sagen wir, in eine Falle gelockt, in die ich gegangen bin.»

«Es war eine normale Gruppenversammlung. Übrigens hast du selbst uns dazu gezwungen, weil wir bemerken mußten, daß wir dir nicht trauen können. Du siehst, die Rollen waren während der Sitzung genau umgekehrt verteilt. Wir hatten dir vieles vorzuwerfen, du aber hattest uns nichts vorzuwerfen.»

«Wieso denn?»

«Du kannst nicht leugnen, Rico, daß du bei Protti warst und mit allen Mitteln versucht hast, uns zu schaden.»

«Ja, ich war bei Protti. Trotzdem verhalten sich die Dinge anders.»

«Wie denn?»

Wiederum bin ich in der Klemme. Ich habe während der Versammlung zugegeben, aus einer «Aufwallung bürgerlichen Geistes» zu Protti gegangen zu sein, nicht aber deshalb, weil ich, wie es der Wahrheit entspricht, von ihm eine Zusage wegen der Regie erreichen wollte. Gestehe ich dies nun ein, dann nehme ich meiner Selbstkritik alle Glaubwürdigkeit. Eine

«Aufwallung» ist immerhin eine eher komplizierte psychologische Begründung. Ersetze ich sie durch das Eingeständnis, nur auf meinen banalen Vorteil aus gewesen zu sein, dann begebe ich mich mehr denn je «unter» Maurizio. Ich vermeide daher eine direkte Antwort und sage gereizt: «Die Dinge verhalten sich so, daß es sich nicht, wie du angekündigt hattest, um Selbstkritik handelte, sondern um eine gegen mich gerichtete wirkliche und wahrhaftige Aggression. Erzähle mir nur nicht, es sei eine normale Versammlung gewesen! Ich bin zum Beispiel überzeugt, daß weder du noch Flavia, noch die Leute der Gruppe je eine derartige Behandlung erfahren mußten.»

«Wer sagt das?»

Einen Augenblick lang herrscht Stille. Ich fahre fort: «Du kannst mir doch nicht erzählen, daß auch du und Flavia den Ritus der Verkehrsampel, der feindlichen und vorfabrizierten Sprechchöre, des öffentlichen Eingeständnisses nie begangener Verbrechen und der Geldstücke, die einem ins Gesicht geschmissen werden, mitmachen mußtet.»

«Die Details waren anders, aber – und darauf kommt es an – wir wurden kritisiert und kritisierten uns selbst.»

«Welcher Taten wegen?»

«Gar keiner Taten wegen. Sondern der Tatsache wegen, daß wir das sind oder waren, was wir sind oder waren.»

«Und zwar?»

«Bürger, geboren und aufgewachsen in bürgerlichen Familien.»

Ich schaue ihn mir an. Er ist durchaus ernst, aber, und das fällt mir auf, zugleich nicht allzu ernst. Er ist es nur soweit, wie er es für nötig hält, mir klarzumachen, daß es sich nunmehr für ihn und die Angehörigen der Gruppe um etwas handelt, das bereits erledigt und in Ordnung ist. Ich fühle, wie ich wieder einmal im Begriff bin, nach «unten» zu sinken, und sage: «Aber es kann doch niemand schuldig gesprochen werden, einfach, weil er ist. Man kann doch nur für etwas schuldig gesprochen werden, das man begangen hat.»

«Wer sagt denn das? Es gibt Schuld und Schuld. Man kann auch daran schuld sein, daß man ist, wenn man es nur als Schuld empfindet.»

«Wenn man nichts Böses getan hat, kann man sich unmöglich schuldig fühlen. Das wäre ja ein Widersinn.»

Er hört mir gar nicht zu. Er scheint nur seinem eigenen Gedankengang zu folgen. Dann sagt er: «Es könnte scheinen, daß es nichts zu bedeuten habe, als Bürger geboren zu sein. Blickt man aber tiefer, dann kommt alles mögliche zu Tage.»

«Was denn?»

«Man hält sich guten Glaubens für einen Revolutionär. Und dann kommt man darauf, daß man ein Bürger geblieben ist.»

«Man kommt darauf? Wieso?»

«Durch das, was du Lynchjustiz nennst: durch Kritik und Selbstkritik.»

«Hat sich, zum Beispiel, auch Flavia der Kritik unterzogen?»

«Ganz gewiß.»

«Und hat Selbstkritik geübt?»

«Sicherlich.»

«Was hat sie gesagt?»

«Viele Dinge.»

«Viele Dinge?»

«Ja, viele Dinge, von denen sie niemals geahnt hätte, daß sie sie sagen würde.»

«Und hat man sie auch so attackiert wie mich?»

«Ärger.»

«Ärger?»

«In gewisser Hinsicht bot Flavia der Kritik noch mehr Angriffsflächen als du. Sie ist ein Mädchen, das in einer bestimmten Familie geboren wurde, eine bestimmte Erziehung genoß, eine Zeitlang eine bestimmte Lebensweise führte, eine bestimmte Art hatte, aufzutreten und sich auszudrücken. Sie war leicht zu treffen. Und man hat ihr nichts erspart. Man hat ihr offen alles gesagt, was man von ihr dachte.»

«Alles?»

«Ja, ohne Rücksicht.»

«Hat man ihr auch Geldstücke ins Gesicht geworfen?»

«Das nicht. Schließlich hat sie nicht für das System gearbeitet. Sie hat sich darauf beschränkt, im System auf die Welt zu kommen.»

«Hat Flavia sich auch so erniedrigt wie ich?»

«Viel mehr als du.»

«Weshalb?»

«Der Unterschied zwischen dir und Flavia besteht darin, daß es sich in deinem Fall nur um eine Einzelheit handelte, nämlich um den Film. Im Fall Flavia aber wurde ihr ganzes Leben unter Anklage gestellt.»

«Was hat Flavia über ihr Leben gesagt?»

«Daß es bis dahin vollkommen verfehlt war, von A bis Z.»

«Wie hat sie das gesagt?»

«Mit aller Aufrichtigkeit.»

«Was heißt das: mit aller Aufrichtigkeit?»

«Es heißt: unter Tränen.»

«Flavia hat geweint?»

«Ja.»

«Weshalb denn?»

«Sie bereute, zu sein, was sie war.»

«Und bei dir ist es genauso zugegangen wie bei Flavia?»

«Ja.»

«Heißt das, du hast dich für schuldig erklärt, in einer bürgerlichen Familie auf die Welt gekommen zu sein?»

«Ja.»

«Und das Resultat?»

«Das Resultat siehst du.»

«Ich sehe gar nichts.»

«Du hast recht, solche Dinge sieht man nicht. Aber ich und Flavia haben uns verändert.»

«Aus was wurdet ihr was?»

«Aus Bürgern Revolutionäre.»

Ich sage nichts weiter, sondern versuche meine Gedanken zu ordnen. Maurizio spricht offenbar die Wahrheit. Zumindest hält er es für die Wahrheit. Die Veränderung, von der er spricht, hat entweder wirklich stattgefunden, oder – was auf dasselbe hinauskommt – er ist überzeugt, daß sie stattgefunden habe. Das jedoch ist nicht der entscheidende Punkt. In Wahrheit haben sich Flavia und Maurizio nur verändert, um in noch ausgeprägterer Form das zu werden, was sie bereits waren. Raubvögel, dazu bestimmt, «oben» zu fliegen. Die revolutionäre Veränderung hat lediglich die Richtung ihres Flugs umgekehrt, das ist alles. Ich aber, ich Erdenwurm, bin vor der Gruppenversammlung «unten» gekrochen und krieche auch nach der Versammlung weiterhin unten. Flavia und Maurizio sind ganz einfach von der bürgerlichen Sublimierung zur revolutionären Sublimierung übergegangen. Ich hingegen war unsublimiert und bin unsublimiert geblieben. Ich betrachte Maurizio und sage mir wieder einmal, daß es zwei Arten von Menschen auf der Welt gibt, diejenigen, die immer und unter allen Umständen sublimieren, ob sie nun rechts stehen oder links, und die anderen, die unsublimiert bleiben, ob nun die Reaktion herrscht oder die Revolution. Die Welt ist aufgespalten, ich befinde mich auf der einen Seite, Maurizio, Flavia, Protti und viele andere auf der anderen. Alles übrige ist Geschwätz.

Nach meiner langen Überlegung erkläre ich plötzlich und ungeduldig:

«Ihr habt euch sicher verändert. Du sagst es, und ich habe keinen Grund, daran zu zweifeln. Auf mich jedoch hat die Gruppenversammlung keinerlei Wirkung ausgeübt, auch wenn ich reichlich kritisiert wurde und reichlich Selbstkritik geübt habe. Ich bin genau das geblieben, was ich war. Wenn ich ein Bürger war, nun schön, dann bin ich ein Bürger geblieben.»

«Das kannst du nicht wissen. Vielleicht bist du auf dem Wege zu einer radikalen Veränderung, ohne dir dessen bewußt zu sein.»

«Ich bin mir des Gegenteils bewußt. Ich bin auf keinem Wege zu irgendeiner Veränderung. Ich habe den Beweis.»

«Was für Beweis?»

«Kurz zuvor habe ich geleugnet, daß Flavia bei mir war. Ich hatte meine Gründe. Jetzt gebe ich es zu, sie war bei mir.»

«Ich weiß es. Ich habe die ganze Zeit, während sie bei dir war, unten gewartet.»

«Nun gut, ich bin durch die Kritik und Selbstkritik so wenig verändert worden, daß ich ihr gegenüber handgreiflich wurde.»

«Auch das weiß ich. Flavia hat es mir, als sie herunterkam, sofort erzählt.»

«Ist es etwa nicht ein bürgerliches Verhalten, wenn man sich auf die Braut eines Freundes stürzt?»

«Zweifellos.»

Da bin ich nun endgültig «unten». Ganz, ganz unten! Erbarmungslos! Für immer! Dennoch kann ich auf einen letzten Versuch, nach oben zu gelangen, nicht verzichten: «Was das bürgerliche Verhalten betrifft, so hast du weit Schlimmeres getan. Ich wollte dir die Braut wegschnappen, du aber hast mir die Regie weggeschnappt.»

Maurizio schweigt ein paar Sekunden. Ich deute dieses Schweigen als Ausdruck seiner Verlegenheit, ja vielleicht sogar seines Schamgefühls. Doch nein, ich täusche mich auch diesmal. Mit absoluter Ruhe, als der perfekt sublimierte Mensch, der er ist, erwidert Maurizio: «Aber überleg doch mal, Rico. Der Film soll dem Volk dienen. Und du selbst gibst zu, daß du derselbe bürgerliche Intellektuelle geblieben bist, der du immer warst. Wie können wir dir da die Regie eines Films anvertrauen, der von echtem revolutionärem Geist erfüllt sein soll.»

Ich sacke ab! Nichts zu machen. Die Beweisführung ist einwandfrei! Sie gleicht freilich dem Schlag mit dem Ruder, den in einer Seeschlacht einer der siegreichen Matrosen gegen den Kopf eines schiffbrüchigen Feindes führt, so daß der endgültig ersäuft. Gleichwohl wende ich ein: «Wenn dem so ist, wenn ich rettungslos ein bürgerlicher Intellektueller bin, warum willst du dann, daß ich weiterhin am Drehbuch mitarbeite?»

«Vor allem, weil du vom Fach bist und von diesem Standpunkt aus gesehen für uns sehr nützlich sein kannst. Dann aber auch, weil man, ich wiederhole es, nichts vorhersehen kann. Es könnte ja auch sein, daß du daran bist, dich zu verändern und es selbst nicht merkst.»

«Glaubst du wirklich, ich könnte eines Tages ein revolutionärer Intellektueller werden?»

Und wieder ist es soweit! Wieder liege ich hingestreckt zu Maurizios Füßen, unterwürfig, kriechend, sein Sklave, von ihm fasziniert! Er setzt mir den Fuß auf den Nacken. Ich habe auf die Regie verzichtet, ich habe es fast freudig getan. Und jetzt bettle ich geradezu darum, meine subalterne Position als Drehbuch-Mitautor behalten zu können. Maurizio ist aufgestanden. Er sagt ruhig, während er sich seine schwarze Brille auf der Nase zurechtrückt: «Das wird von dir abhängen.»

«Oder von euch, von der Gruppe?»

«Nein, von dir allein.»

Auch ich habe mich erhoben. Maurizio legt mir die Hand auf die Schulter und fügt hinzu: «Was soll ich also der Gruppe sagen? Daß du deine fünf Millionen zurückhaben willst? Daß du am Drehbuch nicht weiterarbeiten willst?»

«Sag ihnen, daß ich die fünf Millionen nicht zurück will und am Drehbuch weiterarbeiten werde.»

Wir sehen einander an. Ein Standfoto, das den Ablauf des Films unterbricht: ich blicke Maurizio in die Augen, Maurizio blickt mir in die Augen, seine Hand ruht auf meiner Schulter. Ein Standfoto, das den Augenblick meiner Niederlage festhält. Oder vielleicht den meines endgültigen Verführtseins, wenn ich sein leichtes, durch die Berührung mit Maurizios Hand bewirktes Anschwellen richtig deute. Das Standfoto gerät in Bewegung, der Film läuft weiter. Maurizio sagt: «Wann treffen wir uns, um die Arbeit wiederaufzunehmen?»

«Von mir aus schon morgen.»

«Gut, morgen.»

Ich bin wie betäubt, so fassungslos, so zerstreut, daß ich, fast ohne es zu merken, Maurizio zur Wohnungstür begleite. Als die Tür sich schließt, wundere ich mich, daß ich allein bin. Mechanisch gehe ich zum Telefon, das am anderen Ende des Korridors klingelt. Ich nehme den Hörer ab, führe ihn ans Ohr. Es ist Fausta. Sie fragt mich sofort: «Also, heute abend gehen wir zu Prottis Party?»

«Ich schon, du nicht.»

«Warum nicht ich?»

«Du bleibst besser zu Hause. Deine Anwesenheit könnte hinderlich sein.»

«Du willst mit Prottis Frau allein sein.»

«So ist es.»

Langes Schweigen. Dann höre ich ihre bittende Stimme: «Nach der Party aber kommst du doch zu mir?»

Ich bin «oben». Ich gestehe aufrichtig, daß ich nach einem Tag, an dem ich dauernd und unweigerlich unten war, erst Flavia und dann Maurizio gegenüber, nun eine beträchtliche Erleichterung empfinde. Ich sage: «Was sollte ich bei dir machen? Das doch nicht, da ich das ja mit Mafalda zu tun habe. Wozu also?»

«Warum bist du so gemein zu mir, so pervers? Es gibt ja auch noch Zärtlichkeit auf der Welt, meinst du nicht? Ich verlange ja nichts von dir. Nur daß du mich ein klein wenig magst.»

Unsublimiert, wie ich bin, falle ich darauf hinein, lasse mich rühren. Nichtsdestoweniger antworte ich hart: «Geh jetzt ins Bett und quäl mich nicht länger. Wir sprechen uns morgen wieder.»

«Ciao.»

«Ciao.»

Arme Fausta!

XIII

Kastriert!

Am selben Abend noch, auf der Fahrt zu Prottis Villa, sage ich zu ihm: «Siehst du's nun? Erkennst du nun, was Sublimierung ist? Flavia reizt mich, provoziert mich, spielt mit. Als ich dir aber freien Lauf lasse, bekomme ich – piff, paff – zwei Ohrfeigen, daß es mir den Atem verschlägt.»

Er antwortet nicht. Er ist miserabler Laune, ich weiß es. Nach dem Fiasko mit Flavia ist Mafalda nun ein weiterer Grund seines Mißvergnügens. Beim Fortgehen habe ich ihm sozusagen offiziell verkündet: «Der große Augenblick ist gekommen. Heute abend unterbreche ich vorübergehend mein Sublimierungsexperiment. Ich gestatte dir, um mit deinen Worten zu reden, den direkten Kontakt mit Mafalda. Ja, ich gebe dir die Bahn frei, du kannst tun, was du willst, ohne jede Einschränkung.»

Diese feierliche Ankündigung sollte verheißungsvoll klingen, vielversprechend. Ich sprach zu ihm wie ein Vater, der seinem Sohn erklärt: «Du bist jetzt alt genug, um eigene Wohnungsschlüssel zu besitzen. Da hast du sie, und amüsiere dich.» Diese Ankündigung aber hat, wenigstens nach dem Schweigen zu schließen, mit dem er sie aufnahm, keinerlei Eindruck auf ihn gemacht. Obwohl er wiederholte Male versichert hat, das Alter spiele für ihn keine große Rolle, behagt ihm die Aussicht, mit Mafalda in «direkten Kontakt» zu kommen, offenbar nicht besonders. Um herauszubekommen, was sich hinter seinem Schweigen verbirgt, fahre ich fort: «Flavias Besuch war, das mußt du zugeben, eine regelrechte Lektion in Sachen Sublimierung.»

An seinem empfindlichsten Punkt getroffen, entschließt er sich endlich zu reagieren und fragt unfreundlich: «Worin, bitte, bestand denn die Lektion?»

«Darin, daß Flavia der, nennen wir es so, unsublimierten Lust, die du ihr antrugst, die sublimierte Lust vorzog, die aus dem Verzicht auf die Lust als solche erwächst.»

«Welche Lust kann man denn beim Verzicht auf die Lust empfinden?»

«Die Lust an der Macht.»

«Wo wäre da die Macht?»

«Vor allem die Macht über dich. In unmittelbarer Folge davon die Macht über andere. Verstehen wir uns recht: die Macht, nicht die Potenz. Die erstere ist der Sublimierung eigen, die letztere der Unsublimiertheit. Du hast Potenz, aber eben weil du sie hast, habe ich keine Macht. Und jetzt kommen wir auf die Lektion, die Flavias Besuch bedeutet. Flavia verzichtet auf Potenz, dafür hat sie Macht über mich. Ich hingegen verzichte nicht auf die Potenz, das heißt, du zwingst mich, auf sie nicht zu verzichten, und somit habe ich logischerweise keinerlei Macht über Flavia. Wenn aber die Dinge so stehen, dann möchte ich meine Potenz wenigstens nutzbringend verwenden. Ich will mich, schlicht gesagt, deiner bedienen, um im Austausch gegen deine Leistung gewisse materielle Vorteile zu erlangen. Schluß der Lektion.»

Er bemerkt sauer: «Beiläufig gesagt, der materielle Vorteil wäre in diesem Fall die Regie.»

«Ja. Man soll aber nie etwas beiläufig sagen.»

«Warum nicht?»

«Die Macht beginnt damit, daß man nichts mehr beiläufig sagt.»

«Was geht mich die Macht an. Ich weiß nur eines.»

«Was?»

«Daß du mir nach sechs Monaten der Enthaltsamkeit eine alte Schachtel bieten willst.»

«Ach geh, so alt ist sie doch auch wieder nicht, sie ist eben eine reife Frau.»

«Reif für das Grab.»

Ich muß lachen, dann sage ich: «Und selbst wenn? Hast du nicht immer versichert, das Alter zähle nicht, das verfallende Fleisch einer reifen Frau könne ebenso erregend sein wie die junge Frische desselben Fleisches derselben Frau vor dreißig oder vierzig Jahren? Hast du das gesagt, ja oder nein?»

«Ja, ich habe es gesagt, aber...»

«Du hast es gesagt, und als ich dir vorhielt, daß du ein Liebhaber von alten Damen bist, da hast du mir – erinnerst du dich noch? – geantwortet: ‹Warum nicht?›»

«Sicher. Das stimmt. Aber es hängt doch auch von den Umständen ab. Zum Beispiel: an jenem Abend, als du unter dem Tisch nach Mafaldas Hand griffst, da war ich bereit. Die Umstände machten mir Mafalda begehrenswert. Jetzt aber...»

«Was denn jetzt?»

«Jetzt ist alles programmiert, organisiert, geplant. Es ist alles so verzweifelt zweckgebunden.»

«Aber auch an jenem Abend habe ich, genaugenommen, einen bestimmten Zweck verfolgt.»

«Zugegeben, aber es war immerhin etwas Neues. Und alles Neue, du weißt es selber, hat etwas Improvisiertes. Und wenigstens den Anschein von Freiheit.»

«Hör endlich auf zu murren. Du wirst doch auch diesmal Ehre einlegen, nicht wahr?»

Er antwortet nicht. Er schmollt. Ich denke, man soll ihm seine Launen lassen und im übrigen seiner fast automatischen Bereitschaft vertrauen. Ohne weitere Debatten lenke ich den Wagen. Auf der Schnellstraße, in der Dunkelheit, flammen Lichter auf, blenden mich einen Augenblick, verlöschen, flammen wieder auf, gleiten an mir vorüber, verschwinden. Plötzlich, nach zehn Kilometern, enthüllen meine Scheinwerfer eine trostlose und schwindelerregende Szenerie. Ein schnurgerader schwarzer Asphaltstreifen, kleine, rückstrahlende rote Punkte leuchten auf den Leitplanken auf. Weiter vorn, auf halber Strecke, bei der Einmündung einer Auffahrt, hockt eine Frau auf der Leitschiene. Eine Prostituierte. Ein Bein ist ausgestreckt, das andere eingezogen, der Fuß auf die untere Querstange gestützt. In dem aufblitzenden grellen Licht sehe ich ihren übertrieben kurzen Rock: wie ein Schwert fährt mein Blick ihre Schenkel aufwärts bis zu einem dunklen Schatten, der möglicherweise gar kein Schatten ist. Kalt und präzis stelle ich das alles fest. Ich kippe den Schalter für den Scheinwerfer, und damit verschwinden die Schnellstraße, die rückstrahlenden Lichter, der Asphalt, die Leitschiene und die Frau im Dunkel der Nacht. Da aber stößt er einen geradezu wilden Protestschrei aus: «Zurück, zurück!» Ich fürchte zunächst, ehrlich gestanden, daß ich einen Passanten überfahren oder einen Bestandteil meines Wagens verloren habe. Dann begreife ich: ich habe bloß das Mädchen aus den Augen verloren. Jedenfalls schalte ich den Rückwärtsgang, denn ich finde, daß es sich nicht lohnt, ihn zu vergrämen, schon mit Rücksicht auf die Leistung, die ich von ihm in Bälde während der Abendgesellschaft bei Protti verlangen werde. Gleichwohl sage ich zu ihm: «Was hast du denn? Strichdamen wie diese gibt es zu Tausenden.»

«Nein, nein, sie ist anders als die anderen! Hast du denn nicht gesehen, wie sie sich auf die Leitschiene hingesetzt hat?»

Da ist sie wieder. Sie ist jung, vielleicht zwanzig. Ich halte den Wagen an, beuge mich aus dem Fenster, um sie besser sehen zu können. Sie ist dunkelhaarig, ihre schwarzen, leicht schräggestellten Augen sind zusammengekniffen, die Augenlider lassen nur einen Schlitz frei wie eine Schießscharte. Hochsitzende Backenknochen, wulstiger Mund, ein scharf und schwungvoll profiliertes Gesicht. Sie sieht aus wie ein Inkamädchen, eine Aztekin, eine Indianerin. Unter ihrer milchig-weißen Baskenmütze quillt das glänzendschwarze Haar hervor. Ich habe mich schon zu lange aufgehalten, um ohne weiteres wieder fortfahren zu können. Ich gedenke, rein theoretisch mit ihr zu verhandeln, ich will mit ihm keine Scherereien haben. Noch ehe ich ein Wort hervorbringe, befiehlt er mir in aller Brutalität: «Keine Umstände! Nimm sie in den Wagen und fahr sofort nach Hause.»

«Du bist wohl wahnsinnig geworden?»

«Ich sage: keine Umstände! Wenn du willst, daß ich dir in der Geschichte mit Mafalda helfe, mußt du mir dieses Mädchen bieten, und zwar sofort, oder es wird nichts.»

«Was heißt nichts?»

«Nichts mit Mafalda.»

«Willst du damit etwa sagen, du könntest . . .»

«Mich Mafalda gegenüber totstellen? Genau das.»

«Bedenke doch: wenn ich dir nachgebe, und wir mit diesem Mädchen nach Hause fahren, was kannst du dann bei Mafalda ausrichten? Einen Schmarrn.»

«Sei ganz beruhigt. Laß mich nur machen.»

Ich habe schon frühere Male von seinem unheilbaren Größenwahn berichtet. Und wieder muß ich mir sagen: er verspricht mehr, als er halten kann. So antworte ich entschlossen:

«Davon kann keine Rede sein.»

«Schön. Dann wird es nichts mit Mafalda.»

«Sei doch vernünftig.»

«Haha, vernünftig! Das liegt nicht in meiner Natur. Das ist deine Sache.»

Ich kann ihm nicht einmal unrecht geben: an mir liegt es, vernünftig zu sein. Also wende ich Vernunft an. Ich erkläre: «Protti erwartet mich. Auch deine Potenz hat Grenzen. Wenn du bei Mafalda versagst, ist das eine Katastrophe, zumindest für mich. Wenn du bei diesem Mädchen versagst, ist es für niemanden eine Katastrophe, weder für mich noch für dich. Ich will kein Risiko eingehen. Daher mache ich dir einen Vorschlag: ich gebe dieser sozusagen römischen Aztekin eine Anzahlung und treffe mit ihr eine Verabredung für später, nach der Begegnung mit Mafalda.»

«Und ich erwidere dir: davon kann keine Rede sein.»

«Weshalb denn?»

«Weil ich die Aztekin sofort haben will.»

«Sofort? Nein.»

«Sofort! Ja.»

«Dann wird nichts aus der Sache, ich fahre weiter. Ich muß mich eben heute abend bei Mafalda ohne dich behelfen.»

«Wie willst du das tun?»

«Du weißt, daß es da viele Möglichkeiten gibt.»

Meine Drohung, ich wolle mich ohne ihn behelfen, tut ihre Wirkung. Er protestiert: «Nein, nein. Nun gut, triff mit ihr eine Vereinbarung für später. Was aber, wenn sie das Geld nimmt und nicht kommt?»

«Ich werde ihr zwei halbe Scheine zu 10000 Lire geben, die fehlenden Hälften erhält sie, wenn sie zu mir kommt.»

«Und wenn wir uns bei Protti verspäten? Wenn sie die Wohnungstür verschlossen findet und niemand zu Hause ist?»

«Richtig. Außer den zwei halben Banknoten gebe ich ihr auch die Wohnungsschlüssel. Es ist ein Wahnsinn, ich weiß es, aber du sollst sehen, daß ich dir zu Gefallen auch zu Wahnsinnstaten bereit bin.»

Diese Auseinandersetzung hat kaum einen Augenblick gedauert. Wenn wir unter uns sind, verläuft die Zeit anders. Sie hat nichts mit der Uhrzeit zu tun. Als ich mich aus dem Wagenfenster beuge, um dem Mädchen meinen Vorschlag zu machen, sind seit dem Zeitpunkt meines Anhaltens nur wenige Sekunden verstrichen. Das Mädchen hört mich ohne Zeichen der Überraschung an. Sie muß alles mögliche und unmögliche gewohnt sein. Sie hört mich an, wie es die Bäuerinnen auf dem Markt tun, die hinter ihren Obstkörben stehen: aufmerksam, aber ohne mich anzusehen. Sie richtet ihren Blick in die Ferne, auf die Autos, die dicht hintereinander über die Schnellstraße flitzen. Die eine Hand ruht auf ihrem Knie, mit der anderen stützt sie sich nach hinten auf die Leitschiene. Es ist eine kleine rote, mollige Hand, ihre dunkelrot gefärbten, ovalen Fingernägel liegen tief im Nagelbett. Nach einer Weile sagt sie: «Du bist aber komisch.» Ihre Stimme klingt rauh, warm, erstaunlich gleichgültig.

Ich frage weiter: «Komisch oder nicht, sag mir, ob du einverstanden bist! Nun?»

«Einverstanden.»

Ich ziehe rasch meine Brieftasche heraus, entnehme ihr zwei Scheine zu 10000 Lire, halbiere sie. Dann reiße ich ein Blatt aus meinem Notizbuch, schreibe hastig meinen Namen, meine Adresse und meine Telefonnummer darauf. In das Blatt wickle ich die Wohnungsschlüssel und übergebe alles dem Mädchen. Sie nimmt es, schiebt es in ihre Jackentasche und fragt: «Ist sonst noch wer in der Wohnung?»

«Nein, niemand. Geh einfach in mein Schlafzimmer, leg dich ins Bett und warte auf mich. Wenn es an der Tür klingelt, komm und öffne.»

«Mir ist es recht. Ich möchte nur nicht, daß da etwas dahintersteckt...»

«Es steckt nichts dahinter. Ich habe eine dringende Verabredung und jetzt keine Zeit. Ich möchte aber trotzdem mit dir zusammenkommen.»

Abschließend sagt sie: «Nun dann, *ciao*!» Ohne sich weiter um mich zu kümmern, steigt sie von der Leitschiene herab und preßt ihren Kopf an das Fenster eines Wagens, der soeben neben dem meinen stehengeblieben ist. Ich fahre los. Ich spreche wie zu mir selber, richte aber in Wirklichkeit das Wort an ihn: «Jeder, dem ich diese Geschichte mit dem Mädchen erzählen würde, würde mich für verrückt halten.»

«Was wäre das Leben ohne Verrücktheiten?»

Ich bin beim bekannten Gartentor angelangt. Es steht offen. Etwas ist neu: auf den Prellsteinen zu beiden Seiten des Tores flackern zum Zeichen des Festes zwei Fackeln. Weitere Fackeln flackern in Abständen zwischen den Oleandern. Jenseits der Oleander schimmern im Dunkel der Nacht zahllose Autos, die regellos auf den Wiesen abgestellt sind. Ich erreiche den Platz vor der Villa. Die Villa selbst gleicht einem Flaggschiff, das in einem ausländischen Hafen ankert, mit brennenden Fackeln wie mit Wimpeln geschmückt. Die roten Flammen zeichnen die Umrisse der Villa scharf in den schwarzen Nachthimmel. Der Platz ist voller Autos, ich parke meinen Wagen etwas abseits auf einer Wiese, steige aus, gehe auf die Villa zu. Der Eingang erstrahlt in hellem Licht. Die Gäste drängen sich in der Halle zusammen, kehren mir den Rücken zu, ich weiß nicht, was sie so neugierig betrachten. Verloren blicke ich umher. Diese Rücken nehmen mich nicht zur Kenntnis, schließen mich aus. Dies genügt, um mein nie ganz überwundenes soziales Minderwertigkeitsgefühl wieder wachzurufen. Da aber kommt zum Glück Cutica: ich sage, zum Glück, denn unter Umständen kann auch ein Feind wie Cutica besser sein als nichts. Ich versuche mir Haltung zu geben, täusche eine Neugier vor, die ich nicht empfinde, hebe mich wie die anderen auf die Zehenspitzen, um besser zu sehen. Cutica tritt hinter meinen Rücken und gibt mir einen kräftigen Stoß, daß ich auffahre. Dann bricht er in sein scheußliches Gelächter aus und ruft mir zu: «Halt! Auf frischer Tat sträflicher Neugier ertappt!»

«Sträflich, nun ... Was geht dort drinnen denn eigentlich vor?»

«Wie, du weißt es nicht?»

«Entschuldige, aber ich bin über die letzten Neuigkeiten im Hause Protti nicht auf dem laufenden.»

Erneutes Gelächter, ein Schlag auf meine Schulter: «Ich bin der richtige Mann, dich zu informieren. Ich bin derjenige, der nämlich die Organisation der Party übernommen hat.»

«Gratuliere. Ein neuer Aspekt deiner vielfältigen Tätigkeiten.»

«Also: Dort drinnen macht man das, was man früher einmal lebende Bilder nannte und was heute richtiger Happening heißt. Eine Reihe von Happenings über ein bestimmtes Thema.»

«Was für ein Thema?»

«Die Sklavinnen.»

Ich muß unwillkürlich daran denken, daß auch Irenes «innere Filme» dasselbe Thema haben. Ich sage: «Großartig. Und wie gehen diese sogenannten Happenings vor sich?»

Cutica läßt wieder sein hemmungsloses Gelächter hören: «Dieses Fest ist das Überbleibsel eines Films, den Protti machen wollte, dann aber doch nicht gemacht hat. Er sollte den Handel mit Sklavinnen in Afrika zum Thema haben. Bald werden viele der Frauen, die du hier siehst, auf einer Tribüne defilieren. Pflichtgemäß nackt, in Ketten, wie in der schönen Zeit der Antike. Sie kommen hier zur Versteigerung. Ein Aufseher mit rußgeschwärztem Gesicht wird die Widerspenstigen mit einer Gerte schlagen. Dieser erbarmungslose Schwarze wird die körperlichen Vorzüge der unglücklichen Mädchen aufzählen, die nach und nach zum Verkauf angeboten werden. Dann folgen die Angebote aus dem Publikum. Aber nicht in schäbigen italienischen Lire, das wäre ja nicht stilgerecht, sondern in der zur Zeit der Sklaverei gängigen Währung: Mariatheresientaler, Zechinen, spanische Dublonen, Dukaten, Louisdors und so weiter. Die Angebote müssen, wohlverstanden, ernst gemeint sein. Das Geld wird später in Lire erlegt. Rate einmal, zu wessen Gunsten das Geld geht? Zugunsten der afrikanischen Flüchtlinge. In Afrika scheint es fast überall eine ganze Menge von Konzentrationslagern zu geben. Kurz und gut, dies ist ein typisch afrikanisches Fest zugunsten der Afrikaner.»

Zum drittenmal bricht er in sein Gelächter aus und gibt mir einen Stoß in den Rücken. Nun, da mein sozialer Minderwertigkeitskomplex überwunden ist, habe ich das unabweisliche Bedürfnis, Cutica nach «unten» zu bekommen, mich über ihn zu stellen. Es ist ein Kampf zwischen Unsublimierten, ich weiß es wohl, so unsublimiert aber wie Cutica bin ich im Grunde doch nie gewesen und hoffe, es auch nie zu sein. Ich bemerke trokken: «Ein ausgesprochen geschmackloser Einfall.»

Zu meiner besonderen Freude sehe ich, daß ihm sein Gelächter im Hals steckenbleibt. Sein Mund bleibt gleichwohl halb offen, wie die gezähnte Kinnlade eines Baggers, der in der Arbeit innehält: «Warum?»

«Ich achte die Frauen viel zu sehr, als daß ich an einem Spektakel Vergnügen finden könnte, in dem die Frau erniedrigt, gedemütigt, herabgewürdigt wird.»

Bums! Ich habe ihm einen Hieb auf den Kopf versetzt, daß er bis zum Hals versinkt. Ratlos, fassungslos versucht er, Zeit zu gewinnen. Dann ruft er aus: «Hahaha, das ist gut!»

«Wieso gut? Was ist Gutes an dem, was ich gesagt habe?»

Er hat sich wieder gefangen. Jetzt spielt er mit beispielloser Frechheit die Rolle des Erstaunten: «Meinst du das im Ernst, Rico?»

«Ich scherze absolut nicht. Ich sage, was ich denke, und ich denke, was ich sage.»

Er schaut jetzt drein wie ein Arzt, der unvermutet auf einen Kranken stößt. Mit fachmännischem Erstaunen mustert er mich:

«Fühlst du dich vielleicht nicht wohl, Rico?»

«Ich fühle mich ausgezeichnet, habe mich nie besser gefühlt.»

«Wenn man dich so hört, könnte man denken ...»

«Ich würde mich nur dann nicht wohl fühlen, wenn ich einem Spektakel beiwohnen müßte, in dem man Vorteil aus der pornographischen Veranlagung zieht, die tief im Innern jedes Menschen steckt. Darum, tut mir leid, wirst du mich nicht unter den Zuschauern deiner Happenings finden.»

«Aber Rico! Bist du wirklich ganz in Ordnung? Hat dich vielleicht im Schlaf ein Luftzug am Hintern erwischt?»

«Ich habe vorzüglich geschlafen und war gut zugedeckt. Bei dieser Gelegenheit aber will ich dir sagen, daß ich die Schmeichler hasse, die Arschkriecher, die Speichellecker.»

Er aber ist ein Schauspieler, besser noch, ein Commedia dell'arte-, ein Schaubuden-Komödiant. Er ist stets und prompt bereit, die Maske zu wechseln. Zuerst hat er mit karikierender Übertreibung den Freund gespielt, der einen Freund auf einer Party trifft, dann den Überraschten, der sich nicht zu fassen weiß, und jetzt spielt er, mit nicht minder gezwungener Übertriebenheit, den Beleidigten: «Oho, mein Lieber! Wen glaubst du eigentlich vor dir zu haben?»

«Ich hasse die Gelegenheitsmacher.»

«Wer sind die Gelegenheitsmacher?»

«Die Intriganten.»

«Wer sind die Intriganten?»

«Die Handlanger.»

«Was soll das heißen?»

«Die Handlanger, die Handlangerdienste tun, wie die Henkersknechte, deren Aufgabe, falls du es nicht wissen solltest, darin bestand, die Gehenkten an den Füßen zu ziehen.»

Dieser unerwartete historische Exkurs bringt ihn ganz nach «unten». Er reißt hinter seinen dicken Brillengläsern die Augen auf, öffnet den Mund wie ein Fisch auf dem Trockenen, fuchtelt mit den Händen, scheint zu ersticken. Wie schön ist es doch, oben zu sein! Mit welcher Lust halte ich ihn unten! Cutica aber erholt sich rasch. Er ist unerschöpflich in der Erfindung neuer Rollen. Jetzt spielt er, ebenfalls mit grober, karikierender Übertreibung, die eines Mannes, der freiwillig, um des lieben Friedens willen, bereit ist, sein Unrecht zuzugeben. Er senkt die Stimme und fragt mich in erschrockenem Ton: «Sag mal, Rico, bist du auf mich böse? Habe ich dich vielleicht, ohne es zu wollen, beleidigt oder irgendwie verletzt?»

Diese erstaunliche Wendung bringt mich einen Moment aus der Fassung, mir fehlen die Worte. Diese Unverfrorenheit! Sich im Handumdrehen zu verwandeln! Sozusagen vor meinen Augen den Pfannkuchen umzudrehen, ohne ihn anbrennen zu lassen! Verstimmt sage ich: «Nicht daß ich wüßte.»

«Verzeih, vielleicht habe ich wirklich zu heftig auf deine Ablehnung des Happenings mit den Sklavinnen reagiert. Ich bitte dich vielmals um Entschuldigung. Wir bleiben doch weiterhin gute Freunde, nicht wahr?»

Er ist unten. So sehr unten, daß ich den Verdacht schöpfe, er täusche das alles nur vor, und es sei ihm in Wahrheit doch irgendwie gelungen, nach oben zu gelangen. Er streckt mir die Hand entgegen, und in meiner Verblüffung bleibt mir nichts anderes übrig, als sie zu drücken. Was aber könnte ich tun, um mich zu vergewissern, wer von uns beiden dem anderen überlegen ist? Sehr einfach: er war Mafaldas Geliebter; ich muß ihn zwingen, den Kuppler zu spielen. Das heißt, ich muß ihn in eine wirklich erniedrigende Situation bringen, nicht bloß durch Worte, sondern durch die Tat. Ebenfalls mit gesenkter Stimme frage ich: «Wo ist Protti?»

«Protti ist nicht da.»

«Das ist ja schön! Er gibt eine Party und ist nicht da.»

«Protti macht das öfters. Er ist heute früh nach Paris gefahren.»

«Und wo ist Signora Protti?»

«Mafalda? Die ist da, aber bei solchen Parties kommt sie nie vor ein oder zwei Uhr herunter.»

«Und wo ist sie jetzt?»

«Ich denke, sie ist oben in ihrem Zimmer und richtet sich her.»

«Glaubst du, ich kann hinaufgehen und an ihre Tür klopfen?»

«Was willst du denn von Mafalda?»

«Eine Filmfirma hat mich gebeten, bei ihr vorzufühlen, ob sie bereit wäre, die Rolle einer reiferen Frau zu übernehmen.»

«Du weißt doch, daß Mafalda schon seit dreißig Jahren nicht mehr spielt und nicht die Absicht hat, wieder anzufangen. Du mußt schon einen anderen Vorwand finden.»

«Dir kann man wirklich nichts vormachen. Wie soll ich es nur sagen? Ich fliege auf Mafalda.»

«Du fliegst auf Mafalda?»

«Ja, was ist daran so merkwürdig? Mafalda gefällt mir.»

«Gefällst du auch ihr?»

«Ich habe einigen Grund, es zu glauben.»

«Verzeih, aber was habe ich damit zu tun?»

«Du hast einen gewissen Einfluß auf sie.»

«Woher denn?»

«Ach geh, alle wissen, daß auch du auf ihrer Liste warst.»

«Sie ist Prottis Frau. Für mich ist sie unantastbar.»

«Unantastbar –?»

«Aber was willst du von mir?»

«Ich möchte – entschuldige den Ausdruck, aber es ist die Wahrheit, und unter Freunden kann man ruhig die Wahrheit sagen –, kurz, ich möchte, daß du ein bißchen den Kuppler spielst.»

Da ist es heraus! Ich sehe ihn mir genau an, um festzustellen, wie er sich gegenüber einem so offenkundig beleidigenden Ansinnen verhält. Er zögert einen Augenblick, doch nur einen einzigen. Dann überwiegt seine Komödiantennatur. Er wird nicht zum Kuppler werden, sondern vielmehr in seiner übertriebenen und karikierenden Art die Rolle des Kupplers spielen. Da schlüpft er auch schon in diese Rolle hinein und fragt halb ernst, mit leiser Stimme: «Ich soll den Kuppler spielen? Gerne. Ich weiß nur noch nicht, wie.»

«Gehen wir zunächst einmal hinauf, wenn du nichts dagegen hast. Hier sind zu viele Leute. Oben will ich dir alles erklären.»

Beflissen, eilfertig, wie es die Rolle erfordert, geht er auf die Treppe zu. Schon sind wir oben auf der Galerie. Ich folge Cutica durch einen langen, schmalen, schwacherleuchteten Korridor wie in einem Hotel. Auch hier herrscht der rustikale Stil vor, mit spanischem Einschlag: Boden aus Backsteinen, getäfelte Türen, freiliegende Balken an der Decke. Wir bleiben stehen, blicken einander in die Augen. Wir sind beide gleich groß, Cutica und ich: wer uns so sähe, im halbdunklen Korridor, dicht voreinander stehend, heimlich ein Komplott schmiedend, würde uns in der Tat für zwei Gestalten aus einem klassischen Lustspiel halten, zwei Figuren von komischer Düsterheit, nur scheinbar Gegensätze, in Wahrheit aber gleichgesinnt. Cutica sagt: «Hier sieht uns niemand. Nun, was wolltest du mir mitteilen?»

Ich antworte erst nach einer kurzen Überlegung. Ich bin mir ja klar bewußt, daß ich Cuticas Beihilfe nicht brauche. Ich könnte ohne weiteres allein zu Mafalda gehen und würde sicher sofort gut aufgenommen werden. Ich habe aber das dringende Bedürfnis, Cutica nach «unten» zu bringen, mich «über» ihn zu stellen. So täusche ich Ratlosigkeit vor: «Ich fühle mich nicht ganz sicher. Wohl hat mir Mafalda vor einiger Zeit Hoffnungen gemacht ... Bei Frauen weiß man aber nie.»

Er sieht mich von unten her an und meint ironisch: «Wem sagst du das? Nun, was sollen wir tun?»

«Du müßtest bei ihr ein gutes Wort für mich einlegen.»

«Ein gutes Wort? In welchem Sinn?»

«Ich habe mich vielleicht nicht richtig ausgedrückt. Kurz, du müßtest Mafalda ... die Wahrheit enthüllen.»

«Was für eine Wahrheit?»

Das ist der Moment. Ich beuge mich leicht vor und flüstere ihm ins Ohr: «Die Wahrheit ist, daß die Natur mich in ungewöhnlicher Weise ausgestattet hat.»

Wieder reißt er die Augen hinter den Brillengläsern auf. Dann öffnet er zweimal hintereinander den Mund und bricht in sein scheußliches Gelächter aus: «Ausgestattet? Was heißt ausgestattet?»

«Ausgerüstet. In sexueller Hinsicht.»

«Ist das wirklich wahr?»

«Ja.»

«Und das soll ich Mafalda sagen?»

«Ja.»

Neuerliches Gelächter. Er packt mich am Arm und fragt mich leise wie ein richtiger Kuppler klassischen Stils: «Ausgestattet – gut. Ungewöhnlich ausgestattet – gut. In welchem Maße?»

«Unermeßlich.»

«Hahaha, unermeßlich! Da wärst du ja ein Super-Playboy, ein zweiter Rubirosa!»

«Kein Grund, zu spotten.»

Er wird gleich wieder ernst: «Ich spotte nicht. Ich habe mich nur informieren wollen, denn ich muß doch Mafalda genauere Auskünfte geben. Es ist das Geringste, das ich tun kann.»

«Du bist also bereit, mir diesen Gefallen zu tun?»

«Aber gewiß. Wenn es nichts weiter ist.»

«Ist es dir unangenehm? Ich bin mir, wie gesagt, durchaus bewußt, daß ich einen Kupplerdienst von dir verlange. Aber von einem Freund wie du ...»

«... kann man auch verlangen, daß er den Kuppler spielt. Nicht wahr? Versteht sich. Wozu hat man Freunde? Warte hier einen Augenblick auf mich.»

Er läßt mir keine Zeit, zu antworten, entfernt sich und klopft an eine der Türen. Ich sehe ihn einen Augenblick warten, dann tritt er ein. Enttäuscht sage ich mir, daß es mir, genaugenommen, nicht gelungen ist, mich «über» ihn zu stellen. Er ist schlau, hat instinktiv meine Absicht, ihn zu erniedrigen, gemerkt und den Schlag dadurch pariert, daß er, wie gesagt, die Rolle des Kupplers in einer Komödie spielt, ohne sich tatsächlich zum Kuppler herzugeben. So ist es ihm gelungen, die Falle zu vermeiden, die ich ihm gestellt habe. Er tut, als fingiere er zu seinem Privatvergnügen etwas, das er nicht ist und nicht zu sein wünscht.

Da ist er schon wieder, eilt auf mich zu und flüstert: «Komm, man erwartet uns.» Er geht mir zu Mafaldas Tür voran.

Wir treten ein. Es ist ein Ankleideraum. Viele Wandschränke, auch sie in spanischem Stil gehalten. Am anderen Ende des Raums sitzt Mafalda vor ihrem Toilettentisch und wendet uns den Rücken zu. Ihr Haar wird von einer Art weißem Turban zusammengehalten, ihr Kopf ist klein, ihr Hals scheint breiter zu sein als der Kopf, die Schultern sind breiter als der Hals, die Hüften breiter als die Schultern. Im Spiegel des Toilettentischs erblicke ich ihr Gesicht – das Gesicht eines Pekinesenhundes oder einer alten Tigerkatze. Ihre weitgeöffneten, kindlichen Augen sitzen tief in dunklen Augenringen. Kleine, zerknitterte Nase, riesiger Mund, dicke, verdrießlich verzogene Lippen. Sie trägt so etwas wie einen orientalischen Schlafrock mit weiten Ärmeln und tiefem Ausschnitt. Er ist so durchsichtig, daß man unterhalb des Rückens den dunklen Einschnitt sieht, der die massigen weißen Hinterbacken trennt.

Kurz entschlossen stellt sich Cutica mit dem Rücken gegen das Fenster, so daß er Mafalda gegenübersteht. Ich halte mich etwas abseits und tue verlegen.

Cutica spielt weiterhin die komische Rolle des Kupplers. Er beginnt: «Mafalda, da ist unser Rico, der mit dir sprechen will.»

Die großen Pekinesenaugen starren mich aus dem Spiegel neugierig an. Gewandt fährt Cutica fort: «Damit könnte ich mich wieder entfernen. Ich habe sozusagen für Rico den Vorreiter gemacht und müßte jetzt gehen. Rico aber hat mich ausdrücklich um noch einen Gefallen gebeten. Ich will ihn tun. Was tut man nicht alles für einen Freund?»

Wiederum betrachten mich die Pekinesenaugen mit sichtlichem Interesse. Dann drehen sie sich Cutica zu. «Um es kurz zu machen, Mafalda, Rico hat mich darum gebeten, ihn dir zu empfehlen. Aber was heißt das: empfehlen? Wenn man einen Menschen vorstellt, dann hebt man gewöhnlich seine moralischen und geistigen Eigenschaften hervor. In Ricos Fall ist es anders. Rico ist ein Naturbursche, ihm liegt mehr daran, daß seine, sagen wir, natürlichen Eigenschaften herausgestellt werden. Das spricht, meiner Ansicht nach, für Ricos Dankbarkeit der Natur gegenüber. Du wirst mich jetzt fragen: Warum ist Rico der Natur so dankbar? Ich antworte: Rico ist der Natur deshalb dankbar, weil sie ihn verschwenderisch bedacht hat. Was ich damit sagen will? Ich will damit also nicht auf die geistigen und moralischen Eigenschaften hinweisen, die ich eben erwähnt habe. Gewiß danken wir der Natur auch für diese Eigenschaften, aber nicht direkt. Man muß sie pflegen, um sie zu entwickeln. In Ricos Fall jedoch handelt es sich um ein Geschenk der Natur, das von demjenigen, der es erhält, keine besondere Bemühung oder Wartung erfordert. Um so mehr kann man von Freigebigkeit der Natur sprechen. Mit einem Wort, Mafalda, unser Freund Rico ist ein männlicher Mann, ein überaus männlicher, ein ungewöhnlich männlicher!»

Ich sehe im Spiegel, wie über die dicken, gesprungenen Lippen Mafaldas fast etwas verdrossen Bösartiges gleitet. Sodann öffnen sich die Lippen, und ich bin wieder von der ungewöhnlich melodiösen Stimme überrascht: «Danke für diese Empfehlung. Aber sie wäre nicht nötig gewesen. Ich kenne Rico schon seit langer Zeit.»

«Doch aber wohl nicht von der Seite, die ich eben geschildert habe ...»

«Ich muß mich jetzt anziehen. Nehmt hier inzwischen Platz.»

Cutica macht eine unvermittelte Bewegung zur Tür hin: «Nein, ich nicht, ich muß jetzt rasch hinunter und nachsehen, ob alles klappt. Ich gehe. Aber ich lasse dir Rico da. *Ciao, Rico, ciao, ciao.*» Er grüßt mehrere Male und bleibt damit bis zuletzt seinem übertriebenen komischen Rollenspiel treu. Und wie ein Schauspieler, der mit seinem Part zu Ende ist, tritt er dann fast im Eilschritt ab. Ich bin allein mit Mafalda.

Während Cutica seinen Rollentext aufsagte, hatten mich die Pekinesenaugen dauernd im Spiegel beobachtet. Auch jetzt, da die Tür sich schließt, wendet Mafalda nicht den Blick ab und fragt: «Stimmt das, was Cutica gesagt hat?»

«Ich würde sagen, ja.»

«Interessant. Ich habe es neulich fast erraten. Aber ich wußte nicht, daß es sich geradezu um ein Naturphänomen handelt.»

«Es ist tatsächlich so.»

«Warum stehst du dort hinten? Willst du mir nicht, um zu beginnen, einen Kuß geben?»

Ich nähere mich folgsam, beuge mich über Mafaldas Schultern. Sie dreht den Kopf herum, ganz wie eine Schlange oder ein Schwan oder ein anderes Tier mit einem langen und biegsamen Hals, bringt ihren Kopf in eine Stellung, daß ihr Mund den meinen erreicht. Ihre wulstigen, trockenen, durstigen Lippen pressen sich auf die meinen, öffnen sich, erweitern sich, scheinen sich über mein ganzes Gesicht auszubreiten, als wollten sie mich verschlingen. Gleichzeitig dringt die rauhe Zunge, die so dick ist wie die eines Kalbes, in meinen Mund und legt sich schwer auf die meine, wie auf ein Kissen. Ich tue, als stöhnte ich vor Vergnügen über einen solchen Kuß, in Wahrheit aber stöhne ich vor Schmerz: dadurch nämlich, daß Mafalda mich von hinten zu sich zieht, die Hand auf meinen Nacken preßt und mich festhält, dreht sie meine Halswirbel in eine für mich schmerzhafte Stellung. Dabei dauert dieser Kuß längere Zeit, ich bekomme fast die Genickstarre, glaube zu ersticken. Endlich, zu meiner großen Erleichterung, lockert Mafalda ihren Griff, läßt mich los und sagt: «So ein Kuß tut gut von Zeit zu Zeit, nicht wahr? Setz dich jetzt dorthin.»

Ich gehorche, gehe dorthin, wo Cutica kurz zuvor seine marktschreierisch kupplerische Rede gehalten hat, setze mich auf den Hocker, ziehe die Beine an und stütze die Hände auf meine Knie. Mafalda sucht unter den vielen Flaschen, Schachteln und Flakons, die auf ihrem Toilettentisch stehen, den Lippenstift hervor und nähert ihr Gesicht dem Spiegel. Sie stülpt ihre Lippen wie einen Handschuh nach innen, schleckt sie mit der Zungenspitze ab, dann stülpt sie sie wieder nach außen und fährt ein paarmal kräftig mit dem Lippenstift darüber hin. Sie tut es mit der rechten Hand. Plötzlich aber nimmt sie den Lippenstift in die linke und streckt ihren rechten Arm, der sich überraschenderweise scheinbar beliebig verlängern läßt, gegen mich aus. Während sie sich weiterhin im Spiegel betrachtet und die Lippen schminkt, lenkt sie ihren runden und muskulösen Arm wie blindlings gegen meinen Bauch. Sie fragt: «Warum hast du dich so lange Zeit nicht bei mir blicken lassen?»

«Ich hatte zu tun.»

Ihre Hand landet auf meinem Hosengürtel, fährt unter die Gürtelschnalle, faßt den Reißverschluß, zieht ihn sehr langsam hinunter, als ließe sie sich absichtlich Zeit. Da höre ich plötzlich seine Stimme. Wie aber ist sie verändert! Er protestiert, jammert und klagt: «Nein, nein, nein! Sag ihr, sie soll sofort aufhören. Stoppe sie. Stoß ihre Hand weg.»

«Was hast du denn?»

«Ich will nicht, ich will absolut nicht. Verstehst du, ich will nicht!»

«Soll das heißen, daß du dich jetzt, ausgerechnet jetzt, zurückziehen willst?»

«Genau das! Erwarte von mir keine Hilfe, keine Solidarität, keinen Beistand.»

«Bist du wahnsinnig?»

«Ich bin nicht wahnsinnig. Nein. Es war ein großer Fehler, Cutica zu bitten, er möge meine ungewöhnlichen Eigenschaften ausposaunen. Denn diesmal ist der Fall eingetreten, daß ich nicht mitspiele.»

«Du hattest mir aber doch versprochen . . .»

«Ich habe gar nichts versprochen. Ich habe dich bloß reden lassen. Du hast gesagt, du seist sicher, ich würde alle Ehre einlegen. Gar nichts werde ich. Ich werde keine Ehre einlegen.»

Ich beiße mir auf die Lippen. Ich war überzeugt, sein Mechanismus würde im entscheidenden Moment funktionieren. Statt dessen spielt er jetzt gegen alle Erwartung und ohne jeden Grund den Schwierigen. Inzwischen rückt Mafaldas Arm wie eine dicke Schlange, die langsam aus ihrem Loch kriecht, weiter vor, die Hand gleitet durch den geöffneten Reißverschluß. Die Finger schieben erst das Hemd zur Seite, zwängen sich dann in die Unterhose und sind dabei, ihn zu erreichen. Voller Schrecken schreit er auf: «Um Himmels willen, geh zurück, steh auf, tu alles, daß sie mich ja nicht berührt. Um Himmels willen! Wenn sie mich berührt, sterbe ich.»

«Warum nur?»

«Kein Warum! Ich will einfach nicht, will nicht, will nicht.»

«Ich kann nicht zurück. Hinter mir ist die Fensterwand. Was hast du nur?»

«Die Hand, die da herumwühlt, erschreckt mich, widert mich an.»

Mafalda legt sich jetzt mit der linken Hand die Lidschatten auf und nähert ihr Gesicht wieder dem Spiegel, so als hätte sie nichts mit dem zu schaffen, was ihre rechte Hand tut. Ich hoffe immer noch, daß er im Moment des «direkten Kontakts» meine Ermahnung beherzigen werde, aber ganz so sicher bin ich nicht mehr: ich bemerke an ihm etwas Neues, Feindliches, etwas wie eine Rebellion, die mich alarmiert und erschreckt. Und tatsächlich: als Mafaldas Hand nach dem langen Herumgetaste langsam und vorsichtig wie eine Natter unter Salatblättern an ihn herankommt, verwirklicht er die Drohung, die er mit seinem zornigen «Ich will nicht» ausgesprochen hatte. Und als er trotz seiner Proteste («Wenn ihre Hand wenigstens warm wäre, aber sie ist kalt wie der Tod») auf Mafaldas Handfläche zu liegen kommt, ist er nicht viel mehr als ein kleines, röhrenförmiges Stück zerknitterter und runzeliger Haut. Ich höre ihn schreien: «Ich bin klein, ich bin nie so klein gewesen und will auch klein bleiben! Darauf kannst du dich verlassen. Ich werde geradezu ganz verschwinden.»

Panik erfaßt mich: «Und die Regie?»

«Ich pfeife auf die Regie!»

«Für mich ist es eine Frage auf Leben und Tod.»

«Für mich nicht. Ich bin von Natur aus für derlei unempfänglich. Die Karriere, der Ruhm, der Erfolg – all das geht mich nichts an.»

«Sag mir doch, was ich tun soll?»

«Hilf dir, wie du magst.»

Mafalda wiegt jetzt mein Genital in ihrer Hand, als wäre es eine falsche Münze. Was sonst schwer ist, wiegt jetzt leicht, was sonst voll ist, scheint jetzt leer. Was tun? Sein grober Rat: «Hilf dir, wie du magst» bringt mich auf den Gedanken, ihn dadurch anzuregen, daß ich die Erinnerung an andere Frauen wachrufe. Ich schließe die Augen und beschwöre im Geiste nach und nach Faustas großen, nackten Bauch, den dunklen Schatten zwischen den Beinen der römischen Aztekin, die ungewollten Hiebe, die er von Flavias Hüften erhielt, die flammende Röte der amerikanischen Touristin und viele andere Details, die in der jüngsten Vergangenheit für ihn Anlaß waren, sich zu erheben. Doch alle meine Bemühungen sind vergeblich. Trotz der Vorstellungen, die meine gefügige Phantasie ihm geradezu bravourös vorgaukelt, geht kein Zucken durch ihn, durchrieselt ihn kein Schauer, zeigt er nicht einmal die Spur einer Schwellung. Ich habe das Gefühl einer Leere zwischen den Lenden, als gäbe es ihn gar nicht. Entsetzt öffne ich die Augen. Wie verloren liegt er in der Hand Mafaldas, die jetzt ihr Make-up beendet hat und abwechselnd ihn und mich fragend ansieht, als wollte sie sagen: «Ist das alles?»

Ich murmle verzweifelt: «Es nützt nichts, ich habe zu große Angst, Protti könnte plötzlich hereinkommen.»

«Protti ist nicht da. Er ist in Paris.»

«Oder das Stubenmädchen.»

«Warte hier einen Augenblick auf mich.»

Sie schiebt ihn hastig zurück, wie ein Chirurg, der nach einer mißlungenen Operation die hervorgezogenen Eingeweide in den Körper des bereits verschiedenen Patienten zurücksteckt. Sodann erhebt sie sich in ihrer ganzen pyramidalen und dinosaurischen Größe, wendet sich zu einer Seitentür, öffnet sie und wiederholt: «Warte hier auf mich. Wenn ich dich rufe, komm einfach herein.»

Sobald ich allein bin, fahre ich ihn wütend an: «Sag mal, was hat das alles zu bedeuten?»

Daraufhin macht er mir in aller Dringlichkeit den Vorschlag: «Der Augenblick ist günstig, laufen wir davon.»

«Nicht im Traum.»

«Was willst du denn sonst machen?»

«Hör mir gut zu: wir werden gleich in Mafaldas Schlafzimmer sein, und dort wirst du deine Pflicht tun. Einverstanden?»

Er schweigt. Ich deute sein Schweigen als Zustimmung und füge hinzu: «Nur getrost, nur keine Nervosität. Nur keine Besorgnis. Laß dich einfach gehen. Das Ganze ist eine Angelegenheit von fünf, höchstens zehn Minuten. Dann rasch nach Hause, wo die Aztekin auf dich wartet.»

Ich habe mich ausgezogen. Ohne ihm Zeit zu lassen, auch nur Atem zu schöpfen, gehe ich zu der Tür, durch die Mafalda kurz zuvor gegangen war, und öffne sie. Die Stimme der Diva erklingt melodiöser denn je, sie trillert geradezu: «Nein, noch nicht herein, ich bin nackt.»

«Ich auch», antworte ich und trete ein. Das in rosigem Halbdunkel liegende Schlafzimmer ist gleichfalls im spanischen Stil gehalten. Da ist das Bett mit dem von Säulen getragenen Himmel. Zimmerdecke mit den üblichen freiliegenden Balken, Wände mit Seidentapeten. Sogar einen Betstuhl gibt es unter einem Heiligenbild. Mafalda steht hinter der offenen Schranktür und betrachtet sich im Spiegel, ich sehe von ihr nur die nackten Beine auf dem Fußboden. Ich gehe um die Schranktür herum, stelle mich hinter Mafalda auf. Sie trägt nur Slip und Büstenhalter. Ich helfe ihr, ihn abzulegen: wie zwei schwere, weiche Mehl- oder Zuckersäcke stürzen die nicht mehr festgehaltenen Brüste auf meine Hand, die ich rasch darunterlege. Mafalda dreht den Kopf zu mir hin und fragt: «Gefalle ich dir?»

Ich möchte antworten: «Du hast nicht mir zu gefallen, sondern ihm.» Aber ich habe natürlich nicht den Mut, es auszusprechen. Ich hauche als Antwort ein kaum hörbares «Ja». Mafalda hat einen seltsamen Hintern:

er springt nicht eigentlich vor, ist förmlich achteckig und trotz seines großen Umfangs merkwürdig platt. Sie versucht nun, ihn gegen meinen Leib zu reiben, mit einer schwerfälligen, wenn auch kaum merklichen Schaukelbewegung ihrer Hüften. Sie sieht mich über die Schultern an und fragt: «Gefällt dir das?»

«Ja.»

Lüge. Natürlich gefällt es mir nicht und leider auch nicht ihm, der sich zu meinem Schrecken weiterhin weigert, mitzuspielen. Die Abreibung, die Mafalda ihm verabfolgt, läßt ihn nicht anwachsen. In der Absicht, ihn aufzuwecken, strecke ich die Hand aus und wage versuchsweise Mafalda zu streicheln. O weh! Ich vermeine eine Anzahl weicher, halbleerer Kissen von verschiedener Größe zu berühren, die, so gut es ging, auf einem Skelett aufgehängt wurden. Zwei dieser Kissen pendeln über dem Brustkorb, ein drittes ist an den beiden Spitzen des Beckens befestigt und schaukelt hin und her; zwei weitere, von länglicher Form, umhüllen die Schenkelknochen. Kurz, Mafaldas ganzer Körper scheint auf den Knochen hin und her zu rutschen, als wollte er sich von ihnen lösen. Mafalda wirft den Kopf zurück und fragt mich: «Jetzt hast du keine Angst mehr?»

«Nein.»

Wir gehen auf das Bett zu. Mafalda reißt sich plötzlich aus meinen Armen, wirft sich rücklings auf das Bett, spreizt die Beine, packt meine Arme und zieht mich über sich, so wie man eine Decke vor dem Einschlafen über sich zieht. Da liege ich nun fest zwischen ihren Schenkeln, Bauch an Bauch mit ihr, meine Brust über ihrer Brust, mein Gesicht zwischen ihren Haaren im Kissen vergraben. Während ich sie umarme, spüre ich wieder, wie Mafaldas Körper sich auf ihren Knochen hin und her bewegt, und ich muß denken, daß ihr Fleisch sich eines Tages von ihnen lösen wird wie lang gesottenes Ochsenfleisch und daß dann von ihr nichts übrigbleiben wird als das reine, dürre Skelett.

Diese Gedanken sind nicht eben erregend. Er bemerkt sauer: «Leichenschändung lernt man nicht von heute auf morgen.»

Diesmal bleibe ich ihm die Antwort schuldig. Ich bin niedergeschmettert, vernichtet, verzweifelt. Er ist endgültig und auf geheimnisvolle Weise zu meinem Feind geworden, ich fühle es und weiß nicht mehr, was ich ihm sagen soll. Mafalda aber regt sich unter mir, als wäre sie auf der Suche nach ihm. Was sie findet, ist nichts als ein Häuflein Haut, ohne Kraft, ohne Konsistenz. Da dreht sie mich mit aller Energie auf den Rücken und wirft sich über mich. An seine sonstigen außerordentlichen Leistungen gewohnt, habe ich jetzt das bestürzende Gefühl, daß nicht ich, sondern Mafalda der Mann sei, schon deshalb, weil sie, wenn auch auf ihre Art, mit ihren Bewegungen auf mich eindringt. Bei jedem der kraftvollen Stöße ihrer Hüften spüre ich einen Druck, dem beklemmenderweise ein Zurückweichen von seiner Seite, ein ausgesprochener Rückzug, folgt. Ich habe eindeutig die seltsame und verwirrende Empfindung, kein Mann mehr zu sein, sondern eine Frau, die Empfindung einer Leere, ja geradezu einer Höhlung, dort, wo sich einmal er in seiner Fülle befand.

Mafalda gibt offenbar ihre Hoffnung nicht auf, sondern ändert jetzt die Methode. Sie stößt mich im Bett zur Seite, setzt sich mit dem Rücken zu mir, quer über meinen Bauch, neigt den Kopf und stützt ihre Wange in die Hand. Ich helfe ihr, soweit ich kann, strecke mich aus, lockere mich, überlasse mich ihr ganz. Zugleich konzentriere ich alle meine Gedanken auf ihn, versuche verzweifelt, ihn anzuspornen: «Ich bitte dich zum letztenmal, hilf mir, rette mich.»

Keine Antwort. Er ist weiterhin nicht vorhanden. Ich lege meine Hand auf Mafaldas gekrümmten Rücken: er ist schweißbedeckt. Oberhalb ihrer massigen Schultern bewegt sich ihr kleiner, vom weißen Stoffturban eingeschlossener Kopf erbittert auf und ab. Ich höre sie keuchen. Ich spanne alles in mir an, krümme mich, konzentriere mich. Nichts. Nichts. Ich lasse meinen Blick über Mafaldas Körper gleiten, suche in ihrem merkwürdigen Körperbau, dieser riesigen Fleischbirne, irgend etwas, das erregend wirken könnte. Immer noch nichts. Da versuche ich, die nicht vorhandene Erregung mit Geseufze und Gestöhn wachzurufen, so etwa, wie die Ammen das Geräusch des Pipimachens vortäuschen. Wieder nichts.

Langsam läßt Mafalda in ihren eifrigen Bemühungen nach. Sie macht nur noch ein paar Kopfbewegungen, die kurzen Schnabelhieben gleichen. Dann hält sie still. Sie senkt den Kopf, als könnte sie immer noch nicht daran glauben. Sobald sie aufsteht, so sage ich mir voll Entsetzen, werde ich mich einer höchst peinlichen Situation gegenüberfinden und ihr nicht gewachsen sein. Da fasse ich einen Entschluß.

Während Mafalda noch gesenkten Hauptes mit dem Rücken zu mir dahockt, presse ich die Hand an meine Rippen und wälze mich stöhnend im Bett. Plötzliche Übelkeit: ein alter Trick von mir, mit dem ich mich gelegentlich behelfe, wenn ich, von *ihm* verleitet, in irgendeiner dunklen Vorstadtstraße einen käuflichen Liebeshandel eingehe und dann im hellerleuchteten Zimmer feststellen muß, daß ich ein greuliches Weibsstück vor mir habe. Ich stöhne also und stammle: «Mir ist übel, mir ist übel. Rasch etwas Starkes, einen Cognac ... Ich habe es kommen fühlen, ja, ich habe es vorausgefühlt ... Rasch, mir ist übel.»

Meine Klagen und Bitten scheinen Mafalda zu keinerlei Eile zu veranlassen. Sie richtet sich langsam auf, wendet sich mir zu, stemmt ihre Hände rechts und links von mir auf, beugt sich über mich und sieht mich fest und ausgesprochen bösartig an: «Cognac bekommst du im ersten Stock, wenn du welchen haben willst. Aber Rico, wem willst du hier etwas vormachen?»

Ihre Stimme ist jetzt völlig verändert, gar nicht mehr melodiös, sondern trocken und ironisch. Ich protestiere: «Du glaubst mir nicht?»

«Bestimmt nicht.»

«Hältst du mich vielleicht für impotent?»

«Sag, wofür soll ich dich denn halten?»

Ich sage nichts. Mafalda fährt sarkastisch fort: «Man spielt den Don Juan, den Casanova, betätigt sich mit der Hand unter dem Tisch, küßt hinter der Tür – wenn aber der entscheidende Moment kommt, dann wird einem übel. Vielleicht gar herzkrank, Rico?»

«Damals aber hast du doch gespürt, daß ich nicht impotent bin!»

«Wie sollen wir es dann also nennen? Eine Hemmung?»

«Ich schwöre dir . . .»

«Ich bin es satt, mit Männern zu tun zu haben, die in der Theorie höchst potent sind, in der Praxis aber impotent. Ihr habt alle eure Gründe, schön. Protti hat einen zu kleinen, du hast überhaupt keinen . . . Warum aber heiratet ihr dann? Warum macht ihr euch an uns heran? Warum laßt ihr mich nicht in Frieden?»

«Verzeih mir. Es war, wie du richtig gesagt hast, ein Augenblick der Hemmung. Das kann jedem passieren. Aber wir können es ja noch einmal versuchen . . .»

«Geh, geh aus meinen Augen, geh, geh, geh!»

Plötzlich hagelt es Hiebe auf mich, Ohrfeigen, Faustschläge, Mafaldas Fingernägel krallen sich in mich ein. Sie ist über mir und schreit immerzu: «Geh!» Dabei hindert sie mich selbst am Fortgehen, sie zermalmt mich förmlich unter ihrem Körper. Endlich gelingt es mir, sie mit aller Kraft fortzustoßen. Ich mache mich los, springe aus dem Bett, laufe aus dem Zimmer. Ich höre noch, wie die Beschimpfungen, die sie mir nachschleudert, plötzlich in ein wütendes, stoßweises Schluchzen umschlagen. Da ist der Toilettenraum. Ich sperre die Tür mit dem Schlüssel ab, ziehe mich hastig an, stürze auf den Korridor. Kaum bin ich draußen, schreite ich ruhig und würdevoll zwischen den zwei Türreihen dahin, als wäre ich ein Gast, der ein natürliches Bedürfnis befriedigen mußte und zu diesem Zweck einen kurzen Ausflug in die oberen Stockwerke der Villa unternommen hat. Er schweigt. Ich sage zu ihm in tiefer Verzweiflung: «Jetzt werde ich nicht nur die Regie nicht bekommen, sondern habe auch noch Mafalda zur Feindin. Du hast mich ruiniert!»

Da geschieht etwas Unvorhergesehenes, Schreckliches. Mit einer nicht wiederzuerkennenden, bösen, unheilverkündenden Grabesstimme erklärt er, jede Silbe betonend: «Begreifst du denn nicht, daß ich dir nicht geholfen habe, weil ich nicht will, daß du ein Regisseur wirst?»

«Warum nur?»

«Weil du deine Energie, deine Vitalität, deine ganze Kraft, kurz das, was dein idiotischer Freud den Sexualtrieb nennt, mir widmen mußt, mir ganz allein.»

XIV

Verspekuliert!

Das war die offene, die unmißverständliche Kriegserklärung zwischen mir und ihm. Jetzt ist alles klar. Er will nicht, daß ich ein schöpferischer Mensch werde, ein Künstler, ein Regisseur. Das heißt, er will nicht, daß ich von der Unsublimiertheit zur Sublimierung gelange. Er will, daß ich mein Leben lang ein Unsublimierter bleibe, das aber heißt: ein Hanswurst, ein Handlanger, ein Angeber, ein Narr, ein Kuppler wie Cutica, mit riesigem Glied und einem unfähigen Hirn. Er will zudem, daß ich, Hanswurst im öffentlichen Leben, in meinem Privatleben ein guter Gatte bin, ein guter Vater, ein guter Konsument, ein guter Staatsbürger, und vor allem gut im Bett zu gebrauchen.

All das ergibt keinen Widerspruch: Rigoletto, der Bucklige, war, wenn man dem Volksmund glauben darf, ebenso außergewöhnlich ausgestattet wie ich und zugleich doch, wie man weiß, ein ausgezeichneter Vater und Untertan. Kurz, *er* will, daß ich zu nichts anderem fähig sei, als Kinder zu zeugen, denn jede künstlerische Zeugung ist zwangsläufig umstürzlerisch. Aus Kindern aber kann man durch entsprechende Gehirnwäsche mit Hilfe der Massenmedien machen, was man will, kann sie zu noch unsublimierteren Menschen machen, als es ihre Eltern sind. Ein Werk der Kunst ist lebendig, ja, ein Kind aber kann, selbst wenn es lebendig scheint, nachgerade tot sein. Ein lebendiger Mensch ist immer ein Revolutionär, ein Toter aber kann nur ein Konservativer sein. Es lebe also der Sex, der den Menschen unsublimiert erhält und aus ihm einen guten Staatsbürger macht. Es lebe der Massensex, damit man die Massen leichter «unten» halten kann!

Alle diese und noch viele andere Gedanken gehen mir durch den Kopf, während ich langsam und würdevollen Schrittes durch den Korridor im zweiten Stock der Villa schreite.

Ich bin jetzt auf der Galerie. Ich trete an die Brüstung und schaue hinunter. Die Menge drängt sich immer noch an den Türen zum großen Salon, mit dem Rücken zur Halle. Keiner spricht. Alle recken in der Stille ihre Hälse und erheben sich auf die Zehen – um besser sehen zu können. Ich selber sehe nichts, denn die Galerie verdeckt die Türen zum Salon. Ich kann aber hören und mir eine ziemlich genaue Vorstellung von dem machen, was unten vor sich geht. Eine komisch-schrille männliche Stimme, durch Lautsprecher verstärkt, ruft nun wie bei öffentlichen Versteigerungen marktschreierisch aus: «Seht her, meine Herren, seht sie euch gut an. Sie kam in Rom zur Welt, der Stadt, die für die Schönheit ihrer Frauen berühmt ist. Sie ist vollkommen, wie gemeißelt. Dreh dich jetzt um! Wie, du willst dich nicht umdrehen? He, Aufseher, zieh ihr die Gerte über, aber nicht zu stark, sonst verdirbst du uns die Ware. Du willst nicht ausgepeitscht werden? Du willst dich doch lieber umdrehen? Ausgezeichnet, dreh dich also um und zeige uns die Kehrseite des Mondes. Da habt ihr sie, meine Herren, die kleine römische Sklavin, die Taschenvenus. Schaut sie euch gut an und sagt mir, wo ihr so etwas noch findet? Dabei ist sie nicht einmal teuer. Wir rufen sie aus zum Preise von dreißigtausend Mariatheresientalern.»

«Hunderttausend venezianische Zechinen.»

«Hundertzwanzigtausend Mailänder Dukaten.»

«Hundertfünfzigtausend französische Louisdors.»

«Hundertsechzigtausend spanische Dublonen.»

«Hundertsiebzigtausend päpstliche Scudi.»

Die Versteigerung ist in vollem Gang. Eine der vielen Filmkomparsinnen oder Doubles, die zur Party gekommen sind, läßt sich verkaufen, stellt ihren pflichtgemäß nackten und mit Ketten gefesselten Körper zur Schau. Langsam steige ich die Treppe hinab, stütze mich mit der Hand auf das Geländer. Niemand sieht mich, niemand kümmert sich um mich. Ich schleiche hinter all den Rücken vorbei und trete hinaus.

Da bin ich auf dem Vorplatz. Ringsum Autos mit dem Kühler zur Villa. In der Mitte des Platzes stehen die Chauffeure im Kreis. Ich folge dem betonierten Gehsteig längs der Hauswand, erreiche die Ecke. Jetzt müßte ich den Weg überqueren, um zu der Wiese zu gelangen, auf der ich meinen Wagen abgestellt habe. Statt dessen aber biege ich aus einem geheimnisvollen Antrieb um die Ecke und folge weiterhin dem Gehsteig längs der Wand.

Ich handle wie in einem Rauschzustand, fühle aber, daß ihm eine gewisse Logik innewohnt. Hier gibt es keine Türen in der Wand, nur Fenster. Sie sind geöffnet, dahinter ist es dunkel. Sie gehören offenbar zu den Wohnzimmern, in denen sich momentan niemand befindet. Ich beschleunige den Schritt, als hätte ich einen ganz bestimmten Plan und nur wenig Zeit, ihn zu verwirklichen. In Wahrheit ist mein Kopf völlig leer; seltsamerweise aber weiß ich gleichzeitig, daß ich in Kürze etwas Wichtiges, Entscheidendes tun werde. Da bin ich wieder an einer Ecke. Und wieder biege ich ein und befinde mich auf einem schmalen Pfad zwischen der Hauswand und einer Lorbeerhecke. Hier befinden sich die Küchenräume. Weiter vorn fällt aus geöffneten Türen helles Licht und beleuchtet einen kleinen Platz, auf dem die Mülleimer und viele Kisten abgestellt sind. Ich gehe aber nicht bis zu den Türen. Unwillkürlich bleibe ich unter einem Fenster im Erdgeschoß stehen. Warum wohl? Weil ich plötzlich den Grund weiß, weshalb ich, statt mich in meinen Wagen zu setzen, den Gehsteig rings um die Villa verfolgt habe. Und jetzt handle ich. Ich nehme eine der vielen Kisten, die hier verstreut herumstehen, stelle sie unter das Fenster, steige hinauf und nehme vom Fensterbrett die Untertasse mit der brennenden, großen, fackelähnlichen Kerze. Ich zögere einen Augenblick. Das Fenster steht weit offen, der Vorhang aber behindert meine Sicht ins Zimmer.

Es dürfte einer der kleinen Salons sein, mit Polstermöbeln, Diwans, Teppichen. Alles leicht brennbares Material. Ich überlege: wenn ich die brennende Fackel zwischen Wand und Vorhang fallen lasse, dann wird der Vorhang Feuer fangen, und das Feuer wird auf die Möbel überspringen. Der Brand wird langsam um sich greifen, so daß niemand in den Flammen umkommen wird, auch wenn Prottis Villa, dieses Symbol meiner Niederlage, zu Schutt und Asche wird. Ich bin entschlossen. Ich strecke die Hand aus und lasse die Fackel ins Zimmer fallen. Steige von der Kiste, nehme eine ungezwungene Haltung ein, lehne mich an die Hauswand und warte. Ich möchte wenigstens den Brandgeruch spüren, den ersten Rauch aufsteigen sehen, womöglich das erste Aufblitzen der Flammen. Nichts. Nichts geschieht. Gar nichts. Es bleibt finster hinter dem Fenster. Alles ist ruhig. Kein Rauch, keine Flammen. Das dunkle Fenster, die Stille haben irgend etwas Feindliches, Hämisches, Höhnisches. Ich verliere die Geduld, steige wieder auf die Kiste, erreiche wieder das Fenster.

Ich kann nichts sehen. Der Vorhang hängt hinderlich dazwischen. Ich schiebe ihn mit der Hand zur Seite, aber ich sehe immer noch nichts, denn das Zimmer liegt im Dunkeln. Ich hole mein Feuerzeug hervor, lasse es aufflammen, führe meine Hand durch den Vorhangspalt und spähe in den Raum. Beim flackernden Licht der kleinen Flamme stellt es sich als ein Badezimmer heraus. Der Boden ist mit geblümten Fliesen belegt, das Waschbecken aus weißem Porzellan schimmert aus dem Dunkel. Wo aber ist die Fackel geblieben? Ich senke den Blick. Genau unter dem Fenster befindet sich die Klomuschel. Der Deckel ist geöffnet. Ich halte mein Feuerzeug so tief wie möglich hinunter. Trotz des schwachen Lichtes kann ich doch etwas Dunkles auf dem Grund der Muschel sehen. Etwas, das ins Wasser gefallen ist und nun dort versunken liegt: die Fackel, die ich eben hinunterfallen ließ und von der ich glaubte, sie würde den Vorhang in Brand setzen.

So seltsam es klingt, diese banale und klägliche Symbolik, die die Wirklichkeit mir bietet, kränkt mich nicht einmal, läßt mich völlig gleichgültig. In aller Ruhe stecke ich das Feuerzeug wieder ein und steige von der Kiste hinunter. Also gut, kein Feuer ist ausgebrochen, die Fackel ist ins Wasser gefallen; dafür aber bricht in mir, helleuchtend wie eine Flamme, eine bestimmte Ahnung auf. Sie wird bald, das fühle ich, zu einem Großbrand werden.

Ich überquere die Auffahrt, gehe zur Wiese, wo mein Wagen steht. Ich öffne die Wagentür, steige ein, lasse den Motor an und fahre los. Während der Wagen über das weiche Gras hüpft, merke ich, daß das kleine Feuer, das sich eben in mir entzündet hat, tatsächlich immer mehr und mehr um sich greift. Es hat nichts mit wirklichem Feuer zu tun, nichts mit dem, das Prottis Villa in Schutt und Asche verwandeln sollte. Es ist – sagen wir – ein seelisches Feuer. Ich ziehe es dem wirklichen vor. Was ist wichtiger, die Sache oder der Mensch? Prottis Villa oder die Lösung des größten Problems meines Lebens? Kurz: die Geste oder die Erkenntnis?

Ich begreife jetzt, was in mir vorging, als ich die Fackel in das Zimmer warf. Etwas sehr Einfaches. Ich bin mit einem Schlag von der Unsublimiertheit zur Sublimierung gelangt. Ich habe mich wie durch Zaubermacht – um ein Wort Maurizios zu verwenden – verändert.

Ja, es ist tatsächlich die Sublimierung, ist Sublimierung in ihrer echtesten, dichtesten, lebendigsten Form. Es ist dabei belanglos, daß meine Lebensenergie sich statt zu einer künstlerischen Tätigkeit, wie es die Regie darstellt, zu einer aufrührerischen Tat hin orientierte. Völlig belanglos. Es gibt Zeiten, in denen Sublimierung Aufbau bedeutet, und solche, in denen Sublimierung Zerstörung bedeutet. Aufbauen und zerstören sind zwei gleicherweise notwendige, wichtige, nützliche soziale Tätigkeiten. Offensichtlich leben wir in Zeiten der Zerstörung.

Hatte ich nicht das Gefühl von Sublimierung, als ich Patrizia, diesem reizenden, dummen Ding, das eine Handvoll Münzen auf mich warf, ins Gesicht spuckte? Ja, aller Wahrscheinlichkeit nach war auch das Sublimierung. Besagt dies etwa, daß die erste Sublimierung mit der zweiten in Widerspruch steht? Keineswegs. Es besagt, daß ich noch revolutionärer bin als die Revolutionäre, daß die wirkliche Revolution der Aufstand der Unsublimierten gegen die Sublimierten ist, daß sich in jedem Sublimierten in Wirklichkeit ein Machtmensch verbirgt und in jedem Unsublimierten ein Rebell.

Ich habe mit meinem Wagen das Gartentor erreicht, biege in die Via Cassia ein und fahre durch die Nacht. Die Autoscheinwerfer, die mir aus der Dunkelheit entgegenkommen, gleiten an mir vorbei, verschwinden. Andere Scheinwerfer flammen hinter ihnen auf. Einen Augenblick lang färbt sich wie durch ein künstliches Nordlicht der schwarze Himmel rötlich, dann erst taucht der Wagen auf, und die Scheinwerfer werden abgeblendet. Ich fahre und fühle, wie mein Gedanke meinen Kopf von einer Stumpfheit befreit, die ihn bisher wie eine Haube umschlossen hatte. Stoßweise wie die Eruption eines Vulkans brechen nach und nach weitere Gedanken, weitere Ahnungen hervor. Eine weißglühende Flut von Gedanken ergießt sich schäumend und ununterbrochen aus meinem Geist.

Sublimiert! Nie wieder unsublimiert sein! Nie wieder «unten»! Ich bin nicht sublimiert durch Geburt, soziale Herkunft, den Willen zur Macht, wie Maurizio, wie Flavia, wie Protti, wie Mafalda, wie die jungen Bürger der Gruppe: nein, ich bin sublimiert, weil ich allen Ernstes ein Empörer bin! Ein Revolutionär in Reinkultur, unbedingt, wahrhaft aufrührerisch, wahrhaft zerstörerisch! Revolutionär, um zu negieren, niederzureißen, zu zerstören!

Im Licht dieser Überlegungen betrachtet, wird die Fackel, die ich in das Zimmer der Villa geworfen habe, zu einem bedeutungsreichen Symbol. Die Fackel ist die Revolution; die Klomuschel, in die sie fiel, der Kapitalismus, das Wasser, in dem sie erlosch, die Korruption, mit der der Kapitalismus sich bemüht, die Revolution auszulöschen. Heute ist es schiefgegangen. Die Fackel ist in die Klomuschel gefallen und im Wasser erloschen. Aber nicht immer wird es so sein. Das nächste Mal werde ich die Fackel dorthin schleudern, wohin sie zu schleudern ist, das Feuer wird aufflammen, sich ausbreiten, wird alles zerstören. Vergeblich werden sich sämtliche Aborte des Kapitalismus öffnen, um meine Fackel zu verschlingen! Vergeblich werden die Kapitalisten mit vor Angst zitternden Händen auf die Hebel der Wasserspülung drücken! Die Flamme wird immer höher auflodern und erst dann erlöschen, wenn die Zerstörung vollkommen ist. Ich bin sublimiert, weil ich ein Empörer bin! Ein Abschnitt meines Lebens ist zu Ende! Ein neuer beginnt! Ich bin ein Empörer, weil ich ein Sublimierter bin!

Man kann sich leicht vorstellen, welchen Eindruck mir inmitten meiner Begeisterung eines Neophyten der Sublimierung jetzt *seine* Stimme macht. Kleinlaut, scheu und schüchtern, fragt er mich: «Bist du auf mich böse?»

«Auf dich? Nein, im Gegenteil. Ohne es zu wollen, durch deine berechtigte Weigerung, dich einem feigen Kompromiß zu fügen, hast du endlich meine Lebensenergie zu würdigen Zielen hingelenkt. Nein, ich bin auf dich nicht böse. Ich müßte dir sogar dankbar sein.»

«Wo aber fahren wir jetzt hin?»

«Egal, wohin. Wir fahren der Zukunft entgegen, der Revolution!»

«Ja, wohin aber fahren wir jetzt wirklich?»

Eigentlich hat er recht! Wohin fahre ich wirklich? Bei mir zu Hause wartet die Aztekin, der ich, wie ich mich nun wieder erinnere, in einer akuten Krise von Unsublimiertheit die Wohnungsschlüssel gegeben habe. Und zu Fausta zu fahren kommt gar nicht in Frage. Da wäre die Aztekin noch vorzuziehen. Wohin also?

Plötzlich, als würde einem fast vollendeten Gemälde der letzte Pinselstrich hinzugefügt, taucht die Erinnerung an Irene auf. Und da klärt sich wieder alles, greift ineinander. Ja, die Sublimierung, «meine» Sublimierung eines Empörers, ließ mich Patrizia ins Gesicht spucken, dieser falschen Revolutionärin, diesem machtbesessenen weiblichen Wesen; sie ließ mich die Fackel in die Räume des Kapitalisten Protti schleudern; vor allem aber ließ sie mich schon vor einiger Zeit in unmöglicher Liebe zu Irene entbrennen.

Ja, ich werde ein Empörer sein, ein Zerstörer, der eine ideale, aber unerreichbare Frau liebt! Der Ritter ohne Furcht und Tadel der empörerischen Sublimierung, welcher seine Taten einer unzugänglichen Dame widmet!

Nach solchen Überlegungen verkünde ich ihm: «Wir fahren zu Irene.»

XV

Fehlorientiert!

Ich stehe vor Irenes Haus. Das Gartentor summt, ich trete in den kleinen Garten, gehe auf dem gekiesten Weg zwischen bizarren Schatten in konischen, runden und kubischen Formen, die die beschnittenen Bäume werfen. Ich betrete das villenartige Haus, gehe über eine Treppe hinauf, anschließend über eine zweite, und da sehe ich auch schon vor der letzten Wendung Irene und Virginia in der Wohnungstür stehen und auf mich warten. Während ich die letzten Stufen nehme, beobachte ich sie von unten. Mutter und Tochter haben ganz kurze Röcke an. Aber während Virginias Rock durchaus zweckentsprechend ist, denn er gehört zur Kinderkleidung, hat Irenes Art, sich zu kleiden, etwas Parodistisches. Parodie der Unschuld, Parodie einer fragwürdigen Kindlichkeit. Die langen, blassen knochigen Beine des Kindes, die der Rock frei läßt, haben nichts Weibliches. Bei Irene hingegen, deren Rock kaum die Scham bedeckt, muß man unwillkürlich an eine Frau denken, die sich für ein Maskenfest mit zweifelhaftem Geschmack als kleines Mädchen gekleidet hat.

Im Steigen noch frage ich: «Wie, das Kind ist noch auf?»

«Das Fernsehen. Und überhaupt ist sie, wenn ich zu Hause bin, nicht ins Bett zu bringen.»

Virginia empfängt mich mit dem üblichen Knicks eines wohlerzogenen Mädchens, dabei fällt ihr grobes, knochiges Knie ins Auge. Sie scheint rasch aufgeschossen zu sein. Zwei violette Streifen unterstreichen das wässerige Blau ihrer Augen. Das fast übertriebene Rot ihrer wulstigen Lippen läßt durch den Kontrast ihre abgezehrten Wangen noch weißer erscheinen. Irene sagt: «Ich bringe sie jetzt zu Bett, dann können wir miteinander plaudern.»

Sie schließt die Wohnungstür und nimmt Virginia an der Hand. Ich folge ihr. Irene öffnet eine Tür, schaltet Licht ein, tritt ins Zimmer. Ich bleibe auf der Türschwelle stehen.

Das Zimmer ist lang und schmal. Die Möbel sind erbsengrün lackiert. Grün ist auch das Bett, grün der Schrank, grün das Tischchen vor dem Fenster, grün der Stuhl vor dem Tischchen, grün die Tapete, grün der Teppich. Auf der grünen Bettdecke sitzt mit gespreizten Beinen in einem rosa Kleidchen eine Puppe ohne Kopf. Ich suche den Kopf und sehe ihn auf dem Boden unter dem Tischchen liegen. Die Augen stehen offen, als blickten sie einen an.

Ich frage, um irgend etwas zu sagen: «Warum hast du der Puppe den Kopf abgerissen?»

«Sie hielt immer die Augen offen, und da habe ich gedacht, sie kann nicht mehr schlafen, und die Mama sagt, wenn man nicht schläft, dann kann man krank werden und sogar sterben, und ich wollte nicht, daß die

Puppe krank wird und stirbt, und da habe ich ihr den Kopf abgerissen, um ihr die Augen zu richten, damit sie schlafen kann, aber es hat nichts genützt, denn die Augen sind offen geblieben, und so schläft sie nie und wird krank werden und vielleicht sterben. Ich könnte ihr die Augen herausnehmen, dann aber wäre die Puppe blind und würde vielleicht trotzdem sterben.»

Sie ist sehr geschwätzig, die Kleine, und doch merkwürdig gehemmt, verlegen, sie unterbricht sich immer wieder, sucht nach einem neuen Satz, mit dem sie den vorangegangenen fortsetzen könnte. Immer wieder sagt sie «und, dann, oder, so». Irene erklärt: «Die Puppe ist ganz einfach zerbrochen. Morgen bringen wir sie zu dem Mann, der Puppen repariert. Aber nur, wenn du jetzt ohne viel Geschichten zu Bett gehst. Sonst wird sie nicht repariert und bleibt, wie sie ist.»

Sie faßt das Kind bei den Achseln und stellt es aufs Bett. Die Kleine läßt sich willig entkleiden, plappert aber weiter, wobei sie mit einer gewissen Mühe ihre kurzen Sätze aneinanderreiht, als fände sie immer erst im letzten Augenblick, wenn man schon meinen möchte, sie werde endgültig verstummen, das richtige Wort. Irene zieht ihr das Kleid über den Kopf. Die Kleine hebt folgsam die Arme und spricht weiter durch das Kleid hindurch. Jetzt steht sie im Slip da. Irene zieht ihr auch den über die Beine, und da habe ich Virginia nackt vor mir. Sie ist ganz weiß, so weiß, daß sie fast schon grünlich schimmert, aber vielleicht ist das nur der Reflex der grünen Tapete, an die sie sich lehnt. Sie ist so mager, daß die Rippen und die Beckenknochen unter der Haut sichtbar werden. Um so mehr hebt sich unterhalb ihres eingefallenen Bauches der längliche Schamhügel hervor. Das Geschlecht selbst gleicht der Spur eines in weiches Wachs gedrückten Fingernagels. Oder auch einem senkrechten Mund, der auf einer Linie mit dem Nabel liegt, einem weißen Mund, dessen geschlossene Lippen ein Geheimnis verwahren. Irene hält dem Kind die Pyjamahose hin, die erstaunlicherweise genauso grün ist wie die Möbel im Zimmer. Diesmal unterbricht Virginia ihr unermüdliches Geplapper und wehrt sich mit aller Entschiedenheit: «Nein, Pyjama nicht.»

«Warum nicht?»

«Mir ist heiß, mir ist furchtbar heiß. Heiß.»

«Los, zieh den Pyjama an, du darfst dafür nur mit dem Bettlaken zugedeckt schlafen. Den Pyjama aber mußt du anziehen. Nur arme Kinder schlafen nackt, weil ihre Eltern kein Geld haben, um ihnen einen Pyjama zu kaufen. Du aber bist kein armes Kind.»

«Nein, nein, nein, mir ist heiß, mir ist heiß.»

Sie lehnt sich an die Wand, schlägt mit den Armen um sich, stößt die Pyjamahose weg, die ihre Mutter ihr offen hinhält. Während dieser Abwehrbewegung wölbt sie den Bauch heraus und strampelt mit den Beinen. Irene wirft mir einen merkwürdigen Blick zu. Dann läßt sie die Pyjamahose fallen und sagt hastig: «Gut. Dann schlüpf wenigstens unter das

Bettlaken.»

Die Kleine gibt sofort nach und gehorcht. Sie setzt sich nieder, kauert sich zusammen, schlägt das Bettlaken zurück und ist mit einem Satz unter ihm. Dann zieht sie das Laken bis zum Kinn herauf, reißt die Augen auf und verzieht Mund und Nase. Irene setzt sich auf den Bettrand und sagt: «Jetzt sprich mit mir: ‹Vater unser, der du bist im Himmel . . .›»

Virginia spricht das Gebet gehorsam mit, dabei blickt sie mit ihren aufgerissenen Augen zerstreut und unruhig um sich.

Plötzlich wird mir bewußt, daß *er* sich, seit ich das Haus betreten habe, nicht mehr bemerkbar gemacht hat. Nicht einmal der Anblick von Irenes parodistischen Beinen, der ihn sonst automatisch weckt, hat diesmal auf ihn gewirkt. Ist dies der Beweis, daß der Sublimierungsprozeß bereits den Grad der «Engelhaftigkeit» erreicht hat, da man nicht mehr gegen ihn kämpft, sondern ihn einfach ignoriert? Oder hält er sich nur deshalb zurück, weil er, wie schon so oft, einen bösen Streich im Schilde führt? Leicht beunruhigt und besorgt wende ich mich um und gehe in den Salon. Es ist heiß. Die beiden Fenster sind geöffnet, die Gardinen aber regen sich nicht: kein Lufthauch weht. Ein großer Blumenstrauß in leuchtenden Farben, der auf dem Tisch steht, erregt meine Aufmerksamkeit. Ich berühre eine Blüte, dann eine zweite: künstliche Blumen. Da kommt Irene. Wortlos bereitet sie zwei Whiskies, reicht mir das eine Glas und setzt sich auf den Diwan. Sie schweigt einen Moment, dann meint sie trocken: «Die Art, wie du vorhin Virginia angesehen hast, als ich sie zu Bett brachte, hat mir ganz und gar nicht gefallen.»

Zumindest dieses eine Mal in meinem Leben fühle ich mich vollkommen unschuldig. *Er* war, wie gesagt, in dem Augenblick, in dem ich das Haus betrat, gewissermaßen verschwunden. Die ungerechte und peinliche Anklage Irenes erfüllt mich mit plötzlichem Zorn. Ich erwidere mit bebender Stimme: «Weißt du, woran ich gedacht habe, als ich Virginia ansah?»

«An irgend etwas Sexuelles, stelle ich mir vor.»

«Ja, aber nicht in dem Sinn, in dem du dir das vorzustellen scheinst. Ich verglich im Geist ihr weißes, reines, wie aus reinem Licht gebildetes Geschlecht mit dem deinen, das, vermute ich, dunkel ist, hart geworden, fast schwielig durch dein ständiges Masturbieren.»

«Danke, du bist sehr höflich.»

«Warte. Ich sagte mir auch, daß Unschuld allein nicht alles ist. Auch du warst als Kind so unschuldig wie Virginia. Und doch hast du eines Tages, ohne irgendein Trauma, wie aus heiterem Himmel, begonnen zu masturbieren, wobei du dir vorstelltest, verkauft und gekauft zu werden. Gerade weil du unschuldig und ahnungslos warst, warst du allen Einflüssen deiner Umgebung zugänglich, dem Milieu, in das du geboren wurdest. So erklärt es sich, daß du ausgerechnet solche und nicht andere Vorstellungen hattest. Ich komme soeben von einer Party, wo man zu wohltätigen Zwecken ein Schauspiel zum besten gegeben hat, bei dem nackte und mit Ketten gefesselte Frauen versteigert wurden. Ich finde es nur logisch, daß du dich in einer Welt, in der man Feste solcher Art gibt, nur durch die Vorstellung, verkauft und gekauft zu werden, in Erregung versetzen konntest.»

Seltsamerweise wird Irene bei meinen in verärgertem Ton vorgebrachten Ausführungen vollkommen ruhig. Sie bemerkt nur: «Ich verstehe nur nicht, was Virginia mit dem allen zu tun hat.»

«Ich fragte mich, als ich sie ansah, ob auch sie eines Tages masturbieren wird wie du und dabei die gleichen Träume haben, trotz der ausgezeichneten Erziehung, die du ihr angedeihen läßt.»

Sie lacht auf. Es ist ein grausames Lachen: «Bist du nicht ein Mann der Linken? Willst du nicht den Kapitalismus zerstören? Mach die Revolution, und Virginia wird nicht masturbieren. Nach der Revolution wird nichts und niemand mehr verkauft und gekauft werden, ist es etwa nicht so?»

«So ist es.»

Sie lacht wieder und läßt dabei ihre scharfen Hundezähne sehen: «Vielleicht wird sie aber trotzdem masturbieren und davon träumen, daß ein Volkskommissar oder einfach ihr unmittelbarer Vorgesetzter im Büro oder in der Fabrik sie zwingt, mit ihm zu schlafen. Denn wenn es kein Geld gibt, gibt es dafür die Macht. Stimmt's etwa nicht?»

Ich bin still. Ich will mich mit Irene in keine politische Diskussion einlassen. Nach einer Weile fährt sie fort: «Übrigens, weißt du, daß ich dich in einen meiner Filme eingeführt habe und daher seit einigen Tagen, wenn ich das tue, an dich denke?»

«So?»

«Ich habe deine Geschichte von der Lilla verwendet, die dein imaginärer Protos dir geschenkt hat. Ich habe mich an die Stelle von Lilla gesetzt; alles übrige ist unverändert geblieben.»

«Träumst du auch, daß du es mit mir treibst, nachdem du es mit Protos getrieben hast?»

«Nein, das interessiert mich nicht. Was mich interessiert ist die Idee des Geschenkes.»

«Wo endet der Film?»

«Er endet genau in dem Augenblick, da Protos mich dir schenkt. Ich folge dir ins Nebenzimmer: Orgasmus, Ende des Films.»

«Wenn du einmal träumen solltest, daß du mit mir schläfst, dann würde das bedeuten, daß du mich liebst.»

«Ich liebe dich aber nicht.»

Ich sage traurig: «Wir haben früher von der Revolution gesprochen. Ich bin sicher, wenn es zur Revolution käme, zur wirklichen, dann gäbe es weder Geld noch Macht, und du würdest nicht mehr masturbieren.»

«Was würde ich dann tun?»

«Du würdest mich lieben, und ich würde dich lieben. Wir würden uns umarmen und, wie man früher einmal sagte, ein einziger Körper mit zwei Seelen sein. Oder, wenn du das vorziehst: zwei Körper mit einer einzigen

Seele.»

Weiß Gott, warum sie mich jetzt mitleidig ansieht, zärtlich und melancholisch: «Mein lieber Rico, vielleicht wäre es dann so – wo aber ist die Revolution?»

Ich sage nichts. Sie fährt ruhig, aber wieder in ihrem grausamen Ton fort: «Ich sehe mich schon, wenn die Revolution käme, früh am Morgen masturbieren und dabei einen kleinen Film über meine Deportierung, Gefangennahme, vielleicht sogar Füsilierung entwickeln. Für mich kommt es weder auf den Kapitalismus noch auf die Revolution an. Für mich kommt es darauf an, eine Sache zu sein, es zu wissen und bei diesem Wissen Genuß zu empfinden.»

«In einem solchen Fall würde die Revolution keine wirkliche Revolution sein.»

«Wie weiß man, wann eine Revolution eine wirkliche Revolution ist?»

Wieder sage ich nichts. Sie meint jetzt scharf: «Du bist also nicht damit zufrieden, daß ich an dich denke, wenn ich es mit mir treibe?»

Mit einemmal merke ich, daß ich sie wirklich liebe, mit der selbstlosen Liebe, die frei ist, von *ihm*, unabhängig von seinem Einfluß, kurz, mit jener Liebe, die nur die Folge einer gelungenen Sublimierung sein kann. Da tut die Sublimierung auch schon ihre Wirkung: ohne daß ich es selbst gewahre (so wenig wie in dem Moment, als ich die Fackel in das Zimmer von Prottis Villa warf), liege ich auch schon zu ihren Füßen, umklammere ihre Knie, stammle: «Ich liebe dich, Irene, liebe dich echt und aufrichtig, aber ich will nicht mehr dein Geliebter werden, denn ich habe begriffen, daß dies unmöglich ist. Ich bin heute abend zu dir gekommen, um dir einen Vorschlag zu machen.»

«Was für einen Vorschlag?»

«Ich bin gekommen, dich zu bitten, mit dir leben zu dürfen. Sag nicht nein. Ich werde nie mehr versuchen, mit dir zu schlafen. Wir werden wie zwei Eheleute sein, die miteinander leben und schon seit langer Zeit aufgehört haben, körperliche Beziehungen miteinander zu haben. Und die trotzdem einander weiterlieben, mit einer echten und tiefen Liebe. Ich werde dir ein Gatte sein und Virginia ein Vater. Ich verdiene recht gut mit meiner Drehbucharbeit für Kommerzfilme. Auch wenn ich meine Frau und meinen Sohn versorge, bleibt mir immer noch reichlich Geld für deinen Haushalt. Ich brauche nichts weiter als ein Zimmer, ein Bett zum Schlafen und einen Tisch zum Arbeiten. Ich werde dich, sooft du es wünschst, ins Kino führen, ins Theater, in ein Restaurant. Wir werden die Sonntage gemeinsam verbringen, werden gemeinsam auf Reisen gehen. Ich werde Virginia bei ihren Aufgaben helfen, sie spazierenführen, von der Schule abholen. Ich werde dich immer liebhaben – und bitte dich nur, mich in gleicher Weise liebzuhaben, seelisch, geistig.» Ich bin hart daran zu sagen: «Auf sublimierte Weise», aber ich beiße mir auf die Zunge. Ich habe während meiner Rede ununterbrochen geweint, die Tränen rinnen mir die Nase hinab und tropfen auf den Boden. Ich höre Irene jetzt in vernünftigem Ton sagen: «Aber wir kennen uns doch kaum. Ja, du liebst mich, ich glaube dir. Ich will auch zugeben, daß ich für dich eine gewisse Zuneigung empfinde. Aber ein Zusammenleben . . .»

«Treffen wir eine Abmachung. Meinetwegen schriftlich.»

«Du hast eine Frau und einen Sohn. Du schläfst noch mit deiner Frau, wie es scheint. Der Sohn ist dein Sohn. Warum willst du dich also mit einer Frau zusammentun, die dich nicht liebt und eine Tochter hat, die nicht von dir ist?»

«Weil die Liebe, die ich für dich empfinde, in meinem Leben das einzige ist, das künstlerische Schöpfung zu ersetzen vermag.»

«Warum willst du künstlerische Schöpfung ersetzen?»

«Weil ich jetzt genau weiß, daß ich kein Künstler bin.»

«Du wirst einer sein. Wolltest du nicht einen Film machen?»

«Nein, ich mache ihn nicht mehr.»

«Doch, du wirst ihn machen.»

«Nein, ich werde ihn nicht machen. Ich werde mit dir leben wie ein Mönch, wie ein Mystiker des Mittelalters. Du wirst für mich die ideale Frau sein, die Unerreichbare, der ich meine besten Gedanken weihe. Wenn ich aber zu meiner Frau zurückkehre, dann gerate ich wieder in die banalste, selbstzufriedene Mittelmäßigkeit. In die verdammenswerte Mittelmäßigkeit der Unsublimiertheit.»

«Unsublimiertheit? Was für ein komisches Wort. Was bedeutet es?»

«Es ist nicht wichtig, daß du es weißt. Wenn wir zusammen leben, werde ich es dir eines Tages erklären. Ich werde dir erklären, was die Sublimierung ist und was die Unsublimiertheit. Ich werde dich viele Dinge lehren. Ich bin ein lächerlicher Mensch, mit kurzen Beinen, mit vorspringendem Bauch, mit kahlem Schädel, einer, der ständig in Verlegenheit ist wegen der übermächtigen Gegenwart seines riesigen Gliedes. Ich scheine ein Narr zu sein, ein Clown, ein Lakai, ein Feigling wie Thersites, und vielleicht bin ich es auch. Aber ich bin zugleich ein gebildeter Mann, ich habe Tausende von Büchern gelesen, ich weiß schöne Verse zu schätzen, eine schöne Seite Prosa, einen treffenden Gedanken. Doch die Bildung nützt mir jetzt nichts. Noch schlimmer: ich bediene mich ihrer nur, um Drehbücher für Kommerzfilme herzustellen. Dir hingegen kann sie nützlich sein, du bist intelligent, aber ungebildet. Die Bildung wird dir helfen, dein Leben zu bereichern, abwechslungsreicher zu machen, viele Dinge zu begreifen, die dir jetzt verschlossen sind. Ich werde dich unterrichten, dir neue Horizonte eröffnen. Ich werde dir wirklich nützlich sein und verlange dafür von dir nicht einmal einen Kuß. Ich verlange nur, mit dir unter einem Dach leben zu dürfen.»

Ich rede, rede und rede und weine dabei ohne Unterlaß. Irene sagt: «Ich weiß wirklich nicht, woher deine Leidenschaft für mich kommt. Ich weiß, daß ich sie nicht verdiene. Ich bin eine ganz gewöhnliche Frau, nicht mehr die jüngste, nicht besonders intelligent, vollkommen ungebildet, wie du eben bemerkt hast, und körperlich gerade noch passabel. Dazu habe ich eine sexuelle Gewohnheit, die jede Beziehung ausschließt, welche mehr als freundschaftlich ist. Ich möchte wirklich wissen, was du Anziehendes an mir findest.»

Bei diesen so vernünftigen Worten unterdrücke ich meine Tränen und trockne mir die Augen. Mit kläglicher Stimme frage ich: «Du willst also nicht?»

«Ich glaube: nein.»

«Stell mich wenigstens auf die Probe.»

«Wie meinst du das?»

«Erlaube mir, heute nacht mit dir in einem Bett zu schlafen.»

«Komische Idee. Wozu denn?»

«Um dir zu beweisen, daß ich neben dir liegen kann, ohne dich zu berühren.»

Sie sagt nichts. Sie scheint nachzudenken. Dann antwortet sie zu meiner Überraschung: «Gut, wenn du mir versprichst, keinen wie immer gearteten Versuch zu machen und auch nicht die geringste Zärtlichkeit zu wagen.»

«Ich schwöre es.»

«Nun gut. Gehen wir.»

Sie scheint es eilig zu haben. Ich sehe heimlich auf die Uhr, stelle fest, daß es eins ist, und erinnere mich, daß Irene zeitig aufsteht, um in die Botschaft zu gehen. Ich folge ihr, sie schaltet, während wir aus dem Salon in den Korridor treten, nach und nach alle Lichter aus. In ihrem Schlafzimmer sehe ich mich neugierig um. Es könnte ein Hotelzimmer sein; kein besonders luxuriöses. Bequem, aber etwas kahl und unpersönlich. Gleich darauf aber stelle ich fest, daß der anonyme Charakter dieses Zimmers nichts gemein hat mit der käuflichen Gastlichkeit eines Hotels. Es ist das Anonyme der Riten, so auch des sexuellen Ritus, den Irene jeden Morgen hier ausübt.

Da sind auch schon die Instrumente des Ritus: das weite Bett, das doch kein Ehebett ist: zu schmal für zwei Personen, aber breit genug, daß eine Person sich ungehindert bewegen kann; der Sessel zu Füßen des Bettes, der so gestellt ist, daß Irene, wenn sie sich auskleidet und, wie eben jetzt, ihre Kleider auf ihm ablegt, sich im Spiegel betrachten kann. Es ist ein dreiteiliger Spiegel wie in einer Schneiderwerkstatt. Schließlich steht da der dreibeinige Hocker, unmittelbar vor dem Spiegel.

Irene hat sich entkleidet. Sie ist nackt. Zum erstenmal sehe ich sie nackt. Mehr aber als von ihrer Nacktheit bin ich von ihrer Gleichgültigkeit berührt, mit der sie sich nackt vor mir zeigt. Ich existiere für sie offensichtlich nicht. Vielmehr, er existiert für sie nicht. In diesem Augenblick aber habe ich das Gefühl, daß ich und er einmal ein und dieselben sind. Ich sehe, wie Irene den Büstenhalter ablegt und ihre zwei wunderschönen runden weißen, leuchtenden, festen Brüste freimacht. Sie nimmt den Strumpfbandgürtel ab, beugt sich nieder, streift den Slip über ihre Füße. Jetzt reibt sie mit ihren Händen ihren Bauch und ihre Hüften, die vom Gummizug des Strumpfbandgürtels gerötet sind. Dann kratzt sie mit den Fingern leicht in ihrem blonden Schamhaar, als wollte sie die niedergedrückten und zusammengepreßten Locken wiederaufrichten. Schließlich geht sie auf Zehenspitzen ans andere Ende des Zimmers und öffnet, während sie mir den Rücken kehrt, einen Wandschrank. Mit inniger Zärtlichkeit betrachte ich ihren breiten und kräftigen Rücken, ihre Hinterbacken, die so weiß, rund und vollkommen sind wie ihre Brüste, vor allem aber betrachte ich ihre Beine, die nicht mehr obszön wirken wie in bekleidetem Zustand, wenn Irene sie fest aneinanderdrückt, sondern eher unschuldig und kindlich wie die Beine dicklicher Mädchen. Ohne sich umzuwenden, sagt sie zu mir: «Zieh dich aus, ich bin müde. Will sofort schlafen gehen.»

Ich ziehe mich aus und lege meine Kleider nach und nach auf eine der Armlehnen des Sessels. Irene wendet sich jetzt um und kommt mir, weiterhin auf Zehenspitzen, entgegen. Sie wirft etwas auf das Bett: «Hier ist ein Herrenpyjama. Ich glaube, er stammt noch von meinem Mann.» Sie hat ein Hemd über dem Arm. Dann geht sie wieder ans andere Ende des Zimmers und sagt: «Ich gehe jetzt ins Bad. Wenn ich fertig bin, kannst du hinein.»

Ich bin allein. Versuche den Pyjama anzuziehen. Er ist mir viel zu groß, die Hose und die Ärmel hängen weit über meine Füße und meine Hände. Ich ziehe ihn wieder aus und gehe nackt im Zimmer auf und ab. Sein Schweigen beginnt mich zu beunruhigen. Was verbirgt sich hinter dieser hartnäckigen Stummheit? Sollte es die Sublimierung sein? Eine so drastische Sublimierung, daß er geradezu stimmlos geworden ist?

Unvermittelt befrage ich ihn: «Warum schweigst du?»

«. . .»

«Fürchtest du vielleicht, die Sublimierung könnte mich veranlassen, von nun an den Dialog mit dir abzubrechen?»

«. . .»

«Keine Angst, das wird nicht geschehen. Das würde gerade noch fehlen! Zwischen dir und mir wird es immer einen Dialog geben. Ich will es. Aber es muß ein Dialog sein wie zwischen Diener und Herrn. Überflüssig, zu sagen, wer von uns der Herr und wer der Diener ist. Außerdem wird sich unser Dialog ganz anders abspielen müssen als dieses Streiten in letzter Zeit. Es wird ein wohlerzogener Dialog sein müssen, ein vernünftiger und von deiner Seite gefügiger, die Autorität hat auf meiner Seite zu sein. Kurz, er wird sich in höflichen, zuvorkommenden, würdigen Formen halten müssen.»

«. . .»

«Versteht sich, daß ich deine, sagen wir, Ungewöhnlichkeit in keiner Weise bestreite. Du wirst für mich immer der König der Könige bleiben.

Auch wenn du von nun an nichts weiter sein wirst als ein Teil meines Körpers.»

«...»

«Nun, warum sprichst du nicht?»

«...»

«Sprich, ich befehle es dir, verstanden?»

«...»

Plötzlich denke ich: vielleicht ist dies die Liebe, die echte und wahre Liebe – das Schweigen des Geschlechts. Ja, ich liebe Irene und weiß doch genau, daß ich mit Gegenliebe nicht rechnen kann. In dieser Situation bedeutet sein Schweigen möglicherweise eine so vollständige Sublimierung, daß sich jeder Dialog erübrigt. Ich habe darauf verzichtet, mich mit Irene durch ihn zu verständigen, und so habe ich ihm und hat er mir nichts mehr zu sagen. Im Grunde war der Dialog zwischen mir und ihm ein Dialog zwischen der Libido und der Liebe. Er ist verstummt, weil die Liebe gesiegt hat.

Irene kommt zurück. Das lange, durchsichtige Nachthemd reicht ihr bis zu den Füßen. Sie geht direkt zum Bett, schlüpft unter die Decke und sagt ganz wie eine Ehefrau zu ihrem Ehegatten: «Mach rasch, wenn du ins Badezimmer willst. Ich falle um vor Müdigkeit.» Ich gehe sofort ins Badezimmer und schließe die Tür.

Trotz meiner Überzeugung, nun endgültig und vollständig sublimiert zu sein, beunruhigt mich sein Schweigen weiterhin. Während ich, mit gespreizten Beinen vor der Klomuschel stehend, uriniere und ihn dabei zart mit zwei Fingern anfasse, halte ich ihm folgende Moralpredigt: «Du kannst dich schließlich nicht beklagen. Du hast keinen Grund, mir böse zu sein. Ich habe dich nur für die eine Hälfte meines Lebens entthront, die ich wach verbringe. Die andere Hälfte, die ich schlafend verbringe, gehört dir. Du sollst der unbestrittene Beherrscher meiner Träume sein. Im Traum kannst du alles tun, was du willst, kannst es vor allem treiben, mit wem du magst. Aber auch alle sogenannten Perversitäten stehen dir frei: die wüstesten Ausschweifungen, von Homosexualität bis zum Inzest, vom Sadismus bis zum Masochismus, vom Fetischismus bis zur Leichenschändung. Alles. Ein riesiges Betätigungsfeld ohne Einschränkungen. Du kannst die Träume in symbolische oder realistische Formen kleiden, ganz nach Belieben. Einverstanden?»

Er sagt auch jetzt nichts. Ich fahre fort: «Was willst du noch? Es soll dir auch nicht verboten sein, mit offenen Augen zu träumen. Durch die Tagträume erweitert sich noch das Reich, in dem du herrschen wirst. Des Nachts kannst du träumen, des Tags phantasieren. Kann man mehr verlangen?»

Er verharrt in Schweigen. Ich sage abschließend: «Du willst nicht sprechen? Um so schlimmer für dich. Du willst mir trotzen, was? Dabei ist deine neue Situation gar nicht so trist. Bisher habe ich dich Federicus Rex genannt. Von nun an werde ich dich auch noch ‹Träumer› nennen. Gefällt dir das nicht?»

Immer noch keine Antwort. Ich zucke die Achseln und gehe aus dem Badezimmer. Bin wieder im Schlafzimmer. Irenes blonder Kopf liegt im Kissen versunken, die Augen sind geschlossen, das Laken ist bis zum Kinn heraufgezogen. Sie sagt, ohne die Augen zu öffnen: «Steig von der Wandseite ins Bett und sprich nicht zu mir, denn ich bin gerade im Einschlafen. Gute Nacht.» Sie streckt die Hand aus und drückt auf den Lichtknopf. Das Zimmer versinkt in Dunkelheit.

Ich zwänge mich tastend durch den schmalen Raum zwischen Bett und Wand. Lüpfe die Decke, schlüpfe darunter, lege mich auf den Rücken. Es ist heiß, obwohl die eigentliche Bettdecke durch ein Laken und eine leichte Baumwolldecke ersetzt worden ist. Ich schiebe einen Arm unter den Nakken, lausche. Irene schläft schon: ihr Atem geht ruhig und kräftig. Nur seltsame Seufzer unterbrechen ihn zuweilen, dann ändert sich der Rhythmus. Bei jedem dieser Seufzer regt sich Irene ein wenig, als wollte sie sich auf der kleinen Fläche, die ihr im Bett geblieben ist, besser zurechtlegen. Nun rege auch ich mich, denn durch das ruhige Liegen ist mir ein Bein steif geworden. Da bemerke ich, daß sich Irene in unbewußtem Einklang mit mir bewegt. Ich habe mich nach rechts gedreht, und nach einer kleinen Weile legt auch sie sich auf die rechte Seite. Ich warte ein wenig, dann drehe ich mich nach links. Gleich darauf legt sie sich seufzend auf die linke Seite. Ich lasse mich wieder auf den Rücken fallen und strecke mich aus: Irene seufzt erneut und legt sich ebenfalls auf den Rücken. Von da an rühre ich mich nicht mehr und denke nach.

Irene, so sage ich mir, bewegt sich also, wenn ich mich bewege. Wenn ich mich auf die Seite lege, legt auch sie sich auf die Seite, und wenn ich mich auf den Rücken lege, legt auch sie sich auf den Rücken. Alles «im Schlaf». Was bedeutet das? Es bedeutet, daß zwischen uns eine geheime Übereinstimmung besteht, eine geheime Bindung. Dieser Übereinstimmung, dieser Bindung ist sich Irene nicht bewußt, wohl aber ich. Ich liebe Irene und weiß es. Vielleicht liebt mich Irene und weiß es nicht. Sie enthüllt ihre Liebe, indem sie ihre Körperbewegungen fügsam den meinen anpaßt. Allerdings «im Schlaf». Ich muß also alles tun, damit diese Übereinstimmung, diese Bindung in Zukunft allmählich aus ihrem Unbewußten in ihr Bewußtsein tritt, aus dem Schlaf- in den Wachzustand. Trotz ihrer Masturbationsriten ist Irene eine Frau wie alle anderen; unter entsprechend günstigen Umständen wird sie sich nicht mehr selber genügen, wird sie nach einem Mann verlangen. Ich muß also in Zukunft diese Umstände schaffen.

Bei diesem Gedanken fühle ich mich glücklich. Ja, ich will Irenes keuscher Kamerad sein, bis zu dem Tag, an dem sie das Bedürfnis empfindet, mich zum Liebhaber zu haben. Ich darf nur die Situation nicht gewaltsam herbeiführen.

Während ich dies alles überdenke, schlafe ich ein. Ich schlafe lange traumlos. Dann habe ich folgenden Traum: Ich gehe mit Irene und der Kleinen auf die Kirche zu. Es ist eine Vollmondnacht, aber den Mond sieht man nicht. Unsere schwarzen Schatten fallen lang auf das Pflaster, das von kaltem Mondlicht erhellt ist. Unsere Gesichter sind bleifarben und scharf markiert. Wir steigen langsam zur Kirche hinauf und über die Treppen, die zu ihr führen. Die Torflügel sind geschlossen, die Kuppel hebt sich hell vom schwarzen Himmel ab. Nun sind wir beim Tor. O Wunder: die Torflügel öffnen sich wie von selber, vor uns liegt das Mittelschiff in geisterhaftem Dunkel. Alle Lichter sind in der Kirche gelöscht, bis auf eines, ein kleines, weit drinnen in der Apsis. Von ihm geht ein schwacher Schein aus, und in ihm zeichnet sich vage ein riesiger schwarzer Schatten ab, ungefähr so, wie sich in den Alpentälern in mondlosen Nächten die Schatten der Berge vom helleren Himmel abzeichnen. Der Schatten ist turmförmig, zylindrisch, oben zugespitzt. Er sieht aus wie ein gigantisches Geschoß, eine aufrechtstehende kolossale Rakete. Irene flüstert: «Virginia muß jetzt ihr Gebet verrichten, dann bringe ich sie zu Bett.» An den verschwimmenden Konturen dieses dunklen Dings erkenne ich mit einemmal ihn. Kein Zweifel, dieser finstere Kegel von dichter, undurchdringlicher Schwärze ist er. Wirklich er. Ins Unermeßliche gewachsen. Sein Umfang und sein Aussehen sind jetzt die eines ungeheuerlichen Fetischs. Ich sage leise zu Irene: «Du wirst doch Virginia nicht vor diesem Ding da beten lassen?» Sie antwortet: «Sicher werde ich.» – «Aber das ist doch ein Mißverständnis.» – «Was für ein Mißverständnis?» – «Etwas befindet sich an einem Ort, an dem es sich nicht befinden dürfte. Etwas hat sich an die Stelle eines anderen gesetzt.» Ehe Irene noch antworten kann, stößt das Kind einen schrillen Schrei aus, macht sich von unseren Händen frei und läuft auf die Apsis zu. Ich sehe, wie das weiße Kleidchen immer kleiner und, mit der wachsenden Entfernung, immer undeutlicher wird und schließlich ganz verschwindet. Da erwache ich.

Ich liege auf der linken Seite, die Zimmerwand vor meinen Augen ist erhellt. Ganz langsam ziehe ich meinen Arm unter dem Laken hervor und werfe, ohne mich umzudrehen, einen Blick auf meine Armbanduhr. Es ist acht. Immer noch ohne mich umzudrehen, schiebe ich den Arm wieder unter das Laken und strecke ihn nach hinten, um das Bett neben mir abzutasten. Aber wie sehr ich auch meine Finger ausstrecke, das Bett ist leer. Ich drehe mich herum, bemüht, kein Geräusch zu machen, und da sehe ich Irene.

Sie sitzt auf dem Hocker vor dem Spiegel. Nackt. Der kleine blonde Kopf ist gegen die rechte Schulter geneigt. Der ganze Oberkörper mit den breiten Schultern und der nur leicht angedeuteten Taille scheint sich nach rechts zu neigen. Irene stützt sich mit der linken Hand auf den Rand des Hockers. Der rechte Arm ist vorgeschoben, damit sich, wie ich gleich errate, die Hand tief zwischen den Lenden versenken kann. Das linke Bein ist in scharfem Winkel eingezogen, der Fuß gegen ein Bein des Hockers gestemmt. Das rechte Bein ist nach außen gespreizt, starr ausgestreckt. Dabei berührt ihr Fuß fast den Metallfuß des Spiegels.

Ich stütze mich auf die Ellbogen, um besser zu sehen. Die Masturbation muß eben begonnen haben. Ich beuge mich vor und kann über Irenes Schultern hinweg ihr Gesicht im Spiegel beobachten. Ihre Augen sind geschlossen, und ihr Mund ist halb geöffnet wie bei einer intensiven inneren Betrachtung. Irene hält die Augen geschlossen, weil sie ihren Film verfolgt, langsam, Bild für Bild. Allem Anschein nach begleitet sie jedes Bild mit einem Druck der Hand zwischen den Beinen. Vielleicht stoppt sie dann und wann den Film bei einem besonders interessanten Bild, vielleicht dreht sie ihn dann und wann zurück, um ein Bild neuerlich zu betrachten, von dem sie meint, sie habe es nicht gut genug gesehen.

Was für einen Film besieht sich Irene in diesem Augenblick? Sie selbst hat es mir am Abend zuvor gesagt: einen Film nach meiner erfundenen Geschichte von Protos und Lilla. Die Geschichte des Filmproduzenten, der seinem Sekretär ein Mädchen schenkt. Irene wird zweifellos viel Zeit aufwenden, um den masochistischen Gehalt, der in der Idee des «Geschenks» steckt, voll auszuschöpfen. Bis zu welchem Punkt ist Irene jetzt in der Betrachtung des Films gelangt? Vielleicht bietet sie sich gerade dem sadistischen Protos an. Vielleicht steht der Teil des Streifens unmittelbar bevor, der die «Schenkung» behandelt.

Während mir diese Gedanken durch den Kopf gehen, betrachte ich Irenes Gesicht im Spiegel. Es ist wunderschön, von einer geistig verklärten Schönheit. Voll Eifersucht sage ich mir, daß wahrscheinlich kein Mann imstande wäre, auf diesem sehnsüchtigen, ekstatischen, lächelnden Gesicht so viel Schönheit hervorzurufen. Dann betrachte ich Irenes Rücken. Die Reglosigkeit des Körpers steht im Kontrast zu der leichten, rhythmischen Vor- und Rückbewegung des Ellbogens. Der kleine, ebenfalls reglose, gegen die Schulter geneigte Kopf vermittelt weiterhin den Eindruck intensiver Versunkenheit, konzentriertester Betrachtung. Alles geschieht in tiefer Stille. Es ist, so muß ich denken, die Stille der Masturbation: sie ist so still, weil sie in der Einsamkeit erfolgt.

Wie lange dauert diese Reglosigkeit, diese Stille? Eine Ewigkeit, scheint mir. Die Ewigkeit der Riten. Sie erscheinen kurz demjenigen, der sie ausübt und an ihnen teilnimmt, und lang dem, der ihnen bloß beiwohnt, ohne an ihnen teilzunehmen. Jetzt scheint das nach außen gespreizte Bein von einem Starrkrampf erfaßt zu werden. Ein Schauer breitet sich über die Schenkel bis zum Knie aus, die Muskeln treten hervor. Die Zehen spannen und biegen sich nach außen, greifen in die Luft. Der kleine blonde Kopf auf dem weißen und kräftigen Hals beginnt gleichzeitig zu kreisen, die Hüften verschieben sich nach links, die Schultern senken sich nach der entgegengesetzten Seite. Im Einklang mit dem Kopf erfaßt eine Kreisbewegung auch die Hinterbacken, sie scheinen sich an dem trennenden Einschnitt bald nach der einen, bald nach der anderen Seite zu krümmen.

Mit der sich lösenden Reglosigkeit wird nun auch die Stille zerrissen. Eine warme, rauhe, drängende, unterwürfige, leidenschaftliche Stimme, ganz anders als Irenes Stimme sonst, wiederholt in vergehendem Ton immer wieder die einsilbige Liebeszustimmung: «Ja . . . ja . . . ja . . . ja . . . ja . . .» Irene sagt ja zu sich selber. Ja zu dem Leben, das sie mit sich selber verbringt, ja zu der Vorstellung, die sie sich von sich selber macht und die ihre Phantasie ihr eingibt. Insbesondere sagt sie ja zu Protos, zu sich selber, während sie Protos umwirbt, zu Protos, der sie mir schenkt, zu mir, der ich das Geschenk annehme. Sie sagt ja zu allem, was ich hasse und in meine erfundene Geschichte eingeführt habe, eben weil ich es hasse.

Das «Ja» wiederholt sich immer häufiger, klingt immer eindringlicher, atemloser, hingebungsvoller. Es wird schließlich zu einer einzigen, geradezu unmenschlichen, erschreckenden Klage. Ich blicke in den Spiegel. Irene wirft den Kopf zurück und öffnet langsam den Mund. Immer leiser klingt die Klage, verwandelt sich zum Schluß in einen seltsam stummen Schrei, das heißt, der zum Schrei geöffnete Mund bringt keinen Laut hervor. Plötzlich windet sich der Körper in einem heftigen kurzen Krampf. Die Beine fahren hoch, versteifen sich und ziehen sich brüsk wieder ein. Der kreisende Kopf fällt nach vorn, das Kinn gegen die Brust. Irene regt sich nicht mehr, ihr Blick ist nach unten gerichtet. Das war der Orgasmus. Sie beobachtet ihre letzten Zuckungen wie jemand, der nach dem Schauspiel eines großartigen Sonnenuntergangs am Horizont noch die letzten Strahlen der versunkenen Sonne sucht. Von hinten betrachtet, sieht der reglose Körper Irenes fast wie der eines Hingerichteten aus, der durch die Garrotte, das spanische Halseisen, martervoll zum Tod befördert wurde: die Hände liegen vereint im Schoß, der Kopf ist gesenkt, die Augen sind auf den Bauch gerichtet. Eine letzte, von den Lenden ausgehende Zuckung hebt kurz die Schultern, der Kopf bäumt sich heftig auf und sinkt gleich wieder zurück. Irene sitzt wieder reglos: der Orgasmus ist endgültig vorbei. Da aber, nach einer langen Pause, setzt sich der rechte Arm wieder in Bewegung. Er fährt, zunächst kaum wahrnehmbar, dann aber immer deutlicher, hin und zurück. Das rechte Bein ist wieder nach außen gespreizt, steif, starr. Die linke Hand faßt wieder nach dem Rand des Hockers. Irene beginnt von neuem.

Was tue ich da? Ich habe mich, ich weiß selber nicht wie, angekleidet. Auf Zehenspitzen schleiche ich hinter Irenes Rücken vorbei. Sie sieht mich nicht, denn ihre Augen sind geschlossen. Ich erreiche die Tür, verlasse das Zimmer. Stehe im Korridor. Die Tür nebenan führt, wie ich weiß, in Virginias Zimmer. Ich öffne sie und trete ein.

Nachdem ich die Tür hinter mir geschlossen habe, lehne ich mich einen Augenblick daran und rühre mich nicht. Ich weiß, daß ich im Begriff bin, etwas Furchtbares zu tun. Und zugleich weiß ich auch, daß ich es tun werde. Er befiehlt es mir. Befiehlt es mir in einer neuen, wortlosen, unheimlich stillen Weise. Ich handle wie ein Traumwandler, ein Automat. Strecke die Hand nach dem Lichtschalter aus. Ein Nachtlicht flammt auf. Ich sehe zum Bett hin, Virginia liegt da, in das Bettlaken gehüllt, schläft. Sie liegt auf der Seite, ihr roter, wulstiger Mund sticht vom weißen, mageren Gesicht ab. Ihre blonden Haare breiten sich auf dem Kissen aus. Ich nähere mich, immer noch wie ein Traumwandler, der Schlafenden. Ich weiß genau, was er von mir will, ich ersehe es aus seiner durch den Blutandrang bewirkten Ungeheuerlichkeit. Aber ich widersetze mich nicht. Unser beiderseitiges Schweigen ist ein Zeichen meiner Niederlage. Als unsere Diskussionen uns noch entzweiten, war dies ein Zeichen meiner Autonomie, meiner Wahlfreiheit. Dieses dumpfe, unheilvolle Schweigen aber ist der klare Beweis seines Sieges. Da streckt sich auch schon meine Hand aus, um das Bettlaken wegzuziehen.

Mit einemmal spricht er; seiner Herrschaft und meines Gehorsams sicher, sagt er: «Vor allem mußt du ihr mit der Hand den Mund zuhalten, damit sie nicht schreit. Wenn sie sich wehrt, fahre ihr mit der Hand an den Hals und drücke ohne weiteres zu.»

Ich frage: «Du willst also ihren Tod?»

«Ich will nicht ihren Tod. Ich bin ihr Tod.»

Dieser erbarmungslose Ausspruch weckt mich aus meinem Automatenzustand. Ich bin kein Traumwandler mehr, kein von ihm beherrschter Roboter. Unvorsichtigerweise hat er gesprochen, und nun finde ich die Kraft, ihm zu antworten. Wir sind nicht mehr einer, sondern zwei: Er und ich. Ohne ein Geräusch zu machen, lösche ich das Licht, wende mich zur Tür, gehe auf Zehenspitzen aus dem Zimmer.

XVI

Absorbiert!

Sobald ich aus Irenes Haus bin, sage ich, mehr erschrocken als empört, zu ihm: «Darum also wolltest du mir nicht antworten, hattest so hartnäckig geschwiegen. Weil du mich in diese entsetzliche Falle locken wolltest. Mein Schutzengel aber wachte über mich. Deine Dreistigkeit hat dich zum Glück verraten. Du hast gesprochen, und ich habe dir geantwortet. Das Wort hat mich gerettet. Und jetzt ergreife ich das Wort, um dir zu sagen, daß du ein Ungeheuer bist.»

«. . .»

«Wie kann ich dir noch vertrauen? Wie kann ich mich von dem Entsetzen befreien, das du mir einflößt? Vor allem, wie kann ich vergessen? Von nun an werde ich nur Schrecken, Angst und Ekel vor dir empfinden.»

«. . .»

«Leider werde ich trotzdem zu dir reden müssen. Ich weiß ja nun zu gut, was dein Schweigen bedeutet. Ich muß leider nicht nur auf die Sublimierung verzichten, von nun an muß ich mich sogar vor dir hüten, damit du mich nicht in den Abgrund der Schande und des Unglücks stürzt.»

«. . .»

«Dies also ist mein schreckliches Los: mit einem Ungeheuer zusammen leben zu müssen, ohne die Möglichkeit zu haben, es zu ignorieren; gezwungen zu sein, aus Angst vor Schlimmerem den Dialog mit dir fortzusetzen. Hat man je einen unglücklicheren Menschen gesehen als mich?»

«. . .»

«Du hast alles zerstört, alles besudelt. Wie kann ich je wieder Irene vor Augen treten? Ihr vorschlagen, mit ihr gemeinsam zu leben? Für sie ein Gatte und für Virginia ein Vater zu sein? Schöner Gatte! Großartiger Vater! Und alles deinetwegen, du ruchloses Monstrum.»

«. . .»

«Du flößt mir Grauen ein, ein solches Grauen, daß es auch meine Person einschließt, daß ich Grauen auch vor mir selber empfinde, weil ich mich, wenn auch nur einen Augenblick lang, von dir derart habe beherrschen lassen. Vor allem aber graut mir vor dem unerträglichen und gleichwohl unvermeidlichen Zusammenleben mit dir. Ich kann dich weder ignorieren noch kann ich mich deiner bedienen, noch kann ich dich beherrschen. Ich bin dazu verurteilt, mich ewig mit dir herumzuschlagen, ein fruchtloser und unerträglicher Streit. Das beste ist, mit alldem Schluß zu machen. Die Scham und die Verzweiflung, die ich über deinen jüngsten Verrat empfinde, machen mir meinen Entschluß leicht. Es stimmt wohl, daß ich Irenes Tochter nicht berührt habe. Morgen aber kannst du den Anschlag wiederholen, kann es dir gelingen, mich in einem Augenblick der Schwäche zu überwältigen. Dann bliebe mir tatsächlich nichts anderes übrig, als mich umzubringen. Besser, ich warte dieses Morgen nicht erst ab und töte mich schon jetzt. Besser jetzt, da ich noch kein Verbrechen begangen habe, als morgen, wenn ich es begangen habe. Mein Selbstmord ist nicht nur ein Akt der Verzweiflung, sondern auch des Altruismus. Wenn ich mich umbringe, verhindere ich den Tod Virginias.»

Ich sage ihm noch viele ähnliche Dinge, er aber spielt weiter den Taubstummen. Da halte ich den Wagen an und öffne das Handschuhfach: darin verwahre ich eine Pistole. Wie alle unsublimierten Menschen, die um ihre Feigheit wissen oder sie fürchten, habe ich eine Leidenschaft für Waffen. Ich besitze noch zwei weitere Pistolen. Eine in meiner neuen Wohnung und eine in Faustas Wohnung. Diese hier im Wagen habe ich stets zur Hand, zu meinem sogenannten «persönlichen Schutz». Schutz vor wem? Bisher hatte ich mich dies noch nie gefragt. Jetzt begreife ich: Schutz vor ihm. Mein bester Schutz vor ihm aber ist logischerweise der Selbstmord. Ich werde mich umbringen, um nicht mehr mit ihm zusammen leben zu müssen. Er wollte und will mich nicht freigeben. So werde ich mich von ihm freimachen.

Ich entsichere in aller Ruhe die Pistole, schiebe eine Patrone in den Lauf und lege die Waffe auf die Knie. Ich befinde mich mitten auf einer breiten, asphaltierten Allee. An einem solchen Ort kann ich mich nicht umbringen, es könnte ja sein, daß eben in dem Augenblick, in dem ich den Pistolenlauf an die Schläfe setze, ein Polizist den Kopf in mein Wagenfenster steckt, meine Papiere verlangt und mir eine Strafe auferlegt. Das wäre der wahrhaft würdige parodistische Abschluß eines Lebens, das eine einzige Parodie gewesen ist. Mit der Pistole auf den Knien lasse ich den Motor an, fahre weiter. Bei der nächsten Querstraße biege ich ein und halte nach ein paar hundert Metern.

Ich bin verzweifelt, meine Gedanken aber sind kristallklar. Gewiß ist er es, der mich in den Selbstmord treibt. Und doch bin ich es, der sich im Korridor hätte Halt gebieten müssen, der die Tür nicht hätte öffnen und das schlafende Kind nicht hätte ansehen dürfen. Ich bin es, der es getan hat. Er hat sozusagen seine Sache getan, nicht aber ich die meine. Also ist es richtig, daß ich mich bestrafe. Außerdem bin ich des Lebens müde. Diese Redensart, die sonst meist nach einem Gemeinplatz klingt, entspricht plötzlich der reinen Wahrheit. Ja, ich bin meines Lebens, des Lebens eines unsublimierten Menschen müde. Bin wie eine dumme, sture Ameise, die in die trichterförmige Grube eines Ameisenlöwen gefallen ist und immer wieder vergeblich versucht, den sandigen Hang hinaufzuklettern. Jetzt will ich mich ganz fallenlassen, endgültig.

Ich umklammere die Pistole mit der Hand, lege den Finger auf den Abzug. Ich halte kurz inne, ohne die Hand zu heben: ein Radfahrer fährt eben vorüber, die Gummireifen erzeugen ein leises Geräusch. Er könnte mich sehen, während ich gerade die Pistole an die Schläfe setze, und intervenieren. Ich will warten, bis er verschwunden ist. Ein blonder Junge in rotem Trikot, auf dem irgend etwas mit großen schwarzen Lettern geschrieben steht. Vielleicht trainiert er allein für ein Radrennen. Ich blicke ihm nach, denke: «Sobald er um die Ecke ist, drücke ich ab.» Aber gerade als er das Ende der Straße erreicht hat und einbiegt, höre ich auf einmal *seine* Stimme: «Halt ein, du Idiot.»

Ich antworte durchaus logisch: «Ich bin kein Idiot. Das, was ich tun will, ist sogar höchst intelligent. Intelligent deshalb, weil ich meine Situation bis auf den Grund erfaßt habe. Weil ich erkannt habe, daß es keine andere Lösung gibt als den Tod. Es ist durchaus nicht idiotisch, ein Problem zu begreifen und eine Lösung zu finden. Es ist vielmehr die Handlungsweise eines intelligenten Menschen.»

«Das wäre richtig, wenn du deine Situation wirklich erkannt hättest. Du hast sie aber weder in der Tiefe noch an der Oberfläche erkannt. Deshalb nenne ich dich einen Idioten.»

«Was wäre denn deiner Ansicht nach meine wahre Situation?»

Mit diesen Worten sichere ich die Pistole wieder, öffne das Handschuhfach, lege sie zurück. Ich bin wirklich neugierig, was er mir zu sagen hat. Ich habe immer noch Zeit, die Pistole wieder hervorzuholen und mich zu erschießen. Nach kurzem Schweigen antwortet er: «Es würde zu weit führen, dir den gesamten Sachverhalt zu erklären. Ich will mich darauf beschränken, meine Auffassung durch ein einziges Beispiel zu belegen, das du mir übrigens selber, ohne es zu wollen, geliefert hast.»

«Was wäre das für ein Beispiel?»

«Eines Tages entschließt du dich, deine Frau und deinen Sohn zu verlassen, aus deiner Wohnung auszuziehen, um allein und in absoluter Enthaltsamkeit zu leben und deine sogenannte Sublimierung gewissermaßen gewaltsam herbeizuführen. Du suchst eine Wohnung, findest sie, übersiedelst. Aber – ich betone es und bitte dich, es genau zu beachten – du möblierst sie nicht. Du stellst nur die unbedingt nötigen Möbel hinein: ein Bett, einen Tisch, einen Sessel, ein paar Stühle. Die Wohnung ist kahl. Sie ist, ohne daß du es selber merkst, das genaue Abbild deines Lebens, wie du es von nun an leben willst: schmucklos, ohne Freuden, ohne Lustbefriedigung. Konzentriert auf eine weniger positive als negative Idee: die vollständige Unterdrückung meiner Aktivität. Was ist die Folge? In dieser Kahlheit deines Lebens, die durch die Kahlheit deiner Wohnung so gräßlich symbolisiert wird, und gerade weil du meine Existenz auslöschen möchtest, existiere ich erst recht, bin sogar das einzige, das existiert. Meine immer zudringlicher werdende Existenz nährt sich gerade durch deinen Willen, mich zu unterdrücken. Als wir noch im besten Einvernehmen miteinander lebten, gehörte ich ganz und gar in dein Leben, war gerade darum nicht allein dein Glied; jetzt aber, da du dein Leben so entblößt hast, bin ich immerzu nichts weiter als das. Diese drastische Reduzierung meiner vielfältigen Natur auf ein einziges Organ, das sie zwar symbolisiert, aber doch nicht ihr ausschließlicher Ausdruck ist, hat zur Folge, daß ich mich völlig auf dieses Organ konzentriere, das dann tatsächlich der alleinige Ausdruck wird. Das erklärt deine Erotomanie. Einst bewegte sie sich in erträglichen Grenzen, von dem Augenblick an aber, da du deine Familie verlassen hast, ist sie zur Besessenheit geworden. So erklärt sich auch dein ungestümes Verlangen nach Virginia. Ich gleiche einem großen Baum mit vielen Ästen und Blättern, du aber hast mich brutal gestutzt, hast mich entlaubt, auf den Stamm reduziert, und da wunderst du dich noch, daß er ins Gigantische wächst, ins Bedrohliche, Unmäßige. Ja, du fürchtest mit Recht, daß die Sache sich wiederholen könnte, daß es mir gelingen könnte, dich zu überwältigen. In Wahrheit aber bist du selbst es, der sich durch seine repressive fixe Idee überwältigt. Verblendet durch den besessenen Willen, zur sogenannten Sublimierung zu gelangen, merkst du nicht, daß am Ende des Weges zur Sublimierung nichts anderes stehen kann als der Tod.»

Er schweigt. Dann aber bricht er in ein merkwürdiges, sarkastisches Lachen aus. Betroffen frage ich ihn: «Warum lachst du jetzt?»

«Ich lache, weil ich dir eine belehrende, erzieherische und moralische

Rede gehalten habe, die in absolutem Widerspruch zu dem steht, was ich wirklich bin, denn ich weiß genau, daß ich dich nur durch solche Argumente überzeugen konnte. Sonst wäre meine Rede ganz anders gewesen.»

«Wie denn?»

Wieder schweigt er einen Augenblick, dann setzt er an: «In einer Stadt im Süden Indiens gibt es einen Tempel, der in einen Felsen gehauen ist. Man steigt über eine dunkle, breite Wendeltreppe hinab und befindet sich unter der Erde. Hier öffnet sich ein endlos wirkender, von wenigen trüben Lampen erhellter Gang; seine Wölbung wird nicht von Säulen getragen, sondern von zwei Reihen phantastischer Ungeheuer. Tierleiber mit Menschenköpfen und Tierköpfe mit Menschenleibern. Wenn man durch diesen von so bedrohlichen Wesen wimmelnden Gang weitergeht, gelangt man in einen kleinen, runden, fast finsteren Saal. Inmitten dieses Saales, eingefaßt von einem ringförmigen Eisengeländer, befinde ich mich, vielmehr befindet sich mein Bildnis. Aus Stein gemeißelt, im Zustand der Erhebung auf dem Höhepunkt der Erregung und Kraft. Vor mir knien und beten ununterbrochen Männer, Frauen, Kinder. Sie bestreuen den Boden mit Blumen, werfen mir Blüten zu, gießen geweihtes Öl über mich, das aus dem Dunkel hervorschimmert, so daß der Eindruck einer fortwährenden Ejakulation entsteht. Warum erzähle ich dir dies alles? Weil ich denke, daß jetzt, da ich dir in die Selbstmörderhand gefallen bin, der richtige Augenblick gekommen ist, dir klarzumachen, daß du mich nicht mehr, wie du es bisher stets getan hast, als einen einfachen Teil deines Körpers betrachten darfst, wie die Hand, das Ohr, die Nase, sondern in mir einen Gott sehen mußt, vielmehr ‹deinen› Gott. Das, was kurz zuvor in Virginias Zimmer vorgegangen ist, mag auch seinen Nutzen haben. Es schafft endlich zwischen uns ein richtiges und korrektes Verhältnis. Ja, ich bin dein Gott, und du mußt mich von heute an verehren. Du mußt daran denken, daß es weder Kinder noch Frauen, noch Männer, noch Alte, noch Junge gibt, weder Tiere noch Pflanzen. Nichts. Es gibt nur meine Allgegenwart. Kurz zuvor, im Zimmer der Tochter deiner Irene, war ich zu gleicher Zeit du, der Virginia vergewaltigen wollte, und Virginia selbst, die von dir vergewaltigt werden sollte.»

Ich reagiere heftig: «Ach so, ein Gott! Du wärst also ein Gott? Das ist denn doch ... Es wäre zum Lachen, wenn es nicht zum Weinen wäre. Wenn du ein Gott bist, dann bin ich ein Supergott. Denn ich kann dich, wenn ich will, nicht nur lenken und beherrschen, sondern, wenn es sein muß, auch zerstören.»

Darauf antwortet er merkwürdigerweise nichts. Er schweigt endgültig, als hätte er nichts weiter zu sagen. Also fahre ich in ruhigerem und überlegterem Ton fort: «Immerhin will ich einmal deinen Rat befolgen. Du hast recht: Die leere Wohnung, in der ich fern von meiner Familie hause, bedeutet mein Leben. In diesem so kahlen Leben mußt du zwangsläufig immer wichtiger für mich werden, bis zur Besessenheit. Ich werde also zunächst einmal zu Fausta und meinem Sohn zurückkehren. Andererseits wird es gut sein, unseren Konflikt auf die entsprechenden Maße zurückzuführen. Du bist kein Gott, und ich bin kein Supergott. Ich bin ein armer geplagter Mensch mit einem unmäßigen Temperament. Und von dir kommt all meine Plage. Nun denn, ich werde versuchen, zu meinem früheren Leben wieder zurückzufinden.»

Er scheint zu warten. Ich fahre fort: «Und was das betrifft, was für dich das rote Tuch ist, die Sublimierung, so ziehe ich es vor, mich für einen Gescheiterten zu halten, für einen erfolglos Ehrgeizigen, für einen untalentierten Filmmenschen, als auch nur einen Augenblick lang zuzugeben, daß sie nicht möglich sei.»

Immer noch Schweigen. Auch ich schweige einen Augenblick, dann sage ich abschließend: «Ich werde also weiterhin ein armer, unsublimierter Mensch sein, der auf die Sublimierung hofft und der, durch diese Hoffnung ermutigt, niemals müde werden wird, gegen dich anzukämpfen, auch wenn er meist gezwungen sein wird, dir nachzugeben.»

Ich bin vor Faustas Haus angelangt. Als ich meinen Wagen an derselben Stelle parke, an der ich es schon seit so vielen Jahren getan habe, verwandelt sich plötzlich der allgegenwärtige und allmächtige Gott, den ich seiner Meinung nach zu verehren hätte, in geradezu verwirrender Weise wieder in das bekannte frivole, schamlose, hemmungslose, unbesonnene, leichtfertige, unbekümmerte Wesen. Als wäre nichts geschehen, als wäre ich nicht um Haaresbreite an einer Katastrophe vorbeigegangen, als hätte mich die Versuchung zum Verbrechen und die daraus folgende zum Selbstmord nicht berührt, ruft er nun frisch und munter aus: «Blick doch hinunter, sieh mich doch an! Was sagst du jetzt? Alles für Fausta! Ich kann den Moment, sie wiederzusehen, kaum erwarten. Ich bin überglücklich, endlich nach Hause zurückzukehren.»

Er ist so riesig geworden, daß ich in dem miniaturhaften Aufzug gezwungen bin, mich schräg zu stellen. In dem nie dagewesenen Zustand, in dem er sich jetzt befindet, wäre es für mich kaum möglich, die normale Stellung einzunehmen. Während der Aufzug hinauffährt, beginnt er zu toben: «Befreie mich, zieh mich heraus, verschaffe mir Luft.»

«Hier, im Aufzug? Du bist ja verrückt.»

«Nein, ich bin nicht verrückt. Ich will, daß wir Fausta eine Überraschung bereiten. Fausta soll erkennen, daß ich es bin, der deine Rückkehr zur Familie und eure Versöhnung herbeigeführt hat.»

«Nun gut, sobald wir in der Wohnung sind, mache ich dich frei.»

«Nein, hier! Du mußt es hier tun, sofort!»

«Der Aufzug hat Glastüren, jemand könnte dich sehen.»

«Ich will, daß man mich sieht. Ich will es. Ich will, daß alle die Schönheit der Welt sehen.»

Nichts zu machen. Ich muß ihn zufriedenstellen. Unglückseligerweise fahren wir gerade am Treppenflur des dritten Stockwerks vorbei. Das zerfurchte, von weißem Haar umrahmte Gesicht einer alten, ehrwürdigen

Dame taucht gerade hinter der Glasscheibe kurz auf. Bei seinem Anblick reißt sie die Augen auf. Ich sage bestürzt: «Ich kenne sie, sie hat mich ebenfalls erkannt. Sie wohnt hier im Haus. Wie kann ich ihr in Zukunft in die Augen sehen? Sag es mir!»

«Sie hat vielleicht zum erstenmal in ihrem Leben die Schönheit der Welt erblickt. Nur keine Angst.»

Tak, tak, tak, tak, vierter, fünfter, sechster, siebenter Stock. Der Aufzug hält, ich steige aus, er mir voran. Ich schließe die Aufzugstür, stecke den Schlüssel ins Schloß der Wohnungstür. Fausta aber hat die Kette vorgelegt, die Tür geht nicht auf. Ich drücke auf die Klingel und warte. Er schnaubt: «So eine Idiotin! Versperrt sich in der Wohnung. Und ich sterbe vor Ungeduld. Läute noch einmal, bitte, bitte, läute noch einmal!»

Ich gehorche, drücke erneut auf die Klingel. Er beginnt in kurzen, rasch aufeinanderfolgenden Zuckungen immer weiter zu schwellen, als wollte er die Höhe des Schlüssellochs erreichen und in die Wohnung hineinschauen. Endlich höre ich ein leises Geräusch. Dann fragt Faustas Stimme: «Wer ist's?»

«Ich bin es, Rico.»

Faustas Hand entfernt die Kette, die Tür öffnet sich. In der Tür steht Fausta im Schlafrock. Sie sieht mich an, dann senkt sie die Augen, erblickt ihn, streckt die Hand aus, packt ihn wortlos, wie man einen Esel am Halfter packt, um ihn in Bewegung zu setzen. Sie dreht mir den Rücken, zieht ihn hinter sich her und mich mit ihm. Sie geht in die Wohnung, er folgt ihr, und ich folge beiden.

Alberto Moravia

Gefährliches Spiel. Roman (331)

Die Römerin. Roman (513)

Die Gleichgültigen. Roman (570)

Cesira. Roman (637)

Die Mädchen vom Tiber
Geschichten aus Rom (673)

Römische Erzählungen (705)

Der Konformist. Roman (766)

La Noia. Roman (876)

Inzest. Roman (1077)

Die Lichter von Rom
Neue römische Erzählungen
(1142) Mai 85

Ich und Er. Roman (1666)

Das Paradies. Erzählungen (1850)

Ein anderes Leben. Erzählungen (4083)

Desideria. Roman (4755)

1934 oder Die Melancholie
Roman (5485)

Die Verachtung. Roman (5627)

Agostino. Roman (5630) Mai 85

Der Ungehorsam. Roman (5631)

ro ro ro

C 97/ 24